木讷◎著

大唐布衣

郎谟传

长江出版传媒

长江文艺出版社

图书在版编目（ＣＩＰ）数据

大唐布衣郇谟传 / 木讷著. -- 武汉 ：长江文艺出
版社， 2019.12
　ISBN 978-7-5702-1305-4

　Ⅰ. ①大… Ⅱ. ①木… Ⅲ. ①历史小说－中国－当代
Ⅳ. ①I247.5

中国版本图书馆 CIP 数据核字(2019)第 232560 号

责任编辑：孙晓雪　　李　艳　　　　责任校对：毛　娟
装帧设计：天行云翼·宋晓亮　　　　责任印制：邱　莉　　胡丽平

出版：长江出版传媒　长江文艺出版社
地址：武汉市雄楚大街 268 号　　　　邮编：430070
发行：长江文艺出版社
http://www.cjlap.com
印刷：荆州市翔羚印刷有限公司

开本：700 毫米×1000 毫米　　　1/16　　印张：27.75
版次：2019 年 12 月第 1 版　　　　2019 年 12 月第 1 次印刷
字数：360 千字

定价：48.00 元

目　　录

第一部分：科举舞弊案

第一章：进京赶考

一

公元 755 年（唐玄宗天宝十四年）到公元 763 年，一场席卷全国的叛乱，举世皆惊，安禄山起兵 15 万反唐，使大唐由强盛的巅峰开始坠入衰败的深渊。这就是历史上著名的"安史之乱"。内乱持续了八年时间，人们仿佛还没从盛唐的迷梦中醒来，便已经陷入了举步维艰的泥潭之中。"宫室焚烧，十不存一，百曹荒废，曾无尺椽。"

杜甫诗曰："寂寞天宝后，园庐但蒿藜，我里百余家，世乱各东西。"几句五绝，就描述出当时民众流离失所、无家可归的境遇。那个繁华的盛世仿佛只是一场梦境，醒来之后人们蓦然发现：当年的盛世恍若一袭华美瑰丽的锦袍，被乱臣贼子的利爪撕扯得破烂不堪，再有本事的能工巧匠，都难以修补这段缺失。

面对这断壁残垣的荒败景象，一些有识之士、青年才俊，对国家的复兴产生了迫切的责任感。于是，当"安史之乱"结束五年以后，在大历三年，这个在火坑中翻滚了多年的家园，终于在叛乱后的烟尘中得到一丝喘息的机会。河山虽已被破坏，但破坏的进程已经缓慢停止。也许这是一个机会，一个获得重生的机会——陛下已回到了大明皇宫，长安再度打开了厚重的城门。

春闱恢复，莘莘学子又纷纷踏上了进京赶考的征途。

晋州人旬谟背着沉重的行李停下来擦擦额头上的汗珠，回头看了看身后早已累得筋疲力尽的同窗好友卓英倩，说："前方就是长安城了，我们先停下来歇息一下吧。"听到这句话，卓英倩如蒙大赦，肩膀一斜，书箱便顺着手臂滑到了地上；紧接着，他整个人也如同泄了气的皮球一般跟着软了下去，靠着树像一摊软泥，连说话的力气也没有了。

郇谟见他这个样子不由得好笑，知道他已经累得连水都懒得拿，便从行囊里拿出一袋水递到他面前。卓英倩接了水，咕咚、咕咚，不一会儿便喝得见了底。瘫坐在地上的卓英倩有些耍赖，喃喃自言："饶是这个走法，还没等到京城，我怕不得累死。"郇谟看着狼狈不堪的卓英倩，忍俊不禁。

他二人自幼同窗，已是十多年的朋友，之间的交往早已省去了那些繁文缛节，简单到有什么就说什么。此番进京赶考，郇谟因家贫只得徒步进京。相比之下，卓英倩家境殷实些，本想用自家的车驾载郇谟一同前去，可郇谟坚决不肯，他便也弃了车驾，同郇谟一同步行上路了。可这一路上的辛苦，让卓英倩真是叫苦不迭，郇谟也情知他是为了自己才受了这般苦楚，不免对他格外照顾一些。

最冷的时候过去了，初春的气候行路是极好的，但二人苦学多年，说起诗词歌赋能侃侃而谈，可要说这日夜兼程行路，两个人却真是不在行。饶是走走停停，二人还是满头大汗，脚步拖沓。

卓英倩拉开衣襟，兜着脖子往胸口扇风，嘴里咕哝道："遥想当年，元宰相也是徒步进京的，不知可如你我这般难熬？"他看了看郇谟，见其没有回话的意思，自觉没趣，便仰头躺在地上。淡淡的阳光洒在他的脸上。

卓英倩微微眯着眼睛，一脸向往地自说自话："元宰相当年徒步进京赶考，十五年后，贵为宰相。今日，你我同样步行经过此处，也许十五年后，不，也许用不上十五年，我们也能坐上那个位置。你说是也不是？"

郇谟见他又做起了白日梦，便将行李丢在他身上道："未来的宰相，请吧，我们再不出发，天黑之前就进不了城了。你的宰相梦就得在野外草垛上做了。"说完，郇谟背起自己的行李，头也不回地上路了。卓英倩没好气地从地上爬起来，掸去身上的尘土，快步追上去道："哼，还说我，难道你就不想当宰相么？"

"当然想。"

旬谟一边赶路，一边回过头大有深意地看了卓英倩一眼："我只是不喜欢做白日梦罢了。"待到旬谟走出去十几步，卓英倩才反应过来："哎，你说谁做白日梦！那你告诉我，人要是没有梦想，跟咸鱼有什么分别？"

二人说说笑笑地走在城外寂静的小路上。长安城的城墙在远处若隐若现。

忽然，旬谟停了下来，一会儿身后传来阵阵脚步声，二人回头看去，只见十几个身穿黑衣的蒙面人，手执兵器快步而来。领头的蒙面人一跃而起，转眼间便来到了他们面前，大声喝问："可曾看见一个女子从这里经过？"

旬谟一阵诧异，这条路上，他们走到现在，还真不曾见到过一个人。见此人如此无礼，二人都不想回应他，便都摇了摇头。"走！"领头的蒙面人一声令下，这群人便继续向前赶路，脚步声整齐划一，就算旬谟和卓英倩也听得出这些人都是训练有素的武人。

没等他们走出多远，路旁落叶堆里突然传来一声惊呼："哎呀！"声音清脆悦耳却又短促，像是一个女子受到惊吓叫了出来，却又赶紧捂住了嘴巴。旬谟循声望去，只见一只老鼠爬进了落叶堆，老鼠的个头不小，尾巴竟然还有寸许在外摇晃。落叶堆的缝隙间，露出一块天青色的布头来。

"什么人？"刚走出去不远的黑衣人首领立刻停住了脚步。旬谟意识到躲在落叶堆中的人很可能就是这些黑衣人在找的女子，再一想，这些人手拿兵刃，面带杀气，找这女子绝不会有什么好事。情急之下，旬谟"哎哟"了一声，假装崴到脚了，跌坐在路边，想混淆黑衣人的视线。

卓英倩心中却是另一个想法，他心中大叫不好，有些生气地想：我的傻阿兄哎！这时候你装什么英雄？这世上之事素来是多一事不如少一事，你无端端地替一个陌生女子出头，若是惹了祸事，还没等进了城咱们就得死在这些黑衣人的刀下了。"

于是，卓英倩站在旬谟的身后用眼神示意黑衣人看向那一堆落叶。黑衣人看了看旬谟，又看了看卓英倩，脸上露出轻蔑的笑意，随即拔剑，狠狠地朝着落叶堆中刺去。剑锋穿破空气，发出"嗤"的一声响，随即黑衣人火速挑剑，只见剑尖上扎着一条老鼠。长剑扎在了老鼠的肚子上。

卓英倩腿肚子直哆嗦，这等身手随便对他和邸谟来上一招半式，两个人别说考取功名做宰相，恐怕是连长安都到不了了。

邸谟几步走过去问道："你们到底是什么人？"

黑衣人看着邸谟，眼神里流露出几分诧异，他就是有意在这俩书呆子面前卖弄，没想到这个胆子倒是大，竟然还敢上前质问。黑衣人轻轻一拨，便把邸谟拨到了一边。邸谟脚步踉跄，差点摔倒，眼睁睁地看着黑衣人朝着落叶堆走去，可万万没想到，黑衣人竟然没有发难，反而俯身行礼，对着落叶堆道："小的也是奉命行事，请您跟小的们回去复命，别让小的们为难。"只见枝叶一动，一个衣衫褴褛的女子站了起来，直视着眼前的黑衣人，昂然不惧。满是尘土的长裙并不曾掩盖她美丽的面容，高昂的脖颈显示着她不凡的气质。

"很好。"为首的黑衣人眼角露出笑意，转向邸谟卓英倩二人道，"上头交代，这件事绝不能走漏风声。二位，对不住了。"说完，他便举起长剑，向着邸谟刺去。

一切在转瞬之间发生，邸谟来不及反应，一股源自内心深处最原始的恐惧忽然间便充满了心头，令他失去了一切思考的能力。他此时只能闭上眼睛，等待着那一剑刺过来——运气好的话，也许一下就过去了，不会感觉到疼。就在这一瞬间，忽闻一阵破空之声，一支羽箭急速飞来，目标直指那个不知身份的女子。

领头的黑衣人在听到动静的一瞬间，便将刺向邸谟的长剑横向一边，为女子挡下了致命的一箭。"谁？"回应他的，是数十支羽箭飞射而来。另一批同样穿着黑衣的杀手忽然出现，他们行动相互配合得天衣无缝，显然是更为精锐的杀手。

箭雨过后，有数人倒下。

从恐惧中回过神来的邸谟渐渐看出了些门道。第一批黑衣人的任务是抓住这名神秘女子，但无心伤她性命；第二批杀手，则很明显是想要她的命。神秘女子是他们双方共同的目标，他们此时为这相同的目标厮杀了起来。

正当旬谟出神地思考着局势的时候，卓英倩拉着他就跑："祖宗，小命都快没了，你愣什么神儿啊？"卓英倩拉着旬谟跌跌撞撞向外跑去，旬谟却一把甩开卓英倩道："不行，我要去救人！"话音未落，旬谟已左躲右闪地向着女子的方向奔去。卓英倩无语地看着旬谟的背影，一咬牙，拿起行李撒腿就跑。

卓英倩一边跑一边念叨："旬谟啊，不是我不等你，这阵势咱俩谁上去都是送死，你去充你的好汉，我可是保命要紧。你要是真有个三长两短，待得他日贤弟金榜题名，一定好好厚葬你……"卓英倩嘴里嘟哝着，脚底生风，已经绝尘而去。

两个帮派的黑衣人交战正酣，一时顾及不到其他。旬谟在其中左冲右突，不知是谁的剑锋突然倾斜刺过来，旬谟吓得一缩脖子，头顶的发髻被削掉了一角。旬谟急忙蹲下身子，想避开剑锋，可又迎上了一个倒地的黑衣人手里的匕首，雪白的一张脸被浅浅地刮了一道口子，鲜血顺势就流了下来。

好在第一批黑衣人显然是想要女子活下来，看出旬谟是想搭救她，于是便有意给旬谟开了道，还帮他挡住追来的杀手。旬谟渐渐移动过去，一把拉住女子的手："娘子，快走！"女子惊讶地看着旬谟，似被吓呆了。旬谟披头散发，脸上鲜血淋漓，还一个劲地嚷："走哇，你倒是快走哇！"女子见他人不人鬼不鬼的，一时犹豫，往后退了几步。旬谟一见，干脆拉着女子就走。女子看出他并无恶意，便顺从地跟着旬谟向外围逃去。

新出现的杀手们眼见旬谟和女子就要逃脱了，改变了策略，一个杀手抓住空当，一脚踢在旬谟身上，旬谟哪里经得住这一脚，整个人飞了起来，不得不放开拉着女子的手。杀手还想继续追杀女子，却又立刻被人挡住，双方黑衣人继续僵持着。旬谟实打实地摔得"啪叽"一声，霎时间尘土飞扬，旬谟倒地后双手胡乱一摸，正好摸到一块大石头，于是使出吃奶的力气将石头举起，向一个背对他的杀手，便要当头砸下去。可是，就在他举起石头的一瞬间，杀手忽地转过身来，旬谟看着对方，冷汗流了下来。正思索着怎么逃跑，忽闻面前的杀手一声惨叫，原来是神秘女子用一块石头猛地砸在了杀手的脑袋上。杀手眼睛一翻，便倒地不省人事了。

邬谟惊诧万分地看着眼前的女子，她怎么看都是个闺秀，用石头将人打晕这事她之前应该没干过。女子显然也没想到自己居然还有这份蛮力，也愣在了原地。

两个人对视了片刻，女子随即主动拉起邬谟，低声说了句："快走！"

二

邬谟和女子跌跌撞撞地逃出战圈时，第一批黑衣人正一个一个地倒下，只有那个首领功夫不错，尚能勉力支撑。可邬谟也看出他是强弩之末，显然是在硬撑着，想为女子争取逃脱的时间。

黑衣人转头向着邬谟，嘴唇颤动，隐隐约约是一个"跑"的口型。邬谟更加不敢耽搁，几乎把手里牵的女子拽得飞将起来。女子气喘吁吁："我、我不行了，实在跑不动了。"邬谟哪敢停下来，万一杀手再追上来，这女子岂不是要丧命。

二人不知跑了多久，竟然遥遥地看见了卓英倩。卓英倩背着自己的行李，手上拎着邬谟的包袱，踉踉跄跄地前行着，样子狼狈不堪。邬谟摇了摇头，追上去一把抢过他身上的行李扔在地上，见卓英倩还有些不舍，便喊道："要行李还是要命？"

卓英倩没再坚持，只是没好气地看了看女子，指着邬谟的鼻子道："好意思问我？你是要英雄救美还是要小命？都什么时候了，你不顾兄弟情谊，扔下我去救一个不相干的女人！邬谟，以前我怎么不知道你是如此怜香惜玉！"

邬谟听着这话差点气乐了，到底是谁不顾兄弟情谊。看着从不肯吃亏的卓英倩——以往那么爱干净的他，现在也是小脸黑黢黢的——邬谟是又好气又好笑，也不想再争辩什么，毕竟自己要比他年长一些，形势也由不得他们斗嘴。黑衣人首领一个人难以阻挡所有的杀手，此时已经有几个杀手朝着邬谟他们追了上来。卓英倩眼神一向很好，看到这一幕眼珠一转，指着两条岔路说："邬谟，咱们不能一起走，风险太大，这样，让这位女子走这边，咱们俩走那边，也算是迷惑他们一下。"女子感受到了卓英倩话外的意思，突然伸手抓住了旬谟的衣袖，眼睛盯着旬谟，眼神里全是哀求。

旬谟拉着女子就走，卓英倩无奈，只好带头朝着远处跑。

两个书生，一个弱女子，他们的体力如何比得过经过训练的杀手？不一会儿，冲在最前的杀手一个跃起，便落在了他们面前，挡住了去路。紧接着，后面的杀手们渐渐赶到，将他们包围起来。

"怎么办？"旬谟额头上汗珠绕过眉骨，从太阳穴一路流到脸颊，滴滴落在月白的衫子上，他紧张地注视着面前的杀手。

卓英倩看了看围着自己的这一圈杀手，害怕地嘀咕道："现在求饶还来得及吗？"女子警惕地看着周围，背对着二人，始终没有说话，也不知心里究竟在想些什么。

时间一分一秒地过去，包围他们的杀手却并没有采取任何行动。他们包围着这三个手无缚鸡之力的人，像一群饿狼面对着羊群一般，静静地等待着。旬谟忍不住小声说："他们不是要杀人吗，怎么还不动手？"

卓英倩没好气地道："祖宗，你这么着急去死啊？都怪你，好好赶路管什么闲事？非得救一个八竿子都打不着的女人，真不知道你心里是怎么想的。刚才明明可以摆脱她，可你非得拉着她，这下好，我真是被你拖累死了！"

突然，背后黑衣人拔剑出鞘的声响，让卓英倩闭上了嘴。三个人你看我我看你，都不知道等待自己的是什么。每一个杀手都保持着同一个姿势，如同石像一般，静得出奇。女子走到一个杀手面前，犹豫着伸出一只手。

卓英倩吓得赶紧想要制止，却发现那个杀手居然依旧没有任何反应。女子手掌在杀手眼前晃了晃，对方连眼睛都没眨一下。旬谟突然转头，小声说："附近还有人。刚才拔剑的声音不是这里发出的，肯定是另外有人在此。"

一阵风吹过，两旁的枯木发出婆婆的声响。忽然之间，如同静止的时间突然开始运行了一般，包围他们的杀手全都缓缓倒在地上。三人这才发现，每个杀手的脖颈上都插着一枚细小的银针，伤口已经发黑，显然银针上抹了剧毒。三个人全都惊呆了，这世上最可怕的不是当刀剑正抵着你胸口，而是你能感觉到危险，却不知道它何时到来。女子悄悄挪动，朝着邹谟靠拢。善良的邹谟感受到了女子的恐惧，他朝着女子点了点头。女子撕下裙子的一角，递给了邹谟，示意他擦擦脸，邹谟一擦，发现裙角上沾满了血迹。邹谟这才知道刚才女子为了什么看见自己吓得退后，不禁抿嘴笑了，女子也笑了。

看到这俩人大难临头居然还笑的出来，自己好好地进京赶考性命都要不保，都是二人所致，卓英倩简直是气得目眦尽裂。他气急败坏地大喊："你们两个有没有脑子？这些人为什么平白无故的都死了？你到底是谁？到底还有谁要杀你？你我无冤无仇，你何苦拖累我一介书生！"

女子欲言又止，看向邹谟，邹谟回头想要分辩什么，突然惊惧地喊："你俩快看！"原来是杀手们摆脱了黑衣人头目纷纷追了过来。

眼看着杀手们离这三人越来越近，女子经过刚才一役，已经没了力气，她身形一沉，邹谟眼疾手快地将她扶住，卓英倩情知现在跑是跑不了了，恨恨地说："真是被你们两个害死了。"

忽地，一个身着粗布麻衣、手执长剑的青年从不远处的高树上一跃而出，宛如一片落叶般轻飘飘地落在三人面前。"退后！"青年冷冰冰地说，他静静地站在那里，挡住了所有的杀手。

杀手的头目看了看地上同伴们的尸体，意识到有人只用一瞬间的工夫，便用暗器结果了六条人命，可见遇上强敌了。同伴们的死，加之猎物正在眼前，杀手头目的目光中流露出的寒意，让邹谟和女子不由得退后了几步。

没有任何多余的话，青年拔出长剑，朝着杀手们冲了过去。他在杀手之间闪展腾挪，几乎是两招解决一个，一会儿的工夫，便将杀手们一一解决。直杀到最后一人，他用剑架在那名杀手的脖子上，朗声说道："你们究竟是什么人，为何要追杀一名女子？有何目的？"然而，那名杀手却咬破了早已藏在口中的毒包，口吐鲜血，毒发身亡。

侠客看着杀手慢慢倒在脚下，惊讶于这些杀手居然会为了保护秘密而自尽，而他们所追杀的那名女子，看来更为不简单。他转过身，想问问女子究竟为何被追杀，却发现，女子早已不见了踪影。

三

句谟和卓英倩大难不死，心有余悸，两股战战，能听得见上下牙齿因为抖动而磕在一起，发出"哒哒"的声响。卓英倩一看女子不见了，心里越发恼怒，抱怨道："哎，句谟，你看看，你差点把命搭上，结果呢？人家连个谢字都没说就走掉了，你让我说你点什么好。"

话音刚落，卓英倩突然跪倒在地："感谢佛祖，感谢各路神仙！让小的大难不死，以后有缘，一定为诸位再塑金身。"卓英倩没头没脑地对着四方拜了又拜。

句谟出神地看着远处，不知道女子究竟去了哪里，也不知道她一个人行路，还会不会遇上危险。卓英倩看出来了，气愤地道："句谟，你是不是还在惦记那个女人？我就奇怪了，素不相识，你说你这么做到底是为了什么？以前咱俩在一起读书，我只当你是个不谙世事的书呆子，可我现在才明白，你就是个烂好人，还害得我差点把命搭上！以后你要是再管闲事，我们就各走各路！"

一提到感谢，句谟这才想到救他们的侠义青年，于是拉过卓英倩，打算一起向青年行大礼表示感谢。句谟深施一礼："这位义士，感谢您的救命之恩，若不是您某跟朋友可能已经遭遇不测，某在这里……"卓英倩拉了句谟的衣襟一把，句谟抬头看到义士理都没理他们，转身一跃，消失在了二人的眼前。

虽然命是人家救的，可看人家这样不把他们当回事，卓英倩心里还是郁闷至极。他一边起身一边摇头感叹对方没有礼数，顺带着批评了一下京城人的傲慢无礼。

句谟没有理会他的抱怨。眼下，经历了这样一场风波，两人再不敢耽搁，急急忙忙起身上路。如果天黑之前还赶不到长安城，天知道他们还会遇到什么危险。

行李在被追杀的过程中丢了，两人经历一场大难，已是满身尘土如同两个乞丐一般。来到城门外的时候，已是傍晚时分，还有不到一盏茶的时间，城门就要关了。

此时进城的考生依旧络绎不绝，其中有部分一看就出身名门。

卓英倩叹了口气道："我以前无数次幻想过自己进入长安城时的情景，可怎么也没想到是今天这副模样。"看着长安城内辉煌的灯火和精致的楼宇，他缓缓地说："我曾经想过，我来的时候，前方有护卫骑着高头大马，我坐在肩舆里，身边跟着书童，左右带着保镖。身披绫罗绸缎，腰挂宝玉香囊。我往左边张嘴，有人给我递水果；我往右边张嘴，有人给我倒茶喝。"

郇谟笑了笑道："哪有这般浮夸的考生？"正说着，一个年轻的考生一身名贵绸缎，坐在肩舆里，由护卫开路，后面还跟着一队家丁。书童在肩舆外边一路小跑地跟着，递葡萄给考生吃，极尽诌媚之态。这般情景，简直跟卓英倩向往的丝毫不差！

卓英倩看到这一队人马，惊讶得嘴都快闭不拢了："我不是在做梦吧？怎么刚说完就出现了如此奇景？"他说着话伸手朝着郇谟的腿上狠狠一抓，郇谟大声呼痛，可眼睛还是紧盯着肩舆，也被惊得失神了半天，喃喃地道："浮夸，太浮夸了……"

郇谟摸着疼痛的腿，说："哎，你真是奇怪，你不相信是真的，明明可以抓自己的腿嘛。"卓英倩反唇相讥："啰唆，为个女人你都能赴汤蹈火，兄弟借一下你的腿，你看你叽叽歪歪的……你我兄弟十多年的感情，比不上那个连谢谢都不会说的女人？"郇谟见他又提起那个女子，只好闭口不言。

长安，这个向往已久的城市，终于出现在二人的面前。远处高高的大明宫还残留着盛唐时代的辉煌记忆，近处破败的城墙以及被战火洗礼过的亭台楼阁告诫着人们，大唐的辉煌早已一去不返。

郇谟和卓英倩两个人的神态迥异，郇谟的眼神坚毅，承载着未知的责任与使命感；卓英倩则双目放光，仿佛即将看到自己的未来。

虽然已经远非当年盛景，可对于这两个外乡人来说，长安依旧是他们从未见过的繁华都市。这里的一切对于他们来说，都是那么的新奇，都是那么的令人向往。然而，向往解决不了当下如何填饱肚子问题，郇谟的腹部发出"咕噜"的声响，卓英倩看着郇谟，刚一皱眉，也捂住了饥肠辘辘的肚子。

旬谟问卓英倩："我们下一步该作何打算？"卓英倩志得意满："孟子曰：'心之官则思，思则得之，不思则不得也。'你听我的，我让你怎么办你就怎么办。"旬谟知道卓英倩鬼点子多，也只能走一步算一步了。

对于两个身无分文的穷书生来说，这座繁华的都市似乎并不那么友善，没人在意卓英倩这个无名小卒到底心里想的是什么。卓英倩带着旬谟走进了门面豪华的茶楼德庆楼，卓英倩一拍桌子："茶博士，有什么好茶好饭都给我端上来。"旬谟在桌下踢了卓英倩一脚，小声说："两碗汤饼就是了。"

京城里的伙计最擅长的就是看人，在这德庆楼跑堂，什么人没见过？卓英倩和旬谟一进门，伙计就看出这俩小子肯定是没钱的主，本就不愿意理睬，现下听卓英倩如此一说，眼睛差点翻到后脑勺上，撇着嘴说："客官，我们店好茶好饭还真有，可规矩是先付钱，有了钱不用您吩咐，汤汤水水立时给您堆满。"卓英倩怒了起来："放肆，哪有这种规矩？我大大小小的茶楼进得多了，哪一家不是先吃饭后付钱？"

卓英倩和伙计如此对话，引来了众食客的注意，旬谟越发地不好意思："算了，要不咱们换一家吧。"卓英倩："我就要在这吃。"伙计一伸手说："请你拿钱吧。"卓英倩装模作样地掏口袋，哪里掏得出钱，食客们笑得前俯后仰。卓英倩和旬谟还没反应过来，已被人拎着衣襟揪了起来，片刻之间，两个人已经躺在了大街上，伙计朝着他俩骂了几句，走了。卓英倩还死鸭子嘴硬："你狗眼看人低，等将来有一天老子做了大官，我非买下你德庆楼！"

说归说，可没有钱，就没地方住，甚至连顿饭都没得吃。旬谟犹豫了许久，最终决定孤注一掷，把身上仅有的一枚玉佩给当了。这枚玉佩是他们家的传家宝，据说是从他爷爷的爷爷那辈传下来的。这次让他戴着进京，就是希望这枚玉佩能为他带来好运，让祖先保佑他金榜题名。

好运并没有到来，反倒遭到莫名其妙的追杀，差点送了命，还把行李都丢了，家乡官府的文解也丢了——他如今和乞丐的区别，就是头脑里还有些个读书人的自傲，一时却也换不来饭吃。最终，这枚据说可以给他带来好运的传家宝发挥了它唯一的作用——从当铺里换来了一大把铜板。这应该够他们在京城里生活一阵子了，至少旬谟起初是这么认为的。

二人拿着玉佩换来的钱四处寻找，却发现城里的客栈全都人满为患。赶上科举考试的时段，住宿床位供不应求。他们走遍了京城，终于找到一家客栈，里面有间上等客房还空着。一问价格，二人却傻了眼。他们身上所有的钱，刚够两个人住一个晚上。

正当他们犹豫不决到底要不要住的时候，门口吵吵闹闹地来了一大群人，为首的是一个护卫模样、身材高大的武夫。"当家的可在？我家小郎君要住店！"这武夫的声音刚落，便见一位身着华服的年轻人一边敲着手中的折扇一边踱了进来，身边一个书童点头哈腰地给他递着水果。此人不是别人，正是刚进城时在城门口遇到的那位排场浮夸的考生。

这位年轻人连眼睛都不眨地付了房费，还赏了店家一大袋钱。店家看着钱眼睛里泛着金光，整个脸被笑容堆满，笑得像是一朵开放绚烂的菊花。店家说道："这位小郎君您楼上请，您看看哪里不合适，您不满意的，我就是拆了这客栈也要让您心满意足。"年轻人斜眼看了看郇谟和卓英倩，哼了一声，大摇大摆地上楼了。

所谓人比人气死人，卓英倩一直自以为家境还算富裕，可跟眼前这位比起来，的确是没法比。好在最后客栈老板通融了一下，把柴房收拾出来让郇谟他们住，二人这才有个安身之处。柴房四面漏风，郇谟将支棱有刺的木柴扔到一边，选了一些平整光滑的，整整齐齐地排好，将长衫脱下，铺在上面，示意卓英倩躺下，卓英倩一点都没推让，直接躺在了上面。

郇谟知道他还在生自己的气，可他却不觉得后悔，他知道，如果情景重现，再遇到那个孤苦伶仃的女子，自己仍旧会出手相帮。卓英倩躺下了，郇谟则瑟缩在柴堆的角落，紧缩着身体，勉勉强强算是睡下了。不过，长安的夜晚太冷，谁也睡不着。

看着透过柴房空隙折射进来的月光，郇谟吟诵着："万里云烟绕画楼，客居无事转深愁。秋风翠阁看初动，玉露金茎望欲流。廿载承恩谁报主，一生僚属且封侯。明朝努力长安道，不为晴川恋旧游。"

郇谟翻了个身，推了推卓英倩："常衮这首诗写得太好了，你说是不是?"卓英倩有些不耐烦："那还用说,他可是乙未科状元,等我成了状元,我的诗也能像他这么流传,快睡吧,饿着肚子还有闲情逸致吟诗,真服了你了。"

卓英倩睡去了,旬谟想起女子的眼神,她定是看出卓英倩的不耐烦才不辞而别。旬谟想了很久后,也慢慢地睡着了。

四

夜,渐渐地深了,长安城陷入一片沉寂之中。

"长安一片月,万户捣衣声。"在这深夜里,城市依然是宁静的,但盛世早已不在。月亮嵌在断壁残垣之上,映照着这座不久之前经历惨痛洗礼的城市。哪怕是富贵人家的飞檐流瓦,也失去了往日的光泽,在如此宁静的月光的照耀下,显得萎靡而又消沉。

唐代的长安城可分做三部分,最北部的中央部分叫宫城,是陛下、后妃和太子所住的地方;宫城的南边叫皇城,是政府官员们工作的地方;外郭城从东西南三面把宫城和皇城包围着,是官僚和百姓的住宅区,也是长安城的商业区,呈现着"东贵西富"的格局。

城东有一座富丽堂皇的宅院,显示着与整个城市的萎靡气质截然相反的锐气。

元府,这是当今所有读书人所向往的宅邸。一个贫苦出身的书生,通过自身的努力,最终成为大唐宰相——元载,这个当时所有读书人的偶像,如同一个标杆一样,被天下的读书人所注视和向往着。

"梆、梆、梆"的敲击声,从夜里远远传来,迟来的更夫显示着夜已经深了,油灯的火焰忽明忽暗。元府内却一片辉煌,仆人们端着东西匆匆忙忙地在廊间走动;偶尔传出乐声,是府内养着的舞女在演习。纵深的回廊一眼望不到头,就在回廊的最里面,是元载的书房。一个仆人端着热饮,脚步轻盈地推开了书房的门,书房里华丽的设置闪着迷炫的光芒,顿时闪花人的眼。

元载的书房阔大、豪奢,案上摆放着整整齐齐的书卷,尽显着主人的实力以及位高权重。案头积压的文书,还有好多没处理完。元载无奈地摇了摇头，起身伸了个懒腰，接过了仆人手中的热饮，喝了一口，推门走进院子里。

月光分外明亮，仿佛能穿透人心照进灵魂深处一般。元载并不喜欢这样的月色，过分的光明对他来说，总会带给人一种不安的情绪。就像今晚，他总觉得有人在背后注视着自己，可每当他回头查看，身后空无一人。也许是近日来事务繁忙，太累了吧？他暗暗地想。

元载喜爱下雨是府里尽人皆知的事情。每当下雨的天气，散朝回家的元载喜欢换上件家常的锦袍，独自坐在回廊下，静听淅淅沥沥的雨声。仆人们看到主人眯着眼睛审视着雨雾笼罩的世界，脸上闪现着一丝温柔的神色。

元载曾在很长的一段日子里无法入睡。还是了解他的夫人，命仆人接上竹管，深夜将水浇到房檐之上，听到水声落下，元载才安然入梦。没有人知道这到底是为了什么，元载闭口不提，自然也无人敢问。

此时的元载皱着眉头，环顾四周。明亮的月光对他来说并不总是坏事，他终于发现，那双背后注视着的眼睛并非是错觉。他看到一个身影就在背后的高墙之上，寒冷的剑刃把月光反射到了他的身前。

"来人！"随着元载的呼喊，十几名护卫如同事先埋伏好的一般，从各个角落冒了出来。与此同时，躲在暗处的刺客挥剑向元载刺去。月光救了元载的命——元载一个趔趄，腰间的一块金牌显露出来。月光照射在金牌上，恰好反射到刺客的眼睛。刺客眼前一晃，视线模糊，这致命的一剑刺偏了。

刺客短暂的目眩，为护卫们反击提供了机会。即使他前后招架，手臂和大腿上还是多了几处血痕。一个护卫看准机会，一刀刺进他的胸口，也许再向下一点，刺中的便是他的心脏。剧痛之下，刺客奋力挥剑横扫，逼退身边的包围，随即一跃而起，翻过高墙，消失在夜色中。

宰相府上下惊魂未定。这般层层把守之下，竟无一人事先发现有刺客潜入。元载心头涌上一股凉意：他第一次感觉到就像是活在别人的刀刃下一般，堂堂宰相府，让一个刺客如此自由地来去，若非今日运气好躲过一劫，说不定自己这条性命就此断送了。元载望着刺客逃走的方向，陷入恐惧之中。

元载一动不动，十几个护卫已吓得大气都不敢喘，垂首站在元载身边。元载抬起头，目光在这十几个人的脸上扫来扫去，众护卫更是噤若寒蝉。元载冷冷说道："记不记得你们刚来府上的时候，老夫说过什么?"这些人一起张口，声音却参差不齐，元载："来，你们一个个地说。"

最前面的护卫往前走了一步，小声说："不耻不若人，何若人有?"元载鼻子里冷冷地哼了一声，指着第二个护卫："你把这句话给老夫解释一下。"护卫答："不以赶不上别人为羞耻，怎么能赶上别人呢?"元载冷笑："刚才那个刺客，你们赶上了吗?"护卫齐声："没有。"元载："你们感到耻辱吗?"霎时间，护卫们的脸都白了。

元载拍拍手，说："管家。"呆立在一旁的管家小跑着出现："主人。"元载："把他们几个都送去修身堂吧。"十几个汉子，顿时跪倒了一片，苦苦哀求："主人，不要，以后我们一定好好看守宰相府。"说完便"当当"磕头，面前一片血色。元载转过身，倒背着双手："老夫给你们机会，谁又能给老夫机会?老夫对你们宽容，就是对自己残忍。"

管家高声道："别啰唆了，来人，准备修身堂，把这些人都给我带进去。"数十个精壮的家丁三两个人拽着一个，把护卫们押走了。

修身堂在宰相府跨院的角落里，管家把门推开，已有几个家丁等在里头，小声说："都准备妥当了。"那十几个护卫听到这话，浑身一抖。进得门里，屋内摆放着十几张红木的小桌子，小桌上端端正正地放着十几个小木碗。

管家一摆手："请吧，遵主人的吩咐送几位上路，你们可别记恨我，当然也不能恨主人，俗话说，'养兵千日用兵一时。'你说说你们，竟然差点让刺客把主人杀了，这是多大的罪过?唉，什么都别说了，来吧，看在以往共事的情分上，我就不往下灌了，你们自己喝吧。"

别看平时这些人仗着有些武功，好像有多么的不怕死，可真当死亡来临，谁都不想面对，一个个涕泪横流，甚至还有的人尿了裤子。仆人催促道："吉时已到，再拖下去，主人一生气，还不知道下场啥样呢。"管家威胁道："我数到三，再不喝我可就要硬灌了。"有几个脾气暴烈的，心想大不了就是一死，抬起手端起小木碗，咕咚喝下，其他的人抖着手也喝了。过了片刻，有两个人摔倒在地，七窍流血，随后，其他十几个人也纷纷倒地，捂着肚子哀号。

射进房中的月光被巨大的阴影遮挡，元载高高的身影出现在房门口，他说："今天赐你们的酒，有两杯带毒，其余的不过是加了一点点料，这是对你们的惩罚。"元载冷眼看着死去的两个人，"从今往后，你们要是再出现纰漏，他俩就是你们的下场。"十几个人不断地磕头，元载出了门，走在冷清清的大院里，他自言自语道："谁也不想天生做个恶人，可老夫不对你们残忍，你们早晚将对老夫残忍。"

行刺元载的刺客跑了很远，身上的刀伤处渗着血。他摘下蒙面的黑巾，露出了全部的面容，月光照射之下，他就是之前出手搭救邬谟和卓英倩的青年。没人知道他的来历，可就在刚刚，他差一点亲手杀了元载——堂堂大唐宰相几乎死在他的手里了。

他靠着一棵大树旁，大口地喘着气，身上的每一处刀伤都让他疼痛难忍。尤其是胸口上那一刀，此时仍在滋滋地冒着血沫，他每一次呼吸都感到无比的疼痛和煎熬。这样的伤势，如果得不到及时的医治，恐怕随时会有性命危险。

月光依旧明亮，可由于它的明亮，整个夜空更显漆黑一片。也许太阳能给予世界光明，可月亮，再怎么发光，也只能让黑夜更黑。

青年望着漆黑的苍穹，脸上露出了一抹绝望，他突然大张着嘴，发出了凄厉的叫声，在深夜里听着是那么令人恐惧，就好像是受了重伤的苍狼，期待着能有同伴将自己救起。

五

客栈的柴房破旧不堪，房顶上的瓦已残破不全。透过那个大大的空洞，可以看到天上那一轮皎洁的明月。邬谟躺在柴火堆里，半夜醒了以后，久久不能入眠。由于屋顶漏雨的缘故，柴房里异常潮湿，再加上蚊虫的侵扰，这一夜显得分外难熬。辗转反侧间，一声号叫入耳，邬谟蓦地起身，侧耳倾听，推了推身边的卓英倩："你听，外面什么声音？"

卓英倩翻了个身："你烦不烦啊，这是什么地方？天子脚下！你别大惊小怪好不好，让人睡个安稳觉！"卓英倩翻身又昏睡过去。旬谟用手当枕，垫在脑后，他总觉得此次进长安赶考有着说不出的意味，心中惴惴不安，感到什么事情将要发生。

难熬的夜晚终于过去了，清晨的曙光透过屋顶的破洞照射进来。旬谟揉揉眼睛，叫醒了身边的卓英倩。尽管卓英倩依旧困意十足，却也不得不起来，因为他们今天还有很多重要的事情要做。

唐代的科举取士，不仅看考试成绩，很多情况下还要看当时名人的推荐。因此，考前考后，考生们纷纷奔走于名公巨卿之门，向他们"投献"自己的代表作，称之为"投卷"。旬谟和卓英倩拿着诗文分头行动，向京城里各界名流投卷。如果得到对方的赏识，不但可以拿到推荐的名额，甚至有可能得到对方的资助。这样一来，他们二人的吃住就都不成问题了。

现实远没有他们想象的那么简单。由于投卷的人很多，有些考生为了自己的投卷被名人看到，就会特意打点看门的仆人。时间一长，越来越多的人使钱贿赂，仆人们拿钱也越来越不含糊。久而久之，长安城里便形成了一种约定俗成的"规矩"，前来递送拜帖的人，必须给门人一点赏钱，否则连门都进不去。

旬谟和卓英倩住了店，置办了文房四宝，再买些书籍用于平日温习之用，已经几乎身无分文了，哪还有钱再去打点看门的仆人？吃了一上午的闭门羹后，旬谟心中愤懑难耐。他离乡之前从未想过，大唐的首都长安城会是这个样子，充满铜臭。

旬谟看着紧闭的大门，气愤地说："这种事情难道宰相和陛下不知道吗？"

卓英倩看着旬谟，劝道："祖宗啊，现在不是在你的家乡啊，这长安城就是这规则，到了什么时候都得习惯规则、顺应规则，这就叫入乡随俗，你总不能让规则去适应你吧？"

卓英倩似乎忘了旬谟就是这么一种倔脾气，你越是让他妥协，他却偏要逆流而上。

旬谟打定主意，绝不贿赂看门的仆人，实在没人举荐，大不了去礼部投公卷。在旬谟的内心深处，他不相信普天之下，真正有才华的人会因为没有钱而被埋没。

卓英倩这方面可比郎谟强多了，简直是八面玲珑，与各色人等交往是游刃有余，依仗嘴甜舌滑求爷爷告奶奶，该拍的马屁全拍了，可没送上钱就是不让进门。

两个人聚到一起，都垂头丧气，以前对于长安的种种美好梦想，此刻全被现实敲打得破碎不堪。傍晚时分，卓英倩摸了摸口袋，身上仅剩下几个铜板了。卓英倩把手中的铜板攥了良久，下决心去买碗汤饼吃，两人此时都饥肠辘辘。

路过一个胡麻饼摊儿，刚出锅的胡麻饼冒着喷香的热气，卖饼人自己吃了一个，一嘴下去，香气四溢。卓英倩的眼睛盯着卖饼人的嘴，人家吃上一口，他伸脖子使劲咽吐沫。郎谟一见此状，拉着他快速走开了，卓英倩不忿地回头，恨恨地说："等将来小爷有了钱，非得把这胡麻饼吃个够。"

汤饼摊角落里，坐着两个穷酸的书生，两碗最便宜的清汤寡水的素汤饼，花去了他们一半的钱。郎谟苦笑着摇了摇头："想不到，来考个科举，最难的不是考试，却是柴米油盐。"卓英倩听了也苦笑不已："看来我们得在京城里寻个营生了，不然，还没等到考试，咱们就饿死了。"

邻座一位面相十分秀气的郎君，点了一大碗牛肉汤饼，碗里肉香四溢，清凌凌的汤汁上飘着黄澄澄的油花，与郎谟两人碗里的清汤寡水形成了鲜明的对比。秀气的郎君身材娇小，捧着这么大一碗汤饼，仿佛整张脸都要扎进碗里去。

吃到一半，秀气郎君打了个饱嗝儿，一摸口袋，愣了一下。听到郎谟和卓英倩二人的谈话，他便端着面坐到二人的桌上："二位可是来进京赶考的？"郎谟点点头。卓英倩戒备地拽了一把郎谟的衣襟，郎谟依旧实在地与秀气郎君寒暄着。"敢问两位要考哪一科？"郎君问道。

郎谟道："在下要考进士科，我这位卓兄要考明经科。"秀气郎君道："这位仁兄，你真是失策啊，你没听过吗？'三十老明经，五十少进士。'考进士，五十岁能中就算小的了，还是这位有见识，报了明经。同样是做官，先做上才是关键。须知这官场进来靠才学，往上爬既靠能力又靠运气。"

卓英倩笑道："你可别小看了我这位旬兄。他自幼便是我们晋州的神童，这次是以乡试第一的成绩被推荐参加进士科考的。别人要学个三五十年才能考得中进士，可我这位兄弟，说不定在这个年纪便能拿个状元给你看看。"郎君一笑："状元又如何？细数我大唐历代宰相，可有哪一个是状元出身的么？"旬谟拱手道："愿闻其详。"

秀气郎君见两人愿意听自己说话，便又招呼店家为碗里加了点肉，一直等到肉碗端上来，他嚼着肉，接着道："你可知当今的元宰相，当年考的是哪一科？"他看了看二人，手指点着桌面道，"明经！以宰相之才，为何没有去考进士，却考了较容易的明经？因为他知道科举不过是一个门槛，外面是平民百姓，跨进来就是整个官场。无论你从哪个门进来，通向的都是同一个地方。想进入官场，有宽敞的大门不走，为什么偏要挤那个小门呢？所以，在下以为……"

秀气郎君高谈阔论，旁征博引，其见识之广，让旬谟和卓英倩赞叹不已。秀气郎君不停地说，他二人便不停地点头称是。从科举考试聊到官场处事，从诗词歌赋聊到人生哲学。这狂侃之后，竟让旬谟和卓英倩都感到遇到了知音。

秀气郎君起身告辞后，两人才发现碗里的汤饼都凉了。待吃完后一结账，傻了眼。刚才那个秀气郎君吃的所有东西，竟都算在了他二人的账上。如此一来，他们身上仅有的那点钱，便全都付给了汤饼摊老板。

秀气郎君离开后转过一条胡同，便有一个婢女跟上来道："娘子，可找到你了，我们快回去吧。主人发现你不在，正发火呢。"原来，所谓的郎君竟是个女儿身。她跟着婢女走进元府，见元载在书房里闭目养神，便乖巧地走到他身边为他捶背，撒娇地唤了一声"阿耶"。

她就是当朝宰相元载的女儿，元媛。

元载睁开了眼，看了看女儿，威严的脸上露出一丝慈祥的笑意，随即他又严肃起来："你一个女孩子，成日里到处乱逛成何体统？为父让你抄写的《道德经》你可曾抄写完毕？"元媛噘着嘴回应："阿耶口口声声说心疼儿，可经书枯燥无味，每日抄写起来，好像是有一个冬烘的老者在耳边嘤嘤嗡嗡，儿抄着就困了。"

元载叹息："你可知为父为何给你取名做元媛？"元媛好奇："为了

什么？"元载："为父此生最喜老子与庄子，《道德经》所言，道可道，非常道；名可名，非常名。无名，天地之始；有名，万物之母。故常无欲，以观其妙。"

元媛不耐烦："好啦阿耶，儿知道你把《道德经》倒背如流，这个儿自叹不如，别掉这些书袋了，儿又听不懂。"

元载说道："取道于寻常可取之道，其道非恒久之道；取名于寻常可取之名，其名非恒久之名。取名于无名，就好比天地未判之初始；取名于有名，乃是万物化生之根本。所以，通常要无所趋求，以便观想无以名状的微妙，为父为你取名元媛，正是来自这里，这元媛二字看似粗浅，实则是要你在这道与名两者之间循环开悟，你通晓了这里的精妙，你的一切行为就有了运作的章法。"

元载说到此处，得意地仰起脸，等待着元媛的认同，元媛却皱着眉说："得了，儿回去抄经去吧，听阿耶这一说，儿又困了。"元载像是被人兜头浇下了一盆凉水，刚要发火，抬起头来，哪里还看得见元媛的身影。

元载无奈地摇摇头，想起了昨夜遭遇刺客之事，呼唤了一声："来人啊。"

一个黑衣人恍若是从地里冒出来的一般，悄无声息地站在了元载的身边。元载叮嘱他："从今天开始，娘子要是出去闲逛，你便带上几个人，远远跟随，莫要叫她出现任何闪失。"黑衣人颔首答应："是，主人。"元载放心地吐出了一口长气。

可怜天下父母心，哪怕是贵为宰相，也不例外。

元载这边用心良苦，可元媛在书房里却戳着下巴出神，想起在街上遇到的两个书生，觉得甚是有趣，尤其那个姓旬的，文文的、傻傻的，他那种个性，以后在官场上很可能会碰钉子。

就在此时，旬谟已把她这位乔装打扮的郎君诅咒几百遍了，他和卓英倩身上仅有那么点钱，吃了这顿，就没了下顿，哎，明天的早饭算是没有着落了。

第二章：命悬一线

一

在京城这个地方，如果没有钱，真是寸步难行。为了能吃上饭，卓英情和旬谟不得不各自在城中寻找营生，多少挣些小钱，好让二人吃饱住店。旬谟在街上摆了个地摊，为人写字。第一日生意算不错，一个下午就赚出了两天的饭钱。收摊回客栈的途中，经过一处破庙，旬谟想起父母远在家乡，而父亲身体一直都不太好，自己一时照顾不上。他走进庙里，祈求神明保佑父母身体健康。

这座破庙年头许久了，门口的牌匾不知去向，堂上供着的不知是何方神圣，雕像如蜕了一层皮，被风蚀得看不出轮廓了。支撑大殿的柱子有的倾斜了，有的倒塌了，有几根还立在那里，顶着千疮百孔的屋顶。傍晚时分，一阵风过，残破的蛛网和破旧的布帘来回晃动。

旬谟在神像前，为父母祈福，随后想到昨日那个被追杀的女子，不知如今是否安好，便也为她祈了福。正在这时，忽闻破庙角落里传来一个人声："谁？"伴随着人声的，是一阵利刃出鞘的摩擦声响。循着声音过去，旬谟发现声音来自角落里一处干草垛的后面。在那干草垛周围，有很多处血迹。

旬谟大着胆子继续前进，在黄昏幽暗的光线下，腐烂的布匹粘着蛛网四下飘荡。这样的场景，总让人觉得，血迹的尽头，干草垛的后面，会有可怕的东西等着你一步步自投罗网。"在下是路经此地，进来拜谢神明，并无他意……"一边说着，他小心翼翼地向里面走，就要绕过干草垛来到那人面前了。那人手上紧握着长剑，随时做好了刺一剑的准备。可怜邹谟不知道，这草垛背后等待他的是一把闪着寒光的利刃。

邹谟越走越近，草垛后的人手中的剑越握越紧。

正在这时，忽听外面一阵嘈杂之声，随后，便有几个官兵走进庙里。"我等在捉拿要犯，你在附近可见过什么形迹可疑之人？"官兵问道。邹谟意识到草垛后面那人似乎正是这个"要犯"，他不动声色地挪动身体，悄悄挡住了地上的血迹。与此同时，草垛后面那人更加紧张，他已随时准备着突然暴起，拼尽全力杀出去，能杀几人是几人。

可当他发现邹谟变换着身形在掩护他，惊讶之余感到一种前所未有的惭愧。

邹谟对官兵说道："在下不过一介书生，路经此地见一破庙，便进来拜一拜，没见到其他人来过。"官兵四下看了看，瞥到邹谟身后的草垛，便走了过来。在这般危急时刻，邹谟灵机一动："啊！我想起来了，我刚进来的时候看到一个人影往那边跑了。"为首的官兵一听，气得指着邹谟："你怎么不早说，耽误了老子的事情拿你是问。"官兵急忙招齐人手，朝着邹谟指的方向追了过去。

邹谟跟着出了庙门，确定官兵已经走远之后，回到草垛处。绕过草垛，他终于见到躲在后面那人。两人都一声惊呼道："是你？"草垛之后，正是当日在城外出手相救的青年。青年叉手道："在下宁疾云，本是京城人士，幼时家中遭遇变故，开始在江湖中游历，如今已过去十八年了。敢问名姓？"

邹谟急忙还礼："某姓邹名谟，晋州人士，是进京赶考的书生，有幸和义士相识，还未来得及感谢义士当日的搭救之恩。"宁疾云接着说："那日也是凑巧，我路过那里，见你与那位娘子被恶人欺负，这才出手相助，不值一提，某在此谢过。"俩人如此这般还想客气下去，宁疾云脸色惨白，摇摇欲坠，邹谟这才发现，宁疾云的身上到处带伤。邹谟二话未说，扶起宁疾云就走。

等两个人走到街上，一齐傻了眼。城里到处都贴着夜袭元府刺客的画像，还别说，画得与宁疾云有几分神似，好几个人围着画像一边看一边谈论："好家伙，这是谁啊，胆子真大啊，竟然敢到宰相府去偷东西？""他就是偷了也没命花，你没看着宰相都写了，凡是有举报者，赏钱万贯，我的个乖乖，这么多钱，我就是一辈子也见不到啊。"

还有人小声说："你们觉不觉得兴许这是个圈套，难道朝廷上出了什么事？宰相这是敲山震虎？"另有人说："大街上莫谈国事，小心掉脑袋，国子监鱼朝恩现在可是顶顶的红人，你们别说错了话，被五马分尸。"

鱼朝恩的名字一出，人们立即作鸟兽散。

众人这一分开，把站在众人身后听他们议论的旬谟和宁疾云暴露了出来，旬谟的样子倒还好说，就是个穷酸书生，可宁疾云有伤，几乎靠在旬谟身上，早有守城的护卫看宁疾云不对劲，朝着两个人走来，旬谟神色一紧，突然指着宁疾云骂了起来："你给我起来，我无非就是打了你几拳，你这样靠在我身上讹人是何道理？你调戏我的老婆，这笔账我这辈子跟你没完。"

守城的护卫一听是男女之间的香艳之事，嘿嘿笑着，抱着戒棍躲到一边跟其他人八卦去了。旬谟吓得后背衣衫全部湿透，撑着劲架着宁疾云快步离开。旬谟将宁疾云安置在客栈柴房里，仔细查看他的伤口，发现经过这一路折腾，伤口又开始冒血，旬谟掏出口袋里今天挣来的几个钱，随即出去，用仅有的钱买了伤药回来，可宁疾云已没了踪影。

待到卓英倩回来，问今日摆摊收成如何，旬谟据实相告，说今天赚的钱以及以前剩下的钱，都用来为救他们的义士买药了。看着桌上摆着的那一包药，卓英倩简直哭笑不得。沉默了一会儿，他取出自己今日的收成，将一半分给旬谟，说二人既是兄弟，便要有福同享有难同当。旬谟甚是感动。

卓英倩转身却将桌上的一包药狠狠地摔出门去。此后，旬谟投了公卷，卓英倩得到了两个名门的举荐。科考前几天，众考生分别去各自归属地驻京的衙门里，拜会当地官员，然后，便要一门心思准备考试了。

科考的大日子很快到了，考场在尚书省礼部南院的贡院。一大清早，太阳还未升起，考场外便已聚集了很多的考生。来到考场门口，管事的小吏们对考生挨个检查搜身，甚至连鞋垫里藏的字条都被搜了出来。

旬谟不禁感叹科考之严格，从中舞弊无疑是难于登天的事情，想到此处，郇谟内心是欣慰的：朗朗乾坤，本该如此的公平公正。

考场满满全是一个一个的小格子间，左右分开，空间狭窄。郇谟在进场时看到了当初进城时非常浮夸的郎君，排队报名讳的时候，听到他好像叫什么李文才。考试的时候，他在郇谟对面的格子间，两人的表情神态俱都看得清清楚楚。

考试没多久，便有一考生当场呕吐不止，最终晕倒被抬出了考场。紧接着，一个五六十岁的老考生突发心疾，吓得考官赶紧命人把他带出去救治。更有甚者，当场发作了失心疯，蹦蹦跳跳地说自己考中了状元，把考官的帽子摘了自己戴上傻笑。郇谟看了看这群考生，无奈地摇了摇头。

科举考试无疑是严苛的，可郇谟也知道，在贫富差距如此严重的时代，也就是科考才能让社会中下层的读书人进入社会上层。如果没有科举考试，中下层寒士想要晋身，无异于难于上青天。

最令他佩服的还是对面的李文才。他从早上进场到太阳下山，在座位上手持试卷发呆，居然终日一个字都没动笔写过，交了白卷。可看他神情，却分明没有半点紧张焦虑。真是不佩服不行啊。

郇谟的考试就这样结束了。进士科之后，过几天便是明经科。卓英情也顺利地完成了考试，据他自己说，这次可真是超常发挥，比以往哪次都答得更加得心应手。

死记硬背比较容易，文学才能则需要某种天赋，所以重诗赋的进士科比较难，而以儒家义理为主的明经科则相对容易。

经过发榜前一段难熬的日子，就要放春榜了。已饱受多年寒窗之苦的考生急于获得是否登第的消息，纷纷聚集在礼部南院大墙之外，忐忑等待放榜时间的到来。

礼部南院黎明时分，人声鼎沸。放榜仪式十分隆重，场面十分壮观，金榜伴随着洪亮的钟声，在通天的火光照耀下，被人们从礼部簇拥而出。这张榜由竖着的四张黄纸写成，因此称为"金榜"，考生们最盼望的就是金榜上出现自己的名字，十年寒窗无人问，一举成名天下知，登第给考生带来的是无上的荣誉和富贵。

放榜之后，京城百姓争相一睹新科进士容貌，整个京城热闹非凡，放榜成为京城当天最重要的大事。

卓英倩在明经科的榜单上看了很久，终于在最后面几个人名中找到了自己，一时间大喜过望，急忙去找旬谟分享喜悦。

可令他惊讶的是，旬谟却始终怔怔出神地盯着榜单，像个泥塑般一动不动。卓英倩在进士科的榜单里看了几个来回，甚至要把榜单撕下来看，最终也没有找到旬谟的名字，知道他是落榜了，便要上来安慰，但实在找不到合适语言。

旬谟依旧怔怔地愣在那里，嘴上不断说着："不可能，不可能……"

二

旬谟看着榜单恍若五雷轰顶，卓英倩以为他受不了落榜的打击，可旬谟指了指进士科及第榜首的名字，上面赫然写着"李文才"三个字。李文才！旬谟的手在颤抖，脑袋一片轰鸣，这人？

这人明明在考场上终日不能成一个字，怎么上了状头了呢？当他思绪迷惑之时，忽闻身后一阵敲锣之声，李文才骑着高头大马，前面家丁嚷嚷着开路而来。旬谟眼睛一亮，走到李文才的面前叉手道："这位可是这次进士科的状头李文才？"

这一声问候，让所有围观看榜的考生瞬间安静了下来。状头，原来这位就是这次进士科的状头！旬谟再行一礼道："某对郎君的才学真是佩服不已。不知郎君可还记得，考试那天，某正在郎君对面，见郎君白天一个字都没写，想来，郎君是仅用晚上那三根蜡烛的时间便把所有题目都答完了，这等才学，某佩服得五体投地！"旬谟击中要害，寥寥几语，就把李文才置于风口浪尖之上。

众考生一听，便明白了旬谟的意思。晚上那三根蜡烛的时间，哪怕是两只手同时书写，也不可能答完题目。而这人白天一个字都没写，晚上那点工夫竟然答完了全部卷子还得了状元，这根本就是天方夜谭。

李文才毫不躲避地接了旬谟的话道："某就有这种本事，考场上无论写还是一个字不写，最后都能当状元。"考生们听了，愤愤不平起来。尤其是落榜的考生们，像是找到了发泄出口似的，将满腔的郁闷全部变成了攻击力。

人们将李文才一行人围在当中，指指点点声讨，久久不让他离去，还送这位交白卷的状头一个称呼，叫作"曳白"。

李文才也是骄横惯了，哪能受得了这种窝囊气，挥舞着马鞭，打向围在身边的书生，顿时哀号声、骂声四起。百姓纷纷围观，街面上拥堵至极，乱成一团。随后，又有考生到官府击鼓鸣冤，说要状告礼部考官私通李文才舞弊。

当日，数百名落榜考生在礼部门口请愿，在等了许久没有得到回应之后，他们竟然把礼部的大门给硬生生撞开了。

邹谟此时已回到了客栈，听说此事，急忙动身要去劝阻。邹谟说道："如此万万不可，有理说理，可以申请查卷，岂能做出破坏纲纪之事，这可是触犯了朝廷例律啊。不行，我必须得赶去劝阻。"

卓英情则拉住他说："祖宗啊，你可行了吧，多一事不如少一事啊，这都什么时候了，你还去凑什么热闹？考生们就为了这一刻能博取功名，历经千辛万苦，此事一出，挡了他们的前程，别说你去讲理，现在就是天王老子去劝阻，估计都得被他们撕个粉碎。"

邹谟犹豫良久，还是决定前去。他推开卓英情疾步而去，卓英情急得直跳脚："这个呆子，早晚惹出祸事，莫要将我连累便是万幸啊。"说归说，卓英情毕竟怕邹谟吃了亏，脚跟脚地也随他而去。

礼部门口已被围得水泄不通。考生们愤怒异常，礼部的衙役们勉强在大门口拦着，却有招架不住的趋势。邹谟急忙挤进去，找到带头闹事之人，告诉他这样闹下去不会有好结果。那带头人却一把揪住邹谟，说他是朝廷的说客，是恶人的狗腿子。

领头人的一句话把大家的怒火瞬间点燃，众人掉转矛头，将邹谟围在了中间，邹谟急忙辩解："你我都是读书之人，怎么可以是非不明，随便就给人扣上朝廷说客的帽子？我们要指派一个代表去，将请愿之事表达清楚即可，不可这般拦截官府，这不是深明大义之人所为。"领头人紧紧盯着邹谟："你叫什么？"

邹谟答："本人姓邹名谟。"领头人又问："好，你说我们做的事情不是读书人所为，你告诉我，如果我们不一起闹出反响，仅凭我们个人之力，当官的会见我？还是会见你？现在你说得头头是道，那么，就请你代表走一遭，你觉得怎么样？"众人齐齐振臂附和："让他去，让他去。"旬谟一时束手无策。

无奈之际，忽闻一阵"叮当"声响，一队官兵手持兵刃赶了过来，将考生们团团围住。领队的军官喊道："郑国公有令，将闹事的狂徒给我全部拿下！"旬谟正在想这个郑国公是谁，却忽地被兵刃架到脖子上。他这才反应过来，急忙喊道："我不是闹事的，我是来劝阻的！"

"他是领头的！"一声大喊突然出现，旬谟循着声音望去，只见那个领头人看着旬谟，嘴角露出冷笑，官兵看着旬谟手上加了些力道："你小子还敢狡辩，走，跟我走。"锋利的刀刃架在旬谟脖子上，血痕像是鲜红的丝带，在旬谟的脖子上慢慢晕染开来。官兵一挥手："所有人一并带走。"

卓英倩远远地看着，急得团团转，却不敢再去蹚这浑水。一个小书童跑了出来，一边跑还一边嚷："不好啦！前去官府请愿的考生全被官兵抓起来了！"听到这个消息，卓英倩心里"咯噔"一声，急忙问那书童究竟怎么回事。

那书童只说，在场的书生无一例外，全都被抓起来了，抓人的是神策军。

一听到"神策军"三个字，卓英倩顿觉不妙，这可是朝廷的禁军。能动用禁军的，当今朝中除了陛下本人外，就只有一个人，便是权倾朝野如日中天的大太监——鱼朝恩。

卓英倩想到这里，直挺挺地跌坐在地上，用手拍着地面，嘴里小声呢喃："旬谟啊旬谟，你这是什么八字啊，从进京到现在，你遇见的怎么都是掉脑袋的事啊。"卓英倩双目呆滞，既怕旬谟有性命之忧，也担心有人说出自己与旬谟同来，被判为同党，自己金榜题名的美梦啊，这下子全毁了。

旬谟他们被抓的时候，正逢朝廷举行祭孔大典。这位如日中天的大太监鱼朝恩，刚刚被陛下任命为国子监祭酒。在唐朝，这个职位若无经世之才，是万万担当不起的。

一个粗通文墨的太监，竟成了国家最高学府的长官，无数文官瞠目结舌之余，内心是大大的不服气。吏部尚书颜真卿看着鱼朝恩在台上滔滔不绝地胡扯，心里恨得牙痒痒。他看了看站在旁边的吏部侍郎杨绾，见其神态肃穆，脸上波澜不惊，也不知在想些什么，便问道："陛下究竟是怎么想的，让一个宦官来掌管国子监？"

相较于颜真卿的耿直，杨绾则更加深沉睿智。他环顾左右，沉吟了一会儿道："陛下之心，岂是我等可以揣摩的。不过，陛下如此安排，必有用意，我等静观其变就是了。"他这说了等于没说，颜真卿冷哼了一声："我看，分明是这跳梁小丑迷惑了陛下的心智，如此下去，这鱼朝恩迟早成为第二个李辅国！"

李辅国，大唐第一个当上宰相的太监。其权力之大，可想而知。当初陛下不知下了多大的功夫，才把这个祸患暗中除掉了。如今，这个鱼朝恩，似乎比李辅国更加危险，因为他手上掌握着禁军！杨绾嘴角微微上扬，悄声道："也许，陛下正是想让他变成第二个李辅国呢？"

第二个李辅国？颜真卿惊诧地看着身边这个老者，在这朝中，没有几人比他更加德高望重。他身上总有一种特殊的魅力，既让人敬重，又让人摸不透。此时，惊诧过后，颜真卿好像明白了杨绾的意思。他转过头看向台上滔滔不绝的鱼朝恩，脸上现出一阵莫名的冷笑。

鱼朝恩在台上敲了敲桌子，念道："鼎折足，覆公餗。"全场哗然。"鼎足"象征宰相，"鼎折足"，便说明宰相办事不力。"覆公餗"，字面上是鼎里的食物倾倒出来。两句合在一起，意思就是：如今宰相办事不力，国家社稷已经岌岌可危。讲台下面分列两边，为首的正是两个宰相——王缙和元载。王缙的一张老脸刷的一下就红了，额头上青筋直跳。

元载此时面带着笑意，直视着鱼朝恩，仿佛鱼朝恩说的话与他毫无关系一样。其实，没有人知道，此时心里最复杂的，就是元载。他脸上虽挂着笑意，但心中却早已转了千百回。"鼎折足，覆公餗"，鱼朝恩说这句话，究竟逞一时口舌之快，还是另有深意呢？祭孔大典结束后，事情就有了答案。

这时中书省的文员满头大汗地跑来报告元载，出大事了：落榜考生集体闹事，有近百人被抓进了京兆府的大牢里！

三

"哈哈哈哈！"一阵雌雄莫辨的笑声从精致奢华的别院里传来。鱼朝恩领着他的养子鱼令徽，走在后花园里。"今天父亲的讲话太精彩了，那些文官一个个被气得吹胡子瞪眼的。"鱼朝恩有意点拨自己的养子，便问道："是吗？你可注意到，为父说话并不妥当吗？又有哪个文官没有被气得吹胡子瞪眼吗？"

鱼令徽是个眼睛里能通气儿的人，察言观色的功夫自然不差。他胸有成竹地仰着头道："我看有两人，一个是吏部的杨侍郎；还有一个，就是站在最前面的元宰相。"

鱼朝恩面带笑意地看着儿子，点点头道："不错，可是还有一人，如若今日在场的话，应该也在其中。"鱼令徽眼珠一转，便明白了父亲的意思，于是会意道："父亲说的可是刘度支？"

儿子说对了人，鱼朝恩满意地点了点头："先不说这个刘宴，他心机虽深，却不会参与朝中争斗。你且说说，今日在场这两人，有何不同？"鱼令徽道："杨公脸上波澜不惊，眼中却似看穿了一切。至于那位元宰相，我看他是想怒不敢怒、想笑又笑得不太自然吧。"这番言论反而让鱼朝恩拉下脸来，他大有深意地看着鱼令徽道："杨绾的老谋深算是挂在脸上的，倒是元载的笑，更让人摸不透啊。"

这番话让鱼令徽有些不解。说话间，忽然有一个婢女急匆匆跑过来，和鱼朝恩撞了个满怀。婢女急忙跪在地上："刚才管家说主人的鱼翅羹好了，让婢子赶紧去拿，说是温了主人要生气的，这才跑得略急，没看到主人在此，请主人恕罪。"婢女的头磕在雕花青石砖上，咚咚作响。

鱼朝恩脸上没有怒容，反倒笑着说："你把脸抬起来。"婢女抬起头，娇滴滴的一张粉脸上带着泪珠，真真是我见犹怜。鱼朝恩俯下身子，看着婢女的眼睛："我又不是老虎，看把你吓的，你可有受伤？"婢女见其笑容可掬，便松了一口气，微笑着说："回主人，婢子没事。"说话间眼波流转，看得鱼令徽心中一荡。

鱼朝恩忽然板起脸来，一脚踹在婢女身上，将她踹倒在地。然后，他又换上之前那副憨态可掬的笑容看着婢女道："别怕，让洒家看看，你可受伤了？"此时，这笑容在婢女眼里，竟是那么的可怕。她急忙跪在地上，捣蒜似的磕头道："主人饶命。"磕了半天头，见对方没了动静，婢女抬起头来，却见鱼朝恩的那副笑容挂在脸上，吓得浑身一个激灵，又磕头起来，依旧不敢停下来。

鱼朝恩看了看儿子，道："越是面带笑容的人，有时候反而越可怕，你明白了吗？让人心生恐惧的不是破口大骂，而是隐隐不发，越是让人摸不透内心的敌人，越不可小觑。"鱼令徽一时无语，冷汗汩汩地顺着脸颊流下。

鱼令徽看着父亲，又看了看仍然不敢停止磕头的婢女，掏出锦帕擦了擦额头上的冷汗，小心地点了点头。鱼朝恩大笑着带着他离开，留下可怜的婢女依旧独自在那里拼了命地磕头，即使人走了，她还是不敢停下来。鱼朝恩给养子上了很深刻的一堂课，他让鱼令徽明白，笑里藏刀究竟是一个多么可怕的事情。

在宰相府的会客厅里，薛邕焦急地踱来踱去，仆人们为他准备的茶被晾在桌上，半天没有顾上喝一口。见到元载进来，薛邕急忙迎上去道："元公，帮下官想想办法吧，下官这顶乌纱帽快保不住了！"元载哼一声道："平日我就警告过你，不要因小失大，莫要为了眼前利益丢了长远打算，如今这局面，鱼朝恩有意要拿你开刀，我也保不了你！"

元载说的话没错，对于鱼朝恩来说，这是一次难得的机会。他要打击朝中的文官，以这次考生闹事来说事儿再好不过了。鱼朝恩想一家独大，已经筹谋了很久，没想到这么快就来了机会。

元载的心里很清楚，这次主持科举的薛邕很可能在劫难逃，如果不出手帮忙，很可能失去这个左膀右臂；可如果他出手帮助薛邕的话，他也可能被牵扯进这个案件当中，到时候局面会更加不利。思来想去，元载给薛邕的答复只有一句话：自求多福。

元载一个人坐立不安，他对薛邕说下了狠话，可他也深知，他帮不帮薛邕，鱼朝恩的矛头业已指向了自己。都是朝廷为官的人，谁跟谁是一个帮派、一个圈子，彼此都非常清楚。朝廷之事素来牵一发而动全身，鱼朝恩真要对着薛邕下手，那就是在敲山震虎，该如何应对呢？

元载在府中踱来踱去，他务必要想出一个万全之策。

几家欢乐几家愁，就在朝廷上下各色人等在为书生闹事一事打着小算盘的时候，那些金榜题名的考生们，正在进行他们一生中最重要的一次狂欢。

经历了这么多年的苦读，终于有了放松的机会，大家聚在一起饮酒，又选出两个年轻人做"探花使"。这一集会被称作"探花宴"。据说有一年的探花宴，"探花使"被扔入湖中，上下翻腾，众人把鲜花同时抛入湖中，一时间，鱼跃花香，尖叫连连，简直是盛况空前。探花宴开篇的"探花使"就算是个小小的楔子，由此探花宴正式开始，众人开宴狂欢，无醉不归，当时的午夜，若见到大街上走着喝得歪歪斜斜的书生，身后跟着书童，问都不用问，肯定是刚参加完探花宴返回。

卓英倩在中榜考生中排名最后，却因为年纪最小成了探花使。可他一心挂念旬谟的安危，无心庆祝。在别人举杯相庆的时候，卓英倩在为旬谟被抓的事情向同榜人打听消息。卓英倩是个为了前程不择手段的人，探花宴这么大好的机会，他却弄得别人扫兴至极，可见旬谟在他的心中是多么的重要。

卓英倩问过的每一个人都劝他不要蹚这浑水，可旬谟是他从小玩到大的好朋友，怎可就此放弃？

宴后，众人在官员的带领下来到慈恩寺后的雁塔下一一题名。这时候凑巧有个陪同的小吏，想拍拍"状头"的马屁，便对李文才说："某不才，曾在科考中负责试卷糊名，曾有幸拜读李兄的大作。昨日，吏部的颜尚书读了李兄的诗作，更是一高兴便亲笔誊抄下来，今日托我前来赠予李兄。"

吏部尚书颜真卿，可是当代最负盛名的书法名家，他的墨宝可谓价值连城。这份大礼，可谓厚重至极。众考生也都纷纷凑过去，要一睹名家的真迹。卓英倩本无意欣赏，却被一个同榜的考生拉着一同进去观看。这一看可不得了，那首诗分明是旬谟在考试的时候所写！他记得清清楚楚，当日旬谟考完回来，说自己临场发挥写的诗还算不错，趁着没忘赶紧记录下来。可以说，除了旬谟以外，他是第一个看到这首诗的人，甚至比阅卷的官员更早读到了这首诗。

忽然之间，许多疑云在他的心里逐步理出头绪，真相渐渐地浮现出来。卓英倩不再迟疑，向负责的官员告了假，心里有了一个替邬谟脱罪的想法，他也知道这种举动无异于蚍蜉撼树，可如果兄弟有难坐视不理，卓英倩真是还过不了良心这道坎。犹豫之间，卓英倩咬了咬嘴唇，毅然朝着与邬谟栖身的小柴房走去。

四

"当当当"，静谧的午后，京兆府门外的大鼓被人敲响，听得出击鼓人心情迫切。端坐在府里的京兆尹黎干惊得差点跳起来，这个光景，朝廷风声鹤唳，人人争先恐后地站队，以求自保，黎干一听鼓响了，心慌意乱，他怕啊，可别在这个时候出什么乱子。这击鼓之人是谁？正是卓英倩，他急急忙忙地跑回客栈去，拿到邬谟的原作来京兆府击鼓鸣冤。

京兆尹黎干看着卓英倩递上来的供状，暗自盘算着。在朝中，他是鱼朝恩一党的，同大部分文官合不来；如今，堂下这个刚中榜的书生，手中所拿的证据如果是真的，那么负责此次科考的礼部好几个官员都难逃干系。

而其中最危险的，便是本次考试的主持者，礼部侍郎薛邕！

这么大的利益摆在眼前，他恨不得马上就将这供词呈上去。可转念一想，这么大的案子，真搅动起来，可就不是平常的案子了，而是权力之争的引线！谁把这个案子呈上去，谁就必然会站在这场政治斗争的风口浪尖上，黎干还没有这个胆量。

于是，他眼珠一转，有了新的主意。黎干客气地扶起卓英倩道："本官不过是个小小的京兆尹，这个案子，你要告的可是半个礼部！你让本官好生为难啊。"卓英倩听罢，急忙跪下磕头道："为还好友一个公道，某就是肝脑涂地在所不辞，还请黎公指点迷津。"

黎干暗道这书生颇有几分机敏，听懂了他的言外之意，于是点点头道："你现在要告的是官。这弹劾官员的事，你想想，是谁管呢？"卓英倩想了想，道："您的意思是……御史台？"

御史台的影响如此之大，大到一些贪赃枉法、徇私舞弊的官员听到御史台的人上门，差不多都会吓得大小便失禁。

黎干见这书生一点就透，不禁笑了笑，没有回答，拿过纸笔，写了张帖子递给卓英倩道："你拿着这个拜帖去找侍御史李栖筠，或许他能帮上忙。"卓英倩拿了帖子跪地磕了三个响头，便告退去找黎干推荐的侍御史李栖筠去了。待他走后，黎干笑了一声："可怜这小子有心眼儿却没远见，这案子真闹起来，礼部为求自保，给这群考生定的罪，也许就不只是聚众闹事这么简单了。"推掉了这烫手的山芋，黎干美美地喝上了一口茶，哼了几句小曲。

长安的夜晚依旧是寂静的，在这般寂静的夜里，总会有那么几个辗转难眠的人。李栖筠拿着状书，在书房里踱来踱去。这是一个叫卓英倩的明经科考生送来的，科场舞弊案，一份牵动整个礼部的状书！如果真如那个青年所说，那么，经手这件事的绝不止一个官员。科举考试制度之严格，每一个环节都受官员管理和监督，在这种情况下有人把试卷给换了，那么只有一种可能：主持本次科考的绝大部分官员都参与了这场舞弊！

李栖筠的脑海中冒出这个想法后，手都一抖："我不相信，我绝对不相信会有这么多官员牵涉到这件事情中来。"李栖筠在椅子上，细细地读着状纸的内容，力图找出新的纰漏，来打破已有的判断。可是，看来看去，事实恍若就在眼前。

这个结论让李栖筠不寒而栗。这是怎样的腐败，才能够达到这种地步？礼部这群官员，简直无法无天了！但是，他也并不是一根直肠子，他明白，这份诉状将会带来一场怎样的争斗。他清楚地知道，黎干将这个年轻考生推到这里的用意，这是要让自己当出头鸟啊。当然，在重大原则面前，他别无选择，在他的理念中，公道正派是第一位的；对就是对，错就是错，错的东西，无论遇到多大困难，付出多大的代价，也要想办法纠正，不能有半点含糊。说起来陛下还是会用人的，把李栖筠安排在御史台，他确实可以担得起秉公执法的重任。

清晨的阳光透过窗口，透射进这间不大的牢房里。旬谟惊讶地看着在他面前的卓英倩，他知道在定案之前，自己是不能被探视的。卓英倩在他面前抖了抖手中的帖子，告诉他，是在侍御史李栖筠的帮助之下自己才获准进来探望的。

卓英倩把这几日的事情前前后后地说了个遍。邮谟感动得热泪盈眶，与卓英倩相处这么久，他太了解对方是个什么样的人——卓英倩但凡有一线生机都会明哲保身，而不会卷入这么复杂的事情中，现在他为了朋友，真是不顾一切了。这份深情厚谊，让邮谟怎能不泪流成河。邮谟哽咽得说不出话来。卓英倩也快要崩溃了，压低声音道："祖宗啊，现在不是哭的时候啊，你倒是想想有什么法子，为自己洗清冤屈啊，仅仅凭着那一首诗，是不能让你走出这里的。"

邮谟陷入沉思，良久，他叹了口气道："你做得很对。不过这样一来，我们这群被抓的考生，以及你说的那位李御史，可就要遇到大麻烦了。"他沉吟了一会儿，忽然抬头道，"我想见见这位李御史。"

事情远比卓英倩说的还要复杂得多，这一点邮谟是清楚的。如果说卓英倩具备点小聪明，邮谟就是个拥有大智慧的人。要把自己和诸多书生解救出去，他必须见一见这位名叫李栖筠的侍御史，他要代替卓英倩成为那个投状的人，这样才能避免卓英倩卷入到这场权力争斗中。邮谟在性命攸关之际，仍旧惦记着别人的安危，但一柄利剑已经在他的头上高悬。

当日下午，邮谟就见到了李栖筠。他看着眼前这个中年人，见其面颊方正，目光不算锐利，却隐隐透着一股凛然正气，和他之前的想象完全一样。通过卓英倩的描述，他已猜到了李栖筠的为人。一方面，这个案子必然会引起朝廷争斗，李栖筠作为官员必然知道，朝中文官相较鱼朝恩一党，本就呈现势弱，如此一来，更会拉大差距；另一方面，搬出这个案子的官员必定会被摆在风口浪尖上，李栖筠一个小小的侍御史，这一番折腾，十有八九没有好果子吃。

在这样的情况下，李栖筠还是决定受理此案，足以说明，这是一个原则大于一切的刚正之人。看着眼前这位明知前方是火坑却毫不退缩的官员，邮谟心中的敬意油然而生。他什么话都没说，跪在李栖筠的面前，行了个大礼。见李栖筠要上前扶他，邮谟急忙道："李公为捍卫人间正道，不顾自身安危，某心中的敬佩之情无以表达，还请李公受了这一拜。"

听了这话，李栖筠先是惊讶，随即了然，于是满意地点了点头道："身陷囹圄，却能管窥全豹，这朝中的局势你能一眼看穿，当得状元之才。我果然没有看错。"旬谟又向李栖筠行了个大礼，还想要说些什么，一时间激动得说不出话来，千言万语，如鲠在喉，眼圈却又红了。

李栖筠看着这个受了天大委屈的年轻人，感慨万分，今日一见，旬谟眉眼舒展，剑眉星目，难能可贵的是，虽然委屈，整个人却仍旧礼数周全，看不见一丝萎靡之气。李栖筠难免生出了惜才怜才之意。

两个志同道合的人在茫茫人海中相遇，已非易事，何况是在这狱中，更是一件不容易的事情。一个是御史台官员，另一个是身陷囹圄的囚犯，惺惺相惜的感觉总会让人产生一种莫名的激动和感慨。李栖筠对旬谟笑道："你这一拜，可是为了那位在外为你奔走的卓兄弟？"两个聪明而又正直的人聚到一起，就是这么的心意相通，很多事情不用说，便都明白对方想要做什么。

旬谟哽咽道："卓兄好不容易考取明经，不能因为在下的事卷入这场风波，还请御史成全。"眼前这个年轻人，不到双十年华，就有这般见识和魄力，李栖筠甚至有些后悔，想要放弃这个案子，全力保住这个难得的栋梁之材，但看到旬谟坚定的眼神，李栖筠明白了，他们是同一种人——在正义面前，一切都要让路，哪怕是自身的生死安危都要置之度外。

李栖筠强忍住内心的悸动，唤狱卒拿来笔墨纸砚，摆在旬谟面前："你尽快写个新的状书吧，就当此事是你一个人的作为，与他人无干。"旬谟已想好了供词，于是拿起笔来，一挥而就。大意便是：考试那日自己就坐在对面，清清楚楚看到李文才终日不能成一个字，可李文才却成了进士科榜首，真是不可思议。毫无疑问礼部主考官员与其有串通舞弊嫌疑。可旬谟在供词中，对卓英倩发现李文才调换了旬谟的试卷这件事只字未提。

旬谟拿着供词让李栖筠看，说道："真相如何，需查一查考试的卷宗，其中做了怎样的手脚很容易查明。但这个案子，想要查明白很容易，但想审明白可就难了，李公任重而道远，一定要注意安危。"

　　李栖筠听了此话，心中一热，在御史台多年，什么难缠的人没见过？什么口吐莲花的美言没听过，他一直屹立不倒，坐在这个位子，早已树敌无数，这些人背后说他不讲人情他早已习以为常。毫无疑问，御史台的人是有感情的，但处理案件如不按规则办，讲个人感情，就彻底违背了御史台的职责与职能，秉公执法就成了一句空话。

　　李栖筠认为早就练就了淡定的心态，宠辱不惊，可这个一面之缘的一句关怀之话，却触动了李栖筠的心弦。李栖筠收起邬谟的诉状，临走时回过头道："我竭尽全力也要保护你生命安全。"

五

　　在大牢外仰望那一抹天空，李栖筠顿悟：邬谟能打动他的是真诚，一种惺惺相惜舍命相托的信任与真挚。李栖筠摇摇头，如若真的留下邬谟一条命，他的仕途也是毁了。若不是这场风波，这年轻人的将来不可小觑，可这朗朗乾坤，谁能为这个委屈的书生说句公道话？李栖筠唯一能做的不过是让这个书生留下一条性命而已，可叹啊。

　　幽暗潮湿的大牢里，邬谟呆呆地看着囚窗里射进的一条光线，光影的照拂下，能看到微尘在飘浮，恍若是在舞蹈，邬谟心里很清楚，这个案子一旦投出去，自己能不能保住这条性命都很难说。李栖筠临走的这句话，代表了一种承诺，这其中的艰难和沉重，是旁人所不能理解的。他朝着李栖筠离去的方向，又跪拜了下去——不为正义，不为朋友，只为他自己，唯有这样才能表达他对李栖筠的感激。

　　然而，现实远没有想象的顺利。

　　礼部侍郎薛邕先他们一步采取了行动。在李栖筠去牢房见邬谟的时间，薛邕把已写好的奏章呈给了陛下，说科举张榜之日，有一落榜考生不甘落榜，当街诽谤状元考试舞弊，煽动其他考生闹事。

　　李豫勃然大怒，急忙召来京兆尹黎干问明情况。黎干已定主意让李栖筠当这个出头鸟，自己置身事外，只说当日确实有数十名考生在官府门前闹事，现已被全部羁押，关在京兆府的牢房里。

　　李豫一听脸上变了颜色："这些考生，自己几斤几两不清楚？考得不好就闹事？总得有个缘由吧？"黎干看了眼薛邕，欲言又止，李豫瞪了他一眼："你有话尽管直说。"黎干沉吟一下说："这个事尚且无人去京兆府投递诉状，我想还是让他讲一下，毕竟属于他的管辖，他比下官了解得清楚些。"黎干面沉如水说出这些话，可心里却乐开了花，他心想，薛邕啊薛邕，我看你这回怎么办。

薛邕立即上前一步："启禀陛下，此事虽然是臣负责，有些细节却有人知情不报，臣不知他是何居心，此人此举意欲何为还请陛下定夺。"李豫气得狠狠地拍了下书案，大怒："薛邕，我看你才是其心可诛，你当着我的面说话还闪烁其词，速速把详情说与我听。"

令人惊讶的一幕发生了，薛邕竟拿出了一份京兆府审问的供词，内容明明白白，就是旬谟当众说榜首李文才有舞弊嫌疑，引发众怒，进而发展成考生闹事，证据确凿。

李豫看着黎干，黎干腿肚子哆嗦得险些站立不住。胆敢在陛下面前撒谎，这可是天大的罪过啊。李豫的脸色也是由青转白，短暂之间权衡了利弊，黎干是鱼朝恩的人，李豫不是不知道，而薛邕是元载的亲信，这两个人是现在轻易不能处理的，这原本平衡的状态不能就因为这些事被打破。

李豫不是不想制裁这俩人，可他觉得为时尚早。于是，李豫还是把焦点先对准这次事件引线，李豫开口了："既然事实确凿，似乎没有再审问的必要了。"众人纷纷附和，李豫当即下令，全体闹事考生科举一律除名，终身不得再考，旬谟，则因煽动闹事，作为首恶，斩首。

黎干自然知道薛邕在京兆府里安插了眼线，不然不可能得到京兆府审问犯人的证词。此刻黎干却动起了心眼：如果就此把旬谟杀了，等事后李栖筠站出来弹劾薛邕为一己私欲蒙骗陛下，使真正的进士科榜首被认作罪犯斩首，那么薛邕的罪过一定更大。于是，他便没有站出来反对，任凭陛下下了这道指令，判了旬谟死罪。

对于政治而言，死个把冤魂又有什么稀奇，在权力之争中，谁人不是棋子？谁又能有回头路？黎干并不觉得自己的做法有什么不妥，相反还有几分自得，觉得走了一步精妙的好棋。可怜的旬谟，还在狱中等待沉冤得雪，不知杀身之祸已经来临。

吃过冰冷的牢饭，邮谟无聊地打扫牢房不大的空间。一个不小心，手指被稻草划了个口子。鲜血顺着伤口不断涌了出来，那是一种象征着灾祸的红色，邮谟看着它出了神。不一会儿，几个狱卒过来将他带走。众多被抓考生中，唯独邮谟被单独带走，送进了刑部大牢。狱卒告诉他，陛下下了诏，他被定了死罪！

事情的进展不用问邮谟也猜到个大概，一定是礼部参与舞弊的官员先下手了。虽然做好了思想准备，可邮谟依旧被震撼到了。不是被自己的罪名所震撼，而是惊叹到底是一群怎样的人竟然会为了自身的利益，毫不犹豫地剥夺一个毫不相干的人的性命。大唐就在这样一群狠辣无情的官员们手上运转着，可想而知，百姓们的苦难会有多么深重！

更让他惊讶的，却是陛下的选择。京城里发生考生闹事事件，陛下自然会知晓，但仅仅考生闹事，还用不着陛下亲自去管，京兆府就可以处理。但是，这件案子此刻由礼部的官员呈到陛下面前，如果陛下不是傻子，他自然会明白，一定是有人要借着这个案子为难礼部。这个人必然就是鱼朝恩，而鱼朝恩一定也拿到了礼部官员的把柄。陛下之所以没有多问，直接定了邮谟的死罪，就在于他不想挑起朝中的争斗，想要息事宁人。

这一切都说明，陛下是想以牺牲一个微不足道的书生，换取整个朝廷的暂时稳定。

在正义与权术面前，陛下选择了后者。邮谟的心情是复杂的，陛下所做的决定不是最正确的，却无疑是最安全的。这个朝廷也经不起折腾了。邮谟思虑到此，内心悲凉，国之稳定难道就非要以牺牲小我来成全大我吗？难道就没有真的权衡之策，去守护一个微不足道的人的性命吗？蝼蚁尚且偷生，可自己现在的处境却连一只蚂蚁都不如。

听到邮谟被定死罪的消息，李栖筠大吃一惊，他怎么也没想到，陛下这么快就定了案。这样一来，他手上的弹劾奏章和邮谟的诉状就无从递出了。卓英倩在得到消息后，第一时间赶到刑部大牢探望邮谟。

见了面，邮谟开口第一句话，便要卓英倩赶紧去找李栖筠，让李栖筠无论如何不要再上疏弹劾。因为这样一来，不但于事无补，还会为旁人招来祸患。随后他又向卓英倩交代了身后事，托他照顾家中的父母。

言罢，二人抱头痛哭。

旬谟的话被卓英倩一字不差地转达给了李栖筠，李栖筠当即起身来到刑部大牢，当着旬谟的面表明自己的想法。他说什么也要为旬谟翻案，不惜一切代价，哪怕拼了这条性命。旬谟劝他不过，默然良久，才开口对李栖筠说："李公若执意如此，某其实还有一个办法。"

李栖筠一听，心下一松："请讲。"旬谟道："卓英倩当日发现状元考卷调包一事，是通过一个人的手书看到的。那个人，就是吏部尚书颜真卿。旬谟不知颜公的为人，不知道能否得到他的帮助？"

考卷上的姓名可以替换，可字迹却无法更改。颜真卿是当代书法名家，自然对字迹有足够的辨认能力。他是看过状元考卷的，拿着旬谟和李文才的文墨让他去辨认，便可知道这状元的考卷究竟是属于旬谟还是属于李文才。

但这样做是有风险的。其一，旬谟不了解颜真卿，不知他是否也能像李栖筠一样，可以不顾个人安危也要维护正义；其二，万一他也是如李栖筠一般正直的好官，这么做也会把他拉下水，这一点上，旬谟十分过意不去；其三，最重要的一点，陛下已下了诏书，如果翻案，等于是打了陛下的脸，这是无论如何也说不过去的。

李栖筠当然知道这些，但是，他更重视做过的承诺。他答应过要拼尽全力保住旬谟的性命，所以，无论有再大的困难，他都绝不退缩。不过，有一点是乐观的。因为他知道，颜真卿的为人，是十分刚正耿直的。果然不出李栖筠所料，当李栖筠拿着旬谟的字递给了颜真卿那一刹那，颜真卿一眼便认出了旬谟的字迹。当他得知真正的状元是旬谟之后，当即决定与李栖筠联手帮助旬谟翻案。

第三章：死里逃生

一

对旬谟翻案一事最为上心的人，非卓英倩莫属，他知道他的作用微不足道，却不愿放弃努力。相比较而言，他没有旬谟那般聪明才智，但论到察言观色、沟通协调，他比旬谟强上一大截。

考得明经之后，卓英倩成了预备官员，立时就有官员们愿意与他往来。他便利用这个机会，结识了许多朋友，接着一个一个地请到酒楼吃饭喝酒，拉近关系，并借此机会获得消息和交流，如果旬谟有一线生机的话，希望他的这些朋友多少能帮上点忙。

卓英倩有意笼络他人，请客的地方自然不能寒酸，好在他现在也非彼时的穷酸书生了，于是，请客的地方是长安城里首屈一指的酒楼。这酒楼酒菜的质量毋庸置疑，更令人趋之如鹜的是这里的一个娘子。

酒楼里新来了个歌姬，名叫沈梦芜，她容貌秀美，琴技过人，歌喉动听，很受客人的欢迎。这沈梦芜平日里都是戴着面纱见客，从没有人看过她的真容。卓英倩一门心思想着如何帮助旬谟，还没有心思去看那歌姬一眼。

可就在他们推杯换盏之际，一阵歌声飘入耳中，让在场的人都屏住了呼吸。歌声停止后，卓英倩回过头，朝着歌声飘来的方向看去。

沈梦芜在一个隐蔽的隔间里，撩开帘子，默默地注视着卓英倩和朋友们。她已关注卓英倩很久了，她知道这个年轻的书生请了不少朋友到酒楼里吃饭饮酒，就为了帮助旬谟免除死罪。可那些被请之人，吃喝玩乐可以，一听到事由，无不言辞冠冕堂皇而无实际，大抵是不肯不能或不敢帮忙。

几次客人散去以后，沈梦芜看到卓英倩独自买醉，喝多了趴在桌上痛哭，一声声地喊着旬谟，说着对不起，沈梦芜眼泪也陪着掉落了几回，卓英倩浑然不知而已。

沈梦芜放下帘子，叹了口气，这已经数不清是第几次了，旬谟不知道是他的什么人，值得他两肋插刀。卓英倩也没想到，隔间里注视着他的歌姬沈梦芜，就是当初他和旬谟拼死救下的那个神秘女子。他更不会想到，隔间里还坐着另一个老者，他须发皆白，面颊红润，目光里蕴含着一种久经沙场的大将军有的睿智与沉着。

沈梦芜看着老者道："那人曾经救过儿的命，您真的不能出面帮忙吗？"老者默然。一会儿后，老者看着沈梦芜，轻声说："我一直都当你是个懂事的孩子。"沈梦芜垂下头，黯然神伤。她怅然道："儿明白了，儿此时都性命堪忧，岂能再顾及他人，感谢郭老救命之恩。"说着，她便对老者行了个大礼。老者急忙起身虚扶她起来，道："莫要折煞老夫了，于公于私，这都是老夫应尽的责任，至于旁人，恕老夫难以周全。"

老者离开隔间，临走时从卓英倩身边经过，深深地看了他一眼。待到老者走后，卓英倩宴请的朋友小声对他说："你可知，刚才从我们身边过去的老者是谁？那是当今的汾阳王，郭子仪！"卓英倩一听，猛然站立了起来。他心里想的只有一件事，要是能结交上这个人，说不定旬谟的事他就能帮上大忙！当他追出去发现，郭子仪没有骑马也没有坐肩舆，此时已不见踪影。

考场舞弊案一出，仿佛长安城里的人都在忙碌，宰相府里也并不轻松，书房里，元载淡淡地看着薛邕。自从陛下定了煽动闹事的那个考生死罪之后，薛邕似乎大大地松了口气。元载有些怀疑自己的用人判断，最初他可是把薛邕当接班人来培养的，可如今看他这样子，看来难堪大任。但多年的师徒情分还在，他不得不提醒薛邕，事情还没完呢。

元载清清喉咙，低声说道："你以为考场舞弊一案就此了结？"薛邕奇怪地看着元载："陛下都下诏了，还能有什么变故？"元载看着薛邕眉距相去甚远的双眼，恍若一个智商欠缺的人，元载不禁摇了摇头，哑然失笑。见薛邕还不开窍，元载叹道："鱼朝恩不主动出击，不代表他不会利用别人下手。""他能利用谁?"薛邕不以为意地边喝着茶边问道。元载反问他:"这两天有没有与本案毫不相关的人去探望过那个被判死罪的考生?"

茶水喝到一半,薛邕便扣上了盖子:"侍御史李栖筠!"元载说:"御史台都介入了,你以为这件事能轻而易举地结束吗?"薛邕想了想,自言自语道:"只要那个考生不死,便总有翻案的机会。"说到这里,他瞬间醒悟,明白该做什么了,便急急忙忙起身向元载告辞。

薛邕走后,元载独自待在书房里,直到月色降临。这般明亮得恼人的月光,让人觉得灵魂中的阴暗面无所遁藏。元载静静地等着,等着一个人出现。因为他早就注意到了,有一双眼睛在某个地方紧盯着自己,眼神里夹杂着仇恨和杀意。

宁疾云在暗处观察了很久,判断元载身边确实没有带护卫,便从角落里走了出来。自从上次刺杀失败,他始终心有不甘,此时伤还没好,他却等不及了。他用剑指着元载,用满是杀意的眼神注视着对方,等着他说出最后的临终遗言。然而,元载说的却是:"我已经等你很久了。"没等宁疾云反应过来,便见书房的门口已经被护卫们团团围住了。他刚想挥剑拼命刺杀元载,房顶上一个大渔网迎面兜了下来,把他彻底困住了。"元载,你这卑鄙小人,我要杀了你,为我父亲报仇!"宁疾云歇斯底里地号叫着,拼命地挣扎,身上的渔网却越缠越紧。

元载静静地看着他,脸上波澜不惊。他思索了半天,于是问道:"你父亲是谁?"宁疾云怒道:"我父亲是宁秋书,我是他儿子宁疾云!你当年诬陷我父亲,害他惨死,我拼死也不会放过你!我要杀了你!"见他发狂起来,为首的侍卫踹了他一脚道:"老实点!"侍卫想再打,被元载挥手制止。元载走到宁疾云的面前,看了看他,又看了看侍卫首领,道:"放了他。""可是,主人……"侍卫首领并不清楚元载的用意,他深知宁疾云武功高强,一旦放开,如此近的距离,他要再杀元载,他们很有可能阻止不了。

"我说放了他!"元载强调了一遍。侍卫们只得割开渔网,将宁疾云放了出来。宁疾云剑指着元载问道:"你这是什么意思?我不敢杀你吗?"元载黯然道:"你父亲当初被奸人所害,我却没能出手相救,是我对不起他，你要杀便杀吧！""你说什么？"宁疾云不敢相信自己的耳朵，这么多年，他都认定了元载便是害死父亲的凶手，如今看来，难道搞错了？

元载哽咽道："当年，你父亲宁秋书和我是结拜好友，我遭恶人构陷，是你父亲为了救我而牺牲了。这条命，是你父亲给的，如今儿子来拿，我还给你便是。""这些都是你的一面之词，我怎么相信你？"想到父亲，宁疾云悲痛不已，还是冷静了下来。元载道："信不信由你。剑在你手上，你随时可以要我的命。"宁疾云举着剑，最终还是下不了手。"我会查清楚的。"

护卫欲伸手阻拦宁疾云，被元载制止。宁疾云便大踏步地离开了宰相府。元载伸手一挥，身边顿时出现了一个黑衣人。"跟上去，监视他的一举一动。""遵命！"说完，黑衣人一跃而起，翻过墙头，身影消失在黑夜中。夜色又恢复了沉寂，可明日必定又是一个无法安宁的开始。

夜的沉寂对普通人来讲，是温馨、是浪漫，对身陷狱中的旬谟来说，却是杀机四伏。晚饭早早吃过了，牢房内的杂役又端了碗加了肉的汤饼过来，恭恭敬敬地放在了旬谟面前。旬谟双目里精光四射。杂役看着这么阳光帅气的一个大男孩，可能很快就离开人世间，心有些戚戚然，把碗朝着旬谟推了推："快吃吧，按照规定，明天是没有早饭的。"一听这话，旬谟还如何吃得下。

旬谟端起这碗汤饼，想到这次进京的林林总总，不知怎的就想到了路上搭救的女子，当初有余力可以救人，转眼之间就关在这里等待人救，历史总是有惊人的相似之处。

一只乌溜溜的老鼠蹿了过来。旬谟："你说你也不会找地方，这里是深牢大狱，哪里有吃的给你呢？"旬谟看了看汤饼，挑起了几缕扔在地上喂老鼠，老鼠欢快地吃着，几口之后，发出惨烈的叫声，随即断了气。

旬谟真的发怒了，拍打着牢房粗壮的木柱："监狱里怎么会有人下毒？你们真的无法无天了吗？当真就不怕有人查吗？昏暗如斯，这还让老百姓如何活啊，谁出来，告诉我到底是怎么了！"旬谟的声音回荡在空旷的走廊，没有人回答他的问题。惨白的月光照着那个死去的老鼠，老鼠那僵硬的身体，亦如郇谟冰冷的心。哀莫大于心死，郇谟感到他的心死了。

二

李栖筠与颜真卿，做好了一切准备，要在朝堂上为郇谟洗脱冤屈。可在宫外排队等早朝的时候，他们得到了一个坏消息：刑部昨日向陛下申请，要将郇谟提前问斩，陛下已御批完毕，时间就定在今日午时三刻！唐律规定，从立春到秋分，除犯恶逆以上及部曲奴婢杀主之外，其他罪犯不得在春决死刑。可见此案的严重性。

李栖筠与颜真卿朝着朝堂之上的石阶冲了上去。

朝阳缓缓升起，太阳的光辉洒在朝堂外的空地上，铺成一片金色的地毯。在高大的屋檐的遮挡下，朝堂门口处形成了一条鲜明的分界线。朝堂外面阳光普照，朝堂里面却笼罩着一片阴暗。

今天的早朝，注定会有一场激烈的纷争。李栖筠与颜真卿在朝堂门口对视了一下，彼此点了点头，毅然决然地走了进去。与朝堂外的金碧辉煌相比，刑部的大牢里是另一番景象。郇谟低头注视着从窗口射下来的仅有的一片光亮，怔怔出神。

就在刚刚，狱吏告知，今日午时三刻，他便要被拉到城西南独柳树下斩首。

他还不到二十岁，从来没有这么近距离地感受过死亡即将到来的气息，即使是最初被定死罪的时候，也不像现在这般感觉到死亡的恐惧。

这就是死亡，不管之前做了怎样的心理准备，不管当初怎样虔诚地追随孔孟的舍生取义之道，都无法抗拒那种源自人类本能的对死亡的恐惧。不甘心啊，他才不到二十岁，有满腹的经纶和一腔热血，有远大的志向等待着实现——他想为这个社会做点事情，哪怕一点点有益于百姓的小事。

可如今，所有的消息都告诉他，他的生命只能持续到今日午时三刻！

朝堂之上，鱼朝恩似笑非笑地看着李栖筠与颜真卿，他觉得这两人今天格外的默契，饶有趣味。这都一早上了，一唱一和，在陛下面前说个不停，其实就是一个目的，让陛下收回成命。鱼朝恩看着陛下，眼神带着狡诈，他时刻准备着，陛下如收回所做的决定，那么，机会就来了。

李豫听烦了，一转头，看见了鱼朝恩的眼光，然后又转向李栖筠与颜真卿，两边势力平衡得若不好麻烦更大。但这两人死缠不放，他真想把这俩人拖出去，简直是受不了了。

旬谟的生命在倒计时，大牢里，旬谟调动思路，不想坐以待毙。不，一定还有转机！旬谟捡起一颗石子，在墙壁上刻画着、推断着。一方是以鱼朝恩为首的宦党，另一边是以元载和王缙两位宰相为首的文官，还有御史台，每一方的势力都不容小觑。在这个小小的牢房中，旬谟渐渐梳理出了这次朝争的所有势力分布。

看着在墙壁上涂鸦的密密麻麻的文字和线条，旬谟忽地眼前一亮。"还有救！"他使劲敲击着牢房的大门，朝着狱吏们喊道："我有遗嘱，要我朋友转达，还请官爷成全！"牢头想呵斥他，一个死囚想得可真美，还想立遗嘱，可是转念一想，他的好友刚刚考中了明经，说不得以后要做大官，不如借此机会巴结一下，便点头应允了。

卓英倩火急火燎地赶来，已半个时辰之后了。旬谟急忙道："想尽一切办法，找到宰相元载，把这句话告诉他！"说着，附到卓英倩耳边，小声说了些什么。卓英倩听了一头雾水，更让他为难的是，元宰相此时在上早朝，他一个平民百姓宫门都进不去，哪里去找当朝元宰相？

然而，旬谟只有一句话："是生是死，在此一举。"

有人说生命就像是一个九连环，环环相扣，生生不息，那么，关系到旬谟生死的其中一环就在皇宫中出现了。李豫还在和李栖筠、颜真卿交谈，此时，有一个人看了这阵势，估计一时间完不了，便从陛下身后溜出了大明宫，他就是陛下身边的红人，首领大太监董秀。

董秀为何溜出宫，因为他有着难言之隐——李豫有一个爱好，每天用玉泉山的水泡大庸的草茶。大庸每年进贡的草茶都是一顶一的货，可是今年负责与大庸对接的太监不小心，把草茶用雨水浸泡了，喝起来味道不对。这事其实与董秀没关系，可这太监是董秀的远房侄子，这个不争气的货，哭哭啼啼地来找董秀。

董秀没办法，只好到街上找了相熟的药店，配置出了与草茶味道一模一样的方子，想蒙混一下陛下。这可是欺君之罪，掉脑袋的事，董秀为了家人没有办法。太监因无子嗣，大多顾念亲情，也是怕将来年老无依，有个亲友还能照应照应。可今天董秀泡好草茶，喝了一口，差点吓死：这不是当初弄来的方子！多亏李栖筠与颜真卿对陛下纠缠不放，陛下没时间喝茶。董秀趁机溜出去找那药房，看看问题到底出在哪里。

卓英倩跑出了刑部的牢房，便直奔大明宫而去。果不出所料，他被侍卫阻挡在门外，无论如何进不去。真是无巧不成书，正当他为难时，忽见一位长相富态的公公宫外办事回来，正要进门去。他计上心来，急忙拦住公公道："某是元宰相的门客，现有要事告知元宰相，晚了就来不及了，可这宫中不允某进入，故求公公把这张字条送到元宰相手中，他日元宰相必有重谢。"

卓英倩确实运气好，董秀到药房查了草茶的事，结果是少了一味药，药房补齐了药不说，私下又给了董秀一袋钱作为孝敬，董秀心情甚好，哼着小曲回宫，这时遇见了卓英倩。董秀是陛下身边专门负责跑腿的宦官，多年与元载关系不错，元载也帮了他很多忙，听说元宰相有求于他，有些半信半疑，但想到不过是送张条子，加上此时心情不错，便应允了。

朝堂上，李豫手抚额头，眉头紧锁。刚才，侍御史李栖筠又犯了执拗脾气，要上疏弹劾礼部所有负责科考的官员。更可气的是，吏部尚书颜真卿也来搅和此事，声称愿意作证，检举礼部组织的本次科举考试存在舞弊行为，请求陛下批准由御史台负责追查此事。

李豫快被这两个人气疯了。科举考试到底有没有舞弊，说实在的，并不是他目前最关心的事情。他关心的是，这个案子一旦拿到朝堂上来，必定会引起一场激烈的内斗。从长安解除戒严到现在刚刚过去两年，这难得的稳定局面对他来说是多么重要！

这个大唐，再也经不起内乱折腾了。当初薛邕与黎干之争的时候，他没有过多听他们理论，很快地便下诏同意处死旬谟。一个考生纵然有天大的委屈，可与大唐的稳定局面相比较，那简直是微不足道、不堪一提，只能牺牲小我维护大我了。如今，这个案子又被这二人合力搬到了朝堂上，眼看着一场风波在所难免，他必须想办法，及时将此事遏制住，防止其成为这场"南衙北司"之争的引线。

李豫透过指缝间，看了一眼堂下站立的鱼朝恩，他有些按捺不住了。这件事，对于鱼朝恩来说是个绝好的机会，可以一举拿下半个礼部！此时，满朝文武百官噤若寒蝉，没有一个人再发表己见，谁都害怕被卷入这场争斗漩涡之中，可早已处在漩涡中心的李栖筠和颜真卿二人，却似乎发了疯一般地无所顾忌、针锋相对。在这焦灼的时刻，董秀鹅行鸭步地缓缓挪到元载的身边，将一个纸条悄悄送到了他手里。

元载环顾左右，见并没有人注意到，于是小心地打开了字条，见上面写着一句话："胜则败矣，败而不败。"

这句话是什么意思？元载反复地念叨着，陷入沉思之中。疑惑之时，一个偶然的抬头，元载看着鱼朝恩在不远处注视着他。眼神中分明有几分试探，又带着几分玩味，这两种情绪的背后，毫无疑问显出一分敌意。

他顿时明白了字条上那句话的含义。元载是何等聪明之人，他在心中反复地又推断确认了一遍，想来确实如字条上所言，胜则败矣。

于是，元载果断地一步跨出，来到殿中央，朗声道："陛下，臣以为，此案当查！"此话一出，全场哗然。

三

薛邕在惊讶之后，眼光里甚至现出了一丝恨意。他是元载的得意门生，可老师刚才话一说出去，就等于把他这个学生往火坑里推啊。他似乎觉得，元载就是要牺牲他一个人来讨好鱼朝恩。

与此同时，带着明知不可为而为之的心态，出面弹劾礼部官员的李栖筠和颜真卿二人，惊奇地看着元载，不明白他葫芦里卖的是什么药。但无论如何，一个宰相站出来发表意见，陛下便会认真考虑。如此一来，或许事情说不定真有转机。

鱼朝恩脸上现出一抹不屑的笑容，心想，文官不过就这么点出息，堂堂宰相居然在朝堂上主动让步，足以说明元载不敢与自己抗衡了。鱼朝恩毕竟不是一般人物，他突然用目光锁定了董秀，元载出面说话，断不是怕了自己，这里面到底有何玄机，散了朝以后，要查查清楚。鱼朝恩一直看着董秀，董秀急忙站到了陛下身后，鱼朝恩心下明白，这里面定有文章。

李豫此时的心情如烈火烹油，他怒视着元载，心中对这个宰相倍感失望。然而，元载不以为然，继续说道："以臣之见，此案尚有诸多疑点。其一，考生为何会因一句造谣诽谤之言，便引发乱子？可见，舞弊一事并非空穴来风。其二，如若确有舞弊一事，是礼部官员串通一气还是李文才一人所为，尚需查证。再者，科举考生闹事，京兆府亦有责任，如若当初考生们前去申诉，京兆府能积极应对，也许乱子便不会发生。还有……"

元载一条一条地分析，既说明了此案彻查的必要性，又在试图帮礼部减轻罪责，甚至把鱼朝恩手下的京兆尹黎干牵连进来。一个简单明了的案子，被他分析成了系统问题，似乎每个人和部门都有连带责任，谁都脱不了干系。

最先明白他的用意的，是吏部侍郎杨绾。这个在朝中声望甚高的老臣，似乎对朝廷局势了如指掌。他缓缓走出队列，向李豫拱手行礼道："陛下，臣附议元宰相的观点。"

郭子仪观望这事已经很久，他本不想吭声，可当元载说话以后，郭子仪想到那日在酒楼，沈梦芜一脸期待，想让自己伸出援手帮那个闹事的考生句谟。唉，在别人眼中，办这些事情简直是手到擒来，岂不知，这官场之上，但凡出手，要么伤人，要么伤己，哪里有什么两全其美？无非是选一个能自保的权衡之策。现在既然元载杨绾都相继出手，若是再不吭声，难免会被误认为站队到鱼朝恩处。

想到此处，郭子仪整理了一下衣冠，站出来道："臣，附议。"这俩重臣一开口，其余人等不敢再作壁上观，于是，整个朝堂之上，纷纷响起了声音。"臣附议。""臣附议！"越来越多的官员附议。想不到，已成定局的案子，此时又有了转机。李豫无奈地坐在了龙椅上，看着大臣们，一声叹息。

距离午时三刻剩下一个时辰了，旬谟在心里默默祈祷着，希望一切还来得及。这时一阵嘈杂的脚步声传来，只有两种可能：要么是来向他宣布延缓行刑的，要么便是拉他上刑场砍头的。

脚步声逼近，牢头带着数名狱吏来到他的面前。

"旬谟，时辰已到，该上路了。"旬谟的心"咯噔"一下，迟了，还是迟了。牢门打开，狱吏为旬谟换上了死囚专用的枷锁。脚镣叮当作响，狱吏们押着旬谟赶赴刑场。

旬谟被带走后，狱吏看着被旬谟涂画的乱七八糟的墙壁，傻了眼。朝廷的各个部门，以及一些重要的官员的名字，被写在刑部牢房的墙壁上，并用许多不明意义的线条连接起来，看得狱吏一头雾水：这个书生，想做官都想疯了，临死前还在墙上写了这些不明不白的东西。

旬谟身负枷锁，被官差带着穿过京城里最热闹的集市。游人和商贩们纷纷驻足围观，妇孺和孩子们则在谈论着游街这人，究竟做了什么伤天害理的事情。

在围观的人当中，有一个容貌秀美的女子。她衣着朴素，可身上那种与生俱来的气质让她在人群中分外显眼。旬谟与她眼光碰撞的一瞬间，心中一惊：她就是旬谟在城外救的那个被追杀的女子。她怎么会出现在这里？旬谟有些疑惑，他的囚车在前进，没一会儿的工夫，便寻不到女子的踪影了。在另一个方向，还有一个熟悉的人在静静地注视着他，那人非常注意隐藏自己，并没有让旬谟发现。

宁疾云混迹在人群中，盘算着行动路线。他平日看上去冷冷的，可对于有恩于他的人，他是拼了命也要出手相救。他甚至已经做好了劫法场的准备，无论成功与否，哪怕是死在这里，也在所不惜。

今天是护卫张允最倒霉的一天。陛下派他将旬谟押进宫面圣，可当他来到刑部大牢时，却发现牢房空了，原来狱卒已押着犯人到法场行刑去了！

更让张允头疼的是，刑部大牢距离法场并不算近，加上集市上聚集了人群，要在午时三刻之前赶过去，似乎很难。可违抗了陛下的旨意，张允的脑袋还想不想要？张允根本不知陛下为何此时才来提人，但对于张允这样听差办事的，圣旨就是一切，无论如何都得去碰碰运气。

张允骑马在集市上狂奔，一路上撞翻了无数摊贩，甚至撞伤了几个行走的路人。最终，当他远远地看见独柳树法场的时候，监斩官正把令牌投到地上。

"午时三刻已到，斩！"刽子手拔下邹谟背后插着的牌子，将他的头摆在案板上，便高高举起了大刀。刚要斩下去，隐约听到远处有人高喊："刀下留人！"张允骑着一匹高头大马，朝着法场飞奔而来。监斩官为防意外，急忙催促刽子手："斩！"

大刀再次被举起来，以极快的速度斜落下来。邹谟闭上了眼睛，等待着生命最后时刻的来临。时间仿佛凝固了，邹谟生命里仅有这不到二十年的时光，如同走马灯一般，在他的眼前迅速地漂移过去。

十载寒窗，一朝云散，恍惚间仿佛什么都不再重要了。什么功成名就，什么金榜题名，什么荣华富贵，这一切身外之物都在这一瞬间变得毫无价值。他此时的内心只有恐惧和不甘。恐惧是源自内心深处的本能，不甘则是因为自己空有一身抱负，却没能为这个天下做点什么。

沈梦芜在人群中背过头去，不敢看接下来的一幕。就在大刀落下的一瞬间，"叮"的一声，一枚飞石子正打在刀柄上，刽子手一声惊呼，刀被击飞了出去，可见掷石子之人的功力之深。宁疾云将手中剩下的石子丢在地上，弹了弹手指上沾染的灰尘。

张允骑马赶到，由于过度焦急，翻身下马的时候一个趔趄，差点摔倒。一个训练有素的护卫，居然连下马的动作都这般慌张，可见其焦急程度。他气喘吁吁地跑到监斩官面前道："刀……刀下留人，陛下有旨，宣罪犯邹谟入宫觐见！"

四

张允累得上气不接下气，但说出话来依然中气十足。独柳树法场上的人们听得清清楚楚，这个差点被砍头的书生，陛下要召见他！围观的人群瞬间炸开了锅。陛下居然要召见一个死囚！

听到张允的话，邹谟长长地舒了一口气。额头的冷汗依旧没干，但狂跳的心却开始平静下来。他想起救他一命的那枚飞石子。丢这枚石子的人，唯一的可能就是宁疾云。他朝着石子投来的方向看去，并没有宁疾云的身影。随后，他在人群里看到沈梦芜，两人对视了片刻，都神情复杂。沈梦芜已经认出了旬谟，她的眼神中带着怜惜与焦灼。

旬谟心中苦笑，当初进京之际，也算是出手救了这个娘子，可没想到，才短短几个月，差点在她的面前死去。百姓的生死都操控在别人手中。旬谟完全读懂了沈梦芜眼中的含义，他朝着沈梦芜微微颔首，示意自己还好，沈梦芜见他已然这样，还在安慰自己，慢慢红了眼眶。

沈梦芜身边的婢女道："娘子，这个书生看似穷酸，想不到他背后还有大官儿！"沈梦芜深深地望了旬谟一眼，长出了一口气，小声说道："他身后有没有大官我不清楚，我只知道他是个顶好的人。"

在旬谟被救下来的同时，卓英情在元载的府上忐忑不安。他本想去刑场看看旬谟是否被成功解救，但还没有动身，就被元载的手下叫住，说宰相请他到府上一叙。到了宰相府，等了大半个时辰，始终不见元载现身，再一问家人才知道，宰相此时还没下朝！

李豫满脸的怒气，他不发话，此刻谁敢提散朝，那不是找死嘛。满朝文武百官都在朝堂上等待着。旬谟就是在这群决定国家命运的人们的注视下，被侍卫带着来到了殿前。这座曾被安史叛军和吐蕃入侵者占领过的宫殿，依旧是那么的壮丽辉煌，带着天子独有的威严，始终高高在上地向跪在堂下的人施加着威慑。

旬谟小心地抬头望去，陛下是个年过四十的中年人，他身形算不上健壮，但也绝不孱弱。一双略显疲惫的眼睛里，总有一丝精明的光芒深深地隐藏着，又时不时地在他思考的时候显现出来。旬谟深刻地意识到，在天子的眼中，自己渺小得连草芥都不如。陛下心里盘算着的，是整个天下，而他个人，在陛下心中不过是一粒几乎看不到的尘埃。

在朝堂上，旬谟认识的只有侍御史李栖筠。站在李栖筠旁边的一个面颊方正，满面红光的老者，他并不认识，却朝他微笑示意。旬谟不明所以，只能颔首回应。再向文武百官的最前面看去，为首的应是当今的两个宰相，王缙和元载。旬谟此时还分不清，到底哪个是元载，哪个是王缙。

李豫把考生闹事的经过详细地问了旬谟一遍，并没有问状元试卷调包的事情。很显然，李豫不关注谁是状元，他关心的，就是这朝廷各方势力都绷在弦上，他能否在这个案子中协调好各方势力，平衡各方力量，稳住局势，避免朝廷动荡。

朝堂上的官员们唇枪舌剑，议论不休，局面有些失控。邬谟此时已被人遗忘在堂下，似乎满朝的文武官员，除了李栖筠和颜真卿，根本没有人关注事实的真相到底是什么。最终，这案子还是没有定论。邬谟被押回到牢里，罪名依旧不变。

与此同时，卓英倩在元载家的会客厅里，遇见了曾经骗他们一碗汤饼的小贼。元载的女儿元媛听说有个书生在家里，便趁父亲不在，女扮男装出来看看。谁知正是那日遇见的两个书生之一。

卓英倩见了女扮男装的元媛，刚想上前跟她理论理论，想到这是宰相府，这个人说不准是宰相的门客，更说不准会是宰相的亲戚。卓英倩眼珠一转，于是满面堆笑，他上前热络地打招呼道："原来是你，好久不见，上次请小兄弟吃了碗汤饼，某甚是惭愧。今日来元公府上有事，不如等事了之后，某再请小兄弟去酒楼吃顿好的！"

卓英倩的圆滑显露无遗，然而尽管他有着自己的小九九，但他也是个顾念感情的人。他与邬谟对于做官的渴望是两个概念，他想的是出人头地，荣华富贵，想的是有人抬着他的肩舆，可以一边喂水，一边摇扇；邬谟则是一心想为国家、为百姓做点实事。

俗话说道不同不相为谋，这胜似亲兄弟的二人理念不甚相同，才导致往后的渐行渐远。当然，这都是后话，不过卓英倩的圆滑看在宰相千金的眼里，却无所遁形。

元媛听了卓英倩招呼自己，一撇嘴，心道，这个姓卓的身上满是市侩味儿，真不如那个姓邬的有品位。于是，她向卓英倩问起邬谟的消息，卓英倩神情沮丧地道："兄弟常在家中，可能还不知道京城里近日闹得沸沸扬扬的考生闹事一案？"元媛心中一凛。

元媛常在父亲身边，她对此有所耳闻，但没想到此案中唯一被定死罪的书生竟然是邬谟！卓英倩一把鼻涕一把泪地把邬谟怎么被冤枉，科考试卷怎么被人调换，一一告诉了元媛。元媛对邬谟一直颇有好感，但对卓英倩没有信任感。在她眼里，卓英倩身上市侩气息总让人难以分辨他说的是真是假。但是，像卓英倩这样市侩的人，在好友陷入生死险境时，不顾一切地帮忙，她还是挺感动的。这让她对卓英倩多了几分好感。

元载下朝回来，元媛主动说自己有事，向卓英倩告了辞，巧妙地避开了元载。见到卓英倩之后，元载才得知，说出"胜则败矣，败而不败"这八个字的，正是今日在殿前低调得让人注意不到的那个书生，旬谟！

得知所谓的状头调包了旬谟的试卷后，元载也动起了心思。怀才而不露，临危而不惧，处变而不惊，能做到旬谟这样，他自认年轻时的自己是难以达成的。像旬谟这样的人才，如果可以为他所用，会成为自己很大的助力，以后可以培养做他的接班人选。礼部侍郎薛邕，就是他这样一手提拔上来的。

卓英倩最会看人脸色行事，看元载的神情，就知道他对旬谟起了惜才之心。卓英倩最近一直在为旬谟的事情奔走，为证明状头的试卷实为旬谟所写，他随身带着一张旬谟亲笔写的文章。于是，他灵机一动，把旬谟的文章拿出来给元载看。元载读后爱不释手，当即让卓英倩留下了这篇文章。卓英倩走后，元载依旧捧着旬谟的文章，不住地感叹："不愧为状元之才！甚好，甚好！"元媛见没有外人，便跑进来拉住父亲道："什么甚好？儿看那个叫旬谟的根本就是个不通世故的愣头青！"

元载看女儿一身男装出现在面前，立时沉下脸来："你如此不男不女的着装，成何体统？速速去给我更衣。"元媛早就习惯了父亲这种不痛不痒的责骂，依旧说道："像这种正直、善良又才华横溢的愣头青，阿耶才不会出手相救呢！"元载一听，忍不住笑道："你这鬼灵精，还不是想让阿耶出手帮忙？咦，不对呀，你与他素不相识，怎么会帮他说话？"还未等元媛答话，便有属下送来书信，元载打开书信一看，不由得皱起了眉头："他也请我去救这个旬谟？""他是谁？"元媛好奇地问道。元载把信拿给女儿看，信底下落款是郭子仪。

这几日，郭子仪的态度十分耐人寻味。先是朝堂上主动站出来响应元载，如今又来信让元载出手帮助旬谟。旬谟到底有什么背景？还是说，郭子仪有什么想法？

没容元载多想，元媛便打岔道："阿耶，你到底救还是不救？"元载看着女儿笑道："救，当然救。"见元载表态，元媛高兴地搂住父亲道："儿就知道，阿耶这么爱才惜才、知人善用，不愧为大唐宰相。"元载拨开女儿的手道："少来这套，今日你趁我不在又着男装胡闹，罚你抄经是免不了的。"见拍马屁不管用，元媛一仰头道："抄就抄。"

元载看着女儿离去的背影，脸上露出了慈祥的笑容，自嘲地摇了摇头：想来女儿大了，越来越管不了了。女儿走后，元载再度拿起郭子仪的信，依旧没想明白其中的缘由。元载不禁嘴里嘀咕："这个郇谟到底什么来头，为何郭子仪会出手相帮？"元载感到此事有些挠头，在屋子里慢慢地踱着步子，想把这事好好地捋捋。

五

元载绝不会想到，郭子仪之所以出手，其实是沈梦芜苦苦相求的结果。

第二日，元载拿着弘文馆的文章去给陛下看，李豫翻了翻皇子们的文章，大多写得稀里糊涂词不达意。看着这些文章，李豫不禁摇了摇头。然而，有一篇文章吸引了他的注意力。这篇文章在这里如此的扎眼，就如同一摞孩子作文里夹杂着一篇名家名作，在那些皇子们的作品的对比下，显得这篇文章竟是那么的出类拔萃！

李豫把这篇文章单拿出来，看了又看，没有署名，不知道是谁的作品，便拿着问元载道："元公，且帮我看看，这是哪位皇子的文章？写得如此之好，这等才华，简直可以拿状头了。"元载看了一眼后，急忙跪下来磕头道："臣该死，臣该死！"李豫一时间蒙了，不知发生了什么事。元载接着道："这并非皇子的文章，而是昨日李御史拿给老臣看的一个落榜书生的文章。老臣一时疏忽，错把它放在了弘文馆送来的文章里，臣失职，请陛下责罚。"

李豫哪里不知元载的用意，只是把话都说在前面了，说这等文采可以拿到状头，可元载却说这是个落榜考生的文章。这话叫他如何接？李豫问道："不知这是哪位考生的大作，这等人才，莫要埋没了才是。"元载的回答却是："臣也不知，陛下想知道这文章是何人所作，还得问问李御史。"

说到这儿，李豫终于明白了元载究竟是在为谁说情。事情又推到了李栖筠那里。李栖筠昨日在朝堂上争来争去，都只为了那一个被定死罪的书生——旬谟。旬谟的身份已被查得清清楚楚，一个没有任何背景的穷书生，究竟有什么本事，居然会得到这么多朝中大臣的支持？现在，李豫都搞不明白了。

李栖筠接到李豫召见，到紫辰殿时，他疑惑地看了看元载——这已是他第二次在陛下面前帮自己说话了。李栖筠此前还在想，搬出这个案子，针对的是礼部侍郎薛邕。薛邕可是元载作为接班人提拔起来的。这次，元载不但没有反对，反而处处帮助自己，到底有何用意？其实，李栖筠并没抱多大指望扳倒薛邕，他是想要尽力保住旬谟。可摆在他面前的难题却是，鱼朝恩死死咬住这个案子，想要借此除掉薛邕。如此一来，要保住旬谟，就必须扳倒薛邕，这让他感到很为难。

元载向李豫行了一礼道："陛下，臣听李御史说，此人当日听闻书生闹事，便去劝阻，却被官兵误抓入牢中。老臣听闻此事，也觉得此子甚是冤枉，只是不知此子姓甚名谁……"说着，他转向李栖筠道，"不知李御史可否告知？"

李栖筠一听，便明白了，元载这是想避开薛邕的案子，用更直接的方法为旬谟脱罪。不禁内心对元载暗暗地佩服，不愧是一朝宰相，做事避重就轻，趋避利害，真是十分了得。既然事已至此，李栖筠当即对李豫说道："此人便是昨日被带到殿前问话的考生，旬谟。"他刚说完，元载接着道："陛下，此子本没有参与闹事，却有人从中挑拨，让礼部的薛侍郎误以为他便是带头闹事之人，想来，定是有恶人想要混淆视听。臣请陛下彻查此案，还所有科举考生一个公道。"

听到这里，李栖筠有些搞不明白了。他调查过这个案子，一切证据都指向礼部侍郎薛邕。可元载建议陛下彻查此事，还说薛邕是受人蒙骗才向陛下请求给旬谟定罪的。他到底想干什么？李栖筠没想明白的事情，李豫却明白了。于是李豫点点头道："元公所言甚是，我便着人去查一下这个案子。李御史之前在朝中力保此子，为求公允，此次便要避嫌才好。便让侍御史崔宽负责此案吧。"

这下，李栖筠明白了。崔宽是元载的党羽，这么一来，查案又不是查案了，绕了一圈，还是在做平衡。此前他还怀疑，元载会不会是向鱼朝恩低头了，要牺牲一个薛邕来换取鱼朝恩的好感。可如今他才发现，元载远比鱼朝恩更为可怕。他这招以退为进，不但在鱼朝恩面前表现出弱势，还把他和鱼朝恩的矛盾转移到了御史台。更厉害之处在于，他还以此把陛下拉向了自己这一边。如此一来，他便成了这一案件中最大的赢家。

崔宽协同刑部调查的案件有了结果。朝堂上，崔宽列举出一系列的证据，都指向了同一个人：礼部郎中郭全德。不出所料，鱼朝恩气得吹胡子瞪眼。因为郭全德是他的党羽，由于薛邕的能力，礼部几乎都是被元载所控制的，只有郭全德一个人，是他费了好大力气才安插进去的。如果郭全德被拉下来，那么鱼朝恩对礼部便完全失去了控制力。

所以，对于崔宽提出的指控，鱼朝恩第一个站出来反对。随后，许多依附鱼朝恩的官员纷纷站出来响应。元载静静地看着这一切，脸上没有任何的表情。几乎全部的武官以及很大一部分文官都站出来响应鱼朝恩，对于朝堂上一边倒的局势，元载并不感到焦急，他并不在乎这个案子谁胜谁负，他想要的结局就是两个：旬谟免死，薛邕不被牵连。这两个结局，他是十拿九稳的，至于这一战能不能除掉郭全德，其实并没有那么重要。

正如旬谟所说的："胜则败矣，败而不败。"在每一项证据都指向郭全德的情况下，鱼朝恩说郭全德无罪，而且大半个朝廷的人都在响应他的声音。在这样的情况下，李豫皱着眉头，静静地看着满朝的文武，元载小心地观察着陛下的表情。在李豫眼中一闪而过的忧虑，让元载明白，已经赢了。作为陛下，李豫开始担心鱼朝恩权力过大甚至越权了。

"将郭全德打入刑部大牢，此案交由刑部侍郎魏少游主审，侍御史崔宽协理此案。"李豫做出了自认为正确的决定。魏少游是鱼朝恩的党羽，交给他来主审，已给了鱼朝恩足够的面子；崔宽协理，又对魏少游形成一定的制衡。在元载和鱼朝恩两个朝廷重臣之间打的这个太极，这一决定对于李豫来说，是唯一的解决问题的方法。

第四章：初入相府

一

"胜则败矣，败而不败？"薛邕看着元载手里字条上的话，眉毛紧蹙。他憋着一肚子的疑问，到今天实在忍不住，来拜见元载，问问清楚。其实，他之前没有来，有他的顾虑。他担心元载真的要牺牲掉他，如今，元载利用崔宽将罪责全部推到郭全德的身上，薛邕才放下心来，决定见见元载，沟通一下情况。

元载看到薛邕还想不清楚问题的关键，不禁摇了摇头，看来这个接班人选确实不够理想。这让他迫切地想要培养一个新的人选。也许是贾至，也许是杨炎，或者是……旬谟？对于薛邕的迷惑，元载道："你有没有想过，这朝廷之中，谁的力量是我们最应该争取的？"

薛邕想了想，道："郭子仪？"元载看着他，没有任何的表情说："郭子仪掌握着朔方军，在军事上是唯一制衡鱼朝恩的力量，我们确实应该争取；但还有一个人，他的想法能够主导整个朝廷的局势。你再想想？"薛邕愣神片刻，朝上方拱手道："老师的意思是……当今陛下？"

"胜则败矣，败而不败。"

元载口中继续念叨着字条上的话，"在陛下的眼里，朝廷各方的平衡是最重要的。我们胜了，陛下就会倾向鱼朝恩，会让我们更加被动，此所谓'胜则败矣'。如若是我们败了，陛下会允许鱼朝恩一方独大么？"薛邕摇摇头。

元载接着道："此所谓，'败而不败'。"向薛邕解释完一切，元载想到，旬谟在狱中仅凭一点所见所闻，便推知出如此复杂的朝局，不由得感叹后生可畏。相比之下，薛邕有些相形见绌了。元载长叹一声："我莫非老了？眼力已经不比从前？"薛邕仍旧拍着马屁："老师一点不老，老师状态非常好。"元载向他摆了摆手。

时隔不久，审判结果出来了，正如元载所料，礼部郎中郭全德无罪释放官复原职，邬谟免除死罪，但因其证供中有诬陷朝廷命官言语，取消参与科考的资格，终身不再被朝廷录用。唯一倒霉的是当了状元还不到一个月的李文才，罪责全部落到了他一个人的身上。在李文才入狱的第二天，狱中就传出消息，他畏罪自尽了。

光明、自由、尊重……在数十日的牢狱之灾后，邬谟终于见到了这些久违的东西。狱吏恭恭敬敬地送邬谟走出刑部大牢，从刑场上被救下的那一日起，狱卒们对待邬谟的态度就有了一百八十度的大转变。元宰相点名道姓地要求狱吏给予邬谟特殊的照顾，对于一个从死刑场上下来的犯人来说，是莫大的殊荣了。

卓英倩焦急地等在大牢的门口，当看到神情憔悴的邬谟从大牢里走了出来，心中一块大石头落地了。多年的手足之情，让他们面临生死险境，依旧不离不弃。

此时此刻，一切尽在不言中，邬谟拍了拍卓英倩的肩膀，两个人朝着远处走去，他们的背影看上去都是那么的和谐。很多时候，人与人之间是有气场的，双方不睦，就算彼此喜笑颜开，都感觉是针锋相对，此时的邬谟和卓英倩，让人感到胜似亲生兄弟。

为了庆祝邬谟大难不死，卓英倩硬拉着邬谟到他常去的酒楼喝酒。据卓英倩说，邬谟入狱的这些日子，他几乎每天都在这里宴请达官权贵，以求获得些许关于邬谟的消息。这酒楼出名，不光在于酒菜，更有一个神秘的歌姬，吸引着众人的眼球。这个名叫沈梦芜的歌姬不知是什么来路，在这酒楼里有着特殊的地位，酒楼店主都要对她礼让三分。

她脸上总是蒙着一层纱巾，从不以真面目示人。她唱的曲子都是自己填的词，加上婉转动听的歌喉，一时间，即便不能一睹芳容，京城里的人依旧争先恐后来酒楼做客，见识一下这个才华横溢的神秘女子。

"飘飘且在三峰下，秋风往往堪沾酒。肠断忆仙宫，朦胧烟雾中。思梦时时睡，不语长如醉。何日却回归，玄穹知不知。"婉转的歌声从珠帘后传来，珠帘晃动的光影下，朦朦胧胧地浮现出一个窈窕的身姿。虽是风尘中人，却没有半点风尘的气息。她的才气、她的高傲、她的贵气，与歌姬这个字眼是如此的格格不入。

"此等尤物，真如词中所唱，实乃误落凡尘之仙子啊！"一个喝得醉醺醺的年轻人从座位上站起来，拿着酒壶缓缓向沈梦芜所在的帘幕后走去。"郎君当知道这酒楼的规矩，还请自重。"帘幕后面，这个动听的声音再度响起，却带着几分怒意。年轻人摇摇晃晃地来到帘幕前，笑道："某没别的意思，就想看看娘子的芳容！"

他的手刚伸到珠帘之上，便被另一只手挡住了，正是旬谟。旬谟笑吟吟地看着醉酒的年轻人说道："这位郎君，可是想看看娘子的相貌？可巧了，在下也想一睹沈娘子的芳容。"听到旬谟这样说，沈梦芜露出失望的神色，心想：真真是看走了眼，没想到与一般的寻花问柳之徒别无二样。

醉酒的年轻人看了旬谟一眼，笑道："那甚好，相请不如偶遇，我们就一起看吧！"他刚要掀开帘子，被旬谟拉住："哎，对待如此佳人，岂可这般唐突？"年轻人纳闷道："那当如何？"旬谟拿一壶酒道："既是美人，自当有美酒陪衬。郎君且饮了这壶酒，以示诚意。"

年轻人一听，没犹豫，当即仰头饮下满满一壶的烈酒，再抬头时，眼冒金星，晃了几晃，便倒地不动了，酒楼里顿时哄堂大笑。年轻人的仆人急忙将他扶起来，朝旬谟骂道："没长眼的小子，你可知我家郎君是谁？"说完，架着软得像摊泥的年轻人，灰溜溜地走了。帘子那头的沈梦芜欣慰地点点头。

不一会儿，卓英倩凑到旬谟身边小声道："我的祖宗啊，你怎么又惹事了啊，我打听了一下，你戏弄的是礼部侍郎薛邕的儿子，薛灿！你赶快求菩萨保佑他酒醒了不记得你是谁才好。"旬谟愣了一下，随即道："他不记得，酒楼的其他客人也会帮他记得。他要找我报复，总能找到的。"正说着，沈梦芜身边的婢女走过来道："我家娘子请两位郎君到屋中一叙。"卓英倩不敢相信自己的耳朵："不惧权贵，为博红颜一笑，可以啊兄弟，真没看出来，你还有这两下子，佩服佩服。"

穿过珠帘，二人来到一个装饰别致的房间，内设香案茶具，显然是会客之用。沈梦芜坐在木椅上，见二人进来，起身相迎。她向邹谟行礼道："多谢郎君两次出手相助。""两次？"邹谟有点糊涂。隔着面纱，从眼睛的弧度可以看出，沈梦芜脸上带着笑意。她并没有继续这个话题，从桌上拿起一杯茶递给邹谟，问道："郎君那日被送往独柳树法场，眼看就要被斩首，却来了一道圣旨叫停。如今，郎君更是被免除了死罪，毫发无伤。儿很好奇，郎君究竟有怎样大的本事，从刑部的死牢里得以生还？"

邹谟一时没有读懂她这话的用意，于是他注视着沈梦芜的表情，想从中读出些什么。沈梦芜始终神色如常，找不出任何弦外之音。"天网恢恢，疏而不漏，案子真相大白，陛下为某洗刷了冤屈。"邹谟边说着，边紧紧地盯着沈梦芜。沈梦芜不禁微微而笑。

长久对视之下，沈梦芜败下阵来。她移开视线，笑着转移话题道："儿今日所唱的词，郎君可曾听过？"邹谟回忆起那首《菩萨蛮》，想象其中的意境，讲的似乎是仙子被贬下凡间想要回到天庭的故事。她问这话是什么意思呢？邹谟据实回答道："听闻娘子所唱的词，都是自己所作，某初次与娘子相见，所以此前不曾听过。"沈梦芜笑道："坊间传言不可尽信。儿所唱的词，全是出自家母之手。""令堂她……"邹谟刚说出口，便后悔问这句话了。

一般流落风尘的女子，哪里还有父母？不出所料，沈梦芜答道："家母已于两个月前去世。儿流落风尘是迫不得已，希望能通过这些诗词，找到亲生父亲。"邹谟听沈梦芜说到此处，心脏突然像是被谁用手狠狠握住般酸楚，看沈梦芜香肩窄窄，神色寂寥，怜惜之情油然而生。他刚想说会尽力相助，可话还没来得及出口。

"你的父亲姓甚名谁？"卓英倩已经忍不住插话问道，"我们可以帮你找啊。或者还有什么别的线索？""没有任何线索。"沈梦芜黯然道，"儿不知道父亲叫什么名字，母亲临终时只说父亲会记得她写的这些词。所以，儿靠卖艺，唱母亲写的词，期待有一天能被知晓的人听到。"

卓英倩听完不禁感叹："你这和大海里捞针有什么区别？"沈梦芜不住地叹气。邹谟想了想道："你母亲还有什么词作？我会尽我所能帮你留意的。"对于邹谟的提议，沈梦芜连声道谢，却没有打算再多说什么。

对于旬谟和卓英倩来说，这个沈梦芜依旧是那么神秘。

离开酒楼走到楼下，旬谟说不清楚是什么心态，回头看去，沈梦芜娇小的身影正立在窗前。四目相对，旬谟久久不曾撤回眼光，沈梦芜也目不转睛地盯着旬谟，两个人都觉得有话想要和对方说。卓英倩拽了一把旬谟："喂，我说祖宗啊，你看什么？你出来了，我好不容易松了一口气，这光景困得不行，我要回去睡觉了。"

旬谟急忙收回了目光，随着卓英倩走出去好远，他还是忍不住回头张望。酒楼那扇孤单的窗棂下，沈梦芜的身影看起来是那么的凄清，旬谟的心没来由地又动了一下。

婢女走到沈梦芜身边："娘子，天色不早了，您早点歇息吧。"

二

旬谟和卓英倩走在回客栈的路上。喝了点酒的旬谟被微风一吹，有些醉意，他张口道："出来这么久，还没与你道谢。"卓英倩笑道："你我兄弟，说客套话有什么用。你记不记得当年咱俩一起读书的时候，我对你的承诺？"卓英倩朗声说道："前程所寄，生死相托！"旬谟拍了拍卓英倩的肩膀："我能与你做到生死相托，可现在我想把前面那四个字改动一下。"卓英倩有些不解。

旬谟走到路旁，坐在了一棵树下，凝视着街上来来往往的路人，说道："我们眼中的前程到底是什么？"卓英倩："当然是做官啊，做大官，做成元公那样的一人之下、万人之上的大官。"旬谟问："然后呢？"卓英倩愣了。

旬谟继而说道："有句话叫作德不配位。我经历了这么多，发现我曾经的理想和念头，在现实中被打得粉碎，那些在我眼中德高望重和让人敬仰的人，面对一些大是大非问题，他们首先想到的是平衡关系，摆平各方面利益，而不是及时处理问题解决问题。当然，他们眼中的'人'，绝不是我们的平民百姓，而是那些和他们平起平坐，甚至要高他们一等的人。我有些迷茫了，我爱读《孟子》，懂得惟仁者宜在高位。不仁而在高位，是播其恶于众也。孟子清清楚楚地告诉我们，道德高尚的仁人，应该处于统治地位。道德低的不仁者处于统治地位的话，就会把他的罪恶传播给民众。我眼睁睁地看着某些人把圆滑变通当成了保住官位的或者平步青云的法宝，这到底是置百姓、置国家于何地啊？"

卓英倩无奈："郎谟，我发现你太爱钻牛角尖。你已经是经历生死的人，要想想以后生活得好点，先照顾好自己。整日忧国忧民的，这是你关心的吗？"郎谟："天子不仁，不保四海。诸侯不仁，不保社稷。卿大夫不仁，不保宗庙。士庶人不仁，不保四体。"

卓英倩叹道："我也是读书人，是啊，天子不行仁，便保不住他的天下。诸侯不行仁，便保不住他的国家。卿、大夫不行仁，便保不住他的宗庙。一般的老百姓不行仁，便保不住自己的身体。孟子说的没错啊，可你倒是一直仁了，不是一般的仁，可以说是相当的仁，赶考路上去救女人的命，你的性命差点丢了；科考场上别人闹事，你去阻拦去说理，你的脑袋差点搬家。郎谟啊，听我一句劝，那些大道理有些是说说而已，这一点你居然不明白。识时务者为俊杰，你别总把你的牛脾气用在较劲上，行不行？"

郎谟站起来看着卓英倩："这不是牛脾气，我确实对这些人失望至极，我绝不妥协。"卓英倩看着郎谟，突然气乐了："好好好，你不用妥协，咱们先回去休息行不行？你看看都什么时辰了？"

回到客栈，碰到宰相府的仆人等在门口。一见郎谟回来，仆人便急忙拿着一封信，迎上来道："郎君，这是元公的亲笔信，让小人一定交到你手里。小人信已送到，这就告辞了。"卓英倩几步追上了仆人，拦住了他的去路。

卓英倩道："请留步，元公有没有别的叮嘱？"仆人笑着说道："宰相吩咐小人把信交到郎君手上，至于其他的，小人没听说，不过看宰相的神色，想是有好事，请郎君快去看信吧。"卓英倩一脸的纳闷，明明是自己和宰相有过接触，而郎谟压根就不认识他啊。

郎谟打开信一看，果然是元载的亲笔信，信上请他到宰相府里做幕僚。卓英倩视元载为偶像，见到元载的亲笔信，更是想要看一看，拿过信来一读，上面先问候郎谟是否安好，然后肯定郎谟的学识和能力，最后表达出要请郎谟为幕僚的意愿。"好事啊！"卓英倩高兴地说道，"在宰相府为幕僚，这样一来，背靠大树好乘凉，我说祖宗哎，你这是大难不死，必有后福啊。"

旬谟把信放回到包裹里，随即摇摇头道："我入狱数十日，这官场已看透。连陛下都只在乎权谋而不问是非黑白，更何况他人。我已经决定了，明日收拾东西，回家乡去务农。这里波谲云诡，不是我这种人能轻易尝试的，我打算放弃。"卓英倩听了很是着急，旬谟的才华不能就此埋没了。可是，他也知道，经历了这样一场牢狱之灾，旬谟一时半会儿无法重新鼓起勇气。

卓英倩没有多说什么，拍了拍旬谟的肩膀，轻轻地说道："你尽管放心回去，等我将来做了大官，保证你有着享不完的荣华富贵。"旬谟笑了："一言为定，我要良田百顷，妻妾成群。"卓英倩调侃道："喂，你真当你是我祖宗啊？我连个妻都没有，好家伙，你妻妾成群？美的你。"他们说着笑着，搂着肩膀朝着远处走去，一边走一边相互比画着。

中了明经的卓英倩，已有达官贵人愿意收留寄宿，他都一一谢绝了，陪着旬谟住在客栈里。只不过，客栈的老板不敢让他们再住柴房了，为他们腾出了两间上房。

第二天一早，当卓英倩醒来去找旬谟时，发现他正在收拾行李，于是急忙上前阻拦。

"你这是做什么？"他一把拽下旬谟的包裹扔在地上，"我还以为你开玩笑，你就真的放弃了吗？你忘了进京之前你和我说的理想和抱负了？"旬谟没有理会，默默地捡起地上的包裹，继续收拾。卓英倩又气又恨，一时也没有办法。面对一个不思进取的人，你再怎么嚷嚷也是没用。

卓英倩为旬谟下了一剂"狠药"："现在朝廷动荡，国不泰民不安，天下兴亡，匹夫有责，你难道不想用你的智慧和能力，保护大唐的老百姓安居乐业？你回乡务农，其实是在逃避责任，你一个人安稳了，可是黎民百姓呢，这天下苍生的安稳又在哪里？还记得你考状元的初衷吗？"这些话果然很灵，说到旬谟的心坎里，他收拾东西的手停住了。

突然，房门被大力推开，店主哆嗦着闯进来："不、不好了，怎么办？前门后门都被人堵死了！"卓英倩："你这是怎么了？有什么事快说。"店主颤抖着手，指了指门外。忽地响起了一阵敲门声，店主一下子跳到了邸谟身后，拽着邸谟的衣襟，头都不敢伸出来。卓英倩看了邸谟一眼，走过去开了门。门一开，卓英倩吓了一大跳，十几个大汉手拿棍棒站在那里，恶狠狠地看着他。

大汉身后转出一个年轻人，敲着扇子走了过来，正是昨日在酒楼里醉酒被邸谟戏弄的那位，薛邕的儿子，薛灿。没等卓英倩说什么，薛灿便带着大汉闯进屋里，直奔邸谟而去。"哟，收拾东西呢？这是要回老家么？你小子倒也不傻，知道惹了我没好果子吃，这就想跑？你跑得了吗？"

薛灿嚣张地笑着，拿过邸谟手中的包袱，将里面收拾好的衣物全部抖搂出来，"嚯，东西还不少！"当他看到邸谟仔细包裹好的笔墨纸砚后，眼睛里闪过一阵恶意。他拿起那包笔墨纸砚，在手中反复把玩，坏笑道："要去种地了，留着这些玩意儿有何用？我帮你砸了吧！"说完，他便一把将包裹摔在地上。

砚台落地，碎成了两半。薛灿挥挥手招呼身后的大汉："给我打！"卓英倩挡在邸谟面前，对薛灿道："我可是中了榜的明经，你们胆敢动手，罪同殴打朝廷命官！"薛灿轻蔑一笑："你这种小明经，我根本就不放在眼里，给我打！你们惹我之前，就要打听打听我父亲是谁！"几个大汉抡圆了棒子要出手。

门口传来一声怒骂："混账！"

三

薛灿转头去看，脸上的表情，发生很大的变化，嘴角往上一扬，换上了谦逊的笑容："李御史，小侄代家父向世叔问好。"李栖筠黑着脸走进来，看着满屋的打手，冷冷地道："你来这里做什么？"薛灿谄笑地说："小侄来探望朋友而已。""探望朋友？"李栖筠冷笑一声道，"带这么多打手来探望朋友吗？长安城探望朋友不带着礼品，手拿棍棒即可？也许我孤陋寡闻了。"

"世叔见笑了……"薛灿眼珠一转道，"前些日子京城落榜考生闹事，小侄为了安全起见，多带几个朋友罢了。世叔找旬谟有事，小侄先告辞了。"旬谟和卓英情急忙上前对李栖筠拱手道："学生多谢李御史及时解围。"

三个人来到酒楼，李栖筠劝说旬谟不要轻言放弃，仕途的道路曲折，要看到前途光明。旬谟主意已定，认为仕途之路不适合自己。李栖筠不再提及此事。

沈梦芜抱着琵琶缓缓走到桌前。"郎君曾帮助过梦芜，便让梦芜献上一曲，为郎君送行吧。"说着，她的玉指在弦上轻轻一拨，动人心弦的音乐骤然响起。"生年长似草，一岁一回老。风雨何潇潇，前途竟渺渺。到天无梦知，遮眼被花恼。灿灿人皆歌，青青谁解好。"沈梦芜美妙的歌喉把这诗词演绎得格外悲壮，呼应了旬谟此时的心情，旬谟喃喃自语："风雨何潇潇，前途竟渺渺……"猛地饮下了一大杯酒，是啊，没有什么比这个更适合他怅然若失的心情。

旬谟看着沈梦芜，发现她关切地注视着自己，四目相对，惺惺相惜之意在彼此心底油然升起。

在场的客人听到这首从未听过的歌都震撼了，这位神秘的歌姬从没单独给谁唱过曲儿，哪怕宰相王缙来她也不曾走出过那道珠帘，今日破了例了？一看桌上之人，又是那个旬谟。先是临到砍头被陛下的圣旨救下来，然后是李栖筠、元载等高官重臣鼎力相助，如今全京城最有名气的歌姬对他有特殊的照顾，这小子到底什么来头？一时间众说纷纭。

耳语声被旬谟听了去，他有些尴尬地四下看了看，似乎每一桌的客人都在用好奇和羡慕的目光打量着他。再看看沈梦芜，她依旧神色如常，似乎这种效果早在她的意料之中。她究竟想要干什么？旬谟百思不得其解。

李栖筠皱起了眉头："娘子这首曲子，本官似乎在哪里听到过……"沈梦芜眼睛一亮："不知御史在哪里听过？"李栖筠想了又想，道："本官想不起来了。"沈梦芜瞪大了眼睛看着他，不依不饶地问："李御史是想不起来，还是不敢想起来？"李栖筠脸上出现诧异的神情："娘子此言何意？""没什么。"沈梦芜急忙调整情绪，让自己平静下来道，"儿开个玩笑罢了，李御史莫要当真。"

　　其实，李栖筠是真想不起来，以他的个性，素来不会藏私，从来都说一是一、说二是二，这首词，他可能只听过其中的一两句，还是曾经无意中听到的，当时只觉得这"风雨何潇潇，前途竟渺渺"两句写得挺好，并没有什么特别的印象。

　　激动在沈梦芜的目光里一闪而过，随即她恢复了波澜不惊的神态，依旧是那么的落落得体。她深深地看了邬谟一眼，又看了看李栖筠和卓英倩，然后缓缓地道："昨日薛公子来时，儿从他口中得知了一点消息，关于此次科考舞弊的消息，不知几位可想听听？"李栖筠和邬谟顿时眼睛一亮。他二人此时最大的心结便是这个案子，是非曲直在他们的眼里，远比朝廷的权谋更加重要。

　　李栖筠想到如果这个案子不能公正处理，以后会有更多像邬谟这样的人才就此埋没。一想到这些，他便感到痛心疾首。更何况，其他闹事的考生还在大牢里关着没被放出来。邬谟被判得这么轻，因为他没参与闹事，加上有李栖筠、元载等众高官力保，罪名被定成了"造谣诽谤朝廷命官"而已。

　　此时，他们眼中的正义，以及数十名闹事考生的前途就攥在他们手里，他们如何能不激动？李栖筠急忙向沈梦芜道："娘子快请讲！"沈梦芜并没有理会李栖筠，定睛看着邬谟，像是在征求他的意见。邬谟知道沈梦芜这是在逼他介入此事！看着沈梦芜挑战似的眼神，以及旁边李栖筠急切的目光，邬谟终于做出了他的决定："这个案子关系到数十个考生的命运，请娘子不吝赐教。"

　　听到这话，沈梦芜满意地点点头，于是把昨日薛灿醉酒后来找她的情形复述了一遍。

　　那日薛灿被家人搀扶着回了家，酒醒时心中不甘，便闹着返回了酒楼。想见沈梦芜而不得，就嚷嚷起来。沈梦芜出面，讽他肚里无墨，胸中无才，不配见她真容。薛灿便来了脾气，放言道："科考状元是谁都我说了算，肚子里没有墨水又如何？"

　　沈梦芜听出话里有话，便假意逢迎，实则要套出他的话。谁知这一套，竟套出了此次科考舞弊的内幕！薛灿假借父亲之名，同父亲礼部下属官员们一同徇私舞弊，收受考生贿赂——鼓动他这么做的，正是礼部郎中郭全德！

李栖筠深吸了一口气，这其中必然有鱼朝恩的授意。看来他们早有阴谋，当初执意要办这个案子，客观上帮了鱼朝恩打压元载一党。还好元载又歪打正着地把矛头指向了郭全德，这才让对方不敢轻举妄动，最终大事化小。

不过，元载怎么会这么幸运地歪打正着？在旬谟看来，元载远比他所表现出来的聪明得多，真正的深不可测啊。元载，这个一直在韬光养晦的宰相，到底是个什么样的人呢？元载深深地引起了旬谟的好奇。

卓英倩看出了其中的端倪，他立刻明白了这其中的难处和波折。于是他转向旬谟道："你觉得这个案子，元宰相会怎么处理？"他问出了最关键的一点！这个案子，将会给元载出一道很艰难的选择题。如果他选择了真相，那么鱼朝恩的力量会受到打击，他也伸张了正义；可同时，这个案子一旦被敲定，那么薛灿就必然定死罪，害死薛邕独子这个事情，他也很难承担。"不过，这个难题，恐怕要由旬兄亲自送到宰相面前了。"

卓英倩拿着元载的邀请信递到旬谟的面前。本想要远离官场的旬谟看到这封邀请信，下意识地躲闪了一下，李栖筠顺手接了过来，细细看了起来。李栖筠看过后抬头望着旬谟："在我看来，对现在的你来讲，这是最好的选择，不知你意下如何？"卓英倩说："他呀，受了打击，要回乡务农。"旬谟低头不语。

李栖筠："富贵不能淫，贫贱不能移，威武不能屈，此之谓大丈夫。"李栖筠目不转睛地看着旬谟。旬谟想到为了救自己这个曾经素不相识之人，李栖筠所付出的巨大努力，如今要躲避矛盾的念头，在他的眼中何尝不是一种逃避。李栖筠感叹道："千帆过尽，谁不想回家经营那几亩良田，男人如放弃家国情怀，有这般想法，到底与无知孩童有何不同？"旬谟无言以对。卓英倩把邀请信又递到了旬谟面前。

旬谟接过信摇头苦笑："我猜，元宰相哪个都不选也说不定。他的本事，远比我们想象的要大得多，不过我愿意一试。"卓英倩松了一口气，悄悄地朝着李栖筠竖起了拇指，李栖筠躲开了卓英倩的视线，他在官场多年，不知道今天这番劝说会对旬谟带来什么样的后果，可不说，他又觉得对不住天地良心，冥冥之中，一切自有定数。

郇谟就这样留在了京城，开启了他以后的未知之旅。

事情已落实，每个人的心情都放松下来，他们谈论着元载，元载却在府上享受着天伦之乐。元载和元媛在书房中有说有笑，好不惬意。"阿耶，听说你要请那个姓郇的书生当门客，是不是啊？"

元媛边给元载捶着背，边问道："不知那小子何时会来？"元载漫不经心地翻着手上的公文，随口道："信昨天就送过去了，他要来，今日上午便应该来，此时已到午后，怕是不会来了吧。"元媛鼻子一翘，哼道："不知好歹。"元载道："人各有志，他若不愿来，我们不可强求。"

正说着，忽闻门外一个仆人通报："主人，有个姓郇的书生求见。"

四

郇谟到底是来了。仿佛一切都在意料之中，元载放下了手上的公文，依旧是一副漫不经心的模样："告诉他，说老夫今日身体不适，不便见客。他若要在我府上谋个差事，让管家自行安排便是。"

听说这人来了，元媛眼珠一转，说要回房睡个午觉。元载知道女儿顽皮，一定有别的事情，不过想来无伤大雅，便由她去了。午后的太阳正暖，站了不一会儿，郇谟已微微出汗。看门的小厮进去通报了很久，依然没有人出来回应。

当他焦急难耐的时候，元府的大门开了，从里面走出来两个细皮嫩肉的仆人，其中一个躲在另一人的后面，好奇地打量着他。郇谟看到站在前面那个仆人，眼睛大而灵动，长长的睫毛略往上弯，一张略带婴儿肥的脸上，挺翘的鼻尖白皙得甚至能反射正午的阳光。但是这人……越看越觉面熟。许久之后，郇谟大叫一声："是你！"仆人面带笑意地哼了一声道："可不就是我么，看了这么久才认出来。郇兄上次请我吃汤饼，我还没来得及道谢呢。"

这仆人不是别人，正是女扮男装的元家娘子，元媛。郇谟听得一愣一愣的，明明是他骗了我一碗汤饼，却变成了我请他吃汤饼，这是什么道理？元媛似乎并没有关注这个问题，她继续道："我父……我家主人今日身体不适，不便见客，但他老人家嘱咐，你若想留在府上谋个差事，便随我来吧。"她一个"父"字刚要出口，便意识到失言，就把这个字咽了回去，以至于旬谟没听清楚，只道对方一时口拙吐字不清而已。

旬谟实在摸不准元载的路数：作为宰相，放下身段亲笔写信请他来，却又忽然避而不见，不知他葫芦里到底卖的什么药？不过，既然决定要来当门客，便不计较细枝末节的问题了。

旬谟随着仆人进了元府的大门。整个宅院一片金碧辉煌，各处装饰细节上又十分雅致讲究。一进来便让人觉得，这个宅子的主人很有品位。不过，这院子太大，在旬谟看来，多了几分雅致所掩盖不住的奢华之气。旬谟奇怪地看着眼前的这个仆人。作为仆人，他似乎太过于欢蹦乱跳了——像个孩童一般，蹦蹦跳跳地为他带路，给他介绍府里的各处院落和景观。

宰相府里怎么会有这样的仆人？在他胡思乱想的当口，那个仆人脚下踩到一个圆溜的石子，一个趔趄，眼看着便要仰头摔倒在地了。旬谟一个箭步冲上去拽住他胡乱挥动的手臂，用力一拉，仆人没有向后仰倒，反倒向前扑到了旬谟的身上。

两个人一同倒地，旬谟感到身上一阵温软，胸前似被两团棉花揉挤过一般。睁开眼，发现这个摔倒的仆人正和他四目相对。红润的双唇，似两道清泉般水汪汪的双眼，如兰似菊的呼吸吹在他的脸上，让他感到一阵朦胧。站在一旁的另一个仆人大惊失色，一个尖细的惊呼从他的口中发出："娘子！"

娘子？旬谟瞪大了眼睛看着眼前这张过度白嫩的脸，又低头看看胸前似乎压着的那两团棉花。刚才那一拉之下，元媛的衣衫略有些走样，透过领口，旬谟终于还是看到了压在胸前的那两团究竟是什么。沿着旬谟的视线一看，元媛顿时脸上一红，急忙用手捂住领口，愤愤之下，一个耳光扇了过去："讨厌！"等到旬谟揉着脸从地上爬起来，那两个人已不见了。

到这时候，元府里的管家尴尬地出来迎接旬谟。捂着火辣辣的左脸，旬谟跟随管家来到元载安排的住处。这是一个单独的小院，里面花草奇石应有尽有，院子虽不大，却别致精巧。里面一个单独的小屋，给人的感觉就像是山林中的隐士的住处——这正是郇谟想要的住处。

安顿好了以后，管家转身要走，郇谟问道："某何时能够见到元宰相？"管家看着他，大有深意地笑了笑，却没有回答。郇谟就这样住进了元府。夜里躺在床上，也许是到了新的地方还不习惯，郇谟翻来覆去地难以入睡。左边脸上依旧隐隐作痛，更让他难以忍受的，是总是不由自主地回忆起胸前被那一片温软覆盖时的感觉。

同样难以入睡的，还有元嫒。在元府里，元嫒的哥哥元伯和已赴扬州外任，只有元嫒待嫁闺中。她翻来覆去地睡不着，索性双手抱胸坐在床上。回忆起白天和这个姓郇的书生相见的情景，脸上一阵红一阵白，一会儿生气一会儿微笑。越想越没有睡意，她干脆起身，想要去院子里走走。

长安城的夜晚永远是寂静的。元载的书房里依旧亮着灯。一个黑衣人闪身进来，向元载行礼道："主人，他又来了。"元载合好了手中的折子，嘴角挂上一抹笑意："你们先退下吧。""是！"片刻之后，书房里便剩下元载一人，没有任何的护卫。"你来找我，可是找到了证明老夫清白的证据？"元载淡淡地说着，他的面前空无一人。宁疾云从房上跃下，站定在元载的面前，剑指着元载，却不言语。

元载像是料到了他会这么做一般，脸上没有任何的惊讶，也没有任何的恐惧，依旧神色如常。他端起放在旁边的一杯茶，轻轻地抿了一口，热度刚刚好。他的每一个动作，都在宁疾云的观察之中，从容得仿佛像宁疾云不存在一般。放下茶杯，元载接着问："你此番前来，所为何事？"

宁疾云举着剑，脸上的冷漠掩盖不了他内心的焦灼："我没有找到任何的线索，所以来问你，我凭什么相信你的一面之词？"元载发出了一阵笑声，看着宁疾云道："我就料到你今日会来，故意屏退了所有的护卫，与你单独在这书房里相见，这还不值得你相信吗？我要是心中有鬼，怎么敢如此见你？"宁疾云哼了一声，却没有回答。不过，他手上的剑却缓缓地垂了下来。元载用眼睛的余光，看了一下宁疾云放下的长剑，嘴角微微一翘："我虽没有证据，却知道谁是害死你父亲宁秋书的罪魁祸首。"

看到宁疾云沉不住气的样子，元载表明了今日的意图："我其实今日是有求于贤侄的。"宁疾云道："有话直说便是，用不着叫得这般亲近。我们还没有建立起完全的信任。""无妨。"元载笑道，"我如今要对付的，便是你真正的杀父仇人。只不过，这人如今权势滔天，又掌握着军队，想要除掉他，你我联手才行。"宁疾云疑惑道："你贵为宰相，有和我这种江湖中人联手的必要吗？"

元载沉吟了一会儿，叹了口气道："这世上有宰相能干的事，也有宰相干不了的事。这些宰相干不了的事情中，有些交给你这个江湖中人去做却正合适。"宁疾云冷笑道："我一直听说元宰相是个正人君子，今日一见……哼哼！""我从没自诩是正人君子。"元载走近宁疾云，与他面对面道，"但我们的对手却是个卑鄙小人。对付卑鄙小人，就要用卑鄙小人的手段。"

一个宰相和一个江湖侠客的交易，就在这个寂静的小书房里达成了。

却说元媛夜里难以入眠，便出来散步，见父亲书房亮着，过来探望。进屋前，隐约听到父亲似乎在与什么人说话，可当她推门进去，却见父亲一人在案头上提笔写着字。"这么晚不睡，来阿耶这里作甚？"元载抬起头来，慈祥地看着女儿。元媛四下里看了个遍，也不见有其他人，于是噘着嘴道："阿耶，女儿分明听到有人在和阿耶说话，进来却不见人影。"元载笑道："怕是你晚上困迷糊了吧？这里哪有什么人？"元媛揉了揉脑袋，确实觉得头脑胀胀的，可能是今日睡眠不佳的缘故。

她搂住父亲胳膊道："阿耶，今日来的那个旬谟，你打算怎么安置？""怎么，我的女儿关心起一个书生的事情了？"元载笑望着女儿道，"此人才智过人，是个可造之才，但还需多多历练。此为璞玉，堪待打磨啊。"

五

根据唐代的吏制，通过科举考试的考生，还要经过吏部进一步的选试，最终决定哪些人去做什么官。被最终录取的名单已经由吏部拟定好了，交到中书省核实后便放榜出去。早上，一名主事手上拿着信件跑到中书省："等等，录用的名单有一个人要进行替换。"信件的内容便是，录取的考生中有一人经考核德行有失，不宜选用，应从选录中候补考生中选择人选替补上来。

这替补之人，就是卓英倩。没错，在吏部的选录用中，卓英倩没有进入录用名单，也就是说，不能在员内任官职，只能以员外郎的身份，在地方机构里担任一个小吏。然而此时，一封印有吏部公章的信，改变了他的命运。这封信的落款上，是一个"元"字。明眼人都看得出，这是宰相意图，要选用卓英倩做官的。

苦等多日朝廷任命的诏书，如期而至了。在为卓英倩高兴的同时，旬谟产生了一丝丝伤感。按照诏书上的要求，卓英倩被安排到了地方去任职，不日便要启程赴任。旬谟在酒楼为他设宴送行，侍御史李栖筠也带着礼物来了。

卓英倩受宠若惊，与旬谟一同向他行了个大礼道："学生何德何能，竟有李御史前来送行，实在是感激不尽！"李栖筠笑道："本官敬重两位小郎君的为人，听闻你要去地方为官，昨日特求吏部的颜尚书写了一幅字画作为礼物。"

卓英倩双手接过字画，打开一看，上面画着一潭池水，旁边立着一块石碑，上书一个"贪"字。画的旁边题着两句诗道："古人云此水，一歃思千金。试使夷齐饮，终当不易心。"就是说，人们都说喝了这泉水，就会贪财爱宝；若让伯夷叔齐品行高洁的人喝了，终究不会改变廉洁的初心。这是晋代著名的清官吴隐之在贪泉所写。李栖筠借此字画，勉励卓英倩，即使官场再怎么污浊不堪，只要心智坚定，时刻做到慎初慎微，便可保持初心和良好的心态。

卓英倩感激不尽，当即立誓，不负他的期望，廉洁奉公，在地方做一个好官。就此，李栖筠与旬卓二人，结为忘年之交。卓英倩一个新晋的毫无背景的小小官员，到地方赴任，竟有一名侍御史来送行，还收到了吏部尚书颜真卿的字画，这是何等的殊荣！酒楼里的客人都赞叹不已。

与旬谟李栖筠告别之后，卓英倩乘着朝廷提供的车马，独自离开京城。走出城门不远，马车便被元府派的仆人追上。那人见了卓英倩，先行了一礼，便拿出一个信封道："这是元宰相的亲笔信，主人嘱托小人交到郎君手上，将这封信到地方时送长官看，可得到关照。"

卓英倩接过信封，上面确实有宰相的亲笔签名，一个大大的"元"字。卓英倩一再嘱托那小厮向宰相传达谢意。随即，他在肩舆里拆开信封一看，一张白纸上面竟一个字都没有！卓英倩反复确认了几遍，确实没有找到任何文字的痕迹，难道元宰相装错信封了？卓英倩有些哭笑不得："宰相，你这个玩笑开得有点大啊。"

经过数日的长途跋涉，卓英倩到了任职的地方。长官一见信封上元载的签名，立刻换了副面容，客气了许多。卓英倩以为他看到里面的信纸没任何文字，便会大发雷霆，可谁知，对方看了这无字的信，脸上的表情更加谄媚起来。一个新上任的县令，因为元载一封无字的信，州长官便对其如此重视。卓英倩不由得感叹，官大了就是好，推荐信都不用写字。他不由得想象着自己成为宰相的情景：乡里乡亲前来投奔，考中进士的同乡托他帮忙提携，他大笔一挥，仅在信封上签个卓字，随便放一张纸进去，对方便如获至宝地走马上任去了。卓英倩想到此处，内心有些激动，控制不住地高兴起来。梦想毕竟是梦想啊，现实的差距是很大的，官场之路还很长，如今不过是一个小小的县令，但愿一帆风顺，官运亨通。

卓英倩到地方赴任以后，旬谟便成了元府中一名幕僚。他想一见到元载，便提及礼部科举舞弊一案，把选择题送到元载的面前。到了元府，已有几个月了，元载的面他都没见到。每日便是一些公文分类誊抄之类的琐事，或者外出去办一些传话送信之类的公务。由于他工作用心，渐渐地也被安排了一些更高层次的工作。随后，他开始接手为元载的私人土地收租的工作。当他对收租工作得心应手之后，元载又让他起草奏章和公文。

几个月来，他处理各项事务，做得井井有条，对于一些突发状况更是应对自如。然而，这其中有一件事却让他头疼不已。一个月前，元载为女儿请的先生因病休养去了，元媛央求元载，请旬谟教她读书。元载禁不住女儿的纠缠，无奈之下只有答应。

邬谟的"噩梦"就此开始。

元府的书斋，里面布局雅致，墙上皆是名家字画，随便哪一幅都是价值连城。那日，他首次教宰相的女儿读书。只见一个二八年华的娘子在书桌前，稚嫩的手指捏着毛笔，认真地写着字。由于她低着头，邬谟没有看清她的脸。

他上前行礼道："娘子，在下邬谟，奉宰相之命，前来教娘子读书。"那女子在椅子上，头也不抬地继续写着字，口中却问道："你说你叫邬什么？"邬谟躬身道："在下邬谟。"女子依旧没抬头："什么谟？"邬谟知道她有意戏弄，于是不再回答，拿起戒尺道："我们该读书了。"

女子抬起头来，一双大大的眼睛看着邬谟。长长的睫毛扑闪扑闪的，略带婴儿肥的脸蛋异常粉嫩，鼻尖挺翘、白皙，反射清晨的阳光。这不就是那日摔倒并压在他身上的那个仆人！"啪嗒"，戒尺掉在了地上，邬谟一时间慌得不知所措。元媛却像没事儿人一般，面带笑意地看着他，喊了一声"先生好"。

一想起初到元府那日的情景，邬谟脸上顿时烧得火辣辣的，从脖子根儿红到了耳根，额头上的青筋都一跳一跳的。"先生？"元媛似笑非笑地唤了他一声，见邬谟失神没有听见，便又加大音量唤道，"先生！"邬谟如同在噩梦中被惊醒一般，一下子回过神来："呃……啊？"元媛扑哧一声笑了，托着腮问道："我们今天要学什么呀？"

"我们学……"邬谟紧张得把今天的教学任务全都抛到九霄云外了，"我们……这个……"见到他尴尬的样子，元媛不由得眼泪都笑了出来。看着那张青春靓丽的脸，以及上面挂着的天真无邪的笑容，邬谟一时间都快忘了自己是谁了。长这么大，他从未这般惊慌过，说不清道不明的感受更让他难以忍受。满头大汗的邬谟什么也说不出来，只有撒腿就跑。

此后，邬谟每次教书都觉得心跳得很快，如坐针毡。作为教书先生，他竟比学生还焦急地盼着下课，当然了，下课以后又渴望能见见他的学生。这日，他又来给元媛上课。书斋里多了一位老者。

老者坐在椅子上，认真地写着什么。元媛恭敬地站在一边，为老者磨墨。毫无疑问，眼前老者就是当朝的宰相——元载。元载写完字，抬起头看见旬谟，于是微笑着招手请他进来。旬谟跨进书斋里，俯首行了个大礼，道："旬谟拜见宰相。"

元载接着问了几个关于朝政的问题，旬谟对答如流。元载点了点头，问道："你可知，老夫为何到今日才与你见面？"旬谟想了想道："起初并不明白，但现在明白了。""哦？"元载好奇地打量着旬谟，"你且说说看。"

旬谟沉吟了片刻，想好了回答的方式："时机未到，则鱼与熊掌不可兼得。如今时机已到，宰相要兼而得之。"元载听后笑道："好！真知我心者！"元媛听得稀里糊涂："什么鱼呀熊掌的？你们到底在说些什么？"

元载宠爱地抚摸女儿的头发，说道："三十辐，共一毂，当其无，有车之用。埏埴以为器，当其无，有器之用。凿户牖以为室，当其无，有室之用。故有之以为利，无之以为用。"旬谟听了，有几分不好意思，元媛越发地愣怔："父亲，刚刚说什么鱼和熊掌？现在又说车？你到底想说什么呀？"

元载哈哈大笑，有些话他和旬谟心照不宣便足够了，这句话出自《道德经》。

元载之所以引用这段话，就是告诉旬谟，你就是有状元之才，没有我提供的这个施展空间，就是无的放矢，现在你我二人相得益彰，何乐而不为。元载的话就是高屋建瓴，抓住要害，他不明说，可他引经据典地让你懂得。

对于旬谟的学识，听懂元载的含义并不难，剩下的，则是要旬谟着手去做。

第五章：考生免死

一

　　旬谟处理的文书中有很大一部分，是元载有意给旬谟看的，借此让旬谟了解朝中的动向。文书涉及一些官员的调整变动，清楚地显示着鱼朝恩在一步步地扩大势力，元载被打压得有招架之功无还手之力。

　　在仔细研究过这些官员的变动之后，旬谟还是看出其间的微妙之处：在朝中，鱼朝恩的势力确实越来越大，元载的势力处于守势；可在地方，元载的势力逐步地消弭着鱼朝恩的影响力。

　　他可以想到，元载这是有意要在陛下面前营造一种氛围——鱼朝恩的势力已膨胀得失去控制了。同时，元载的很多奏疏都显示，他在有意奉承附合鱼朝恩，以便让人们感到，他放弃同鱼朝恩的较量，彻底顺服了。通过一些琐碎的线索，旬谟隐约领会到了元载的意图：各方势力的一举一动，都在元载的谋划之内。这是何等的精明，才能达到这样的地步？他不由得对元载刮目相看。

　　元载以长者的口气告诫道："其实，老夫等到今日见你，还有另一个原因，就是想要保护你。"旬谟不解地看着元载，没有说什么。元载道："你现在的样子，像极了老夫年轻的时候。不过，你可知老夫在为官之前，是做什么的？"

　　旬谟依旧在认真地听，元载接着说道："老夫小时候，家父是负责为王妃收租的，事情办得好，我们家被赐了元姓。那时候，天下太平，但依然会有几家穷得交不上租。我就问父亲，他们这么可怜，为什么要帮着主人欺压他们？父亲说，强收他们的租子，他们顶多是有了上顿没了下顿而已。可若是我们同情他们，最终租金没收足，王妃就会另用别人收租。我们没了差使，又没有土地，将来便会无法生存。父亲的话让我明白了一个道理，那便是你想要解救别人，首先要学会保护自己。在保证自己生存的前提下，才可以救济那些需要帮助的人。"

旬谟怔怔地听着，似乎明白了元载的用意。他急切地要解救那些被抓起来的考生，可是，如这件事再次让他卷进朝廷党争，很可能会遭遇更大磨难。元载让他等待着，不仅要等待一个合适的时机，更要旬谟在这段时间里多多了解朝廷的情况，让他在变幻莫测的朝局里，知道该如何保护好自己。

旬谟感激涕零。从没有这样一个长者，将他当成自己的孩子一般栽培和照顾。旬谟忽然明白了一件事，就是所谓的知遇之恩，竟是那么的弥足珍贵。于是他决定要做点什么，至少在这个案件中，他要为元载的计划做一些必要的补充，以保证万无一失。

刚出元府，旬谟就被人一拍，回头看去，那双灵动的大眼睛忽闪忽闪地看着他。元媛一身男装打扮，出现在了他的面前。对于旬谟来说，这个打扮真是好久不见了。想起初遇时，她就是这样的装扮，骗了他一大碗汤饼。"娘子，某出去有正事要办。"旬谟一脸拒绝地看着元媛，可她却不以为然。元媛张开手在旬谟面前转了一圈道："你叫谁娘子？本郎君现在身上从上到下，打扮得完完全全就是个七尺男儿。"

旬谟笑了："你先长到七尺再说吧。"说完，旬谟转身便走。走着走着，却发现元媛跟在他身后，小尾巴怎么也甩不掉，旬谟无奈地回过头道："娘子，某真的有正事要做。""不就是要查案吗？"元媛狡黠一笑道，"你可知该从哪里下手？"

旬谟一下子傻了眼，元媛脸上现出胜利的表情："要知道，我阿耶跟薛邕是师徒关系，他儿子的那些狐朋狗友我自然是认识的。只要你听我的话，我自然会带你去。"的确，跟着元媛走，比他在街上像没头苍蝇般到处乱撞，似乎节省些时间。事实上，他想错了。

整天下来，元媛带着他在长安城的街头吃吃喝喝，四处逛些好玩的好看的，除此之外什么正经事都没做。在接近黄昏的时候，旬谟忍不住停了下来，拉住元媛问道："我们都逛了一天了，你到底能不能帮忙？"

元媛似笑非笑地看着他，眼珠一转，又有了新的主意，她指着不远处一个首饰店道："你给我买件首饰吧？买完了我便带你去查案。"

旬谟与元媛来到首饰店里。女孩子对于首饰的钟爱，旬谟是不能理解的。他看着元媛在那里挑来挑去，心里却越来越不耐烦。他皱着眉头随便拿起一个镯子问道："这个多少钱？"店铺的伙计客客气气地报了价格："五万文钱。"旬谟听了一惊，这一个镯子，相当于他四个月的收入了。

他扔下镯子，从首饰堆里挑挑拣拣，最后看到一个最不起眼的钗，拿到伙计面前道："这个多少钱？""八十文。"旬谟二话不说，拿起钗道："这个最适合你，就它了。"元媛不屑地看着他，却没有多说什么。她知道，每个月父亲给旬谟的钱很少很少。将钗插到头上，元媛满意地走在街上。

"现在可以带我去查了吗？"正说着，他们来到了一个宅院的门口。元媛随即上前敲门。有仆人出来问话，元媛便说要找薛从义。等小厮去传话的时候，元媛向旬谟解释说，这个薛从义是薛邕的同宗侄子，平日里和薛灿厮混得最多。不久，仆人回来，带他二人进了会客厅。一个形貌消瘦的郎君满脸堆笑地迎着他们，道："元娘子怎么有兴致到我家来了？"

元媛往旁边椅子上一坐，指着旬谟慵懒地说道："少废话，这是我的朋友，想做官，你帮帮忙。"薛从义道："哎哟我的姑奶奶，你可不知道，现在外面风头紧，这事不好办了。"元媛看也没看他，继续慵懒地道："钱不是问题。""我知道钱不是问题，只是……"薛从义顿了顿，"只是你父亲是当朝宰相，你朋友求官还不是你父亲一句话的事？干吗要来找我呀？"

"你胡说什么？我父亲为官清廉，怎会为女儿徇私枉法？我是真没别的办法了，才来求你的，帮不帮你就看着办吧。""哎哟，你父亲……"薛从义刚要说，却见元媛那双本来就很大的眼睛正恶狠狠地瞪着他，于是便蔫了，"我帮……我帮！"薛从义悄悄地把旬谟拉到身边，小声道："你可真行，宰相家的娘子都勾搭上了，以后一定官运亨通。""噗——"刚喝进嘴里的一口茶，全让旬谟喷了出来，一时不知该说什么好。

薛从义当他是默认了，于是更加客气地恭维元媛道："娘子真是慧眼，我看这位郎君是气宇轩昂，一看就是当官的料，将来说不定能当上宰相，到时候你就是宰相夫人了。"起初没听明白，过了会儿元媛反应过来，于是脸上一红，嗔道："什么宰相夫人！"被人误会成那样的关系，两人全都臊得满脸通红，可为了查案，只有忍着尴尬了。就这样，薛从义收了元媛付的定金，便道："尽快准备好文解、家状和结保文书，你们放心，这事包在我身上，过几天你就等着做官吧。"

虽说贿赂买官，也不是什么样的人都可以买。朝廷多少要对任职官员有个底。所以，地方衙门出示的文解、证明家庭出身的家状，以及证明其没有犯罪前科的结保文书，这三样东西一样也不能少。旬谟参加过科举考试，这三样文书他都还保存着。可是如果把真的文书送过去，旬谟就要暴露身份了。

当他为难时，元媛再一次帮上了大忙。她不像普通的大家闺秀那般整日大门不出二门不迈，相反，她平日最大的乐趣便是乔装打扮到外面去厮混。如此一来，长安地头上大大小小的事情，便都逃不出她的法眼了。

由薛从义家出来，元媛带着旬谟，七拐八拐地来到一个异常凌乱的小胡同里，推开一扇破旧的木门，呈现在他们面前的便是一个不知名的小作坊。元媛拉着旬谟，径直地往里走，见到了作坊的老板，张口便问："文解、家状、结保文书，能做吗？"小老板一听，点头笑道："有钱，官印都能给你做一筐出来。"这下旬谟可真长见识了。

他从没想过，在大唐严密的体制下，竟然有这么多空子可钻。在无孔不入的黑暗和腐朽面前，光明和正义有时显得那么脆弱不堪。他甚至开始怀疑，当初和自己一起参加科举考试的人中，有多少用的是伪造的文书。这就说明，有人可以冒名顶替进入官场。这对大唐的江山是一种多么大的威胁和隐患。

看到旬谟脸上震惊和愤怒的表情，元媛轻轻拉了下他的衣袖道："我想，阿耶也希望你能协助他改变这种现状。"旬谟强忍住内心的压抑，在元媛的带领下，从做假文书到与薛从义贿赂长官，乃至整个买官卖官的流程，他们近乎完整地走了一遍，终于掌握了贿赂买官的整条线索。

当邹谟拿着整理好的线索去见元载的时候，元载静静地看着他，脸上没有任何吃惊的神色，似乎一切都在他的意料之中。他对邹谟整理的买官卖官腐败线上的官员名单连看都没看，便问道："在这个名单上，你觉得我们应该从哪个人入手？"

案子的核心人物便是薛邕的儿子薛灿，但煽动薛灿去做这件事的郭全德，却把自己撇得干干净净，让人无法找到足够的证据去证明他的参与。邹谟想了半天，似乎只能从薛灿下手，拿下了这个人，才能从其手上得到足以指控郭全德的证据。也就是说，要动郭全德，就必须把薛灿放到风口浪尖上。

想到薛灿的父亲薛邕是元载的学生，邹谟犹豫起来到底要不要说。元载知晓他的心思，也不点破，笑着摇摇头道："你太年轻，有些手段不是想不到，而是不敢想。你且先回去吧，近几日你和小女做的事情，于老夫的计划其实毫无意义。但是老夫没有阻拦，想必你也知道其中的用意。"

邹谟并不理解元载所说的"想不到"和"不敢想"，但他明白一件事，元载的计划必然会涉及一些不合道义的手段。当然，手段并不是最重要的，重要的是结果。邹谟也不能确定，他和李栖筠想要的案件结果，是否与元载计划中的案件结果相一致。

今日酒楼里的人并不多，除了邹谟和李栖筠这一桌，还有一桌其他的客人。李栖筠从座椅上看了看那桌上戴着个大斗笠的奇怪客人，总觉得有些似曾相识的感觉。只不过，对方斗笠拉得很低，根本看不见他的脸。"你是说，元宰相可能有别的打算？"李栖筠皱着眉头，苦苦地思索着，却怎么也想不出元载究竟想要做什么。邹谟道："宰相于我既有救命之恩，又有知遇之恩，无论如何，我不想与他作对。"李栖筠想了想道："我猜，元宰相不外乎就是想要保住薛灿，毕竟那是薛邕的独子。"李栖筠也在考虑着元载究竟想要干什么。

邹谟最终决定向他摊牌："其实晚辈此行，是想征求一下李御史的意见，我们是否可以和宰相合作？"听到这话，李栖筠从沉思中醒了过来，注视旬谟良久。另一桌的客人拉了拉头上的斗笠，将一把铜钱排在桌子上喊了一声："结账！"随即便走出了酒楼。

李栖筠看着那个人的背影，一字一句地说："旬谟，我希望你清楚，作为御史台的官员，我不可能与任何人合作，对我来看，每个人身上都可能有潜在的缺点，就看能不能经得住查，但是你与元载合作我不反对。"旬谟点了点头。

二

早朝，李栖筠弹劾礼部数位官员收受贿赂操纵科举舞弊的奏折，如期而至。奏折上弹劾的官员里有很大一部分是与元载平日关系较近的官员，郭全德不但没有成为他弹劾的目标，反而变成了此案的证人。

李豫的脸色又阴沉了下来：这个脑袋一根筋的李栖筠是不是被鱼朝恩利用，成了出头鸟？这样直接剑指元载，对他来讲可是不妙啊。李豫看向站在最前列的元载，然而对方脸上一贯的波澜不惊，李豫弄不懂这位宰相心里到底在想些什么。

李豫此刻的心情是矛盾的，既希望手下群臣有勇有谋，能为自己所用；可又怕他们深不可测，让自己摸不到头绪。元载在李豫心中就是难以捉摸的一个人，李豫对他的提防之心又加深了一层。

鱼朝恩不动声色地看了李栖筠一眼，李栖筠这番举动到底是何用意？满朝文武就连陛下都会觉得自己对李栖筠动了手脚，可自己与他素无瓜葛，为什么他现在却明显偏帮自己？虽说李栖筠此举无论如何不会对自己的势力造成什么影响，可这里却隐隐有什么不对，鱼朝恩又看看元载，他总是觉得这里面有什么难以探寻的秘密。这边厢，满朝文武头一次这么毫无争议地给科举舞弊一事立了案。

在元府的花园里，旬谟与元载下着棋，棋盘上密密麻麻地摆着黑白分明的棋子。元载举着一枚黑子，犹豫良久，最终还是没有落下，于是笑道："老夫又输了。"旬谟微笑着点头行礼，早朝上发生的事情，元载闲闲地说给旬谟听，最后，元载抬头直视旬谟，问道："依你之见，这李栖筠葫芦里到底卖的是什么药？"

邰谟笑道:"这棋局晚辈尚能看得懂,可宰相在朝中布的局,晚辈却看不明白了。"元载道:"你还记不记得,老夫曾跟你说过,你不是想不到,而是不敢想。你能想到一切都是老夫布的局,可见你还是开窍的,你再想上一想,这局的走向最终会是哪里?"

邰谟心头一紧,他实在料不准元载到底是为何意。李栖筠的所作所为明明是对他不利,可是看元载的模样,好像并不以为意。邰谟到现在都没想明白,所谓的"不敢想",究竟是一种怎样的不敢想。元载不肯直说,他也不好多问。

在他皱着眉头思索时,元媛端着两杯茶到他们面前道:"阿耶可是又输给邰谟了?"邰谟谦逊道:"是宰相故意让我的。"元媛看了看棋局,邰谟果然下得精妙绝伦,其中一个白子落得恰到好处,凭它一个便控制了黑方一大片。于是她眼珠一转道:"如果是我来下,你可不一定那么容易赢。"

"哦?"

邰谟好奇地看着元媛,"你觉得这局棋还能反败为胜?"这是一个很明显的败局,没有任何可以破解的方法,邰谟以为元媛八成是没有看出其中的玄妙。然而,元媛的下一个举动却让邰谟哭笑不得。她从棋盘上拾起邰谟最关键的一粒白子,又在另一位置放下一粒黑子,一瞬间,白子便失了一大片。"怎么样?"元媛笑道,"我替阿耶反败为胜了!"

元媛戏谑地看着邰谟,年轻的皮肤晶莹剔透,眉梢高挑,美丽的丹凤眼眼梢轻轻扬起,说不出的娇俏。邰谟望过去,双目有些呆怔,一瞬间被元媛的美丽所折服,心神有些恍惚。女孩子向来对自己的容貌是自信的,元媛看着邰谟的样子,多了几分得意,嘴角越发地上扬。渐渐地,邰谟的脸红了,可他的目光却舍不得离开元媛的脸。

女儿下棋耍赖的顽皮模样,让元载不由得大笑了起来。邰谟却似乎忽然想起了什么,看着这棋局怔怔出神。元媛见他这副失神的模样,取笑道:"邰谟可是被我这出其不意的一着给惊着了?"邰谟陷入思考中,并没有听见元媛的取笑。元载情知这个一心只读圣贤书的书呆子要开窍了,于是笑着挡住元媛道:"让他好好想想吧。"

李栖筠经过一天的奔波也是很累了,坐着肩舆,身边就两个随从相跟，正在往李府而去。李栖筠疲惫地靠在肩舆里，揉了揉剧疼的太阳穴，他现在最想做的就是赶紧回到家，喝一碗喷香的热茶，吃上一口他最爱的砂锅豆腐。

突然肩舆猛地下沉，李栖筠没防备被咕噜噜摔出了肩舆之外，脸先着地，蹭得鼻子上有隐隐血痕。李栖筠刚想抬头，一把利刃闪着寒光抵在了他的脖子之上。一个声音传来："我当你是何金刚不坏之身，原来跟老子一样，也是血肉之躯。拿来吧。"

对方伸手，李栖筠的头被利刃抵住，根本就抬不了头，他心知这是遇到了打劫的人，仓皇之中拽下了腰间的玉佩递给那人。只见一只白皙的手接过玉佩，用手掂量了一下。李栖筠盯着那只手，心中一个闪念，那人轻轻地挥舞利刃，在李栖筠的脖子上轻轻地划了一下，匕首极为锋利，一滴滴的鲜血滴落。

一声口哨声响起，那人双脚轻轻一抬蹿上了肩舆，随之又上了房，几个闪身已消失不见。四个抬肩舆的仆人和两个随从，此时都傻了眼，呆呆地看着李栖筠，李栖筠沉声："今日的事谁都不许声张，回府。"

"呜呜呜呜，你说你这官做的，这哪是谋财，这不明明是害命嘛！"李栖筠的夫人一边为他包扎着伤口一边哭着说。夫人手上没个轻重，李栖筠疼得龇牙咧嘴："你小声点，别让仆人们听了去，张扬出去。"夫人哭说："我一个妇道人家，哪曾处理过这么深的伤口，让你请大夫你又不肯。"

李栖筠叹道："你啊，何其愚钝，这件事传出去，说不清楚，别人很容易拿它做文章。秘而不宣，等待明天上朝，我自会分辨出是何人所为。"夫人问："你知道这并不是简单的抢劫啊？"李栖筠笑了："你当我是三岁的娃？"夫人又哭："我说那科举舞弊一案树大根深，可你偏偏不听，非要碰这烫手的山芋。"

李栖筠愠怒："夫人此言差矣，这个不碰、那个不碰，星星之火如若不将它熄灭，将来蔓延起来，恐怕回天无力喽。"夫人一听痛哭起来："我是心疼你，他们这么做就是给你警告，现在割伤你的脖子，将来还不要了你的脑袋？"李栖筠："我干的就是个掉脑袋的差事，我不怕。"夫人："你总该心里有点数，到底是谁要这么对你。"李栖筠点了点头：

"明天上朝，自然一切就会见了分晓。"

清晨的第一缕阳光从来不会关注任何人的心情，按时地、明快地露出了它的笑颜。李栖筠脖子上夸张地包扎着，站在早朝的必经之路上，每个人从他身边走过，都打着招呼，却没人朝着他的脖子上看一眼。李栖筠心中冷笑："这些老狐狸，为官多年，早早就成了精。"

鱼朝恩带着养子鱼令徽一路走来，谈笑风生，见到李栖筠站在那，鱼朝恩的步伐急促了起来，一迭声地喊："哎呀呀，离老远就见你这脖子是怎么了？受伤了？"李栖筠微微一笑："多谢挂怀，是昨天不小心，被夜猫所伤。"鱼朝恩："你可真要小心，现在长安城外夜猫横行啊，等哪天老夫高兴了，彻底安排人整治一下，简直是无法无天了。"鱼朝恩打着哈哈，带着鱼令徽上朝去了，已离李栖筠很远了，还听到他得意的笑声。

李栖筠转身刚要去上朝，身后一个关切的声音响起："你受伤了？"李栖筠转头，看见了元载，李栖筠点了点头。元载："我昨日与邹谟下棋的时候，他一直问我，为什么明明知道可以一招制敌，却喜欢剑走偏锋，我对他说，有很多时候，官场中有许多无奈之举，得饶人处且饶人吧。"

李栖筠："宰相身居高位，不像我，当着这么个得罪人的小官，我只能秉公办案，望宰相理解。"元载："理解理解，有需要我配合的，你尽管开口，我会支持的。"李栖筠冷冷一笑："但愿。"元载与李栖筠说着话，两个人一起朝着宫中走去。

整整一天，邹谟关在房间里。他明白了元载的计划，然而，这个计划严重挑战了他的正义感。这一天与其说是在思考，不如说是邹谟在与内心的自我做着斗争。终于在临近傍晚的时候，他做出了决定。

三

元媛今天看到邹谟为自己失态，心情大好，哼着小曲，蹦蹦跳跳地去书房看望父亲，老远就见书房门口跪着个人。元媛好生纳闷，在宰相府还没人会做出这番举动，难道是哪个下人做错了事？元媛走近了一看，才发现跪着的竟是旬谟。

元媛好奇地问："你跪在这儿做什么？可是做错了什么事被父亲罚了？"旬谟看着她，不知道该怎样回答，讷讷地道："做错事的不是我。"这个回答让元媛更摸不着头脑，可她偏又是个喜欢刨根问底的人，于是接着问道："你是被阿耶冤枉了还是在为谁求情？"面对这样的问题，旬谟不知道怎么回答了，只好保持沉默。

元媛见他不说话，心里一着急，拉起旬谟道："走，与我去见阿耶。不管是被冤枉还是去求情，都得说清楚啊。"旬谟解释不清，却又执拗不肯走。

书房的门开了，元载走了出来，看到旬谟，便问道："你还坚持自己的看法么？"旬谟郑重其事地说了一声："是。"

元载注视着旬谟的眼睛，旬谟毫不示弱地迎着他的目光。在旬谟的眼神里，元载看不到犹豫。他笑了起来，道："好小子，你继续跪着吧。"说完，便拉着女儿离开，元媛想问旬谟怎么回事，无奈父亲这一刻却拽得很紧，不给丝毫商量的余地。

元载拉着元媛走出很远，想散散心中的这口闷气。元媛一直回头看。元载松开了元媛的手，盯着一口水缸里养着的几尾东瀛进贡来的锦鲤，想起了昨夜与旬谟的那一场争辩。

昨夜元载在书房思虑最近朝廷一件件的烦心事，轻轻的敲门声传入耳中。元载说："进来吧，旬谟，装模作样地敲什么门。"旬谟笑着走了进来。元载问他："你这么晚来为何事？"旬谟回道："我想了一天一夜，我觉得，是不是还有第二条路可以走？"元载站起来，背对旬谟，看出来他对旬谟提出的这个问题很失望。

元载道："有话不妨直说。"旬谟也不示弱："宰相熟读孟子，那有句话，我想宰相一定记忆深刻，生，亦我所欲也；义，亦我所欲也；二者不可得兼，舍生而取义者也。"

元载心中暗暗气闷，这旬谟不但有点太嫩，还太书生气，便直视旬谟："你告诉我，你蹲在大牢中的时候，义字作何解？你怎么没在我救你的时候，告诉我：别的书生还没有脱罪，你旬谟拼了一死，也要让他们先走，为了义气要把所有事都揽在身上。你为何不如此做？"旬谟无言以对。

元载又说："两害相权取其轻，两利相权取其重，你不是没听过吧？凡事以义字当头，那我问你，要是卓英倩在你手上犯了事，你是秉公执法，还是为他开脱，你别想，现在就说。"

邬谟讷讷不言。初涉官场的邬谟哪里是元载的对手。元载语重心长："我明白你的意思，你是想凡事要以国家为重，以江山社稷为准，尽可能不去考虑一些钩心斗角的策略，只要对陛下敞开心扉，表明心意，他一定会懂，你是不是如此想法？"邬谟点了点头。

元载："唉，我发现了陛下的英明之处，他让你此生不得再进考场不是在惩罚你，实则是在保护你啊，邬谟啊邬谟，你这种心态如果去做官，七品县令没有当几天，都性命堪虞，你信是不信？"

邬谟摇了摇头："宰相，自打出了这回事，我已把朝廷和官宦之间的事情看得七七八八，我左右不了别人，所以只是来求你，在处理这件事的时候，不牵扯那么些个人，不去把那些人当作棋子。"元载咬牙切齿："对你的对手仁慈，就是对你自己残忍，邬谟，我不会再和你说第二遍，你请回吧。"

邬谟扑通跪倒："宰相，你执意如此，邬谟想辞了这里的差事，回乡务农。"元载气得脖筋暴起。"我元载从来没被人威胁过，你要是想走，现在马上就走，没人会拦你。"邬谟不甘地问："宰相，难道就没有一条更好的路吗？"元载摇摇头："没有。"

邬谟又说："我知道你一定有办法想一条万全之策，如若不然，邬谟宁愿长跪不起。"元载气得挥舞袍袖，将桌上的蜡烛都熄灭了："你出去跪去，要跪到什么时候都可以。"

元载回过神来，元媛这一会不知道又跑到哪里去了，元载看着水缸里的鱼，这为官就像是入了这水缸，彼此游动追逐，稍一松懈，即刻就会被淘汰。邬谟不懂，元载非常生气。

李栖筠和夫人秉烛夜谈，夫人："你说，谋害你的到底是鱼朝恩还是元载？"李栖筠："我所奏之事样样都是朝着元载去的，如果这时候对我下手，我无疑会怀疑元载，可偏偏我觉得不会那么凑巧，肯定是有人故意设局，来迷乱我的思绪，这个人自然是元载的对立一方，是谁已经不言而喻。"

摇曳的烛火将李栖筠那一张端端正正的脸，照耀得越发一脸正气，李栖筠坚定地说："不管是谁，我都不会忘记自己的职责，不管哪一方有了贪赃枉法的事实，对于我来讲，只有两个字，严——查。"

夜晚慢慢地来临了。天上的云彩不算少，朦朦胧胧地遮住了月亮。漆黑的大道上远远走过来一个男子，借着月光能看清楚这个男子的面容，随着他一转身，宁疾云那张棱角分明的脸显现了出来。

宁疾云在一个宅院的门口，手上一柄长剑被他握得越来越紧。他抬头朝着宅院的大门口望去，门廊上挂着的灯笼皮上，一个大大的"郭"字在里面烛火的照耀下忽明忽暗。宁疾云来一个垫步凌腰，飞跃上了宅院的高墙，再一个鹞子翻身，墙上的身影已经霎时不见。

时间在一点点流逝，转眼便到了三更时分。打更的人敲着铜锣，口里喊着"天干物燥，小心火烛"，没精打采地往前走着。隔着老远，便听见一户人家里似有人还未入睡，大半夜里大喊大叫。他摇了摇头，心道现在的富贵人家是越来越不像话了，深更半夜的呼呼喝喝，这成何体统。不过好奇向来是人的天性，这更夫自然也不例外，他朝着声音的来处紧走了几步，贴在墙根下，侧耳倾听。更夫站立的墙下，正是宁疾云翻墙而过的那个院落。

深宅大院里隐隐约约传来哭泣和呼喊声，声音都很短促，瞬间就没了声音，更夫心下以为这是女眷又为了争风吃醋闹出来的事端，摇了摇头，转身想离去，突然听见刀枪剑戟"仓啷啷"的声响。更夫停下了脚步，歪着头，觉得有些不对劲了。

他刚想过去看看怎么回事，便听一人大喊一声"救命"，大门竟然开了。更夫距离大门就三步两步，此时他一回神，就看见一个血人从那家宅院的大门里爬了出来，一件底色月白的衫子此时已被鲜血染红。更夫吓得捂住嘴，腿肚子抖得筛糠一样。那人刚爬出来一半，便又被里面的人抓住一只脚，硬给拽了回去。然后便听一声惨叫，一个圆滚滚的东西被从门里抛了出来。风吹散了天上的乌云，一轮明月缓缓现出，夜空顿时明亮了不少。

那打更人借着月光定睛一看，圆咕隆咚的物什分明是一颗人头，不知道是不是砍头的刀锋太过锋利，那人头的双眼还朝着更夫眨了一眨，更夫一屁股坐在了地上，尖厉的嚎叫从嗓子眼里奔突出来："杀人了！"打更人喊完就跑，扶着墙战战兢兢得浑身像是被人抽掉了所有力气，两腿一软，"噗通"一声再次摔在地上。性命攸关啊，更夫知道在此多停留一分钟都会有凶险，保不齐脑袋也像这府里的人一样掉在地上。于是站起了身，片刻不敢停留，连滚带爬地向着远处逃跑了。

东方渐渐现出鱼肚白，天就快要大亮了，更夫的一嗓子如同荒漠中的一滴水，并未在这空荡荡的巷子里激起什么涟漪。郭府的门缓缓地开了，宁疾云出现在府门口，从他瘦削的脸上能看出他紧咬着牙，太阳穴高高鼓起。由此可见，他是这场杀戮的始作俑者，可是他的脸上却看不出一丝一毫的快意，而是一种深深的疲惫，他在门口站了一会儿，慢慢地抬腿沿着更夫逃走的巷子，缓缓地走去。

四

天光不算大亮，今夜的宰相府也不太安生，否则元载也不会早早地起身。

元载到书房的门口，微微地闭上了眼睛，又猛地睁开，郇谟还在那里跪着。元载脸上的失望显而易见，还带了一丝怒气，郇谟在那里一动不动地跪了一夜，又渴又累的他已经临近虚脱。

元载走到他身边："你还坚持么？"郇谟虚弱得没有多少力气了，声音有些飘忽，但疲惫的声音里依旧露着坚定："是。"元载静静地看着他，郇谟的眼神虽然很疲惫，但还和昨天一样，没有半点的犹豫。两个人对视良久，郇谟无一丝怯懦之意，元载于是叹了口气道："你的坚持现在已经没有任何意义了，你何苦？"

他们之间的对话好像在打哑谜，别人不懂，可郇谟却完全理解元载的意思。他在一瞬间仿佛失去了支撑一般，扑倒在地上，从观者的角度去看，郇谟好像在跪倒给元载深深施礼，但内心的挣扎，让他依旧紧攥着拳头，手心几乎被攥出血来。元载没有理会，而是绕过郇谟走开了。对于郇谟，元载有意栽培，可对方的性子实在是倔强，要磨砺出来，需要很长的时间和耐心。

元载说不清楚内心是种什么心情，从一介穷酸书生到了今天的一人之下万人之上，什么人没见过，什么大风大浪没经历过，可偏偏对这个旬谟生出怜惜之意。连对自己的子侄，元载都没有这番耐心。

唉，元载抹了把脸，他不得不承认，虽说旬谟性子执拗、刚烈，可自己却认可他的刚正不阿，也想在能力范围内包容他的这份正直，可是，要在朝廷上过活，要想做人上之人，仅仅有正直无谋略，可以说是死路一条。元载内心觉得一丝委屈，明明自己是在帮旬谟，可他却不领这份情，罢了，就让他跪着去吧。

朝阳升起，京兆府里可谓是炸开了锅。黎干手抚额头，两条眉毛都快拧到一块儿去了。一夜之间，郭全德全家被人杀害，一个不留！一大早，他便着人去现场搜集证物，可搜到的却是郭全德与鱼朝恩联络意图制造假证据陷害礼部官员的书信！

更可气的是，搜到书信的官差并不懂得保守秘密，在搜到的第一时间便声张了开来。很明显，书信是伪造的，平日里鱼朝恩与郭全德的联络并不是靠书信。

黎干觉得现在陷入了一个两难的境地：证据交出去，必然会得罪鱼朝恩，但不交出去，事情已经传开了，陛下对此会怎么想？思来想去，他决定还是先问问鱼朝恩的看法，毕竟东西是伪造的，即使上交，如果查出来并不是鱼朝恩亲笔所写，也不会有太大的问题。

鱼朝恩从美梦中醒来，轻轻咳嗽了一声，仆人端着温热的茶水，跪倒在他的床榻之前，鱼朝恩有一个怪癖，晨起必须喝上一口微热的梅子茶，之所以说他怪癖，是他将茶水喝入口之后，立即会有一个穿着低胸襦裙，头发梳着双环灵蛇髻的曼妙少女跪在床边，鱼朝恩第一口喝下去的茶，不会咽下，而是悉数吐在少女的胸前。看着梅子茶殷紫的颜色染红了少女的雪白前胸，垂在胸前的双环灵蛇的发髻也湿漉漉的，鱼朝恩感到特别的舒服。

这种怪异的举止也许只有阉人能干出来，缺少了男性必要的器官，他无处发泄的欲望导致他干出些令人匪夷所思的事情，也许权当是一种另类的纵欲。鱼朝恩洗漱完毕，正吃着早餐，鱼令徽就如被狗撵了一样，跌跌撞撞地跑了进来。

"父、父亲，大事不好了。"鱼令徽跪在了鱼朝恩的脚下。鱼朝恩生气道："大清早的你怎么说这些丧气的话，都是我平日里对你太过宠溺。"鱼令徽："父亲息怒。昨夜郭全德一家被杀了。"鱼朝恩蓦地站了起来："谁干的？"鱼令徽左看右看，贴近鱼朝恩："父亲，真不是你干的吗？"鱼朝恩差点没气炸肺，抬手一个巴掌打在鱼令徽脸上。"我看你是疯了，在我面前胡说八道。"鱼令徽："父亲，那黎干就在门外，你问问他到底是怎么回事。"

黎干在鱼朝恩家的会客厅里急得像热锅上的蚂蚁，马上就要上朝了，鱼朝恩还不出来商量对策，这可如何是好。刚想到这里，鱼朝恩迈着方步走了出来，黎干急忙上前："可不好了，在郭全德家搜到了你们往来书信，这下坐实了他是你的人，而且那书信的内容，要是真的追查起来，可了不得啊。"黎干擦着脸上的汗水。

鱼朝恩冷冷地看着黎干，声音越发尖厉："这点小事你如此沉不住气，我要你还有何用？"黎干蒙了："这是小事？"鱼朝恩："我没做过的事自然是小事，我就不相信青天白日的，几封胡编乱造的书信就会翻了天不成？你只管回去，我自有分寸。"

鱼令徽送黎干走出了府门，黎干："你父亲最近他……唉，算了，不说也罢，都自求多福吧。"鱼令徽胸有成竹："放心吧，父亲老了，可我还年轻，我会把一切安排妥当的。"

唐代含元殿朝会是正五品以上的官员参加的，京兆尹是正四品，自然也在其中。郭全德被杀一案传到了李豫的耳朵里，他神色复杂地看着黎干，似乎想知道黎干最终会怎样选择。黎干谨慎地向陛下汇报了案件的侦查情况，他说发现了一些郭全德平日的往来书信，信件真伪以及具体内容还待进一步查证。所有人都明白，他是在拖时间。

更让人意想不到的消息又一次传来。正在早朝的时候，一个太监急急忙忙地跑进殿里，对李豫叩首道："陛下，方才有人来报，说京兆府存放案卷的屋子起火了。""什么？"李豫惊得差点从龙椅上站起来，"怎么起的火？"太监用眼睛扫了扫鱼朝恩和黎干，结结巴巴地道："据说……据说是一个衙役查案时不小心打翻了蜡烛。"

不小心打翻了蜡烛？几乎所有人都认为，这定是有意为之，而且很可能是黎干在鱼朝恩的指示下安排手下的衙役这么做的。证据没了，无凭无据，也不能给鱼朝恩和黎干定什么罪。这样一来，在所有人眼里，就成了此地无银三百两。

黎干抬头看了看鱼令徽，后者得意扬扬的样子让人看了就心生厌烦，而鱼朝恩盯着鱼令徽，眼睛都要瞪出了血，这小子这么气焰嚣张，问都不用问，火是他放的。这节骨眼上放火，这回可好，鱼朝恩准备了亲笔的书法，想要跟陛下比对，看看这信到底是谁写的，这回死无对证，是不是自己干的都脱不了干系了。黎干紧盯着站在最前面的元载，心中暗自感叹：事情做到这个地步，元载这人不但有权谋，还很有胆量。紧接着，刑部负责主审此案的官员又交上了新的证据，证明此前被认为是证人的郭全德其实有极大的可能参与了科举舞弊一案！一切似乎都理所当然地说得通了。

由于当初礼部组织考试的案卷还在，其中旬谟被调包的试卷正好是在郭全德负责的那一部分。所有人关注的焦点都转移到了科举舞弊一案上，几乎都没有人去深究郭全德全家被杀的原因了。礼部科举考卷被调包一事就此被认定了，所有参与闹事的考生也因此得到了赦免，从流放变成了和旬谟一样的终身不再被朝廷录用。

然而，事情却似乎并没有完结。

五

当年吐蕃兵进犯，李豫出逃陕州。鱼朝恩身为大宦官，舍命保驾有功，被封为天下观军容宣慰处置使，统率京师神策军。后领国子监事，兼鸿胪、礼宾等使，掌握朝廷大权。这已不是简简单单的位高权重。而面对这一局的失利，鱼朝恩怎会善罢甘休？

夜晚的鱼府，雕梁画栋，景致悠然，但整个府邸数百人，竟然没有一人说话，仆人走路也都高抬腿，轻落步，不为旁的，这个家的一家之主鱼朝恩在大发雷霆。

鱼朝恩不是个傻子，自然看出李栖筠这一次是在帮助元载，鱼令徽除了会给义父溜须拍马别的也什么不会做，见鱼朝恩生气，他又是捶背又是捏腿，劝说道："父亲何必生气，想这朝堂之上，天下军政大事难道有不经过你就办的吗？肯定是没有哇，所以我说呀，兴许是你老人家想多啦，李栖筠兴许就是想巴结你，这才使出了这种手段。"俗话说，不怕没好事，就怕没好人，鱼朝恩位高权重，任性至极，听了鱼令徽的话，想想也是不无道理。

鱼朝恩点头说："他们御史台一直依仗自己的官职，把谁都不放在眼里，他李栖筠竟是个有眼力的人。可他行事之前都不与老夫通禀一声，独断专行，让老夫措手不及，就算他是为了帮我，也是实在可恨，这口气就别怪我出在他身上。"鱼令徽："父亲的意思是？"鱼朝恩："明天朝堂上见。"

第二日的宣政殿上，鱼朝恩果然立刻站出来攻击李栖筠污蔑朝廷命官。李豫看不懂了，李栖筠告的是元载手下的官员，且指定了郭全德是证人，怎么看都是偏向鱼朝恩这一边的。鱼朝恩也是看到了这一点，所以打算借此机会把李栖筠贬到地方，然后在御史台安插自己的人，同时显示出行事风格莫测，让别人摸不清头绪。李豫不是一个心胸狭隘之人，可被鱼朝恩弄得是疲惫不堪，对他的厌恶又加深了一分。

事情的结局就是元载保住了手底下所有的官员，拔除了郭全德这枚钉子，还由此让黎干和鱼朝恩的声誉一落千丈，使他们受到陛下的怀疑。唯一在此案中遭殃的是李栖筠。由于他始终刚正不阿，让元载清楚他不可能成为自己的党羽，元载也不在乎树这么一个敌人。于是这一场斗争，可以说元载一方，赢得很彻底。

在李豫的眼里，李栖筠一直是一个中立的存在。但这次事件，让他意识到一件事，像李栖筠这样的人，如果再放在朝中，迟早他会把自己玩死。那股正直劲儿，很容易成为各方势力的利用对象。李栖筠就像是个枪杆子一样直统统的，他在明处，别人在暗处，明剑好挡，暗箭难防啊。

李豫考虑了很久，最终决定听从鱼朝恩的建议，把李栖筠送到地方去，一来可以保全他，二来也能给他一定的历练。于是，整个朝会主要做了这么几项决定：第一，所有闹事考生原定的流放改为终身不为朝廷录用；第二，礼部受贿操纵科考舞弊一案因嫌疑人郭全德已死便就此了之；第三，李栖筠因污蔑朝廷命官诽谤礼部被贬为常州刺史。

鱼朝恩听闻陛下如此安排，嘴角露出了一抹得意的微笑。

整个案子以表面上李栖筠一个人吃亏为结局，皆大欢喜地画上了一个句号。宁疾云在城外的一片树林里静静地等着。此时是上午，早朝还没结束。老远便见一个衙役打扮的人朝他挥了挥手，然后小步跑了过来。"事情都办妥了，宰相答应给的赏赐一个子都不能少。"

衙役热切地看着宁疾云，像是看着财神爷一般。宁疾云拿出一锭金子递给他道："宰相答应的，自然不会差。"衙役手里捧着金子，不敢相信地咬了咬，确定是真的之后，简直笑开了花。就在衙役转身要走的一刹那，宁疾云背后一剑刺穿了他的胸口。"贪财忘义之辈，死有余辜。"

到了这一步，这个案子基本上便处理得天衣无缝了。"还有一个小麻烦没有解决。"当天晚上，元载在书房里随意翻弄着案卷，忽然想到了什么，自语道，"任何可能的威胁都要彻底铲除。"说话间，他将一封信拿到烛火上，小心翼翼地烧掉了。一个黑衣人进了书房，向他躬身行礼。元载手上拿着烧了一半的信，头也没抬地说："可以动手了。""是!"黑衣人行了一礼，便恭敬地退了出去。

信封已经烧得差不多了，元载投到火盆里，看着火焰一点点将剩余的部分吞噬干净，口中自语道："有些用过的棋子，是时候该扔掉了。"

第二部分：鱼朝恩乱政案

第一章：伸张正义

一

公元 764 年，暮春时节，这个春天对每个人而言都是多事之春，鱼朝恩经过明争暗斗竟然纹丝未动，这难免令群臣觉得陛下优柔寡断，四处和稀泥，导致鱼朝恩嚣张气焰更胜，而忠良心生怨怼，就如这长安城里漫天的柳絮纷飞，在最美的时节，可李栖筠被贬外任，让众臣人人自危，李栖筠并未与鱼朝恩激烈对峙，落得如此下场，物伤其类，每个人心中都有一种莫名的惆怅之感。

在灞桥之上，李栖筠回首望了望长安城，不由得感慨万分。方才的酒宴上，多半都是些泛泛之交，多年在京为官秉公办事的他，竟没有几个两肋插刀的朋友。前来为他饯行的人，都如例行公事般地应付了事，这一顿欢送酒席下来，他整个人都倍感身心疲惫。

"父亲，你在等什么人么？"年方十二岁的儿子李吉甫很了解父亲的心事。他用与年龄不符的极具洞察力的眼神审视着父亲，仿佛一下子看到了父亲心中所思所想。

李栖筠朝着远处望了望，怅然回头："走吧。"他拉着儿子的手，失落地朝着灞桥的另一头走去。灞桥附近生长着许多柳树，每当有人离开长安，好友们便一直送他们到灞桥之上，从岸边折一束柳枝相赠，以示不舍惜别之意。

这已不仅是长安城独有的风俗，其他地方送别朋友，也会折下一束柳枝赠送友人——上马不捉鞭，反拗杨柳枝。下马吹横笛，愁杀行客儿。但这个典故的发源地，灞桥，是独一无二的。当时，任何一个地方都难以取代灞桥在人们心中的地位，甚至超越了柳枝成为一个送别的符号和心境。一旦被人提起，一种惜惜离别的特殊感受便油然而生。

此时在李栖筠眼里，灞桥，更多的感受是一种惆怅，一种在送别之地无朋友送别的失落和孤独。为什么朋党之人，前呼后拥，而秉公之人，却被人敬而远之？维持人们之间的纽带是什么，利益、友情，还是原则？

李栖筠回忆起当初的一件事。在晋州有个田姓的山人，是位很出名的隐士，都说他有预知未来的能力。李栖筠正好要进京赶考，于是临行前拜访他，想预知一下自己的前程。隐士讳莫如深地说："将来你可做宣州溧阳县县尉。"李栖筠听了有几分失落："枉我苦读多年，才做这么个小官？"

隐士支支吾吾地说："官大、风险大，做个小官，顾得自身温饱，又为百姓做点事，何乐不为？"李栖筠想起那天从隐士家出来，也是这种柳絮纷飞的春天，世事轮回，心境亦然，不由长叹，真听了隐士的话，做一个小官，不知是否到如今这番田地。

"父亲……"李吉甫拉了拉他的手，"吉甫记得父亲说过，无论要往何处去，在出发之前，都应该回首看一看，才知道走的路到底对不对。"

李栖筠一时间五味杂陈，今时今日，十二岁的儿子来引导自己了。他笑着摸了摸儿子的头，下意识地听从了儿子的话，回首望去。经过安史之乱的破坏，长安城已千疮百孔，每一处都能找到那场灾难留下的痕迹，仿佛一道道疤痕——也许已不再疼痛，但那些毁坏的印记却是终生挥之不去的了。

离开，是正确的选择吗？朝廷里，一边是鱼朝恩的宦官专权，一边是元载的势力慢慢崛起。陛下在他们两方之间平衡得不亦乐乎，可是，天地间的正义和公理在哪儿？难道就没有人评判事情的正确与错误？

远处马蹄声传来。落日、桥头、飞扬的尘土……看不清来人，却早已感受到了彼此的心跳声。也许这偌大的长安城里，像他一样在乎是非曲直而不去权衡利弊的，便只有这个人了。

旬谟刚学会骑马，不顾一切地策马扬鞭追来。整整一日，他在忙元载安排的工作，待到忙完，耽误了为李栖筠饯行的时间。他匆忙赶来，就是要在对方离开之前，见上一面，这是由于一种志同道合所带来的知己之感，一种莫名的力量驱动。

两个人接触得并不太多，但似乎有种缘分，值得彼此珍惜，他们都庆幸世上有这样一见如故的人，价值观相同，思想共鸣。

"李御史留步！"

李栖筠抬眼看去，这个年轻人略显笨拙地骑着马，由远而近飞奔而来，时不时地摇晃着，险些摔下来，却又总是在关键时刻控制住身体，恢复平衡。

一到灞桥下，他便翻身跃下马来。对骑马本就生疏的旬谟此时累得腿都软了，这一下马，一个趔趄摔倒在地上。可他似乎并没有感觉到疼痛，随意地拍了拍身上的尘土，急匆匆地朝着李栖筠跑了过来。

"某因事务繁忙，来迟了一步，还望恕罪。"

还未等李栖筠开口，他十二岁的儿子打量了旬谟一番，然后笑着问道："您可是父亲常提起的旬谟？"

"不得无礼！"李栖筠训斥了儿子，随即向旬谟道，"犬子不懂事，旬兄莫要见怪。"说罢，他又要求儿子向旬谟道歉赔礼。

旬谟见李吉甫这孩子聪明伶俐，问了些读书和课业上的问题，李吉甫对答如流。在这样的一问一答中，李吉甫表现出了一种超越年龄的见识与悟性。旬谟对这个孩子甚是喜爱，于是与李栖筠约定，如若将来能再见，便让李吉甫拜旬谟为师。

谈到此处，李栖筠不由得感慨道："不知此生有无希望重返朝廷。"

是的，有些官员被贬到地方是一时的权宜之策，而有些官员一旦被贬出了朝廷，便可能回不来了。这些年来，李栖筠刚正不阿，不徇私情，作为侍御史尽职尽责，得罪了不少朝廷的重臣，谁会支持你呢？在这个时候贬到地方，绝对不会有人为他说话，而他自己又不是会主动沟通的人，很可能就在地方任上终老了。

想到这里，旬谟的表情上也是黯然。就在这时，李吉甫带着依旧有些稚嫩的童声说道："父亲迟早会回到京城的。"看到小孩子一本正经言之凿凿的样子，旬谟不由得笑了笑道："哦？你这么说，可有什么依据？你说得出来，我给你奖励。"

李吉甫瞪了他一眼，显然对邹谟所谓"奖励"有些不屑。他学着父亲的样子，双手背后向前跨了一步，假装摸了摸胡子道："朝中不乏谋士，也不乏奸佞，但像阿耶这样正直的官员，打着灯笼也找不到。陛下当然不会把阿耶长期留在地方。我似乎能感受得到陛下的不舍之情。"

邹谟和李栖筠听后大笑起来。但想来，李吉甫说的不无道理。如今陛下在朝中利用元载制衡鱼朝恩，可双方势力无论哪一方胜利，势必就向一个方向倾斜，以致造成一家独大的局面，到这时陛下就需要一个敢于站出来与权臣作对的人。李栖筠就是个很好的选择。

下朝后，李豫确实如李吉甫所言，心情很是不好。董秀小心翼翼地端着茶送上，李豫喝了一口，怒斥道："董秀，你这差当得是越发的好了！"董秀扑通跪倒，忙不迭地磕头："老奴知错了。"李豫："你告诉我，你错在何处？"董秀偷眼打量陛下的面色，见他目光炯炯地盯着自己，知道横竖躲不过去了，于是小心翼翼地措辞："老奴错在……错在……"

李豫："哼，错都不知道错在何处，我看你这脑袋不想要了。"董秀大声："老奴错在没了男人的物件，不能为陛下骑马打仗，不能为陛下排忧解难，老奴该死啊。"

李豫看着董秀噤若寒蝉的样子，忍不住又笑了："你呀你呀，巧舌如簧啊。唉，这光景他出了城吧？"董秀终于明白这在说谁了："他是个正直明理的人，陛下目前的难处，他应该清楚。以后若是有机会，调他回来便是。"李豫眯着眼看着董秀："你还挺狡猾，让你这样一说，我的心情还好了点，来吧，出去走走，散散心吧。"董秀慌忙站起，擦了擦汗，跟着陛下颠颠地去了。

二

在与李栖筠郑重道别之后，邹谟独自回到城中，远远地便听见官兵的叫骂之声。走过去一看，京城的富商大户柳家被官兵抄没了，一队官兵押解着府中的男女老幼出来，女人们一个个哭哭啼啼，男主人却不住地喊着冤枉。

　　问过围观看热闹的人才知道，神策军北军得到陛下的批准，在军营里设置了监狱。都虞侯刘希暹组织市井无赖诬告京城富贵人家，严刑逼供屈打成招，没收其全部家产占为己有。

　　旬谟怒不可遏，急忙跑回宰相府，要将此事告诉元载，让其出面主持公道。

　　方一进入内园，便听闻一阵女人咒骂之声。"怎么，娘子的吩咐你就听，我的吩咐就可以当耳旁风了吗？"

　　旬谟循声望去，一个二十来岁、形貌秀丽的女子揪着一个婢女的耳朵极尽羞辱。

　　"这位娘子，有什么事为难一个婢女呢？"旬谟上前，礼貌地将被欺负的婢女拉到身后。

　　女子没有回应旬谟的话，上下打量了他半天，随即脸上现出笑意："这位可是阿郎经常提到的旬先生么？"

　　旬谟见她不再为难婢女，客气道："不敢，不敢，某不过是宰相府中一个门客而已。"

　　对方并没有理会他转身就走。

　　待到女子走到回廊的尽头，转过头妩媚一笑道："以后妾就长住于此了，请郎君多多关照。"说罢，她朝着旬谟大有深意地笑了笑，绕过转弯处，消失在旬谟的视线中。

　　婢女伸着头看了看，向旬谟说明情况。原来，那个女子是元载刚刚纳的小妾，据说是薛邕的同宗亲戚，名叫薛瑶英。据说琴棋书画样样精通，既有才气又有美貌，元载一见便对其倾心，一直安排在外头另住，这几日不知道怎么被接进了府中。婢女与旬谟熟了，又深知旬谟的为人，于是小声嘀咕："看她这火辣的性子，以后我们下人的日子越发地不好过了。"

　　想到那个女子的样子，以及她那副妩媚的笑容，旬谟总有一种不寒而栗的感觉。无论她怎么漂亮，怎么富有才情，她眼里的那种充满索取的目光总让人觉得有说不出的滋味。

　　旬谟摇了摇脑袋，不去想这个似乎与他毫不相干的女人。来到元载的书房，见其在里面托着腮愣愣出神，知道朝中又出了什么事情，让他难以安心。邹谟进去请安，问元载究竟为何事劳神。

元载叹气道："今日早朝，鱼朝恩奏请将京城周边五个辖区划归到神策军的管辖范围。陛下毫不犹豫地应允了！"

邹谟听了一惊：鱼朝恩在朝中的势力如日中天，此时再把京城周边五个辖区交给他，便相当于将长安城置于他的股掌之间！

"这等非分要求，朝臣中就没有人反对吗？"邹谟惊讶地问道。

元载点点头："自然有人反对。常中书第一个站出来反对，差点被鱼朝恩那厮置于死地……"

当日早朝含元殿……

"陛下，臣以为，宦官之权责不宜过甚，自汉以来，宦官乱政之事不胜枚举，此乃社稷之大事，陛下当鉴之。"中书舍人常衮直言不讳地反对鱼朝恩的提议。御史台几名侍御史也纷纷出面附议。

鱼朝恩眉毛一挑，脸上怒意已现："陛下，老奴这些年来对陛下忠心耿耿，岂料竟成了小人口中祸国殃民之辈，今日老奴愿以死明志，请陛下赐老奴一死！"

常衮见他如此厚颜无耻，更为恼怒，当即气愤地说道："陛下，既然鱼公公如此要求，不若遂其心愿，赐其死罪，也为我大唐除一祸害。"

"你！"鱼朝恩气急败坏地指着常衮，半天没有说出话来。思索良久不知如何反驳，于是他"扑通"一声跪在陛下面前道："陛下！老奴忠心日月可表！请陛下为老奴做主，将污蔑老奴的小人治罪！"

常衮见他这副嘴脸，更加不屑，于是不卑不亢地仰起头冷哼了一声，大剌剌地叉着腰站在那里。

李豫皱了皱眉头，这个架再吵下去，就与私塾里的学生吵架找先生评理差不多了。两个朝廷重臣，吵架吵成这样，成何体统？然而，若真是私塾里小孩子吵架还好一些，先生把他们都训斥一顿便可了事。可是，他不是先生，那两位也不是孩童，总不能让他摆着陛下的架子，把两个老臣大声责骂一顿吧？

李豫当即从脸上勉强挤出一副和事佬的笑容道："哎哟，两位都是我的左膀右臂，不过是意见上有一点小小的分歧，怎么就到了你死我活的地步了？"

他一步一步地走下台阶，到鱼朝恩的面前。鱼朝恩跪在地上，李豫亲自把他扶了起来。

"鱼公公对我有救命之恩，这些年来，身兼数职，为我立下不少汗马功劳，就凭这些，我也应当给予赏赐。嗯……这样吧，便依了公公的请求，把那五个地方划归给神策军管理，另赐鱼公公，黄金百两，钟乳一石。"

说这些的时候，李豫时不时地瞟旁边的常衮几眼，见其已经气得火冒三丈，于是说完了鱼朝恩的事，他不带停歇地转向常衮高声赞扬道："常舍人中正廉明，我有任何过错，他都能直言不讳，实乃当世之魏徵！这样，我同样赐其，黄金百两，钟乳一石。望朝中诸位以之为榜样，发扬朝内忠正之风！"

但是，鱼朝恩是个心胸极其狭窄之人，怎会就此罢休？他要再争一争，就在这时，礼部侍郎杨绾抢在他前面上前道："陛下赏罚分明，且有容人之量，实乃千古难得之明君。我大唐能有陛下，虽经安史之乱，亦必能再度中兴。愿吾皇万岁、万岁、万万岁！"

他刚一说完，满朝文武跟着一起喝彩，齐呼万岁。如此一来，鱼朝恩就是有万般的不快，也不好反驳了。

旬谟听元载讲完早朝发生的这一幕，皱起了眉头："宰相，陛下毫不犹豫地同意把五个地区划归给神策军？"元载无奈地点了点头。

旬谟思索了很久，似乎理解陛下的用意了。他并不能确定自己的猜测，甚至觉得陛下真如他推测的那样，便是拿江山做赌注。那陛下为什么要这么做呢？

三

鱼朝恩回到府中，万分气恼，鱼令徽在身侧小心侍奉仍然让他心意难平，嘴里不干不净地骂着："常衮算是个什么东西，一个小破中书敢与老夫为敌，我看他真是吃了熊心豹子胆。"鱼朝恩嘴上骂得紧，可常衮这个中书的职位确不可小视，中书省掌管的是制令决策，而陛下对常衮是极为信任的。鱼朝恩嘴上骂骂，别的他暂时还不敢动什么手脚。

常衮有一个小癖好，爱狗成痴，他朝堂之上脾气火爆威严，可散朝回家，见到他养的那十几条狗，立即眉开眼笑，稍有空闲就跟狗嬉闹在一处。

话说常衮最喜欢的一条狗，其实是条寻常的笨狗，因两次救了常衮，常衮对它异常珍惜。这狗也得到了优待，它跑出府门去玩耍时常衮还会派仆人相跟，毕竟这狗年纪大了，怕它受了顽童的欺负。

这天合该有事，看狗的仆人因为府中过节，改善伙食，吃多了肉有些闹肚子，见狗在胡同里弄个小球，玩得不亦乐乎，急忙跑回府中方便，可再一回来，说什么都找不见了狗，急得直哭。

常衮这日与几个老乡聚会，喝得是兴高采烈，回来的肩舆上打着拍子，哼着小曲，肩舆一个侧翻，常衮差点摔出肩舆，忙问："怎么这么不小心？"仆人急忙回禀："天黑路滑，不知道谁人把一块块的肉扔在地上，带着血迹，差点摔倒。"常衮警觉："可看出是何肉？"仆人："不是鹿肉就是马肉，奇了怪了，这京城里根本没有猛兽出没，怎么这肉却被撕扯得如此零散？"

常衮："来人啊，去把那肉都归拢到一处，一把火烧了吧，省得天热，明日恶臭难闻。"仆人答应着去处理碎肉，常衮小声嘀咕："今天这酒喝得确实是燥热，浑身发烫，尤其这大腿以上，都有些难以安坐，速速回府。"

到了府门口，仆人按照往日习惯，往肩舆上看了两眼，可这两眼看去，脸色都变了，仆人指着肩舆上的坐垫，说不出话来，发出呜呜咽咽的声响。常衮顺着看去，坐垫的一端，一个兽头龇牙咧嘴面目狰狞。门房要把兽头拿去扔掉，发现兽头一侧连着毛皮，毛皮钉在了坐垫的下面，费了一番力气才把整个兽皮拿下。门房傻眼了，不知道该如何是好，常衮看了眼毛皮上的花色，双手开始颤抖。

这不是他的爱犬还是什么！常衮这才想到，刚刚一路上的碎肉，哪里是马肉、鹿肉，明明是狗肉啊！常衮撕心裂肺地大喊："谁干的？你给我滚出来……"

御书房里，李豫与董秀下棋。董秀打量着陛下的神色，好久才慢慢落子，李豫责问："我最看不得你这小家子气，明明你有事情要问我，为何偏偏等我提起，你做人做到这种程度，累不累？"董秀心想：我要敢直接问陛下，可真是活得不耐烦了。心里这么想的，可说得很好听："老奴是担心您太过疲累，未敢打扰。"

李豫："你不理解我为什么同意鱼朝恩的请求吧？"董秀急忙跪下："圣意岂是老奴能揣测的。"李豫："恃宠而骄，这个词你懂吧，怎么宠，宠到什么程度，让他骄到无人可忍，这就是我现在想做的。"董秀："陛下的意思？"李豫朗声笑了："我有什么意思？我说了什么吗？我对一个忠心耿耿的老臣，满足一下他的心愿，这有何不可？"

董秀忙恭维："对对对，陛下做得对，老奴心悦诚服。"

元载府中，旬谟将刘希暹诬告城中富人，将其财产据为己有的事情告诉了元载，希望元载出来伸张正义。

听了他的话，元载拍了拍他的肩膀道："凡事不可急于求成，老夫且给你讲个故事，你可愿意听？"旬谟点点头："宰相请讲。"

元载凝视着远方，慢慢地讲了一个故事：这是发生在元载幼年时候的事。那时，元载的母亲刚刚改嫁。他的继父景升在为曹王的王妃元氏收田租。有一次，景升带着他去农户家收租，那家老人患病，家中积蓄大部分用来买药了，刨去一日三餐，就没有粮食可交了。

当时元载就建议父亲向王妃禀报一声，争取减免了这家的田租。可是继父景升却用了另一种方法：他强迫那家人必须按时交租，否则，便要带着手下去抄家。元载对继父的行为很是不满，便当面与其理论。

景升看着元载，笑道："你想为这家人说话，伸张正义？"

元载并不理解继父的意思，不断地表明这样做是不对的，他所读过的所有的圣贤书都告诉他，扶危济困是每个读书人应当履行的责任。景升并没有理会元载的话，而是当着他的面发号施令，将那户人家仅剩的财物登记明白，还把对方打了一顿。最后，农户禁不住拳打脚踢，答应去找亲戚筹借，十日之内交上田租。

回到家里，元载与景升理论，问他为何要这般欺压百姓。景升却问他："如果换作是你，你当如何处置？"

在元载看来，这个问题连想都不用想，自然应体谅别人的困难，向上头申请给这户人家减免田租。对于这个答案，景升早就预测到了，他点了点头，却又问出了第二个问题："如果在他之后，又有第二户人家有同样的遭遇，你当如何？"

元载犹豫了一下，还是坚持道："自然是同样处置，减免田租。"

意料之内的回答，景升笑了笑继续追问道："如果还有第三户、第四户，如果所有的农户都有这样的遭遇，你又当如何？把他们的田租全部减免吗？"

"这……"元载沉吟了一会儿，抬头道，"怎么会这么巧，所有农户都遇到困难？"

景升说："凡事有其一就有其二。今天你同情这个人，减免了田租，别人见了会眼红，也会找你，告诉你他的难处。可是，人的能力是有限的，也许帮助一个两个，对你来说不算什么，但所有人都来找你，你就招架不住了。你帮助了甲，却不去帮助乙，这对于乙来说，是不公平的。帮助这个人，你成就了仁慈，却又失去了公正。种田就要交租，这是天经地义的，不能让仁慈成为破坏规则的理由。看似对一个人仁慈，实则是在对你自己残忍，等到将来无可收拾，伤害的是你自己，这件事你最好牢牢地记在心里。"

这一席话让元载哑口无言，他认为继父强词夺理，但偏偏又无从反驳。

后来，由于景升收租得力，王妃赏赐给了他许多金银，还赐他姓元。王妃赏赐的金银景升并没有独自享用，而是分了一部分给那些家中有困难的农户，并向他们表达关切之意：过去收租从来说一不二，对于有困难的家庭没给过任何优惠，实在是能力有限，不能顾及众人。收了他恩惠的农户们，感激涕零，表示以后一定及时交租，家中遇到意外不能及时交的，他们也会主动去借。如此，景升此后收租更加顺手，很少遇到不按时交租的农户了。

"那个时候我才明白，什么叫作'穷则独善其身，达则兼善天下'。"元载耐心地讲解道，"只有自己强大了，有足够的能力了，才能去帮助别人，才能够伸张正义。在你有这个本事之前，所谓伸张正义，都不过是不知深浅的逞强胡闹而已。"

这个故事邹谟第一次见到元载的时候就听他说过了，但他心里并不赞同元载的看法。他认为，一个人有一分热，就要发一分光，这个世界才温暖，古人讲的"大同世界"，就是如此。旬谟忍着内心的冲动，听完元载说的故事后，红着眼睛问道："元公到底愿不愿意出手？"

元载感受到旬谟此刻心情，一时无言以对。旬谟知道元载是不会答应的。于是他直愣愣地站起身，本要说些义正词严的话，但最后都忍了回去，变成了一句："学生告退。"旬谟其实有意放慢了脚步，以为元载会叫住他，谁知身后无声无息。只有旬谟的脚步声，一声声响得是那么刺耳，越过了元府，传到了街外。

元载看着旬谟离开房间，心道此子太过年轻，遇事沉不住气，看来要历练几年才能堪当重任。元载想到此处，便有一黑衣人闪身进来，向他行了一礼道："主人，目标出现了。"

元载眼中闪过一道冷光，手中准备练字的笔应声折断。黑衣人转身要走，元载喊住他："你这几日守住常衮府邸。"黑衣人怔了一下，元载接着说："别问理由，速速过去，切记，不许陌生人等接近常衮府上，如若不听劝阻，杀无赦。"黑衣人利落地叩首。

四

城外的街道上走着一个人，那个人就是宁疾云。宁疾云心中空落落的，他扶着手中的长剑，感到迷茫。人到底是不怕吃苦的，再苦再难只要有个方向，不论付出多少辛苦，大抵是挨得过的。最怕是人没有方向没有目标，像是陷入了一个泥沼里，浑浑噩噩，不能自拔，看不到一丝光亮。

宁疾云不知道何去何从。父亲死后，复仇成了他活着的目标，他苦练武功，就是为了有一天手刃元载这个老贼，为父报仇。可现在，百姓们对鱼朝恩的愤恨超过了元载，甚至有好多人为元载歌功颂德。元载看见自己时那种凛然的态度，令宁疾云困惑不已，父亲到底死于谁手？宁疾云脑海中一团乱麻。

他想起夜闯郭全德家的那个夜晚，宁疾云陷入了回忆当中。

"不要嘛，夫人一会听见，我怎么在府中立足。"一个娇滴滴的声音似嗔怪又似调情地在房中响起。宁疾云爬在房顶上，揭开屋上的瓦，朝着下方看去，一张绫罗绸缎铺就的软榻上，郭全德自顾自地在一个娇小白皙的女人身上亲吻着，嘴里喃喃地说着："不怕，不怕，她知道了更好，我直接把你接出去，为你买一处大院子，再有几个仆人，你过过好的日子，省得成天在这里伺候人，我看着都心疼，我的小心肝哎。"郭全德开始手脚并用，将女子的衣服脱了个光，女人就像一根嫩笋，滑溜溜地铺陈在榻上。

宁疾云没有成家，哪里见过这等阵仗，闭眼晃头，不小心将揭下来的瓦，掉落在了房檐之下，"咔嚓"一声，郭全德惊呼："谁？"宁疾云索性跳进屋中，将削铁如泥的宝剑压在了郭全德的脖子上。郭全德临死之前倒算是一条汉子，他说："我知道谁指使你来的，小子啊，这世道不仅是黑白，也有灰色的地带，你今天杀了我，我死不足惜，可你别白白让人蒙骗了，落得个命丧街头。你要是放了我，我送你黄金千两，你寻个安静的地方，爽快地度过下半生，如何？"

宁疾云："我有话问你，你跟随鱼朝恩多年，可知他陷害过一个姓宁的？"郭全德猛地睁大双眼："你是为他而来？"宁疾云点了点头。郭全德："你放我出门，我立即给你答案。"宁疾云："你先告诉我。"郭全德已感觉到，他今天说与不说都留不住性命了，于是，他露出笑容："来，你过来，我讲。"宁疾云贴近了郭全德。郭全德上前脖颈一用力，凑到了剑锋上，就此断气了结。

一声脆响，打断了宁疾云的回忆，十几个黑燕子般着装的身影猛地从房顶落下，将他团团围住。"郭全德说得真对，果然有人要杀人灭口。"至此，宁疾云脑袋"嗡"的一声，好像射进了一缕阳光，他都懂了，全都明白了。

人要把费解的事情一想明白，顿时会觉得力量倍增，宁疾云主动出击，朝着十几个黑衣人冲了过去，顿时间杀气弥漫，十几柄长剑就打到了一处。眼见黑衣人多，宁疾云无心恋战，虚晃一招卖个破绽，一剑刺穿领头黑衣人胸膛，随后一个腾跃，消失在树林中。

从元载书房里出来的旬谟心情低落。已是临近晚饭的时间，他便索性来到望月楼里买醉。这望月楼，便是之前提过的歌姬沈梦芜所在的酒楼。沈梦芜从房间里出来，看到旬谟在角落的桌子旁喝闷酒，她要上前去规劝，可犹豫了许久，还是退回到房间里，放下了珠帘。

宰相府里，元媛一个人实在无聊，想去找旬谟聊聊天，谁知到了他的小院却不见其人。问了仆人才知道，他心情不佳，到望月楼里饮酒去了。元媛心里想，酒楼里面是个怎样的天地，她从未进去看过，趁此机会进去看看，如果父亲问起来，她大可以说是去找旬谟的。打定了主意，她便拉上贴身婢女小翠，一同换了男装出得门去。

再说望月楼中，旬谟饮酒渐酣。沈梦芜在房中捧着书，却是一个字都未曾读进去。良久，她问身边侍女："那人还在吗？"侍女奇道："娘子说的是哪位？"

沈梦芜嗔怪地看了侍女一眼，随即起身，亲自撩开珠帘，朝着酒楼角落里那张桌子望去。旬谟依旧在那里自顾自地饮着酒，口中念念有词地说着些醉话。沈梦芜摇头叹了口气，抱着琵琶来到了旬谟的面前。旬谟连看都没看沈梦芜一眼，依旧饮着酒。直到一阵琵琶声响起，悠扬的音乐传遍整个酒楼。

前奏过后，沈梦芜的歌声如同天籁降临。一曲终了，歌声飘荡在酒楼的大厅里。

客人们都停住了筷，这是京城第一歌姬沈梦芜的歌声！

待到人们循声望去，一个蒙着面纱的女子坐在一个醉醺醺的书生面前，弹奏着怀中的琵琶。

沈梦芜，这个连朝廷大官都请不动的京城第一歌姬，竟在给一个毫无身份毫无背景的书生唱曲儿！

旬谟抬头看了看，见面前蒙面女子眉眼之间有几分熟悉，可他一心买醉，根本懒得理会面前这人究竟是谁。他喃喃地自语："给我换一曲。你们女人才成日里情啊、爱啊，这世间，有太多东西都比这些小情小爱来得重要，唉，可惜，说了你也不懂。"

"一树涧生松，回长谁林起。劲枝接青霄，逸气遮天地。郁郁覆云霞，且拥高峰顶。金殿选忠良，合赴君王意。"一曲《生查子》再次被沈梦芜缓缓唱出，声音自是美妙绝伦，词中激励人心的语句更是煞费苦心。这是当时非常流行的民间曲子词，描述的正是少年意气风发要考中科举报效国家。

这"一树涧生松"分明是邨谟的人生写照。

邨谟依然没有任何表示。唯一的区别是，他开始静静地聆听沈梦芜的歌声了。沈梦芜继续悠悠地唱着，没有停歇，也没有询问邨谟为何烦恼。两个人这般十分默契地一个唱曲儿一个听，像是多年的朋友，抑或是伯牙子期般的知音之人。

酒楼里的其他客人议论开了。这个书生究竟是什么人？怎么会得到京城第一歌姬的青睐？这二人到底是什么关系？难道沈梦芜姑娘真的就看上了这么一个毫无背景的白面书生？

当然，有些见过邨谟的人透露道，这个书生背后可是有元宰相撑腰的。说不定这个沈梦芜姑娘就是看中这一点，要攀附元宰相才委曲求全去讨好他。

一个刚进酒楼的白面郎君听得面红耳赤。他身边带着一个与他同样细皮嫩肉的仆人，那仆人有些羞怯地躲在他身后。白面郎君却是径直走到了邨谟的面前，一把抢过他正要喝下的一杯酒，什么也没说，便仰头饮下。邨谟不理会他，又自己倒了一杯，方要饮酒，却又被那人夺了去，仰头饮下。邨谟还待再倒酒，却被那人直接抢了酒壶。

他抬起头，看着眼前这个标致得有些过分的郎君，苦笑道："你又女扮男装出来胡闹，当心宰相再罚你抄经去。"这位细皮嫩肉的郎君正是女扮男装的元媛。

她轻蔑地看了沈梦芜一眼，坐在邨谟的对面，问他到底发生了什么事情，为何烦恼。邨谟据实以告。元媛听了一拍桌子道："我找阿耶说理去！"邨谟一把拉住她："元公有元公的苦衷，我心里不痛快，出来喝口酒罢了。"

邨谟心中苦恼无处宣泄，还有个歌姬沈梦芜在场，女人的直觉素来十分的灵验，元媛变得贴心温婉了起来。她静静地听着邨谟诉说心中的苦闷，时不时地还发表一些见解，径直把沈梦芜晾在一边。元媛一边安慰着邨谟，一边偷眼看着尴尬的沈梦芜，心里美滋滋地乐开了花。

沈梦芜在一旁抱着琵琶，一个曲子还没唱完，如若半路停下，必然失礼。可若是继续唱下去，该听的人却已不再倾听。沈梦芜硬着头皮继续唱，发现元媛带着几分挑衅的目光注视着自己。她在这酒楼里见的人多，自然练就了一双慧眼，看出元媛是女扮男装。此时，她忽然从内心里产生一股失落之感。也许，在旬谟的眼里，她始终是一个沦落风尘的歌姬。更或者，她从不曾入过旬谟的眼。这是何等的悲哀啊！

一个刺耳的颤音骤然响起，琵琶的一根弦被沈梦芜硬生生弹断了。

今日来到酒楼的客人们可算是开了眼界，不但见到了第一歌姬单独为人唱曲的奇观，更是碰上了沈梦芜这个琴技高超之人第一次重大失误。客人们都好奇地看向这边，不知道究竟发生了什么，让她这般慌了神。

沈梦芜紧咬着嘴唇，攥着琵琶颈的左手略有些颤抖。她站起身来，强忍了许久，才朝旬谟说道："儿技艺不佳，失礼了。"说完便头也不回地离去了。

待到沈梦芜进了屋，元媛朝着她的房间瞥了一眼，不屑地努努嘴，嘀咕道："狐狸精！"被一声刺耳的断弦音所惊，旬谟酒醒了几分。他怔怔地看着沈梦芜离去的背影，听到元媛的嘀咕，便说道："这位沈姑娘不知刚才是什么原因，竟出现如此失误。"

两个女人之间的明争暗斗，怎是他所能懂？元媛带着胜利的微笑拉起他的手道："我们且去别处散散心，待你酒劲儿散了，我们一起回家。"旬谟点头应允。随即，元媛令婢女小翠独自回了家。

酒楼的管事来到沈梦芜的房间里。他恭敬地向沈梦芜行了一礼，说道："王爷来了。"

五

沈梦芜屏退了管事，随即整理仪表，随侍女一同来到一间客房里。酒楼管事口中的"王爷"，正是当今的汾阳王，为陛下平定安史之乱的一代名将——郭子仪。沈梦芜进入房间，郭子仪从椅子上起身便要拜。沈梦芜上前搀扶道："王爷莫要折煞了民女。梦芜如今不过是一名歌姬，当不起王爷这般大礼。"

几番寒暄之后，郭子仪道："当时，把你安置到酒楼来，考虑到这里最受瞩目也是最安全的地方，达官贵人文人雅士集聚酒楼，可以通过他们及时了解朝廷变化，为你寻找时机。但是，老夫并不支持你如今的计划，这件事不可操之过急。"沈梦芜道："儿何尝不知此事不可急于求成，但是，儿等不了。"

"鉴于如今朝廷的政治环境，老夫难以直接出面为你做这件事，特别是吐蕃频繁入侵，老夫随时准备率军赶赴前线。"郭子仪在房间里踱了几步，"但是，有一个人应该可以……"还未等郭子仪说完，沈梦芜便"扑通"一声跪在地上，眼泪浸红了眼眶："王爷的恩德，梦芜当永世不忘。"

郭子仪惊得上前搀扶，自愧道："老夫不能亲自出面，已觉惭愧，怎当得起这般大礼，这不是折煞老夫么？你的事我会妥善安排，但考虑局势复杂，只能谨慎从事。"两人还待详谈，却有一副将进门有要事禀报，郭子仪只得告辞。临行之前，郭子仪回头看向沈梦芜："你托我的另一件事情，我已经尽力了，那个人已经性命无忧了。"沈梦芜点了点头："儿已经看见他了，谢谢王爷再三周全。"

沈梦芜倚着窗口，看着窗外的长安城区，喃喃自语："你当初舍命救我，这次还上你一些，算是了却了一份心愿。"话虽是如此，可沈梦芜戚戚然的神色，却让人感觉她与旬谟之间，似乎命里注定了什么，不仅仅是报恩那么简单。

在长安城外，有一座小山，山虽不高，却可在山顶上窥得长安城的全貌。宁疾云行走在上山的路上，忽地停住了脚步，右手紧紧地握着贴身的长剑。四周没有任何声响，可在傍晚的微风中，却透着一股瑟瑟的凉意，让这条山路上平白地增添了几分紧张的气氛。

他缓缓拔出长剑，指着四周转了一圈，眼睛一刻不肯放松地留意着周围的风吹草动。"此处场地开阔、人迹罕至，几位跟了在下这么久，该现身了吧？"四周还是没有任何的动静，可这紧张的气氛却越发地浓烈，周围的空气都几乎凝固了起来。

只听一阵破空之声，宁疾云手中长剑倏地挥出，极其巧妙地将身后飞来的一枚暗器反弹了回去。紧接着，十几名黑衣人从附近的灌木丛里一跃而出，将其包围在了正中。宁疾云长剑护身，盯着为首的那人问道："你们究竟是什么人？谁派你们来杀我的？"这些黑衣人并不想回答他的问题，直接出手发动了攻击。

这边杀机四伏，可在山的另一边，却站着两个年轻的男女，旬谟和元媛二人，也来到了山上。"啊——！"山顶上，旬谟声嘶力竭地呼喊着，"我要伸张正义！我要铲除奸佞！我要中兴大唐！""这就是你新发现的解百忧之法？"元媛似笑非笑地看着旬谟，手上拿着一朵刚折的野花，"还以为是什么不得了的法子，原来就是站在山顶上乱吼啊。"

离开了沈梦芜的视线，元媛又恢复了她古灵精怪的原貌。

旬谟没有理会她的嘲笑，寻到一块大石头坐了下来，指着山下的长安城道："刚来长安的时候，感到很多事情都和想象的不太一样，遇到了很多不如意的事情。每当我心情不好的时候，就会来到这里，把所有不开心的事全都喊出来。"

夕阳西下，漫天的晚霞绚烂无比。长安城就静静地矗立在山下，与远处的霞光相映成趣。

"哇，好美！你看，整个长安城都在我们脚下哎！"元媛指着夕阳下的长安欢呼着。

旬谟看着她天真烂漫的样子，感觉心中莫名地产生一阵暖意："你有什么话想对着眼前的美景喊出来吗？"元媛歪着头想了想，于是，站到山崖边上，深吸一口气，朝着浩瀚无垠的天空喊道："我不要读书！我讨厌上课！我要醉生梦死，我要寻欢作乐，我要玩！玩！玩！"

旬谟听了又好气又好笑，当即笑骂道："当着先生的面说不要读书，你这学生胆子够大呀！"元媛挑衅道："我就说了，你能把我怎么样？"

"对于不听话的学生……"旬谟假装沉吟一会儿，接着说，"一般先生是要打他手板的。"说着，他便拿起一根棍子当作戒尺，作势要打。元媛欢笑着躲开，站在不远处勾勾手指："有本事你来打呀？"

"我看你往哪跑！"两个人就这样追逐着、嬉闹着，从山顶跑了下来。

元媛忽然被什么东西绊倒，摔了一跤。爬起来的时候，却发现自己满手都是鲜血。旬谟一见，也吓了一跳，跑过去问她到底伤在了何处。可元媛仔细看过全身，分明一点伤都没有。正奇怪间，眼的余光瞥到草丛里一摊血迹。

两人大着胆子缓缓挪步过去，草丛里躺着一个满身是血的人，也不知是死是活。元媛惊得大叫一声，一下扑到了郇谟的怀里。郇谟则一边安慰着她一边看向草丛中躺着的那人，见其胸口还有起伏，应该是还没断气。

他让元媛站在原地，自己过去查看伤者的伤势。走到近处发现这人分外眼熟，竟是初到京城时出手救过自己的青年宁疾云。"是他?"郇谟惊道。元媛经过最初的惊吓，已经缓过神来，小心翼翼地躲在郇谟身后，伸着脖子看向那个人："你认识他?"郇谟点点头："他救过我的命。"沉吟了一会儿接着道，"我们先背他回元府吧。"

忽地，宁疾云睁开了被鲜血浸红的眼睛，一把抓住郇谟的衣领道："别带我进城，他们会杀了我的!""好好好，我们不进城，就在山下找个农家住下。"郇谟答应道。刚要背他起来，宁疾云挥舞双手道："我的剑! 我的剑!"

两人又急忙四下寻找，元媛从草丛中找到一把长剑，放到了宁疾云的手上。宁疾云抓住长剑揽在怀里，这才舒了一口气，于是，又沉沉地昏睡了过去。想不到，一个顶天立地的侠士，只有抱着宝剑才能够安心地睡去，可想而知，他的人生中究竟经历了多么险恶的事情。

背着宁疾云到了山脚下的一户农家，二人给了农户几文钱，将其安置下来。随后又到城里为其请了郎中，开了药方，打点农户帮忙熬药照看。待到一切安排妥当之后，太阳已经落山了，农户热情地挽留他们道："天色已经不早了，此时城门恐怕已经关了，你们小两口不如就在此住下一晚，明日再回城吧。"

元媛红着脸道："谁和他是小两口!"话虽出口，声音却几乎细不可闻。

随即，她意识到了什么，于是惊讶道："你怎么知道我是女儿身?"农户笑道："男人女人在身形上有所不同，不难区分。"此话说得也没错，元媛年纪不大，可身形上已是前凸后翘，身上隐隐约约已经开始散发一种女人味儿了。

郇谟听了农户的话，眼睛不自觉地在元媛胸口上扫了一下，心里第一个念头便是孔老夫子的名言：非礼勿视。于是，在这一眼之后，他又急忙把目光挪开，看向了别处。

感受到两道"不善"目光的注视，元媛双手抱住胸口，心道以后再扮男装要想办法裹一下了。

农户家有两间房，于是元媛与农户的妻子同住一间，旬谟、宁疾云和农户住在另一间屋子里。农夫见宁疾云怀中抱着一把剑，想帮他先收起来，可宁疾云立刻醒了，又把长剑紧紧地抱进怀里。农夫尴尬地看了看旬谟，旬谟带着歉意道："由他去吧。"便由着他抱着长剑继续睡了过去。

第二日清晨，宁疾云已醒来，一睁眼便嚷嚷着要走，说担心连累好人。元媛拍着胸脯道："我阿耶是堂堂宰相，恶人即使因此记恨我，也不能把我怎么样的，你就放心在这里休养吧。旬谟的恩人就是我的恩人，说什么我也得帮你。"

旬谟听了脸"刷"地一下就红了，什么"旬谟的恩人就是我的恩人"，这种话说出来，农户昨天的误会就坐实了。于是，他假装咳嗽两声，提醒她改口，可元媛却没有意识到，继续说道："你就放心住在这里，一会儿我和旬谟要一起回家，这户农家也都是心善之人，有什么需要尽管跟他们说便是，他们也一定会帮助你的。"

这么一说，宁疾云确信他俩即使没结婚也应该是定了亲了。他回想起被人袭击的经历，他曾为元载办过事，元载手下的杀手他是认识几个的。昨日袭击他的黑衣人，有一个蒙面巾被他拽了下来，那人正是元载的手下。此时，他听到元媛是宰相的女儿，昨日又知道他们二人都是元府之人，便明白，眼前这位相貌姣好的少女正是元载的掌上明珠。

一时间，新仇旧恨一起涌上心头。父亲被元载迫害致死，自己却被元载欺骗为他做事，事后又险些被元载杀人灭口，他心里正被仇恨的火焰灼烧着，看到元媛一副毫无察觉的笑容，心里越瞧越恨。于是，他悄悄将手中的长剑从剑鞘里拔出了一寸。

"趁其不备，我奋起一剑刺过去，绝对能杀了她。到时候就是死，也可以瞑目了。"宁疾云如是想着，趁众人转过身要离去的时候，缓缓起身，忍着疼痛到了元媛的背后。

他全身的肌肉都紧绷着，伤口一寸寸地裂开，鲜血顺着手臂流淌下来。机不可失！他长剑缓缓出鞘，没有任何的声响，仿佛眼前之人已经成了一具尸体。

一道寒光闪过，屋中顿时传出一阵惨叫，却不是元媛发出的，而是宁疾云用力过猛，身上的伤口崩裂开来。他低估了自己的伤势，一阵撕心裂肺的疼痛从胸口传到全身，宁疾云痛呼倒地。

第二章：恃宠而骄

一

人们都背对着宁疾云，并不知道发生了什么。忽然，听到惨叫声，大家回头一看，宁疾云已经倒在了地上。大家急忙聚拢过去，将他扶回了床上。

元媛强忍对鲜血的恐惧，小心翼翼地为他擦拭伤口。宁疾云注视着她的眼睛，只要从其中窥探到哪怕一丝的嘲弄，也许他的内心都会好过一些。可是，他从元媛的眼睛里看到了真实关切和焦急。此刻他很想找个地缝钻进去，好逃避良心的谴责。

宁疾云躺在床上，愣怔了很久。他明白了一件事：即使一个人犯了天大的过错，都祸不及子女。元载在他眼中恶贯满盈，但他的女儿却是这般的善良和纯真。旬谟也是，他的正直和善良，正是宁疾云内心里佩服的。元载身边居然有如此的好人服务于他，究竟是为什么？难道还有什么事情需要查清楚？元载到底是一个什么样的人？

一切的一切，让宁疾云琢磨不透，但让他再相信元载已不可能了。他静静地躺着，身上的伤口阵阵疼痛，多少让他内心减轻了几分自责。

在长安城宫城的后宫里，每一位妃子都有单独的别院。其中一间，看上去与其他无异，但每一个在宫里当差的都知道，这个别院里的主人是值得好好巴结的。

揽六宫专宠于一身的独孤贵妃，在与李豫嬉笑闲谈。一提起宝贝女儿华阳公主，两个人更是分外的开心。华阳公主年纪尚小，但已经显露出了不凡之处。她综合了母亲的美貌和父亲的智慧，很是讨李豫的欢心。

聊得兴起，独孤贵妃笑语盈盈，一张粉脸如一朵娇俏的牡丹，让李豫看得是心驰神往，李豫轻轻伸臂揽住了独孤氏的纤腰，独孤氏怎能不明圣意，娇笑着说："陛下这些日子乏累，不如妾为您舞上一曲，您意下如何？"李豫的笑容从心中迸发出来，急忙说："好好好。"知情识趣的小宫女拿来了李豫的玉笛。

李豫抚摸着笛子，心下感慨："好像很久都未曾合作，来来来，为朕舞上一曲《绿腰》。"

此时的宫庭好歌舞，唐代《乐府杂录》上有所记载："《绿腰》，软舞曲也。"这种软舞适合腰肢纤细柔软、盈盈一握者习练。

有一首诗描述女子在跳《绿腰》时的姿态，诗中写道："南国有佳人，轻盈绿腰舞。华筵九秋暮，飞袂拂云雨。翩如兰苕翠，婉如游龙举。越艳罢前溪，吴姬停白纻。慢态不能穷，繁姿曲向终。低回莲破浪，凌乱雪萦风。坠珥时流眄，修裾欲溯空。唯愁捉不住，飞去逐惊鸿。"

意思是说，你快来看那美丽无匹的女子，穿着长袖的舞衣翩翩起舞。在舞蹈刚刚起步之时，舞姿典雅华贵，引人遐思。女子像飞鸟，其轻盈堪比海底蛟龙。看她舞动的水袖，如西风带雪，婉转低回之间，好像池塘里突然绽放的莲。最曼妙的是舞曲将歇之际，当舒缓的节奏响起，女人身上罗裙微汗，鬓边发簪轻轻摇摆，就连单薄的衣衫好似要起舞一般，此时如果有风飘来，说不定会以为天上嫦娥下凡。

独孤氏的家族曾为三朝外戚，家境殷实，家中请来天下最好的舞蹈老师悉心传授，独孤贵妃一舞，真是艳绝天下，无人能比。

李豫吹响了笛子，笛声渺渺，独孤贵妃翩然起舞，偶尔一个眼风随着脚步抛向陛下；李豫吹着笛子，琴瑟和鸣，不过如此。

浓情蜜意之间，来了个小太监通报说，郑国公求见，在门外候着呢。李豫听了，气得要摔笛子，眼下已散朝，怎么说来就来，他这无所顾忌的做派，让李豫如鲠在喉，憋闷在胸。

不一会儿，鱼朝恩大步地走了进来。如今的鱼朝恩，多年未打仗了，比以前胖了不少，脸颊上的赘肉快耷拉到与下巴齐平的地步了。李豫大有深意地看了他一眼，问道："爱卿此时求见，所为何事？"

鱼朝恩行礼答道："老奴对于早朝提起的税收改革一事，有点想法，想与陛下商讨一下。"

李豫的脸上露出一抹不易察觉的微笑："啊，这件事啊。"他顿了顿，"今日午后，尚书省自行商议妥帖，政令已经颁发出去了。"

脸上挂着几分谄笑的鱼朝恩，一张老脸瞬时就耷拉下来，眼中怒气渐盛："陛下，老奴这些年来尽心尽力辅佐陛下，可有什么不周到的地方？"

李豫故做一副吃惊的样子："爱卿，哪里话啊？当今，谁比爱卿你对朝政更加尽心尽力？"

鱼朝恩冷笑道："此等重要的事情，为何不与老奴商议，便直接交给尚书省自行定夺了？"

李豫心道，这就是尚书省的权力，财政税收，关你一个太监什么事啊？但此时，他脸上挂着笑容道："爱卿误会了，我体谅爱卿平日操劳，心想这等小事，直接交给尚书省不会有什么纰漏，便没有劳烦国公。"

鱼朝恩怒道："陛下办事如此考虑欠妥！朝中诸事，不与老奴商议便交给尚书省那群废物去办？"李豫却依旧是一副笑脸，劝解道："爱卿息怒，我是为爱卿着想，怕爱卿日夜操劳，累坏了身体，才把事情全权交给尚书省去做的。若是爱卿不满，明日朕命人撤回诏令，等爱卿过目之后颁发可好？"

鱼朝恩脸上露出一抹得意的神色。随即，他轻咳了一声以掩盖心中的快意："不必了，陛下心中想着老奴，事事不忘与老奴商议再做决定，老奴当为陛下鞠躬尽瘁死而后已。"鱼朝恩走后，李豫不由得怒气心生。独孤氏察言观色，知道陛下因这人不痛快了，便附和道："鱼公公近来越发地狂妄了，当着妾的面如此和陛下说话，不给陛下留丝毫的颜面。"

李豫笑着道："郑国公就是这个脾气，他对我有救命之恩，这等小事，我怎会放在心上？也请爱妃不要将此事放在心上，一切由他去吧。"

李豫虽这么说，但心中却有了另一番思考。

二

鱼朝恩生理上的缺陷，导致了心理上的扭曲。被陛下几句话劝得心花怒放了，可回到家里细想想，尚书省的人实在是不把自己放在眼里。于是他越想越气，抓起面前的茶杯摔在了地上。

茶杯在地上摔得粉碎。身边的一个小太监"哎呦"一声，急忙上前劝解："公公息怒，公公息怒。"说完，看见地上茶杯碎片满地都是，便又急忙跪下去捡干净。在气头上的鱼朝恩，见这小太监应付似的宽慰两句就去捡地上的碎屑了，便上前一步，把小太监刚拿起一块碎瓷片的手，一脚踩在地上。

锋利的瓷片割伤了手，小太监疼得"啊呀"直叫唤。鱼朝恩不但没有松脚，反而更用力地往下碾了几下。鱼朝恩还不解气，一脚将这个小太监踹倒在地，怒道："来人，给我拉出去打，往死里打！"小太监自是凶多吉少。

鱼朝恩郁闷至极，他带着副将闯进尚书省，赶上两位宰相和众位大臣们商议国事。他怒气冲冲地向两位宰相兴师问罪，众大臣则在一旁愣愣地看着。元载与王缙，像两个犯错的学生般站着，被鱼朝恩劈头臭骂。

王缙气得脸都绿了，鱼朝恩一走，他怒不可遏地道："这等狂妄之徒，老夫定要到陛下面前参他一本！"王缙要去找陛下告状。元载一把拉住他，摇摇头道："现在不是时候，王公少安毋躁。"

回到宰相府，处理完一天的政务，元载难得在花园里休息片刻，便邀邱谟来与他下棋。两人初看势均力敌，可下到后面，邱谟的优势越发地明显起来。最后几个回合，元载被逼得毫无还手的余地。"元公，你输了。"邱谟落下最后一子，锁定了胜局。

元载看了看棋盘，左思右想，果然没有了破解之法，于是投子笑道："后生可畏，后生可畏呀。开局时示人以弱，诱我强攻，等到了最后发现中了你的圈套，已为时已晚。"邱谟谦虚道："元公每日劳神，自然不如我等闲人有心思琢磨这些微末技巧。"

元载笑着摆摆手，又问道："你平日除了琢磨这些'微末技巧'，可考虑过国家大事？"

旬谟眼睛便是一亮。任谁都听得出来，元载是要对其委以重任了。他当即回应："是。"

元载接着问起他对鱼朝恩的看法。旬谟想了想道："前有李辅国，后有程元振，元公认为如今的鱼朝恩，比之二人如何？"

元载笑了起来："知我心者。"

李辅国以宦官身份登上宰相宝座，程元振也是一个高居行军司马职位的太监，他们都有很大的功劳。但他们两个都有一个共性，就是在权力到达巅峰的时候又快速跌落谷底。也许在李豫的眼里，这些既是有功之臣，又是奸佞权臣，两者之间是有限度的。就如刚才这盘棋局，起初示人以弱，让你认为可以再前进一步，可不知从第几步起，你便已经超过了对方的限度了。

李豫的"示人以弱"不断地让李程二人产生可以"上前一步"的错觉。于是这二人越发地胆大妄为，越权越限，触碰李豫的权威，表面看他们权力越来越大，可实际上却在朝中树立了众多的对手。"有了合适的时机，陛下一声令下，他们就成了奸佞之人，不死即贬，永世不得翻身。想一想，他们不过是陛下用来平衡朝中势力的棋子，用过之后就被无情地弃掉了。"

听了旬谟的分析，元载微微点了点头，问道："你认为如要铲除奸佞，当从何处下手？"

旬谟自然知道，元载所说的"奸佞"就鱼朝恩一个人。鱼朝恩，与李辅国还有程元振一样，都是太监出身。但他又与那两位不同。李辅国和程元振都属于文官性质的太监，即使是程元振，拜为行军司马，不过是挂个虚职，充其量是一个监军或是参谋类的职务，鱼朝恩却是一个彻彻底底的武官，他手中掌握着一支军队——神策军。

如今，武官出身的鱼朝恩，又当上了国子监祭酒，可以说在朝中无论是文官的事情还是武官的事情，他都可以插上一脚。权力可谓是空前绝后，没有哪个宦官能有如此权力，将朝中文武之事集于一身，鱼朝恩却做到了，与其说是他做到了，倒不如说是李豫让他做到了。

陛下究竟是何用意？邹谟心里明白，如今朝中文有元载，武有郭子仪，平衡这两方势力，在文官中要有一个能与元载抗衡的人，武官中也要有能与郭子仪相匹敌的人。可是，朝中能与元载斗智斗勇的文官并不多，仅有的那么几个也不得心应手，并不那么容易被陛下掌控。武官能与郭子仪相提并论的更是凤毛麟角，于是陛下另辟蹊径，选择了鱼朝恩，让他既能限制文官，又能绊住武官，这步棋真可以说是一子两用。

这样一来就明白了，既然陛下重用鱼朝恩是来限制元载与郭子仪的，那么，想要除掉鱼朝恩，元载就必须联合郭子仪的力量，两个人合力才能有取胜的把握。

说到这里，邹谟带着极大的期盼问道："取得郭子仪支持是大的方略。但是，元公如若想要用具体手段展开行动，鄙人认为神策军北军监狱胡乱抓人一事，就是很好的切入点。刘希暹是鱼朝恩的主要心腹之一，如果能先除掉他，必然会让鱼朝恩损失惨重。"

元载饶有深意地看了他一眼。邹谟感到，那一刻，心里所想的一切都被元载看穿了，除掉刘希暹并不是最好的方法，但在他看来却是迫在眉睫的，让他眼睁睁看着京城百姓受这人的欺辱却什么也做不了，这令他感到非常沮丧。但元载的眼神已告诉了他，这个方案根本就不可能被采纳。

从元载的书房出来，邹谟悠悠地想着刚才的话题，也许，在元载的心里，有比路见不平的正义更沉重的事情，邹谟如是想着。

"哟，教书先生怎么一出门就那么严肃呀？"元媛蹦蹦跳跳地出现在他的面前，"还等着你带我出去玩呢。"

邹谟看了她一眼，扁着嘴挤出一句："没心情。"

他失落的样子是真的可爱，元媛也认真起来："你打算把你的救命恩人就丢在农户家，看都不去看一眼？"

邹谟忽地抬起头："对哦，我都忘了！你去准备一下，我们马上出发。"

边说边走，两人在即将出院门的时候碰到一个相貌妖娆、妆容妩媚的女子，是元载新纳的小妾。她朝着二人瞥了一眼，满脸不屑地把脸扭到另一边，那副表情，显示出就是瞧不上这二人。元媛没好气地"切"

了一声，负气地扭过头去，看向另一边。旬谟问其缘故，元媛撇撇嘴道："最看不惯那副嘴脸了！"

起初旬谟不明白，不过，也可以理解。父亲纳了一个与女儿年纪差不多大的小妾，哪个女儿看了心里都堵得慌。旬谟却觉得可以理解元载的苦衷。薛瑶英是薛邕的同宗，半年前的科举舞弊案中，元载从全局考虑，牺牲了薛邕的一部分利益，几乎置其于死地。为了让自方阵营不失去薛邕这个力量，元载选择了纳妾。

旬谟无奈道："看来我们都有看不惯的事，可我们却都无力去改变什么。""谁说的？"元媛哼了一声道，"早晚有一天我让阿耶赶她走！"旬谟也是笑笑，心里清楚元媛说的话就是撒小孩子气，说说而已。

二人离开后，薛瑶英径直地走向了元载的书房。

三

"吱呀"一声，元载抬起头来，薛瑶英妩媚地站在门口。阳光从门外射进来，金灿灿的，仿佛她是嵌在这金色的阳光里一样。元载看得入神了，直到薛瑶英到他的身边，坐到了他的腿上，他恍然回过了神："我有正事要办，一会儿陪你可好？"

薛瑶英搂住他的脖子道："正事可以一会儿再办，但此刻你若是不理我，我就再也不理你了！"话说出来，没有一点不高兴的语气，倒是有一种勾人魂魄的魅力缠绕在她婉转的语调之中。

元载愣愣地看了她一会儿，随即一把将她搂在怀里，亲吻起来。书桌上的公文撒了一地，薛瑶英的脊背贴在桌子上，取代了原来公文所占据的领地。书房已经不再有原来的庄严与稳重，取而代之的是一股充满淫靡气息的欢闹声。

当元媛和旬谟来到城外农户家时，农妇告诉他们，侠客一醒过来，便嚷嚷着要走，谁也拦不住。他们不得已，把买药剩下的钱全送给了宁疾云，并将剩下的药让他随身带着。旬谟和元媛感谢了农户，又给了他们一些钱，便匆匆跑出去寻找。

望月楼中，沈梦芜奇怪地看着手中刚收到的一份请柬："寒山禅院?"一旁的婢女看了笑道："食色，性也，和尚们也有动凡心的时候。"
"休要乱讲！"沈梦芜嗔道，"国清寺的拾得大师行迹怪诞，我素有耳闻。
这般明目张胆地招歌姬去寺里唱曲儿的和尚，恐怕除了他再无别人了。"
婢女虽然听不懂，但知道沈梦芜是个极有见识的人，便乖巧地点头，睁
大眼睛问道："娘子我们去吗？"

沈梦芜陷入了犹豫之中。作为京城第一歌姬，无论是富甲一方的巨
贾，还是权倾朝野的大臣，从来没有人能请得动她，这是人尽皆知的事
情。现偏偏投来了请柬，难道他非要碰一鼻子灰才高兴？以他的才智，
必然不会蠢到这份上。可这个和尚不远万里从天台山来到长安，点名让
她去禅院里唱曲儿，其中定有更为重要的原因，谁不会为一个玩笑这么
折腾。于是，沈梦芜很自然地想到，这会不会与她的身世有关？

沈梦芜明白，如果想要实现目标，像这般在酒楼里唱曲儿，是永远
不会有机会的。但如果她去了，对方若是真要置她于死地，那么定是命
悬一线。

在她犹豫时，有个仆人送信进来，信封上标明收信人是沈梦芜，落
款则是一个"佛"字。沈梦芜急忙打开信封，信上未写一个字，粗略地
画了一个玉佩的形状。沈梦芜看后，立刻把信拿到蜡烛上点燃，随即吩
咐道："来人，备车！我要去寒山禅院！"

拾得大师非常有名，其身世更是坎坷。他自小被父母遗弃，得丰干
大师传授佛法，有很多的达官贵人愿意和他结交，并向他请教佛法。

拾得大师在各处游历，刚好来到长安，此番要在长安逗留些时日，
便在城外一处荒山上寻了个破庙修缮了一番，住了下来，取名为寒山
禅院。

一座破庙修缮成禅院，多了几分书卷气。进了大门，院子正中并没
有其他禅院常见的香炉，而是一面画着山水画的影壁。影壁之后，就是
禅院的正房，虽然不大，但装饰得别有一番风味。

杨绾带着一个随从走进院子里，却没见到一个人。身为两朝元老，
如今高居礼部侍郎，杨绾在朝廷中的声望可谓无人能及，哪怕是宰相，
对他也是敬重有加。若是他要去哪家拜访，对方定要出门迎接以示尊
重。可他都进了大门，绕过影壁了，却没有人出来迎接，换作他人恐怕

甩手走人了，杨绾毕竟胸怀广阔，对此并不斤斤计较。

他走到正厅的门口，一个老和尚正在书桌前奋笔疾书，有人站在门口，他却浑然不觉。随从上前低声唤道："大师，杨侍郎来了。"

拾得继续写着他的字，由于背对着二人，在随从看来，拾得大师似乎一点反应都没有。于是，他又试探着唤几声："大师……大师？"

"大……"随从还想叫，被杨绾拦住了。于是二人恭敬地站在门口，静静地等待着拾得完成自己的作品。

如此过去了一盏茶的工夫，拾得终于停笔直起腰来，手中拿起写字的宣纸，上面写的竟是一首：

> 般若酒泠泠，饮多人易醒。余住天台山，凡愚那见形。
> 常游深谷洞，终不逐时情。无思亦无虑，无辱也无荣。

"好偈！"杨绾称赞道，"好个'无思无虑，无辱无荣。'久闻禅师大名，今日一见，果然名不虚传。"

拾得看了他一眼，紧接着，怒气冲冲地把诗作撕了。杨绾和他的随从俱是一惊，不知道这和尚在发什么疯。拾得把纸全都撕烂了，才抬头道："老衲写的明明是诗，你们却说这是偈，看来是写得不好啊。"

拾得又在桌子上铺了一张纸，重新写起来。杨绾的随从刚想上前，又被杨绾拦住了。两个人就这样等着、看着，又过了许久，拾得写完拿起来一看，上面写着：

> 我诗也是诗，有人唤作偈。诗偈总一般，读时须仔细。
> 缓缓细披寻，不得生容易。依此学修行，大有可笑事。

"噗！"随从看了差点笑出声来，这分明是随便打油的一首。他素来跟随杨绾，见识过许多读书人的诗作，这个老和尚写的这个实在是没看出哪里好来。

拾得却兴高采烈地拿着来到杨绾的面前，递给他看，满怀期待地问道："这首如何？"

"这……"杨绾实在是不知道怎么回答好，应付说"好"并不是他的习惯，可实话实说又怕太伤人。思考了一下，他决定据实相告，于是小心翼翼地说道："恕老夫直言，这首……还不如上一首。"

拾得听了哈哈大笑："甚好甚好！来，侍郎请进。老衲为侍郎准备了好席面，请了京城第一歌姬为侍郎唱曲儿！"

杨绾和他的随从搞不懂了。这是和尚吗？又喝酒又请歌姬，这位举世闻名的高僧居然是这般模样？

杨绾诚恳说道："老夫是应郭将军之邀来与大师会面的，如若大师只是要请老夫听曲儿，就大可不必了。"说着，他要带着随从离去。拾得并不挽留，却哈哈大笑起来。

四

杨绾好奇地问道："大师何故大笑？"

拾得笑道："京城第一歌姬来了，侍郎不想亲眼一见吗？"

杨绾很失望，却礼貌地拱拱手道："老夫有要事在身，这就告辞了。"

杨绾一转身差点与正要进门的沈梦芜撞上。沈梦芜虽然蒙着面，可她那一双大眼睛却让杨绾看得分外眼熟。见到杨绾注视着沈梦芜的样子，拾得面带笑意地走到杨绾身边道："侍郎不愿与老衲共同欣赏一下沈娘子唱的那首《梦黄衣童子歌》吗？"

听到此言后，杨绾惊讶地看了拾得一会儿，才如梦初醒般地回过神来，轻轻地点了点头。他没有注意到，拾得说出《梦黄衣童子歌》的时候，沈梦芜的眼中闪过了一丝诧异的神色。

于是，拾得叫来侍者，吩咐布置好酒菜，在正厅的中间留下足够的空地，让沈梦芜坐下弹唱。琵琶声响起，欢快的乐音如同顽皮的儿童蹦蹦跳跳地从琴弦上倾泻而出。巧妙的是，这曲中不但能听出孩童的顽皮之感，其间竟还隐隐地能让人感觉到一丝飘然物外的仙气儿。

杨绾此刻却并没有闲情逸致欣赏这首曲子。他眼睛直直地盯着沈梦芜，想努力从面纱的覆盖下看到对方的样貌。沈梦芜的面纱遮挡得恰到好处，无论他从什么角度，都无法看清她的脸，只看出大概的神韵。这一点便足以让杨绾惊奇了。

"像，太像了！"杨绾自言自语地嘀咕道，"世间怎会有如此相像之人？"

这首《梦黄衣童子歌》是李豫在陕西所作。当时吐蕃进犯，唐军节节败退，一日，李豫倦极而睡，梦见一个童子，穿着黄衣，飘然来到帐前，悠悠唱道："中五之德方峨峨，胡胡呼呼何奈何！"醒来时，他急忙将诗句记录了下来。如今，被沈梦芜谱成曲，更是唱出了其中的味道。

沈梦芜唱完，拾得便着人安排她返回京城。杨绾急忙询问："大师，这位沈娘子……"

拾得笑了笑，什么也没回答，起身行了一礼道："阿弥陀佛，侍郎既然有要事，贫僧也不便久留了。"

这分明是逐客令。他刚说完，便有两个侍者上前为杨绾带路。杨绾明白，拾得既然不肯说，即便赖着不走也是无济于事。于是，他带着随从离去，心里却想，如果加快脚步，说不定能在半路追上沈梦芜直接问个究竟。

沈梦芜走了，杨绾也跟随着后面追了过去。如今，寒山禅院里便剩下了拾得。他静静地坐在座椅上，手中摆弄着一枚玉佩，放下玉佩，他又从怀中摸出一封信，把内容看了一遍，随即道："今生业障，俱为前世因果。王爷远在前线，却一心想要勉力为之，老衲只能帮到这里了。阿弥陀佛！"

说到这里，拾得摇了摇头，表示对此事并不看好，感叹道："今后，就看他们的造化了。"

寒山禅院坐落在长安城外那座山的半山腰上。沈梦芜出来后，便坐上在京城里雇的马车，急急忙忙地赶回京城。拾得大师请她来唱曲，在一个朝廷官员的面前说出了《梦黄衣童子歌》，也不知他是何用意。如若是好意，今后早晚会有端倪。但如若是恶意，此时她们在城外赶路，万一遇到仇敌追杀，就不一定像她初来京城时那般幸运了。

她要求车夫加快速度，车便以比平时快得多的速度朝着京城飞奔而去。忽地，一声长长的马嘶，马车一阵晃动，便停了下来。车夫在外面道："娘子，前面路上好像有个死人！"

沈梦芜的婢女跳下车去，跑过去一看，果然一个人躺在地上，身上有多处伤口，像是缝合过，此时又有些裂开了。其胸膛尚有起伏，丫鬟知其没死，于是跑回去向沈梦芜报告。

沈梦芜有些犹豫，还是决定先救人再说。她让车夫帮忙，将伤者先抬到车上处理——她也略通医术，简单地处理了一下他的伤口，喂了他一口清水。伤者依旧昏迷，口中不停地说着胡话。

"我要报仇，我要报仇……"

这伤者不是别人，正是被邹谟和元媛救起，却又不辞而别的宁疾云。

沈梦芜细细打量着受伤的人，好像在哪里见过这个男子，正仔细地回忆着，突然马嘶长鸣，车夫咆哮："找死也不看看地方，撞到马上你们死了倒是无妨，伤了我们娘子，要了你们的命……"

突然，车夫悄然无息了，婢女掀开帷幔往外看去，一柄冰冷剑刃抵住了婢女的脖子："少废话，见没见到一个受了伤的年轻男子？"婢女在酒楼什么没见识过，喝醉酒打架的，王侯将相的儿子孙子们，哪个是好惹的，婢女能彻夜在沈梦芜身边，自然是不含糊。婢女把帷幔一放，跳下了车，双手掐腰，对着几个黑衣人喊了起来："还当是多大的官呢，你们知道这车里坐的是谁？"

俗话说愣的怕横的，横的怕不要命的，黑衣人真遇见不好惹的，也会低调了几分。为首的立即收起了剑，对着婢女施礼道："小的公务在身，惊扰到诸位，你们可曾看见一个受了伤的人？"婢女："我可没见到什么受了伤的人，这一路走来，坏人倒是见到了一群，可单独的人，却不知道在哪。要么，你跟着我们走，看看前面有没有？"

婢女牙尖嘴利，损了黑衣人几句。沈梦芜不安地看了看受伤的人，突然认了出来：这个人不就是当初与邹谟救了自己的壮士嘛！天呐，到底是怎样的缘分，竟然又遇上了他！沈梦芜双手合十，暗暗祈祷，盼着婢女快快把这几个人弄走，好平安上路。

黑衣人不想把事情闹大，一挥手，打算放行。可就在这时，一抹血色在帷幔的一角若隐若现，黑衣人嘴角露出笑意，他伸手拦住了婢女：

"小娘子，你说你没见到，可我要是见到他，我该怎么惩治你？"婢女不知道哪里出了纰漏，脸上变了颜色："我们确实没看见，别胡来啊，惊了我家娘子，让你吃不了兜着走。"黑衣人没搭茬，走到帷幔外，伸手，抹了一下那抹红色，刚要凑到鼻子底下闻闻，马车里传来哭声，沈梦芜一边哭一边说："小翠，我让你多拿些棉纸，你偏说够用，现在怎么办？我怎么回府，衣裙全都浸湿了，我不要活了，丢死人了。"

黑衣人一听脸色都变了，惊慌地把手上的鲜血用力地擦在帷幔上，一脸的晦气。围观的几个黑衣人都嘿嘿笑了起来，其中一个黑衣人笑着说："老大，人家小娘子来了月事，你还亲手摸，啧啧，我劝你今年可莫赌钱了。"黑衣人首领狠狠地朝着地上吐了两口吐沫，骂骂咧咧地摆手："走走，快走，我今天真是倒了八辈子血霉，碰见你们。"几个黑衣人哈哈大笑："老大，你可不就是倒了血霉。"

车夫一看放行，立即快马加鞭，车子跑出去好远，还能听到几个黑衣人的调笑声。

五

马车一路上狂奔，到酒楼以后，沈梦芜安排可信之人帮忙将宁疾云送到房间里，吩咐酒楼闭门谢客。这么做倒不是出于什么安全考虑，而是要避免嘈杂的声音影响对伤者的救治。

一路上跟随着她们的杨绾，到酒楼后便想进去问个究竟。可到了门口却吃了个闭门羹：今日酒楼不营业，不管你是谁，就是不能进。

"不行！"一个眉清目秀的婢女在门口拦住他道，"今日酒楼不营业，您还是回去吧！"

杨绾坚持道："老夫就是想听听刚才进去那位姑娘唱曲儿。"

婢女一听，笑了，上下打量一番，感觉眼前这老者也并非富贵之人，便不屑地笑道："老先生可能不知道吧？这京城里，任你是多大的官儿，想要见我家沈娘子，那是不一定能见。我劝您别异想天开，沈娘子从来不接受外人的邀请，就在这酒楼里偶尔弹唱。"

"你说什么？"杨绾一把抓住婢女的袖子道，"她姓沈？"

婢女被他攥得疼了，使劲儿甩了几下，挣脱出来，没好气地道："自然姓沈。你且去问问，这京城里的年轻郎君，谁不知道我们京城第一歌姬沈梦芜？"

"姓沈……她姓沈！"杨绾嘴里念叨着，心中仿佛万马奔腾一般，"是她吗？我终于找到了！"

可是，杨绾思来想去，总觉得不对。"不可能，这位沈娘子看上去就十六七岁的样子，年龄相差太多了。"

想到这里，杨绾的心绪更加的凌乱："请你通融一下，老夫有事情要向沈娘子问清楚。"

婢女这次连理都没理他，直接命伙计关上大门，将杨绾拒之门外。

哪家酒楼敢把侍郎一级的高官拒之门外，换作他人，恐怕早就派人把这家酒楼给抄了，可杨绾是大度之人，本就很少出来游走，今日又穿着便服出门，酒楼的伙计认不出来也不足为怪。既然撞见了这位沈娘子，也知道了她的栖身之处，来日方长，一切回去从长计议便是。

杨绾走后，沈梦芜急忙命婢女去请郎中，由于所救之人来路不明，她不敢声张，只得亲自照看他的伤势。

郇谟与元媛遍寻宁疾云不着，便在山头上坐下歇息。两人熟络得如同密友，自是无话不谈。郇谟提及府上新来的薛瑶英，问元媛为何对她如此反感。元媛告诉他近来家中的种种变故：

自从薛瑶英来了以后，元载便越发地冷落了元媛的母亲。元载的夫人王韫秀本就不喜争抢，薛瑶英又是个凡事都要争一争的主儿，如此一来，王韫秀便处处吃亏。本以为元载见了会从中协调，可谁知那薛瑶英做戏的功夫了得，每次都装得楚楚可怜的样子，反倒让元载以为是王韫秀在处处为难她，越发地冷落了王韫秀。

元媛见母亲在家要受一个小妾的气，心里很不是滋味，去找父亲理论，被父亲骂了回来。自此，她在心中便把薛瑶英当作仇人一般，一心想着要把对方赶出元府。

"好不容易出来一次，你提她作甚？"元媛舒了一口气道，"不若换个话题，你知不知道，近来朝中出了一件大事？汾阳王郭子仪家的祖坟被人给掘了！"

句谟感叹道："近来宰相有意让我远离政事，想必是我一心要除掉刘希暹，他怕我贸然行动坏了他的大事吧。"

元媛听出句谟话中带着气，便"噗嗤"一声笑了："阿耶说的果然不假，你平时心思沉稳，但骨子里还是年轻气盛的。"

这话从一个十六七岁的娘子嘴里说出来，句谟听了反倒觉得好笑。于是他反问道："你又知道些什么？"

元媛小脸一扬，哼道："我知道的多着呢！我还知道，陛下在剿灭周智光后，将本应分配给鱼朝恩的周智光旧部归到了郭子仪的手下。你想想，偏偏这个时候郭子仪家的祖坟被掘了，会是谁干的呢？"

句谟想了想，胸有成竹，便笑着说道："我猜，很多人都会觉得此事乃鱼朝恩所为。但我却十分确定，此事断不是鱼朝恩所为。"

"你怎么知道？"元媛惊讶地看着句谟。

句谟笑道："假如你是鱼朝恩，你以前的下属起兵作乱了，陛下平定了叛乱，把降兵归入你对手的旗下，你会怎么想？"

元媛若有所思，句谟接着道："虽然手中掌握着神策军，但鱼朝恩始终是个宦官，他的一切都掌握在陛下的手上。旧部下叛乱，他首先想到的应该是和对方撇清关系，同时做事小心本分，以免陛下引起疑心。再者，即使他再痛恨郭子仪，选在此时报复，无疑会成为众矢之的。鱼朝恩虽蠢，却也蠢不到这种地步。"

句谟分析得头头是道，元媛无言以对，可还是问道："那你说说，不是鱼朝恩，还能是谁？"

"你终于说到重点了。"句谟仿佛就在等她这句话，于是又开始了他的分析，"鱼朝恩不会这么做，却有人希望看到他这么做。所以，我们要想想，谁最想看到鱼朝恩与郭子仪对立呢？"元媛不再说话，他也不再往下深讲，感叹道："不管是谁出的主意，这步棋，实在是一步烂招。"

元媛一听，气得小脸通红，站起来指着句谟的鼻子骂道："你才烂招，你就是个烂人！不理你了！"句谟自然不知，这栽赃嫁祸的伎俩，正是元载想出来告诉陛下的。句谟当着元媛的面说她父亲出的主意是烂招，她自然生气。可怜句谟摸不着头脑，很无辜地遭受了元媛的一顿拳打脚踢。

第三章：共谋大事

一

郭子仪为了平叛，征战在前线，突然，密报传来，说是自家祖坟被挖。众将大怒，纷纷要求回师京城，先清君侧再平叛军。眼看群情激奋，即将一发不可收拾，郭子仪一声怒吼，挥剑砍断了身旁的一根立柱。

他怒视着军营里的众人，喝道："此时回京，叛军必会卷土重来，用数万将士的性命换来的胜利就会得而复失。口口声声说出这口气，可你们有没有想过牺牲的数万个兄弟！老夫在此立誓，如若军中再有人提及此事，定斩不赦！"

可京城里的鱼朝恩却不淡定了。刘希暹道，莫不是郭子仪怕同他们作对，忍气吞声了？鱼朝恩则沉吟道："真正的猛虎，在猎物的面前是不会叫的。我们要多加防范，免得对方哪天杀我们个措手不及。这事跟元载老儿脱不了干系，待得老夫寻个由头，整治于他，凭他敢在太岁头上动土？"

正如元载所计划的，即使两个人并没有立刻因此产生直接的冲突，但彼此防范的心理却已经渐渐形成了。

酒楼里，宁疾云在床上昏迷了两日有余，沈梦芜坚持在床边悉心照顾。昏昏沉沉之中，宁疾云缓缓睁开眼睛，映入眼帘的，一个身形柔美的女子的背影。她就坐在身边，将一条毛巾浸在水里反复清洗，然后拧干。阳光从窗外照射进来，一道道光线正好映射在女子的侧脸上。她皮肤如此白皙，仿佛鼻尖上都带着光亮。

沈梦芜转过身，用毛巾帮宁疾云擦洗伤口，却见宁疾云此刻正直勾勾地盯着自己。她停顿了一下，随即脸上现出微笑道："你醒了？"

宁疾云艰难地抬起手，行了一个走样的叉手礼道："多谢娘子救命之恩。"

他目光却不由自主地定格在了沈梦芜美丽的脸颊上。这应该是第一次有外人看到沈梦芜没戴面纱的样子。宁疾云被这种高贵而又典雅的美丽迷住了，他甚至忘记了身上的伤痛。

沈梦芜不好意思地低下头，随即问道："郎君为何受如此重伤，可否告知？"宁疾云如梦方醒般抬起头，似乎刚才失神太久，还没反应过来，等了很久才想起回答沈梦芜的问题。于是，他深吸一口气，说自己被一个大仇人反复欺骗，并遭到了仇人的陷害。

沈梦芜便不再追问，问了一个她认为比较重要的问题："郎君口中的大仇人，可是朝廷官员？"宁疾云盯着沈梦芜看了看，默然地点了点头，挣扎着爬起来道："娘子若是害怕受到牵连，某这就动身离开。"沈梦芜急忙按住他道："郎君有伤在身，不要乱动。即使非要离开，也待伤势好转之后再走不迟。"

说到底，宁疾云对沈梦芜一见倾心，本就不想离开，担心会连累到她，这才勉强想要一走了之。如今，既然对方执意挽留，他也欣然地答应了。

时间一天天过去，宁疾云的伤势好得差不多了。沈梦芜拿着一兜子钱来到他面前，说："郎君的伤已经好了，这京城里有郎君的仇家在，并不安全，我为郎君准备了些钱，郎君尽快逃到一个安全的地方，找个营生做吧。"宁疾云拿起了包袱，心中虽然割舍不下，但知道与沈梦芜没有任何可能，只能不情愿地离开了酒楼，乔装打扮之后混出了京城。

已近寒冬。长安城经过第一场大雪的洗礼，如今银装素裹，被战火灼烧过的痕迹被埋藏在了厚厚雪衣之下，这样的长安，显现出了一点开元盛世的残影。

长安城外，一队身披重甲的士兵整齐列队，他们庄严紧张的神情在风雪中更显肃穆。每一个人都是在战场的生死线上徘徊过的勇士，手上都沾染了无数敌军的鲜血。在这样一队士兵的面前，长安城的守城兵便显得那样相形见绌。

大明宫，一道道宫门次第打开，一个传令官骑着快马飞奔而过。

"汾阳王得胜归来，大军已候在长安城外！"

正在含元殿早朝的李豫和文武百官听到这个消息，面露喜色。李豫更是激动得从龙椅上站起来，吩咐左右太监道："快，快，我要亲自到丹阳门去迎接郭大将军凯旋！"

唯独鱼朝恩脸上显现出一丝焦虑的神态。郭子仪得胜归来，一时间炙手可热。对于祖坟被掘一事，他要追究下去，鱼朝恩很可能被认为头号嫌疑人，定然会变成关注的重点。

在大明宫丹阳门口，满朝文武站好等候，元载随意地瞥了鱼朝恩一眼，见其惴惴不安的样子，脸上露出得意的表情。杨绾在队列中，注意到两人的神色，心中已是了然。

铁履声整齐地从远方传来，厚重的鳞甲在冬日阳光的照射下，反射出耀眼的光芒。他们前进的每一步都带着一股震慑人心的力量，这才是一支真正所向披靡的军队。

郭子仪卸下宝剑，恭敬地来到李豫面前行礼道："老臣不辱使命，已将敌军击退，今日携众将士前来叩见，吾皇万岁，万岁万万岁！"

"万岁，万岁，万万岁！"将士们整齐嘹亮的呼声响彻长安城，任谁见了这场面，都会心潮澎湃，热血沸腾。这就是真正的战士，这就是真正的将军！每一个有血性的男儿，见到这般场面，都会产生拿起武器奔赴战场保家卫国的冲动。这是军人所独有的荣耀！

随后，李豫亲自拉着郭子仪的手进入大明宫。宣政殿中郭子仪向李豫汇报了战争的全部过程，言者轻描淡写，听者却惊心动魄。说到最后，李豫想到郭家祖坟被掘一事，要给他一个交代，便当着郭子仪的面传旨，彻查此事，定还郭家一个公道和明白。

郭子仪感激万分，跪下请李豫收回成命。他诚恳地说："臣带兵已久，挖战壕修工事不知掘了多少百姓的祖坟。如今，有人挖了臣家的坟，实乃上天的警示，而绝非人祸！"

这一番话，说得有些没头没脑，祖坟被挖，他真就这么不再追究了吗？鱼朝恩不这么想，元载也不这么想，甚至连李豫本人，也不这么想。但是有一点他们都很明白，郭子仪不想把事情闹大，这种态度正合李豫的心意。

如此一番表态，不知有多少人背地里暗叹他何等聪明了。

回到府上，鱼朝恩想不出其中玄机，就在大厅里踱来踱去。鱼令徽获悉郭子仪不再追究掘墓一事，便兴高采烈地向父亲道喜。鱼朝恩却仍有顾忌道："怕只怕，对方不过是以退为进，更大的陷阱还在后面呢。"鱼令徽一听，担心起来："父亲，我们该怎么办？郭子仪可不是好惹的。"

鱼朝恩又来回踱了两步，眼中泛出一抹杀气道："与其坐以待毙，不若先下手为强。"

鱼朝恩指着鱼令徽："从今日起，你别再给我惹出什么乱子，我可没工夫去管你，听见没有？"鱼令徽用力点头。

二

第二日，郭子仪收到了鱼朝恩的请柬。已到年关，要过春节了，鱼朝恩借着这个由头，请他到章台一叙。郭子仪接了请柬，送给手下副将看。副将一看，便劝郭子仪道："将军断不能去，鱼朝恩心胸狭窄，掘了将军家的祖坟不说，此番恐怕还要置将军于死地！"

郭子仪听了副将的劝说，哈哈大笑起来，弄得副将一阵摸不着头脑。

元载的书房，那道熟悉的黑影又一次出现，跪在他的面前："主人，有眼线称郭子仪收到了鱼朝恩的邀约，要他去章台一叙。"

元载合上手中的书，点点头屏退了黑衣人。随即，他让下人去找旬谟来商议大事。这些时日，旬谟被元载冷落很久了，一切关于鱼朝恩的事情都不让他插手，这让旬谟心中怨气越来越深。如今，忽然听说宰相要找他商议大事，他心中沉重的乌云仿佛一下便消散殆尽了。

旬谟很快出现在元载的书房。元载看到他的神态，不由得笑道："你这般年轻气盛，叫老夫说你如何是好？"

旬谟不好意思地挠了挠头道："晚辈知错了。"

元载哼了一声，脸上却带着慈祥的表情："你不是一直想要伸张正义，除掉鱼朝恩吗？今日我找你来，便是想听听你的建议。"

郇谟想了想道："如今郭子仪放弃追究祖坟被掘一事，看来此事一时难以理出头绪。"

元载笑道："如果鱼朝恩主动出手了呢？"

听到这里，郇谟眼睛霍然一亮。于是，元载将事情的来龙去脉向郇谟讲了一遍。郇谟道："鱼朝恩此次邀约，可能是试探，关键就在于，汾阳王会怎样应对了。"

元载看着郇谟问道："此话怎讲？"

郇谟道："若是汾阳王不去，两个人就会彻底产生隔阂，即使没有明面上对立，可也绝无和睦的可能。"

"如果郭子仪去了呢？"元载正色道。

"去了的话……"郇谟摸着下巴思索片刻，又道，"如果汾阳王带着众多护卫前去，鱼朝恩定会翻脸。可如果他只身前往的话……"

元载担心起来，毕竟，单刀赴会这种事，郭子仪真不是没做过。想当年，大唐与回纥交战多年，又逢仆固怀恩叛乱，郭子仪为争取停战而只身前往回纥，最终说服对方签订和平协议。

面对整个回纥的大军他都浑然不惧，何况一个小小的禁军统领鱼朝恩呢？

元载站起身，在书房里踱了几步，然后忽地转向郇谟道："劳烦你跑一趟，说服郭子仪多带些护卫前去，一来保障安全，二来……"

"二来，鱼朝恩见到汾阳王带了这些侍卫前来，心中不会高兴，两个人的恩怨就彻底结下了。"郇谟没等元载说完，就把他的话接了下去，可他还是略有些沉吟，"但是，这么做似乎有些……"

"有些什么？"元载走到郇谟的面前，正视着他的眼睛，"我们这么做，也是为汾阳王好，他真遭遇不测，我们没去事先提醒，总归是不好的。"

郇谟迟疑地点了点头，拱手向元载告退。

次日，郇谟在随从的指引下到郭子仪在京城的住所。陛下御赐的别院，有一种特殊的气质。虽不若元府那般奢华典雅，却有一种皇家独有的高贵与浑厚。

进了大门，穿过前厅，在蜿蜒曲折的回廊上穿行许久，方到郭子仪的会客厅。仆人招待了些茶水糕点，旬谟静静地坐在木椅上，观赏着屋中的各色陈设。

等了近一盏茶的工夫，郭子仪在随从的引领下来到旬谟的面前。自郭子仪现身时，旬谟便感到一种难以描述的压抑感涌上心头。这是一个在沙场上征战了多年的老将军，他战场上过的桥，比旬谟平时走的路还要多。都说秀才遇到兵，有理说不清，可实际上，旬谟今日的感受却是，他在这个"老兵"的面前，不要说理，连话都说不出来了。

由于这种气场太强大，旬谟说话时不敢与他对视。他游离躲闪的眼神，让郭子仪更加的不屑一顾。旬谟紧攥着拳头，手心都出了汗，将元载让他传的话讲了出来。郭子仪听了，很平淡，微笑着点点头，一个"嗯"字而已。讲完以后，旬谟感到后背也在流汗。

郭子仪回应简洁让人琢磨不透，旬谟最终匆匆告退，狼狈不堪。刚出门口，他隐约听到郭子仪对属下说："以后这等小人到府上来，你直接打发就是。"不知他是不是有意让旬谟听的，每一个字旬谟都听得清清楚楚。

"小人"，这个词在旬谟听来竟是那样的刺耳。从没有人用这个词汇评价过他，可如今，这个他十分敬重的驰骋疆场拯救大唐于危难间的老英雄老将军，对他产生了这样的评价。旬谟心里仿佛被扎进了无数根针一般，每一根都让他那么的心如刀割，那么痛彻心扉。

旬谟走在回元府的路上，内心简直是无法忍受。饱读诗书，为的就是做一个正直的人，而他确实也敢承认，近二十年来，一直行得直，走得正，可如今落得这么个称呼，对一个读书人来讲，不啻莫大的耻辱。旬谟嘟哝着："仁则荣，不仁则辱，试问从来没做过亏心事，今天这番耻辱是为了哪般？"

旬谟越想越有点钻牛角尖，心中闷闷，脸上不觉带了愤恨的神情。

三

"小人，他居然说我是这等小人！"旬谟郁闷地发着牢骚，"我长这么大，第一次有人说我是小人，居然还是汾阳王说的！"

元媛又好气又好笑地看着郇谟在那里发疯，实在忍不住笑出了声来。她上前拍了拍他的肩膀道："卑鄙小人，你拜见汾阳王究竟为了什么事啊？你不说清楚，我怎么知道是不是你做错了什么让别人误会了呢？"

郇谟此时想要发泄心中的不快，见元媛主动问起，便一股脑地把事情的经过讲述了一遍，心里盼着能听到几句安慰的话。可元媛听完了却说："如此看来，他说你是小人，真说对了，你就是活该！"

郇谟伸直了脖子，瞪大了眼睛，吃惊地看着元媛："怎么连你也这么说！"

元媛在他脑门上一点道："你呀，净想着怎么铲除鱼朝恩，你有没有站在汾阳王的角度上去想过？他为了大唐征战多年，你们还要硬将其卷入朝廷的纷争之中，如果你是他，你会不会觉得这种行径很无耻呢？"

郇谟忽然有一种豁然开朗的感觉。连一个未出阁的丫头都懂的道理，怎么到他这儿就想不到了呢？也许太过执着于某个目标的时候，为了达成目的，我们真的会忽略某些本该注意的问题。只因为我们太想成功了，便忘却了一切的规则和秩序，成了那种为达目的不择手段的人。

想到这里，郇谟忽然感觉一阵后怕，他差点就成了自己曾经最讨厌的那种人。

章台之约已到，郭子仪果然只带了一个小童前去赴约。鱼朝恩见其这般胆识，不由得十分敬佩。也许，郭子仪真就是那种连鱼朝恩这等卑鄙小人见了都会产生敬佩之情的英雄人物吧。自此，郭子仪和鱼朝恩不和的传闻不攻自破，两个人也结为好友，约定从此井水不犯河水。

这个消息传来，元载黯然地挥挥手，让属下出去。待到屋里剩他一个人的时候，他愤怒地将一桌子的书籍推倒在地上。

"来人！"元载一声令下，便有一个下人急急忙忙地跑进来，见这满屋狼藉，更是吃惊，吓得话都不敢多说。

元载意识到自己失态，于是呼出一口气，缓缓坐下来道："让郇谟来见我。"

郇谟来时，元载已经气定神闲地坐在那里看书了。元载把郭子仪和鱼朝恩结交的事情告诉了旬谟，问他事情到了这个地步，还有什么办法能让他们再度对立起来。旬谟想起前日元媛对自己说的话，于是决定放弃利用郭子仪去制衡鱼朝恩。

元载惊讶地看着他："如果放弃这条捷径，我们不知道何时才能扳倒鱼朝恩，你不是比我更希望能够扳倒他么？"

旬谟道："学生今日想了想，汾阳王同鱼朝恩结交，对我们来说并非完全都是坏事。"

"哦？"元载眼睛一亮，很想听听旬谟又有什么新的见解。他总能从这个年轻人身上看到新的闪光点。

"宰相且想，如果汾阳王真的同鱼朝恩互相牵制起来，陛下发现这样的牵制已经足够达到一个新的平衡，那么，他会允许我们除掉鱼朝恩来破坏这个平衡吗？"旬谟提出了一个更为尖锐的问题，他接着道，"如果汾阳王真的同鱼朝恩对立起来，说明汾阳王也有争权夺利的野心，到时候，鱼朝恩就成了牵制他的力量，如果我们执意要除掉鱼朝恩，陛下恐怕也不会允许的。"

旬谟接着说道："如今，利用汾阳王牵制鱼朝恩的计策不成，陛下还能利用谁来牵制他呢？除了宰相，再无他人！到时候，我们暗中壮大，表面上却让鱼朝恩显得更加强势，以鱼朝恩胡作非为的性格，陛下早晚有一天会对其动杀心。如若宰相不信，且看明日早朝，陛下会有什么安排。"

果不其然，第二日早朝，李豫一反常态地颁布了几条诏令。先是表彰了鱼朝恩与郭子仪章台之约后和睦相处，各赐了他们许多金银财宝。随即，又说京兆尹黎干办事得力，理应有所提升，便将其提拔为刑部侍郎。新的京兆尹，则由一个叫崔昭的人来担任。

官员们都摸不着头脑，不知道陛下做这些事究竟是为了什么。只有元载清楚，崔昭是他一手提拔上来的，让他代替黎干成为京兆尹，可以有效地监视鱼朝恩的一举一动。黎干是鱼朝恩的党羽，把他晋升为刑部侍郎，表面上看是升了，可实际上，刑部都在元载的控制之下，他一个黎干进去，搅不起什么风浪，很快会被架空而丧失实权。

下了早朝，杨绾回到家中，反复思量着陛下今日颁布的诏令，揣摩着他的用意。他的属下前来通报，说望月楼他查不下去了。杨绾问其原因，他说这酒楼似乎是一个势力极大的人所掌控的，他本想往下追查，却遭到了对方的恐吓。唯一的一点线索便是，这家酒楼背后应该是某个军方的高层所控制的。

军方？杨绾感觉事情更加蹊跷。一个领兵打仗的人，在京城控制一家酒楼有什么目的？他决定亲自去一趟，一探究竟。

"娘子，上次那个奇怪的老头儿又来了。"望月楼里，婢女掀开帘幕，走进沈梦芜的房间，"要婢子再打发他走吗？"

沈梦芜想了想，道："且等我出去看看再说。"

蒙上面纱，沈梦芜来到酒楼一层的大厅，还没等见到杨绾，便先注意到一个样貌身形有几分熟悉的背影，此刻正在大厅里跑堂，此人刚刚给一个客人上了菜，正要往回走，便与沈梦芜碰个正着。

"怎么是你！"沈梦芜吃惊地看着他，"不是让你离开京城躲得越远越好吗？怎么回来了？不行，这里太危险了。"

乔装成酒楼伙计的宁疾云道："某之前总觉娘子面熟，前几日忽然想起来，一年前，娘子在城外可曾遭人追杀？"

沈梦芜眼睛一亮道："我知道你……你就是当时救我的那个义士。"

宁疾云点点头："娘子在酒楼中唱曲，却不肯以真面目示人，定是害怕被仇家遇到，某藏在这里，不会遭人怀疑，如果仇家找来，某还可以保护娘子。"

沈梦芜在犹豫，却见另一边，杨绾已经看到她，并直奔她而来了。更不巧的是，这一次杨绾带了几个侍卫同行，任是谁都能看出他是个官了。

看到宁疾云的尴尬处境，沈梦芜急忙转身，拉着宁疾云退入屋后："你先找个地方躲一躲，外面来了个当官的，万一认出你就不好了。"

宁疾云伸出头向大厅里望去，看到一个人走进酒楼，"怎么是他？"宁疾云攥紧拳头，恨得牙痒痒。

四

来人不是别人，正是宁疾云的仇人，当朝宰相元载！

沈梦芜察言观色，见到他愤怒的样子，便知道他看到的人定与他有着血海深仇。于是便开口问道："怎么，你认识外面那位老人家？"

宁疾云咬着牙道："怎会不认得！就是他害得我家破人亡，我与那厮有不共戴天之仇，若不是怕连累娘子，我就冲出去取他狗命了！"

宁疾云说得真切，沈梦芜不由得探头向外望去。

"老夫真的有要事要找沈娘子当面说清，请通融一下。"杨绾坚持着，婢女却执意不让他进去内堂。

老者怎么看都不像那种十恶不赦的人，但知人知面不知心，也许越是恶贯满盈的人，就越会伪装自己。于是，她打定主意不去见杨绾了。

元载也进了酒楼，他远远地看到杨绾在门口与一个婢女纠缠，便有意躲起来，好不被对方发现。不知这老头究竟为什么事这么焦急，但当他听到杨绾口中念叨着"沈娘子"的时候，元载心里不由得一惊："难道是她？"

当日晚间，那个神秘的黑衣人又出现在了元载的房间里："主人，属下办事不力，无法接近目标。"

"哦？"元载放下手中的书，直盯着黑衣人。

黑衣人吓得急忙打了个哆嗦，低下头行了一礼道："属下无能，酒楼看似简单，实则有许多高手隐藏其间，属下根本无法接近。"

元载站起来，踱了两步，接着问道："你可知，高手都是什么来历？"

黑衣人道："属下……属下不太确定，但他们似乎……似乎都是军营中的精锐。"

"能够有军中的精锐护卫，在酒楼里隐姓埋名……"元载眼睛一亮，似乎想到了什么，随即他朝黑衣人挥挥手道，"你且继续在周围监视，有什么事情随时向我禀报。"

第二日早朝，本无什么大事，可偏偏鱼令徽身上出了件小事，成了全朝廷的大新闻。

那日，与鱼令徽同列的一个黄门侍郎早朝迟到了，便跑着从宦官的队列里经过，不巧，一下撞到了鱼令徽。

"哎哟！"鱼令徽捂着胳膊，气愤地看着那个与自己擦肩而过却浑然不觉的小黄门。由于那人官职比他高，要站在这一队的前排，才会撞到鱼令徽。

鱼令徽刚要发火与其理论，正赶上早朝开始了，于是他站在队列里独自生闷气。想来想去，还不是因为官职不够高，不能站在队伍最前列，才会被别人视若无人地欺负。他越想越来气，早朝一结束，便跑到鱼朝恩那里告状，说被同列的黄门侍郎给欺负了。

鱼朝恩听后拍案而起："混账！哪个吃了熊心豹子胆的，敢欺负我儿子！"

说着，他一把拉起鱼令徽的手，直奔李豫的御书房而去："走！我们找陛下理论去！"

李豫正在批阅奏折，这一老一少两个太监怒气冲冲地出现在面前，不由得奇道："哟，爱卿何故如此气愤？"

鱼朝恩便把儿子被同列欺负的事情向李豫说了一遍，一再强调，必须给那个小黄门以严厉的惩罚，还说儿子官职太低，为了避免他以后被欺负，请陛下给他的儿子升官。

李豫当时正忙着思考国家大事，没工夫和这两位胡闹，便应付道："我明日必当给二位一个答复，你们且安心回去吧。"

到了第二日含元殿早朝，处理了好几件国家大事之后，李豫却对鱼令徽被欺负一事只字未提。其实，他根本就没把这当回事，以为事情过去了，鱼朝恩的气也就消了，此时早就将其忘到九霄云外。

就在李豫要宣布退朝的时候，鱼朝恩站了出来："陛下，老奴有话说。"

"陛下，老奴自知位高权重，便会有人看不惯。昨日有人故意欺辱小儿，本不是什么大事，但这口气老奴实在是咽不下。"他顿了顿道，"定是那些平日嫉恨老奴之人暗中唆使，才让我儿受了如此委屈。陛下如若今天不给老奴一个交代，老奴说什么也不肯罢休！"

在大殿之上说话敢这么硬气，除了当年的李辅国，估计鱼朝恩是第二个。李豫尴尬地笑了笑，为了缓和气氛，他笑着劝阻道："爱卿，小孩子间难免有些磕碰，是谁欺负了令郎，对其施以小惩便是。"

李豫都这样说了，任是哪个大臣都会给个面子，就此罢休了。可鱼朝恩此时拧劲儿却上来了："陛下，犬子昨日受辱，全因其官位低微。老奴今日撇下老脸，恳请陛下给犬子一个更高的官位，让他日后能免受他人欺辱。"

"这……"李豫犹豫了。鱼令徽刚十四岁，如今的官位已是破格给的了，还升官？那还得了？

可没等李豫想明白，鱼朝恩又接着说道："老奴知道，犬子年幼，总会有官职比他大的人在朝中。那些人看老奴不顺眼，奈何不得老奴，便想办法把气撒在犬子身上。为避免此类种种，老奴恳请陛下赐令徽以紫衣、金鱼袋。"

"啊？"李豫彻底蒙了。紫衣，皇亲国戚都不一定能享有的殊荣，他一个小小的殿内太监，凭什么穿紫衣啊？

没等李豫说话，鱼朝恩已经命人把紫衣取来了！他亲手接过紫衣，给鱼令徽披上，还左右看了看，旁若无人地点头道："嗯，这紫衣与我儿气质搭配得很。"

李豫轻咳了两声以缓解尴尬，皮笑肉不笑地回应道："是，令郎穿这紫衣确实很合身。"

这话说得虽然很和气，但元载却注意到，李豫在说话的一瞬间，目光中闪过了一丝杀意。

时间临近中午，旬谟在不厌其烦地给元媛讲着课，元媛则十分配合地打着瞌睡。元载来到学堂，元媛被吓得一个激灵坐了起来："阿耶，你听我解释，我不是故意睡……"

元载就没有注意到女儿的存在，径直地走到旬谟面前，拉起他便走："快，老夫有个大大的好消息告诉你！"

进入相府快满一年了，旬谟第一次见到元载这般开心，简直到了得得意忘形的地步，忽然之间，他觉得眼前这位老人并不是一个高高在上的宰相，而是一个平易近人的长辈，甚至是父亲。一种难以名状的温暖从旬谟的心底里升起来，他甚至都没去想过元载为何会这么高兴，或者元载找他所为何事。

等到了书房，元载坐下来道："你可知，今天朝中发生了什么事？"

旬谟回过神来，一时间没有恢复思考的能力。元载等不及他去猜测，便把今早鱼朝恩当着满朝文武的面，未经陛下同意便给养子鱼令徽披上紫衣的事情从头到尾地说了一遍。

邮谟开始激动了。这是多么难得的大好机会啊！此时，他们添油加醋地再抹上一笔，也许李豫就彻底对鱼朝恩动杀心了。这一笔要怎么添呢？

五

元载和邮谟在书房里，从午后一直研究到黄昏，终于考虑好了措辞，写了一份几乎完美的奏折。其上列举了鱼朝恩的种种罪行，包括李豫知道的和不知道的，尤其是李豫不知道的事情，一五一十地写得清清楚楚。如果李豫有所犹豫，他们也想好了进一步劝说的台词：勿忘李辅国、程元振的前车之鉴。

临近晚饭，邮谟从元载的书房里出来，心情大好。刚走出书房所在的院子，便看到元媛迎面而来。

"哎，你这么高兴，阿耶给你什么赏赐了吗？"元媛好奇地问道。她真的很少见到邮谟这般高兴的样子，心里觉得奇怪，却也莫名地替他高兴。

邮谟刚想说，心里念头一转，便笑着卖关子道："这是个秘密，不能告诉你！"

"什么秘密？"元媛更加好奇，于是缠着他不停地追问，"你告诉我吧，是不是阿耶那里有什么好事？"

邮谟依旧不说。元媛佯装生气，作势要掐他："你说是不说？"

邮谟一个闪身躲开她的二指禅，蹦蹦跳跳地跑着说道："就不告诉你，你来抓我呀！"

在花园里两人追逐嬉戏起来。元媛的母亲王韫秀一旁经过，看见这一对年轻人玩闹得开心，便有意不去打扰，在一旁静静地看着。王韫秀看着这二人欢笑的模样，不由得想起了她和元载年轻的时候，心想，邮谟这孩子天资聪颖，悟性极高，说不定以后成就不在夫君之下，与女儿元媛倒很是般配。

玩闹的二人看见王韫秀在不远处注视着，不由得停了下来，尴尬地来到王韫秀的面前，向她请安。王韫秀微笑地看着邮谟，像是刚认识邮谟似的来回打量，嘴上不停地念叨着："好，真好！"

元媛机灵地先开口和母亲告别，然后拉着旬谟便大步离开，这才避免了这种尴尬的气氛。

二人走后，王韫秀来到元载的书房，本意是要叫他去吃饭。一进门，元载在为除掉鱼朝恩的事情而思考着具体的策略，她也不理会，直接走到元载身边问道："夫君，你觉得旬谟这孩子如何？"

低头思考问题的元载抬头看了看王韫秀，随即点头道："这孩子很聪明，各方面的能力都比我年轻的时候要好很多，假以时日，必定能成就一番大业。"

"你觉得咱们女儿呢？"王韫秀继续引导道。

元载笑道："媛儿哪都好，就是太刁蛮任性，整日就知道出去疯跑，一点大家闺秀的样子都没有。"

元载话没接到点子上，王韫秀皱了皱眉，接着道："我是问，女儿和旬谟怎么样？"

元载的心思依旧不在此处，不假思索地答道："不是让旬谟教她读书吗？怎么，她又不好好读书了？"

"算了，当我没说。"王韫秀气恼地跺了跺脚，离开之前转头对元载说道，"该去吃饭了。"

元载没有反应，也不知听到了没有。作为老夫老妻，王韫秀清楚，元载一旦陷入沉思之中，你是很难把他叫醒的。

第二日，元载早朝后单独留下来，秘密地面见了李豫。李豫手上拿着元载呈上的奏折，反复地看着，不由得皱起了眉头："这……元公，你秘密呈上这份折子，到底是何用意？"

元载"扑通"一声跪倒在地："陛下，自安史之乱以来，我大唐不断遭遇内忧外患，如今已是千疮百孔。外有吐蕃入侵，内有各方节度使对朝廷虎视眈眈，如今，我朝廷内部再不能容下为祸之人了！"

"爱卿所说的'为祸之人'……"李豫依旧揣着明白装糊涂。

元载磕了个头道："李辅国、程元振乃前车之鉴，臣请陛下三思，内斩奸奴，外攘夷寇。"

李豫沉吟了一会儿，盯着元载的眼睛注视了很久，脸上终于露出喜色："我等你这句话很久了，爱卿快快请起！不过，此事非常凶险，请爱卿小心行事，莫要因此而害了自己才是。"

李豫表了态，元载心里踏实下来。李豫将对付鱼朝恩的事情全权交给元载暗中去办，元载则欣然接受了旨意，急急忙忙地赶回家中去和旬谟研究对策。

元载从大明宫紫辰殿里出来的时候，被刘希暹看到。他跑去找鱼朝恩，想要将看到元载单独从宫里出来的消息汇报给他。此时，鱼朝恩欣赏着养子鱼令徽穿紫衣的样子，嘴上还不断念叨着："好好好，我儿穿上这紫衣就是不一样，看以后谁还敢欺负咱们！"

鱼令徽笑着拍马屁道："父亲说的是，如今这天底下，谁还敢欺负咱们爷儿俩？要知道，父亲如今说的话，可是比陛下还要有分量的！"

"哎哟，小郎君说话需谨慎！"刘希暹进来的时候，正听到父子俩大逆不道的言论，急忙上前劝阻，"须知道，隔墙有耳，需谨言慎行啊。"

鱼令徽不屑地"切"了一声，转过头去。鱼朝恩则问道："你今日来所为何事？"

刘希暹道："我今日在宫门口看到了元公，想必他有什么事单独面见了陛下。想来近日郑公刚给令郎讨到了紫衣，我担心元载此番是说您坏话的。"

鱼朝恩笑着拍了拍刘希暹的肩膀："当是什么事，原来就为这个？咱家如今在宫中是何等的恩宠，岂是他三言两语便能说得动的？刘统领莫要担心，这等小事，以后不必汇报了。"

"这……"刘希暹心里还是担心，可他知道鱼朝恩的脾气，如果此时坏了他的好心情，定会吃不了兜着走，于是只得闭嘴，告辞退下了。

第四章：暗度陈仓

一

好久没来望月楼了，旬谟这次来，心中期盼着见到那个默默在一旁为自己唱曲儿的沈梦芜。元载给旬谟出了个大大的难题，要消灭鱼朝恩，必须首先解决他手上的兵权问题。要知道，宰相是文官，手上一个兵都没有，可对手鱼朝恩却是掌握着数万禁军的军阀兼内务总管。要在这场争斗中获得胜利，兵权的问题无疑要解决好，这是个绝对无法回避或绕开的问题。

旬谟从心里感到，沈梦芜的歌声有一种特别的魔力，总能让人从烦躁不安中回归平和。他找了个角落坐下，一边慢慢地喝酒，一边静静地思考。以至于沈梦芜什么时候来到他身边唱曲儿的，他都不曾察觉。

沈梦芜轻轻地弹唱着舒缓的曲子，眼睛却一直注视着旬谟，正如旬谟不知道何时开始习惯于听着她的曲子思考问题一样，她也不知道从什么时候开始，便有了边弹着曲子边欣赏旬谟思考问题时专注的模样。

宁疾云从沈梦芜门口经过的时候，婢女无聊地靠着墙愣神，便上去问道："你怎么一个人在这里发愣？沈娘子呢？"

婢女朝着大厅的一角努努嘴道："也不知这小子什么来头，娘子每次都这么心甘情愿地过去为他唱曲儿。别人求不来的殊荣，他却连理都不理。"

宁疾云朝着婢女指的方向看去，旬谟坐在那里皱着眉头喝着酒。从他的角度看去，看到沈梦芜的侧脸，可她的眼神却是那么明显地闪烁着光芒，就像宁疾云看她的眼神一样。世间不如意之事大抵如此：你所孜孜追求的东西，恰恰是别人触手可及却不以为然的。宁疾云真想冲上去把所有的心事都说出来，可脚下却如灌了铅一般寸步难行。他把情绪压回心底，用拳头狠狠地捶了一下墙。

唐代的酒楼中，并不都是歌姬唱曲儿，偶尔也会有艺人的杂耍，以及歌舞。今日，一个杂耍班子来到酒楼中卖艺。王大娘常年在长安街头卖艺，今日被酒楼老板请来表演助兴，一出场便迎来了一阵叫好声。她举着细细的长竿，长竿顶上顶着很大的一座木山，木山上有一个小孩子在上面翻滚出入，动作惊险刺激，观众无不叫好连连。

这时，邻座一个人说道："素闻士安兄自幼便以诗文名噪京师，今日见这等精彩表演，兄可有兴趣作诗一首？"另一个人沉吟良久，说了两句："楼前百戏竞争新，唯有长竿妙入神。"接着，他便又陷入了沉思，久久未能吟出诗的下半部分。

"谁谓绮罗翻有力，犹自嫌轻更著人。"郇谟饮下一杯酒，缓缓地念了出来。那人细细品味一番，不由得赞道："接得好！"

随即，他起身走到郇谟面前，刚要打招呼，看到一旁默默唱曲儿的沈梦芜，不由得奇道："这位莫非就是近来名声大噪的京城第一歌姬，沈梦芜？"

也由不得他奇怪，毕竟作为京城第一歌姬的沈梦芜，王公贵族出重金请她单独唱曲儿，她都不会出面，此时却在角落里为一个名不见经传的白面书生唱了起来，任谁都想不明白其中的缘由。

沈梦芜起身行了个礼，礼貌地点点头，然后告退。见外人的加入，她便没有兴致为郇谟弹琴唱歌了，似乎两人独处的时候，她才能感觉到快乐与享受。

沈梦芜刚一到内间，宁疾云走到她身边，郑重其事地问她："你可知你为之唱曲儿的那个书生是谁？他就是元宰相的首席谋士，这些人每天都在琢磨着各种阴谋诡计，你可莫要在他那吃了亏。"

沈梦芜听后感觉有些莫名其妙，但还是笑着说她会多加小心。宁疾云见她回答得很是应付，却也不好再说什么，只好又把心事压在心头，嘴边的话被硬生生地咽了回去。

邻座的那人盯着沈梦芜的背影若有所思。"鄙人姓旬，不知如何称呼？"旬谟恭敬地行了个礼道。

那人说自己姓刘，在朝廷里为官。二人都是爱酒之人，在诗词方面的才华都很出众，一见如故，便坐下来畅谈了一番，从诗词歌赋聊到了国计民生，越聊越觉得彼此投缘。当聊到漕运改革的成绩时，旬谟赞叹道，"安史之乱"以后百废待兴，可首先做出成绩的，便是漕运的改革。他说，要是陛下办其他事情能像漕运改革这么干脆利落，大唐中兴便指日可待了。

那人摇头道："漕运的改革远没有想象中那么简单。要知道这其中牵涉到了多少人的利益，有多少人出来反对，以至于政策刚刚下发的时候，根本就没有人落实。""哦？"旬谟奇道，"无人听命，又是如何做成今日成绩的？"

那人笑道："兄台可知，行军打仗，往往不求一网打尽，而是逐个击破。漕运之事，牵涉到太多人的利益，要一下落实到位，根本就是不可能的。但我们先从一小部分人身上下手，把他们解决了，再去解决另一小部分人。等到这些细枝末节的小团体被解决得差不多了，再出手全力去攻克那些大的反对势力，这样，便可在不动声色之间达到扭转乾坤的目的。"

"不动声色，扭转乾坤？"旬谟若有所思，随即豁然开朗，"小弟此前一直被一个难题困扰，今日听了兄台的高见，立刻便有了主意。"

那日两人聊了许久，直饮到酒楼打烊方分别。可一直到最后，除了那人姓刘，是个小官之外，旬谟对他一无所知。

旬谟离开酒楼没与沈梦芜告别，沈梦芜却看着窗外久久不肯回头。宁疾云心里又是怜惜又是气闷，手上干活不免重了几分，沈梦芜被声音惊动，回头看着宁疾云。

宁疾云劝道："沈娘子，旬谟可是元载的门客，元载那个老贼我算是看清他了，他不是个好东西，物以类聚，人以群分，你要小心旬谟为好。"沈梦芜摇头："毕竟他救过我的命，我对他难免客气了一些，你不要误会，我去睡了。"

宁疾云看着沈梦芜的背影，心中不觉有些委屈，心想："要不是我，你们两个也许都得死在黑衣人之手，现在倒成了他救了你的命。"宁疾云上去一脚踢飞了凳子，可又怕声音惊扰了沈梦芜，急忙一个快步上前，稳稳地将凳子接住。

二

元载早朝回来，郇谟便跑去找他，昨天酒楼的际遇让他大受启发，对策已想得十分周全。管家告诉他宰相在会客，让他一会儿再去。郇谟没在意，打算先回去休息一下再说。可当他经过会客厅门口时，里面传来一阵熟悉的笑声。他朝里望去，来客正是昨天在酒楼里遇见的那人！于是，他等在门外，元载与那人谈完了事情一起出来，他上前去打了招呼。

这时他才知道，昨日与自己喝酒聊天的，就是掌管国家财政大权的度支转运使，刘晏。这些年来，漕运的改革，地方税收的调整，每一条政策都颁布得恰到好处。几年的时间，把内乱后朝廷的财政危机挽救了回来。这是何等的能力与功绩啊！刘晏也刚知道，昨日与自己畅谈的那位小郎君是宰相府的首席谋士，不由得与郇谟又互相感叹了一番。

元载带着郇谟来到书房。"元公，关于那个难题，晚辈想出了一个办法。"郇谟恭敬地行了个礼道。元载拿起一杯茶，抿了一口道："你且说说看。"

郇谟将他的全部计划悉数讲给元载听了。大体上便是，要对付手握兵权的人，首先要瓦解他的外援以防万一；然后隔离他的亲信使其暂时处于孤立状态；最后要攻其不备，争取不费一兵一卒，以最小的代价将其消灭。元载听后，若有所思。

郇谟说得很隐晦，但方法应该和当年消灭李辅国的方式如出一辙，无外乎趁其不备将其一举拿下，然后给他随便编个理由说是自杀或者被仇家暗杀之类的。只不过，对付鱼朝恩，远比对付李辅国要困难得多，一旦失败，不知道要搭上多少人的身家性命。必须要计划周全，做到万无一失。

十二月十三日，是皇帝李豫的生日。皇帝寿诞，普天同庆的大日子。过生日总要收到生日礼物，大臣们借着这个机会，纷纷开动脑筋，想尽办法送出既特别又贵重的礼物，以便借此邀宠。

大臣们献上的宝物不计其数，每一样都是世间珍奇。在生日这天，谁也不想坏了气氛，李豫看着这些珍贵的礼物，又想到如今千疮百孔的大唐江山，不由得心中隐隐作痛。哪个皇帝会因为收到太多贵重礼物而忧心忡忡？可偏偏是他，在这个安史之乱后恢复经济的当口上，看着这些奢靡之物，十分心疼。

大臣们纷纷进献着宝物，其中以鱼朝恩送的最为贵重。看着他送上的那些奇珍异宝，底下的大臣们既羡慕又嫉妒。鱼朝恩很满足于这种状况——最受陛下恩宠的人，要送上最贵重的寿礼。李豫心里在滴血，表面上却强颜欢笑。

大臣们同样有人为此忧心，比如掌管财政的刘晏，看着这些琳琅满目的珠宝玩器，再想想如今空空如也的国库，心里别提有多难受了。可这个时候出面去说别人送礼不好，又实在是太不讲情面了，他在那里暗自痛心，却始终没敢表达出来。

但是，每一个时代都不缺少唱黑脸的角色。常衮曾经担任过考功员外郎，如今已经迁为中书舍人，他不畏权势，敢于陈述政见，也许除他之外，还有很多看着这些贵重礼物而忧心忡忡的人。可是，今天只有他，敢当着所有人的面唱黑脸。

常衮整理了一下身上穿的官服，随即出列站在殿前行了一礼。在龙椅上的李豫看到他出列，心里知道，这位翰林学士又要"忠言逆耳"了。每一次常衮出列，李豫的心情都很奇怪。他既害怕常衮的"忠言"逆耳得太过头，让自己在朝堂上下不来台，心里又很好奇地想听听他到底想说些什么。于是，李豫身体前倾，专注地看着常衮，等待着他的发言。

常衮的发言很简短，却又很有力度，光看他那一副严肃的表情，便知他是带着气说的："陛下，所贡宝物，源出于民，此敛怨以媚上也，臣请陛下尽皆还之。"

满朝文武安静了下来，都抱着看一场好戏的心态，袖手旁观事态的发展。送礼最多的就数鱼朝恩，他听了常衮的话，眉毛便挑了起来。李豫看到鱼朝恩的表情，心道不妙，他如果先出来说话，定是直接针对常衮的，常衮那倔脾气，俩人打起来，好端端的寿诞就成了闹剧了。

李豫急忙点头笑道："常舍人教训的是，诸位爱卿都大费苦心，我感激不尽。但如今，国库正值匮乏之际，理应节俭。我早就说过，常舍人于朕，正如魏征之于太宗。以之为镜，可以明得失啊。"

这个时候，元载积极地响应了李豫，赞扬了常衮敢于直谏，请求李豫给他适当的奖励。元载斜着眼睛瞥了瞥鱼朝恩，李豫看在眼里，心领神会。于是，李豫宣布，加授中书舍人常衮为集贤院学士，并御赐金鱼袋。

一句谏言，李豫就给常衮升了官。这只是一个开始。升官是一种手段，其最终目的，是要培养一批敢于同鱼朝恩分庭抗礼的大臣，让他们手上掌握更多的权力。

趁着这个机会，元载上疏举荐崔宽升任御史中丞，李豫想了想，便一口答应了。鱼朝恩见势不对，上前邀功，让陛下给神策军配备更多的武器和军饷，进一步扩大神策军的势力。

崔宽上任后不久，元载上疏说朝廷财政数目总是对不上，可能地方上有官员从中克扣。李豫急忙叫来刘宴，问他财政缺口到底有多少，刘宴报出了一个十分惊人的数字。

"砰"的一声，李豫一拳砸在龙椅上，大臣们都惊得一阵紧张。

"好大的胆子！"李豫紧攥着拳头，"这些所谓的官员，竟成了朝廷的蛀虫！"

鱼朝恩乐坏了，"蛀虫"不就是那些靠学问当上官员的文官们？趁机打击一下，自己的势力能再壮大一番。他欣然出列，向李豫道："陛下说的是，老奴最恨这贪赃枉法之人，对于此类种种，要严加查处，绝不可心慈手软！"

"好！"李豫叫了一声，颁布了命令："着御史中丞崔宽为钦差大臣，带领御史台察院分十五路巡按地方，为我肃清官场腐败之风。"

三

一场声势浩大的反腐肃贪运动，在各个地方衙门里展开了。

句谟的好友卓英倩，在地方担任一方县令，近一年的官场历练，使他对于官场上的事情更为得心应手。本就善于与人打交道的他，在岗位上干得如鱼得水，既受百姓的爱戴，又受上下级的拥护。这一年来，可谓政绩了得。

顶头上司，也就是益州刺史，乃是鱼朝恩的亲信。此番听说上头要派人来巡查，卓英倩便犯起了嘀咕："中央财政出了缺口，陛下派人到地方巡按，究竟是何用意？"

师爷在一旁道："不管是什么用意，都得小心应对。听说前日永安县的县令，玩忽职守，被革了职。咱们虽说行得端坐得正，但保不准也会有把柄攥在别人手里。"

"哦？"卓英倩奇道，"怎么个玩忽职守？"

"据说有几个百姓前去告状，他没有受理。"说着，师爷朝门外四下张望了一眼，确定没有别人，接着小声说道，"小人跟那边的师爷打听过了，几个告状的百姓，无非告县令大吃大喝不干实事的问题，根本不是什么大事。卓县令，如果他们想要除掉你，再怎么小心，也防范不了，我们得早想对策才是。"

正说着，衙役来报，说是从京城送来的书信一封。见到信封上熟悉的字迹，卓英倩脸上立刻现出了笑容："这小子，又给我写信来了。"

一打开信，纸上仅有四个字：竭泽而渔。"句兄啊句兄，你又与我打哑谜！"卓英倩无奈地摇摇头。他记起一年前，为了挽救句谟的性命，句谟让他送给元宰相八个字：胜则败矣，败而不败。今日来信，还是一样的看不懂，比那次的字还少了一半！"不让我绞尽脑汁，你不肯罢休啊。"

"'竭泽而渔'是什么意思？"师爷便伸着脖子看了一眼他手上的信。

卓英倩平日里没什么架子，他的师爷与他向来没大没小惯了。看了信件，他也没怎么计较，不耐烦地半开玩笑道："就是把水排干，然后去抓里面的鱼。"

师爷尴尬地笑道："您知道小人问的不是这个……"

"等等！"卓英倩忽地伸手示意师爷噤声，自言自语道，"我知道是什么意思了，就是把水排干，然后，抓里面的这条大鱼！"

"什么？"师爷还是一头雾水，搞不清楚他到底在说些什么。

卓英倩严肃起来："师爷，你有没有发现，近来被查处的那些县令以上的官员，都有一个共同的特性？"

师爷还是一头雾水，卓英倩不再解释，便令他去把藏在书房的小箱子拿来。打开箱子一看，里面放了一大摞的文件。师爷问道："这些是什么？"

卓英倩拿出一份翻了翻，递给师爷道："本州各级官员贪赃枉法的证据。"

看到师爷吃惊的表情，卓英倩冷冷地道："害人之心不可有，但防人之心不可无。本官保留这些，也是为了有朝一日可做防身之用。今日，本官要用它们来伸张正义了。"

几日之后，李豫将御史台呈上的奏折狠狠地摔在地上："小小一个益州刺史，贪污税款竟达到数十万两！这还不止，其下还有四个县的县令，和他一起为非作歹。大唐的江山，早晚会毁在这些蛀虫的手里！"

崔宽出列道："陛下，益州刺史王准已被革职查办，其下四个涉案县令也被罢免。此番能查出如此贪污大案，巴东县令卓英倩功不可没，其为本案提供了许多关键证据。臣以为，当为其记一大功！"

当天下午，正在家里同小妾玩闹的刘希暹，听说鱼朝恩来神策军北军监狱里"审犯人"了，于是急忙穿好衣服赶了过去。到了监狱，鱼朝恩在那里挥着鞭子狠狠地抽打着犯人。他小心翼翼地上前道："郑国公在为益州的事情生气？"

听到"益州"二字，鱼朝恩眼中仿佛冒着火，越发用力地往犯人身上抽打，直到犯人晕了过去，才罢休。然后，他转过身道："这个崔宽，所谓的巡按哪里是查贪腐，分明是有意针对支持咱家的官员！"

刘希暹想了想道："不止如此，益州一案，牵涉甚广，其他各州都收到一个讯号，就是陛下有意削弱咱们的势力。这些地方官员们本与我们不甚密切，如此一来，他们很可能会随风倒向我们对手那里。"

"对手？"鱼朝恩斜了刘希暹一眼，"你且说说，咱家的对手在哪儿？"

刘希暹沉吟着却不敢再说什么了。鱼朝恩笑道："陛下心思，咱家怎会不知？他不过是担心咱家势力过大，借这次机会拿益州开刀，好让地方不再依附于我们。可归根到底，陛下的恩宠还在，他的江山还离不了咱家，咱家是内臣，又掌管着神策军。"

"我们就这样任人宰割吗？"刘希暹从情绪上用个激将法，让鱼朝恩出手反击。

鱼朝恩道："几个地方小官咱家并不放在眼里，可这般欺负到头上，咱家可不会就此轻易地放过他们。御史台总要给一个交代！"

见鱼朝恩胸有成竹，态度那般狂妄自大，再反驳，恐怕也没好果子吃，刘希暹把心中的疑虑憋了回去。

不久，鱼朝恩向李豫告状，称御史台玩忽职守，利用职权打压异己。李豫大怒，甚至都没有详细核对，凭鱼朝恩的一面之词，将两名御史台官员贬谪到了地方。一时间，朝廷上人人自危，看到陛下对鱼朝恩的恩宠依旧未减。一些在两头观望的朝臣又纷纷倒向了鱼朝恩，内廷上呈现出鱼朝恩一手遮天的局势。

早朝之后，李豫并不见清闲，他的工作地点从朝堂转移到了紫辰殿。宰相元载在一个太监的带领下缓缓走了进来。朝廷上的事情千头万绪，李豫在这些事情中忙得不可开交，今日元载却觉得李豫甚是轻松，脸上带着几分喜悦。

"爱卿，你的那位谋士真是料事如神啊！"一见到元载，李豫脸上绽开了笑容，"今日郑国公在朝堂上说的话做的事，一样都没有超出他的预测，分毫不差！得此人才，不愁大事不成啊。等事情办完，我一定要好好地嘉奖他。"

元载笑道："臣的这个学生，确实悟性非凡，臣打算好好培养他，压压担子，早日担当大任，为陛下实现中兴大业。""如此甚好，此等人才，不可埋没。"李豫点点头道，"接下来我们要做什么？"

元载笑道："此事旬谟早有计策。"

四

以旬谟的棋力，可以完全控制着元载，让对方毫无还手之力。可这次，邹谟却刚开局就被元载控制了，在棋盘上一番较量，几乎旗鼓相当。而后，邹谟将要被对方逼入死局时，一步妙招瞬间扭转了局势，反败为胜了。

元载蹙眉看着棋盘，大叫可惜，眼看就赢了，可还是前功尽弃。他又反复看了看棋局，指着其中一粒子道："就是这一步，老夫以为胜利在望，一心只想着进攻，却没注意到，你这里竟暗藏着杀招。"

邹谟看着元载道："元公可有注意到，晚辈如何反败为胜的？"

元载指着一片棋子道："此处，老夫最关键的两个子，被你分别吃掉了。等等，你这局棋……"谈论了这么久，元载看出来，这一局棋从一开始，便如同他们与鱼朝恩斗争的全过程。最初的示人以弱，然后暗中壮大、埋藏杀机，最后斩去左膀右臂反败为胜。

邹谟面带笑意地看着元载。元载反复推敲了半天，恍然大悟："老夫一直以为这一局我们下得旗鼓相当，却不曾想，从开始到最后，一直都在你的掌控之中。如今已经到了暗中壮大的阶段，接下来……"

"接下来，我们要把两个人拉过来。"邹谟从棋盘上捡起两个棋子道，"一个是负责带领护卫保护鱼朝恩的射生将周皓，另一个，则是扼住长安咽喉的陕州节度使皇甫温。"

元载点点头："有了周皓的支持，足以置鱼朝恩于死地，再拉上皇甫温，更确保万无一失。"

正如邹谟所分析的，最好的情况是不费一兵一卒，单靠一个周皓的倒戈，便拿下鱼朝恩。但如果这一步失败了，极有可能引发兵变。此时，身为陕州节度使的皇甫温会成为鱼朝恩的强力外援。如果把他再拉拢过来，成为我方的力量，就为这场斗争解决了一个很大的后顾之忧。

这一日，天气分外晴朗，长安街头沉浸在过年的喜悦当中。邹谟分外高兴，他刚刚办成了一件大事：负责保护鱼朝恩的射生将周皓，被他以重金收买成功了。

这个看似忠心耿耿的贴身护卫，竟这般容易被收买。其中当然有利益的引诱，也有皇帝密旨的威胁，然而更重要的，却是鱼朝恩的为人——这个从不把属下当人看的主子，让周皓早就对其恨之入骨了。

鱼朝恩心里不痛快，都要拿身边的属下撒气，周皓作为贴身护卫，鱼朝恩也从来没把他当作人看，就在旬谟来找周皓的前一天，鱼朝恩刚刚对周皓做下了让他恨不能将鱼朝恩活剐了的一件事。

周皓是有名的护妻奴，就一个正房，说什么都不肯纳妾，这个正室不会生养，嫁过来十余载都没生下一男半女。

周皓的父母施压，周皓充耳不闻，父亲差点把他逐出家门，这件事鱼朝恩听在了耳中，一直好奇，周皓的正室到底有什么本事，把周皓拿得死死的？

鱼朝恩想了好多办法去往周皓府上，可这正室深居简出，说什么都不出来见客。周皓的母亲与儿媳不睦，周皓不忍心看着夫人成日里梨花带雨，于是在外另置了府邸，把妻子接了出来单过，在那个年代，这就相当于分家，就是大不孝，可周皓只要夫人开心，其余的一切他都当作浮云，根本毫不理会。

鱼朝恩趁着这个机会，安排了周皓一个任务，让他外出巡视边防。周皓领命的时候还纳闷，这个不归他管，可鱼令徽一口一个"这是对你另眼相看"，周皓只好前往边防巡视。

鱼朝恩这时找个理由来到周府上，周夫人不得不出来见客，鱼朝恩一见，眼睛都直了，周夫人面如皓月，眼似秋水，顾盼生姿，尤其那身段，走起路来，如春风摇柳，一波三折，别看鱼朝恩是个阉人，近不得女色，可鱼朝恩的嫉妒心却是超过常人的。

鱼朝恩看着周夫人，心里这个恨啊，周皓不过是个侍卫首领，怎可让他享受这般福气。周夫人做梦都没想到，鱼朝恩二话不说，直接让人将她绑了，捆在床上，嘴也塞了汗巾。鱼朝恩将人统统赶了出去，坐在床前，欣赏着美人的窘态，周夫人越是挣扎，他就越是开心。就这样，足足折腾到天亮，鱼朝恩才心满意足地离去，周夫人的精神业已崩溃。

得到消息赶来，周皓怒火中烧，气得眼珠子快瞪出来了。他正想主意去与鱼朝恩讨说法，旬谟就来策反，鱼朝恩的命运确实到了转折点，可以说咎由自取，旬谟和周皓一拍即合。

旬谟与他说得很清楚：他要是倒戈，一旦事成，便是大功一件；他要是不肯，事情无论成败，陛下都不会放过他。这样一来，他再无疑虑，铁了心要帮着一起扳倒鱼朝恩。

任务顺利完成，邹谟马上想到酒楼喝点酒，自我庆祝一番。邹谟大步流星地赶到望月楼，却正碰到着便装的刘晏自斟自饮，他便上去与其打了招呼，两人同坐一桌，相对而饮。

邹谟办成了事情而心里高兴，可刘晏却有些愁眉不展。他改革漕运很成功，可到了盐政问题上，却感到势单力薄，啃不动这块硬骨头了。邹谟刚经历了策反周皓的事情，于是触类旁通，为刘晏提出了一个思路：许之以利，迫之以势。刘晏大受启发，急忙赶回家去与门客商量具体对策去了。

临走的时候，刘晏回头嘱咐了邹谟一句："在元公身边做事，一定要洁身自好，莫要忘了你到京城这风云际会之地的初衷，一个人无论处在什么位置，千万别忘了你最初的那颗心。"

五

刘晏的话让邹谟摸不着头脑，但帮助两位朝廷重臣解决了最困难的问题，他心里面有一种前所未有的成就感。邹谟从没有这么自信过，可如今，他却开始觉得，所有的事情都可以凭借自己的努力去完成，去实现。

不知何时，沈梦芜又悄悄地坐在了他的身旁，怀中的琵琶倏地响起，一曲悠扬的音乐荡漾开来。可邹谟这时无心欣赏这美妙的歌声，有些事情他早就想要做了，有些话他早就想要说了。

"沈娘子！"

琴声戛然而止，沈梦芜不解地看向邹谟。

"在下心中一直有一个想法，不知当讲不当讲……"话虽这么说，可邹谟并没有给沈梦芜选择的时间，而是在短暂的停顿后继续说了下去，"沈娘子才情无比，气质高贵，本不该沦落风尘。某斗胆，想为沈娘子赎身。哦，娘子别误会，某对娘子并无非分之想，为娘子赎身之后，娘子便是自由之身，到时候便可以找一个好人家……"

邹谟的话没说完，沈梦芜抱着琵琶起身要走。

邹谟赶紧伸手抓住她的衣袖："沈娘子！某真的想帮助沈娘子……"

无论古今，男人都有着一个习惯，热爱救风尘，旬谟尤甚。沈梦芜当年被旬谟所救，九死一生，旬谟自认为不能眼看着沈出了狼窝，再入虎口，他是真心实意想要解救她，可在沈梦芜心里，却觉得旬谟真的把她当成了风尘女子，真是万箭穿心。

沈梦芜紧盯着旬谟拉住她衣袖的手，她的眼神此刻就像是深埋万年的寒冰一样，冰冷刺骨。旬谟甚至感觉到，这份寒意已顺着她的眼神直接刺进了他的心里。这种拒人于千里之外的感觉，让旬谟不由得松开了手。

沈梦芜默然地离开。刚走出去几步，又停了下来，回过头对旬谟道："你已经变了，变得越来越不像我认识的那个旬谟了。"

"我变了？我哪里变了？"旬谟对沈梦芜的反应感到莫名其妙，他并没有意识到自己确实变了：这个曾经的愣头青，如今已经变得通晓人情世故，甚至连贿赂贪官的时候都没有感到难堪。

本来心情大好，却被莫名泼了冷水的旬谟离开酒楼，在经过一个小巷子的时候，却意外碰到了宁疾云。这位曾两度救过他性命，后来又被他救过一次的侠客，如今竟穿着酒楼伙计的衣服站在他的面前。

"你可是在为元载做事？"如宁疾云一贯的风格，没有任何多余的客套，开口便直奔主题。

旬谟拱手道："某不才，如今乃是元府的一个门客。""元载究竟是个什么样的人？"宁疾云的问题依旧很直接。旬谟想了想，决定把心里的真实想法说出来："元公雄才大略，更是以中兴大唐为己任，别人某不敢说，但某愿为宰相肝脑涂地在所不辞。"

"如此……"宁疾云不置可否，黯然地点了点头道，"某行走江湖多年，有一句话想要提醒旬兄弟：不要轻易相信任何人，越是亲近的人，越容易利用你的信任而恣意妄为。还有，那些默默守在你身边支持你的人，希望你能善待。"

说完，宁疾云一个闪身跃上了墙头，消失在他的视线当中。对于宁疾云这种武艺高强的人，旬谟一直是心存敬仰的。可今日对方说的话，却令他有点摸不着头脑。不光是宁疾云，今天他见到的每一个熟人，都对他说了些莫名其妙的话。

先是沈梦芫说他变了，现在宁疾云又忽然不知道从哪里冒出来，提醒他不要轻易相信别人。他有点弄不懂，这些人究竟想对他说什么？为什么每个人都想提醒他什么事情，却又偏偏都不肯明说呢？

回到宰相府的时候，正好碰到元媛在花园里无聊地赏着花。于是，郑谠便拉住元媛，在其面前转了个圈后问道："你且说说看，我同刚来宰相府的时候相比，有没有什么变化？"

元媛莫名其妙地看了他一眼，一时间也不知道怎么回答。见对方疑惑，郑谠便把遇见宁疾云的事情告诉了她。自上次不告而别之后，听说宁疾云安然无恙，元媛也舒了一口气。她说："宁义士常年行走江湖，必然时常遭遇险恶，他这样提醒你也不无道理。"

郑谠想来想去，想不出别的什么，便也不再去想，姑且认为元媛说的是对的，大家都只是为他好，提醒他多注意一些事情而已。

郑谠在酒楼中听沈梦芫唱曲儿的同时，杨绾在离他们不远的一个桌子旁坐着，悄悄地观察着沈梦芫。他一边看着，嘴里还一边嘀咕着："像，真是太像了。"

待到郑谠走后，沈梦芫进了房间，杨绾终于等不及，令手下拿着些钱过去，说希望能听沈娘子弹琴。沈梦芫早就注意到他的一举一动，心道此人莫不是当初派杀手追杀自己的人？越想越是后怕，便着人打发他走了。杨绾刚一离开，元载也踏进了这间酒楼。可巧此时宁疾云正在和郑谠在外面的巷子里交谈，便未曾看见元载进来。

丫鬟递上了元载送来的书信，沈梦芫看后不由得一惊。上面没有写一个字，而是画着一枚玉佩和一粒珍珠。而信上的落款，竟是元载，当朝的宰相！

"难道他就是王爷说的，可以帮助我的人？"沈梦芫陷入沉思，半晌之后才反应过来，让丫鬟引领元载入室相谈。

元载此次前来，本是威逼利诱沈梦芫就范的，可一进门，被沈梦芫当头问道："宰相可是王爷说的那位可以帮助梦芫的人？"

元载一听愣了一下，随即计上心头，点头称是。沈梦芫见他点头，一时间激动得眼泪都掉了下来。她拜倒在元载的面前，声泪俱下地道："梦芫此生别无他求，只想完成母亲的遗愿……"

元载急忙拉她起来道："快快请起，你这样不是折煞老夫么。令堂她……"

元载不问还好，这一问下来，沈梦芜泪如雨下。

"被人追杀时母亲为了救儿，被刺客杀死了。"说着，沈梦芜又掩面痛哭起来。

元载现出一副痛心疾首的样子，扶起沈梦芜道："老夫定会帮助娘子讨回一个公道的。"沈梦芜道："梦芜不求公道，只求能与父亲相认，完成母亲的遗愿。"

元载明白，沈梦芜所谓的母亲的遗愿究竟是什么，也意识到了，她的目的一旦达成，将会意味着什么。他口中答应着"好"，眼睛里却闪过了一道复杂的光。

第五章：奸官伏法

一

回到宰相府，元载立刻召集了几个属下，让他们乔装打扮到望月楼附近保护一个"重要的人"。紧接着，旬谟向他汇报了收买周皓的事，并问他是否可以尝试联合刘宴一起行动。元载毫不犹豫地拒绝了，他说刘宴可以在朝堂上给予他们声援，但朝堂之下的部署和策划，不可尽数告知。旬谟没有明白元载的用意，只道是元载为人谨慎，做事过分小心而已。

元载刚忙完了手头上的事情，薛瑶英推门进来，背靠着将门反锁。薛瑶英很会穿衣服，上衣是小袖襦衣，下衣是裙子，最引人注目的是她的祖胸装，这是当时最性感的女性服装。

元载皱了皱眉："没什么事不要到我的书房里来。"

薛瑶英妩媚地坐到元载的腿上："妾来此就是有要紧的事啊，非常要紧，一刻也等不了了。"

说着，她宽衣解带，丝质长袄的领口慢慢扩大，直到整个香肩裸露出来。比丝绸更加顺滑的肌肤在元载的面前竟是那么的耀眼，直晃得他心摇神醉。元载忍不住伸手去触摸，薛瑶英十分调皮地把衣服拉了回去。

"美人儿，你这是在折磨我呀。"元载央求地看着坐在他腿上的这个窈窕女子。

薛瑶英掩面笑道："宰相方才不是说，没什么事不要来书房么？"

在美色的诱惑面前，元载服软道："美人儿，你就是我最大的事！

快从了我吧。"

他伸手去扒开薛瑶英的衣服，薛瑶英却一个闪身，从他的腿上跳了下来，依旧没有让他得手："你得先答应妾一件事。"

元载起身上去抓她，依旧求饶似的说道："有什么事我们待会儿再说！"

薛瑶英轻盈地躲了过去，嬉笑道："不行，你要先答应我！"

薛瑶英的父亲薛宗就是个俗人，女儿攀上了大唐宰相的高枝，便想讨个一官半职。元载考虑到目前还不是时机，有些犹豫，迟迟没有答应。如今，薛瑶英施展美人计，弄得元载欲火焚身，哪里还有什么理智？几个回合下来，元载便松了口风，许诺给薛宗找一个合适的差事做做。

初战告捷的旬谟在不久之后，又携重金来到了陕州节度使皇甫温的家里。皇甫温与周皓不同，他是读书出身，虽然很贪财，但却更加老奸巨猾。他一看到旬谟的拜帖，就在心里提起了十二分的小心。

一见旬谟，他露出一副谄媚的笑容，令家人准备好酒好菜，热情款待了一番。当旬谟将钱奉上的时候，对方却拒不肯接受。旬谟见金银收买不了他，说这些礼物里，也有陛下的一份。虽然是暗示，这种暗示已经非常地明白了。皇甫温还是礼貌地拒绝了，说什么即使不收这些金银，他也会好好效忠陛下。

这样一来，旬谟不好再说什么，尴尬地向皇甫温告辞。待到旬谟走后，皇甫温的一个门客走了出来，与其对视了一眼道："此番元宰相派旬谟带重金前来，恐怕不只是拉拢您这么简单吧？"

皇甫温点点头："如果只是简单地拉拢那还好说，怕只怕他们要对郑国公不利呀。"

铩羽而归的旬谟在路上直犯嘀咕：皇甫温远比他想象的更加狡猾，他会不会已经猜测出元宰相将同陛下一起对付鱼朝恩呢？如果真是这样，不但事情没办成，很可能让鱼朝恩提前做好准备应对。他必须尽快想出办法，即使无法说服皇甫温加入宰相这一边，至少要想出办法，阻止其向鱼朝恩通风报信。

在元府的后花园里，旬谟踱着步子。他一回来，直接来到了这里。

在这些花花草草的环境下，他能更好地把问题考虑清楚。正当他蹙眉沉思，忽觉肩上被人一拍，回过头来，看到元媛笑容灿烂地看着自己："哟，我们的元府第一谋士在想什么呢？"

郇谟便把今日去给皇甫温送去金银财宝，对方却分文未取的事情告诉了她。

"怎么，继承了宰相优良血统的女公子有什么好的主意么？"郇谟半开玩笑地问道。

元媛想了想道："也许皇甫温拿不定主意，因为无论他选择站在哪一边，一旦输了，都性命难保。他是鱼朝恩的党羽，如果鱼朝恩出了事，他脱不了干系。所以，如果能有办法让其置身事外，无论哪一方输了都不会受到牵连，他一定会欣然接受。"

元媛掰着手指头一点一点地分析，郇谟一时间愣住了。他从没见过元媛认真的模样，此刻，她却为了他的事情而认真地分析了起来。郇谟从没发现，元媛认真的样子居然这么美。他就这样静静地听着、看着，元媛的一颦一笑、一举一动，嘴唇的一开一合，都在他的视线里无限地放大。

"喂……喂！"见郇谟发呆状，元媛娇嗔地问道，"你到底有没有在听啊？难得人家这么认真帮你分析。"

郇谟回过神来，讪讪地看着她。元媛似乎也被他传染了一般，整个人都静止了。两个人就这样四目相对，互相注视着。他们的嘴唇互相靠近，元媛缓缓地闭上了眼睛。

二

房檐上，一只乌鸦不合时宜地聒噪了一声，两个人如梦方醒，慌忙将彼此推开。郇谟尴尬地咳了两声，眼神闪烁，不敢正视元媛。元媛娇羞地低下了头，眼睛看着自己的脚尖。

"我……我还要去找宰相。"郇谟逃也似的离开了后花园，留下元媛一个人犹自在那里回味着。

离开了元媛的视线，郇谟恢复了原有的冷静与睿智。他向元载汇报完工作，便被元载留下来与他下棋。几盘下来，旬谟一盘都没输，甚至每一局赢得都非常地没有悬念。最后，旬谟考虑到元载的感受，故意让了一局，输给了元载。

"元公妙棋，晚辈输了。"

元载抬起头看着他："孩子，你真的变了。"

旬谟诧异道："元公此言何意？"

元载低头看向棋盘："老夫与你下了差不多一年的棋，从来都没有赢过，今日你竟知道有意让我了。可见，你真的成长了，变得成熟了，不再像以前那般锋芒毕露。"

旬谟诧异地看着他，元载微笑着拍了拍他的肩膀："老夫毕生的心愿，就是协助陛下中兴大唐江山，可如今我已是垂暮之年，将来还得靠你们年轻人来担当大业。如今，你已经变得越来越沉稳了，以前宁折不弯的你，变得能屈能伸了，老夫看到今天的你，甚是欣慰。"

听了这番话，旬谟一时不知如何表达，从石凳旁跪了下来，朝着元载磕了三个头："元公栽培之恩，晚辈必当永世铭记。"

与元载下完棋，旬谟整理了一下思路，决定建议元载改变原有的计划，元载思考了很久，认为新的计策可行，让旬谟去做，元载则悄悄进宫去向李豫请示。

在得到御旨之后，旬谟又来到了皇甫温的府上拜会。

"宰相府的那位门客又来了。"管家向皇甫温汇报道，"要不要直接打发他回去？"

皇甫温点点头。管家刚要出去，皇甫温又将其叫住："让他进来吧，我先听听他怎么说。"

旬谟一进来，便示意皇甫温屏退左右。皇甫温冷笑道："有何不可告人之事，非要屏退左右？"

旬谟道："为大唐社稷，并无不可告人之事。屏退左右，乃是为了刺史您的安全。"

说得隐晦，但让皇甫温明白了，今日之选择，关系到他的生死存亡。

"在下知道刺史的想法，所以旬某今日来，为刺史考虑了一个避开纷争的法子。到时候，无论朝中有何动荡，您都可以安然无恙，您的官位和前途均不受影响。"邹谟试探地看着皇甫温，"刺史可愿意听听某的建议？"

皇甫温陷入了沉思。

两个人在房间里密谈了近半个时辰，邹谟被客客气气地送了出来。这一次，邹谟带来的礼物都被留了下来。邹谟志得意满地回了元府，把成功的喜讯告诉了元载。

就在他们兴高采烈的时候，另一个危险却在慢慢逼近。

宁疾云在夜里敲开了一家破败的木门，那木门与其说是门，却比不上乡下阻挡鸡鸭的柴扉漂亮。宁疾云小心又小心，破门还是硬生生掉落了一半在他的手上，宁疾云手里托着那半扇门，哭笑不得。

声响惊动了屋子里的人，一个苍老的声音响了起来："谁啊，这么晚了。"随着问话，一个老人脚步蹒跚地走了出来，他打量着宁疾云："这位是？"老人的眼光锁定在宁疾云的脸上，突然哽咽出声，"这不是小郎君吗？恕老朽老眼昏花，没看出来是你，你怎么找到这来的？"宁疾云上前搀扶着老人："老管家，你可折煞我了，我哪里还是什么小郎君。"

老管家老泪纵横："当年主人待我们不薄，唉，要不是为了混口饭吃，我怎么舍得扔下你就走哇。"宁疾云看了看屋子里的情况，拉着老管家往外走："走，我带你去个地方，吃点好的。"

长安街头的酒肆业已打烊，好在在巷子口夜市上馄饨摊儿还冒着热气，宁疾云与老管家坐在馄饨摊旁的椅子上，小摊儿除了馄饨还有卤好的酱牛肉，宁疾云让人切好一盘牛肉，为老管家下酒，爷俩相对而坐，伴着馄饨摊氤氲的热气，闲聊了起来。

看着端到面前的那碗馄饨，老管家热泪盈眶，颤抖着说："我有很长时间没吃这么好的东西了。"宁疾云朗声对着摊主："再来两碗！"老管家吃得啧啧有声。宁疾云问道："管家，你可知道我父亲到底被谁陷害？"管家正端着碗喝汤，听到问话，气得"砰"地摔下碗："还能有谁？我记得那天你父亲下朝回来满脸的不悦……"

老管家陷入了回忆之中。

往日繁华的宁府大门，被两个家丁用力推开，宁秋书满脸怒气走了进来，管家跟在后面劝道："主人回来得晚，晚膳已经备好了，主人先用餐吧，夫人和小郎君都候着呢。"

宁秋书："元载要把我活活气死！哪里有心情吃饭？喊夫人来我书房，我有话与她说。"管家答应了一声，忙步履匆匆地去找夫人。

书房内，宁秋书坐在书案前，眉头紧锁。管家开了书房的门，夫人走了进来，管家刚要关门，宁秋书说道："你别走，一起听听吧，心里有个盘算。"管家回答："是。"

宁秋书叹了口气："今天在朝堂之上，我因看不惯元载，忍不住站出来斥责了他。"夫人急了："郎君糊涂啊，何必以卵击石？元载什么反应？"

宁秋书："他要是有怒意，我不会如此紧张，但他笑嘻嘻地夸奖我……他越是这样，我越感到他不会轻饶过我，我倒是不怕什么，可我担心你和云儿的安危。要不这样，你带云儿回娘家住些日子，等风平浪静了再回来。"夫人哭了："你在哪我在哪，我说什么都不会走。"宁秋书："你想想云儿，我俩可就这一条根啊。"夫人捂着胸口痛哭，一边哭一边拉着宁秋书的衣襟。

管家从回忆中走出来，看了手里冰冷的馄饨碗："其余的事，不用我多说，你也知道了，你父亲说完这些话还没到一个月，就……"

宁疾云越听越气，他决定再次去元载府上探个究竟。

入夜，长安城变得分外宁静。自从"安史之乱"以后，这样宁静的夜晚已经很少了。为了防止京城出现骚乱，为了维护京城的稳定，宵禁制度依然存在。深夜里的长安城除了打更的，便只有几队巡逻的卫兵了。

宰相府某间房子的屋顶上，一个黑影一闪而过。宁疾云趴在书房的屋顶上，揭开一片琉璃瓦。元载在书房里处理他的公务，在元府工作的仆人们都很敬佩这位宰相，深夜还亮着灯打理公务的，从整个朝中来看，恐怕都寻不到第二个。

宁疾云静静地在屋顶上观察着，他心中非常迷茫，不知到底该相信谁。这时一个黑衣人悄悄地从门口进入，又将门反锁。宁疾云很熟悉这个身影，正是那日追杀自己的刺客！这让他彻底愤怒了。他的拳头攥得咯咯响，一时忍住了没有暴露。他要等元载的属下离开，元载落单后，再将其一击毙命。

过了好一会儿，宁疾云跃身下来，推开了房门。背对着他的元载以为是方才的属下折返了回来，刚要问属下为什么回来，却感到一柄冰凉的剑刃搭在了自己的喉边。

三

是宁疾云。元载心头一惊，下意识地后退了两步。

"想不到我还没死吧？"宁疾云冷笑着，"我今日，是来取你的狗命！"

元载心里很紧张，他勉强冷静下来，思考对策。看着宁疾云眼中的怒火，元载灵光一现，指着宁疾云道："你这认贼作父的卑鄙小人，当日没能置你于死地，是老天瞎了眼！"

宁疾云气愤道："你还恶人先告状？"

元载把头一扬，昂然道："原以为你是个疾恶如仇之人，谁知你背地里却勾结鱼朝恩！"

"你说什么？"宁疾云大吃一惊。

元载并没有向他解释，继续骂道："无耻之徒，为了利益竟可以出卖旧主，为杀父仇人做事，如若让老夫再做决定，还是会派人杀你！"

宁疾云脑袋"嗡"的一声，无数个疑问一起涌了上来，令他一时间又失了方向。

"口说无凭，你可有什么证据？"他剑指着元载追问。

听他这么说，元载心里便有了底，哼了一声道："你要杀便杀，哪来这么多废话？"

宁疾云最忌恨被人诋毁，他称得上地地道道硬汉一个，父亲冤死以后，宁疾云立志做个光明磊落、疾恶如仇之人，可现在却被人误解，他要问个明白。宁疾云道："你说清楚，认贼作父？我认了谁？"元载冷笑："难道非得揭穿你的底牌不成？别以为你做下的恶事，我浑然不知，今日我死在你个小人手中，我死不瞑目。"

宁疾云握剑的手在抖动，元载情知他已走心，于是放缓了语调，继续他的心理战："我与你父亲同僚许久，把你当子侄一般，无论如何，我都奉劝你一句，不要被别人利用，你无非是他手中的一枚棋子。"

宁疾云被老谋深算的元载逼迫得躁狂起来，他狂吼："我没有被利用，根本没有那个人，就是你害死了我父亲！"元载用同情的目光看着宁疾云，温言细语地说："去吧，离那个人远一点，清者自清，迷雾褪去，你便知道你父亲到底死于谁手。"

为父报仇的决心，让宁疾云有了这番身手和勇气，但他的内心还是纯净善良的，怎么能斗得过元载这个老狐狸？元载三绕两绕，宁疾云又绕糊涂了，转身双脚奋力一跃，已翻出了高墙。

"你难道要等到天光大亮不成？"元载冷冷问道。黑衣人从暗影中走出，比宁疾云更加利落地攀上屋檐，屋瓦作响，渐渐远去。元载坐在书房中静静地等待着。书房的烛火忽明忽暗，像极了元载此刻紧张的心情。

不知过了多久，房门外传来"咯咯"两声，元载说了声："进。"并未见门大开，黑衣人挤了进来，进来后跪在元载脚下："小人该死，有辱宰相栽培。"元载面无表情："可是你又一次把宁疾云给我跟丢了？"黑衣人吓得瑟瑟发抖，元载走过去，搀扶起他，温柔地说道："你跟随老夫多年，没有功劳也有苦劳，犯几次错误有什么了不起，何苦吓成这样，来，喝杯酒压压惊。"

元载递上了水晶酒杯，西域进贡的葡萄酒在酒杯中闪现出琥珀色的光泽，黑衣人诚惶诚恐地接过酒杯，一饮而尽，嘴都没来得及擦就跪倒在地，一再地承诺："恳请主人给小人一些时间，小人一定把宁疾云抓回来，任凭主人处、处……"黑衣人处字没说完，已经躺倒在地，浑身抽搐。

元载冷笑道："失去利用价值的人，就没有活着的必要了。老夫供养你多年，用你之际你却屡屡失败，坏了我多少事你难道不明白？你每一个纰漏都让老夫九死一生。"

宁疾云负伤回到酒楼，体力不支，刚走到楼梯处，头一歪，栽倒在了地上，人事不省。沈梦芜听到楼下传来声响，命婢女下楼查看，婢女刚下去就传来了尖叫，沈梦芜披上衣服下楼一看，宁疾云躺在那里，浑身血迹斑斑，她忙招呼婢女："快，把他扶到我房里！打盆清水，拿我的医药盒过来！"

宁疾云悠悠转醒的时候，眼前有一双温柔的手，小心翼翼地为自己处理伤口。大约是怕自己疼，这双手的主人还不停地在伤口处吹吹，宁疾云笑了。

宁疾云醒来，沈梦芜问他："我把你弄痛了？大晚上的你去了哪里啊？你武功不弱，怎么会伤成这个样子？"宁疾云咬牙切齿："我刺杀元载，没想到又着了元贼的道，我侥幸逃过一劫。"宁疾云说到激动处，猛地起身，忍不住痛又躺下了，他说："我与你讲，元载就是个两面三刀的卑鄙小人，他曾数次迫害于我，害了我父亲，我与元载有不共戴天之仇，此仇不报，我枉姓了宁。"

沈梦芜不以为然："也许你与元载之间有什么误会。"沈梦芜心中认定元载是郭子仪介绍的那个愿意帮助自己的人，说话有些偏向元载，可她看到宁疾云这一身的血，心中也多少有了一点疑虑。

寒食节郊祭时，鱼朝恩在祭祀典礼上大放厥词。官员们侧目而视，李豫和元载则在心中冷笑。

这天，沈梦芜跪在母亲牌位前，嘴里喃喃自语："母亲，你在那边过得好吗？女儿一想起你临终时的惨状便夜不能寐。母亲，你保佑了女儿，女儿遇见了几个好人，这是母亲保佑的结果吧。梦芜还有一事恳求母亲，请你保佑梦芜能与父亲相认。"由于宁疾云就在旁边，沈梦芜没有说得更多。但当她提到元载愿意帮忙时，宁疾云脸色变得很难看了。

晚上，李豫宴请群臣，唯独元载缺席。元载已在朝堂通往宫外必经的中书省埋伏了下来，预备截断鱼朝恩的退路。鱼朝恩在家中大发雷霆，祸事皆因鱼令徽所起——鱼令徽觉得义父帮助自己升了官，无以为报，常袤屡次与义父为敌，不如在这个无人防备的日子里，杀了他的家人替义父出气。可他哪里知晓，元载早就料到会有这一步棋，早早派了黑衣人守在常袤宅外。鱼令徽带人杀入常袤府邸之际，黑衣人却并未现身，直至府内哭声漫天，黑衣人这才出手相助，鱼令徽负伤逃走。

李豫得知鱼令徽杀入了常府，造成常府家眷死伤无数，动了怒气，而且是大怒特怒。在李豫眼中，这件事是否是鱼朝恩指使已经不再重要，重要的是，他胆敢这么做，就是根本没把陛下放在眼里，那么，还要再等什么？

作为一国之君，我一忍再忍，可换来的却是你们的胆大妄为，日益嚣张。李豫这次真的下了狠心要除掉鱼朝恩。

宴会上，鱼朝恩姗姗来迟，看到元载的座位上没人，冷笑了一声，随即假装酒酣自夸，李豫带着玩味的笑意附和。双方各有盘算。

宰相府里，元媛正在向先祖的画像跪拜祈福，请求先人们保佑父亲平安凯旋。看到旬谟站在身后，元媛非要拉着他一起拜祭，旬谟无奈只得答应，心中却产生了一丝异样的感觉。

祈福之后，两人在花园的石凳上聊天。元媛问道："旬谟，你这辈子最敬重的人是谁呀？"旬谟想了想说："我最敬重的可能是我的母亲，我小时候家境还可以，母亲也是有婢女仆人的。后来家道中落，吃穿都成问题，可母亲从来都不沮丧，每天笑盈盈地张罗着管我吃喝，为我缝制新衣，她让我觉得这个尘世并非那么冰冷。"

元媛听得入了神，旬谟说完后，元媛说道："我们差不多，我最敬重的是我的父亲，你不知道我父亲整天早出晚归有多辛苦，虽然他贵为宰相，可他一点都不幸福，要他操心的事情太多了。我和你说，你不知道当年我父亲协助陛下铲除李辅国的时候有多么的惊心动魄，陛下当时都乱了阵脚，我父亲不动声色地就把这个大奸臣一举拿下，你不知道陛下当时乐的呢，赏赐了我们家许多许多珠宝。"

旬谟由衷地说："元公确实厉害，他的事迹是我们每个读书人的榜样，我们都想学他：家境贫寒，但是胸中有大志。我们每个人都想像他那样，做一个为陛下分忧、为百姓谋利的好官。"

元媛听见有人夸父亲，心中欢喜，摆出了小女儿的娇憨姿态："对吧，我就说我父亲厉害，你放心，有我在你吃不了亏，以后我一定要父亲多关照你。"旬谟看着元媛装得像懂得许多，抿嘴笑了，元媛也觉得刚才的话，说得有点老到，害羞地也笑了。

两个年轻人对着一轮皎洁的月，笑得是那么的欢欣，如果他们能想到，这之后不久，就是这个让他们无比敬重的人，造成两个人悲剧的结局，不知道此刻两个人还能不能笑得出来。

每个人无法感知未来会发生什么事，如果知道的话，那么有的人能否有勇气走下去都是未知数。也许生活就是这样，可以改变一切，许多事既在意料之外，也在情理之中，有些苦，慢慢地走着走着就习惯了，就像是原本相爱的人，走着走着，也就散了。

四

借鉴李辅国事件的经验，邬谟意识到，鱼朝恩不会毫无察觉。于是，调度宰相府中门客，查探神策军动向非常必要，了解到刘希暹部下的军队并没有在军营中，邬谟心道不妙。

沈梦芜在酒楼一间屋中闲坐。有两个人说笑着走进酒楼，大声呼喝："来呀，好酒好菜尽管端上来，今天要好好庆祝庆祝。"沈梦芜撩开帘幔一看，是刘希暹两个手下伤兵。酒菜摆好，哥俩以为楼上没别人，一边吃喝着，一边大声地说了起来。

一个说："哎，你说主人今天得了手，会不会封我们个小官当当？"另一个干了一碗酒说："那还说甚，都说郑国公赏罚分明，今天帮了他天大的忙，元载一死，不就是他的天下？主人哪里能忘了咱们。"

沈梦芜一听不好，急忙站起身来，忘记了腿上放着的铜镜，铜镜"当唥唥"掉落在地上，这俩喝酒的傻了眼，齐声问："是谁？"沈梦芜急中生智，学了声猫叫，这俩人放了心，招呼着："来来来，吃菜，喝酒。"

沈梦芜听他俩说鱼朝恩早有准备，今晚元载死定了。她心想元载应该在宫里准备行动了，从后门跑去宰相府找邬谟想办法。

长安城的夜色，除了当头的一轮明月，大街上连一个人影都没有，沈梦芜走在街上，心里毛毛的。突然，传来猫头鹰的叫声，沈梦芜吓得蹲在地上，不敢前行，这时一个温柔的声音在她耳边响起："别怕，跟我来。"

沈梦芜抬头一看，正是宁疾云。沈梦芜这一抬头，一张俏脸怯生生的，宁疾云张开嘴想说些什么，还是闭上了嘴，引领沈梦芜朝着元府走去。

宁疾云心里一百个希望元载去死，但由于爱慕沈梦芜，还是选择默默保护着她。月光将两个人的身影拉得老长老长，宁疾云突然想到，如果就这么跟随这个女子走下去，那么暂不报仇也罢。相信恶人自有天收，元载的好日子维持不了多久。

自打父亲被奸人所害，这是他第一次暂时放弃了报仇的想法，所有的注意力都放在这个女人身上。宁疾云突然意识到这个世界上除了报仇之外，其实还有另一种活法。

到了宰相府，旬谟不知道干什么去了。

沈梦芜准备去找郭子仪，宁疾云拉住她，问她这么着急到底是为了元载还是为了旬谟。沈梦芜不愿承认心里对旬谟的感情，说元载是她达成目的的关键，不能有任何闪失。不过她冷静下来想到，旬谟一定是意识到了鱼朝恩另有埋伏，就稍微放心了一些。

宁疾云看着沈梦芜一提起旬谟，脸上变换了好几种表情。都是年轻男女，这点小心思不言而喻，宁疾云心痛极了。可惜啊，自己喜欢的人却惦记着别人，宁疾云越发地闷闷不已。

旬谟确实要去通知元载，却发现皇宫的守卫换了人，更加着急。正碰上出宫办事的太监董秀回来。董秀是宫里极少数不依附鱼朝恩的太监，旬谟别无他法，只能冒险求助于他。

刘希暹把军队带到大明皇宫，换掉了原来的守卫，并对手下说，今晚为了以防万一，必须提高警惕，一旦宴会有动静，就立刻出兵。

宴会结束，李豫留下鱼朝恩宣政殿议事。群臣散去，李豫冷下脸来，细数他的罪状。鱼朝恩有恃无恐，与李豫针锋相对。

刘希暹正在待命时，忽然太监董秀带着一群护卫来到他面前，董秀说刘希暹带兵入宫图谋不轨，刘希暹却诬董秀意图谋反。董秀挥手："来人，把他给我拿下。"意想不到的是，刘希暹却毫不畏惧，反而令身边人把董秀按在地下。董秀大叫："天啊，这是要谋反啊，陛下，陛下啊。"

刘希暹一个眼神，他的手下掏出怀中汗湿的破布，塞住了董秀的嘴。董秀气得目眦欲裂，又无可奈何。刘希暹又一个眼神示意，几个人押着董秀硬生生扯着离去，董秀脚上的鞋袜不知何时掉落，挣扎的脚在青砖地上磨出了一丝血痕。

宣政殿内，鱼朝恩道："陛下要狡兔死走狗烹吗？老奴在先皇时期就功绩卓勋。"李豫彻底被鱼朝恩激怒："不要与我提当年，当年你不懂军事，信口雌黄将风言风语传到宫中，企图借此陷害他人。上元二年二月，你向先皇建议说：'洛阳城中将士都是燕人，久成思归，军心涣散，如果进攻，足以击破。'先皇信以为真，命令李光弼进取东都，导致唐军大败，数千人战死，器械辎重全部丢弃。河阳、怀州这等重镇落入史思明叛军的手里。这就是你的功绩？"

李豫大声呼唤："来人啊，速速将鱼朝恩拿下！"然而，侍卫竟一动不动。鱼朝恩已暗中替换了皇帝身边的人，形势陡转，李豫眼睁睁看着鱼朝恩大摇大摆地往门外走去，可他出门时却正遇到带兵来到政事堂的元载。李豫转喜，再次呼唤："速速将这逆贼拿下！"只见士兵拔出剑来，却都剑尖指向元载，元载惊呆了。李豫更是倒退几步，束得紧紧的头发披散下来，狼狈至极。

鱼朝恩冷笑着说："你们当真以为哄骗几句，老奴就会信以为真？你们步步设局，引老奴入瓮，当老奴就一点准备都没有？"李豫声音颤抖："你，你，你想干什么？"鱼朝恩笑着说道："想什么？老奴想保护自己，可陛下您不干呀？现在箭在弦上，陛下以为老奴能干什么？"

鱼朝恩挥手，大殿门缓缓关闭，"砰"的一声，好似砸在了李豫与元载的心上，两个人同时明白：鱼朝恩这是要谋反啊。

五

李豫无奈地闭了下眼睛："鱼朝恩，你尽快带人回府，今日之事，我可不咎。"鱼朝恩笑了："陛下相不相信一切自有定数？您不是熟背庄子吗？老奴有一句《逍遥游》中的句子，直到现在不知道什么意思，陛下为老奴解释一下？"

鱼朝恩站起身，背着手，缓缓吟诵："尧让天下于许由，曰：日月出矣，而爝火不息；其于光也，不亦难乎？时雨降矣，而犹浸灌；其于泽也，不亦劳乎？夫子立而天下治，而我犹尸之；吾自视缺然，请致天下。"鱼朝恩走近李豫身旁看着他，李豫气得浑身战栗。

鱼朝恩又走近元载说道："来来，元公，当年玄宗陛下崇奉道教，下诏求取精通《老子》《庄子》《列子》《文中子》四家学识的学者。你对道家典籍尤为精通，你应诏撰写的策论文章便被列入'高科'，从此平步青云，你来讲讲，这句话是什么意思呢？我才疏学浅，还不大懂呢！"

鱼朝恩看着元载身后的兵将，兵将将架在元载脖子上的刀紧了紧，一缕鲜血如小蛇一般，蜿蜒而下，元载无法，答道："尧打算把天下让给许由。尧认为许由比自己更适合国君之位。"

鱼朝恩面向李豫："陛下，请您将这句话再复述一遍吧！"李豫怒吼："你做梦，你休想，大唐，绝不会让你这样的人掌管国事，你简直是痴心妄想，可恶至极！"

鱼朝恩走到殿门前，一脚把门踢开，一眼望去，殿外远处一排排整齐的神策军肃穆而立，黑压压的一片。

李豫与元载面面相觑，元载这时把脖子上的刀用手轻轻推开看向了鱼朝恩。鱼朝恩没有表情，盯着元载的举动。元载正了正衣冠，走到了李豫面前，伸手将李豫挡在身后。李豫看着元载脖子上的鲜血在流，眼眶红了。以往他认为元载深不可测，曾经猜疑过他的真心，可这危难之际，却是他舍命挡在了自己前面。

元载道："无论你是何居心，你不能伤及陛下，弑君之罪，为天下人所不齿。"鱼朝恩回答："我不杀伯仁，伯仁因我而死。那就没办法了。"元载针锋相对："陛下答应你，只要你即刻离去，今日之事不再追究。"鱼朝恩反问："我如何可以相信此话真假，事到如今有回头路可走吗？"元载回头看了眼李豫，无言以对。

是啊，事情已到如此地步，谁能保证？谁敢保证？鱼朝恩历经两朝，警惕性以及预见性已超出常人，大风大浪见得多了，保护自己是游刃有余的。

时间慢慢流逝，李豫和元载命悬一线。鱼朝恩也怕夜长梦多，他从兵将手里拿过长剑，指着元载胸口，屋里气氛顿时凝重起来。李豫声音有点颤抖："鱼朝恩，你想做什么？"鱼朝恩："一命换一命，他不是英勇护主吗？我让他得偿所愿。"

其实鱼朝恩在想，元载是李豫依靠的重要力量，这次事件李豫身后就有元载的影子，除掉了元载，李豫失去了支持力量，保住自身安全就不是什么难事。元载的腿在颤抖，这么久过去了，竟然没有援军赶来，难道大明宫真的被神策军控制了吗？元载往外看了看，兵将上前将门关上了，巨大的关门声后殿内恢复了死一般的沉寂。

宣政殿外隐隐约约传来厮杀声，声音越来越大，越来越近，李豫和元载的脸上露出了一丝希冀之色，鱼朝恩却泰然自若，他笑道："到如今还盼着有人救你们？郭子仪的队伍来不及进城，现在不过是宫内的太监垂死挣扎而已，他们闹的动静越大，我越不好收场，你们的下场也不会好。"

外头的声音渐渐小了，鱼朝恩一边往门口走，一边笑着看着陛下："我去打开大门，看看没有了我，固若金汤的城池会是个什么模样。"鱼朝恩双臂用力，将门大敞开来。随着门开，有几个人顺势进来，与鱼朝恩撞了个满怀，当元载看到了邱谟的身影，心中一宽，老泪流了下来。与邱谟一起进来的董秀见到陛下，猛地上前跪倒："小的救驾来迟，请陛下恕罪。"

李豫身子一晃，董秀急忙上前扶住。鱼朝恩没摸到头绪，急忙问与邱谟和董秀一同进来的周皓："这是怎么回事？"周皓忽然将刀架在了鱼朝恩的脖子上。原来，这突如其来的援军是他们临时从宫廷侍卫中调出来的。

刚才的厮杀是宫廷侍卫杀掉了神策军统领。主将被杀，邱谟、董秀又一再高呼，投降者饶命不死，反抗者株连九族。这些神策军都是听令办事，也知道攻皇宫是犯死罪，于是全部放下兵器，束手就擒。邱谟讲述完毕，鱼朝恩这才醒悟过来，知道彻底输了，而且输得很惨，于是连呼饶命。

李豫早已下定了决心，无论鱼朝恩说什么，都为时已晚，李豫命人将鱼朝恩当场吊死。一代显赫的大宦官鱼朝恩，人生就此画上了句号。

李豫沉浸在剿灭乱臣的喜悦中，旬谟眼神示意元载，事情还没有完。元载会意，随即转向李豫，说："鱼朝恩虽死，但神策军还在，陛下要安抚神策军。"李豫冷静下来，明白眼前有很大一个烂摊子得收拾。元载建议李豫对外下诏，称鱼朝恩因为办事不力，羞愧自缢，其生前有何罪过，手下诸人皆不论责。

李豫特别想嘉奖一个人，这个人就是旬谟。李豫龙颜大悦，坐在金銮殿上，笑眯眯地看着旬谟，开口道："旬谟啊，我想给你一个特别大的惊喜，从今天起，免去你曾经永世不得为官的惩罚。还有，董秀带你去藏宝阁，金银器皿，字画古玩，你可挑上两样拿回去。"

旬谟一听，急忙双膝跪倒。李豫问旬谟还有什么想要的，旬谟想起刘希暹迫害百姓的事，刚要说出口，被元载眼神制止了。

回到相府，旬谟请求元载尽快释放被刘希暹抓进监狱的平民，并归还其财产。元载却说从长计议，将他的提议搁置。第二日，刘希暹到宰相府登门拜见元载，并送上厚礼。元载让旬谟将刘希暹送到门外。刘希暹告诉旬谟，他知道旬谟想整他，说以后走着瞧吧。旬谟却并未表现出气愤，反而讽刺刘希暹不过是丧家犬，他无非奉宰相之命养狗而已。

旬谟与刘希暹的对话，元媛从门口出来听到了。她说旬谟确实变了，不再像以前容易冲动，但希望他不要变得麻木不仁才好。旬谟自信满满地调侃着元媛，逗得她红着脸跑了。

元载独自在书房里，派去杀宁疾云的刺客的副手出现，元载警告他再办不好事情，小心性命。那人领命离去。神策军丝毫未动，刘希暹倒戈成了元载的党羽，但与鱼朝恩结交的大臣却全部被贬出京城。

曾为迎立李豫立下头功的鱼朝恩落幕了，元载由此成为真正的一人之下万人之上。

第三部分：李少良冤案

第一章：贪佞之始

一

公元 771 年，距离鱼朝恩之死，已经一年有余。从先帝唐肃宗时期就服侍陛下的两大太监李辅国和鱼朝恩，都死了。这两个人的先后死去，对于元载而言，都是大大的好事。他们的职权，大半都落在了元载身上，尤其鱼朝恩的死，让元载几乎可以一手遮天。除掉了心头大患的李豫心情大好，整日流连在后宫，华阳公主娇憨可爱，独孤贵妃美丽妖娆，他要好好享受享受难得的轻松时光。

李豫的心又不在朝政上了，元载就成了主事人，大事小情全部都由他一手经办，久而久之，官员们看懂了这个道理，无论有什么奏折禀告都直接交于元载。

深夜的长安城空旷而寂寥，阴冷的北风刮过，传来阵阵的回响，像是蛰伏已久的猛兽发出的悲鸣。在城市的一隅，却有一处明亮的所在，张灯结彩，欢声笑语，那些人为制造出的声浪，仿佛要越过高大的院墙。

最大的敌人鱼朝恩被铲除，元载虽不动声色，可聪慧异常的管家、玲珑剔透的仆人却掩饰不住内心的欢欣雀跃。一场普通的家宴，被操持得风生水起、喜气盈盈。而此时，在书房摇曳的烛光下，却独坐一人，明明灭灭的烛光照着他紧锁的眉头，"吱呀"一声书房门被推开，元载看着王韫秀端着一碟点心进来，微笑起来。

元载笑道："天这么冷，你腿着了寒气又该疼了，这些粗活交给下人们去干。"王韫秀端着点心的手一抖，颤声回应："你还记得我的腿？"

元载呵呵地笑着摸了一下王韫秀的手，王韫秀一哆嗦。元载眼中闪过一丝不忍，温和地笑着："都老夫老妻了，有些话何必整天总挂在嘴上，我最近太忙，今晚我过去与你聊聊，好久没有好好说话啦。"

王韫秀惊喜地看着元载，元载拿起一块点心吃了一口，享受地眯起了眼睛："你做的梅花糕就连皇宫里的御膳房都做不出来，我是真真有口福哦。"王韫秀激动得脸色绯红："你要是喜欢，我明天还为你做。"难得的温情在书房中蔓延开来，门外却传来不和谐的喧哗声。

"主人、主人不好了。"元载脸色一变："进来。"一个仆人连滚带爬地从门外跌跌撞撞地进来，跪倒在元载面前。见王韫秀在，仆人欲言又止，元载何等聪明，直接问道："可是西院有事？"仆人唯唯诺诺："二夫人的头疼风症又严重了些许，已经哭了一个时辰。"元载起身不悦："可找我有什么用，我又不是大夫。"

话虽这么说，元载的脚步已经朝着门口走去。王韫秀冷了脸，紧咬着牙，头上的步摇簌簌抖动，元载看了一眼，心生不忍，即将出门之际撂下话来："晚饭吃得有些少了，梅花糕端到你房里，我一会过去吃。"王韫秀一时惊喜万分，来不及调整表情，呆呆地立在那里，烛光映衬着她忽悲忽喜的脸，让人不忍细看。

薛瑶英的房里，元载倚在榻上，眼皮低垂，手里摆弄着王韫秀为他缝制的香囊。薛瑶英娇笑着走过去，习惯地坐在了元载的腿上："我知道你才不是为了我喊你来生气，你一定是有别的事，我想想啊，为了什么呢？哎呀，你的心思我怎么能猜得出来，我这么愚钝，让你过来，弄得满府的人看笑话，羞死人了。"

元载略有深意地笑了："这满府上下，就你看出了我有心事，你还愚钝？旬谟这次立下了汗马功劳，我打算给他置办一处宅子。"薛瑶英嘲笑："旬谟真是烧了高香能得到宰相的赏识，别说宰相，我那天看见小娘子与他也熟得很，两个人说说笑笑，这要是让外人看了去……"元载冷脸道："有何不可？"薛瑶英急忙换了口风："这旬谟年轻有为，前途不可限量，可他现在一介布衣……"

元载哈哈大笑，点着薛瑶英的鼻子："你呀，就是个小妖精。"薛瑶英立即打蛇随棍上："你是宰相，如今扳倒了鱼朝恩，更是一人之下万人之上，谁不得听你的？你安排他个一官半职，就凭他的能力，将来说不定还是你的左膀右臂呢。"

元载沉思："怕这小子犯了牛脾气，他要是不同意呢？"薛瑶英爱娇地眼波流转："你的办法多得很呢，我都怕你怕得紧。"元载看着薛瑶英吹弹可破的脸，笑吟吟地不再回话，放下了榻上的帷幔，调笑声引得满室春光无限。

王韫秀独自在房中，小桌上摆着新出锅的梅花糕，她都不记得这是做的第几盘了，婢女打着哈欠，呢喃着说："夫人啊，天都快亮了，主人恐怕不能来了。"王韫秀回头瞪了婢女一眼，婢女急忙闭嘴。王韫秀："你快去睡吧，我也睡不着，再坐一会儿。"婢女一听主子发话，急忙睡觉去了。

王韫秀对着烛光，幽幽地叹息，屋外淅淅沥沥地下起了雨，王韫秀站起身，走到窗前，叹息着说："他最喜欢下雨了，听着这雨声也许睡得更香甜，今晚是不能再来了。"

王韫秀走到榻前，摸出一个袋子，"哗啦啦"洒在地上，数百颗黄豆"咕噜噜"地洒得遍地都是，王韫秀慢慢地蹲下，一颗颗地捡着，一边捡着一边数着：一颗，两颗，三颗……袋子里什么时候装满了一千颗黄豆，天就放亮了，他就要起来洗漱了。

夜深人静，屋外传来梆子的声响，"梆，梆，梆"，分外清脆。更夫看着这深宅大院，羡慕不已，住在这院子里人该多幸福啊，可他却不知道，堂堂的宰相夫人，却寂寞孤单，一颗颗地数着黄豆度日。有道是，莫要羡慕他人好，谁人都有苦难熬。

二

当元载把想法说给旬谟听，旬谟行礼的举动，让元载以为他愿意了，谁知旬谟委婉地说："承蒙元公抬爱，可我还需要多多历练，元公若执意如此，我即日收拾东西返乡务农。"

这个胆敢忤逆命令的年轻人，元载又爱又恨，他重重地拍了桌子，坚决地要求旬谟去领官职，旬谟不置一词，紧闭双唇，他倔强的表情给元载以无声的回绝。

元载按捺不住火气，将书案上的东西悉数横扫在地，拂袖而去。

直到晚饭时分，元载的怒气依旧未消，王韫秀偏偏没有薛瑶英的两下子，想了又想，开了口："有件事不知道当讲不当讲？"元载不耐烦："有话就说，没外人在，用不着废话。"王韫秀小心翼翼地说："元媛年纪不小了，我听说她与邸谟走得极近，不知你意下如何？"

元载心烦地拍下筷子："我今天让这小子气坏了，他不识抬举，坚决不为官，他与元媛门不当户不对，以后休要再提。"王韫秀慌了："你的意思是？"元载怒了："我还有什么意思？"元载推了碗筷，甩手而去，王韫秀一时无措，拉过婢女："快去看看，娘子可在闺房？告诉她，我晚上过去看她。"

元媛在闺房中对着烛火发呆，火苗闪闪烁烁，仿佛看到了邸谟那张一本正经的脸，不禁捂着脸偷笑，一条腿迈进门里的王韫秀看见元媛的样子，忍不住也笑了起来，坐过去拉住了元媛的手："女儿大了，有心事了。"元媛嗔怪："母亲。"

王韫秀叹息："你的心事阿娘不是不清楚，邸谟要论人才自是一等，可他没有个一官半职，你要是想嫁给他，无论如何是不行的。"元媛道："那有什么，我们府里什么没有，他不想为官，何苦逼他。"

王韫秀："话这么说，男子毕竟是一家之主，你父亲为官的凶险，难道我们娘俩还不知道吗？俗话说，一荣俱荣，一损俱损，将来等你父亲老了，撑不动这一大家子，世态炎凉，难道你想看年迈的父母对着曾经的下属摇尾乞怜？"

元媛一下愣了。王韫秀又劝说："话又说回来，他要是心里有你，就会谋求一官半职，为妻儿遮风挡雨。如若不然，他对你恐怕难有真心，我说到这里，如何处理你看着办吧。"

元媛又面对烛火，却没了笑意。

冬日里宰相府的后花园并不萧瑟，朵朵寒梅绽放在枝头，给人以盎然的生机，邸谟并不是一个惯会柔肠百转之人，可看着吐蕊的梅花，想起元媛娇嗔的模样，心驰神往。愣怔间，双眼突然被蒙住，耳边传来清脆的笑声，邸谟猛地拉下那双手，眼前那白皙的面庞，清澈的眼睛，不是元嫒还能是谁？

人的喜悦之情是隐藏不住的，元嫒看着旬谟嘴角的笑意，不禁羞红了脸。这个天不怕地不怕的元府娘子第一次忸怩起来，揉搓着裙角垂坠的流苏。

为了打破尴尬，元嫒说话了："旬谟，你想不想长留长安？"旬谟叹息："留与走对我来说有什么不一样的意义？"元嫒急了："当然不一样啦，你留在长安，将来可以出人头地，到那时……"

旬谟略有不悦地说："你口中的出人头地可是为官之路？怎么你也有这种想法？"元嫒不好意思地说："有些事情一身布衣会很难实现的呀，如果你要是当了官，将来……"元嫒毕竟是女孩家，把事情说到如此地步业已是极限。

旬谟并未领略到其中的深意，他摇了摇头说："我记得曾经与你说过，官场已与我无缘，我不再是当初梦想为官一任、为百姓苍生造福的考生了。长安短短数载，功名利禄我已当它是过眼云烟，不提也罢。"元嫒："可你要是回乡为民，难道你在长安认识的人与经历的事，就都能够忍心舍弃吗？"

其实旬谟内心之中和元嫒考虑的完全不同，旬谟的内心一直有一种信念，生而为男子汉大丈夫，不能博取功名，为百姓造福，那么人生一世实在是毫无意义。元嫒一提，旬谟想到这个心愿尚未达成，内心无比心酸，脸上顿时现出呆滞的神情。元嫒看他这样表情，以为他没理解自己话中含义，情急之下，口不择言："父亲早朝回来说，有人问起我婚配之事，看来有提亲之意。"

旬谟脸色一沉，赌气地说："我懂了。我早就与元公说过，不日回转。现在我住在这里，于娘子婚配之事大有不便，我这就回去收拾行李，不在府上打扰了。"元嫒一听，跺起脚来："你读书读傻了吗？我哪是那个意思？"旬谟："你也许没有，但你父亲的逐客令未免着实巧妙，我再傻也是听得懂的。"

旬谟怔怔地看着跑走的那个背影，手中狠狠地拽着树枝，树枝上的雪悉数落在颈间，却没觉察出一丝寒意。

望月楼里，沈梦芜闷坐调适着琵琶，婢女悄悄走来，低声说："娘子，那个人又来了。"沈梦芜挑帘一看，窗边独坐大口喝着酒的，不是郇谟还能是谁？沈梦芜抱着琵琶轻移莲步来到郇谟身边，郇谟没有理会，仍旧大口喝酒。沈梦芜毕竟是个女孩子，店中客人的窃窃私语声，一张俏脸上红了又白，想到不应该与他有太多瓜葛，便要走开。

忽然间，郇谟却用另一只手拉住了沈梦芜。沈梦芜从未与一个男子有过如此亲近的举动，"刷"地一下，脸又变得绯红。郇谟开口说话了，声音是那么的温柔："别生我的气，我那天贸然提出要帮你赎身的想法确实欠妥，没有考虑娘子的感受。恳请看我一片赤诚之心，并未对姑娘有所邪念，还请原谅。"

沈梦芜没有说话，但脚步终究未舍得移动，郇谟递上椅子，沈梦芜就此坐下，郇谟看着沈梦芜眼光更是柔软。郇谟也弄不清楚，为什么只要一见到沈娘子就恨不能把声音放得更低，生怕说话的动静太大，惊扰了这个安静的女子，对元媛也没有过如此的用心。

郇谟那双俊美的双眸躲开沈梦芜，虚虚地看着远方，长叹一声，幽幽地问出一句："你可曾真心喜欢过一个人？"

三

沈梦芜听到郇谟如此相问，一颗心紧张地"怦怦"乱跳，急忙抱紧琵琶。郇谟转过脸，凝视着沈梦芜："我喜欢上了一个人，可我却不知道该如何表达，我与她身份地位相差悬殊，为了她我几乎要改变我的初衷，我这辈子从来没有像今天这样茫然。"

沈梦芜低低地垂下头，小声说道："也许，她也想为你改变。"郇谟苦笑道："就算她想，她的家人也不会允许，堂堂的宰相府，岂能容许一个无名鼠辈娶了自家娘子。"

沈梦芜脸色一变："你喜欢的是……"郇谟点了点头。沈梦芜蓦地站了起来，也许是起得过急，身体轻轻晃动了一下，冷冷地道："天色不早了，郎君请回吧。"郇谟一脸的莫名其妙，心中一动，他似乎感觉到了什么，难以置信地看着眼前面色苍白的姑娘。

乔装扮成伙计的宁疾云在低着头上菜，听到对话后，再看看心上人那张含怨的脸，他猛地将盘子往案上一放，一盘酱牛肉一大半洒在桌子上。旬谟吓了一跳不说，沈梦芜也察觉出自己有些失态，于是低声说："别急着收拾，送客吧。"已到这份上，旬谟不走也是无法，将一些钱悄悄放在案上。

旬谟的背影已经远去，宁疾云走过去安慰沈梦芜，可他一介武夫，说不出婉转贴心的话。沈梦芜已知他的用意，平静地说："我明白了，我想静静，你去收拾吧。"沈梦芜走回了帘后，宁疾云急得一拍桌子，盘子里仅存的几片牛肉洒了一地。

家宅不宁，朝堂上又岂能安稳。鱼朝恩死后，元载一方独大，自古锦上添花之人不缺，雪中送炭者难寻。那些趋炎附势之人开始对元载歌功颂德，整日吹捧，纵然元载千般小心，假以时日不免心中膨胀，变得狂妄自大。

这一日，不知又是谁请了元载喝酒，元载醉醺醺地回来，难掩心中喜色，说话比平日嘹亮几分，没等进府，先嚷嚷开来："想我当初赤贫，如今有了这般地位，怎么回府却只你们寥寥数人欢迎，成何体统？"管家点头哈腰，急忙吩咐仆人快去叫人。旬谟已收拾了行李，等宰相回来与之告别，元载醉成这个样子，只好先搀扶他回房休息。

一路上元载信口开河，词不达意，不停地自夸清除恶人的功绩前无古人后无来者。旬谟除了频频点头，却也无话回应，谁知扶着元载到了书房门前，元载的一番话，却动摇了旬谟辞别的决心。

元载面对雕梁画栋的宅邸，手抚着漆花绘鸟的廊柱一声长叹："旬谟啊，你可曾住过草房？下雨的天气，屋不避雨，全家人齐齐聚在屋檐下，互相抱着取暖。当时老夫心里最大的愿望，便是能有一间屋子，给全家人以安稳，今时今日，老夫有了这番光景，就满足了吗？不，老夫要有个天下第一壮观的宅院，让曾经瞧不起昔日的穷小子的人看看！旬谟，老夫真心看重你，别走啦，你要感到住这有寄人篱下之感，那么，老夫就为你盖一处房子，让你有一个家，你看怎么样？"

元载目光灼灼地盯着旬谟，眼神里有赏识，有喜爱，还有着旬谟最缺乏的关怀。旬谟心中一暖，无声地点了点头，今天这个倔小子终于没有驳了自己的面子，元载更是觉得快意，仰天长笑，声震梁宇。

元载大声吟诵道："'五色令人目盲；五音令人耳聋；五味令人口爽；驰骋畋猎，令人心发狂；难得之货，令人行妨。是以圣人为腹不为目，故去彼取此。'可惜我元载不是圣人，我喜欢这花花世界，我享受这多彩的人生，哈哈哈哈。"元载脚步踉跄的背影，郇谟心里有些不是滋味，元载吟诵的是老子《道德经》中的名句，也是圣人提醒人们要洁身自爱的名句，可现在的元载却与当年所信奉的背道而驰，郇谟不知道该说些什么好了。

不久，元载耗费巨资在城南一处繁华地段，建造了一个更加豪华的大宅子。同时，赠给郇谟的宅院在城北动工了。郇谟以为元载赠予自己的不过是一间普通的宅子，可当他见到了大兴土木的地基，便急匆匆赶到宰相府，进了书房见了元载便跪倒在地。

元载见状打趣道："不年不节，何故行此大礼？"郇谟："今日晚辈看了城北的地基，内心惶恐不安，晚辈有何德何能收下元公如此大礼，望元公收回成命。"

元载见郇谟如此顽固，冥顽不灵，内心不免觉得他不识抬举，可女儿对他的心意，元载又怎能不了解，无可奈何之下低头看着手里的书。书房中的空气都仿佛凝滞，沉重得让人透不过气。

以元载今日的地位，还有谁敢与其如此僵持？元载把书放下，推门而去。郇谟跪在原地，他不是个呆子，元载对他的关心，对他的厚爱，他都看在眼里、记在心里，可在他的内心深处，不劳而获的东西终归觉得不踏实。所谓无功不受禄，无故接受人家厚重的礼物，实在非郇谟的个性，他发愣了很久很久。

宰相府的回廊里，几个仆人在静悄悄地擦拭着廊柱，郇谟纠结地看着空荡荡的花园，想起了元媛，心中突然像是被牵扯了一下，有一丝丝钝钝的痛，他想她，想与她说说话，他真不敢想象如果执意回乡下，余下的生命中再也没有了她，那样的日子会是多么的凄凉。

郇谟惆怅之际，眼前淡青色的衫裙一闪，裙角的朵朵梅花若隐若现。郇谟喜悦地抬起头，元媛瞥了他一眼，并不理他，径直朝着花园深处走去，郇谟好不容易见到日思夜想之人，怎么能让她轻易走掉，于是跟随而来。

梅花枝条下，元媛仰脸欣赏着梅花，眼见着脸庞清减了许多，下巴越发的尖。旬谟摊开手掌看看，元媛的脸都不及他的巴掌大，凑到近前，诚恳地低语："那天是我不对，我不该惹你生气。"元媛："呦，谁敢让你说对不起，原是我不好，不该为你打算，你想回乡务农也许是因为哪个乡下的娘子在等你，你不方便说罢了。"

旬谟焦急摆手："没有，乡下没有什么等我的娘子，我没了做官的心，可我记挂着底层的百姓，我回乡去是想在他们身边，尽其所能地用自己的才学去帮助他们，也算是尽了一份心意。可我现在犹豫不决，我也痛恨自己，可是没办法，我天天都想看见一个人。"元媛戏谑地问："阿耶每日回府，还会让你如此牵肠挂肚，怪不得他要给你盖宅子。"旬谟深吸一口气，说："我在想你。"

元媛一愣，单薄的肩膀颤抖了起来，旬谟以为她冷，急忙大步往回走，一边走一边说："你等我，我去给你拿件貂皮斗篷来。"元媛回身笑了："你快给我回来，人家是冷是笑都分不出来，真傻。"

两个年轻人互相凝视，眼睛里全是深情，旬谟往前走了几步，可终究不敢孟浪，只居高临下地凝视着元媛的眼睛。元媛娇羞地低下头不敢再看旬谟眼中的炽热。二人身畔的梅花扑簌簌从枝头掉落下来，满地的芬芳。

四

世间就是这样，有人欢喜就有人愁。酒楼里的沈梦芜却是另一番光景。从上次将旬谟赶走以后，沈梦芜一病不起，请了许多大夫郎中，可也都没说出个子丑寅卯，大夫看得了身病，沈梦芜患的却是心病。

人生就像是一个连环套，旬谟惦记着元媛，沈梦芜牵挂旬谟，可在偌大的长安城，却还有一个人在记挂着沈梦芜，这个人就是杨绾。自从见到沈梦芜以后，杨绾俨然成了酒楼常客。沈梦芜正在病榻缠绵，婢女悄悄走近，低声地说："娘子，那个老丈又来了，说想见见你。"沈梦芜蓦地坐起，问婢女："这段时日他为何总来？"婢女掩嘴而笑："娘子艳名远播，只要是个男人，多来两趟没什么稀奇吧？"

沈梦芜摇头："此言差矣，这位哪里是一般的男人，屡次三番而来，不知何意，快替我梳洗打扮，我要出门。"婢女不明就里，开心地说："呀，娘子终于可以赏他个面子啦？"沈梦芜："枉你跟了我这么久，算了，我要去的地儿不适合你，你在家替我周旋他，我从后门出去一趟。"

邹谟与元嫒表明了心意，满心欢喜。元载以为这小子回心转意，心情舒畅，索性回来推了宴请，喊了邹谟与他在书房下棋，毕竟元载是心上人的父亲，暗地里邹谟在棋艺上已经不再与其针锋相对，元载赢两局后，越发喜出望外，喊了仆人让把晚饭摆在书房，要与邹谟痛快喝上一回。

刚吩咐下去，书房门就被敲响，元载笑出了声："看我今日心情大好，他们倒也能凑趣，以往倒杯茶磨磨蹭蹭，今天手脚难得利落。"房门开，仆人走进来，欲言又止，元载皱眉："看你这畏首畏尾的样子，我宰相府有什么难言之事，要你这般为难？"

仆人惶恐，砰然跪倒："主人，酒楼的沈娘子求见，她还抱着琵琶，说是、说是应您相邀，可小的看并无外客，故而有些迟疑。"元载皱眉："她来求见？"元载感到邹谟似乎在注意自己，突然拍了一下脑袋："唉，人老啦，不服就是不行，我喊沈娘子来的，听说她新编了一阕词，我不好去酒楼听，就让她看老夫面子来府上一趟，这下了两盘棋，竟忘了，快请。"

元载转过身，正面与邹谟说："邹谟啊，酒改日再喝。"邹谟急忙施礼："邹谟告辞。"邹谟走出书房门还未及关拢，沈梦芜怀抱琵琶已经站在门外，见到邹谟先是一愣，随即冷下脸来。邹谟深施一礼，沈梦芜还礼，邹谟刚要说些体面的话，谁料沈梦芜撩裙从他身边而过，邹谟略显尴尬，两人这短短的接触，被元载看在眼里，他不动声色地转过身："你来了？"

房门关闭，远去的邹谟回头，恍惚间感到沈梦芜的来意一定与唱曲无关，至于是为什么，邹谟苦笑着摇摇头，那又与自己何干？可是，为什么见到沈梦芜会内心怦然一动，久未见她，怎么无端端地生出了些许牵挂？邹谟使劲捶了一下脑袋，心说："邹谟啊邹谟，你不是那得陇望蜀的人，怎的有了元嫒，这厢还记挂着沈娘子，这样可不好。你对沈娘子和元媛一定是两种不同的情感。对元媛是深深爱慕和追求，对沈姑娘是心疼和怜惜。对，一定是这样的。"想到最后，旬谟都有些乱了，只想快些回到书房，好好地看上一会书，缓解一下这纷乱的思绪。

听沈梦芜说杨绾经常到酒楼找她，元载略一沉吟："杨绾贵为礼部侍郎，成日里去酒楼找你？以他的性子，除非是有要事。梦芜啊，我不得不夸你两句，幸亏你谨慎，这朝堂之上，人事倾轧，绝非你弱女子能够体会，那我问你，你觉得杨绾找你意欲何为？"沈梦芜摇摇头。

元载叹息："唉，看你如此谨慎，老夫就能预料你这些年过得是何等颠沛流离，我只恨遇到你太晚啦，没能尽心尽力地保护你，前些日子我宰相府居然也有刺客，据我调查，与你被袭相距不过一日，你认为这里有何关联？"

沈梦芜惊慌："何人敢行刺元公？"元载："你冰雪聪明这还想不通吗？"沈梦芜："可是因为儿？"元载颔首："可我不怕，苍天明鉴，我连你都保护不了，我对陛下有罪啊。我死不足惜，可我不能让你有一点点伤害，杨绾其心，已初露端倪，杀我的刺客绝对与他有关，他又连番地去找你，梦芜啊，搬进宰相府来住吧。"沈梦芜："多谢元公关怀，儿多年在外自由惯了，宰相府的规矩大抵不适合儿。"

元载接着说："你到底想怎么样？元媛与你年纪仿佛，有她与你说笑，想来比住在外面好，你一再拒绝，让老夫很是寒心。"听到元媛的名字，沈梦芜面色异样，咬咬嘴唇，目光更为坚定："进府内居住恕儿难以从命，元公若方便，可安排几个武功高强的侍卫与我，梦芜不胜感激。"

元载说不动沈梦芜，叹息道："好吧，就按你说的办，让几个侍卫送你回去，从今日开始，由他们贴身保护你，可老夫有言在先，一旦你在外发生任何危险，一定要告诉我，不可推辞。"沈梦芜告辞，元载唤婢女来，要她们速拿净面之物。沈梦芜答谢："也好，免得酒楼众人看出我出了门。"

转眼已是月上三竿，旬谟知道沈梦芜还逗留在元载书房里，心烦意乱，匆匆看了几页书，书上的字都好像是在跳跃，根本也看不下去，于是出门走走，有意在元载书房门外徘徊，可迟迟不见沈梦芜出来，又见婢女端着水盆，抱着妆奁进了书房，不觉心中一紧，生怕沈梦芜为了与他置气，步了薛瑶英的后尘。

心下恓惶，又跑出了府门之外，反反复复地在府门外流连，过了大约一个时辰，沈梦芜抱着琵琶缓缓走出了府门，邬谟猛地上前，沈梦芜吓了一跳，忍不住捂着胸口一声尖叫，看清面前是邬谟时，沈梦芜的面色沉了下来。邬谟："沈娘子，为何来为元公唱曲我却未听见曲乐之声？"沈梦芜冷冷地说："你什么意思？"邬谟劝道："沈娘子，你虽在酒楼但万万不可自轻自贱，做下错事那可就悔之已晚了呀。"

沈梦芜气得略微颤抖，耳垂上的珍珠耳坠簌簌发抖，沈梦芜深吸了一口气道："我的事情我自己做主，用不着他人指指点点，反倒是你，做宰相门客，终日饱食才有闲心来管小女子的事情。"邬谟："我是一片好心，你何苦这番折辱我？"沈梦芜："好心？你刚才说的话对我何尝不是一种污蔑？我不需要你的好心。"

邬谟使劲拍着自己的头，责怪自己鲁莽低能，明明一番好意，却就此和沈梦芜结下了梁子。

五

一个披着貂绒斗篷的身影，一动不动地站在回廊之上，正是元载。邬谟道："元公，这么晚了怎么还没有休息？"元载："你与沈娘子什么时候相识？可是故交？"邬谟："说来话长。"元载："长夜漫漫，听你讲个故事的时间还是有的。"

邬谟知道躲闪不过，只有如实以告："当初我与卓英倩进京赶考，路上偶遇沈娘子，当时她正遭遇黑衣人行刺，就此相识。"元载："这么说你还是她的救命恩人？"邬谟："哪里是救命恩人了，我们俱是被一位义士所救，正因为有此机会，我才与沈娘子相识。"

元载点了点头，语重心长地说："沈娘子身世可怜，在京城里孤苦伶仃，我的身份不宜过多地探视，你有时间，可多去看看她。"邬谟以为元载对沈梦芜起了色心，顿时心乱如麻。他试探着问元载："元公，我与她不过是萍水相逢，经常过去看她，这，不太方便吧？而且她的身份……"

元载感到旬谟误会了自己，于是打哈哈说："忘了告诉你，沈梦芫是我一位故人的女儿，我一直想帮她赎身。你与她接触过，应该知道她火烈的性子，我也无可奈何，你们都是年轻人，偶尔去看看她，也不会引起什么麻烦，我如果过多地参与其中，恐怕会引起他人误解。"元载的话，说得严丝合缝，旬谟放下心来，不再有疑。

旬谟躺在榻上轻轻松松地嘘出了一口气，手掌轻轻地叩着榻的边沿，心情大好起来，原因无非是元载的解释使旬谟内心的一块石头落了地。不一会儿他的眉头却紧锁起来，又拍了自己一巴掌，开始教训起自己："旬谟啊旬谟，你与沈娘子说白了，无非就是好朋友，你如此这般地为她心情起伏、夜不能寐，你忘了你究竟要做些什么？大事未成，怎么在这些儿女琐事上费尽心神，快快收拾好心情，做些正经事吧。"

旬谟转个身安然睡去，这一晚自打看见沈梦芫，他就一刻不曾休息，思绪万千，真是累了。有很多时候，人的累不是体力上的疲劳，人在累心之际，才是真正的累啊。

沈梦芫返到酒楼里，柳眉倒竖，想要喝口水，却茶壶空空。一直温婉的她，厉声呼唤婢女，婢女三步并作两步地端着茶壶沏茶，小心翼翼地为沈梦芫倒上，试探着问："娘子是不是出行不顺利？看你好像不开心？"沈梦芫撩开帘子往外看，宁疾云在擦桌子，她努了努下巴，示意婢女："去，把他叫来。"

宁疾云手上干着活，可他的心思都系在了沈梦芫身上，婢女一喊他，马上一个箭步冲到了沈梦芫身边，沈梦芫垂着眉低声道："我这你不宜久留，元载很快就会派人来保护我，我身边有陌生人，他们难免心疑，万一调查起来，恐怕你难以逃脱。"

宁疾云实在是一万个不情愿离开，可她说得是句句在理，难以辩驳，他只得收拾行李。走在大街上，宁疾云内心悲凉，可自己再看不到心爱的女子了，这份思念实在放不下，宁疾云看着望月楼的方向，叹息不已。

沈梦芫在房间里发愣许久，回想起旬谟白天对她说的那些话，心里充满了委屈。

邬谟可谓是春风得意，这世上有什么比两情相悦更令人欢喜。眼前还有一桩更大的好事等待着他。

宰相府的仆人将请帖送给邬谟的时候，邬谟本不想赴约。请帖也不留落款就邀请邬谟去酒楼一叙，有些莫名其妙。邬谟住进元府，深得宰相器重，难免会有见风使舵之人相当主动的特意与他联络，邬谟以为这是哪个想巴结宰相的人，从自己身上入手拉关系。可是转念一想，宰相叮嘱过抽空去看看沈梦芜，这一晃半个多月过去了，不妨去看一看吧。

按约来到酒楼后，邬谟四处打量，突然，后腰被一硬物紧紧顶住，一个低沉的声音在耳边响起："别回头，往前走，不许往两边看，到窗下的那个案边坐下，我有话要问。"邬谟知道不好，可手无寸铁无法反抗，其实，邬谟一介书生，手里即使有武器，遇到高手他也无可奈何。

这时身后之人走到了他的面前，一双乌溜溜的大眼睛看着他，脸上是笑意，邬谟顿时松了一口气："元媛，你别闹了，我有正事。"元媛依旧咯咯地笑："好不好玩啊？我看你一点都不害怕。"话音刚落，邬谟一下子钻到桌子下，元媛不解其意，邬谟晃动身体抖动桌椅说："大侠，求求你，放过我吧，我实在是害怕啊。"

邬谟为让自己开心竟表现出这么可爱的一面，元媛笑得花枝乱颤，朗声说道："放了你可以，拿锭银五十两赎身。"邬谟在桌子下接着说："我是一介书生，哪有那么多锭银，大侠还是带我回家吧，我为你铺床叠被，当牛做马。"元媛笑得喘不过气来。

这时一只大手拍在桌子上，一锭金子光闪闪地出现在桌子中央："此人欠你多少钱，你如此为难他？这些够不够？"

第二章：公主疑云

一

青年情侣正在调笑，突然冒出来了一个英雄要救少年。元嫒愣怔了一下，旬谟从桌子下探出头来，当看到说话的人时，一贯稳重的他快速钻了出来："卓英倩！"旬谟的举止让卓英倩惊讶不已，他调笑地问："近来你到底经历了什么？你这表现与以往判若两人啊。"旬谟："帖子是你让人送的？"卓英倩："那还用说，我就是要给你一个惊喜嘛，可倒好，让你吓了一跳，哎，你怎么回事，这么点钱吓得你钻到桌子下？"

元嫒有些害羞，旬谟笑着解释："这位是元府的娘子，你们以前也见过面嘛。"卓英倩打量着元嫒，一拍脑门："你这一说我想起来了，是她，是她呀！这一女扮男装差点把我蒙了过去，可你俩怎么回事？你？算了，算了，不问了，来来来，喝酒，喝酒。"

几个人落座，卓英倩告诉旬谟自己在地方政绩良好，现被召入京城述职，刚到驿站就来找旬谟，两个人分别得太久了，心中甚是想念。旬谟见到老友更是情不自禁，高兴得手舞足蹈，一会儿让伙计上酒，一会儿让伙计添菜。

卓英倩急忙说："哎，菜就不必添了，记得我们身无分文的时候，最馋的是路口那家店的胡麻饼，不知道还有没有？"旬谟一听，连声回应："有有，我这就去买。"元嫒乖巧地站起身："你们在这聊，我过去买吧。"

卓英倩意味深长地盯着旬谟，旬谟："你也是，大老远地回来吃什么胡麻饼。"卓英倩给了旬谟一拳："吃什么吃，你是真傻还是装傻，我想支走她与你说说话。哎，我发现你可是走了大运啊，这可是元府的娘子，你看看她对你的那个态度，好家伙，看见你她的眼睛里都没别人了！这机会千载难逢，要好好把握啊。"

好兄弟一眼就看出来元媛喜欢自己，邬谟自然是高兴。卓英倩轻轻地踢了邬谟一脚："哎，有个宰相的千金喜欢你就高兴傻了？话都不说，想什么呢？"邬谟苦笑地说："我也正为这事烦恼，元公要为我谋个官职，元媛也说，我如若不为官与元家门户不对，可你知道，经过科举考试舞弊一案，一些事深深影响了我，为官之路看来已不适合我了。"

卓英倩羡慕得两眼发光："这么好的事怎么落不到我头上？我与你说，我那里可不是世外桃源，做什么事都得思量再三，我要有你这个大靠山，那我可是如鱼得水了啊。"元媛拿着胡麻饼走了上来，两个好朋友只好暂停，无法再深谈下去，两人举起酒杯，一饮而尽。

元媛手中除胡麻饼外还拎着一个精致的盒子，邬谟问她："这里装着什么？"元媛有些怅然："明天是我母亲的生辰，为她准备了些礼物。"邬谟心中疑问：这贺寿本是大喜事，元媛的表情似乎有什么难言之隐？

卓英倩喝着酒，双眼却左顾右盼，邬谟好奇问道："卓兄刚回来，可是还等什么人吗？"卓英倩笑道："素闻望月楼中的沈娘子色艺双绝，可我今天无缘一见，甚是遗憾。"

卓英倩如此夸赞沈梦芫，元媛脸上有些不好看，毕竟是个年纪差不多的女孩子，又正是争强好胜的年纪，邬谟看出了元媛的不悦，提议离开酒楼，但看卓英倩意犹未尽的样子，又是这么久没见面了，邬谟又坐了下来。

帘幔掀开，沈梦芫竟然落落大方地走了出来："今日望月楼喜迎贵客，不知可否与几位坐在一处？"沈梦芫话音未落，卓英倩已站起身来，殷勤地邀请她入席，沈梦芫淡淡一笑，表示谢意。卓英倩一下子看呆了，要不是邬谟推了他一把，他浑然忘了身边还有另外几个人。

元媛噘起嘴："呆呆地闷坐，着实无聊，我看我还是打道回府吧。"就算邬谟真的要与元媛一起走，可卓英倩如何舍得放弃这么好的机会，他眉头一皱，计上心来："我有一个建议，我们玩飞花令如何？输了的罚酒。"对此，竟然没有一个人提出异议。

句谟乃是状元之才，飞花令在他眼中不过是区区文字游戏；卓英倩是中了明经的有着真才实学的官员；沈梦芜自小跟着母亲读书，名家诗词对她来讲全都信手拈来。三个人看向了元媛。"看什么看？以为我比不上你们是不是？我还对你们说了，这次飞花令谁也不许用别人的诗词对，全要现场对出自己的，这样才能通过。"几个人点头赞同。

卓英倩说："我们几个要说诗赋最好的，非句谟莫属。句谟，你起令如何？"句谟起身，踱了几步，看了眼元媛与沈梦芜，沈梦芜身穿桃红的一袭丝质袍子，元媛则穿了一袭碧绿，两个人坐在一处，相得益彰，衬得粉脸越发地娇媚多姿。

于是，句谟道："桃红柳碧放眼春。"此诗句一出，卓英倩拍起手来："好诗呀，好诗！既应了景，又贴了题，句谟兄，文采不减当年。"元媛："可别夸了，等着你下一句呢。"卓英倩眼风看向了沈梦芜，略一沉吟，念道："红梅无声暗香徨。"念完又看了看沈梦芜的红衣，姿色更无比动人，卓英倩眼睛发直，眼珠不会眨动了，句谟在桌子下踩了卓英倩一脚。

沈梦芜嫣然一笑："可是轮到我了？我对上一句'无燕振翅寻故垒'。"如果说诗词能让作者直抒胸臆，那么，沈梦芜这句诗，其实就是肺腑之言，她像是一只离群飞翔的孤雁，流落在长安城，要找寻自己的家，找到亲生父亲，阻碍重重。接着，三人一起看着元媛，沈梦芜这句落在了一个"翅"上，这句该如何应对，一时真让人想不出合适的诗句。

元媛不以为然，抿嘴一笑，朗声道："翅君鸣醒满园芳。"此句一出，举座皆惊，元媛引用"翅君"应对，所谓"翅君"就是金翅鸟，又称"迦楼罗"。

唐朝人多信奉佛法，对佛教的各类典故，也是如数家珍，可像元媛这样，在诗中使用的，可谓不多见。句谟看了元媛一眼，眼神里露出赞赏之意。卓英倩捅了句谟一把："哎，又该你了，她给你出了难题，这满字可是有点难啊。"

句谟张口就来："满目不觉山花落。"句谟内心牵挂着百姓的安危，不知不觉流露在诗里。

作为郇谟多年的朋友知己，卓英倩知道他心中所想，于是吟诵出"花蕴诗情深处有"，卓英倩说出这句，郇谟与他对视了一下，一切尽在不言中的默契。

眼看着诗风朝着晦涩处走去。

可沈梦芜却经历颇丰，深谙生活艰辛，善解人意，她在结尾处说出了"有即相濡俱善光"。沈梦芜如此通晓事理，卓英倩喜心翻倒，对沈梦芜的爱慕之意又增加了几分。

郇谟对卓英倩很了解，早在年幼时，两个人朝夕相对研究学业，并没有顾及其他，可如今卓英倩对沈梦芜甜言蜜语，显得异常轻薄，郇谟心中似觉不妥，想要提醒卓英倩，可是大家在酒楼玩得太晚，元媛一直张罗要回家，郇谟只得与元媛离去，卓英倩也没了留下的借口。

二

第二天，元媛母亲王韫秀过寿，为其庆寿的只有几个仆人和元媛。元媛去找父亲，却听到元载正同薛瑶英嬉戏。元媛气不打一处来，父亲平日里偏疼薛瑶英也就罢了，可今天是母亲的寿辰，父亲竟然忘在脑后。想到此处，元媛"砰"地推开了薛瑶英的房门，屋内的场景让她不得不闭上眼睛。

薛瑶英穿了一件亵衣，白白的胸脯露在外面，元载的手搭在胸脯上。女儿目睹了自己不堪的样子，元载心中也是恼火，冷着脸说道："你越来越没规矩，进房间门都不敲?"元媛内心有气，她上前几步，"扑通"跪倒口称："父亲您素日对母亲冷淡，儿看在眼里可没说过什么，今日是母亲的寿辰，您礼物没有一件，难道寿宴也不打算去了? 母亲与您几十载的夫妻，在您居无定所的时候任劳任怨地跟着您，现在有了荣华富贵，想与您吃顿饭都不行吗?"

元载这才记起今天是发妻的生日，颇为汗颜，匆匆起身，元媛紧随其后，看也没看薛瑶英一眼。一家三口终于团圆，聚在屋子里为王韫秀庆生，夫妻二人回忆从前受过的苦——那时过生日一碗汤饼都吃不起。

夫妻对视，眼泪满盈，王韫秀从怀中拿出了一块绣帕，交到元载手上。元载拿起细看是一首诗："黄莺枝上小桃红，妙啭芳音画栏空。为有清香来入梦，何花试问不从风。"元载哽咽："这是你我新婚之际，我给你写的诗，你绣在了锦帕上。"王韫秀语带深意："你给予我的一切我都真心收藏。"

元载拉住了王韫秀的手，抚摸着，深情地说："你出身富庶，跟了我吃尽太多苦头，你这些年不易啊，以后我一定好好对你，让你天天都开开心心的。"王韫秀感动得刚想把头枕在元载肩头，仆人隔着门大喊："主人、主人，不好了啊，薛夫人的头疼风突然发作，人事不省，您快去看看吧。"元载浑然忘却了刚才的海誓山盟，起身要走，元媛拉住父亲不让他去，元载一甩胳膊差点将她甩到了地上。

王韫秀急忙去扶女儿，哽咽着说："你怎么为了一个不相干的女人，如此对我们母女俩？"元载生气："女儿不懂事胡闹，怎么你也如此，看来这个孩子是被你生生惯坏了。"看着准备好的一桌子菜，王韫秀搂着元媛失声痛哭。

薛瑶英的卧房里却是满眼旖旎，元载知道她在装病，可却着实舍不得她那欲哭无泪的样子。薛瑶英明知故犯的神态和那种没了你我无法生存的痴缠，让元载再也挪动不了脚步，两人扑倒在床上又是云雨一番。

第二日，旬谟心情大好，元载问其缘故，听说是他的好友卓英倩回京。想起一年前考生闹事案旬谟下狱时，为其奔走的正是此人。当时元载便对其印象深刻，于是邀请卓英倩到府上做客。

旬谟早就想带卓英倩来宰相府转转，见见世面，可自己是个门客，话说不出口。如今元载主动相邀，旬谟从元载房间出来，开心地笑了起来。元媛昨夜与父亲憋了一肚子气无处发泄，见旬谟从父亲书房里出来脸上还带着笑意，心里更是不痛快。旬谟打招呼，她冷冷地应了一声，擦身而过的瞬间还嘀咕："男人啊没一个好东西。"弄得旬谟一头雾水。

卓英倩说话办事体贴入微，眉梢眼角所表达的都是元载最想听的，动听却不谄媚，悦耳又不奉承，元载真心喜欢上了卓英倩。一个人若是真的欣赏或喜欢一个人，自然而然就想为他做点什么。

元载也不例外，刚好吏部要对新上任的官员进行考核。元载出手了。卓英倩在外任职不到一年，鉴于他在巴东的业绩，已被评定为"中上考"。中上考在九等中位于第四等，必须是"有特殊贡献"的人才能获得。元载仍不满意，居然将卓英倩的考核等级定为第三等，上下考。并将其安排到中书省，破格提任为中书主事。

卓英倩做梦都没想到会有这番好运气，对元载表达了自己的忠心耿耿万死不辞后欣然上任，轻车熟路地不惜花费重金上下打点一番。元载暗暗地点头，果然没有看走眼。

元载与邮谟谈起卓英倩的种种，甚是认为自己简直是慧眼识英才，可邮谟却觉得元载口中的卓英倩与心中的那个好兄弟简直是相去甚远，邮谟觉得卓英倩似乎已经变了。

有了邮谟和卓英倩两个青年才俊，一个负责谋划，一个负责办事。元载以为就此可以高枕无忧了，于是整日沉迷在淫乐之事，对薛瑶英越发地宠爱。可他做梦都没想到，所谓"后院起火"大多因为当家人一碗水难以端平之故。他独独地宠爱妾室，妻子虽识大体，忍气吞声，可骄纵惯了的女儿元媛却与薛瑶英的矛盾越来越深。

薛瑶英恃宠而骄，要求越来越多，一日与元载痴缠过后，闲闲地提起为她阿兄薛从义向元载讨要官职。俗话说英雄难过美人关，缠绵的枕边风一吹，饶是元载也乱了方寸。

一些琐事，元载都交由邮谟打理，显而易见，邮谟也成了元载信任的人之一。邮谟听了元载的话，嘴里嘀咕着："薛从义，薛从义？元公，薛从义可是当初帮薛灿卖官的人？"元载不屑地说："可不就是他。"邮谟："元公，这事你可要三思啊！"

听了邮谟的话，元载也没再执意安排薛从义，没料想，薛瑶英不干了。经不住薛瑶英的软磨硬泡，元载最后还是为薛从义谋了一个小官。就是这么个他看不上眼的小官，却为他以后的生活掀起了惊涛骇浪。

再说杨绾又一次便装出行，到望月酒楼见沈梦芜。酒楼的伙计看他穿着素简，也没拿他当回事，追着他打趣，说他老当益壮，杨绾不以为意，找了角落坐下，也不点酒菜，一壶清茶，默默地听沈梦芜唱曲。他的这个举动遭到了伙计的嫌弃，扫地的扫把到了杨绾脚边都不喊声"让让"，直接扫上了杨绾的脚面，可杨绾不急不恼，怡然自得地喝着茶、听着曲。

等了许久，沈梦芜唱完曲子看都不看杨绾一眼，便起身往回走。杨绾可急了，他紧走几步要追过去，门帘一挑，他最不想看见的人，出现在了他的眼前。

三

元载带着一脸讥讽，话里有话地说道："杨侍郎今儿好兴致啊，下了朝家都不回，急匆匆地赶到酒楼，听一个比你女儿年纪都小的歌姬唱歌。不过，我看她好像并不愿意搭理你？"元载把头贴近了杨绾："是不是你钱花少了？这可是你的不对了，你与她年纪差了这么一大截，舍得大把地往上堆钱，这事还真兴许能成，可你这么小气，我看你还是算了吧。"

杨绾一如既往地不卑不亢道："元公何出此言呀？我今儿是打这路过，顺路歇歇脚，却引出你这么些好话，看来真是不虚此行、不虚此行呀。"元载皮笑肉不笑地回道："要我说呀，收起老牛吃嫩草的心，这么单纯善良的小娘子，你就放过她吧。"杨绾素来不与别人打嘴仗，显然是被元载逼急了，脱口而出："沈梦芜是否单纯只是一名歌姬，你心里比谁都清楚。"

杨绾这么说也是破釜沉舟，他倒要瞧瞧元载葫芦里到底卖的是什么药，或许让自己一激，元载兴许能露出什么马脚也未可知。然而，元载曾经历过大风大浪，想从他脸上看出破绽，杨绾太小瞧这位宰相了。

元载不动声色地回击："我清楚，非常清楚，杨侍郎要是想听，我去喊沈娘子过来坐，老夫亲口为你讲讲如何呀？"杨绾明白是问不出什么了，只好施礼告辞，下楼之际扭了一下脚，身后传来元载的笑声。杨绾咬牙发誓："姓元的，早晚我会让你也这么大声地哭。"

杨绾离开后，元载收住笑声，脸色一沉，沈梦芜的那几个贴身侍卫急忙走上前来，元载："我让你们做什么是不是都忘了？杨老儿在这坐了这么长时间，你们眼都瞎了吗？"侍卫解释："他也没有什么越格的举动，所以就、就……"

元载一摆手，上来了几个人，将分辩的侍卫架起，往门外拖去。元载从牙齿缝里挤出了几个字："再有曾经追随过那位的官员来到酒楼，要及时告之。"侍卫们噤若寒蝉，齐声答是。

长安城里是非不断，长安城外又岂能是太平盛世。

离开了沈梦芜之后，宁疾云日思夜念，实在受不了了，便乔装改扮，回到酒楼外窥探，只为见到她一面。哪怕仅仅听到她歌声，也能慰藉他思念的心。

宁疾云在酒楼外，看见了悻悻离去的杨绾以及志得意满的元载，他便明白，为了自己也为了沈梦芜的安危，不能在酒楼外徘徊了，甚至长安城也不宜久留，于是，宁疾云踏上了漫漫旅途，只不过这次走得格外凄凉，以往无牵无挂，天当被子地当床，可现如今，心里有了想念的人，脚下便多了几分羁绊，好想有个借口回到沈梦芜身边，哪怕做那腌臜的伙计，也比在外流浪要好过得多。

宁疾云越走心越烦，越走越悲凉，就在这时，"救命啊，救命"的呼救声在山间响起。宁疾云没费吹灰之力寻到了声音的所在，使出"草上飞"的绝技，脚底疾驰而轻巧无声地朝着声音的来处奔去，躲藏在草丛中。

一商人打扮的男子在苦苦求饶，在他的身后，缩着一群穿着绫罗绸缎的女眷，还有几个小孩子，都吓得浑身发抖，哭哭啼啼。在这家人的前后，围着大约二十几个山贼，他们或坐或卧，看起来全无章法。可宁疾云是行家，他发现这些绝非一般山贼，显然摆出了八卦迷魂阵的站位，谁敢贸然前去施救，必然有去无回。

宁疾云眉头紧锁，单凭他一人之力，破解得了阵法，却无法保证商人一家的安危。正踌躇间，却见不远处的草丛中还有一人挺身而出，宁疾云倒吸一口凉气，自己的功夫不弱，可这人什么时候埋伏在距离一丈远的地方，竟然丝毫没有察觉。宁疾云还在胡思乱想，那边已经动起手来，说时迟那时快，宁疾云剑已出鞘，加入到了激烈的打斗中。

宁疾云单打独斗惯了，招式稳准狠，只为克敌，不求自保，想想也是凄凉。每次遇见难处都是他一个人面对，如果他不能杀死敌人，那么下场就是被敌人所杀。所以宁疾云招招致命，却浑然忘却了这次面对的是二十多个对手，等到他发觉后背一凉，回过头来吓出了一身冷汗——

身穿的长衫已经被利剑割出了长长的口子，再深寸许，小命不保。刺他的山贼已经躺倒在地，口吐鲜血，救宁疾云的正是那个陌生男子。

正所谓患难见真情，两个男人之间无需多言，眼神交汇处，脚步齐动，宁疾云一招哪吒探海先杀一人，救命男子则一记双峰贯耳，把山贼打得是大喊饶命。俩人你来我往，说不出的默契，山贼见状，顾不上商人一家，纷纷逃命去也。

直到山贼跑远，宁疾云和男子气喘吁吁地跌坐在了地上，再也动弹不得。商人见两人一同赶走了山贼，救了全家，急忙携带家眷跪谢，宁疾云摆摆手，商人还算是明白事理，拿出了财帛，朗声说道："两位恩公在上，小人姓钱，南诏人士，以后如果有缘与两位恩公相见，定当再次重谢。"紧接着又说了些场面话，带着家眷拖拖拉拉地下山去了。

宁疾云和男子躺在草地上看着天，宁疾云："不知道你要去哪里？我姓宁，你要是方便，不如我们结伴而行。"男子倒也爽快："我叫傅宽，是个江湖中人，此次打算到长安城转转，不是我想去，是我母亲眼睛不好，腿脚走不动，非得要我去看看新鲜，回家讲给她听，不知道你可有心同行？"

宁疾云笑道："想去的去不了，不想去的却总往那里跑。人啊，这一辈子什么时候能心想事成呢。"两个人正说笑间，听到远处鼓乐齐鸣，民众喧哗声颇大，人潮如涌泉般朝着城里跑。

宁疾云："城里可有什么大事发生吗？"傅宽："这你就不知道了吧？今天陛下册封华阳公主，这该是大典完了，要带公主出游呢。哎，你不是说你刚从城里出来嘛，这么大的事你都没听说过？"宁疾云这些日子心里只有沈梦芜，哪里还装得下别人，只好苦笑了一下。傅宽："喏，这些酬谢的东西我俩一人一半，你要不去我可要进城瞧个稀罕，我还没见过皇帝老儿长的什么模样，就此别过，想我就到福来客栈找我。"

傅宽话音未落，人已经蹿出很远，宁疾云赞叹不已，深感人外有人天外有天。

李豫带着新册封的华阳公主出游，全城戒严，宽阔的街道全部洒水，防止尘土弥漫，影响了陛下的心情。路人允许远远地围观，却禁止喧哗，禁卫军全部出动，如临大敌地守在步辇御驾之前，生怕陛下有一点闪失。

在众人对着皇家仪仗队指指点点之际，人群中一个面色惨白的少女看上去却是另一番光景。她眼中带泪，紧紧盯着步辇移动，目光里有着期盼，盼着风将帘吹动起来，能让她看看步辇中那令她母亲念叨了一辈子，却无缘亲见一眼的亲人。步辇缓缓移动，渐渐地就要消失在少女眼前，她把裙摆死死地攥在手中，用力再用力，长长的指甲已经把手掌心的肉抠出了鲜血。

突然，她像疯了一般，分开众人就朝着步辇扑去。

四

御林军身经百战，可这不要命的年轻女子却是第一次见。众人诧异间，女子已经扑到街道中央，拦住了仪仗。仪仗遭遇变故，停止不前。层层帐幔之后一张温婉的面容出现："为什么不动了，可是遇到了什么事情？"这个冒着生命危险犯下滔天死罪拦住步辇的正是酒楼歌姬沈梦芜。

沈梦芜此举乃是一时冲动，当她醒悟过来时十分后怕，可当沈梦芜看见陛下与他的女儿以及贵妃恩恩爱爱坐在一起闲话家常的场景，心中百感交集，"嘶啦"一声，她的双手太过用力而撕破了裙摆。

时间在瞬间定格，沈梦芜不禁回忆起与母亲这些年来颠沛流离的生活，想到母亲孤苦一生，所托非人，而如今物是人非，步辇中所坐的当今陛下早就忘却了母亲的存在，沈梦芜所受委屈皆能容忍，但是事关母亲，她无论如何都要尝试一下，哪怕为此付出生命，她也心甘情愿。

沈梦芜弯下腰，用尽浑身的力气，大声喊出："陛下可还记得当年的结发妻子沈珍珠吗？"遗憾的是，李豫毕竟离她较远，再加上路边人声鼎沸，根本听不清她在说些什么，在步辇外服侍的太监董秀却听得清清楚楚。董秀吓得一个趔趄，急忙吩咐手下将这女子带走看管起来。

这拼命地一搏，于李豫而言，不过是贫家女子想要一睹皇家风采的小插曲。鸣锣开道，御林军先行，一个能改变沈梦芜命运的转折点，就这样云淡风轻地消逝掉了。

当天沈梦芫就被押进大牢，不过董秀却告知看守小心伺候，在事情未查清楚之前不得让这女子受到一点点伤害，董秀作为御前最红的总管太监，在陛下面前都可以进言，下头的人没有谁会不给他几分面子。

董秀对沈梦芫这个女子展开了调查之后却乱了阵脚，他发现这瘦弱女子并不简单。

更令董秀惊讶的是，这个沈梦芫竟自称是当年沈珍珠的女儿！难道这女子是陛下失散多年的公主！意识到拿了个烫手山芋的董秀，不知道该如何是好。直接交给陛下，在陛下面前必然是立了大功，但这样一来，后宫正得宠的独孤贵妃的利益必然遭到损害，这个人他也是不敢得罪的。

可交给独孤贵妃，他又得罪了陛下。董秀决定，佯装不知，把此人交给京兆尹崔昭去调查。崔昭是元载的党羽，在长安城内也是眼线众多，董秀都能查出来的人，于他来讲自然是小菜一碟。然而一调查出沈梦芫的身份，崔昭也不知道如何是好了。好在自己只是个跑腿办事的，既然上头还有元载坐镇，那么事不宜迟，把此事立刻汇报给了元载。

元载表面波澜不惊，可内心却暗暗叹息沈梦芫为何如此沉不住气，如今她大闹陛下仪仗，这可是死罪，哪怕早就知道了事情的真相，现在也不能在崔昭前表露一分。于是元载拍案而起，满面惊慌，指着崔昭说："兹事体大，你可不能草率结案，必须要查清楚，这个女子到底是不是陛下的女儿？你在我手下办事多年，一直稳妥，如果在这件事上出现纰漏，不但是你，就连我的性命都堪忧。"

崔昭是何许人也，不说他是官场上的老油条，也是个七窍玲珑的人，短短几秒钟他已经顿悟：时机不到，这个沈梦芫即使是真的，也要把她说成是假的。崔昭会意，低声道："元公所言极是，仔细一想，确实还有很多疑点，请给我些时间，我要好好把这件事彻查清楚，再来回禀宰相。"元载清楚，崔昭了解了自己的暗示，于是放心让他离开。

大牢中漆黑无窗，仅仅在高高的棚顶有一处透气孔，稍微投射进来一点光线，沈梦芫置身在这一缕光线之下，神情恍惚，隐隐约约听见母亲在召唤自己："梦芫、梦芫，你快跑啊，快跑。"

时间随着沈梦芫的思绪，退回到了从前。

沈梦芫母女被人追杀，两个人狼狈至极跌跌撞撞，恨不能长出八条腿来逃出这人间炼狱、这噩梦般的时光。沈珍珠的贴身护卫拼死护主，好虎斗不过群狼，还是被杀手钻了空子。一声惨叫过后，沈珍珠一回头，却眼见着一束刀光朝着女儿的背部砍去。为救女儿沈珍珠挺身挡下这一刀，此时受伤的护卫踉踉跄跄地爬起身，拼尽全力用肉身抵挡住了追兵的刀光剑影。护卫牺牲自己拖住了敌人。一刀刀刺进肉体的声响，让沈珍珠和沈梦芫好想捂住耳朵，再也不要听到这让人发疯的声音。

护卫再也撑不下去了，他喘息着喃喃地说："……快跑，快跑。"沈珍珠一贯善良，对待贴身护卫从来都是呵护有加，甚至谁家有难，沈珍珠还拿出钱贴补。当年的日行一善，也许才会换来今天的性命相抵，世上之事素来有因有果。

沈珍珠带着女儿侥幸逃离了追杀，然而，命中有此一劫，终究难逃。沈珍珠行至半路，伤势发作，临终前交代女儿要去京城找到她的父亲，她是大唐皇帝的亲生女儿，是当朝的公主。

五

沈梦芫怀着寻找父亲的梦想，一路赶往京城，可没料想路途凶险，有太多的人想结果了她的性命。沈梦芫无数次在夜里哀叹命运不公，为什么她有家难回，又为何有父亲不能相认，到底她的出现挡住了谁的好事，非要置她于死地？她想不通，也想不透。好在元载宰相对她的身世了解后，反而处处呵护她、照顾她，这让沈梦芫冰冷的内心得到了一丝温暖，可现在盲目认亲，又被押身在这大牢之中，就算是位高权重的元宰相，恐怕也再不能救她了。沈梦芫想到此处，珠泪涟涟，痛不欲生。

如果说人人都有回忆，那么，当沈梦芫在大牢中想起前尘往事之际，还有一个人，那就是端坐在书房中的元载，他也在想，沈珍珠母女遭受意外的那天晚上，他又在何处？他又到底干了什么？

时光回到了那个夜晚，月朗星稀，元载没有今天的淡定与闲适，他焦虑地在院子里走来走去。几个身着黑衣的人出现在元载面前，低声报告说："怎么办？后宫的人动手了。"元载吩咐："果然不出我所料，你们趁乱马上行动，只许动手抓活的，不许上兵器，我想要的人如果有一点闪失，你们几个提着头来见我。"

于是，在沈梦芜进京路上被追杀的时候，出现了另一拨蒙面黑衣人。直到宁疾云出现，沈梦芜逃脱后，跌跌撞撞地前行，忽看到一顶肩舆远远地过来，沈梦芜口中呼着"救我"，再也撑不住了，倒在了路边。

元载的回忆到这里结束，他的属下并没有抓住什么人来他面前邀功，几个人垂头丧气地请求发落，他们唯一说的一句话是："人我们确实看到了活的，可是，我们把人跟丢了。"

元载想到这里，从回忆里步入了现实，如果时光能够重现、能够倒流，他多么希望黑衣人把他要的人带回来，何苦要经受这么多坎坷！世上不如意事十之八九，贵为宰相也不能事事尽如人意，元载能早点想到这些，他也不至于走上了蚍蜉撼树的道路。

沈梦芜和元载在回忆中都有过一段缺失。沈梦芜记得看到一顶肩舆后晕倒过去，元载的回忆到沈梦芜逃脱后结束。实际上，还有一个人参与到了这件事中，他就像是一根线，将所有人的记忆串联到了一起，不过当事人却还懵懂不知而已，这个人如果愿意回忆，那么，他讲出来的事情将格外惊心动魄，他就是肩舆的主人，郭子仪。

郭子仪那天也是合该有事，一个同乡喊他去乡下吃鸡。同乡家境本不富裕，养了几只鸡金贵得要命，可就是因为与郭子仪交好，于是献宝一样，邀请郭子仪吃鸡。以郭子仪的身份地位，除却龙肝凤髓没吃过以外，其他的都是他府上的寻常物，郭子仪素来珍惜同乡之情，换了衣服，带了几个侍卫，轻装前去。

回城的时候，郭子仪坐得也累了，从肩舆中下来舒展身体，哪知出来后仅仅望了一眼，顿时惊呆了：一个年轻女子躺倒在地，身上一枚玉佩从颈间滑落。这块玉佩郭子仪是认识的。何止是认识那么简单，拥有这块玉佩的主人沈珍珠是陛下的结发妻子。看到这块玉，让郭子仪十分震惊，再细看女子相貌，分明与沈珍珠是一个模子里刻出来的。

郭子仪只能把沈梦芜救下，其实他一员武将，本不想蹚后宫的浑水，可有些事就是这样，你越是不想沾染，偏偏事情总会把你牵连进去。

崔昭的到来打扰了元载的回忆，崔昭小心翼翼地道："女子身份现在有待查明，但小的来是提醒元公一声：她现在深陷大牢，如果她再胡言乱语，被人听了去，出现什么差错，那这个人的命是要还是不要？"元载心中一惊，大喊一声："备马！"

元载在崔昭的带领下见到了沈梦芜，"哗啷啷"牢门被打开，沈梦芜看见元载的面容，失声痛哭，这些天受到的惊吓以及对未知的茫然让她乱了分寸，元载的到来就像是一束光，照亮了沈梦芜灰暗的生命。

元载低声嘱咐沈梦芜："你与陛下相认是早晚的事，为什么要急于一时？我不是早就与你说过，这不是那么简单的事。朝中各方势力盘根错节，宫廷中的皇族子嗣也在互相斗争，你虽然是女子，可你母亲的被杀和你的消失，这些都会在朝廷中引起很大的动荡，此事必须从长计议。"

沈梦芜依旧显示出了自己的倔强，她颤抖着说："难道元公不觉得现在就是一个很好的契机吗？如果把这事嚷嚷出去，父亲不就知道了吗？他会不会立即来见我？我不相信有人明知道我是公主还会来杀我！"

元载看着这个自不量力的女子，态度开始变得强硬："你经历了这许多事，还是单纯如往昔。别说你了，你母亲贵为陛下的结发妻子，难道她不是也被暗杀了？你一路走来，那些追杀你的人，他们不知道你是公主？在这地牢里别说你嚷出去，你与我再大点声说你是公主，我走出去还没等到家，也许你已经死在牢里。"

牢里阴冷的环境，元载阴森的话语，让沈梦芜感受到了彻骨的寒冷，她慢慢地蹲下，双臂抱紧了自己，不再言语。元载见状，温和地说道："我既然能来看你，自会安排好以后的一切，你静观其变，再不可做轻举妄动之事。"

沈梦芜低垂着头，眼泪成双成对地落下，她轻轻地喊了一声"母亲"，终于忍不住，号啕大哭，像个孩子，无依无靠。

第三章：文书纰漏

一

元载在自家门前停下，侍卫前后簇拥着送进门里。但凡这些人机警些，就会看到在他们的身后出现了一个熟悉的身影——宁疾云躲藏在不远处的角落里，看着元载的背影，攥紧了拳头。

这个要避开长安、远离红尘的男人，因为沈梦芜的入狱再次归来，这次他不仅仅是要洗清冤屈，他还想救人，救出那个他最心爱的女人——沈梦芜。

华阳公主那天出游受到了惊吓，回宫后不久突发重病，李豫亲自照看，为其端药倒水，无微不至。独孤贵妃担心女儿，整日茶饭不思，李豫还要去照顾开导。此时，他的心思放在后宫，对于朝政分身乏术。元载趁机上书，以帮忙照顾独孤氏为由，将独孤氏的漂亮妹妹送入宫中，正合了李豫的心意。

于是李豫将很多事情委托给元载，授权让他直接决定，不必向他请示。大权独揽之后，元载打压异己，提拔亲信担任要职。

元载自此走上了人生巅峰，春风得意。可有一人却如同绊脚石，让他如鲠在喉，那个人就是执掌吏部的杨绾。杨绾为人谨慎，从不与他正面冲突，却总是阻碍他的人事调动及重大事项决定。提起杨绾，元载便有些牙根痒痒。

朝廷上不稳定，宰相府又起波澜，杨绾得知沈梦芜落入元载手中，便派人暗中调查，要将沈梦芜解救出来。可大牢中守卫森严，元载早就料到杨绾伺机欲动，期待好事上演的元载让人暗中盯梢杨绾。

杨绾索性大门不出二门不迈，他派人在民间造舆论，传陛下日思夜想的沈珍珠母女就在京城里。一时间京城里大街小巷闹得沸沸扬扬，消息尽管还没有传到陛下耳中。可元载坐不住了。

元媛整日扮了男装在外转悠，听到谣言，回到家中当新鲜事说与元载听。传言出现了各种不同的版本，有说陛下薄情寡义不愿认亲的，也有说独孤贵妃从中阻挠的，甚至有人说当朝宰相将沈氏母女藏了起来。元媛不以为意，只当是笑谈，元载却格外注意。他心知这是杨绾在背后搞的鬼，心里产生怨恨，不由得要对处处与自己为敌的杨绾下手。

在前朝后宫乱成一锅粥的同时，岭南却是另一番歌舞升平的景象，岭南节度使徐浩听说卓英倩是元载提拔的，便以祝贺他升任要职为借口，差人前去送了大量钱财。

卓英倩看着摆了一桌子的金银珠宝，笑得满面春风，可他岂是因小失大之人，卓英倩将礼物原封不动退了回去，一时间在当地传为美谈。

元载正是用人之际，听闻卓英倩口碑不错，将他调往京城，安排在中书省。邹谟自然要去庆贺，听到卓英倩细细给他讲述了如何退回岭南节度使徐浩的万贯财物，见卓英倩身处官场之中仍能保持清廉，邹谟对其大加赞赏。

卓英倩则劝邹谟接受元媛的情义，尽快向元载提亲，如果娶到宰相的女儿，以后飞黄腾达就指日可待了。邹谟不想将爱情里掺杂进其他的东西，同时也知道与元媛身份地位悬殊，于是向卓英倩表明，绝不会为了权势而去娶元媛。

卓英倩春风得意，一副志在必得的样子，似乎可以呼风唤雨了，邹谟真不知道他是进步了，还是退步了；是成熟了，还是圆滑了。也许都有了，不知为什么，邹谟内心说不清是什么滋味，总觉得自己心中的官场不应是这个样子。

卓英倩回到京城不久，徐浩带着礼物从遥远岭南赶来上门，祝贺卓英倩乔迁之喜。徐浩表现得非常主动贴心，卓英倩便留宿徐浩，秉烛夜谈。等徐浩走时，他带来的礼物都留了下来。

华阳公主的病一直不愈，独孤贵妃担心成疾。元载趁机上奏，应用名儒主理国子监，以明晰秩序，李豫一听，这倒是个好办法，于是让元载着手去办。

于是元载将吏部侍郎杨绾提任为国子监祭酒。这个位置是明升暗降，实际上剥夺了杨绾的实权。吏部侍郎的空缺则由徐浩填补上了。

推倒久压心头的绊脚石，又把亲信安排在了重要位置，趁乱将沈梦芜放出了大牢，一切按照元载的安排完成得妥妥帖帖。元载又开始每天在外面花天酒地。然而，百密一疏，家中结发妻子与姜室，却因一件首饰，爆发出了惊天的纷争。

王韫秀是大家闺秀，为人低调，不喜招摇，打扮也十分的简单，唯独头上的一个玉钗是当初陛下赏赐的绝世珍宝，时常佩戴，这让薛瑶英看着分外眼红。

元媛发现母亲头上的玉钗换成了一个普通的发钗，追问许久，母亲只是现出伤心的神色，却并不说发生了什么。不久，元媛在后院见到薛瑶英，她的头上竟戴着母亲的那枚玉钗，便上去争抢。元载回家见到元媛和小姜扭打起来，急忙制止，气愤之下打了元媛一巴掌。元媛负气离家出走。

元媛由母亲的遭遇想到自己的未来，感觉到在感情上不能像母亲那样，而应该主动出击，战胜对手。于是，她来到酒楼，点了一桌子菜，并直言请沈娘子出来一见。

沈梦芜怀抱琵琶坐在了桌前，唱起了《生查子》，可刚唱一句，元媛一拍桌子，站了起来："你看清楚了，我是个女人，女人！我不懂什么怜香惜玉，我是来花钱娱乐的，你唱点欢快的曲子，好好为我助助兴！"元媛将从薛瑶英那里受的气全撒在了沈梦芜的身上。

沈梦芜心中难过憋屈，可刚从牢里出来，任性不得的道理也明白了十之八九，于是改变曲风，弹奏起了欢快的调子，唱了起来。元媛满意地一边喝酒一边听曲，张嘴说道："我知道你卖艺不卖身，可一个'卖'字就表明你在待价而沽，谁家的良家妇女给钱就唱曲？这男人啊，别看现在都疯了似的来看你，你试试，哪个敢真心娶你回家？要我说，不如我送你一些钱，你回乡下寻个知根知底的人嫁了算了。"

沈梦芜笑了："娘子为元府贵女，说起男人来，倒比我这个风月场所中的女人，见识还要广，这要传将出去，宰相面子上也无光吧？"元媛气得要摔酒杯："我父亲脸面上有无光我不在意，我在意的不是他，我在意的是邹谟。你听到这个名字该吃醋了吧？我今天就打翻你这个醋坛子，我告诉你谁也不知道的秘密，邹谟他喜欢我。"

沈梦芜面色依旧笑吟吟："这些闺房的私密话，你用不着说给我听呀，那些男人们在女人面前卖嘴乖，什么'喜欢'什么'爱'呀，你还真信，可我不稀罕，我也不信。"元媛有些沉不住气了，她气急败坏地跳起来："你再说，信不信我揍你，那些男人哪一个能与邹谟比？"沈梦芜道："你信不信，如果你不是宰相的女儿，他也许选择我。"

元媛大吼："我不信！"沈梦芜："要不，我俩打个赌，公平竞争，赌邹谟到最后到底喜欢谁？"元媛："你以为我会怕你？可笑，赌就赌！"

毕竟青春年少，两个女孩在吵闹之间，下了一个幼稚至极的赌注，看似一场关乎爱情的赌注，谁也不知道会在未来赌输了两个人的命运，如有先见之明的话，不知她们是否还会发起这个赌局。

二

天色已晚，女儿还没有回来，元载有些着急了，便派邹谟带人去找。可喝醉了酒的元媛与丫鬟闲逛，几次与邹谟近之毫厘却并未碰见。元媛脚步踉跄，被人重重撞了一下，几乎摔倒。傅宽正好经过，扶了她一下，看似极其简单的一个举动，元媛不知道这背后却隐藏着杀机。

元媛心情落寞，近黄昏时，百无聊赖地走在街头，观察着路过行人，有的衣衫褴褛，却面露喜色，归家的脚步匆匆；而贵为宰相女儿的自己，却不能依偎在父母膝下。

元媛越想越是纠结，忽然想起邹谟说过的话："如果心情不好，就爬到城西的小山坡上，对着长安城，把不开心的事情全都喊出来。"元媛就支开侍卫径直朝着城西小山坡那个方向走去。

长安城的另一条街道上，邹谟焦急而紧张，他东张西望，甚至连一些冷清的小巷，也走进去看看问问，生怕有所遗漏。深爱一个人，寻她不见的那份担心，是无法形容的，邹谟一想到元媛也许会遭遇到不测，内心更焦躁不安。

　　冷风吹过，旬谟打了一个寒噤，想起元媛与自己的一段对话："旬谟，你不开心的时候会哭吗？""不会，我会去城西的山坡上，把所有的心事对着山谷喊。"想到此处，旬谟叮嘱随行的仆人继续沿街寻找，而自己立刻去城西山上找，如果天黑未归，请他们前来接应。旬谟改变方向，快步如风，朝着城西小山而去。

　　从远处看去，这山坡平缓，一旦身临其境，山路非常崎岖难行。元媛到了半山腰，眼见天黑，不知名的鸟，啼出阴鸷的声音，使人遍体生寒，元媛越来越怕，转身想返回城里。

　　然而，上山容易下山难，刚走出几步，"刺啦"一声，裙角挂在了荆棘上，生生扯下一块。随着惯性，元媛难以收住脚步，跌跌撞撞地往山下冲去，眼看将要摔倒了，想抓住树枝稳住脚步，却抓在了松针上。松针白日里有着薄薄的积雪，融化后，晚上凝结成了冰，根根松针变成了伤人的利器，在冷冽的月光照射下，发出刺眼的光。

　　这一把抓下去，根根尖刺悉数扎进掌心，一声惨叫，元媛直直地扑了下去，在树林中几番滚转，要起身却再也不能，一只脚踝肿胀了起来。元媛痛哭失声："救命啊，有人吗？"此时，天完全黑了，伸手不见五指，元媛呼喊一声，引来一阵狼嚎的回应，"嗷嗷嗷嗷嗷"，也许群狼作祟，一声嚎叫过后，狼嚎声此起彼伏。

　　元媛惨白的脸上挂着泪珠，她知道，今天断断脱身不了，绝望中元媛晕了过去。

　　旬谟到山上的时间，比元媛晚上半个时辰。漆黑的山路让他望而却步，可对元媛的担忧让他实在不能停止脚步，好在怀中揣有引火之物，松枝上面正好遍布松脂，点火即燃。旬谟举着简易的火把往高处行进，刚走几步，突然脚下一滑，被一物绊倒，顺手抓起一瞧，一条被冻僵的花斑蛇贴近了自己的面前。"妈呀"一声，旬谟将蛇抛得老远。

　　惊魂未定之际，一只手搭在了旬谟的肩膀上，旬谟是个男人，此时不至晕厥，但心跳加速起来，转过头来，却看见宰相府的仆人的一张笑脸。旬谟气急，仆人急忙解释："您说来山上找娘子，您是外地人，对此处不熟悉，小的这里土生土长，就带着人从小路上山，于是在半路接应您。我们在山上找遍了，没看见娘子呀。"

邱谟一听，还没找到元媛，顾不得刚才的惊吓，翻身爬起来，拨开仆人，执意上山再寻，仆人阻拦。撕扯之间，横是元媛命不该绝，更是她与邱谟尘缘深厚，邱谟的余光瞥在了荆棘上元媛撕下的那一抹裙角。

邱谟连滚带爬地拾起裙角，细细查看，手紧张而微微颤抖，他颤声说道："娘子的衣裙撕成这般？人在哪里？在哪里？"仆人看惯了邱谟斯斯文文的样子，见他如此咆哮，心生惶恐，紧张地回应："小的刚从山上下来，小的不知道啊！"

邱谟生怕元媛有个三长两短，犹如万箭穿心，仰头对着满天繁星的夜空，大喊着："元媛，元媛！"声音悲戚，情真意切，传出好远好远。

恍惚中元媛感到自己回到了宰相府，漫天的梅花，似雪片般纷纷扬扬落了下来，心爱的邱谟披着银狐斗篷，眼中恍若一池碧水，深情地看着自己，一声声地轻唤着她："元媛，元媛。"一阵刺骨寒风刮过，元媛哆嗦着醒来，哪里有梅花，哪里有邱谟，可怜自己与心爱之人，临死前都没能见上一面，元媛的眼泪从眼角流到了鬓边。

地上冰冷，元媛翻动一下身体，带动了受伤的脚踝，"嘤咛"一声呻吟，声音不大，可听在邱谟耳边却恍若惊雷。他把双手并拢放在嘴边："元媛，元媛。"真切的声音让元媛知道已不是幻觉，元媛忍痛坐了起来，哭喊着："邱谟，我在这，我在这里！"

远处火把如一条蜿蜒的龙，迤逦而来，元媛号啕大哭，刹那间，邱谟飞奔到了元媛面前，见心上人如此惨状，邱谟心如刀割，顾不得礼仪双手将元媛抱起，紧紧拥在怀中，将斗篷蒙在了元媛头顶，恨不得瞬间变成个火炉，为她取暖。

邱谟单手将斗篷掀开一条缝隙，见元媛颤动的睫毛上晶莹的泪珠将坠未坠，邱谟忍不住心中炽热的爱意，以及失之又得的欣喜，深深地一吻亲在了元媛翘翘的樱唇，元媛主动迎合，两个相爱的男女就这样拥吻着，哪怕天雷地火也不能将两人分开。

仆人此时不需吩咐，嘴角都带着笑意悄悄走在了前面。刚才还狰狞的山体，此时被山腰上两个痴恋的青年男女所感染，散发出柔和的光辉，看起来是那么缠绵那么诗意。

"哈哈哈，邱谟，来呀，别看书了，院子里红梅又开了一树，我们去赏花好不好嘛。"那天之后，元媛牵着旬谟的手在宰相府里奔跑成了一景，婢女仆人们低头抿嘴笑。薛瑶英站在房门前，看见元媛如此高兴，不仅挑高了一角眉毛，不由自主地从嘴里冷冷地"哼"了一声。

元媛在山上被旬谟救起后，旬谟在宰相心里地位陡增，管家与旬谟说话都弯着腰，恭恭敬敬。薛瑶英看着旬谟高大魁梧的背影心里更觉酸溜溜的，自己与元媛没差几岁，可人家是宰相府的娘子，就有权利拥有年貌相当的伴侣。而自己呢，陪着年迈的元载，松懈的皮肤、嘴里喷发出陈年的味道，想着这些，一阵恶寒向薛瑶英袭来。

薛瑶英本非善茬，心中的不满上下翻腾，眼珠一转，计上心来。

三

李豫忙于照看生病的女儿，不理朝政。而从解决了鱼朝恩以后，大唐已显露出中兴之势，李豫又信任着元载，索性把朝中之事放手交给元载安排。

元载只不过做做样子，骗骗陛下罢了。

可奏折也得有人看呀，万一要是陛下问起来，也不能满嘴胡诌吧。元载有办法，他把亲信、门客，凡是信得过的人，都增加了新任务：审阅奏折。这要是被陛下知道了，可是欺君之罪啊，但是元载并不怕，他深信培养出来的人，绝不可能是白眼狼。即使出了问题自己也有能力把他们扼杀在摇篮里。

元载自大、自傲，还非常自信，然而人一旦到了这种地步，那么出问题的几率就必然大增，看似晴空万里的天气，转眼间就会阴云密布，身居高位众人热捧的元载，似乎已经忘记了这么浅显的道理。

旬谟作为宰相府的第一门客，审阅的奏折也是最多。一天，在书房埋头审阅奏折的旬谟突然扔了笔，惊呼一声"不好"，立即起身，前往府乐班寻找元载。

元载是个不甘寂寞爱玩爱闹的人，身处宰相这个位置，他不便去烟花之地流连，于是在家中供养了百余名歌姬、舞姬、琴师，所谓府乐班。府乐班的漂亮歌姬没被元载染指的，几乎寥寥无几。

元载宴请贾至和杨炎入府做客，此时必在府乐班快活，邬谟于是径直推门寻去。邬谟在宰相府受宰相青睐，又是未来女婿的人选，少了通禀这一程序，长驱直入，映入眼帘的这一幕却让邬谟目瞪口呆。

唐朝盛世之后，女子们的着装普遍风格大胆，上至皇亲国戚，下至引车卖浆的贩夫走卒之妻，无不流行一种襦裙，这类裙装在胸部围裹，傲然双峰半遮半掩，有稍微羞涩的女子会在肩上搭上一件轻纱，欲遮又掩，更加令人看了勾魂摄魄。

邬谟整日街上行走，这类装束看得多了，倒觉得稀松平常，可是宰相府的歌姬竟然连襦裙都不着，轻纱裹身，令人叫绝的是，在关键部位缀有西方进贡来的宝石，每当歌姬俯首挺身，腰肢摇晃，这些钻石闪闪发亮，晃花人眼。

元载与贾至和杨炎且歌且和，简直是乐不思蜀。

邬谟在这个时候闯进来，一定有重要的事情禀报，元载笑吟吟地招呼："来来来，坐我身边来，我们两个应浮一大白。"邬谟低声说："元公，您草拟的文武官员人选功状有问题呀？"元载不悦："胡说，有什么问题？"邬谟："元公，您这人选功状上的赏罚制度与吏制不符啊？这个，是不是按旧历行事啊？"元载眉头一皱。

贾至和杨炎是何许人也，都是聪明绝顶之人，尤其这个杨炎，薛邕被贬到地方后，杨炎是元载的主要党羽之一，办事能力极强，很多时候帮助元载出谋划策，元载当初视他为左膀右臂。

元载最近启用了邬谟，杨炎明显有些失宠，其实说句实在话，杨炎的聪明才智不比邬谟差，况且杨炎是当时出名的美男子呀，仪表堂堂，但谁让元载偏偏赏识邬谟呢？人和人之间的缘分，有的时候真是令人无话可说。杨炎对邬谟心生嫉妒，不是一天两天了，看到邬谟所言引起宰相不快，杨炎怎么可能放弃这次机会。

见宰相脸色一沉，杨炎给了贾至一个眼风，与元载一起经常吃吃喝喝的人，哪个都不是吃素的，贾至站起来，深施一礼："邬谟兄，好久不见，甚是想念啊，今日你我有缘相逢，为弟先敬你一杯，先干为敬。"贾至端起酒杯，一饮而尽。元载哈哈大笑，拍手叫好。

杨炎示意舞姬退下，也站起来道："久慕邬谟兄文采，择日不如撞日，既然旬谟兄来了，那不如玩点新鲜的，以祝酒兴，宰相意下如何？"
杨炎不去问旬谟愿不愿意，先把元载扯上。元载一听玩游戏，心中大
悦，挥手说："到我府上不必拘礼，来来来，坐下，坐下，听听杨炎有
什么好玩的主意。"

杨炎摇头晃脑，满脸得意，显然得到了卖弄才学的好机会，杨炎
道："我朝文人墨客众多，但要说当今炙手可热的，不得不提诗赋界的
大历十大才子，李端、卢纶、吉中孚、韩翃、钱起、司空曙、苗发、崔
峒、耿湋、夏侯审。这些人大都以王维为宗，秉承山水田园诗派的风
格，寄情于山水，歌咏自然，用以行酒令再好不过，所以，不如玩玩飞
花令，用这十人的佳作里的诗词，你们看可好？"

贾至急忙道："杨兄提议甚好，弟弟我久居山野，对流行的行酒令
不太在行，请杨兄赐教。"贾至说完，瞟了一眼旬谟，贾至一直在朝为
官，何曾久居山野，这话无非是提醒旬谟初入京城，土包子一个，别以
为得了宰相的偏爱，就可为所欲为，在我们眼里，你与山野村夫没有区
别。杨炎如何不知贾至是在为自己争面子，赞许地点了点头，轻咳
一声。

杨炎说："对不出诗的，由酒令官罚三杯，如何？"除了旬谟之外，
几个人纷纷响应，旬谟见元载兴致很高，便点头默许，于是，由元载作
为令官，一场明争暗斗，勾心斗角的游戏开始了。

四

元载微笑道："老夫作为令官，先来上李端《闺情》中的一句，'月
落星稀天欲明'，今天就用'月'字起令。"杨炎击节赞叹："好哇，好
哇，今夜月朗星稀，你我欢聚一堂，'月'字可行的是太妙了。贾兄请
接令吧。"贾至胸有成竹地说道：我用韩翃的《宿石邑山中》的一句，
对应宰相的'晓月暂飞高树里'怎么样？"元载连声说："好，老夫这边
是'天欲明'，你这厢躲在了'高树里'，妙哉妙哉。"贾至略显谦虚
道："过奖过奖，元公，您夸得早啦，杨兄出手，比我强上百倍。"

杨炎胸有成竹地也不推辞，站起来朗声吟诵："'江村月落正堪眠'，

这句出自司空曙的《江村即事》，郇谟兄以为可押韵否？"杨炎之所以对出这一句，心有所指，他以诗抒意，其实是在提醒郇谟，别看你做了宰相的门客，少打别的主意。

郇谟当年的应考试卷，得到颜真卿的赞许，今天不过是用别人的诗句应和，面对杨炎一再敲打，郇谟冷笑一声说："下一个就轮到我了呀，某不才，有一句诗这个时候说出来，不知合不合时宜。"杨炎一听，嘲笑道："无妨，无妨，郇谟兄到长安城不久，对诗人的佳作不熟也是正常，自家兄弟，不必拘泥，放心对来。"

郇谟说："我听说过王端，他在《和李舍人直中书对月见寄》中，那句'名卿步月正淹留'，想必适合二位此时心情。"元载说："好，这首的确不错，郇谟仰慕二位的文采，赞赏二位文采斐然。"

杨炎脸色已变："恐怕不是此意吧？明显有影射我们虚度光阴，玩物丧志之意。"郇谟道："诗在每人心中有不同感悟，心存善念，看月是月，如心怀他想，或者能揣摩出不同的含义，某无话可说。"杨炎接着说："我对郇谟以礼相待，郇谟对我的看法想必蕴含在诗里。"杨炎话音落下，屋子里一时出现不和谐的静默。

元载感觉到些什么，故意哈哈笑道："该我了？我就对一首卢纶的《晚次鄂州》里的那句'万里归心对月明'，来来来，贾至你接着来。"贾至也感到气氛怪异，急急忙忙抛出了李端《归雁》中的"二十五弦弹夜月"结束了这轮。

杨炎脸色难看，贾至于是提出告辞，杨炎正好也顺势下台。看着郇谟死不悔改的执拗性格，元载想说他几句，却没说出口，伸出食指来，点了郇谟两下，拂袖而去。

一场热热闹闹的宴请，因为郇谟的到来不欢而散。

元载走出府乐班的门，径直到了薛瑶英处。薛瑶英见风吹便知落雨，一见宰相眉头紧锁，娇滴滴地就迎上前去，"嘤"的一声，扑进了元载怀中。元载感到香风一刮，软玉温香拥入怀里，心下一喜，捏住了薛瑶英尖尖的下巴。薛瑶英娇滴滴地说："宰相可闻到我房里有什么不一样的味道？"元载闻了闻："说不出来的香气，我好好闻一闻，是肉香，混合着桂皮、八角、香叶、芫荽。"

元载说着话，手又伸进了薛瑶英的襦裙中，在她胸口狠狠一捏，一脸的笑意。薛瑶英粉脸微红，手指轻点元载的鼻尖：“你个馋猫，真让你猜对了，我用了十二个时辰，特意为你炖了薛家祖传的蹄髈，开不开心？”

元载的眼睛都眯成了一条缝，贴近了薛瑶英：“蹄髈虽好，可我现在就想吃你。”薛瑶英咯咯笑着转身欲逃，元载拉住手腕轻轻一甩，薛瑶英便倒在了榻上，裙子上移，露出了雪白的嫩藕似的一截腿，元载还如何能把持得住，欺身上前，薛瑶英却阻止了他，噘着小嘴说：“我在宰相心中不过就是一个玩物，与小猫小狗并无二致，高兴了就抱过来亲亲，不高兴放到一边不理。”

说着薛瑶英落下泪来。元载心疼，急忙问道：“何出此言啊？”薛瑶英一拧身，把香艳的后背朝向了元载。元载色心又起，轻抚那光滑的背脊：“你快说，又看中了哪个府邸娘子头上的首饰？即使一掷千金，我都为你买来。”薛瑶英蓦地转过头，贴近元载的脸，吐气如兰：“我父亲与阿兄求你把官位提一提，你答应得很痛快，可多少天过去了，你忘了吧？”

元载咧嘴笑道：“我当什么事呢，旬谟对这事有疑问，今天与我说了，改动了人选功状上的奖惩制度。”薛瑶英不高兴了，说：“又是旬谟，他总管这些闲事，是不是对我有成见啊？”

元载说：“不管他对你有无成见，你再问下去，我要对你有成见喽。”说着，元载的厚嘴唇朝着薛瑶英的粉脸压了下去，薛瑶英变过脸来，极力笑着迎合着，屋里的春光与笑声浪语，连站在门口的仆人都不觉向后退开了几步。

那边元载拿官位来哄着佳人，这边卓英倩发现上司中书主书李待荣，擅自修改了地方官员的政绩文书，心下起疑，却没声张。其实，这事不一定是李待荣所为，这种文书是一级一级递交，元载大笔一挥，想改就改，流传到上头，别人也要改，一份文书，几种版本，那还了得，要掉脑袋的呀。

卓英倩就是比旬谟心眼多，他认为天塌了有官大的顶着，不妨静观其变。果然，第二天在朝堂之上，一切见了分晓。

宣政殿上，皇帝依旧没有临朝，元载列条上奏：请求下诏令任命六品以下的官员，吏部、兵部附在各等级中一起奏报，不必检查审核。皇帝不在，这奏折无疑是走个过场，不仅自弹自唱，也是提示各部门，闭嘴就是。

卓英倩这才清楚，李待荣是元载的亲信，如果得不到元载更多信任，将永远被这个上司压着，难有出头之日。元载的目光落在了卓英倩的脸上，卓英倩拼命点着头，显示完全拥护的态度，元载满意地微微颔首，看着卓英倩牵动了下嘴角，卓英倩好像冷宫中的嫔妃被临幸，喜出望外。

邻谟很快就知道了事情的始末。元载狂妄专权，一步步走向堕落，作为他的首席门客，邻谟很不是滋味。喜欢元媛又不敢与元载提亲，担心一旦出口，元载见缝插针，安排自己进他的关系网中，委以重任，与他一起胡作非为，对此，邻谟是万般不情愿的。

邻谟郁闷至极，便独自跑到酒楼去喝酒。

酒至半酣，邻谟不见沈梦芜出来，问过伙计才知道，沈梦芜已经离开这儿了。在这里，没有沈梦芜的惺惺相惜，邻谟心中生出怅然若失之感。听闻沈梦芜不辞而别，邻谟竟然涌上一股酸楚之意。沈梦芜知道了自己是喜欢元媛的，但邻谟实在欣赏沈梦芜淡淡的韵味，哪怕自己什么都不说，沈梦芜就好像很懂。元媛从不冷场，不停地说着笑着，喜怒哀乐，溢于言表。

有的时候，静默比说笑更抚慰人心。

从酒楼出来，天色透黑，邻谟仰头望着天空，零星的小雪落下，滴落在脸上恍若绒毛轻抚，像极了沈梦芜的微笑。邻谟回过头，望着没有沈梦芜的望月酒楼，酒楼还是那个酒楼，可是却再不会让人牵挂了。

邻谟心头一紧，不知道是不是喝酒的缘故，眼泪差点落了下来。他又冲进了酒楼，找到了一个扫地的伙计，急切地问他："沈梦芜走时没留下话吗？说她去哪里吗？"看着这个红了眼的男人，伙计哆哆嗦嗦地说："她，走时什么都没说。"邻谟颓然地松了手。

清冷的街上没有了行人，邻谟心里既惦念，又有些委屈，沈梦芜可以不当自己是救命恩人，说上一句后会有期，总是可以吧？不管不顾地走了，可见她没有一丝一毫对自己的眷念，唉。

有很多时候，有些人我们以为总会在原地等待，但当她真的有一天选择离开了，我们才感到不习惯，才会懂得珍惜，可是却再也找不到等你的那个人了。

<h2 style="text-align:center">五</h2>

转过街角就到宰相府了，旬谟很是郁闷。知道自己与元载不是一路人，也知道元载膨胀得不得了，可现在还要吃住在元家，这仅仅是舍不得元媛，还是习惯了安逸而不想改变呢？旬谟感到这种惰性很危险，可他又有着解不开的无奈。

前面已露出了宰相府的房檐，房檐上精巧的兽头活灵活现，突然，一只手捂住了旬谟的嘴，一柄冰冷的短刀按在了他的喉间。旬谟被拉着倒退而行，一双鞋在地上拖出了深深的印记。

行至一处无人的陋巷，那人将旬谟放下，收起了刀子。旬谟一看，惊讶道："原来是你？"来者正是宁疾云。

宁疾云直接问道："你去酒楼做什么？"旬谟："偶然经过，想上去喝一杯罢了。"宁疾云冷笑道："你去打探消息？"旬谟一头雾水："我去那打探什么？"宁疾云："长安城谁不知道你与元贼穿一条裤子，他前脚抓走了梦芜，你后脚跑去喝酒。"旬谟一愣，也急了："你说什么？她被宰相抓走了？不是宰相从大牢中把她救出来的吗？为何又抓她？"

一个人内心的焦急是装不出来的，正三九天，旬谟的额头急出了汗，宁疾云似乎有些相信了他："今日我真想干掉你，可你，唉，你回去看一下，她在没在宰相府，如果她在，通知我一声，七天后的申时，在此相见。"

旬谟："你告诉我，宰相到底为何抓她啊？"宁疾云稍稍停顿了一下，冷冷地说："有些事你不知道比知道要好。"宁疾云脚步后退，腰身用力，"嗖"地一下，蹿上房顶，不知去向。旬谟擦了一把额头的汗水，忽然觉得冷。他裹紧了身上的皮裘，内心悲凉，偌大的长安城，人人都有秘密，唯独自己，清清白白一介书生，却无端卷入其中，没有一人告知详情。

人往往就是这样，置身于外时，一切都看得清清楚楚，但身在其中时，许多事却糊涂起来。

得知沈梦芜可能会在元府中，邹谟连日里未出过府门，不是在花园里"踱步"，就是在后院厢房"看书"，一来二去，倒也把府内看了个究竟，可是哪有沈梦芜的影子？邹谟也不相信元载会对梦芜动什么手脚，如果他真有恶意，那何必救沈梦芜出大牢。想到这，邹谟摇了摇头，宁疾云不过一介武夫，有勇无谋。直到这天邹谟睡下后，元府里发生了一件咄咄怪事。

那夜邹谟睡下后感到口渴难耐，又不好意思折腾仆人，就去了厨房，找热水泡茶喝，刚走到厨房，两个婢女端着食盒从厨房走出，一边走一边说："今天都怪你贪玩，晚了吧，要是让主人知道，谁都别想好过。"

两个婢女这话说得没头没尾，邹谟记挂沈梦芜，于是隐藏在长廊黑暗处，慢慢地跟随。两个婢女端着食盒走进了一处偏僻庭院，邹谟也跟了进去，不过他没敢离得太近，在暗影里屏住了呼吸，好在披了件紫貂皮的大氅，在黑夜里倒也不显。

门口侍卫把守，邹谟无法进去，在外面等待。许久，婢女拿着空盘子出来，侍卫依旧守住门口。两个婢女的背影走远，邹谟背着手，嘴里吟着诗，假装散步来到宅院门口。邹谟慢慢悠悠地看了看天，随口吟诵道："'阴雷慢转野云长，骏马双嘶爱雨凉。'可惜我们都不是骏马，爱不起这冰冷的夜，我睡不着觉，二位也不休息吗？"

邹谟就要推开那扇门，紧张的心怦怦跳，侍卫的刀挡住了他的手。侍卫："不好意思，没有宰相的命令，任何人不得接近这里。"邹谟脸上显露无所谓的表情，点了点头说："哦哦哦，二位是领命把守，那不打扰了，我去别院走走。"

七日后的申时，转瞬即至，邹谟来到陋巷赴约，宁疾云已等在那里。看到邹谟，宁疾云伸手抓住他的胳膊："怎么样？沈娘子可有消息？"这一抓的感受，邹谟就明白了，宁疾云为何如此着急，要不是真心喜欢一个人，以宁疾云的性格，断然不会这么急切。邹谟倒也不卖关子，将所见所闻告诉了宁疾云，宁疾云点了点头："沈娘子一定被关在那里。"

旬谟没弄清楚元载为什么要抓沈梦芜，宁疾云冷笑道："元载这样的恶人做坏事还需要理由？为了美色抢入府也是有可能的。"以旬谟对元载的了解，贪恋美色倒不至于——元载素来喜欢艳色浓烈的女子，沈梦芜的素雅清洌对不上元载的胃口，可拘禁一个年轻女子，不是为了美色，又是为了什么呢？

没容旬谟多想，宁疾云已做出了决定："我今晚要入府救沈娘子出来。"旬谟耸然一惊，急忙劝道："救人不急一时，我俩还没见到沈梦芜的面，你怎么知道里面关押的是她，不如给我些时间，让我继续打探明白为好。"宁疾云不屑地看了眼旬谟，转身大步走了，留下还有许多劝慰的话没来得及说的旬谟。

旬谟在床上翻来覆去，左思右想，夜不能寐。突然，窗棂"咯吱咯吱"响，待他坐起，宁疾云身着黑衣包裹站在了床前。旬谟说："你，你为何如此鲁莽啊？"宁疾云"呛啷啷"拔剑出鞘，旬谟话音未落，长剑已经架在了脖子上，宁疾云低声道："少废话，快带我去找沈娘子，慢一点要你性命。"

旬谟叹息："我带你去便是，你何苦与我说出如此狠话。"旬谟带着宁疾云到那个无人居住宅院，旬谟给宁疾云使了个眼色，在院外大喊："抓刺客呀，快来人啊！"宁疾云倒是反应很快，他抓起院落中的石子，朝着院墙上用力一滚，"当啷啷"的响声，很快引来了两个侍卫。"刺客在哪？"侍卫询问，旬谟一指元载的卧房："我看着一个黑衣人朝着那个方向去了！"侍卫想都没想，提着剑火速奔向了卧房方向。

旬谟与宁疾云疾步朝着门口奔去，门上有锁，宁疾云一脚踢开，一个女人的惊呼声响起，走近一看，这个女人正是沈梦芜。旬谟惊讶万分，不禁问道："沈娘子，你为何被宰相拘禁在这里？他拘你一个歌姬是何缘由？你……"宁疾云："这时候还顾得上问这些，快走，快走！"还没等说完，门外传来脚步声。

元载的声音传来："混账，让你们守卫这地方，天塌下来都不许离开，怎么能擅自跑开？"

第四章：回头是岸

一

　　元载的声音恍若平地一声惊雷，震得屋内的三个人呆立当场。

　　侍卫回话："旬谟说有刺客，小的怕主人受惊，急忙赶去。"转眼间到了门口，好在沈梦芜镇定些，朝内室指了一下，宁疾云与旬谟快速躲了进去了，藏在了屏风后。

　　二人刚刚藏好，元载开门进屋，沈梦芜问道："这么晚了，元公来干什么？"元载说："听闻刺客闯入，担心惊吓了你，老夫过来瞧瞧。"沈梦芜："谢了，把我禁在这里，对我来说就是最大的惊吓。"元载："老夫说多少次你才能相信，留你在府上是为了保护你，你流落在外，老夫分外惦记，心生惶恐哇。"

　　沈梦芜："元公怕是坏事做多了夜不能寐吧。"元载："当初老夫就不让你住在酒楼，现在怎么样？你不要听那些客人胡言乱语，老夫如像他们说得如此不堪，陛下怎么能让老夫在这个位置？"

　　沈梦芜："有些事元公要是能为我解释清楚，我愿意洗耳恭听。"元载："只要你想听，老夫随时为你解释。"沈梦芜："顾繇到底是怎么被陛下处罚的？"元载："他是咎由自取，自作自受。当初他揪着老夫的儿子元伯不放，诽谤重臣，陛下动怒处罚了他。"

　　沈梦芜："他诽谤重臣一事，谁传到陛下耳朵里的？"元载恼怒："老夫做了一个宰相的分内之事，怎么算得上是作恶？"

　　沈梦芜点点头："顾繇因元公而惹得陛下大怒，下场凄惨。可欺骗宁疾云，说鱼朝恩是他的仇人，最后对宁疾云赶尽杀绝，这事是谁干的呢？"

元载怒道："你个小娘子心思太重，建议你多读老子、庄子的东西，学学该如何做人，宁疾云耳后见腮、天生反骨，若不将他除掉，后患无穷，难道这是为了老夫自己？老夫发现他对你纠缠不休，恐你日后受他欺辱！"屏风后头的宁疾云，一只手握紧了拳头，另一只手狠狠地搭在了剑上。

沈梦芜说着："好，对宁疾云赶尽杀绝，是为了我好，李文才不过是贿赂了科考官员，为何又突然死在牢狱之中？"元载："这事你怪不到老夫，李文才嘴松，胡言乱语，丢了性命与老夫没有关系。"沈梦芜："那考场舞弊案呢？"

旬谟即将站立不住，考场舞弊一案，是他心里永远的痛，因为此事，让他从此对官场失去信心，对科举考试心灰意冷，一个要为国家鞠躬尽瘁、为百姓谋取福利的青年，在此事上放弃了一切。

元载："朝廷之事环环相扣、盘根错节，老夫身为宰相，所有的事都会与老夫有联系，你若硬讲何事为老夫所为，老夫岂不是跳进黄河也洗不清了。"

元载极力为自己开脱，旬谟心中有了判断，他知道，所听之言，是沈梦芜有意引元载说出，无非让自己看清，未来有着一个什么样的岳父。可感情的事，剪不断理还乱，凭着寥寥数语怎能让旬谟放弃心中所爱呢。想到此处，旬谟越发地心灰意冷，他似乎看不到前方一丝光亮。

"夜深了，沈娘子早些休息。"元载离开，房门被侍卫锁起。走出院子之际，元载的声音传了过来："你们要加强守卫，从今日开始，此处轮流看护。"侍卫齐声表示："是。"

旬谟、沈梦芜、宁疾云被元载所言震惊，坐在一处，默不作声。沈梦芜打破了沉默，小声说："现在守卫森严，你们进来了，但如何出去呢？"宁疾云："要走一起走，我们不会让你留下。"旬谟不屑地说："说得轻巧，我叮嘱你从长计议，你却偏贸然行事，现在怎么办？等到明日，行踪暴露被查获，到时候不仅是你，沈娘子都要牵扯进去。"

宁疾云一言未发，走到室内，轻声说："你们过来搭把手。"旬谟和沈梦芜进入室内，看见宁疾云摆出的架势，不知道他要干什么。然后，宁疾云让他们各扯住棉被一角，从怀中掏出匕首，在墙缝上一撬，一块青砖混合着沙土落在了棉被之上。郇谟一愣："宁兄如何知道此处砖石松动？"宁疾云："废话，宰相府我又不是第一次来，几次我准备刺杀那元贼，都躲藏于此，这个是我拆的，也是我砌上的。"

说话间，宁疾云拆出了能够让人弯腰而过的洞。宁疾云示意郇谟在前，沈梦芜在中间，自己断后，三人悄悄地穿过这个洞，走到了宰相府一处杂草丛生的角门。宁疾云小声说道："此处是元贼的夫人养狗时候，婢女遛狗走的角门，后来薛瑶英说遇见狗毛，浑身起疹子，元贼便不许养狗，时间一长，这个角门被人遗忘了。"

面对角门，宁疾云拿起手中长剑，插入门缝中用力一拨，门外的门闩，瞬间断为两截，三人都松了一口气，出得角门，撒腿狂奔，径直向郊外而去。

跑着跑着，远远鸡啼声声，天快亮了。沈梦芜娇喘连连，断断续续地说道："我、我、我跑不动了，我要坐下歇歇了。"前方不远处有一破败的庙宇，于是宁疾云让郇谟扶着沈梦芜走过去到里边休息。郇谟有些不解，问道："你要去哪里？"宁疾云瞪了郇谟一眼，郇谟这才想起，人有三急，何必多嘴一问。

破庙里蜘蛛网成群，郇谟正想脱下狐皮大氅，铺在地上让沈梦芜休息，宁疾云抱着一捆干草走了进来，找了一处平地，将干草铺平，又伸手拿下了郇谟的大氅，精心地铺在干草之上，这才道："沈娘子，你快坐下。"郇谟心中暗笑，宁疾云粗拉拉的一个汉子，为了喜欢的人，也能做到心细如尘。可见面对感情之事，无论是谁深陷其中，都会如此投入。

郇谟终究好奇心驱动，他看着沈梦芜："沈娘子，元载为何幽禁你于宰相府之中？"沈梦芜长叹道："我出身高门，家人被元载迫害，我沦落成歌姬。这次被抓，是元载要我帮他做事而已，我当初以为元载是处处为我着想，实际上元载是害我家人的元凶，从此以后，我与他不共戴天。"

郇谟追根问底："俗话说斩草要除根，他既然能害你家人，为何要将你好生待奉？他手下门客众多，府乐班里绝色佳人更是数不胜数，你能帮他做什么呢？"沈梦芜听得最后，不悦起来，旬谟问话里明显说自己容貌比不得旁人。到什么时候女人都会在意男人把自己与别人比，尤其在容貌上。沈梦芜不作声了，一脸的不高兴，连宁疾云都看了出来，旬谟还在傻傻自语："元载到底想做什么呢？"

宁疾云咬牙切齿道："他干什么？无非是做些见不得人的勾当，老贼几次三番哄骗于我，我要让他血债血偿。"旬谟："我在他府上住了一段时间，也看到他如何狂妄膨胀起来。可说他如此心狠手辣、不择手段，我还是认为这其中会不会有什么误会？元载不是这样的人吧？"

宁疾云："你还为那元贼说话？我当初与你一样，也以为元载是被别人栽赃的，还听信于他，为他办过见不得光的事。直到他要杀我灭口，我才醒悟过来。你当初拼死救下元载，正是我去找他报仇之时，要不是你相救于他，我大仇已报，沈娘子也不至于遭受今天的痛苦。"

旬谟低头不语，五脏六腑都在胸腔内翻腾，有自责，有疑问，还有痛楚，种种纠结心情，交织在一起。旬谟烦闷至极，站起身来，倒吸了一口气，从大氅的口袋中，掏出了一袋钱："宁兄，这些钱你带着，与沈娘子暂时找个安身之所，我马上赶回，以防元载疑心。至于元载的为人，我再接触接触，深入了解一下，终会有结论的。"

沈梦芜一听，一骨碌从地上站了起来："你要回去？"沈梦芜担心的眼神，深深刺痛了宁疾云，宁疾云："让他走吧，与我们浪迹天涯有什么好的，人家在宰相府，吃香的喝辣的，还有宰相的女儿相陪伴。"听到宁疾云提起元媛来，沈梦芜心下黯然，便不再挽留，回身说道："山高水长，就此别过，希望郎君前路顺遂，万事如意。"

说完，沈梦芜与宁疾云继续前行，谁也没回头看旬谟一眼，看着沈梦芜单薄的身影，旬谟想到从此与她可能再也不会相见，感觉心好像又被谁攥住一样，生生地疼，他转过身，慢慢地在晨光中向着那未知的长安城走去。

二

旬谟回到宰相府，元媛便看出他心里有事，不断追问："喂，你拉长个脸给谁看呀？在我父亲那里又受了气？等着，我去为你出气。"元媛转身要走，邙谟将她拉回："与元公无关，我是不舒服，好像昨夜吃坏了什么东西。"

元媛："哼，吃坏了东西？酒楼里的食物不干净吗？好，我让我父亲派手下把酒楼封了，省得有人找不到心上人就赖人酒楼里饮食不洁净。"

邙谟大惊："你怎么知道我去过酒楼？此事元公可知晓？"元媛气得直跺脚："你去找别的女人，不来安慰我，却问我父亲知不知道，你那么在意他，却不在意我。"邙谟："我不是那个意思，我怕元公知道我不好好工作，跑出去玩乐。"元媛："你不怕我不高兴？"

元媛故意生气，到了回廊里，回头见邙谟犹自站在那，还在想着什么，终究舍不得为难他，高喊道："你放心吧，昨天婢女出去买丝线看见你进了酒楼，我并未与父亲提起，看把你吓的，胆小鬼。"说完后，元媛得意地走了，邙谟终于把心放到肚子里。

元载获悉沈梦芜不见了，心里十分恼怒，脸上虽没有表现出来，手上把玩的一个茶杯却被他捏碎了。如果沈梦芜落到杨绾手里，自己毫无疑问会受到对方的牵制。思来想去，他决定牺牲这枚棋子——与其险中求胜，不如舍卒自保——他派人将沈梦芜的消息，传进后宫。

沈梦芜失踪后，不但元载坐立不安，元媛也是心事重重。王韫秀问其缘故，元媛吞吞吐吐地道："邙谟不知为何，对我忽冷忽热，女儿也不知道在他心中到底是何位置。"

王韫秀笑了，抚摸着元媛的头发："傻孩子，你就不会设身处地地替邙谟想想？他是个有志向的年轻人，与你交好，外人都以为他是攀了高枝，他心里难免会不舒服。如果对你太过主动，更是怕会引来闲言碎语。要我说呀，你要是喜欢他不妨主动些，让他心里少些压力，多些时间去考虑一下朝堂之事，最好能帮帮你父亲，毕竟将来我们要成为一家人嘛。"

元媛听出母亲意思，已同意了与邙谟的婚事，心生欢喜，也不与母亲打一个招呼，推开门跑了出去。婢妇纳闷地问："娘子怎么这就走了？她困了吗？"王韫秀看着婢女笑着摇摇头："你呀你呀，跟着我久了一点眼色都看不出来，她一定找旬谟去了。"

旬谟听闻了元载做过的许多恶事，心乱如麻，沈梦芜的身世，也让他觉得其中有很大玄妙，无从破解。国事家事搅做一团，没有心思考虑儿女私情。偏偏又遇到了恋爱大过天的元媛，旬谟皱眉，此时想起了梦芜的好，要是换了梦芜，她一定不会为难自己，只会沏上一盏热茶，安安静静地坐在那里，听自己倾诉心事。

旬谟叹息，心中苦闷，送菜入府的王嫂不知道什么时候鬼鬼祟祟地趴在窗上往室内窥探。旬谟起身推门，站在门口问询："王嫂，可是有事？"王嫂看看四下无人，塞给旬谟一张字条。旬谟展开字条，沈梦芜的字迹："等你，在分手的地方。"

旬谟心中一热，披上大氅，摆出一副想出门去转转的姿态，踏出府门而去。可他没想到的是，元媛自作主张，开始关注起了旬谟的行踪，这不，旬谟刚出府门，元媛随后悄悄跟了出来。

旬谟出了大街，脚下生风，因心中有事，走得越发地快，半个时辰就来到城外。旬谟见到宁疾云和沈梦芜在寒风中等待着自己，开心莫名，浑然不觉身后的元媛近在咫尺。

旬谟出城是为了见这个歌姬，元媛心中万分失落之余，也自认为明白了旬谟这些日子的恍惚：原来他心里头是有了这个叫沈梦芜的女人。元媛又是伤心又是气恼，狠狠地揪了一把身边干燥枯黄的芦苇，发出脆脆的声响。

宁疾云别的本事没有，警觉性却是一流，他环顾四周："旬谟兄，你快护着沈娘子先行，我殿后，看情形有人跟踪来了。"宁疾云说着话，手脚也没闲着，一招轻功中的"登高远眺"，将身子于平地之上拔高了三尺有余，方圆几百米内尽收眼底，随后冷笑一声，疾驰飞扑而上，将躲在一旁的元媛揪了出来。

旬谟难以置信，不禁问道："你怎么跟来了？"元媛带着醋意冷语相向："一个歌姬能来，凭什么宰相的女儿就来不得？"听到"宰相的女儿"这一句，宁疾云颜色一凛，他看着似乎有些熟悉的面孔，问道："你父亲是元载？"元媛傲慢地抬起下巴，默认了。

宁疾云想都没想，下意识地拔出了手中宝剑，对着元媛刺将过去。

旬谟对宁疾云有所了解，已经有了戒备之心，在剑锋就要抵住元媛咽喉之际，旬谟飞身扑上，硬生生用身体挡在了元媛身前，大家愣在当场。元媛惊喜交集：惊的是提起父亲的名字有人要行刺，喜的是旬谟奋不顾身，舍命相救。沈梦芜走上前来，拉住了宁疾云的胳膊，微微摇头，宁疾云把剑挪开。

元媛并不怯阵，她一脸纳闷地问宁疾云："我父亲与你有何种恩怨？再说我与旬谟救过你的性命，你不能恩将仇报。"宁疾云冷笑道："救过我，当然要感谢你，但你也算不得无辜，你父亲做下的勾当之中，你间接参与了一件。"元媛有些迷惑："我？不可能，我从来不介入父亲的事。"

宁疾云："那好，我来问你，郭全德在家中被杀一事与你可有牵连？"元媛摇头："他死了与我有什么关系？"宁疾云："当初你为了帮旬谟去找薛从义，从他那里打听到了买官的所有程序，这件事你没忘吧？"

元媛："对呀，那是我干的，可与郭全德有什么关系？"宁疾云："当时李栖筠等人唯一的希望，便是拿下礼部郎中郭全德，可结果呢？"元媛："哦，你是这么推断的呀，朝廷死了个官员，就都与我父亲有关？"

宁疾云："如果不是你父亲手眼通天，谁有可能会连夜杀了礼部郎中？只有你的父亲，当朝的宰相元载，他为了掩盖住自己的恶行，杀人如踩死一只蝼蚁，你一口一个'郭全德的死毫不知情'，可铁证如山啊，宰相的女儿。"

元媛愣住了，她拼命摇头，嘴里喃喃地说道："这不可能，我父亲绝对不是那样的人，你肯定错了，我这就去问他。"元媛朝着来路独自跑了回去，旬谟欲去追赶，但想起还要为沈梦芜安排出逃，便停住了脚步。

元媛回到家，心里很乱，要去找父亲问个究竟。来到书房，却见元载不在。正要走，发现墙上一幅画挂歪了，上前扶正，这一个随意的举动，却意外地揭开了元载一个天大的秘密。

三

这幅画后面的墙上有个暗门。元媛急忙推开暗门，在里面看到有元载的很多信件，打开其中一份信件，内容是一些不熟悉的人名、官位和钱数记录。元媛再要打开其他信件，听到外面有动静，她快速地把暗门拉好又把挂画扶正，可胸口那颗心还在怦怦乱跳。元媛深呼吸稳定自己，此时，房门慢慢地推开了。

元载进来看到女儿神情很不自然，问道："今天怎么会到书房来？"元媛："还不是父亲让儿多读些书，儿便来书房找找看看。"元载大笑道："乖孩子，书哪里用你来找，为父多的是，一会我让人送到你房中。"元媛："儿告退。"元媛走出房门。元载的笑意还挂在脸上，转头发现，挂画的位置变了样子，他反复地看着，表情慢慢变得阴森、严酷，令人不寒而栗。

旬谟担心元媛独自回来，凭元媛的个性，一旦急了说出沈梦芜的下落，那么对大家十分不利。回到宰相府第一件事，旬谟就是去找元媛。走着走着，隐隐约约听见箫声。

朝着箫声寻去，元媛在后花园的秋千架下端坐着吹箫，箫声隐隐有悲声。

旬谟走近元媛，心下生出丝丝疼惜，温柔地问道："你怎么了？"元媛停下箫，便没好气地挤对旬谟："你还知道回来啊？人家沈娘子会抚琴，我只不过与人学学，吹吹这玩意试试，看能否也为自己引来一个如意郎君。"元媛看似嘴硬，耳畔那对叶子图案的翡翠耳环，却如同被秋风吹得晃晃荡荡，可见元媛心口不一。

旬谟又上前两步，深情地望着元媛，缓缓地低下头，与她视线平行："告诉我，你到底怎么了？我让你受了委屈？对不起，我真不是有意的。"元媛再也忍受不住，倚在旬谟怀里哭泣起来。旬谟紧张得不得了，可还是轻轻地搂住了元媛。在元媛的哭泣声中，两个相爱男女，拥吻在了一起。

元载多行不义，引起了诸位朝中大臣的腹诽，尤其他随意更改官衔晋级制度的奏章，在朝堂上被通过后，激起很多正直官员的愤怒。

常衮向李豫揭露元载贪污的事情，但李豫心思全在生病的女儿身上，只是含糊其词，应付了事。待到常衮退下后，李豫把奏折扔在一边，感叹清官多酷，好官多庸，水至清则无鱼。如此一说，可见并未把元载的事情放在心里。

沈梦芜和宁疾云大仇未报，决定冒险潜回酒楼，联络当初郭子仪安排的人。沈梦芜认为唯一能与元载抗衡的，唯有郭子仪。可两人回来后，却发现酒楼里出现了一些生面孔，身上还藏着兵器，宁疾云暗叫一声不妙，拉着沈就跑。

杀手们一拥而上，目标直指沈梦芜。宁疾云拼死保护，无奈对方人多，难以招架。关键时刻，一队官兵巡逻至此，见有打斗，便进来制止。宁疾云和沈梦芜趁乱逃走。杀手们撤退后，杨绾出现在酒楼门口，看着变得残破不堪的大厅，叹息着说："元载当道，老夫只能尽到如此之力了，沈娘子自求多福。"

花园一吻，邹谟与元媛再见面颇有几分尴尬。元媛毕竟是个女子，总不能让她前去逼婚吧。而邹谟却心系几处，又要时刻警醒着朝廷之上所发生的事，男女之情反倒是搁置了下来。

这一日，邹谟起身去元载书房，等待元载早朝回来，看看有什么需要商议。邹谟行走于长廊之上，刚巧元媛从母亲房中出来，两个人又相遇了。清晨时分，仆人婢女都奔波在走廊上，人流熙攘之下，俩人互相凝视，终究说不出什么，只能擦肩而过。

在二人身形交错之际，元媛拉住了邹谟的手腕，哽咽着说道："邹谟，难道你真不明白我对你的心意？你装作若无其事，在我面前走来走去，难道你真的喜欢上了沈梦芜，不再喜欢我了吗？"邹谟的心绷了起来，此时此刻，他不知道该如何面对元媛，就因为她的父亲是元载。

邹谟沉吟了一下："元媛啊，你的心意我如何不知，可我出身低微，我们是不同世界的人。我此时贸然提亲，你父亲会耻笑我，他也会为你担心啊。"元媛："我不在乎，哪怕你是个贩夫走卒，我也要嫁给你，只要能与你在一起，我什么都愿意。"

听元媛说到这里，邹谟心中越发疼痛，自己爱上了一个不该爱的人，又舍不得抽出身来，纠结的心在流血啊，可元媛断断是不会懂的。旬谟为自己找个理由："元媛啊，你也知道，我仅仅是你父亲的一介门客，身无一官半职，这世间何曾有门客娶宰相女儿的事情？"

元媛双手捂住耳朵，跳着脚说："我不在乎，你不用说了，我就问你娶不娶我？只回答娶还是不娶，你说！"旬谟怔住了，已没有了别的选项，元媛那一汪湖水般清澈的眼睛，正为了等待一个答案。旬谟低下了头，再看着这双眼睛，他真怕控制不住，上去牵了她的手，与她离开宰相府，天涯海角，永不回头。

然而，残酷的现实就摆在眼前，元媛在等待他的回答。旬谟："元媛，能原谅我吗，给我一点时间。"元媛眼中充满泪水，她颤抖着声音问："能告诉我这是为什么吗？难道你真的爱沈梦芜？"旬谟为难道："我很迷茫，我不知道该如何面对你父亲，怎么与他相处，以及他是我应该追随的人吗？这一点你理解吗？"

元媛的眼泪终于流落下来，像两颗透明的珠子，滴落在青砖地上，旬谟心痛万分。元媛接着问道："不管他做了什么，他不代表我。你就是喜欢上了沈梦芜，回答我，是还是不是？"旬谟摇摇头："真的与沈梦芜无关，我承认你父亲不代表你，但他终究是你父亲，我们的事必须得到他的同意。"

元媛较真的性子发作起来，她紧紧逼着问："别拿我父亲说事，我就问你一句，你喜不喜欢沈梦芜，就说是还是不是？"面对着元媛追问，旬谟想起了沈梦芜，在他心中真的深爱着元媛，可要他说不喜欢沈梦芜却也很难，旬谟犹豫了一下，元媛'哇'的一声哭了出来，边哭边跑远了。

旬谟低下了头，青砖上的两颗泪痕依旧还在，这泪水分明滴在了自己心里，他的眼眶红了，然后，抬起手来，一掌拍在了回廊的栏杆上。等他回过身来，元媛不知为何又跑了回来，跑得匆忙，长长的翠绿色的耳环甩到了脸颊上，一丝红痕让旬谟的心头又是一紧。

元媛面对旬谟一字一句地说道："旬谟，其实我也感觉到了，我父亲没有想象中那么完美，但我相信他所做的都会有苦衷。你来我家的日子不算短了，他对你如何？难道你都没有感受到吗？还有沈梦芜，我看出来你对她有好感，可我不在乎，我相信你是真心爱我的。"

邬谟心内震动，不知如何回答。元媛的追问他确实无可辩驳，说句实话，元载在邬谟心中的分量还是很重的，虽说有些意见相左，可目前不到彻底与他决裂的地步，再听元媛这么一说，邬谟的内心有些动摇。元媛自然看到邬谟表情的变化，面上有了些笑意。

元媛说："无论如何变化，我都认定你了，你若不离不弃，我必生死相随。我元媛在此发誓，今生非你不嫁。"

元媛话说完，脸绯红得似天边的云霞，这次真的跑远了，一会儿就连影子都看不见。

邬谟依旧呆愣在那里，元媛深情的话语，犹如一记闪电，将邬谟内心的纠结与困惑瞬间震撼得一干二净。

不知过了多久，邬谟想起要见元载，便快步朝着元载书房走去。

四

元载与王韫秀在书房，谈论着女儿的婚事，地上的炭火盆烧得"噼噼啪啪"作响，笼罩着热烘烘的氛围。元载敞开心怀，滔滔不绝，王韫秀满心欢喜。

元载问发妻："对于元媛的婚事，你是怎么想的？"王韫秀淡然一笑："我没有什么大见识，可我懂得一件事，就是齐大非偶。对于我们的女儿来讲，嫁入高门恐怕不是什么幸福的事，高门里规矩多，若处处做小伏低，元媛岂能受这种委屈。"

元载笑着说："你呀你呀，你说没见识，可你说出了我的想法，我为官多年，官场上的尔虞我诈，机关算尽，深知许多人家今日大宴宾朋，明日门庭冷落。我与你想法一样，就为女儿寻一户平常人家，让她无忧无虑地生活吧。"

王韫秀问道："你心中可有属意之人？"元载哈哈大笑："我属意有何用，关键是女儿有她心属之人。"王韫秀笑得咯咯的，笑罢说道："女儿与邬谟很密切，不如成全二人。"

邬谟走到书房门外，听房里谈话的声音，脚步便停了下来，侧耳倾听着。元载接着说："旬谟与我当年很像，我对他相当看好，无论是人品、相貌，都无可挑剔。唉，就是这孩子个性太倔强，他有时出了错，我都不忍苛责。我对他的喜爱和栽培，不知他能否感受得到。"

王韫秀："旬谟那孩子聪明智慧，一定知道你的心意，你哪天找他好好谈谈，看看他对元媛的态度。如果他同意，就让他入赘，我们为他们盖一座阔大点的庭院。"

旬谟心中感动极了，自己何德何能，让宰相夫妻俩如此对待，尤其元载话中表达的亲近与提携之意，更让旬谟心中一股热流涌了上来。

偌大的长安城，有多少人想方设法与元载拉上关系，他却对自己如此厚爱。想到此处，旬谟朝着来处归去。他想着等会儿与元载好好谈谈，将事情弄清楚。

旬谟坐立不安，听闻婢女陪王韫秀离开书房，便三步并作两步地朝着书房走去。他必须尽快解开心中许多疑问。

元载正想与旬谟谈谈女儿之事，说曹操曹操就到，元载认为这是自己与旬谟之间的一种默契，心中更是欣慰。可刚送上茶，旬谟就问了一句元载没想到的话。

旬谟直接地问道："元公，您为官多年，可曾做过违背良心的事情？"元载心里顿生郁闷。

元载稳定了一下情绪，端起茶喝了一口，示意着旬谟喝茶，说："来，尝尝这茶，这是陛下赏赐的番邦进贡的茶，我过去以为在那些不毛之地，产不出什么好茶，可这茶有一种异香，快趁热品一品。"旬谟没有动茶，依旧接着问："元公，您到底有没有做过违心的事情？"

元载严肃地站了起来，长叹一声："我承认做过违背良心之事，人在官场，身不由己，有些事常常是不得已而为之，可又不能不为。旬谟啊，很多事不像你想得那么简单，比如，家事与国事有时是矛盾的，如果你父母要你去做一件有利于家事但不利于国事的事，你怎么办，违心做了，内心承受困扰，如果不做，要承受不孝的压力，你做还是不做？"旬谟迥然："我，我真没想过这个问题。"

元载接着说道："你没想过，可你不得不想这样的问题喽，考虑了小家庭，就会忘了大国家，考虑了大国家，就忽视了小家庭。自古以来，都是忠孝不能两全，何况我在朝为官，不可能做到件件完美，事事两全。别说我了，就是陛下也不可能尽善尽美。哪个登上皇位之人手上没沾满过鲜血？"说到鲜血两字，元载伸出了两个手指，郇谟不自觉地后退了一步。

元载接着说："当初我与你一样，想凭借着自身的能力，协助陛下打造开明盛世，让国家有着朗朗乾坤，人人畅所欲言，可美好的愿望代替不了残酷的现实。你说你是个正义之人，你同样会遇到无耻小人、落井下石之人。你如何对待他们？如果以德报怨，那么何以报德？有时候博弈双方是不择手段的，甚至是你死我活。我今天与你说句实话，我元载做过许多摆不上桌面的事，可都是事出有因，不得已而为之，否则，你我不可能坐在这里交谈，也许早已横尸野外。"

元载说着激动起来，老迈的眼眶已泛红丝，他疲惫地说："郇谟，我已老啦，多么希望有人抵挡外面的那些流言蜚语，而不是反过来质问我。人言可畏，传言杀人不见血啊！我送你一句箴言，眼见为实，耳听为虚，永远相信自己的眼睛，永远不要轻信别人的话。况且，有很多时候，你亲眼所见的，都不见得是对的，还有表象后面的真相。今天与你讲的，都是我的肺腑之言，你若有疑问，随时可以来问我，在宰相府，你是我最重视的一个人。"

听了元载一席话，郇谟被感动了，说："元公，晚辈稚嫩，请求原谅，今天的所言所语有些失礼了，请您多多包涵。"元载笑了起来："傻小子，我要责怪于你，还会与你讲这么多？不过，今天我有件事要与你说。"

元载附耳轻声说了几句，郇谟害羞地点点头，元载又拍了拍郇谟肩膀说："快去吧，哄个小娘子你还是在行的，哈，哈，哈。"郇谟笑着走了。元载坐在榻上，深思了一会儿，掏出锦帕擦了擦额头上的汗，自语道："以后对这小子要格外注意喽。"

在宰相府做门客的经历，使郇谟慢慢接受了官场复杂的事实。如今，他知道了元载做过的一些摆不上明面之事，但能够感受到那种人在局中身不由己的感觉。经过考虑，他还是决定要继续协助元载，一方面是为了报恩，另一方面通过积极的努力去改变元载，引他回头向善。

元媛一觉醒来，发觉闺房之中有着熟悉的香气，她循着味道看过去，惊喜地发现桌子上摆着几盘她最爱吃的糕点，唤来婢女：“哎，我问你，这核桃酥、杏仁片，还有这个绿豆胡麻饼，是你为我拿来的？不会吧？你哪有这份细心？过去我催几回你才能去拿，今天怎么啦？”

婢女掩口而笑：“哪是我呀，这都是旬郎君送来的，听说呀，他是亲自看着小厨房一样一样做出来的，小厨房的阿二与我说，旬郎君那么笨拙的大男人，亲手为娘子磨的绿豆沙。”元媛含羞地说：“胡说什么，旬谟才不笨，他聪明着呢，让他费了这么多工夫，我要去谢谢他，赶紧呀，还傻愣着干什么，快点帮我梳洗打扮。”

盛装的元媛，确实非常漂亮，淡蓝洒金的襦裙，穿在身上格外的俏丽；今日丫鬟给梳的发髻更是俏皮，叫作“喜鹊登枝”，乌溜溜的头发全部拢上去，耳畔各留两缕发丝，随着步伐的走动，飘飘移移，显示出了少女的稚气与女人的妩媚；鬓边不插珠翠，直接用了后院的两朵红梅，映衬得元媛一张巴掌大的脸，红粉菲菲，让人见了恨不能一亲芳泽。

元媛对自己今天的形象满意得不得了，在旬谟的书房前咳嗽了一声才进门，要给旬谟一个惊喜，谁知道这个呆子正在写帖子，头都未抬一下。元媛噘着小嘴走过去，问旬谟：“哎，你这人，趁着人睡着的时候，偷偷摸摸地去送什么糕点，说吧，是不是有别的事情找我？”旬谟练着字没有抬头，轻轻回答：“的确有一事，我想告诉你我喜欢你，谁知有的人正在与周公见面，我只好灰溜溜地回来喽。”

元媛假装不在乎地用手玩弄着垂下的那一缕鬓发：“嗨，我昨天不过是开个小玩笑，你还当真了？我说你呆，你还真呆呀。”埋头写帖子的旬谟笔势一顿，猛地抬起头来，神态有些窘迫。元媛知道对方是真在乎自己，于是开怀大笑，问旬谟在写什么东西。旬谟紧张得没有握紧毛笔，一大团墨迹下，却是上门提亲的拜帖。

元媛顿时满脸绯红。旬谟扔掉写毁了的拜帖，摇摇头又拿出一张新纸重新开始，并告诉元媛，他连聘礼都准备好了，很快就要提亲了。元媛开心地讲不出话来，装作害羞的样子，跑出门去。看着她蹦蹦跳跳的背影，旬谟也开心地笑了。

　　朝廷上传来喜讯，华阳公主病情好转，李豫有精力处理政事了。于是，各部门摩拳擦掌，很多人都想把这段时间心中烦闷之事说给陛下听，尤其是成都司录李少良，他想举报元载不是一天两天了，现在看准机会连夜准备了奏折，担心折子被元载截了，拜托在京城的好友傅宽，去中书省常衮家送信，求常衮帮忙。

　　常衮动了手脚，奏折绕过元载，直接送到了陛下手上。李豫见又是个直肠子清官，起了惜才之心，便秘密招李少良入宫，意在保护，并劝其不要钻牛角尖。

　　李少良得到陛下的信任和安抚，内心平衡了不少，他感到与陛下是心意相通的，陛下之所以没有立即查办元载，因为元载树大根深，目前时机不到；如陛下对元载没有猜疑，也不会对自己如此重视。想到此，李少良不免有几分得意。人往往都有软肋，有的人不为名、不为财，可偏偏喜欢得到上司的信任，认为自己是匹千里马，遇到伯乐便心甘情愿地为其效力，在所不惜。李少良就是此类人。

　　李少良来了趟长安城，陛下让其低调行事，那也就不便张扬，逛逛这繁华都市，见见往日旧友。这一日，李少良来到了傅宽府上。傅宽一见大喜过望，两个人推杯换盏，喝得无比尽兴。这酒真是个怪东西，心里有什么秘密，喝了三两没说出，你就喝半斤试试，半斤要是还没到位，那么接着一斤下肚，估计就毫无秘密可言了。

　　一斤温热的花雕进肚，加之最近又得到陛下的青睐，李少良喜悦之情溢于言表，没等傅宽深谈，就将事情说了个一干二净。当然，李少良也与傅宽说了，来京的事情只告诉他傅宽一个人，千万可不能泄露出去。

　　李少良和傅宽是什么关系？两人自小是好友，后来各奔东西，相互间很信任。傅宽的父亲曾被元载迫害致死，李少良一说他举报了元载，傅宽眼中带泪，起身长施一礼，他不但对李少良的做法全力支持，并期盼两人合力把元载告倒，也算为父报仇了。兄弟俩敞开了心扉，喝得那叫一个尽兴。在兴头上，傅宽听说李少良住在驿站，随即喊来仆人，准备肩舆，送李少良去郊区的别院休息。

　　可在长安城的一隅，有一个人的兄弟却睡不着觉了。

五

深夜辗转反侧之人是谁呀？就是旬谟的好哥们，卓英倩。

卓英倩是那么想往上爬的一个人，都感到元载如今做得有些过分，他隐隐约约觉得有些风声鹤唳——真有那么一天陛下像铲除李辅国和鱼朝恩那样，也铲除了元载，不知道自己会不会受到牵连。卓英倩认为识时务者为俊杰，不能坐以待毙，必须想出些措施，以免殃及池鱼。

第二天早朝，卓英倩早早来到含元殿门前，远远地见杨绾走来，急忙深施一礼。杨绾心中一惊，此人一直与元载打得火热，怎么今天竟然大反常态？杨绾是何许人也，面上的事驾轻就熟，稍稍还礼，径直进入了朝堂，并未与卓英倩攀谈。卓英倩心里有小九九，下面他还会有更大的动作。

朝臣私下里都在准备对元载进行弹劾，可是表面上，元载仍然呼风唤雨。元载迈进朝堂之际，依旧前呼后拥，有说他气色之好，恰似返老还童；有说他筋骨强健，亦如彭祖当年。元载笑声如洪钟，确确实实是绕大殿三圈，不绝于耳。

最近没有什么大事发生，谁都知道早朝无非走个过场，互相吹吹捧捧就散了，偏偏今天卓英倩有心搞个大动作，元载就为他送上了机会。李豫起得早了，此时有些昏昏欲睡，含含糊糊地问："你们还有何事？如若没有就各自归家吧。"

元载站了出来："老臣有本启奏。"李豫强打精神："说吧。"

元载道："岭南举荐了一位奇人，说是有过目不忘之本领，掌管地方财政十载有余，无一错漏，我也曾亲自测试，果然翻他账目，八年前的某一天，他都能记得收发之钱数。此人送与刘宴处使用，岂不能使得刘宴如虎添翼？"李豫大悦："好哇，哪天把他带来，我亲自考考他。"元载："遵旨，明日我即带他上朝。"

"微臣觉得此事不妥。"一个不和谐的声音响起。

李豫问："卓英倩，你说出你为何觉得不妥？"卓英倩朗声答道："国有国法，家有家规，此人在地方如鱼得水，可刘宴处掌管的是全国的财政，仅仅凭借着记忆力超群，恐怕不经过系统的调教，难当大任。"
此言一出，朝堂上鸦雀无声，众人心里暗暗嘀咕，卓英倩今天抽的什么
风？以往元载咳嗽一声，他恨不能鼓掌喝彩，今日居然打起元载的脸
来了。

李豫素来不对这种事情做什么决断，他把皮球踢给了元载："元公，
你认为卓英倩所言可有道理？"元载微笑："卓英倩一心为朝廷着想，此
心可赞，他说得不无道理，反倒提醒了臣，臣有一不情之请。"

李豫道："尽管讲来。"元载："卓英倩认为我举荐之人，不能适应
皇家之财政立法，那么，卓英倩这个职位刚好与立法有关，我不如将这
人送与卓英倩处，让他将其培养成国家之栋梁，这是物尽其用，陛下您
意下如何。"

李豫一听，心想，我可不趟你们这浑水，于是打了个哈哈："好的，
卓爱卿领旨，从今往后，刘宴处但凡缺人之际，都由卓爱卿训诫过后，
由你处选入。不过，千万将人为我调教好，如若在财政上出了意外，我
将直接拿你是问。"卓英倩吓出了一身冷汗，跪倒谢恩。

散朝之后，三三两两往外走，谁走到卓英倩面前，都掩面而笑。俗
话说搬起石头砸自己的脚，可没见过砸得如此狠的，卓英倩失了面子，
灰溜溜地往前行，一个高大的身影拦住了去路，此人正是元载。元载看
着卓英倩什么也没说，哼了一声，却如同晴天霹雳一般，震得卓英倩五
脏俱焚，他知道由于操之过急，苦日子马上就要到了。

没出三天，卓英倩在书房里办公，仆人连滚带爬地进来，跪地就
说："主人，快去看看吧，您让我们去为中枢府衙送信，刚到府衙门口，
巡街的御林军就治了我们'朝廷家眷衣冠不整'之罪。我被遣回来报
信，另外几个被暴打四十大板，如今估计屁股都开花了，您快想想办法
啊。"卓英倩目瞪口呆，御林军的统领与元载是同乡，这种事对他来讲，
简直是小菜一碟。可这点事要传出去，卓英倩的脸还往哪搁？

卓英倩在房中踱步，门徒连哭带喊地进来："卓公，您为我做主啊，
我们几个去郊外赏花，路途中吟诗两首，谁知竟然有人说我们吟的是淫
词浪调，被抓去了衙门。"卓英倩："你们没有说是我的门客？"门客哭
了："就是说了是卓府的门客，他们才会被抓走，人家说了，抓的就是

卓家人。"

这让卓英倩清醒地意识到，自己还是太渺小，翅膀还不够硬，没有元载支持，他什么也不是。同时，他暗中观察陛下的决策，也并未发现陛下有打压元载的意图。

卓英倩傻眼了，他知道如果再不动手自救，那么，他离死也就不远了。于是傍晚时分，他悄悄来到了宰相府门外，说有要事通禀。

卓英倩在偏厅等了两个时辰，才有人知会他，说宰相在书房，请他进去叙话，书房门一开，卓英倩"噗通"跪下，以膝当足，挪行到元载面前，元载坐在书房中犹自看书喝茶，理也未理，卓英倩索性磕头磕得砰砰响，元载这才抬起眼皮，慢悠悠说了一声："行啦，起来吧。"

卓英倩哭着说："元公您不看僧面看佛面，我与旬谟这一路进京，互相照拂，我有今天也是您一手提拔。那天在大殿之上，小人一时糊涂油蒙了心，说了不该说的话，这些天一直懊悔不已，总想以死谢罪。"

元载冷冷一笑："那为何今日还活生生跪在我的面前？"卓英倩哭道："小人一想，元公的恩情我没有报答，如果我这一死，岂能报效元公，求元公成全，小人以后永远追随在元公左右，绝无二意。"

元载："此话当真？"卓英倩举起一只手："小人对天发誓，如若有半句假话，家宅不宁，全家老少天打五雷轰。"

元载走过去，扶起了卓英倩："好啦好啦，发那么重的誓做什么，我都听懂啦，你以后要一心一意，我会照应你的，快起身回府吧。以往发生的事我一概不究。"

卓英倩千恩万谢，打道回府，他要是知道，还有一件事正在等着他，估计会把自己的脸打肿，后悔这趟宰相府之行，甚至把肠子都悔青。

第五章：忠良冤死

一

卓英倩到家，有个人在等着他，原来董秀派人联系卓英倩，将李豫招李少良入宫的消息告诉了他。这个消息要是早点来，对卓英倩好比是一支强心针，让他更有勇气对抗元载，可现在他对元载再也不敢造次。

此时得到这个消息，就像是抱了一个长满了刺的绣球，卓英倩思来想去，决定将这个消息告诉旬谟。这样一来，等于把包袱丢给了旬谟。

元载越来越一家独大，非议越来越多，呈现出了压制不下去的趋势。王韫秀左思右想，写了一首诗，劝丈夫不要太过恣意妄为，应适当收敛，元载看都没认真看便塞进怀里。

没过一会儿元载和薛瑶英在花园里嬉闹时，甩手之间把诗卷弄掉了。路过花园的旬谟捡到了王韫秀的诗，便去送给了王韫秀。王韫秀听说精心写就的诗被宰相弃若敝屣，十分伤心，又念旬谟是自家人，于是留他下来，闲话家常。

王韫秀问旬谟："你可曾有过寄人篱下的日子？"旬谟答道："还好，虽然家境中落，但好在父母薄有私产，我的日子虽然苦寒，还不至于寄人篱下。"王韫秀点点头："你这孩子也是不易。你可知当初我们夫妇二人，流落在他人房檐之下，真是吃没吃、穿没穿，受尽别人冷言冷语。好在我们夫妻两人相互勉励，特别是宰相心有鸿鹄之志，拼命求学，我们才有了今天的日子。记得宰相刚为官的时候，我曾经与他讲，以后我们这样安安稳稳地过一辈子吧，你别老想着做大官，所谓'高处不胜寒'，我们两个不愁吃穿，把孩子养大，就别无所求了。可谁知他的官越做越大，我们见面的时候越来越少，如今他已听不进去我的话了。"

　　旬谟："元公日理万机，太忙了。"王韫秀道："旬谟，我已经当你是自家人了，答应我，做什么都不要做官。我悔教夫婿觅封侯，今天我受了冷落不要紧，可我害怕整个元家走错路啊。旬谟啊，你有时间劝一劝他，千万别干出掉脑袋的事啊，我死不足惜，元媛和你该怎么办呀？"

　　王韫秀讲得是声泪俱下，旬谟大为动容，点头答应："夫人放心。不过，很多时候，元公做的事可能情非得已。"王韫秀苦笑道："他？情非得已？唉，算了，多年夫妻了，不提也罢。总之，别忘了我们二人今日之约定，算是我求你了。"旬谟急忙起身施礼："夫人言重了，晚辈定当竭尽全力。"

　　旬谟认为如果劝说元载，就要从亲情的角度，晓之以理，动之以情。但目前门客太多，如果贸然张嘴，收不到什么好的效果。夫人对元媛之事已松口，旬谟索性去了元载处，请求元载将元媛许配给自己。旬谟在表达了自己的态度后，元载一笑："你小子是哪根筋搭错了，今天怎么想起了提亲？那好，你答应为官，我就同意你娶我的女儿。"

　　旬谟倔强地说："元公为何要把嫁女和为官说在一处，元公和夫人不嫌弃我家境贫寒，何苦又要逼我为官？"元载说："你呀，身在福中不知福。好吧，不做就不做吧，我不勉强你，你与夫人说一声，就此开始张罗吧，这么大的事，也得张罗个一年半载的。"

　　旬谟终归是天真的，他单纯地以为有了准女婿的身份，可以劝元载的所作所为收敛一些，于是他将卓英倩转告的李少良进宫举报之事，毫无保留地告诉了元载，并反复强调如何正确对待等等。可元载哪能把他后面的话听进去，满脑袋想着有人举报自己贪赃枉法这件事。有李辅国和鱼朝恩的前车之鉴，元载认为陛下将李少良秘密召入宫中，真有可能与自己有关，不得不防。

　　元载夜思对策，借鉴李辅国、程元振以及鱼朝恩落马的教训，都集中在一个"抢占先机"上。陛下处理每一个事件，都是不露声色，然后搞突然袭击，利用权臣发难，攻其不备。此时，就要早做准备，争取主动权。当前最大的优势就是依靠卓英倩攀上内侍董秀这条眼线。陛下一有什么动静，就能事先知道。这样便可以抢占先机，做好防范。

元载心中已有了算计，一张生死大网徐徐铺开，朝着李少良的头上扣去。

二

自从宁疾云和沈梦芜在酒楼遭遇埋伏以来，他们东躲西藏，始终没有找到安身的好去处。俩人辗转于长安城大大小小的客栈，住的时间不敢过长，担心引起元载眼线的怀疑。

某天一大早，宁疾云去集市为沈梦芜买吃的，一顶风帽遮住了大半个面孔，生怕会被人认出。行至路口，竟然还是有人唤出了宁疾云的名字。宁疾云装作没有听见，快步疾行，身后人紧追不放，一边追一边喊："宁疾云，你跑什么？是我啊，傅宽。"

宁疾云停住脚步，回头见是傅宽，嘴角咧开，露出了笑容。

路边的小酒馆，傅宽做东，请宁疾云喝酒。几杯酒下肚，二人唏嘘不已。宁疾云筷子掉落，弯下腰捡拾，看见了傅宽所穿鞋袜皆是布芳鞋坊的新款，又看看自己，一双破布鞋脚趾头处磨得已见了日光。宁疾云把脚往后挪了挪，俗话说，这世上唯有疾病和贫穷是掩盖不住的，宁疾云如此困窘，傅宽如何看不出来。

傅宽长叹："当年你父在世时，宁兄你也曾经威风八面，怎么如今……"宁疾云在旧相识面前何须掩饰，尤其提及父亲，他手中的筷子应声折断，恨恨地说："元载害死我父亲，我多年报仇未果，还被其追杀。"傅宽将手压在宁疾云手上。警觉地看了看四周："宁兄这话不可在大庭广众之下公然说出来，目前你我与他对抗无异于蚍蜉撼树。"

宁疾云："家仇国恨，元载如出现在我面前，我必除之而后快，有些经历真的是锥心的痛楚，你无法知道。"傅宽红了眼眶："宁兄此言差矣，我的父亲……"傅宽说不下去了，眼泪扑簌簌掉了下来。宁疾云歉意道："什么？难道令尊的死也与元贼有关？"傅宽："何止有关，就是被他所害，我心中只有一个信念，就是杀掉元载，为父报仇。但元载当道，我势单力薄，要报仇难啊！"

宁疾云扼腕叹息："家父在世时与我说过与令尊同窗之谊。傅公为人正直，也得罪了这元贼了？"傅宽愤愤地说："正直？都是因为正直触犯了元载，才陷于枉死。算了，人多口杂，我们借一步说话，宁兄住在哪里？"

宁疾云苦笑道："偌大长安城，哪里有我栖身之地，我与一位朋友居无定所。"傅宽说："二位要是不嫌弃，我家在城郊有套院落，我派人去打扫，暂住一下，意下如何？"宁疾云看到傅宽如此仁义待人，再三道谢。

宁疾云和沈梦芜有了安身之所，却多日没有旬谟的消息，也不知道他现在如何。沈梦芜不免心中惦念，写了书信一封，递给宁疾云。

宁疾云听说要去给旬谟送信，一脸的不痛快，却也无可奈何。只能嘱咐沈梦芜不要轻易透露藏身处，免得连累了傅宽。

旬谟连日来与王韫秀操办婚礼细节，不办不知道，看似简单的婚礼，却有许许多多的繁文缛节，很是累人。这天回到自己房中，喝了杯茶打算休息，却听"嗖"的一声响，一把匕首带着一封信，稳准狠地插在了床头，旬谟飞奔出去寻找投掷匕首之人，哪里还有人影，悻悻地回到房中，将信取下细看，才知道是沈梦芜所写。

信上说让他去找国子监祭酒杨绾，明日傍晚请杨公与沈梦芜在城外某座寺庙会面，杨绾独自前去，不可带任何随从。杨绾？旬谟又疑惑起来，沈梦芜一个歌姬，如何会与国子监杨绾有交集？以旬谟对沈梦芜的了解，知道她不会做出格之事，不妨为了她走上一遭。

第二天一大早，旬谟拜会杨绾。旬谟一个读书人，说话不会拐弯抹角，直接提出了沈梦芜的要求。杨绾一愣，显得十分为难，首先他不知道旬谟是否可靠，其次这封信的真假他无法判断。于是，他打着哈哈说："这是从何说来？我与沈娘子无非是在酒楼几面之缘，老夫的确爱听她唱曲，可这邀约……她想要我去，总得给我个理由吧？"旬谟据实作答："我不明白其他什么，只负责将口信送到，去与不去在您，我完成任务了。"

旬谟确实不知情，杨绾问不出什么。可他年近古稀的老者独自去城外的寺庙，还是不安全的。但最终他决定拼了命，也要把沈珍珠的女儿找回来。沈梦芜约定的寺庙，就是拾得大师上次约她来的地方。她总感到那次外出很奇怪，拾得大师当时宴请的正是杨绾，所以，沈梦芜这次才邀约杨绾来这里相聚。

她认为元载曾让自己远离杨绾，既然已经知道元载心怀不轨，杨绾会不会才是上天派来解救自己之人？

三

寺庙中佛香缭绕，沈梦芜进得此处，似乎觉得心都静了下来。拾得大师稳坐蒲团之上，手捻佛珠，口诵佛经，微微睁开双目，看到来人是沈梦芜，他依旧口中不停。沈梦芜拱手参拜："今日来访，有一事不明，请问大师。"拾得大师口诵："佛家就是清修之净地，女施主有甚疑惑，不妨说来。"

沈梦芜问："请问郭子仪介绍的人究竟是何人？是元载吗？"拾得大师反问道："你以为如何呢？"沈梦芜摇头道："不应该是，郭公为人清明，内心澄澈正直，他与元载不可能走到一起。"

拾得大师："善哉，善哉，'君子相见，目击道存'。真正会帮助你的人，自会从他眼中看出，这所谓善缘，老僧即使不去道破，该来的总是会来。然而，世上善缘总要结在善时，你与那位贵人错过了天时与地利，就算有人和一处，终究是有些晚了，以他今时的地位与能力，恐怕难以帮你什么了。"

沈梦芜焦躁道："请大师明鉴，那个人到底是谁？"大殿的门缓缓开启，杨绾出现在了门前，日照西斜，暖暖的冬日一抹残阳落在杨绾的背上。投射进大殿的身影，一改他本人的低矮，看起来是那么高大。

沈梦芜站起身来，这道光影缓缓地朝着自己移动，光影的主人那双年迈坚定的双眼，却闪烁着善意的温情。沈梦芜顿时一片了然，她要等的人是杨绾，一定是他。

杨绾有机会单独与沈梦芜会面了，经过许多周折，杨绾和沈梦芜开始彼此信任，以往的猜忌已抛到九霄云外了。杨绾首先打破了僵局，他对着沈梦芜微微一笑："就算你不说自己的身份，但凡见过你母亲的人，都会将你认出，你们长得绝无二致，确实太像了。想当年，我曾是你母亲的支持者，遗憾的是，如今元载当道，目前无法与其分庭抗礼，只得等待时机。如今找到了你，便有了可以与元载较量较量的机会了。"

听了杨绾的话，沈梦芜眉头紧锁起来，不过说得还是很客气："儿失去了母亲，又得不到父亲的认可，内心很是焦虑，好在有杨公忠心耿耿地照拂儿，不胜感激。不过儿毕竟成人，恳请杨公无论做出什么决定，都不要将儿当作不谙世事的女子，最好能与儿商议一下，再做决定。"

杨绾笑了："你与你母亲性格极其相似，放心，我们会尊重你的考虑和决定的，当前我们要联起手来，抓住时机，与元载那些祸国殃民的党羽较量一番。所谓：'人法地，地法天，天法道，道法自然。'你我既然相见，那元载气数已尽。"两个人边说着，边慢慢走出了大殿，在大殿外等待的宁疾云，呆若木鸡，说不出话来。

沈梦芜知道刚才与杨绾的对话，等在殿外的宁疾云无疑都听了去，于是温柔地看着宁疾云："什么都不要问，回去我告诉你。"宁疾云已经被惊人的信息震住了，等不及回去了，他诚惶诚恐地说："你、你是公主？你是沈氏的女儿？当今陛下是你父亲？我父亲曾经誓死保护的，是你们母女俩？"沈梦芜点了点头。宁疾云一时缓不过劲，喃喃自语："天啊，我与公主天天在一起？我的天！"

杨绾插了一句话："对了，你们住在哪里？可还方便？"沈梦芜和宁疾云都低下了头，杨绾这么大年纪什么不懂，朗声说道："老夫不才，不过家里有几间干净的房间，沈娘子不嫌弃，你们可以即时就与我回府，方便有个照应。"

杨绾虽说言语谦逊，但是态度恳切，对于走投无路的沈梦芜和宁疾云来说，还有什么比得上一份安定的生活更重要？两人没什么细软傍身，直接就上了杨绾的肩舆，一行人回了长安城。杨绾将宁疾云和沈梦芜安顿到府上，沈梦芜如平常那般行事，可宁疾云却态度大变，对她毕恭毕敬起来。

元载获悉了李少良的存在，无一日不如鲠在喉，作为一代宰相，他自然非孟浪之徒，待一切都安排妥当，元载明白，到了该出手的时候了。

四

宣政殿上，好久没有出现这么刀光剑影的场面了。御史台侍御史陆珽，向李豫弹劾李少良妖言惑众，挑拨君臣关系，请李豫明断。李豫知道这无疑是有人泄露了消息，李少良是个什么样的人自己心里还是有数的，想到此处，李豫微微一笑说道："朝堂之上，就是为了国事可以各抒己见、畅所欲言的地方，如果在这里提出对江山社稷有关的建议，言语中可能冒犯了谁，我以为可以当作表达不清所致。陆珽你不必过于介意。"李豫认为，事情露出端倪，元载不会强出头，毕竟此事与他有关。

元载却毫不退让，顶风而上，立即挺身请旨："陛下所言极是，可冒犯要看是不是故意，真是为了江山社稷、百姓苍生，指着我元载的鼻子骂，我都会甘之如饴，认为他为人正直。可倘若悄然面圣，别有用心，只为针对我，那么，这就与国家无关，而与我个人有关。所以，请陛下明鉴，请李少良出来当面对质，以还事物的本来面目。"

李豫无言以对，他不可能交出李少良呀，元载还不活劈了李少良，可不交出来，元载说得似乎句句在理。犹豫间，一个异常坚定地声音响起："微臣以为，辅佐朝纲不是市井小儿对骂，无须动辄对质，如果那样的话，朝堂之上岂不乱成一团？"说话的是朝廷内臣，位高权重的常衮。

常衮发声力挺李少良，李豫龙颜大悦，赞赏之心还未等流露，常衮又使出一必杀绝技，常衮走到陆珽身边，冷冷问道："刚才元宰相所言，此人悄然面见陛下，告发了元宰相，老臣想知道，既然不是公开见面，你怎么知道的？通过什么渠道知道的？如果你不说清楚，大了可以说你窥探陛下隐私，小了你也是私通了陛下身边的人。"陆珽腿肚子哆嗦起来，常衮说的这两种状况，哪种都是满门抄斩的掉脑袋的罪啊。

元载将话接了过来，强辩道："若想人不知，除非己莫为，敢作敢当才是大丈夫的本色。硬是在这辩解这些小事，常公是何居心？"常衮反唇相讥道："你认为这是小事，可这关系到陛下的安危，你视陛下的安危为小事，你才是真正的居心叵测吧。"众官员见俩人已到撕破脸的地步，于是纷纷劝阻，自然而然的，各自站队，形成了两个方阵。

一方是李少良为首的不依附元载的正直官员，然而却寥寥数人；另一边则是元载以及他庞大的党羽，黑压压一片，连劝和之声都嗡嗡半天，让人头皮发麻。这一较量本就实力悬殊，加之元载口才了得，李少良那边明显处于劣势。李豫本想再当和事佬，息事宁人，保全这几个清官。可今天这阵势，元载是决心不想放过李少良。

李豫只得开口了："诸位爱卿，大家为了国家兴亡争论不休，我自然是十分高兴，今天就早些散朝，大家回家休息。"李豫话音刚落，竟有半数以上的文武百官齐齐跪下，请求陛下处死李少良。

李豫惊讶之余，内心隐隐生出怒气，这哪里是在讲理，简直就是威胁、恐吓，元载看到今日事情做得有些过，于是张口挽回："陛下明察，文武百官跪求只是物伤其类，如果今日陛下不能替臣做主，他日无论哪个人诽谤重臣，都得到陛下庇佑。老臣以为此风气不可滋长，所以，我执意请陛下明断，我要有错，朝堂之上请陛下处置，如果陛下以为老臣没错，那就请处罚李少良。"

李豫脸色越发难看，朗声说道："御史大夫在哪里？速来面圣！"新上任的御史大夫张延赏走过来，深知此时说也是错，不说也是错，为求保全自己，竟然晕倒在朝堂之上，被太监一拥而上，抬下朝诊治。

此时出现了一边倒的局面，李豫看着趾高气扬的元载和跪倒在地的那一干朝廷重臣，悲从心中来，这天下难道不是他李豫的天下？元载哪里是区区宰相，简直就是挟天子以令诸侯，李豫冷静下来，呼唤道："来人啊，李少良不辨是非，陷害忠良，当庭处死。"

元载亲信们的脸上露出了得意之色，李豫一看，心中酸楚，随即补上了一句："陆珽不安心为官，时刻觊觎皇宫内外，对此卑劣行径，拉出去杖毙，株连满门，家眷入贱籍，男人全部流放，永不许回。"此举杀鸡儆猴的做法，朝堂跪下的元载一干亲信，皆不寒而栗。

退朝以后，李豫气愤至极，意识到元载的势力对皇权已经构成了威胁。

获悉元载的所作所为，旬谟在元载面前，请求他不要一错再错。两人针锋相对，互不相让，僵持很久。最后，元载怒不可遏，宣布取消了旬谟和元媛的婚事。

元媛在房中准备大婚之物，喜滋滋地将母亲赠送的首饰看了又看，婢女慌慌张张地进门，扑通跪倒在地："娘子不好了啊，听说主人生气了，痛斥了旬郎君，取消了你们的婚约。"

元媛一阵眩晕，手中拿着的一个攒金镶珍珠的凤钗"当啷啷"落在地上。

元媛奔出了闺房，在宰相府四处寻找父亲。元载在薛瑶英的房里。薛瑶英正在元载面前煽风点火，唯恐元载消了气，收回刚才的决定。薛瑶英手拿樱桃膏送到元载的嘴边，元载刚与旬谟生气，气愤难平，薛瑶英直接将樱桃膏放在口中，挑逗地让元载吃，元载最喜爱的就是这个调调，立刻笑嘻嘻相迎。

房门被"砰"地推开，元媛身带寒气站在门口，太阳光直刺元载的双眼，而自己与姜室亲昵的窘态屡屡被女儿看见，元载心头的火又冒了出来，大喝一声："混账，真是没大没小！"薛瑶英："呦，我当是谁呢，是娘子啊。宰相你生什么气嘛，与娘子比起来，我这个姜室要低她三等。别说她直接闯进我房里，她就是对我做了比这严重的事，我都要笑脸相迎，不敢怠慢。"

元载的怒火瞬间被点燃起来，元媛的个性他是知道的，以往都是自己宠着惯着，这薛瑶英也许没少受她的气。现在见她当着自己的面冲到薛瑶英的房间里，如果再不拿出点颜色看看，如何立威。

元载严厉地说："你给我跪下。"元媛从未见过父亲如此严厉，又是紧张，又是委屈，双膝跪下，眼泪哗哗地流了下来。毕竟是元载的心肝宝贝女儿，他还是有些心疼，于是放缓了声音："你不在房里读书，到这里作甚？"

元媛昂起头来，看着元载："父亲是否取消了我与旬谟的婚事？"

不提旬谟还好，一提旬谟，元载的气不打一处来。薛瑶英一见，急忙阻止元媛说："以后可别提什么旬谟，他就是养不熟的白眼狼。你父亲在朝堂受了气，陛下都不忍心，为你父亲主持公道，可旬谟倒好，宰相府的准女婿呀，居然敢说你父亲如何如何。我可真想不通，谁给的他这份底气。"

元载拍案而起道："还能有谁？我有眼无珠，我当他是人才，对他百般呵护，谁知他自我感觉良好，竟然教训起我来了，气煞我了。"薛瑶英装腔作势煽风点火的态度，让元媛心中烦闷，元媛对薛瑶英说："旬谟再有不对，也是父亲为我定下的夫君，不像是有的人名分都没有，趁着月夜从角门进来就成了别人的妾。将来有一天元府这棵大树倒了，上街要饭我看谁给你。"

元媛盛怒之下口不择言，一句"大树倒了"，把元载气了个半死，薛瑶英一见有了话柄，跪在了元媛面前，对着元载伸出双手，看似护着元媛："你千万别动气啊，这句'大树倒了'就是一句气话，别看外面有人虎视眈眈但绝对不会出现娘子说的那个结局。"

薛瑶英这两句拱火的话刚说出口，元载举起手来，一个嘴巴打在了元媛的脸上，还觉得不解恨，上前又狠狠地踢了两脚，大声喊道："来人啊，将这个不听话东西给我送回去！从今往后，没有我的指令不许出闺房一步！"

仆人急忙进来搀扶起元媛往外走，元媛鼻青脸肿，一下蒙了，被仆人拽出了门外才缓过神来，破口大骂道："薛瑶英，你不得好死，将来我会要你好看！薛瑶英，你这个不要脸的狐狸精！"薛瑶英捂着胸口得意地长长喘了口气："唉，我胸口憋闷的毛病，怎么这一会好了？"

元载斜眼看了一眼薛瑶英的狐媚样，也知道刚才的过激行为着了她的道。嗨，前朝后院皆乱。

五

李豫不是不知道，一个宦官得势，就会形成宦官权力集团；一个官员得势，就会排斥所有不同政见者。发展下去，都会对整个朝廷形成威胁，鱼朝恩是如此，元载同样是如此。

为了限制元载的势力，李豫想起了一个人，一个当初在考生离乱的事件中那个公正廉明、一身正气的李栖筠，李豫决定秘密将李栖筠调回朝中，担任御史大夫。假如朝堂之上再没有正义之人，等待自己的将会是什么结局，李豫其实比谁都想得清楚。

李栖筠回京，本是要低调行事，不敢声张，但是旬谟他是一定要告知的。一是当年自己在邬谟入狱之际与他所产生的真挚感情；二是邬谟住在元载身边，虽说议论纷纷，可李栖筠始终不能相信，当初那么赏识的翩翩少年，真的会为了名利和金钱丧失了底线。

邬谟和卓英倩前去为李栖筠接风。

李栖筠当着邬谟的面，极力夸赞卓英倩敢于否定宰相的人事任命，同时话语带刺地恭喜邬谟即将成为宰相的乘龙快婿。邬谟问其为何生气，李栖筠反问李少良一事，是不是他向元载透露的，邬谟承认如此。李栖筠的内心一阵震颤，他最看重的人却屈服在了元载的淫威之下，可悲，亦可叹。

李栖筠前去祭拜李少良，邬谟感到有些事必须要与李栖筠讲清楚，于是寻去了李少良的墓前，见到了李栖筠。站在李少良的墓前，邬谟承认自己太天真，试图说服元载改邪归正，但元载恼羞成怒，还取消了婚约。李栖筠为官多年，怎能轻易相信几句辩解，让邬谟发誓铲除元载。

邬谟愤怒之下，在李少良的坟前立誓，绝不再与元载为伍。

元媛被困闺房，整日啼哭。邬谟不希望元媛深陷疑惑的幽谷中，只好去找元媛道歉，说得罪了宰相，可能亲事要吹了。元媛却大度乐观，说错在父亲，不关邬谟的事。而且她心里已经认定了，此生只嫁邬谟一人，否则宁可出家当尼姑。

元媛看着邬谟的眼睛，渴求他说出真心话。

元媛问道："你到底喜不喜欢我？"邬谟无言良久，将元媛拥入怀中，都到了这个地步，这个傻傻的姑娘仍旧爱着不名一文的自己，如果自己连一句承诺都不给她，岂不是太残忍了。邬谟把头深埋在元媛的颈后，喃喃低语："这个世上我只爱你，将来无论你父亲结局如何，我都答应你，对你不离不弃。"

年轻男女能彼此袒露心迹是极其动人的一件事。可这两个前途未卜的小情侣，却都泪流满面，元媛偷偷出了房间，拉着邬谟的手，飞也似的奔出了宰相府。邬谟没问去哪里，此刻哪怕元媛带他到世界的尽头，相信他也能毫不犹豫从容而去。

元媛与邬谟避着众人来到城西的小山上。元媛让邬谟把心里的不快都喊出来。邬谟对着长安城，却只喊"对不起"：对不起李栖筠，对不起李少良，对不起宁疾云，对不起沈梦芜，对不起元媛……旬谟心头的悔恨依旧没有消去，元媛便也大声喊起来，却是在安慰旬谟，并发誓要和旬谟一生一世在一起。旬谟十分感动，也大喊要对元媛生死相依。世间有个词叫"一眼千年"，从前旬谟不懂其义，但自从遇见元媛之后，他瞬间就懂得了这词的深情。

俗话说："情意绵长春光易逝。"等到两个人下山时分，天已经黑了，旬谟抚摸着腹部，轻轻皱了皱眉头，元媛看在了眼里。

旬谟当初在大牢之中饿出了胃疾，这些年只要到了饭点未曾进食，立即胃部疼痛痉挛。元媛原是知道的，见旬谟如此，说了句："你在这里等我一会儿，我知道哪里有卖小馄饨，热热地喝上一碗你就会好了。"

可这一会儿却成了旬谟世界里最长的一会儿，元媛失踪了。

旬谟焦急万分，跑回宰相府，可元媛并没有回府。宰相府都被惊动了，元载责备旬谟，说如果找不回女儿，就要他的命。

傅宽这日在府上饮茶，忽然喊仆人过来："你到别院为少良送一些过去，真是好茶，芳香扑鼻。"仆人唯唯诺诺，只是不走，傅宽纳闷，仆人开口："主人您没事的时候该去街上转转，闷在屋子里，好人也会憋出病来。"傅宽说："好好地让你送茶去，怎么引出你这么多话，到底为何？"仆人咽了口吐沫，艰难地说："那个李郎君，他、他已经不在了。"

傅宽猛地站起身："少良走了？怎么连个招呼都不与我打？枉我还跟他称兄道弟。"仆人："不是，不是那个走了，是他因为举报元宰相，被查办了。"傅宽跌坐在椅子上，手中茶杯摔得粉碎。"不能，绝对不能，你一定是听错了，他说陛下很器重他，还让他小心行事，绝对不会赐死他。"

仆人："主人，那李郎君得罪了元载，就算陛下不想，可也不得不做啊，外头都传疯了，这要不是您今儿问，我们还不想告诉您。"

傅宽猛地一拍桌子："你们糊涂啊，这么大的事怎么瞒着我！为我备马，我要到少良兄的住处看看。"仆人拦着："他人都走了好几天了，您去有什么用啊？"傅宽眼睛一瞪，仆人急忙去备马。

谁都没想到，傅宽这一去，一桩刺杀宰相元载的惊天序幕缓缓拉开了。

第四部分：真假公主案

第一章：官场泥潭

一

公元 773 年，时光飞逝，转眼又是两年。这两年对元载来讲，可说是顺风顺水的两年。朝堂之上，他一手遮天；朝堂之下，无人敢与他抗衡。所有这些，都给了元载一个错觉，他以为这天下已是他元载的天下，他的所作所为，更加肆无忌惮，不知不觉地步了鱼朝恩的后尘。元载甚至把崔宽笼络到麾下，历朝历代，御史台是不得轻易染指的地方，现在公然有了元载自己的人，这自然激起了众臣的强烈不满。元载表面上看着光鲜亮丽，却不知身后已经危机四伏，刀影显现。

元媛那天去买小馄饨，为何会突然失踪了？实际上是当时天黑路滑，她不慎跌入农家布下的陷阱。严冬天气，陷阱壁四周的土，被冻得恍若坚硬围墙，牢不可破。她一个小姑娘毫无防备，跌落下去顿时昏迷了。

旬谟找元媛心切，就没注意到脚下，两个人失之交臂。等到元媛醒来时，天已经大亮，她除了喊救命，其他都无能为力。

俗话说，世上之事皆有因果。元载设诡计杀了李少良，傅宽获知李少良之死，非要去他住的地方看看。而元媛，就跌落在离李少良住地不到五十米的地方。傅宽也是个心地善良之人，听到有女子呼救，急忙下马寻找。到了深坑附近，低头一看，觉得此女子好生眼熟。

元媛仰望深坑之上有人露出脸来，想都没想，急忙呼喊："我是宰相府的娘子，快救我上来，必有重谢。"傅宽一听，不禁笑起来："重谢就不用了，我定会救你上来的。"

然后，他将元媛直接绑起，送到李少良住过的宅子里。这里除了有一户聋哑夫妇，再无旁人，当初傅宽要将这对夫妇赶走，以保证这座宅子的整洁干净，也正是这对夫妇挖的深坑，跌入了与傅宽有着血海深仇的元载的女儿。

有些时候，不得不说老天一切自有安排，冥冥之中早有定数。

傅宽每天都在冥思苦想，考虑怎样利用手中的元媛报复元载。元媛对此已有感觉，试图稳住他的情绪，但傅宽眼里只有仇与恨，根本听不进任何劝说。反倒嫌弃元媛多嘴善辩，将她嘴堵住扔到一边。

元媛失踪以后，最着急的莫过于郇谟，他吃也吃不下，睡也睡不着，突然，想起一个人来。趁着时间还早，他匆匆整理一下衣帽，径直朝着杨绾的府邸而来。

郇谟来了，沈梦芜还挺高兴，可是一听他来是找元媛的，心头火起，脸就掉了下来。郇谟人没找到，被沈梦芜狠狠教训了一番，宁疾云见郇谟羞得是满脸通红，急忙为他解围，主动提出帮他寻找元媛的下落。

宁疾云找人方法与众不同，完全是野路子。元媛那不是一般人，是宰相的女儿，谁家要是藏匿了她，总会有一些反常的举动。于是，他就在暗中观察，长安城这些豪门贵胄最近都有什么异常表现。还别说，他意外发现傅宽这几天变卖了全部的家产，并安排妻子儿女离开了京城。宁疾云感到此事有蹊跷，便继续追查下去，直到找到了傅宽在郊区的那栋老宅，发现元媛果然被他绑架了。

傅宽被发现也是源于他的善良。他只是与元载有仇，祸不及家人，他也不想为难元媛，元媛这几日不吃不喝，傅宽回家让厨子做了几样拿手好菜专程送了来，让元媛能吃上两口。就这么个举动，偏偏让宁疾云跟踪而来。

傅宽被元媛骂了几句，气愤之下继续塞住了她的嘴，出门回家。宁疾云从暗处走出，拦住了他的马，明人不说暗话，既然宁疾云能找来，傅宽明白是瞒不住了，于是将事情和盘托出。两人都与元载有仇，很快达成共识，并制订了周密的计划，能否除掉元载只看这最后一击。

宁疾云回到杨绾府邸，按兵不动，郇谟实在是没办法，找宁疾云打探有无消息。宁疾云吞吞吐吐，旬谟知道这里有什么事，焦急地催促宁疾云。宁疾云左思右想，说了句实话："元媛被绑架，但我们凭借着自身能力是救不出来。"旬谟一听慌了，宁疾云这样的高手都没办法，元媛的处境岂不是非常危险！

宁疾云淡然道："这次救元媛，硬拼是不行的。元媛在人家的手里，如果真的强攻，对方大不了一刀，元媛立刻毙命。"旬谟急得差点跳起来："该怎么办啊？"宁疾云："元载树敌颇多，既然对方绑架元媛，没有当场让她殒命，估计是有其他想法。你回去告知元载，让他去想办法，我认为此事与他必有渊源。我可把元媛的地址告诉你，至于元载如何去救，让他自己权衡吧。"

宁疾云看着旬谟焦急离去的背影，嘴角露出了一丝冷笑。

二

元载在书房暴怒，摔了最喜爱的砚台。黑衣人低头静默，找了这么多天，一点消息也没有，可真是束手无策。旬谟"砰"地推开了书房门，上气不接下气地说："宰相，元媛有消息了。"

一听有了女儿的消息，元载跌坐在椅子上，半晌才缓缓说出："她在哪里？"旬谟说了宁疾云告诉他的地址，可他却没有说出消息源于宁疾云。宁疾云与元载有着血海深仇，旬谟只当这回宁疾云是为自己帮忙，在路上，他想好了假如元载要细细追查，该如何表达消息到底来自哪里。

什么叫关心则乱，元载一听能救女儿，什么也顾不上了，所有的筹谋统统都用不上，直接带着侍卫，很快到了宁疾云所说的地方，而傅宽雇佣的江湖流寇埋伏在此，等候元载到来，请君入瓮。

在关押元媛的乡间小屋附近，侍卫急忙拦住了元载："主人，此地风平浪静，可能有诈。您先在此等候，容小人看看虚实。"元载冷哼一声："有谁敢难为我？他不要命了吗？无妨，我随你们过去。"

侍卫不便多说，回身交代手下速速回城搬救兵，眼下看起来并不是那么简单。

一个侍卫策马扬鞭，转身奔出不过数米，一声凄厉的叫声传来。元载和众侍卫猛地回头，那个年轻的侍卫倒挂在树上，更骇人的是，仅仅几秒钟的时间，侍卫的身躯缓缓开裂，内脏与鲜血喷射四散。

元载一介文臣，哪里见过这等场面，捂着胸口差点坠下马来，元载手都开始哆嗦，指着远处那树，颤声问侍卫："他、他怎么会这样？"侍卫："他是着了道了，这两棵树被提前做了手脚，一旦捆住了人，只要把压制树干的羁绊放开，整个人被活活撕开，这相当于车裂之刑。"

元载这才急忙打马，告诉侍卫们："我们快回，此事需要从长计议。"侍卫苦笑道："主人啊，现在我们可能出不去了。"元载一下蒙了，马匹也预感到了危险，原地转圈，焦躁不安，元载嗓子嘶哑了，大喊："快快，快想办法，送我回城！"

"回城？"傅宽脸上遮着面具跳了出来，傅宽冷冷地说："回城可以，你最好在临走时见个人。"随后，数十个武林中人，也都跟着他从树上纷纷跃下，元载抬头四顾，棵棵大树之上皆蹲着人，如下饺子一般从树上往下跳，各个武功不凡。元载彻底崩溃了，经历过无数大风大浪的他，这回终于尝到恐惧的滋味。

这数十人将元载和他的侍卫们包围，傅宽挟着元媛从房子里出来。元载不顾一切，打马就要奔着元媛过去，傅宽一拉元媛脖颈上的绳子，元媛便无法言语。傅宽将她捆绑在树上。见女儿被人粗鲁地捆绑在树上，元载是无论如何不能忍受的。元载一声"驾"，打马朝着元媛冲了过来，一见元载中计，傅宽脸一沉，下令："格杀勿论。"

有些事情不能考虑得过于简单，就像这些人也没想到，元载身边侍卫中有两个绝世高手，元载贵为宰相，贴身护卫绝不是平庸之辈，尤其面对这种颓势，不是你死就是我亡，为了保命，侍卫们不说以一敌十，杀几个乌合之众却不费吹灰之力。傅宽雇的这些个人与他一不是亲属，二不是朋友，无非是为了赚几个钱，眼见对方杀红了眼，这数十人个个越来越虚张声势，再也没有冲上前去的劲头。

很快，傅宽一方处于劣势。元载一看生还希望大增，随即施展了他运筹帷幄的能力，瞬间成了指挥有方的武将，侍卫们奋力打杀，形势越来越有利。傅宽一边喊着厮杀一边懊悔，这么好的机会为何没有周密筹划，难道就这么失去了大好的机会？

元载已看出这些人听令于傅宽，指挥着侍卫围攻傅宽，擒贼先擒王，誓将他拿下。傅宽用尽了全部解数，已经无还手之力，刚要拔剑自刎，忽然，一个暗器飞过，元载从马上跌落在地，腾空落下的马蹄踩在了他的腿上，元载一声惨叫。

傅宽定神一看，一根凤尾箭射入了马的脖子，马动弹了几下就没了气息。傅宽向箭的来处望去，宁疾云蓝布蒙头，仅仅露出了眼睛，躲藏在树后，另一根箭刚就位，已经直指元载。

傅宽激动地握紧了拳头，死死盯着那支夺命箭。宁疾云微微眯起双眼，"嗖"的一声，箭破空而出，傅宽急忙转头看向元载，元载正在站起身来，居然毫发无损，可他的侍卫首领却捂着胸口，倒在了地上，挣扎了两下，嘴角喷出血沫，眼睛翻白，死了。

宁疾云再次搭弓，仍然躲藏在树后，趁着傅宽的杀手与元载的卫兵厮杀时，向元载放冷箭。形势对傅宽越来越不利，混乱中，傅宽已寡不敌众，身中数刀。这时，旬谟匆匆赶来，悄悄地走到大树前将元媛放了下来。

身负重伤的傅宽挣扎着，壮志未酬，死不瞑目，临死前一掌打在元媛身上。元媛脚步踉跄，重心不稳，一下子扑倒在元载身前。

旬谟其实看到宁疾云躲在树后朝着元载放箭，为了救元媛，他已全然不顾，眼见对方的箭即将射中元媛，旬谟毫不犹豫地挺身而出，用身体挡下了这支箭，救下元媛的同时，也救了元载。

旬谟素日里与侍卫相处得不错，此刻旬谟受伤倒地，侍卫们更是喊杀声此起彼伏，声声震耳，傅宽雇来的乌合之众见头儿已经战死，不知道是谁喊了声"快跑"，瞬间作鸟兽散，不见了踪影。宁疾云怒视着旬谟，眼里迸出血丝，咬了咬牙，几个鹞子翻身，也消失在了众人的视线之中。

鲜血横流的地上，躺着奄奄一息的旬谟，以及抖动的、站不起身的元载。元媛扑到旬谟身上放声痛哭。元载也是伤心不已，这个一身带刺的臭小子关键时刻挺身而出，保护了他们父女俩的生命安全。元载在侍卫的搀扶下，摇摇晃晃地走到元媛身边，安慰地说："女儿啊，别哭了，为父定要厚葬旬谟，伤害他的人，为父绝不会放过。"

元媛哭喊声更加强烈，直至喉咙嘶哑，都不愿离去。元载递了个眼色，几个侍卫要上前将元媛拉走，就在这时，旬谟呻吟了一声，手指也动了几下，见他有活的希望，几个人呆愣在了原地。

元媛撕心裂肺地喊道："父亲，快，把宫里的御医请来，旬谟他还活着！"

三

旬谟醒来时，发现身在宰相府里，在身边照顾他的正是元媛。经过询问才知道，傅宽已死在现场，而放冷箭的宁疾云在此之后便无影无踪了。

元载前来探望旬谟，态度依然不冷不热，显然没有原谅旬谟与他唱反调的事情，但临走时，还是仔细安排仆人照顾他。元媛告诉他，父亲表面上冷酷，可心里还是关心旬谟的。这使得旬谟内心更加纠结。

华阳公主的病情时有反复，李豫难以全身心地投入到政事当中，在外还得依靠元载办事。同时念在元载以前立过不少大功，不想让他重蹈覆辙，于是召他入宫谈话，委婉劝其收敛自己的一些行为，谈得很诚恳，谈得也动情。

元载当面忏悔，答应改过自新，从此闭门谢客，不再接待与其不熟的人。其实，任何事情都是如此，许多事情积重难返。

俗话说，上贼船容易下贼船难啊。当人被欲望驱使的时候，是不讲规矩的，是经不住考验的。此时，元载只能做做样子，暂时收敛一点罢了。

元载刚刚低调了没几天，薛瑶英的兄长薛从义登门求见。薛从义是个没脑子的货，元载风光之际他就以元载大舅子的名义公然卖官。可到了风声鹤唳的时刻，薛从义还来求元载帮忙运作卖官，元载有天大的胆子，也不敢啊。

薛从义气哼哼一走，元载就知道麻烦要来了，果然不久，薛瑶英哭得梨花带雨地来到了书房。

　　元载转过头不看她。薛瑶英脸皮也是厚到了一定高度，拉着元载的手，让他摸摸自己胸口郁结，长出了一个好大的包。元载的手哪里摸到什么包块，不过是薛瑶英白硕丰满的胸，元载哑然失笑，手又摸了两把，这一摸，把两个人之间的那点春色摸了上来。薛瑶英脸色绯红，坐在了元载腿上，娇滴滴地说："宰相，我阿兄又没别的本事，就靠着你这棵大树乘乘凉，你可一定要帮帮他呀。"

　　元载早把拒绝的想法抛至九霄云外，连声表示："好好好，明天让你阿兄找我，我给他想办法。"结果可好，买卖官之风越演越烈，一发不可收拾。

　　纵观整个朝局，在御史台，御史中丞崔宽是元载的党羽，身为御史大夫的李栖筠几乎被架空；杨绾领了国子监祭酒的散职，没有任何实权；唯一有能力与元载分庭抗礼的刘宴，却韬光养晦，与元载井水不犯河水；朝中剩下个中书舍人常衮敢和元载唱反调，却被下属卓英倩牢牢地牵制住了。

　　这样一来，元载大权独揽，行事越发无法无天。

　　旬谟受伤休养了一阵，与元媛的婚事被元载暂时搁置，提也不提。卓英倩这日又请元载喝酒，酒宴上说起旬谟成亲之事，卓英倩问元载打算怎么安置旬谟，元载说："旬谟为人和老夫年轻的时候一模一样，性格太刚直了一点，还需多打磨。他经常与老夫意见相左，老夫总不能找个与自己对着干的女婿吧，岂不自讨苦吃？"

　　卓英倩为旬谟暗自担心，看来这门亲事要悬，除非旬谟有个大的转变。可这个呆子，卓英倩太了解他了，哪怕说破了嘴，他也听不进去。道不同不相为谋，两个好兄弟开始渐行渐远，谁也不想出现这种局面，也都在竭力挽救，可终究在政治的漩涡中，对不同道路的选择，有时候是不以个人情感为转移的。长此以往，又怎能不离心离德。

　　旬谟伤好得差不多以后，可以起身在屋里院外闲逛。这日感到身体格外轻松了一些，便去杨绾府上见沈梦芜。可谁知仆人去请沈梦芜后，等了许久，沈梦芜并未出现，旬谟纳闷，仆人回禀："沈娘子说今日有些不大舒服，就不出来见旬郎君了，郎君请回去吧。"

　　杨绾叹口气，对旬谟说："旬谟啊，你也知道，宁疾云刺杀元载失败，失踪已经月余，没有任何消息，他对沈娘子情深义重，估计是怕连累她，也怕牵涉到我。再一个是，你为元载父女挡的那一箭，对元载意味着什么啊，多少人鲜血与生命毁于一旦。要没有你相救，元载和他女儿定能命丧当场。"

邹谟支支吾吾地说："请杨公代我与沈娘子解释，我是出于儿女私情才为元媛挡住了这一箭，真的不是为了保护元载。"杨绾笑着说："邹谟啊，老夫说你什么好哇！女孩的心思你怎么还看不透啊，我按你说的为沈娘子回话，估计你以后再也见不到她啦。"

邹谟想到了什么，脸"腾"地红了，避重就轻地说："杨公，您能否告诉我，沈娘子到底是什么背景？她一个酒楼歌姬，元载为什么要抓她？您位高权重，为什么收留她在您府上？"杨绾："唉，你一再追问，老夫不妨实话对你讲，沈娘子是我一位故交的女儿，当初家大业大，谁知中了元载的奸计，家破人亡。元载对其赶尽杀绝，老夫无能，难以与元载对抗，只能将她收养在府中，躲避时日罢了。"

邹谟纳闷："我到长安的时间也不算短了，朝廷内外的事情知道一些，杨公可否告知我沈娘子父亲的名讳？"

杨绾："不是我不能告诉你，而是不敢告诉你，有些事情，少知道一分，就少了一分危险，江湖险恶，何苦卷进这里头来呢？我劝你呀，回避一下为好，静胜躁，寒胜热，清静为天下正。你不会不懂这句话的含义吧？"

话都说到了这分上，邹谟只得默然。

在回宰相府的路上，邹谟碰到了李栖筠，邹谟知道李栖筠对自己有成见，打算避开他，可李栖筠竟然拦住他，热情地邀请他酒楼叙旧，邹谟不禁一愣，可还是跟着李栖筠进了望月酒楼。

四

这顿饭邹谟吃的是如坐针毡，李栖筠对他提出了一个要求。李栖筠："邹谟啊，我这次回京城，下了决心扳倒元载，若你真如以前与我解释的一样，不能苟同元载的倒行逆施，那么，有一件事必须得你去办，你意下如何？"

句谟愣住了："某一无官职，二无钱财，如何为你办事？"李栖筠微微一笑："你知不知道官场之上有一种人，既无身份，也无地位，那些为官之人却以他马首是瞻，你知道这是什么人？"句谟摇摇头。李栖筠用手指蘸了茶水，在桌上写下了两个字："掮客。"

句谟随口说出："是薛从义那种人？"李栖筠赞许地点点头："我就是为你打个比方，你刚才说你什么都没有，不便为我所用，其实你有其他人不具备的，那就是人脉。你住在元载府中，尽管他没有将女儿许配与你，可他没赶你走啊，这是为什么？他对你有好感，甚至可以说有感情，你把你了解到的情况都禀报于我，那么对于我们要做的事，可起到事半功倍的作用。"

句谟恍然大悟："我充当内应？"李栖筠继续点头，句谟犹豫地说："可是，元媛要知道我做这种事，我怕她、怕她……"句谟为深爱着元媛而产生犹豫，打算把自己置身事外。

李栖筠反问他："天下兴亡重要还是儿女私情重要，黎民百姓重要还是你一个人的小情小爱重要？到什么节骨眼上了，你为了一个女子置国家安危于不顾，哪里是大丈夫所为？你如不做，就会有更多的人头落地，血淋淋的事实你能熟视无睹吗？"

句谟无言以对，思量再三，终于做出了决定。句谟庄重地表示："那好，我做。"

句谟开始有意冷落元媛，元媛却对其穷追不舍。无奈之下，句谟告诉元媛，自己喜欢的，的确另有其人，就是那个酒楼的歌姬沈梦芜。元媛听后，倒沉默起来，不闹不叫，含泪割断一束头发放到句谟的手上，声称两人从此恩断义绝。

此时薛瑶英在府中地位越来越高，也更加肆无忌惮，竟欺负到王韫秀母女头上。这一日，元媛同王韫秀在花园赏花说谈，薛瑶英从房中冲了出来，大咧咧地连喊带叫："哎呦呦，宰相在哪里？我头疼风又犯了，好不容易要睡个好觉，可有人在房门外故意吵闹，害得我睡不着觉，这不是坑人吗？"

元媛怒道："有你这么说话的吗？照你说的谁都能赖上，你可以说枕头不舒服，还可以说春天的草长莺飞扰了你的清梦。别以为我母亲好欺负、我也是个软柿子，你这么胡搅蛮缠，小心我告诉父亲。"

薛瑶英轻摆腰肢地走了过去，轻蔑地看了元媛一眼："告诉你父亲？你先跟我说说，你多久没见到你父亲啦？你要告状也得见到他才是，一个小娘子，在外头不知做些什么，差点把你父亲害死，你还嫌惹事不够？你告啊，你去告个试试？"

元媛又气又恼，说不出话来。这时旬谟路过看到此景，急忙跑了过来，假装惊讶地说："哎呀，你们还没有梳洗打扮？元公不是说今夜要请客人来府中夜宴？家中女眷这般素简，元公必然不快。"

薛瑶英纳闷道："宰相早上走的时候可没提这茬？"旬谟接着说："你不信我也没办法，我已经提醒各位了，信不信在你们自己。"薛瑶英最是个人来疯，但凡府中有出风头的事一律要冲在前面，听闻此言，便立刻回房梳洗打扮去了。

王韫秀看出来旬谟是为她们解围，急忙道谢："旬谟啊，多亏你机灵，把她赶走，要不我与元媛还不一定听她说到什么时候。"元媛却冷语相向："有的人就是多管闲事，也不知道与他有什么关系。见一个爱一个，许是这会子又看中了薛瑶英？"旬谟摇头叹气，默默走开。他走后，元媛却掉下眼泪，随后哭得肩膀耸动，转为号啕大哭。王韫秀看着女儿伤心，也不知如何是好，只是自语道："这是何苦，这是何苦。"

宁疾云偷偷回到杨府，杨绾看到宁疾云一愣，问道："你深夜为何事到访？"宁疾云深施一礼："某深知，若杨公知道家父是谁，恐怕会感到惊讶。"杨绾一愣："哦，令尊是谁？来，说与我听。"

宁疾云眼含热泪，突然跪倒说道："家父是宁秋书，某是他的儿子宁疾云。"杨绾吓了一跳，感慨道："我与你父同为官数载，可惜我这人喜欢清静，从未去府上拜访，不知他的儿子业已如此高大了！令尊去世后我还感叹，那么好的一个人，可惜无人继承他的衣钵。好，好啊，你父亲有你这么一个懂事的孩子，他九泉之下可闭上双眼啦。"

杨绾说着话，拍了拍宁疾云的肩膀，欣慰之情溢于言表，宁疾云在父亲死后，很少受到如此关爱，禁不住鼻子一酸，眼泪掉了下来。杨绾何尝体会不到他心里的感受，也是感慨万千，再次轻轻拍了拍他的肩膀，小声说道："贤侄，以后这里就是你的家，想来就来，住多久我都欢迎。"

闯荡江湖多年的宁疾云，像个孩子一样，乖巧地点了点头，瘪着嘴，眼泪又落了下来。杨绾没有劝他，而是用慈父般的眼神看着他，宁疾云的委屈在这目光的注视下，统统变成了眼泪，宣泄了出来。

五

此时最为着急的莫过于沈梦芜，杨绾总是避重就轻不谈正题，沈梦芜将话题带回到了自己身上，问道："杨公，什么时候安排我们父女相认？儿等得心急火燎。儿千里迢迢寻找父亲，遇到的风险与遭受到的苦楚，不说您也体会得到，可杨公为什么不帮儿在父亲面前提一句？"

杨绾说："沈娘子啊，此刻我比你还急，想要将这个消息报告陛下，可我目前没有实力，难与元载以及后宫势力分庭抗礼。认父的事情还需从长计议，等待时机。"沈梦芜脸上的失望之情难以掩饰，落寞地说："儿还不知道要等到什么时候……"杨绾安慰她，道："沈娘子，不要着急，会有那一天的，不过是时间早晚而已。"

刘晏改革盐政受到元载党羽的阻挠，这日来与元载商谈。元载趾高气扬地坐在书房里，未出门迎接，按理说，刘晏的官职与元载相差不大，元载爱摆谱的劲从未更改。旬谟在门外，把刘晏迎进了书房，元载不过欠了欠身："刘公来啦，请坐。来人，看茶。"

刘晏焦急地说："元公您能不能与属下交代一下，对于这盐政改革，我就是要取消垄断，让百姓买得起盐、吃得起盐。我这么做没问题吧？为什么他们层层干扰，这工作如何落实下去啊？"

元载笑着说："老夫以为你为官的时间太短，做起事缺乏经验，你的想法是好的，可你要想到，这个改革实行起来，断了多少人的财路啊？盐贩首先就不会答应你，你这等于好端端地砸人家的饭碗呀！"

刘晏针锋相对："可我让他们继续端着饭碗，那么黎民百姓的饭碗谁管？再这样下去，黎民百姓的锅都揭不开了。"

元载毫不客气，直言不讳地说："当然你管。你在推进盐政改革，百姓吃不起盐，你不管谁管？"刘宴："那不对啊，我改革的初衷是让百姓吃得起盐，但我改革的工作落实不下去，关键是你的属下们不配合，这让我为难，请问我该如何是好？"

元载听后笑了："我们同为陛下做事，那些人配不配合你，我就管不着了，即使我管了，不符合他们的利益，他们也可表面点头，然后拖着不办。所谓各司其职，你的方法可能有不合理的地方，应该回去找出问题出在哪里，而不是让我去发号施令，他们只是我的下属，我要是命令他们去做这个、做那个，没准什么时候有人去陛下那弹劾我滥用职权搞'一言堂'，我怎么办？你能否为我出面说话？"

两个人你一言我一语，气氛严肃，有些剑拔弩张之感。邱谟出来调停，冷静地说道："二位都先冷静一下，我说说心里话。"元载哼了一声，转过头去，刘宴更是看着地上不吭声。

邱谟说道："宰相不可说气话，刘公是奉陛下的旨意推行盐政改革，如果他没得到积极配合，那不用说，就有别有用心之人把矛头指向宰相。其实我和刘公都理解宰相的考虑，就是不搞一刀切，最好根据不同情况采取不同的改革政策，为利益相关者留一些余地；盐商最好不从盐上获利，采取国家贴补盐商的办法，让黎民百姓得到实惠。我建议明早宰相上朝报告陛下，陛下必定会同意拨款，这样一来，你们担心的问题就迎刃而解了，你们认为如何？"

邱谟从中协调劝说，使得元载最终妥协。

事情谈妥以后，刘宴松了口气，邱谟送他走出府门，刘宴一再地表示谢意，握着邱谟的手说："邱谟贤弟如若不嫌弃，请明日光临寒舍，今日听贤弟所言极是，想与贤弟就一些事情再探讨一下，贤弟可否赏光？"

邱谟自然是求之不得。邱谟感到自己像一块海绵，要不断吸收养分，使自己多明白一些道理，多积累一些实际经验，不能除了写诗填词，其他的不甚了了。邱谟立即回应道："好好好，我正有向刘公学习之意，担心影响刘公休息，所以莫敢提及。"两个人会心一笑，约定就算生效了。

别看刘宴是一国重臣，家里陈设朴素简单，简单到寒酸，与元载家的豪奢形成了强烈的反差。餐桌上的几道菜肴，在旬谟看来，清淡到拿不出手。不过，旬谟也出身农家，对吃什么不太计较，但在元载家里吃过的山珍海味实在太多，所以，有比较才有鉴别，自然而然地一辨优劣。

旬谟看了几眼菜肴，刘宴急忙解释道："家中厨子妻子生娃，我放了假让他回家，这些菜是内眷所做，如不可口就请贤弟委屈一下。"旬谟心中又是一动，元载家的厨子做菜的就有几个，还有做汤的、做饼的，可见刘宴家的确是清贫简朴，这让旬谟对刘宴不免肃然起敬，认为他为人正直，生活朴素，确实是个清官。

酒过三巡，刘宴开口道："昨日你对盐政改革一事，说得句句在理，今天还想听一下，贤弟到底对盐政改革是何想法。"刘宴直接点了题，又把话题放到盐政改革上。当了解了陛下要推进盐政改革以后，旬谟一直在关注这个问题，也有很多独到见解。

旬谟说："刘公，我认为你对于推进盐政改革之事，虽然一切是从为百姓利益着想，但推进的节奏过于激进，无论哪种改革都有一个渐进的过程，既不能超前也不能滞后，你如此大刀阔斧，毫不考虑各方利益，难免让他们难以接受而形成阻力。"

刘宴据理力争道："贤弟啊，此言有一定道理，但你没有在官场干过的经历。这种改革，虽说是过激了一些，但是矫枉必须过正，不过正就不能矫枉，这样会起到事半功倍的作用。这也是我为官多年从教训中积累出的经验。"

旬谟不解道："为什么会是这样？盐政改革是一项利国利民的好事，怎么会有人不让改革进行下去呢？"刘宴笑了："关于宰相对盐政改革优柔寡断的原因暂且不提，也许问题不在宰相。"听到这里，旬谟有些懂了，点了点头。

刘宴继续说道："贤弟啊，为官与做人其实是两码事，为人仗义，清正廉洁，你以为就是个好官？"旬谟拼命点头："一个正直清廉的人，要还不是好官，在下实在不懂了，那什么样的人才是一个好官？"

刘宴酒喝了不少，健谈起来，他也是喜欢旬谟，有引他为知己的考虑。于是，刘宴深入浅出地为旬谟讲了起来："做人，只要你堂堂正正做个好人，与人为善，就会得到他人的敬佩和尊重，这是毋庸置疑的。但是为官，除了正直廉洁外，重要的是你要会长袖善舞，你要顾全各方面既得利益。如果你仗着有陛下的旨意，强压着别人执行，损坏了他们的利益，那么，反抗就会来了。他不会说不执行陛下指示，可在操作中会给你制造许多的难题，让你一一解决。那你就等吧，拖来拖去，解决个一年两年，你该怎么办？陛下不会去责备他，而只会怪你没有办事能力。"

　　郇谟听到这里，沉思了起来。

第二章：尾大不掉

一

元载这日在朝堂上立下规定：凡百官欲上疏奏事，必须先禀告本司长官，由长官转告宰相，再由宰相转报陛下。这样一来，任何不利于他的言论都可以被摒除在外了。

满朝堂之上的文武大臣获知元载的规定，皆默不作声，无一人提出复议，宣政殿上陷入了死水一般的沉寂。陛下真动了气，他威严地看着群臣，一字一句地问："对于宰相的提议，你们就不说点什么吗？"元载注视着众人，几个想要开口的大臣，看到元载的目光，都低下了头，元载不免有几分得意。

刑部尚书颜真卿站了出来："臣反对，朝堂之上历来提倡畅所欲言，若凡事都由宰相转告，书写奏折之人，难免考量宰相的喜好，如此一来，不知道到了陛下手中，奏折能否反映真实情况？"

李豫吩咐董秀说："你，把昨天西域进贡的鳄鱼血，拿一壶来赏赐给颜爱卿，听他们说，喝了这东西平心静气，对身体大有裨益。"颜真卿低头谢恩，半晌头都未抬起。偌大的一个大殿上，面对元载荒谬的提议，竟然没有人驳斥半句。这对于正直的颜真卿来说，简直是心如刀扎。

李豫眼睛直直地盯着颜真卿，颜真卿缓缓地抬起了头，两眼中含着的泪光，让陛下对一个臣子产生了怜惜之情。如果再不替他说句公道话，李豫真怕颜真卿想不通，没等回到府邸就气死在路上了。

李豫慢慢地斟字酌句："元爱卿提议的这件事，先暂缓执行，还是按照以往的规矩来吧，散朝。"李豫说完这句话，片刻都没停留。颜真卿欣慰地闭了下双眼，忍了又忍的热泪终于还是滑落下来，此时，他明白陛下懂他，此时，他明白君心似我心，以后哪怕豁出这条老命，他也愿意为了陛下的基业，付出自己的一切。

今天元载宣政殿上的碰壁，让敏感的杨绾意识到陛下对元载已有戒心，他知道机会来了，要尽快商量制衡元载的办法。杨绾回到府邸，急急地命仆人找沈梦芜来书房。少顷，沈梦芜来了。杨绾急不可待地把门关上，用少有的急切语调问道："沈娘子，我们的机会到了，你能不能告诉我，你准备好了吗？"沈梦芜有些讶异："准备些什么？"杨绾焦急："回皇宫啊？你不想与亲生父亲相认吗？我们的机会来了啊！"

沈梦芜有些愣怔："好啊，没想到会这么快呢，还以为还要等些时日。"杨绾："不能再等啦，你准备好了，我就开始行动。"沈梦芜犹豫了一下："可是……"杨绾道："我明白你担心什么，一旦认了父亲，你再也不能随心所欲地想干什么就干什么。但是沈娘子，世上之事往往有得必有失，谁也不能做到两全其美，《道德经》中所言'两利相衡取其大，两害相较取其轻'，所以，你只能把国家利益放在当前，剩下的一些个人小事只能放下了。"

沈梦芜点了点头，没有再说什么，可是她的眼中却有一丝忧伤一闪而过。沈梦芜想到了旬谟，旬谟以往对自己的一幕幕闪现在了眼前，如果真的恢复了公主身份，那么旬谟就会与自己渐行渐远，恐怕再也不会有跟他往来谈心的机会了。

旬谟哪里知道沈梦芜虽然不见他，可心里仍旧惦记着他。旬谟依旧为元媛教书，盛夏的午后容易使人昏昏欲睡，旬谟讲课的声音在元媛听来就是世界上最动听的摇篮曲，由远及近，由近及远，嗡嗡嗡。元媛听着听着不由自主地趴在了课桌上，睡了一觉醒来，发现旬谟还在背着书，理都不理自己。

元媛在课堂上索性装睡，看看旬谟到底什么时候能把自己喊起来，可旬谟也不再管她，元媛索性一睡到底。白天睡多了，晚上却在榻上辗转反侧，睡不着了，气得用力捶打着床榻，嘴里自语着："你个死旬谟、臭旬谟、坏旬谟，沈梦芜到底有什么好？她有我好看吗？有我身份高贵吗？一个歌姬让你放弃我，你还是不是人。"

婢女不明就里，跑进来问道："娘子可是做了噩梦，在说什么？用不用我来陪您？"元媛尖尖的下巴一抬："好啊，明天你陪我打旬谟吧。"婢女莫名其妙，又不知道娘子在说什么，看着婢女懵懂的样子，元媛"咯咯"地笑了，她觉得旬谟其实也不是那么讨厌，每天逗着他玩，也是挺有趣的一件事。可一想到旬谟喜欢沈梦芜，元媛又哭了起来。

两个人这样每天见面，可谁都不与对方说话。冷战了一段时间，两人都有点受不了了。这天的学习时间，旬谟刚走到元媛跟前，元媛蓦地跳了起来："旬谟，你难道就这样一辈子不理我？你到底想怎么样？你说你喜欢沈梦芜，你却天天留在府中，未曾去见她，可见这明明是托词，你一定有事瞒着我。"

旬谟说："元媛，你能看出我是托词，可见你真的是长大了，我什么承诺都不能够给你，可我待你如何，你难道一点都不清楚？"元媛："我清楚别人不清楚，全宰相府的人都知道我追着你哄着你，你对我不屑一顾，你没看薛瑶英对我什么态度？全都是因为你，再这么下去，仆人们都会看不起我。"

旬谟接着说："我真不明白，难道你活着就是为了别人看的？"元媛气得跳脚："你这么说就是不负责任，我要脸面，你旬谟现在的一举一动，就是在当着别人的面打我的脸。"旬谟："我只知道脸面是自己挣回来的，不是别人给的。"

元媛感到自己与旬谟说话，简直是对牛弹琴，气得径直往门外走去，一边走一边回身，恶狠狠地骂了旬谟一句："木头，木头，就应该把你的头割下来烧火。"

旬谟也是一肚子的气无从发泄，一抬脚，把元媛坐过的椅子踢出去很远，可一想到这是她坐过的，又默默地走过去，拎了回来。

杨绾着手帮助沈梦芜认亲了，宁疾云知道以后，买了不少好吃的来为沈梦芜庆贺，他进到房里，将手里的食品一样一样地拿出来显摆："沈娘子，最近长安城可出现了不少新鲜玩意，你看看，这叫镜糕，用糯米一下下捶出来的，光亮如镜，咬一口都舍不得吞下肚子里，你肯定爱吃。再看看这个，这个叫蒸儿炸。哎呀呀，我这是去晚了，要是早点去买到新出锅的，那滋味，别提有多美了！"

沈梦芜脸上神色并不怎么高兴。宁疾云小心翼翼："你怎么了？怎么不高兴？"沈梦芜没有回答，看着窗外，一脸的郁闷，心里想的是，这要是郇谟在身边，不拘他买什么东西，心里都是欢喜的。

一想到以后再也见不到郇谟了，沈梦芜特别想哭。这时候她才打心底里承认，确实是爱上了郇谟。

二

元载对郇谟的确不是一般的好，当初承诺给郇谟的宅子，总算是盖好了，雕梁画栋，金碧辉煌。元载亲自带着郇谟来看房子，郇谟摸着即将属于自己的一砖一瓦，百感交集，在长安城有座属于自己的房子让父母颐养天年是他毕生所愿，没想到这么快就要实现了。

当元载把房契放到郇谟的手上的时候，郇谟咬咬牙，还是拒绝了。元载看着郇谟，一动不动，郇谟不敢抬头，怕看到眼前这个老人深深的失望。郇谟看着元载离去的背影，落下泪来，他知道，这辈子除了父母，再不会有人比元载对自己更好了。

提到父母，郇谟心中不免有些难过。当年来长安城赶考，信誓旦旦地说博取功名回乡接二老，可谁知到现在，成了让人豢养着的门客，哪里还能信守诺言回乡去接父母。就在郇谟心潮翻滚之际，管家兴冲冲地跑了进来："郇郎君出去看看吧，看谁来啦！"

郇谟出门一看，从肩舆上下来的两位年迈之人，不是自己的父母还能是谁。郇谟看着父母嘴唇颤抖，说不出话来，母亲拉过郇谟上下探看着："我的儿，你白了，也胖了点，好、好、好呀。"这一句话，郇谟的眼泪不争气地掉了下来，父亲要刚强很多，急忙打岔说："好啦好啦，大老远地来看儿子，好端端地惹他哭起来做什么。"

郇谟把父母迎进房中，管家安排婢女伺候两位老人洁面，稍后精美的饭菜端了上来。一家三口闲话家常。转眼天就黑透了，郇谟父母也是知书达理之人，叮嘱郇谟出去住客栈，也不能劳烦宰相一家。

郇谟带着父母刚出院门，元载从外喝了酒回来，刚要往里进，几个人相遇。旬谟父母获知这就是当朝宰相，急忙施礼谢恩，感谢他一直照顾自己的儿子。元载倒也平易近人，夸了旬谟一顿，气氛和谐，宾朋友好，谁知旬谟接下来的一句话，让元载一下子翻了脸。

原来元载告诉旬谟的父亲："第一天来，先睡下好好休息休息。"旬谟答："我要带他们去客栈住下。"元载一听，气不打一处来："旬谟，你要这般不知好歹，老夫可真要生气了。你跟我这么久，让你的双亲住客栈？让世人如何看老夫？"

旬谟辩解道："元公，我不是这个意思。"元载："老夫为了争这个脸面，奋斗了数十载，你丝毫不顾及，这么狠狠地伤我的心吗？"旬谟看着父母一脸的担忧，看着元载一脸的怒气，再也顾不了那么许多，改口说："元公您多虑了，我是看您没在府上，明天跟您拿了房契，带着父母住进您为我准备的宅子。"

元载脸色放晴，哈哈大笑："好孩子，还等什么，我让他们去做好准备，明天老夫在新宅子里，摆上几桌酒席，为你父母接风洗尘。"元载笑着进门了，旬家父母千恩万谢，唯有旬谟顾虑重重，他真不明白元载千里迢迢将自己父母接来，到底是在布局还是真心对自己，旬谟疑惑了。

颜真卿曾反对元载的奏疏，元载对其怀恨在心，一直在找机会对颜真卿予以打压。机会说来就来，这个机会却来自颜真卿最喜爱的书法。

颜真卿祖籍琅玡，他的为人实在、大气，不会弯弯绕绕，就如同他的书法，颜真卿平时为人谦逊，但是对自己的书法造诣却很自信。

这一天，有人拿了一幅字请颜真卿指教，颜真卿对他的字好一番打击，对方脸面上就有些挂不住。颜真卿又接着对他文章的内容侃侃而谈，说文章中对祭器的理解有偏差，颜真卿掌管太庙的事务，对祭器之类的东西了如指掌，顺嘴说了句陛下对每年的祭器疏于整治，于情于理不应该。就这么一句话，被别有用心之人宣传了出去。

那个年代，背地里提及皇帝都是大不敬，别说还是指责皇帝。元载立即抓住这次机会，在李豫面前弹劾颜真卿："陛下，颜真卿三番五次地妄议陛下，不维护陛下的权威，您要是再不采取措施，恐怕难以服众啊！"

李豫无奈道："你来说说，我该怎么做？"元载知道这是陛下有些动气了，于是小心翼翼地说："颜真卿的书法天下闻名，既然他热爱名山大川，陛下不如暂时成全他，也不说是被贬，让他出去历练一下，更多地接触到外面的美景，兴许将来回来，会越发地技高一筹。"

李豫想了想说："你觉得颜真卿去哪里比较好呢？"元载倒是也不客气，直接说道："抚州那个地方景美如画，不如就让他先去那里吧，陛下您意下如何？"李豫也是无奈，一边生气元载自作主张，一边又生气颜真卿屡屡犯在元载的手上，也好，趁着这机会，让他远离一点元载，对颜真卿未尝不是一种保护。于是，李豫借故将颜真卿贬出朝，出任抚州刺史。

元载的党羽，一看元载是了不得了，讨厌谁陛下就贬谁，这下可太好了，于是，元载的党羽开始肆无忌惮，猖狂地打压异己，势力不断壮大，渐渐羽翼丰满。

李豫失去了颜真卿，心中郁闷，多亏李栖筠还在，于是好几次闲来无事，让董秀去喊李栖筠，屡屡与李栖筠在御书房单独交谈。李豫问道："李爱卿，你可在外头听到了什么消息？"元载如此嚣张，李栖筠何尝不知。他谨慎地回答："倒是听到了一些消息，不过毕竟元公是一国的宰相，要有些杀伐果决的措施，也好方便管理属下。"

李豫站起身来，在屋子里走来走去，显得思绪纷乱，李豫说："是，他作为一个宰相甚是称职，我让你来就是想听听你的意见，你说赐他些什么赏赐为好？"

李栖筠一听都愣了，你这是哄小孩呢吧？你赏赐元载也轮不到听我的意见，那也不是我管辖的事啊？李栖筠素来以耿直见长，于是他直截了当地说："陛下，臣以为赏赐倒是有些为时过早，不过，有些人是该敲敲边鼓了。"

李豫一听转到这个话题，相当有兴趣，贴近了李栖筠："你快来说给我听听，怎么个敲法？"

三

一见陛下什么都来问自己，李栖筠简直要哭了，心说陛下你这不是给我下套嘛，敲敲边鼓还不是您说的算，我有什么主意啊？李栖筠没有作声，李豫知道他摸不清自己的底，于是咳嗽了一声，开口说道："据说，有一种鸟叫红脚隼，经常占据喜鹊的巢，《诗经》中有'维鹊有巢，维鸠居之'的诗句，也许有的人心里没那个想法，可他却做了让喜鹊担心的事，你说说，这个维鹊是不是要做点什么？"

一听就明白，陛下暗示元载党羽势力过大，已经到了越权的地步，需要适当控制与削弱。李栖筠领会陛下意图，跪倒磕头道："天下的子民，都是陛下的子民。朝廷为官，如果只顾扩充自己的实力，必定离心离德，越规越权。那么，我认为要对这种人做点什么，事不宜迟。"李豫点点头："你回去研究研究，能做点什么就做点什么，有什么谋划来与我讲一下。"

李栖筠了解了陛下的意图，心中有了定数，磕头谢恩，走了出去。

李栖筠第一件做的事，就是在酒楼要了一个单间，他先后约见了卓英倩和旬谟。卓英倩笑嘻嘻地走进门里，发现旬谟不在，起身要去找他，刚要出门，李栖筠一句"请留步"，卓英倩停住了脚步。李栖筠："你急什么，我将约你俩的时间错开了，稍后他再过来。"卓英倩何等聪敏，明白李栖筠对旬谟并不十分信任："您对我有什么吩咐？"李栖筠："对于元载，你认为从哪里下手可以把他扳倒，说来听听。"

卓英倩沉吟着，他上次的失手，让他至今心有余悸。他已没有信心，不相信凭他们几个人的能力能把元载扳倒。一旦失败，那等待他的下场……想到这里，卓英倩不寒而栗，他真不想插手此事。可李栖筠对他充满信任，将内心想法告诉他，说："我担心旬谟可能倒向元载，很多事情不好与他商量，这个秘事我只告诉你一人。"

卓英倩听了以后，心里"噗通"一下，他心想，李栖筠啊李栖筠，你这是把我往火坑里推啊。

卓英倩与李栖筠分手后，急急忙忙前往旬谟的府上，要把李栖筠不信任他的事告诉他，旬谟的府门已近在咫尺，卓英倩却停步了，以他对旬谟的了解，他有些担心，担心把李栖筠的事情说出来，旬谟这个直性子会找李栖筠去解释，自己里外难做人；可不告诉他，又内心不安，思来想去，到今天这个位置不容易，不能出现闪失，即使李栖筠不信任旬谟，可旬谟有元载撑着也不会出现什么大问题，算了。

好友之间最可怕的裂痕就是不交心，一旦两个人之间有事相瞒，就如其中的一个人扯了谎，要用若干个谎言去圆一样，越圆越难以自圆其说。现在，卓英倩就有点怕见到旬谟，他怕的是旬谟与自己提起李栖筠，他不知道该如何去面对。所以，旬谟几次约卓英倩见面，卓英倩都借故推辞，旬谟有些不解。

可卓英倩却明白，曾经肝胆相照的好友，再也回不到从前了。

元载的势力越来越壮大，他的行事越发地不按常规出牌，尤其是旬谟收了他的房子，住了下来，他更坚信没有钱财收买不了的人。于是，他越来越多地将朝廷事宜，放心交给旬谟和卓英倩去处理，自己则不理政事，纵情享乐。

卓英倩内心忐忑不安，行事就有些怪异，过去不敢做的事，也顾不了许多了，醉生梦死，生怕哪天不幸再也玩乐不上。

这天卓英倩与一个女子在床上颠鸾倒凤，朦胧的床纱罩着女子的脸，露出的一截小腿，嫩藕似的粉白，卓英倩抚摸着女子，意犹未尽，女子"嘤咛"一声呻吟，卓英倩酥遍全身。卓英倩说："我真想与你远走高飞，就你与我，找一处院落，雇几个仆人，从此男欢女爱，与世无争。"

女子娇滴滴地问："你不怕被他知道要了你的命吗?"卓英倩说："这事你不说、我不说，谁能知道，再说了，就是被他知道了，我敢作敢为，一人承担，为了你这个小妖精，命可以不要。"女人"咯咯"笑着，一个翻身骑在了卓英倩身上，姣好的身材，让卓英倩看直了眼睛，撩开了床纱捧住了女人的脸，深深地吻了上去，日光透过窗棂，照在了女人的脸上。

女子竟是元载的宠妾薛瑶英!

在薛瑶英的诱惑下，卓英倩借助"元载亲信"的名义，参与卖官活动，并尝到了甜头，对薛瑶英出手阔绰起来。这一日，元载与薛瑶英在榻上缠绵，目光落在了薛瑶英的胸口，薛瑶英捂住胸口笑吟吟："摸都摸够了，还一个劲地看。"

元载拂开她的手，盯着她胸口戴着的项链，薛瑶英丰满的双乳之间，一块硕大的和田羊脂美玉悬垂在那里，雪白的皮肤映衬的羊脂玉温润细腻，还带着微微的香气，元载脸色一沉道："这不是宰相府里的物件，你从哪里得来？"

薛瑶英面色不改，坦然地说："卓英情送的呀！他不但送了我，还有宰相一份呢，等着我拿给你看。"榻上一侧有一个被阁，上头装着被子单子凉席之物，下面有几个精致的抽屉，女人会把喜欢的珠宝、零食，一些贴身之物都装在里面，方便随手取用。

薛瑶英酥胸半裸，越过元载的头顶去开抽屉，胸乳差点将元载的头埋没，元载此时对于看什么东西已不重要了，急不可耐地拉着薛瑶英："算了算了，他送什么我都不要，现在我只想要你。"薛瑶英拍了元载的手一下，手里拿着那块束腰的玉佩，材质和形状与薛瑶英胸前的一模一样。见多识广的元载也爱不释手。

元载："这两件东西可价值连城啊。"薛瑶英："卓英情说了，送给宰相的，就要最好的。卓英情知恩图报，感谢宰相提携之恩。哪像那个旬谟，呆瓜一样，宰相送了房子给他，好像还欠了他什么的。"元载叹气："卓英情我还真没看出来，对我如此舍得，明天我传他到我书房，他这个位置，可以再解决一下了。"

薛瑶英听到此言，乐不可支。

四

旬谟心情不好，与元媛继续冷战，而沈梦芜对他更是能避则避。旬谟从过去两女相争的香饽饽，变成了今天谁也不理睬的残羹剩饭。旬谟搬到了自己的宅子里，与元媛见面的机会就少了很多，即使见了面，两个人也不说话，甚至连招呼都不打了，元媛甚至换了个教书先生。王韫秀看在眼里，很是焦急，心里也不知如何是好。

这日李栖筠在御史台例行公务考核新官："你叫什么名字？曾经做过什么职务？"站在李栖筠桌前的男子双腿打战："鄙人叫鹿邑，以前是干什么的，您、您手里的册子上已经写了呀？"李栖筠眼睛一瞪："我考核你还是你考核我？说，快说。"鹿邑扑通跪倒："鄙人以前在县衙为官。"李栖筠："好，你把县令的守则为我背诵一遍。"鹿邑结结巴巴："县令守则、守则、守则。"

李栖筠"啪"地一下，把手里的名册摔到了鹿邑的脸上："自己看看，这上记载你任了十年县令，可守则都背不下来，你这县令是怎么当的？还会被提拔上来？你说实话，我给你机会。如若不然，我明日带你上朝，不知你还能否活着回来。"鹿邑浑身发抖，磕头如捣蒜："饶命啊，鄙人不是什么县令，鄙人是个衙役，姐姐嫁入豪门做妾，用钱为鄙人买了这个官，上头的资料都是人家给编的。"

李栖筠："你跟我说，钱送给了谁？"鹿邑吓哭了："鄙人不敢说啊，鄙人与他们都签了生死状，透露出一句，全家满门不存啊！饶了鄙人，饶了鄙人全家吧。鄙人这就回去收拾远走他乡，求李公放过鄙人吧。"李栖筠冷冷地说："你不许走，我不会让你走。"鹿邑彻底傻了，一脸的绝望。

李栖筠："你的提任我批准了，你准备上任去吧，我俩今天所说之言，你一个字都不许外露，如若不然，你真的会掉脑袋。"鹿邑不知所措。李栖筠："还等什么？等我反悔？"鹿邑磕了个头就跑，差一点甩丢了鞋。李栖筠："来人啊，告诉卓英倩去酒楼等我。"

酒楼单间，卓英倩进门急忙作揖："李公这么晚喊我来可是有急事？"李栖筠："我已发现了卖官的线索，你在中书省暗中调查，要找出蛛丝马迹禀报给我，越快越好。"卓英倩使劲点头："小的就不耽搁了，就去彻查此事，请等我的消息。"李栖筠点了点头，卓英倩离去时脸上露出了一丝冷笑。

李栖筠如果知道卓英倩已经再不是往日的他，不知道会心寒成什么样子。

李栖筠紧急筹谋之际，与此同时，杨绾也开始行动，命人秘密向李豫写了一封奏章。李豫打开奏章后，脸色大变。

五

李豫看了奏折，命太监去传唤杨绾，自己急得在紫辰殿中踱来踱去，不明事理的小太监上前询问："陛下可冷？需不需要再加些炭火？"以往一直温和的陛下此时龙目圆睁："哪里来的这么多废话？这都要问我？你是干什么的？来人啊，把他拿下！"董秀一看，一定是有大事发生，急忙喝退了小太监，斟了杯茶递给陛下："陛下快喝点茶润润喉，何必与他们生这不相干的闲气。"

李豫喝了口茶，烦躁地追问："杨绾呢？这个时辰还没到？还要让我等到什么时候？"董秀在陛下身边侍奉多年，何曾见过陛下心急成这样，当年沈氏产子，陛下也没焦虑成这个样子，董秀急忙低声唤了小太监，让他赶紧出去迎一迎杨绾。

"杨公到。"一声传令，让董秀的一颗心落了地。李豫急忙挥手："快快快，让他进来。"杨绾进殿，叩首行礼："臣杨绾，面见陛下。"李豫急忙抬手："你快起来吧，过来过来，我让你看样东西。"杨绾走到陛下近前，李豫把奏折递给了杨绾，杨绾匆匆一目十行，随即跪下："恭喜陛下，贺喜陛下。"

陛下："你快给我说说，到底是怎么一回事？杨绾："最近宫外民间流言四起，说是皇后母女流落民间。"李豫急了："无风不起浪，你快快把人找出来啊。"杨绾却摇了摇头："陛下请听微臣一言，就是皇后真的在长安城里，恐怕我们要找寻也是难上加难。"李豫一拍龙书案："这有何难？难道堂堂天子，要见妻女都不行吗？"

杨绾："您要见妻女之心，臣深可体会，您一言九鼎，见她们自是容易。可既然她们母女流落民间数载都没能见到您，甚至您连消息都是第一次听说，您不觉得这里有许多阻碍？"李豫自然聪明绝顶，一点就透，他略一沉吟："你是说有人阻挠朕与她们见面？还是说有人软禁了她们，不让我们重逢？"

李豫走下了龙椅，慢慢地踱着步子。杨绾低垂着眉。李豫的手在用力，一发狠，把手里经常摩挲的一串佛珠拽断，大殿之上光滑的地面，光可鉴人，佛珠掉落在上，发出脆响，一下又一下，预示着以后这大殿之上将不会再有宁日。

卓英倩的脑瓜不同常人，双料间谍的角色，丝毫没有束缚住他，倒是让他如鱼得水，大肆捞钱。这日，他来到元载书房："宰相你有所不知，李栖筠设法找您把柄，要把您扳倒，您不得不防呀。"

元载："你的意思老夫该如何防备呢？说来老夫听听。"卓英倩俯身上前："鄙人以为，他既然不仁，就别怪我们不义，您尽快安排手下，先下手为强，抓住李栖筠的小辫子，我们就……"卓英倩比了一个用力揪拽的手势。

元载笑了："这是件小事，老夫为官多年，要扳倒老夫的，何止他李栖筠一个，可这么多年，老夫不还是安然无恙？"卓英倩立即拍马："那是那是，元公您吉人天相，天上星宿下凡，他们几个成不了气候的贼臣，能奈您何。"元载："你为我盯住了他们，有什么风吹草动及时向我禀报，不能有半点马虎。"

卓英倩使劲点头："是是是，小的一定及时报告。"

书房门开了，王韫秀端着个托盘走了进来，将托盘放在了书案上，拿下了托盘上放着的碧玉琉璃盏，用小勺舀着送到元载唇边："饿了吧，我亲手做了一碗银丝虾肉羹，您尝尝。"元载笑着接过，拿着勺子尝了一口，眯上了眼睛，满足地"嗯"了一声："嗯，夫人的手艺，越发地精进了，这银丝虾肉羹味道鲜香滑嫩，滑不留口，好吃啊好吃！还有没有了？"王韫秀得到夸奖，笑得见牙不见眼："有有有，可是要再来一碗？"元载："我一个人哪里吃得了那么多。"

卓英倩急忙张口："鄙人不饿，在家吃过饭了。"元载笑："你这小子，跟老夫倒是不客气，好好好，给你盛上一碗，这么大个男人，吃过饭了，还能连这一碗点心都吃不下？"元载转头对着王韫秀："我是说让元媛送旬谟一碗，这几日他来府上，我看他明显清瘦了不少。"

卓英倩才明白自己理解错了，不禁顿时脸色绯红。王韫秀答应着往外走，元载喊住她："你让旬谟吃了点心，来我这一趟，关于应考制度，上次出了那么大的事，我要略微变动一下，听听他的意见。"

卓英倩见元载有事，急忙告辞，元载连句客气话也没说，继续与王韫秀说话。卓英倩低头走出了书房，心里醋意翻涌。元载明显对待旬谟比对待自己更好。凡勾心斗角劳心劳力的事情他都委托给我，而政策方针上，他则更多地听取旬谟的意见。卓英倩越想心里越是不平衡。

卓英倩是个顶顶骄傲之人，心里暗暗较劲，一定要比旬谟做得更好，才能让元载彻底对自己放心。卓英倩在邪路上越走越远，他把最好的兄弟当成了假想敌，有了心事也不与旬谟交流。而旬谟对友情上的事从不太计较，在他心里，卓英倩是永远的好哥们，却不知道他的好哥们对他已经有了成见。

李豫得知沈氏母女有了消息，高兴异常，而朝堂上也是捷报频传，改革盐政初见成效，圣心大悦，宣布赏赐刘宴与元载黄金千两。元载和刘宴跪拜谢恩，元载口中说道："此次改革盐政，这份赏赐微臣受之有愧。"

刘宴急忙面朝元载："宰相过谦了，要是没有宰相提点，在下哪里会完成得这么圆满，宰相才是大功臣啊！"二人在朝堂上互相谦让，不敢居功，诸位下属看得抿嘴直乐。这俩朝廷宠臣表面是温良谦和，实际上貌合心不合已久，估计心里都憋不住要置对方于死地。

回到家来，元载喊旬谟来要下盘棋，刚把棋盘摆正，旬谟张嘴说话了："元公可曾听说，刘公将陛下赏赐的黄金全部捐了出来，用于发展农业生产，让那些农户添置一些合手的工具。"

元载不动声色："他可就与我想到一起去了。我吩咐过管家把我那份用来赈济灾民，现在正是春天耕种季节，我是农民出身，这个季节正是农民饿肚子的时候，有农具干活也得吃饱肚子。管家说了，那些黄金恐怕不够，那我再添上一部分，让百姓吃饱穿暖，这是我这当宰相的最为牵挂的事啊。"

旬谟欣慰万分，下棋的时候，不动声色地让元载赢了三局，元载哈哈大笑。旬谟回到房间疲累地躺在榻上舒展筋骨，叹息道："输棋比赢棋要累上太多了。"

民间在传颂刘宴和元载的好，李豫哪能听而不闻，这一日在御书房与太子聊天，李豫不禁同太子谈论起两个大臣的做法，李豫说："我以为刘宴虽然捐款，可用于发展生产最终还是为了提高自己的政绩；而元载直接赈济灾民，更显无私。这元载，心高气傲，经常引起众怒，可他毕竟贫寒出身，能体会到百姓的不易啊！"

太子与元载关系非常好。有一次李豫与元载商议册封皇后之事，元载做了权衡，建议暂缓，实际上保住了太子之位。为了显示自己的作用，别有用心的元载把此事透露给了太子及杨炎，所以太子说道："如此说来，元宰相是个一心为民的好官。"李豫摇头："世间的道理，哪能因为一件事就轻易为人下定论，将来你不要以好坏来评价官员。朝廷就像一盘棋，棋子有黑的也有白的，少了哪一种，这盘棋你都下不成。当陛下应该考虑的是每一粒棋子该放在什么位置，而不是哪粒棋子好，哪粒棋子不好。"太子直点头。

李豫又问太子："如果你母亲和你妹妹回来，你会高兴吗？"太子道："当然欢迎。"李豫却问他："那你想过没有，如果你母亲和妹妹回来，独孤贵妃和华阳公主那边怎么办？她们之间如何平衡？"这么敏感的问题，太子显然无法做出回答。

这个问题，李豫却不能不想，他深知将沈氏母女接回，无疑是千难万难的，所要面对的，更是一大堆事情需要平衡，想到此不由得叹了一口气。

第三章：正邪之辨

一

元载那天与旬谟下棋连赢三局以后，信心大增，有空就来与旬谟切磋棋艺。这不，刚下了早朝，天气回暖，春意融融，索性叫仆人把棋桌摆在了花园凉亭里，两人又开始了一场鏖战。

今天旬谟手风颇顺，连续赢了三盘。最后一盘过后，元载抬起头来说话了："老夫棋艺不佳，可也看出起初你是想让老夫，可后来临时改了主意将棋局扳了回去。如此变化，你心中做何考虑啊？"旬谟想了想说："我以为在敬重的人面前，做最真实的自己才是真正的尊重。"元载感叹道："真是后生可畏，你的这些认识，揭示了人与人关系的实质。旬谟，我再问你一次，从政为官你意下如何呀？"

旬谟："我作为宰相的门客，协助您干一些力所能及的事情，已经难以为继，至于从政为官，不是我不想做，我的确没那个能力，我的性格特点您是了解的，适应不了官场。所以，还是安心地发挥自己所长吧。"

元载苦笑道："旬谟是越发地会说话了，拒绝之言说得如此谦逊动听，罢罢罢，老夫就不强求啦。"旬谟正摆出了恭送元载的架势，元载又回头问询道："你与元媛最近在闹别扭？所为何事？"

旬谟不知该怎样解释，低声说道："还是自己各方面都配不上元媛。"元载一听，大笑起来："我明白了，元媛这孩子耍脾气，你不用介意，老夫帮你教训一下便是。"旬谟急忙阻止道："元公万万不可。"

元载惊讶地问："为何不可？我做父亲的，教育女儿难道不可以吗？

你呀你呀，在府中憋闷傻了？我这可是替你出气。"看着这个非亲非故却对自己亲如子侄的老人，郎谟内心百感交集，真不知道该如何面对这个人。

元载已走很远，郎谟还呆呆地站在那里，管家急匆匆跑来："郎郎君，主人刚刚还在与你下棋，这一转眼去了哪里？有急事找他啊。"郎谟已经把宰相府的事，当成了自己的家事，急忙问道："出了什么事？"管家："你是不知道啊，下坎村的几名农户自杀了，说是税收太高，种田无望。"郎谟疑问道："不会啊，税收吏治没改啊，与从前一样，怎么会这样。"

管家低声说道："主人没与你说？主人在前一阵子用一千两金子赈济灾民，又说了，取之于民用之于民，这不，就为他们加了春耕税，税缴纳了才能有权耕种。"郎谟听后，震惊得脸色都变了，管家知道多嘴了，急忙撇清自己："郎郎君，你可别说是我告诉你的，你装作不知道啊，我找主人看看这事怎么办。"

郎谟在心底里对元载升腾起的温情，顷刻消失殆尽，郎谟太失望了。

薛瑶英的房间里响起元载惊喜的呼声："快快，快去宫里，请个御医来看看！"薛瑶英斜倚在榻上，满面含笑，嗔怪："钱大夫是长安城有名的妇科圣手，由他诊治不会错的。"钱大夫频频点头："老朽看别的病没有把握，可夫人的喜脉是断断不会错的，夫人有喜两个月有余，恭喜，恭喜。"

元载沉不住气了，大喊："快快，去取一两金子给钱大夫。"钱大夫深施一礼："谢过。"元载以为老来得子，十分高兴，快步到院中吩咐管家："二夫人说胸闷，她这屋子原本窄小、憋闷，快、快将她移到紫英小筑。"

管家低声道："主人，紫英小筑是您特意为大夫人打造的，大夫人与娘子都收拾好了，这几日就搬过去的。您要让二夫人去住，这合适吗？"元载："到什么时候了？此时孰重孰轻还弄不懂？快去准备。"

元媛和王韫秀在长廊下，听到元载所言，王韫秀气得浑身发抖，却沉默不语，元媛更沉不住气："凭什么啊？怀了孩子了不起啊？"王韫秀："算了算了，由她去吧。""哎呦，怀了孩子没什么，有的人倒贴都嫁不出去，才让人笑话呢！"薛瑶英站在房门口，吃着瓜子，闲闲地飞着眼风。

元媛还要说她几句，被王韫秀按住了，王韫秀知道，薛瑶英惯会挑拨是非，平日里说她两句倒也无妨，可她怀了孩子，谁要与她冲突起来，宰相肯定不会答应，就别在这风口浪尖惹事了。

二

旬谟回家时，父母等在厅里，旬谟一愣："夜深了，父母为何不睡？"母亲和父亲叹息，父亲道："孩儿啊，父母没能给你一个好的家境，你有了今天，我与你母亲是无比欣慰，又有宰相的女儿钟情于你，你看，什么时候将婚期定下来吧。"旬谟："哎，好端端的怎么提起了这茬？"

旬谟父母互相看了一眼，母亲说："宰相刚来过，管家送了绫罗绸缎、金银珠宝，宰相可真是平易近人，与我们两个聊的都是乡下农桑的事，人家很耐心，一点都不烦，多大的官啊，与我们平起平坐，在乡下，我与你父亲见了县令，都得磕头啊。"

父亲急忙点头："是啊是啊，尤其宰相提起你，更是满面笑容。孩儿啊，你可真是运气好啊，有了这样一个岳父，平步青云，指日可待。"说着说着，旬谟的父亲站起身来，朝着室外的圆月，磕头谢恩："感谢旬家的祖上保佑，保佑我儿有今天，做梦都想不到哇！等我回乡，为列祖列宗重修坟地。"

旬谟搀扶起父亲，心中五味杂陈，他今日回来本想与父母说说，关于元载的出尔反尔、倒行逆施。可是见父母对元载一片好感，他又不忍说下去了，担心影响父母心情，只好送父母回房休息。

对于元载，旬谟真说不出的一种什么感受，于公，元载自私阴暗；于己，元载视如己出，自己的双亲元载都特别尊重。旬谟纠结不清的心情，其他人难以理解。他走进屋里，桌上放着元载送来的礼物，贵重的东西比陛下的赏赐还多，心里就有些抵触。他想告诉父母不该收名贵的礼物，可又怕父母不高兴。

句谟此时想起了元载曾经与他说过的话，体会到忠孝难两全的感受。

与此同时，李豫也在斟酌着认女与大唐朝廷稳定的轻重缓急。他拿出当年沈氏留给他的半枚玉佩，另一半就在沈梦芜手上。李豫看着玉佩自言自语："唉，珍珠啊，你可知道我此刻的心情吗？我时刻在挂念你与女儿的安危，可是，我身为九五之尊，却难决定自己的家事啊。这朝堂及后宫，如藤蔓般牵牵连连，涉及方方面面利益的调整，我要如何妥善处理啊！"

俗话说，家家有本难念的经，皇帝有皇帝的苦衷，臣子有臣子的纠结，芸芸众生，谁的心里没有一本难念的经呢？你现在没有，不等于你以后没有。就像元载，一人之下，万人之上，虽已肆无忌惮，但他实际上也有顾忌，他有一招就是在重要部门和人物身边安排上他的眼线，陛下身边有，后宫里面有，连杨绾身边也有。

没办法，人性是经不住考验的，一个是金钱，一个是官位，义正词严拒绝的，元载至今没见过。这不，元载得到杨绾府中眼线密报，沈梦芜就住在杨府，她的身边还有个叫宁疾云的年轻人。元载轻蔑地一笑，说道："即使跑到天边，我也让你们在劫难逃，绝不会让你们有退路。"

元载胸有成竹，算计这个算计那个，机关算尽。可悲哀的是，就在此时此刻，有两个人在算计着他，他连做梦都想不到这两个背叛他的人，竟然是卓英倩和薛瑶英。

薛瑶英搬到了紫英小筑，离元载的府邸远了，两个人私会便越来越频繁。趁着元载几日没有过来，卓英倩翻墙进来，与薛瑶英尽情发泄，两人云雨之后，薛瑶英指了指肚子，很轻松随意地说："哎，你注意点，别碰了我的胎儿。"

薛瑶英轻轻的一句话，如一声惊雷，吓得卓英倩差点滚落榻下，他哪能不知道，以元载偌大的年纪，老来得子并非易事。看来这薛瑶英勾引自己有她的打算，这胎儿不用问，与自己的关系极大，这可不是玩玩而已，哪天一旦露了馅，丢了小命都是轻的，就元载那脾气，恐怕要掘了自己的祖坟。

想到这些，卓英倩不由得冷汗直流。

薛瑶英轻蔑地白了他一眼，撇嘴道："瞅你那点德性，紧张什么，只要瞒得天衣无缝，不但我们两人没事不说，他元载还要为我们养孩子。如果我把王韫秀弄下去，将来孩子还要继承元载的家业。这等好事，打着灯笼到哪找?"卓英倩心里却打着小九九，一来由于元载对其有知遇之恩，如此无所顾忌，卓英倩感到实在过意不去；同时，他更担心事情败露，那么前功尽弃，毁于一旦，于是，他暗暗地在心中做了另一个决定。

想到这里，卓英倩计上心来，一拍脑袋说道："我说我好像忘了什么事！南方府尹前天来看我，送了两串珍珠项链，珠子到了晚上不用烛光，自身会闪闪发亮，我试过了，在那珠光下，看书写字，恍若白昼，煞是好看。"薛瑶英是贪婪爱财的人，一听到有此宝物，两眼都在放光，急忙说："你明天还来呀，别忘了把珍珠项链给带来。"卓英倩满口答应，两个人躺下，各想各的心思入睡。

第二天深夜，卓英倩翻墙下来再次到了薛瑶英房内，两串珠子果然如卓英倩所说夜晚发亮，薛瑶英高兴极了，一会挂在颈间，一会缠在手腕，把玩得不亦乐乎。

卓英倩这边却开始下手了。

三

趁薛瑶英不注意，卓英倩偷偷地揭开茶壶，将放在袖子里的一个纸包打开，往茶壶里倒了些粉末，然后，收起袖口，回到薛瑶英身边，故作讨好地问道："好不好？若是喜欢，过几日我再让他送些大的来。"

薛瑶英开心不已，关切地询问："这一会儿，你嗓子似乎有点哑了？路上累的吧，我顾着高兴了，忘了为你倒茶。"说话间，薛瑶英走到桌前，倒了杯茶递给卓英倩，卓英倩装模作样地喝了一口，递与薛瑶英，薛瑶英光顾着玩珍珠项链，也感到口渴，就接过茶，想都没想，一饮而尽。

喝完了茶以后，薛瑶英突然想起了什么，急忙说："今天我不留你了，我要抓紧回宰相府，今日元府宴请客人，我不在场，老太婆说不定又背后嘀咕我什么。"卓英倩没想到她会有此安排，耸然一惊，急忙阻拦道："天黑夜晚的，明天回去也不迟。"

薛瑶英："你懂什么，别看我有了腹中胎儿做筹码，可也不能掉以轻心。这家大业大，一个不小心，我兴许被扔在这冷宫似的地方，再也回不去了。我得没事就回去看看，谁也拦不住我。"薛瑶英摸了摸肚子，一脸的得意，说："我是母凭子贵，我让那些人都瞧瞧，宰相府谁能坐上夫人的位置，现在说来还为时过早。"薛瑶英梳洗打扮，卓英倩不免暗暗叫了声苦。

薛瑶英的肩舆，停在了宰相府门前，管家迎了出来，薛瑶英一手搭在管家的胳膊上，一手摸着肚子，悠闲地说："家中请客，你不在旁边伺候着？怎么站在门口，你在等什么贵客？"管家谄媚地说："知道您要回来，我也得出来迎迎，这宰相府上上下下的，谁能有二夫人重要呢？"薛瑶英满意地大笑，让小丫头拿了一袋钱塞在了管家手里。管家声音提高了八度："二夫人回府啦。"

真是无巧不成书，王韫秀经过此地，听到管家故意讨好的声音，厌烦这些仆人趋炎附势，原本想回避一下，可毕竟是大夫人，应该大气一些，于是折返回去，对薛瑶英挤出了一个笑脸："这么晚了，妹妹回来啦，快让厨房为你准备些小食。"

薛瑶英还没回应，突然脸色煞白，五官移位，王韫秀有些奇怪，问询道："妹妹，哪里不舒服？"薛瑶英表情异样，硬挺着挤出两个字："没事。"就势手往裙摆后一摸，竟沾满了血，随即她腹中疼痛难忍，"啊"的一声，晕倒了过去。

王韫秀哪里遇过这阵势，吓慌了手脚，此时光想着救人，全然忘了薛瑶英平素怎么对待自己的。王韫秀这个时候嗓子都喊哑了声："快点来人，救命啊！"

管家一看薛瑶英晕倒在地，鲜血直流，刚搀扶她的人是自己，看这惨状，生怕赖到了自己身上，一味地虚张声势："夫人，你们好好地聊着天，怎么，二夫人她就倒下了？"

王韫秀已顾不上管家话里有话，大喊道："都什么时候了，还在这废话，快把二夫人抬回房里，赶紧去找大夫。"

薛瑶英躺在榻上，缓缓地睁开双眼，元载、王韫秀等人在床边守着。可大家都盯着元载请来的宫中的御医，御医为薛瑶英把完脉，摇了摇头说："二夫人的身体并无大碍，可这胎儿是保不住了。"一听到这个噩耗，薛瑶英内心受到强烈的打击，在短暂的伤心之后，竟想出一个嫁祸于人的主意。

她装作刚刚醒来的样子，抬起身来，问询御医："我的孩子，孩子能保住吧？"御医摇了摇头。薛瑶英脸色一变，指着一旁无辜的王韫秀质问："你为什么这么对我，难道你这么容不下我有孩子吗？我这些年对元媛不薄，可你呢，你就这么狠心，对一个腹中的胎儿下手？"

薛瑶英做戏的确有天分，哭得那叫一个悲悲切切、伤心欲绝，元载听后，不做思考，立刻对王韫秀翻起脸来："你早不去、晚不去，在她回府时到府门徘徊，当时看你站在她身边，就感到这事与你脱不了干系。"

薛瑶英一见，顺竿往上爬，痛哭着抱住了元载："那可是我与你的孩子，老天见你我感情深厚，让你老来得子！可她，她容不下我，更容不下这个孩子！我的孩子啊，阿娘还没见你一面，你这就没有了啊！"

薛瑶英哭得撕心裂肺，听者伤心，见者流泪。元载越加气愤起来，指着王韫秀怒吼："如果这事真的与你有关，我就休了你。"王韫秀扑通一声，双膝跪倒，号啕大哭。

王韫秀被冤枉以后，意志消沉，无心梳洗，整日站在长廊里兀自流泪，府里的仆人也是势利眼，王韫秀失了势，再不多往她房里走上一步，生怕被薛瑶英看见，以后给穿了小鞋。世态炎凉，人心冰冷，王韫秀如不是等着元媛踏青归来见上一面，一死了之的心都有了。

旬谟父亲生病，他在家侍奉。看到父亲身子爽利了些，旬谟就来到宰相府，刚进府门，听说了这件事，急忙到王韫秀房中问安，正遇见了站在廊下的王韫秀。

王韫秀真跟看到了自己半个儿一样的心情，眼泪扑簌簌地往下掉，喊了声"旬谟"再也说不出话来。

四

这个往日里温文尔雅的女人，此刻内心承受了巨大的煎熬。邬谟开口道："夫人不必太过介怀，元公一时生气，不会真的休了你的。"王韫秀已认定邬谟为自己的女婿，此刻，她更是向邬谟敞开心扉。

王韫秀拿出一首诗，诗名为《别妻王韫秀》，落款为元载。"年来谁不厌龙钟，虽在侯门似不容，看取海山寒翠树，苦遭霜霰到秦封。"这是当年不甘平庸的元载，离开借住的岳父家，再次去长安求取功名，临行前写下的一首诗。

王韫秀是当时有名的才女，她也决心离开娘家，宁愿与元载一起受穷。于是，她写了一首题为《同夫游秦》的五言绝句，表明心迹："路扫饥寒迹，天哀志气人，休零离别泪，携手入西秦。"

讲完关于诗的故事，王韫秀苦笑道："傻孩子，你当我真的怕他休了我？你当我舍不得这宰相府的荣华富贵？我是伤心啊，我与他共患难，曾经穷得只剩下一碗米粥，我告诉他我不饿，他与我说他吃饱了，一碗粥让来让去，一个不小心洒在了桌上，他流着泪告诉我，等他以后发达那天，绝不会让我受半点委屈。现在他飞黄腾达了，可他当初说过的话立过的誓言呢？我是妇道人家，但我懂得家国之事，家就是国，国就是家，家中之乱，必导致国家之祸。我与他的情分事小，我担心他要出大事啊！"

邬谟无言以对，王韫秀拽住了邬谟的袖口："我知道，世上最留不住的是人心，最难挽回的是感情，人终归喜新厌旧，我不指望他重新眷顾于我，可你要帮我一个忙，劝劝他，苦海无边，回头是岸，哪怕他最后穷到要饭，我依然会跟随他，可他绝不能在国事上胡作非为啊，玩火自焚，要掉脑袋的啊。"

邬谟深有同感地点点头："夫人所忧虑的，也正是我所担心的。宰相与夫人对我的好，我心存感激，我也想为宰相实实在在做些事。可是，恐怕我人微言轻，不但起不来作用，反倒得罪了宰相。"

王韫秀："我也明白，你也许起不了多少作用，可我总期盼着有个内心光明的人，提醒他、警示他，让他往正路上靠靠。如果实在起不到作用，那也是他命中注定。总之，无论他将来如何，我跟着他去就是了。至于元媛，答应我，好好待她，别让女儿走上我这条路。"

对于王韫秀的请求，旬谟没有理由不答应。但此时他没有面见元载的决心和勇气，况且有些事不是撕心裂肺讲道理所能解决的，元载又在气头上，只能先放下待以后有机会再说。

回到家里，旬谟顾不上吃喝，左思右想，想到了自己赶考的一片赤诚，想到国家兴亡与个人的命运，林林总总，不一而足，心中深处的思想火花终于迸发出来，于是铺下白宣，研磨持笔，一气呵成写下了《都卢寻橦篇》一文。

所谓"都卢寻橦"，在汉代统指的是滑竿艺人，而到了唐代，李白引用了此词，意在提醒人们，挺身涉险，亦如艺人之滑竿，凭借技艺超群，或可周旋一时，但是到最后，终究会竿倒人倾。

旬谟在文中写道："古有尧舜禹，德才兼备，治全天下之水，留万载清名。夏有妹喜，裂缯之声。商汤起兵，夏桀做鬼风流。齐桓、晋文，受人爱戴。秦昭王史载传春秋，董卓下场几时休。许善心、张须陀、来护儿，将士击鼓，百姓歌舞骤，宇文述、宇文化及、宇文智及。招摇回而天火乃落，宫门开而凉风灌耳。杨素病死，凯歌迭奏，太白有云：'都卢寻橦，倒挂浮云之影。百川绕郡，落天镜于江城。'实践万物，皆如虚幻。敏慧之人何须等到晚景，舞袖终有时尽。鹤发之年，怎承受背后所指，天子尚无戏言，恐担心公以大用。宰相不畏死，愿留清白铭。稚儿冒死荐，只因真心送。入朝，凶险在齐，退避，全家欢喜，见少情难尽，愁深语自迟，所言皆肺腑，宰相望三思、三思、三思。"

旬谟落笔，放声大哭，他论述了尧舜禹夏商周，春秋战国、秦、汉、三国、晋、南北朝、隋朝的明君与奸臣的结局，提醒元载不要一意孤行，要悬崖勒马，告诉元载我们都焦急地等待你的回头，我们会陪着你过从前的日子。接着，他又赋诗一首："城南路长无宿处，荻花纷纷如柳絮，海燕衔泥欲作圈，空屋无人却飞去。"

旬谟想了又想，还是去了宰相府，将这封写满了箴言的《都卢寻橦篇》和诗，放在了元载的案头。他担心元载看后勃然大怒死不回头，即使如此，可他还是真心想为元载做些什么。

元载读到邬谟写的《都卢寻橦篇》和诗时，内心有说不出来的感觉，如果这是其他人写给他的，他无疑要暴跳如雷，可他了解邬谟的真心，知道邬谟是个心地善良之人，文字论述的内容不能苟同，但论述之人肺腑之心是能感受到的，也能看出经过长时间的相处，邬谟对自己产生了如父如子的真实感情。

元载细细地品味这篇《都卢寻橦篇》，文中那些耳熟能详的人物，以及他们的事迹，元载是如数家珍，倒背如流，文内的每一个细节，都在警示元载如今所处的危险局面，元载读完文章后，犹如触景生情，索性放声大哭起来。这么多年来，他一个吃不上饭的穷小子，没有背景，没有保护伞，一步一步，坐到今天的位置，其中甘苦谁人知晓，有好多难事连对王韫秀都未提及。

今天的确被邬谟感动了，这个傻小子，没有阿谀奉承，没有趋炎附势，用自己一片真诚，直击了元载冷酷已久的心。

元载在书房里独自一人哭了很久。

五

如果给元载从头来过的机会，他似乎也想再回到从前，哪怕吃糠咽菜，毕竟丰俭由人，但是现在的他，身在局中，积重难返，早已不可回头。

元载将饱含邬谟深情的《都卢寻橦篇》和诗拿到烛光之下，引燃。火光映衬下，元载的脸第一次闪现出衰老之意，失去了往日的意气风发。他喃喃地低语："邬谟，老夫唯独没看错你。可惜，我们彼此认识得太晚啦。'古之善为士者，微妙玄通，深不可识。夫唯不可识，故强为之容：豫兮若冬涉川，犹兮若畏四邻，俨兮其若客。混兮其若浊。孰能浊以澄，静之徐清；孰能安以久，动之徐生。保持道者不欲盈，夫唯不盈，故能敝而新成。'对于这些论述，老夫都明白呀，可遇到具体情况，面对现实，说与做之间就有了距离，装着装着就再也装不下去了啊。"

元载说的是《道德经》上的话，元载看到这些过去熟读并激励过自己的语言，怎么能不感慨万千，此中也能看出元载内心的无奈和骑虎难下。

论学识道理，旬谟没有元载高深，但元载变成了说一套做一套的人，元载已经变了，他已不像旬谟一样，有一颗正直善良为百姓造福的赤胆忠心。

薛瑶英的孩子到底还是没了，当御医告诉元载，不但这个孩子没了，薛瑶英以后恐怕难再生育。元载气不打一处来，血往头上涌，冲到王韫秀的屋中，指着王韫秀，竟一时说不出话来。

元嫒踏青归来正在母亲身边，见到父亲这般态度，急忙站在母亲前头："父亲，为什么不了解清楚就责备母亲，薛瑶英胡说八道您也相信？她说母亲是如何害的她吗？用何手段？有吗？等她养好身体，我们双方好好对质，我根本不相信这是母亲所为。"

元载："从薛瑶英进门以来，你们母女就处处与她为难，你们以为我全然不知？孩子没了，你们不赶紧承认，还强词夺理，你们……"王韫秀含泪道："我真的不知道薛瑶英为何加害于我，那日我刚好从她面前经过，她就开始腹痛难忍，我不过上去搀扶了她一把，管家可以作证。你我多年夫妻，你难道信她不信我的话吗？"

元载听到此处，浑身颤抖了起来，他上前几步，一巴掌打在了王韫秀的脸上，随后又跟上踢了一脚，元载说："管家！管家说他看见你贴近薛瑶英不知道干了什么！"

王韫秀与元载多年的夫妻，第一次遇到挨打的事，早已愣在当地。元载愤愤不休地骂着："老夫晚年有子，你嫉妒心起，加害她们娘俩，还求我看在以往夫妻情面上，不了了之？"担心父亲发火再对母亲做出什么事来，元嫒扶着母亲起身往外走，元载："你们给我站住！我说完了吗，你们就走？"

元嫒站定，回头看着元载："父亲您有着丧子之痛，我不与您争辩，我是为母亲痛心，你们几十载的夫妻，难道您不知道她是个什么样的人？为了这个家，薛瑶英进门后她受了多少委屈，母亲不让我对您说。知您朝堂之上已很疲累，不忍心让家事分您心，可您却偏听偏信。父亲，您放心，一切会水落石出。但是，您今天对母亲的所作所为，您会后悔的。"

元载骂完吵完冷静下来，跌坐在榻上，一声长叹。

与郎谟的事已让元嫒困扰不已，又加之母亲被薛瑶英冤枉，父亲不听母亲做任何解释，她日益变得消沉，郁郁寡欢，一个无忧无虑的快乐女孩儿，整日躲在房中。贴身的婢女将一切看在眼里，心中起急，又无可奈何，只好做了零食点心，催着元嫒吃点，可元嫒哪有胃口啊，眼看着日渐消瘦。

第四章：浮出水面

一

夏日就要到了，院子里树上的小鸟欢快地叫着，各式花朵争相开放，沁人的花香从窗子飘进卧房，元媛也感到心头一震，问道："这么快要到夏天了吗？"婢女回话："可不是，娘子这一躺就一月有余，该出去转转，散散心了。"

元媛在婢女的搀扶下，慢慢地起身下榻，可没走了几步，突然觉得一股寒意，竟然紧闭了双唇，牙齿凉得"咯咯"作响，急忙喊婢女："快快，把窗子门统统给我关上，好冷啊。"婢女莫名其妙，这可是要到盛夏天气，可元媛就是觉得冷，婢女松开搀扶着元媛的手，要去关窗关门，就在这时，元媛竟然软绵绵地躺倒在地，再无声无语。

婢女吓得忘记了喊人，伏在元媛身边，撕心裂肺地哭喊："娘子，你怎么啦，娘子？"

等到元媛昏昏沉沉地睁开双眼，人已经躺在了榻上，郎中正在给她把脉，大约有一刻钟，郎中收回了手，叹息着说："娘子脉象极其紊乱，可见是心思骤起，心中郁结导致气血两亏，又久卧在床，导致感染风寒，我这就为她开药，你快快出去抓了药，每日喂她服下，如此也要养半月方能痊愈。"

旬谟在敞着窗的书房内看书，婢女抓药回来，看到旬谟就气不打一处来，冲了进去，晃了晃手里的药包，讽刺道："旬郎君好兴致啊，我们娘子病得奄奄一息，旬郎君倒是有雅兴在这里读书，看来下一届的状元非郎君莫属了。娘子病的这些日子，连我素日里买丝线的大嫂都来宽慰娘子，您连个面都不露，我们娘子也真真好眼力，算了，我不说了。"婢女说完，不再搭理邰谟，扬长而去。

门窗紧闭的房间里，光线暗淡无比，元媛躺在床上浑浑噩噩，脸上的肉都塌了下去，原本丰腴的一个小脸蛋，现在如刀削般瘦小。急忙赶来的邰谟，心中忍不住的酸楚，摸摸额头，犹在发烧，他在旁边的水盆里，浸湿了毛巾，轻轻地为元媛擦拭着脸颊。

元媛喃喃地在梦中喊口渴，邰谟又去拿了温热的水，用嘴吹了吹，扶起元媛，喂她喝下，用床边的丝巾为她擦拭了嘴角。王韫秀来看女儿，在门口看到邰谟照顾元媛的样子，欣慰地点了点头，便没有进来。

元媛醒来，喊着婢女，欲要起身，一双有力的手，轻轻抚起她的后颈，将她扶起，又在其后背上贴心地靠上绣花荷叶枕。元媛心思还没有彻底回归，恍惚间心中有些喜悦，这双手的主人要是邰谟多好，忽然精神回复，悚然一凛，这闺房之中的这双男人的手从何而来？

元媛努力抬起重如千斤的头，看到了面前站着这个身穿淡蓝丝质长袍之人，不是邰谟还能是谁？在自己最憔悴的时候看到了最爱的人，好想拿镜子照照自己的惨状。邰谟像是知道她心中所想，温柔地说："你什么样子在我眼里都是好看的。"

元媛心中感动，早已经忘了往日嫌隙，喊了一声"邰谟"，扑进了他的怀中。邰谟紧紧地抱着她，舍不得放开，幽幽地问："你还生我的气？"元媛哽咽："病成这个鬼样子，哪里还有力气生气。"邰谟笑了笑，走到一旁把药端了过来，元媛闻到味道急忙捂住嘴："我不想喝，一闻到这个味道就想吐。"邰谟还是笑，走到榻前坐下，舀起一勺吹了吹，送到元媛嘴畔，元媛拿开手，乖乖地喝下。

邰谟看着她乖乖的样子，伸手摸了摸她的头。元媛赌气拂开邰谟的手，故意嘟着嘴说："我还没祝福你与沈梦芜，将来你俩结婚，看在你照顾过我的分上，一份大礼少不了你的。"邰谟："之前的话都是我瞎说的，我同情沈梦芜而已，我心里喜欢的只有你一个，你还无端端地猜忌我？我看你这是病好了。"

元媛一听，病立马好了九分，急忙推邰谟："你快出去，人家要洗漱了，这么些日子都没有收拾，你也不嫌弃我有味道。"

句谟笑着不走，元嫒硬是把他推出了门外，背靠着门，元嫒笑了。

二

李豫看到一份来自地方的奏折：有人寻到了失踪多年的沈氏的女儿！李豫放下奏折，沉思。元载正在紫辰殿与陛下商议近日夏季干旱、农田缺水问题，看到陛下如此，低头问询："陛下可是看到了什么忧心之事？"李豫抬手，将奏折递给了元载，元载拿过来一看，心里暗自冷笑，杨绾啊杨绾，你这太沉不住气，这就打算出手了。

然而，上报奏折的却是一个边远地区的地方官。李豫说："我一想到我的女儿在穷困偏远小镇吃苦受罪，心里简直如刀割。"元载："陛下的意思？臣派人去照顾她，确保她衣食无忧，保障她的安全。"元载混迹官场多年，的确是老奸巨猾，他不说接回，只说照顾，他洞悉了陛下如今的为难之处。李豫微微点头，不置可否，可心里觉得元载办事真是贴心，忍不住对元载的态度和缓了几分。

杨绾答应出手扳倒元载，李栖筠又回京坐镇，宁疾云有了这些靠山，再不是孤家寡人，这天他心情大好，外出时也少了几分谨慎。有些祸事往往来自人们粗心大意之时。宁疾云从杨府走出去不远，在一个无人的小巷里遇到了埋伏，饶是宁疾云艺高胆大，可这一次他被渔网直接缠住生擒，纵然浑身武艺难再施展一分。

天色渐晚，沈梦芜与宁疾云约好今天部署下一步的行动计划，可沈梦芜在杨绾家足足等了一天，没见宁疾云回来，正要派人去找，接到一封没有署名的来信。拆开一看，沈梦芜的脸色顿时变了。

随即她烧掉信件，拿出母亲交给她的半枚玉佩，愣了很久。回忆起信上内容，再看看手中玉佩，思绪万千，原来信上所言："找回宁疾云不难，用那半枚玉佩来换，如若不然，就等着为宁疾云收尸吧。"

玉佩对沈梦芜来讲，是她能与父亲相认的唯一证据，此时交出玉佩，就是断了寻父的念头。可如若不换，宁疾云为了自己出生入死，怎么可能眼睁睁看着他死在当前。沈梦芜不免乱了方寸，不知道该如何是好。

　　李栖筠这厢调查卖官案有了新的进展，抓到了多个依靠金钱贿赂上位之人。而这众多的案件中，有一件居然涉及卓英倩。李栖筠心中一凛，卓英倩是自己最为信任的人，如果他也牵扯到卖官，那么他必然同元载关系密切，而这关系密切到什么程度，李栖筠却不愿再想下去。

　　他知道这朝廷之上，人与人之间的关系网盘根错节，原本他约了卓英倩一起商议一些事情，这时候却不便再与他见面了，于是找了个由头推了约会，观望一下再说。

　　卓英倩就不是糊涂之人，当家中门客与他讲，李栖筠已约谈他的顶头上司两日有余，卓英倩立刻感到有些不妙。自己这官职当初就是元载帮忙"疏通"的，当然，他为此付出了令人肉疼的大额款项。李栖筠着手追查买官，必定会查到自己这里，于是，卓英倩想出了一招破釜沉舟的伎俩，他决定先下手为强，主动约见李栖筠。

　　同一个酒楼，还是那熟悉的包间，卓英倩已等待多时，急忙起身，煞有介事地告诉李栖筠，他卧底在元载身边，亲自参与了一个卖官的全过程。李栖筠闻后欣喜，可也表露出一丝怀疑，问道："买官卖官之事如此隐秘，谁会如此大意到让你全程参与？"

　　卓英倩："您有所不知，鄙人为了博取元载的信任，差不多倾家荡产。原本鄙人是副职，但是在官职名录上，鄙人已经是正职，但是这事只能对您讲。"

　　李栖筠眼睛亮了："你说什么？你自己去取证元载卖官之事？"卓英倩："鄙人想方设法，元载和他的党羽对外人是绝对不信任，只凭借着花言巧语，很难获取他们的信任，鄙人实在没有别的办法，就将多年积攒的财物送去促成了这件事。"

　　李栖筠听了卓英倩的话，没有深入思考其真实性，便拍了拍卓英倩的肩膀，道："像你这样做出实事的年轻人太少了，唉，为了扳倒元载付出了很多，等到元载落马那天，我要去陛下那里为你请功领赏，现在让你受些委屈了。"

　　卓英倩信誓旦旦："领不领赏倒也无妨，只求还大唐一方净土，鄙人付出性命也是无妨。"李栖筠感动得不知说什么才好，又拍了拍卓英倩的肩膀："好吧，你先行一步，以防被人看到。"卓英倩立刻快马加鞭，赶往宰相府。

这厢元载正坐在房中，管家来报，说是卓英倩深夜来访，有要事。

三

元载一听卓英倩这么晚赶来，想到定有要事相告，急忙说："快让他进来。"卓英倩一进门就跪地口呼不好，元载站了起来："你又听到了什么消息？"卓英倩："今日李栖筠查案，已经查到了小的头上，约谈了我，我咬定没有任何买官行为，只说宰相看我是可造之才，土特产都没收，将我提任到现在这个职务。"元载拍了下桌案："你做得很对，但不是你自己否认，他李栖筠就善罢甘休，这件事不能等了，不得不出手了。"

卓英倩："宰相的意思是？"元载："你先回去吧，别在这耽搁得太久让人看到，我自有办法处理，等到需要你的时候，我会通知你，让这个李栖筠高兴而来败兴而归。"元载这边下令薛从义，所有涉及提任官职收受的钱抓紧退回，近期不允许做任何此类活动，等风头过了再说。另一边下令所有有关人员，无论李栖筠说什么，做什么，一律不做任何回答，其他的听候指令。

饶是元载周密部署，可毕竟买官卖官之风渗透到各个层次，难免有考虑不到的地方，甚至薛从义将官卖到了何种情形，到底多大范围，有些元载都不知晓。尤其卓英倩也在暗中有一手，俗话说千防万防，但风已刮起了，防不胜防。元载此时想要控制局面，已是鞭长莫及力不从心了。

李栖筠逐步摸清了买官卖官的整个流程：由元载的亲信们收受财物，向上转达给元载，再由元载知会吏部实施。如此庞大的一条线，涉及的有关官员不计其数，树大根深，背后涉及的人员更多，想要彻查清楚，难度是相当大，但是李栖筠感到邪不压正，无论这块骨头如何难啃，他都要一查到底，绝不姑息。

旬谟为元载写了《都卢寻橦篇》和诗后，一直在等待元载的反馈，可元载不动声色，旬谟也不能再去督促。日子就在这种不冷不热的氛围中慢慢度过。旬谟每日在家习文练字，但心底里却犹如火烧，找不到一个正确的方向，也不知道下一步到底做些什么才好。

郇谟突然非常想见一见沈梦芜，哪怕她什么都不说，静静地坐在身边，对自己来说，也是一番安慰。想到此处，郇谟起身去了杨府。

杨绾有事外出，沈梦芜出来见了郇谟，仍然一声不吭，两个人就那么坐着，郇谟喝着茶。沈梦芜的性子一直是很安静的，她也知道郇谟是心中有了事，可郇谟不提起，沈梦芜也不问，担心问得多了郇谟会心焦。

一个时辰过去，郇谟果然静下心来，于是朝着沈梦芜深施一礼。沈梦芜起身相送，走到客厅门口，温婉地说道："郇谟，你要保重。"郇谟脚步突然停滞，回过头来，看着沈梦芜，微笑颔首，两个人目光相接，郇谟看到沈梦芜眼中的关切，也不由地说："你也是。"

郇谟走后，沈梦芜心情愉悦起来，脸上泛着笑意，回房的步伐都少有地轻快起来。

四

李栖筠加大了查案力度，郇谟心中很是为元载着急，于是一大早就登门又云拜见元载。宰相府门口赶过来一挂大车，浓浓的胡椒气味熏得郇谟一个倒仰。胡椒在当时可是相当贵重的物品，一般人家根本吃不起，由此可见，这一车的胡椒价值不菲。

郇谟到了书房，元载手里正拿着胡椒细细品味，看见郇谟进来，元载兴致勃勃："郇谟，来来来，你闻闻这正宗的胡椒，果然与众不同。想当年我们家贫寒的时候，我父亲像得了宝贝一样带回一小袋胡椒，放在家里很长时间都舍不得吃。我那时候馋，以为这是什么了不得的美味，偷着尝了一口，被我父亲用棒子打得几日下不得地。"郇谟苦笑道："孩提时顽皮，小孩子被大人揍是常有的事。"

元载看着手中的胡椒："现在有了条件，你说是不是怪事，我不喜金银，独独对这胡椒释怀不下，尤其喜爱收集胡椒，我们家中有几百石之多，想想也是没用，一家人吃这玩意能吃多少。"

郇谟鼓足勇气吟诵道："持而盈之，不如其已；揣而锐之，不可长保。金玉满堂，莫之能守；富贵而骄，自遗其咎。功成身退，天之道也。"元载玩味地看着旬谟："功成身退，是最应该奉行的行为准则，老子说过的话我也是赞同的。"

旬谟："既然宰相赞同，那您可知这胡椒耗资几何？"元载转身面对旬谟："你又想说什么？你的意思我懂，可我身居这位置，人家送我这些特产，我难道让他们拉回去？这来回的运费岂不是也是在劳民伤财？不如我留下，也省了他们来回的搬运之苦。"旬谟听得瞠目结舌，没想到元载把收礼说得如此云淡风轻。

旬谟无奈只好告辞，走到门口旬谟侧回身，看着元载："元公看了我的《都卢寻橦篇》没有？"元载一脸淡定："看了，文采斐然，我没错看于你，果真是状元之才。"旬谟痛心："难道就这些吗？"元载："你还想怎样？我又能怎样？"旬谟点头："我懂了，我先回府了。"元载一声长叹，说了一句："年轻人还是稚嫩啊。"

出了宰相府的旬谟心灰意冷，元载不知悔改，越陷越深，旬谟终于决心将自己掌握的吏部卖官的证据交给李栖筠，他此时不是真心想扳倒元载，他只是感到既然元载不能悬崖勒马，那么，出手阻止他泥足深陷，也算是对他的另一种保全，否则，将来事情越演越烈，一发不可收拾，元载真的就要连性命都保不住了。

说实话，李栖筠原本是有些不想来的——李栖筠担心旬谟是元载派来打探自己调查进度的，旬谟一再说有要事禀报，自己不去谈也说不过去，李栖筠对旬谟的为人，还是比较敬重的，他决定赴约听听情况。

李栖筠做梦都没有想到，旬谟会拿出大量证据指证元载，李栖筠翻看着那些证据，双手都在抖，这些第一手资料比什么口供都重要，可旬谟却把这些交到自己的手上。李栖筠看着手中这些元载知会吏部授予官职的信函，只要这些东西在，吏部的两条大鱼徐浩和薛邕就会浮出水面。李栖筠喜出望外，恨不能现在就到明天，赶紧上朝禀报陛下。

旬谟看出了李栖筠的用意，急忙劝他："不要急躁处理，此事我们要从长计议，要考虑到轻重缓急，现在还不是操之过急的时候。"李栖筠答应着，可心里却根本没有把旬谟的提醒当一回事，他认为旬谟一介书生，不会懂得朝堂之事，朝堂之上，素来机不可失，时不再来。就因为李栖筠的不听劝，没有把握好时机，导致原本胸有成竹的事情发生了惊天逆转。

第二天天刚放亮，李栖筠就急急忙忙地面见陛下，弹劾了元载等人。李豫冷冷地说了四个字："彻查此事。"

五

卓英倩忙完了朝堂之事，终于静下心来，想想自己做的亏心事，越想越害怕，薛瑶英是什么人？连元载都敢哄骗的女人，自己对她做得那么绝，这么些天过去了，一点反应都没有？借着去拜见元载的机会，卓英倩偷偷地探望薛瑶英。薛瑶英小产后，就没回紫英小筑去住，她认为那里不吉利，其实也是想避着卓英倩，可卓英倩这个好死不死地找上门来。隔着门薛瑶英气得牙根直痒痒，她恨恨地说："你来干什么？"卓英倩："我听说了你被大夫人陷害，心里非常着急，这不逮个机会来看看你嘛。"

薛瑶英冷笑："你少给我揣着明白装糊涂，是不是大夫人的事，你心里不比谁都清楚吗？趁着我没声张你赶紧走，迟一刻我就让你出不去这个门。"卓英倩再不敢申辩，道："我走，我走，我马上走。"

卓英倩的脚步声走远，薛瑶英靠在门上，眼泪流了下来，心里冰冰凉。薛瑶英恨他为保全自己而骗她喝打胎药，作为一个女人，她无数次自欺欺人地感到，这事不是卓英倩干的。她多么希望卓英倩替自己辩解，哪怕说出一些假话、谎话，骗骗她也好，可他此时的表现把一切都坐实了，自己在他心目中就不是真心以对的人。既然这样，薛瑶英狠狠地握紧拳头，狠狠地说："卓英倩，早晚有一天要你好看。"

李栖筠拿到了皇帝的尚方宝剑，查起案来如鱼得水，吏部卖官案调查结果，呈到李豫那里，白纸黑字，证据确凿。宣政殿上，李豫翻阅着卷宗，用余光看着站在朝堂之中的元载，元载镇定自若。

放下卷宗，李豫直接问元载道："元爱卿，你对薛邕和徐浩卖官一事怎么看？"元载面不改色："事情调查已经清楚，他们收了贿赂确实该罚，但是，将受贿认定为卖官，我认为有些牵强。"李栖筠立即开口："你这是在混淆是非，受贿是有目的的，而买官卖官就是目的。他们是卖官在前，已有约定，这说明收受贿赂与买官卖官是一回事。"

元载狡辩道："你一口一个'买官卖官'，何为'买官卖官'？如果说，这朝堂之上，确有官员不称职，没那个本事坐那个位置，或在位期间，失职渎职而惹出祸乱，这些人如果要行贿买官，那么严肃处理薛邕和徐浩是没问题的。你调查了这么多人，可有这样的人吗？"

李栖筠："你这种谬论可要贻笑大方，有能力的人大有人在，如果他通过行贿买官，而不通过业绩得到重用，那么有能力有业绩之人，就会因为没有行贿得不到重用，你认为这个公平吗？这是典型的用人腐败。"

李豫点头："李爱卿讲的言之有理。宰相请不要说了，这种事情绝不能姑息纵容，朕要严肃追究薛邕和徐浩的责任。"元载还要继续辩解，李豫发火了，将手中玉玺重重地敲在了龙案之上。至此，朝堂上静了下来。

李豫接着说："薛邕和徐浩卖官之事属实，经过夜审，两个人已经全部供认，说此事均为二人所为，无有共犯。那么，我现在下旨。"李豫刚要说下去，负责审查的人却上前一步跪倒上奏："陛下，有一事臣不得不说，薛邕的罪责是大赦之前所犯，应该免责。"

李栖筠也即刻跪倒："陛下，万万不可免啊，买官卖官之事，关乎我大唐兴衰。一旦他们两个获得从轻处理，那买官卖官之风此消彼长，久而久之，恐怕将来难以控制。"

李豫："传我口谕，薛邕和徐浩从今日起，贬至塞北苦寒之地，永不得回京，家眷全部为奴。"有官员立即跪倒："接旨。"李栖筠还要坚持己见，口呼："陛下。"这时被刘宴拉住劝止。李栖筠只好打住，没有再说话，站在了一旁。

买官卖官一案终于落幕，本案惩治了薛邕和徐浩，由于两人没供出同党，元载全身而退，李栖筠受到封赏而于心不甘，他想要的结局是挖出幕后黑手元载。对于陛下如此息事宁人地处理，李栖筠也懂了，光想抓住时机，没有考虑好预案，真应该听刘晏的话，不该操之过急。

如今不仅没有扳倒元载，还把最有利的一个机会失去了，李栖筠后悔不迭，懊恼万分。

第五章：擦肩而过

一

李栖筠去刘宴府上拜见，他还不明白，为何刘宴阻止他向陛下继续谏言。书房里，刘宴与李栖筠说明了原因："为什么阻止你，你应该明白，还不是扳倒元载的最好时机，当前陛下最关注的依旧是河朔三镇的局势，担心朝廷动荡不稳。这次虽然没能置薛邕和徐浩于死地，没能挖出幕后靠山，但两个人被追责贬出朝廷，已是一个阶段性胜利了。既然众人已经知道了元载的势力得到遏制，那么陛下的目的已经达到了，以后还怕没有机会惩治于他？"

李栖筠拍着大腿感叹道："为什么我没想到河朔三镇的局势不妙？对呀，此时朝堂之上动荡不稳，后果不堪设想啊。"刘宴也有些遗憾，指着李栖筠："你呀你呀，什么叫功亏一篑，挺好一个机会，因为你的部署问题，错失良机了。这次的行动还是显得急躁了些，应该部署得再周密一点，研究出几套方案来，你应与大家商议一下再做决定。你难道不懂得有理有力有节、知己知彼、密切配合才能百战不殆的道理？你如此一来，无异于打草惊蛇。元载有了防备之心，以后想再要扳倒他，无异于会更加困难啊。"

李栖筠想起旬谟曾说过类似的话，当时自己没听进去。不禁叹息道："唉，旬谟当日也千叮咛万嘱咐，要我千万莫操之过急，可我，唉。"刘宴一听，倒是有了几分兴趣："旬谟？就是元载的那个门客？"李栖筠："可不就是他，挺好的一个年轻人，冒着生命危险，为我提供了关键证据，可我现在想来，倒是真的有些对他不起。"刘宴若有所思，嘴里轻轻地嘀咕：“旬谟……”

李豫处理完薛邕和徐浩案件，急召杨绾到御书房面谈。一见面，杨绾跪拜还没等起身，李豫就追问道：“还有什么办法，让朝局向着我希望的方向发展？”杨绾略一迟疑，问道：“陛下说的河朔三镇的局势？”李豫厉声喊了声：“杨绾，怎么也跟我来这一套？难道我连句实话都听不得吗？”杨绾领会到陛下是要继续打压元载的势力，他便想到了陛下流落在民间的女儿沈梦芜。

杨绾开口道：“办法倒是有，但是陛下想必要见上一人。”李豫扬眉看着他，杨绾正要开口说出秘密，却在这时，侍女端上一碗参汤款款走近：“独孤贵妃听闻陛下今日在朝堂之上动了心火，亲手为您熬了碗参汤，还为您配了牛黄冰片，让您趁热喝下。”侍女说完双手呈上。

李豫接过参汤：“下去吧，替我转告贵妃，她如此记挂着我，我很是欢喜，我处理完国事就过去看她。麻烦她再操劳些，为我亲手制些清粥小菜，好几天没吃到她做的东西了。”侍女答应着退下。

陛下和独孤贵妃这般恩爱，杨绾看在眼里，心里便开始思量要不要说。李豫在喝过参汤之后，嘴上一直念叨着独孤贵妃和女儿华阳公主。

杨绾找不到好的时机，便没有开口。李豫倒想起了刚才的话头，问道：“你刚才说让我见一个人，此人是谁啊？”犹豫间，杨绾被问，有些不知所措：“这个，臣刚刚提到的是旬谟，此人当年应试，被李文才设计失去金榜题名机会，他的文采却是极好的。”李豫极为感兴趣地问：“此人在哪里？”杨绾：“他在元载府上做门客。”

李豫一听元载，立即泄了气：“算了算了，不见也罢。他常在元府上来回走动，想必也参与了元家的事，我不见他也罢，你要没什么事，那就请回吧。”李豫也气闷，这个杨绾唯唯诺诺，闪烁其词，避重就轻，让李豫心里这个不痛快。

元载坐在书房里思绪万千，他知道有些事如果再拖延下去，对他来讲，将会是灭顶之灾，他想最后一搏，可这筹码……刚想到这里，仆人来报：“主人，酒楼的沈娘子说要见您。”元载笑了，正愁瞌睡，有人递上了枕头。

元载在仆人耳边小声叮嘱了几句，立刻大声说：“快，快让沈娘子进来。"

二

书房门开，沈梦芜不卑不亢地走了进来。沈梦芜看着仆人关上了门，转向元载，一脸的轻蔑："元公，我按你的吩咐带着玉佩来了，它就在这里。"沈梦芜亮了一下手中的玉佩："我将玉佩交给你，可我要的人，你应该兑现承诺将他放出来了吧。"

元载站起身来，嘴里啧啧有声："啧啧啧，当年你母亲有没有教过你一件事：有些事情，看似等价交换，可要看换什么，我为什么要抓宁疾云，因为我目的是见你，你以为我真的要这块玉佩？玉佩不过是一件物品，与它相比，真正价值连城的是佩戴它的主人。"

沈梦芜懂了，她往门口退了两步，伸手抓门柄，手还未到，门开了，家丁带着几个黑衣人站在那里，沈梦芜无路可走。沈梦芜又惊又气："元载，你不是人，说话不算话！"元载："我说话一直都算话，可你要看我说什么。你呀，还太嫩了。"

元载一挥手，几个黑衣人一拥而上，沈梦芜还没来得及呼救，嘴巴已经被捂上，缓缓地倒在了地上。几个黑衣人将其架起，元载摆了摆手，几个黑衣人架着沈梦芜走了出去。

含元殿上，文武百官在窃窃私语，议论着相传的陛下女儿流落民间的消息，也都等着陛下认女的安排。女儿是真是假，女儿怎么认，什么时候认，这些都至关重要。沈梦芜的到来，将会引起朝堂及后宫不小的动荡，谁都得提起十二分精神，怕弄不好就可能殃及自身。

群臣们私下议论，但一个个心有余悸，欲言又止。李豫何曾不明白，如若再不问及女儿有关的事情，会显得太过寡情了。于是，李豫便要问进展如何，有臣子上奏："公主不日抵京，呈上玉佩一枚，以慰陛下思女之情。"杨绾大惊失色，沈梦芜自那日从府上离开，已经数日未归，杨绾知道梦芜已经失踪了，可偏偏这个信物还在。他转头看向元载。却发现他在一旁冷笑不已，心里这才明白，又着了元载的道了。

李豫龙颜大悦，自然无人唱反调，众口一词赞颂陛下好福气，公主不日可归，失散父女即将团圆。

退朝以后，李豫到独孤贵妃房中，独孤贵妃已经预备好了清粥小菜，他不由得感叹："无论是高门，还是贫寒人家，夫妻相随，有这清粥小菜，儿女绕膝，那么，就是幸福的一辈子。"

独孤贵妃想了想说："陛下可有想过，她们母女回宫，有人会提出异议，你可有应对之策?"李豫放下粥碗，言之凿凿："真能找回沈氏，即使失去一切都在所不惜。"独孤贵妃欲言又止，忍住了继续说的冲动，不再言语。

元媛心情好了，病情很快康复，旬谟与其和好。可在旬谟心里，此时矛盾到了极端的地步。他对于元载痛改前非的希望，现已变为绝望，一切成为不可能。因此，必须彻底从元载阵营决裂出来，否则自己就会成为为虎作伥之人。他抉择着，怎么办，该向何处去? 一想起这些，精神几乎崩溃了。

他和元媛来到城西的山顶上，却再也不敢对着远处的城市喊出心声了。

此时元媛的心情，可就与旬谟大相径庭，有着爱人在身边，又值盛夏，漫山遍野的野花花团锦簇，让人心旷神怡。天真的元媛把双手拢在嘴旁，对着山下大喊着："你们这些花花草草都给我听好啦，等以后再来，我就是旬夫人！我要嫁给旬谟，与他白头到老，对他好，一心一意地爱他！从今往后，我的心里只有他一人！"

旬谟深情地看着她，元媛内心更喜，更加大胆地喊了起来："我要跟旬谟生儿育女，我们要有许多许多的孩子！"旬谟忍俊不禁，元媛害羞起来，转过身，抬起两手敲打旬谟的胸口："你讨厌，你不说话，让人家一个人喊，怪害羞的。"旬谟紧紧地抱住了元媛，将她的头按在了怀里，悄声说："你说的就是我想说的，我此生会永不负你，永远都只对你好，只爱你一个人。"

两人深深相拥，旬谟眼睛虚无地看了出去，他真想让时间停止，永远停驻在这一刻，这里没有纷争、没有倾轧，有的只是他爱的与爱他的人。

三

返回的路上，邸谟和元媛骑着马，一路说说笑笑，夏日的残阳照着元媛艳光四射的脸，邸谟好几次愣了神，呆呆地凝望这个俏丽的美人。长安城门就要到，元媛舍不得与爱郎难得的共处时光，于是下马来，两个人牵着马，走在这斜阳里，好似一幅画般养眼悦目。

身后两个书生模样的人，急匆匆朝着城里走，一边走一边聊天："哎，我听说现在买官的事好像在严查啊，我们两个能不枉此行吗？""陛下是命令禁止买官了，可你也得看求的谁呀！俗话说朝中有人好做官嘛，这回为我们介绍的可是中书省的卓主书。"

"哎，这卓主书官职也不大嘛。""官职是不大呀，可你要知道他的后台是谁，他可是宰相的人，有宰相撑腰，你我买个小官当当，你以为是多难的事？"

俩人说着笑着往城内走，听了对话的邸谟却惊呆了，卓主书可不就是卓英倩，他居然也参与卖官？为什么未曾听他说起？邸谟的心里七上八下，这厢元载已经让他头疼不已，那厢难道自己的好友也深陷泥潭？邸谟送元媛回府后，马不停蹄地到了卓英倩的府邸，卓英倩听仆人报是邸谟前来，马上出来迎接，牵着邸谟的手，将他迎进府中。

卓英倩对邸谟也是真心实意，一顿饭准备得十分精致。卓英倩还一个劲赔礼道歉："邸谟兄，你来之前提前打个招呼，我这里有海南的鱼翅和燕窝，这类东西都要提前处理。唉，好不容易来一趟，让你吃粗茶淡饭，我如何忍心？"

邸谟看着桌上的菜品，不禁笑了起来："你这若是粗茶淡饭，我家的伙食，岂不是喂鸡所用？你看看，这冬苋菜虽然常见，可你加了豆豉，闻着异香扑鼻；波棱菜与豆蔻同蒸，菜的样式不变，碗底少有余汤，配上豆蔻，两两相宜，真是落胃又入眼；哎呀呀，蔚头芝麻我敢说是你府上发明的吧？我在别处从来没见过"。

邸谟如此识货，卓英倩甚是得意，急忙揭开了一个盖碗，让邸谟往碗里看，邸谟一见，大大惊讶："这盛夏炎炎，生羊脍可是如何得来？

这必须取清晨现杀的奶羊，将其肋条部分的嫩肉细细切碎，拌以胡椒，入口鲜滑爽嫩，唇齿留香，哎，我得尝尝。"卓英倩道："那还等什么，快请，快请，今日你我二人，不必拘礼。"旬谟转了一天，也真饿了，把每道菜都尝了尝，赞不绝口。

卓英倩见老友如此捧场，更是开心，又拍了拍手，仆人端着一大盆切脍，轻轻放在了旬谟面前。饶是旬谟在宰相府见多识广，也不得不起身，对着卓英倩深施一礼："我只不过来府上吃顿便饭，可你这，这就太破费了，切脍是何等难得之物，怎么叨扰卓兄破费如此？"盛夏时节，鲜鱼不好保存，要吃这道菜，所费之力岂能是金钱所能衡量的。

旬谟如此懂得自己的真心真意，卓英倩简直有子期遇见了伯牙之感，别说是花点钱，哪怕是要他倾家荡产，卓英倩也是毫不后悔。卓英倩与旬谟喝了两杯酒，有些动情，说道："旬兄，你我当初一同赶考，路上担惊受怕，后来你蒙冤入狱，我胆小怕事，为了你也豁了出去，连夜为你筹谋，你我尽管不是亲兄弟，可在我心里，除了父母，世上没有谁比你更亲密。"

说着说着，卓英倩眼泪都要下来了，在朝堂之上勾心斗角，谁都想有个彼此互相信任的人，卸下伪装，回到真实的自我，好好地说说交心的话。在卓英倩心目中，这个人非旬谟莫属。

旬谟此时也感慨万千，趁着酒意，旬谟诚心地说："我素来知道你胆小怕事，宰相府里听到什么朝堂的是是非非，很少与你谈论，生怕惊扰了你。千万不要做一些违法之事，要守住底线，你常说我讲些大道理，可这大道理还是要讲的啊。说句实在话，元载已泥菩萨过河，自身难保。如若你再出现差错，这不是自毁前程吗？我一点希望都没有了啊！"

卓英倩何等聪慧，立刻问道："旬谟兄听到了什么传言？据实讲给我听，有之，我则改之，无之，我做警示。否则，人言可畏，风言风语，传到了陛下那里，那要掉脑袋的啊。"旬谟问道："我且来问你，卖官之事，你可有参与？"

四

句谟此话一出口，卓英倩靠到了句谟近前："我的句兄哎，卖官这等大事，水很深呢，一直是元载把控，你是他的红人都没涉足进去，他怎会让我染指，或者分我一杯羹？"卓英倩说着，也是做贼心虚，不敢与句谟对视。

句谟道："你最好没有，守住底线，你就会安全。当然有与没有不是你我说了算，一旦此事彻查涉及你，别说你掉脑袋，你们卓氏家族，都恐因你而蒙羞。"

卓英倩尴尬地笑了："句兄，你尽管放心放心，来，吃菜喝酒，你的忠言我都记下了，以后小心行事，哎，当然不是卖官之事，我说的是以后做人为官格外小心谨慎，这不知道得罪了哪路人马，编造出这类事诬陷我，多亏卓兄告知与我，这要别人传来传去，街谈巷议，我真是无法解释，有嘴说不清，来，喝酒喝酒。"

兄弟俩端杯一饮而尽。卓英倩的眼神不免增加了几分惶恐，他忧虑起来，担心有朝一日，东窗事发，耿直的句谟会翻脸对自己。卓英倩对句谟少了兄弟之谊，多了戒备忌惮之心。

从卓府走回自己府邸门口，句谟的心又沉重了起来，他抬起手揉了揉眉间。看门的仆人看到他，跑了上来，一迭声地喊："郎君，你可回来了，有一位客人等你很久。"

句谟快步来到客厅，李栖筠倒背着双手，在客厅里踱着步子。句谟进来，李栖筠拱手道："这么晚来府上叨扰实属不该，只不过我内心不安，来给你赔个不是。"句谟深施一礼："言重了，那日朝堂之上，陛下放了宰相一马吧？"

李栖筠苦笑道："谁说不是，都怪我没听你的话，贸然行事，失去了一个绝佳的机会啊。不过，那日多亏刘晏暗中提醒我，要不然以我的性格，真不好说把陛下气成什么样子。"

句谟一愣说道："刘晏？他怎么会帮你？"李栖筠："我也纳闷此事，按理说，刘晏与元载不该有什么矛盾啊，前些日子，他们在盐政改革得到陛下的嘉奖，还互相谦让来着。"

句谟点头："以刘宴的性格，他无论遇到多大的事，都隐忍不发，这次他出手相助，也是忍无可忍。唉，恐怕宰相真的气数要尽了。"

五

十里长亭，终须一别，此刻的心情，元载是有些伤感的，薛邕是他的忠实干将，跟着他可谓一心一意，却为自己顶责，远走塞北，尽管元载拼尽全力为他争取了留任地方官的机会，终究无回天之力，眼睁睁看着曾经的爱将，踏上漫漫长路，以后也许再见不到面了。

秋季的长安城外风急土狂，刮得人们睁不开眼，树上的叶子被吹得离开了枝干，纷纷落下，飘荡在人的衣襟、眉上。薛邕内心更是酸楚，自己失了势，岂不是如这落叶一般，人人避之则吉。好在宰相不忘旧情，带着句谟来送自己。元载眼里带着几分悲戚，薛邕看在眼里，说："元公，终须一别，风凉了，您快回吧，某这就上路了。"

薛邕眼里的伤感，元载也看在眼里，他不忍细看，转过了头："薛邕啊，塞北又苦又寒，你要多保重，如若缺些什么，捎信来即可，我为你解决。"薛邕："元公，注意身边之人，你我计划的暴露，可能与身边人有关，否则，不可能这么快让陛下知晓。"

元载点点头："我何尝不怀疑身边有人向李栖筠提供了有关证据，句谟提醒过我收敛些，可我疏忽大意，失策啊、失策。"薛邕："可能是何人所为？"元载摇摇头："暂时未知，不过，除了句谟，我现在也是不大相信别人了。"

薛邕突然低声吐露心迹："元公啊，鄙人在朝堂这么多年，已厌恶了朝中的勾心斗角，这回去了塞北，也可以说因祸得福，从此再没有担惊受怕，可以睡个安稳觉。这回去地方打算从头开始，踏踏实实做点事，保百姓一方平安。鄙人斗胆劝您一句，就此收手吧，如今您腹背受敌，还是保护好自己，稳妥一些为上策。"

听了薛邕的话，元载目视前方，一张脸似泥雕木塑，无奈地发出声音："身不由己。"

远远的长安城里鼓乐齐鸣，热闹非凡，元载长叹道："差一点忘记了，今天是公主进宫的大日子。"

李豫着盛装出现在宣政殿门外，他的脸上少了帝王的威仪，而多了几分为人父的慈爱与焦灼。远远的，公主一袭淡黄颜色锦衣，纹饰上绣的蛟栩栩如生，发饰更是环佩叮当，担得起"洛山叶重绣，金凤银鹅各一丝"，皎白的小脸在珠翠的簇拥下，越发地眉目如画，楚楚动人。李豫失了态，紧上前走了几步，脚步都有些跟跄。父女相见，李豫哽咽地捧起了公主的脸："为父今天看见你了，快快抬起头，让我好好看看你。"

公主扬起了脸，不知是否由于穿得单薄，公主有些抖动。李豫朝着她的脸看去，自己脸上的表情也五彩纷呈，先是喜悦、激动；随即疑惑、失望；然后就是生气、愤怒。李豫猛地将公主推倒在地，大吼："你到底是谁？"御林军一听团团把李豫围住："来人啊，来人啊。"

随即长刀短剑朝向了"公主"，"公主"磕头如捣蒜："陛下饶命、饶命啊！民女利欲熏心，家人逃难的路上捡了这个玉佩。听闻陛下寻女，要以玉佩为证，民女就把玉佩呈上，想混些钱与父母买房置地，可没想到，却被当作是公主要来相认，民女也是身不由己啊。"

李豫一听玉佩在路边所捡，脚步不稳，董秀把龙椅抱上来，扶着陛下坐好。堂堂陛下，九五之尊，可也有舐犊之情，他心下以为公主已不在人世，痛哭落泪。董秀劝了又劝，也没让陛下止住眼泪，泣声让人闻之心碎。

李豫情绪稍稍稳定，元载上前跪拜："请求陛下从重处罚所有涉案寻找公主的官员。"杨绾一凛，这回彻底栽了，元载趁火打劫，还是道高一尺，杨绾双股战战，等待着陛下的发落。然而，陛下并没有被感情影响到理智，他一声长叹道："如果沈氏能被寻回来，即使受多次骗也是值得的。算了，大家为了寻找公主甚是疲累，散朝回去歇息。今天到这里了。"

元载一个人愣在了当场，这么大的欺瞒陛下之罪，陛下居然没有深究下去。元载感到一丝凉气由脚底上升，这次他才深深地感到，自己的气数的确尽了。

第五部分：旬谟哭街案

第一章：江淮大水

一

公元 773—775 年，这几年对大唐来讲，可谓多事之秋。李豫最为钟爱的华阳公主宣告不治，李豫情绪崩溃，可他万万没想到，还有更为严峻的事件在等待着他。独孤皇妃在 775 年病重奄奄一息；元载越来越疯狂，竟然私自策划迁都之事，李豫激愤不已，终于下定决心解决元载的问题。

又一个冬天来临了，元载越来越觉得自己老了，人老的第一大特点就是多疑，不相信其他人，特别是李栖筠案件查得那么清楚，元载深知身边出现了卧底，在没查清楚到底是谁之前，元载看谁都有可能。

有时静下来的时候，一想到身边党羽无数，却无人可信任，元载不禁打起寒噤。那种空落落的孤寂感让他惶恐无比，他感到从骨子里泛出来丝丝悲凉与孤单。

元载目前唯一信任的人，就是旬谟。有的时候哪怕没什么事，他也会喊上一声"旬谟"，只要旬谟答应着出现在他的视线里，他就觉得踏实安心。元载开始让旬谟接触到自己的一些见不得光的东西。

这一天，元载呼叫旬谟："走，我带你去一个地方。"旬谟一如既往地不多说一句话，跟着元载在府里东绕西拐，来到一处看似无人照拂的库房。推开库房的门，旬谟才看出这里别有洞天：干干净净的地面上铺着名贵的波斯地毯——与这个房间寒酸的布置比起来是那么的突兀显眼。

元载走到地毯旁边，弯下腰，旬谟以为他要掀开地毯，急忙相帮。

谁知元载微微一笑，整理了一下鞋袜，随即站起身，轻轻跺了一下脚，地毯像是被一股巨大的魔力牵引，居然旋转起来。邮谟吓得往后退了两步，他弄明白了，为什么地上要铺这种耀目的地毯，如果无人带领，陌生人会掀起地毯查看，那么无疑就会启动机关，不管地毯之上站的是谁，都将会被地毯夹裹着吸入地下。而就在地毯停止转动后，一道平缓的斜梯在旁边悄然闪现，元载带着邮谟拾级而下，邮谟这才看得出来，这里是一间精致的密室。

邮谟看出地毯之下是一个巨大的齿轮，齿轮每个尖齿都锐利如刀，如果不是元载带路，现在自己将血肉横飞地卡在齿轮之中，难以生还。想到此，邮谟不寒而栗。

与元载来到密室门前，邮谟看出这密室全部用整块巨石所堆砌，而将这么多巨石砌成一间屋子，所需费用更是惊人。邮谟上上下下打量着，密室并无灯火，却光线甚好，很是纳闷。抬头仰望，才察觉原来顶棚之上，镂空设计，而为了防止雨水倒灌，棚顶上铺满了胡人进贡给陛下的玻璃花瓶。

邮谟不禁倒吸一口凉气，这玻璃花瓶极其珍贵，陛下自己都舍不得用，赏赐给了元载。为了让工匠们能够制造出这种透明的玻璃，陛下曾忍痛亲手打碎一个。元载拿来做了密室的屋顶，可见元载富成了什么样子。

当密室之门缓缓上升，邮谟和元载低头走进，密室里好像有两个被囚禁的模糊身影。邮谟看清楚了那两个人的面容后，差一点叫出了声。原来遍寻不见的宁疾云和沈梦芜被囚禁在此，手脚虽没被捆着，但二人被什么东西缚住，动弹不得。邮谟和元载一起进来，宁疾云反应强烈，沈梦芜瞬间眼眶发红，眼睛一眨不眨地盯着邮谟，眼睛里有祈求、有惊喜，还有疑惑。

宁疾云不管不顾地破口大骂："邮谟你个贱人，你与元贼沆瀣一气，我还曾经当你是朋友，你怎么对我没关系，可沈梦芜是当朝陛下的女儿，她的母亲就是当年失踪的沈珍珠，你犯了欺君之罪，其罪当诛你知不知道？"

沈梦芜的眼眶泪水满盈，嘴唇颤抖地说出了一句："邮谟，你可是来看我笑话的？嘲笑我对你一片真心？"宁疾云咬牙切齿道："别跟他说话！他就是条狗，元贼养的狗！"

沈梦芫居然是沈珍珠的女儿。如此一来，之前的种种疑惑，竟然全都解开了，旬谟这下子真正了解了沈梦芫，终于明白了她为什么会有这样的性格、品质和才华。看到温婉娇滴的沈梦芫如今受到这般苦楚，旬谟的内心怎么会好受。元载老谋深算，旬谟眼中一闪而过的心痛，他全都看在了眼里，他意识到两人的感情非同一般。他暗暗决定，要好好地利用这种非同一般的情感。

旬谟在恍惚中回到了宰相府的院子里，弄不明白元载带他看沈梦芫是另有用意还是拿他当了自己人，旬谟心里很乱，他宁愿一百个人误会自己，也不想那个人是沈梦芫。他知道自己爱的是元媛，可对于沈梦芫的感情也是深厚的，有怜惜、有不舍、有牵挂，说不清是什么，旬谟心乱如麻。

"旬谟。"一个娇滴滴的声音在旬谟身后响起。

二

旬谟回过头来，元媛俏生生地站在院子里的红梅树下，旬谟仿佛回到了当年的那个冬天，看见了那个懵懂无知、初入相府的自己。

元媛将身上的红貂绒斗篷帽子戴在了头上，朝着旬谟走了过来。帽子的边沿镶嵌着一缕缕白狐针毛，雪白的狐狸毛尖上有一撮撮的黑，随着元媛的脚步，那些毛颤颤巍巍，看起来戴着它的主人是那么的俏皮、灵动。

旬谟知道，这些狐狸毛是有说法的，叫作"雪中寻梅"，据说用一斛珍珠都换不来。想到此旬谟的心情更是不好了，他与元媛简直就是两个世界的人，将来用什么来保障元媛的生活？难道真的让她与自己吃糠咽菜？那样对元媛来讲，还有什么幸福可言？

元媛经过这几番折腾，性子也绵软了很多，她看出旬谟不开心，哄着他道："今日大雪初霁，外面月朗星稀，我陪你出去散散心。"旬谟点头同意。

悠长的巷子里，两个俊俏的男女，元媛把手撒娇地插在了郇谟的狐裘口袋中，郇谟也把手伸进去，握住了元媛冰冷的小手，两个人十指紧扣，元媛索性把头枕在了郇谟的肩膀上，幽幽地说："你有什么不开心，能不能说给我听？"郇谟："我不知该如何讲。"元媛并不笨："你可是想讲讲我父亲？"

郇谟深深地吐出一口气，悠长的气息泛着白霜，显示出了郇谟的无奈。郇谟："元媛，你父亲将沈梦芜囚禁在府中。"元媛一愣怔，把头抬起，黑漆漆的眼睛盯着郇谟："我父亲囚禁她为何？难道你想讲的不是我父亲而是沈梦芜？"

郇谟："元媛啊，现在不是谈论儿女私情的时候，你知道沈梦芜是何人？她是当今陛下的公主。"元媛脚下一软，差一点跌倒，郇谟扶住了她，元媛瞪大了眼睛说："郇谟，郇谟，你不要吓我，我父亲对陛下忠心耿耿，他绝不会做这种事，你不许胡说。"

郇谟："我几时骗过你？前几日陛下认去的假公主，就是你父亲所为。他想要以此制裁别人，可惜陛下没上了他的当罢了。"元媛吓得脸色煞白，拼命摇头："我不信，我不相信，我父亲不是你说的那种人。"

郇谟道："就在昨天，我还在对自己说，元公就算做了很多不好的事情，可他是有底线的，他都是迫不得已，无奈为之。可今天，我才知道我错了，我也不知道该怎么办才好，元媛，我难过极了。"元媛眼中已经带泪，她喃喃地问郇谟："你这么说是什么意思？你是心疼沈梦芜吗？"

郇谟说："我们能不能先不提沈梦芜，我曾经说过，不管你的父亲是何人，你都是你，我都会爱你。可现在，元媛，我不知道我该怎么做了，我不舍得放弃你，可是宰相他做的一桩桩事，让我看不到我们两个人的未来。"

元媛眼中含泪："我明白你的意思，郇谟，如果你不是因为沈梦芜是公主而改变了对我的心意，我还是想告诉你，无论将来怎样，我都是郇夫人，唯一的郇夫人，谁也不能改变，我矢志不渝。"郇谟看着元媛边哭边跑的背影，眼泪也流了下来，为元媛的痴情，也为自己命运的转折，为什么上天要跟自己开这种玩笑，让自己的大恩人是全天下百姓的罪人，这要让他何去何从。

元媛跑过的雪地上，留下了一串串脚印，句谟走的时候，有意一步步都踏在这脚印上，好像脚印的重叠象征着他和元媛心心相印。

在漫步中，句谟突然意识到一个问题，猛地停下了脚步，沈梦芜对元载已经没有利用价值了，此时沈梦芜的存在对元载来说倒是一种风险。想到沈梦芜的安危，句谟焦急地掉转方向，朝着杨绾的府邸走去。

杨绾府邸中的客厅，依旧点着火炉，暖意融融，句谟喝着热茶，一颗心才终于回落。他每次看到杨绾，不知怎的，总有一种看见自己亲人的感觉，也许是杨绾曾经帮助过沈梦芜，所以句谟感到他是可以信任的人。在这长安城中，能有一个自己信任的人，那是多么难能可贵的事情。

听说是元载囚禁了沈梦芜，杨绾并未觉得稀奇，可当他听说句谟要他帮忙搭救沈梦芜，反而觉得诧异。喝了一口热茶的杨绾抬起眉毛，询问句谟说："此话怎讲？你刚才也说了，囚禁沈梦芜之地水泼不进、针插不入，老夫又如何救她出来？"

句谟走上前去，俯首在杨绾耳畔："我刚才在路上想到了一个办法，您看看，我们如此这般是否可行？"句谟和杨绾在客厅坐到了天色微明，两个人彻夜商谈，最终杨绾拍板："那好吧，老夫就暂且听你的，死马当作活马医吧。将欲歙之，必故张之；将欲弱之，必故强之。这回就来一招剑走偏锋。"句谟点了点头，他发现杨绾能坐到今天这个位置，确实是有才能，凡事不必说透，他全都能懂。

几天以后，杨绾密函给李豫，说找到了真正的沈氏之女，只不过当时由于正遭到歹徒的追杀，为安全起见，他将公主安排在了宰相元载的家里。然后，他请李豫传旨，让元载不日将沈梦芜送入皇宫。

与此同时，句谟在宰相府中里应外合，防止元载杀人灭口。元载府中的管家都纳闷，笑着问句谟："郎君昨夜又在书房而睡，您说这可真是奇了怪了，您有了自己的府邸，却好像越来越离不开这里，天天来不说，现在还睡在了这里。"句谟笑着说："怎么？我来这里你不高兴？"管家嬉皮笑脸："我哪敢呀，您睡在这主人最高兴了，没事还能下下棋，您没看主人一听您在，昨晚都多吃了两碗饭。"

郇谟不再吭声，但是心中一沉，这说明元载也格外关注起自己来了。说是做到里应外合，杨绾这边也没闲着，他派人于宰相府外蹲点，轮番换岗，死死盯住元府的一举一动，一旦发现有情况，要速速禀报，不得拖延。这光景，如果元载想要将沈梦芫转移到别处，正好可以抓个人赃并获。

让杨绾和郇谟始料未及的是，元载却并没有任何的行动，整日里下朝就回家，喝茶、聊天，把个小日子过得是优哉游哉，好不快活。

杨绾和郇谟感到很意外。元载果然按照圣旨的要求，恭恭敬敬地把沈梦芫送进了宫里。杨绾想不明白元载想要做什么，郇谟心里却隐约觉得必定有大的事情要发生。

三

当着含元殿满朝的文武百官，李豫这回终于见到了沈梦芫。沈梦芫居然和她母亲长得如此相像，她毫无疑问是沈珍珠的女儿，光是这张脸就是最好的证据。李豫激动万分，可为了稳妥起见，李豫还是问道："你与你母亲长居宫外，你母亲可有一贴身之物，寸步不离？"

沈梦芫答道："母亲有一个绿色的锦囊，早已经没了香味，可她夜夜放在枕畔，说只有闻着这个味道才能睡去。"李豫龙躯一震，别转头去，半晌才慢慢转过身，看着沈梦芫，眼眶已红："你母亲果真还拿着那个锦囊？"

沈梦芫点头："那是她的命，她说千金皆可抛去，唯有此物，万万不可离身。"李豫："那是我的母亲在我二十岁生日时所赐，我后来给了你母亲，没想到她依旧保存着，你上父亲这来，让我好好看看你。"沈梦芫款款地走到李豫身边，盈盈一拜。李豫牵起了她的手，眼泪落了下来："女儿，我想你与你母亲想得好苦。"

这像是寻常父女之间的一句话，却让文武百官都落下泪来，帝王将相谁人不是肉眼凡胎，谁没有七情六欲？帝王再威严，看到亲生的女儿，也是情难自禁。沈梦芫也是泣不成声，可当她转过头，看了一眼朝堂之中的各路大臣，颜色一变，突然跪地，朗声说道："其实父亲早就有机会与儿相认，都是他！"

沈梦芜用手一指元载："是元载从中作梗，他好几次下了毒手，几乎要了儿的性命，害得宁秋书家破人亡，害得我们父女不能相认。现在宁秋书的儿子还被囚禁于他的府上，父亲若不快快搭救，恐怕命不久矣。"

李豫大怒起来，重重地拍了一下龙案："大胆元载，你可知罪否？"元载老老实实地跪在地上头贴于地："老臣知罪。"见到这一切，杨绾有些疑惑，不知道元载到底搞的什么鬼。这根本就不是他的风格，难道他老了，要就此放弃，不再挣扎了？要知道他这一承认，那就是抄家灭门的死罪。

李豫把脸朝向了沈梦芜，柔声说道："女儿，你可知当初遭什么人追杀？说出来为父为你报仇。"还没等沈梦芜说话，独孤贵妃的父亲便站出来阻止。他大声说道："老臣有一事不明，陛下与沈氏多年未见，这女娃确实与沈氏一模一样，这个无须商榷。可是陛下，她又能用什么证明，她是您的女儿？"

此言一出，一片哗然。在满朝文武中，敢于说出这话的，也就是独孤贵妃的父亲，换一个人，非得问斩不可。

李豫如梦初醒，他也没想到，居然还有这么一种可能。沈氏曾与他失散，后来虽有短暂重逢，之后又离散了。如果沈梦芜是自己亲生的，那么就只能是重逢那几天的事情。这不但涉及沈梦芜的身份问题，更涉及沈氏对自己是否忠贞的问题。

一直跪地不起的元载，也侃侃发话了："臣当初考虑到这个问题，是担心陛下知道后伤心，才有意隐瞒了真相。至于说是臣害了宁秋书，这真是天大的冤案。臣当初拦下了沈娘子，是全心全意想保护她。然后，才弄清楚原来是宁秋书找了个冒名顶替的要得到赏赐。陛下如若不信，我这里有一证人，可以证明这个沈梦芜，她确实不是您的女儿。"

李豫恶狠狠地说："把证人带上来，让我瞧瞧，如若胆敢做假证，我必让他五马分尸。"元载传上了证人，一个慈眉善目的妇人走上堂来，低头跪拜："陛下，我是沈娘子儿时的奶妈，我这里有她襁褓之际戴的金锁为证，我被喊去准备伺候娘子之际，她还没有出生，她的生辰八字我最详细不过，确实与陛下所记日期，相差月余。"

李豫跌在龙椅上，目光呆滞，董秀吓得一边急喊太医，一边吩咐小太监去取参汤。一盏浓浓的参汤灌下，李豫强打起精神，抬起头看着沈梦芜。沈梦芜哭诉："父亲，切莫听他人胡说，我的确是您的女儿，母亲再三告知我，您就是我的父亲，这是万万不会错的啊！"

李豫经过了两次打击，纵然他再认女心切，此时也心灰意冷，他摆了摆手说："去吧，孩子，下去吧，看在你母亲的面子上我不会治罪于你。以后，你不可以公主名义在外出现，我赐你庶民身份，并赐你黄金若干，确保你以后平平淡淡过日子，也算没有忘了与你母亲曾经有过的一段真情实感。别说了，你走吧。"

沈梦芜还想申辩，被御前侍卫推着离开。元载跪在堂前，嘴角微带笑意，杨绾此时目瞪口呆，再也想不出还能说些什么。

这一场博弈，元载和杨绾任何一方都没有损失，可以说元载走了一步皆大欢喜的棋。唯独苦了沈梦芜，伤心难过自不必提。

宰相府的书房里，元载又喊邬谟来下棋，两个人走走停停，元载轻描淡写地将今日朝堂之上的事，悉数讲给了邬谟听。邬谟盯着棋盘，举起一子，挡住了元载的去路，嘴里说道："元公为何如此行事？"元载反问邬谟："你是不是从心眼里认为我是个坏人？我如此行事难道你不理解吗？"

邬谟无言以对，内心十分忐忑，毕竟在他见到沈梦芜之后，杨绾随即上奏，元载有充分理由怀疑是自己将沈梦芜的消息透露出去。可元载不询问，邬谟也装不知。为了救下沈梦芜，这才剑走偏锋，也实属无奈之举。

元载话里有话，邬谟不得不做出回应。邬谟拿着棋子佯装在思考，嘴里说道："我有些事明白，有些事却不懂，元公之所以做到如今一人之下、万人之上，无疑有着独特的见解，怎么能容许他人妄自评价？"

元载直盯盯地看着邬谟许久，突然，一挥手把棋盘掀翻，大声说道："你都学会与我打官腔了，我还有可信任之人吗？你回府吧，以后我不召唤也不用来了。你们一个个的义正词严，好像天底下就我元载一个恶人！大道废，有仁义；智慧出，有大伪；六亲不和，有孝慈；国家昏乱，有忠臣！”

元载说完这句话走了，旬谟愣在了当场，认识元载这么久，他还从来没与自己发过这么大的脾气。

旬谟哭笑不得，元载建立了自己的规矩和生态，他不觉得是自己贪婪、腐败，反而认为一切问题是整个国家现状造成的。面对着元载这种牵强附会的论调，旬谟知道的是，再也改变和挽救不了他了。

旬谟却不知道的是，原来还有更难以预料的事在等待着自己。

四

旬谟刚被元载轰回了府中，又一件事情到来了，杨绾遇到了邪门的事。前脚刚散朝，后脚李豫召杨绾觐见。杨绾去面圣的路上，腿肚子哆嗦，他感到陛下这是要秋后算账啊——让你寻找公主，你接二连三地出差错。杨绾硬着头皮跪倒在陛下面前，李豫看杨绾已到，缓缓走了过来，说道：“不必拘礼，起身我有话问你。”

杨绾心想：“完了，完了，该来的终归要来了。”杨绾微微闭上眼睛，省下力气用来控制他哆嗦的脸部肌肉，耳边却听得李豫问他：“杨爱卿，你认为沈梦芜到底是不是我的女儿？”

杨绾一哆嗦，猛然惊醒，他这才意识到，陛下根本不相信元载的话，当时权衡利弊，做出了稳妥的决定，保证了所有人的安全。

杨绾没有明确表态，略一沉吟道：“臣认为陛下试着多接触沈梦芜，可以多了解一下沈氏这些年经历了些什么；再一个，如果有骨肉亲情，那么，在平时的接触中，陛下还是能感受到什么的，有些事只能意会不能言传，毕竟血浓于水，她要是皇室的血脉，终归在细节上，有着印记。”

李豫点了点头，不置可否。李豫回忆，当年，离别后相聚的日子，是那么美好和难忘，后因战事繁忙，没有及时迎沈珍珠回西京长安，她便仍住在洛阳宫中。叛将史思明再次攻陷洛阳时，沈珍珠从此下落不明。想到这些，李豫内心纠结万分。

杨绾心中却燃起了一线曙光，陛下如此明白事理，那么，国家有此明君，何愁将来会没有希望。

邨谟在府中也心烦意乱，想到沈梦芜千辛万苦寻找到了生父，陛下竟然将她贬为庶民，沈梦芜心中会是如何的伤心。邨谟索性起身，要去看看沈梦芜。

邨谟与元载毕竟有着很深的感情，元载那日撂下狠话，没有要事邨谟不必来府上，可邨谟在这里来来去去若干年，已经走习惯了，原本准备去看沈梦芜，谁知一大早走出来，抬头一看，又到了宰相府门前。邨谟摇头苦笑，既然来了，进去看看吧。邨谟拍门。

管家开门一看是邨谟，自顾自笑了："昨天主人还说呢，说郎君脾气犟，这回走了真动了气，一时半会是不会来了，您对主人还真不记仇，这一大早的就来了，快进来吧，厨房预备了些小食。"邨谟听到此处，一颗忐忑不安的心才放下，大步走进元府。

这次走错了门，竟然圆了自己的一个愿望，他竟然在元载的府邸再次看到了沈梦芜。沈梦芜仍旧没离开元载的掌控，那日从朝堂归来，没走出多远就被元载的人截下，送入府中她居住过的那个无人院落。沈梦芜天天茶饭不思，心乱如麻，她甚至也开始有点怀疑母亲对陛下是否忠诚了。邨谟想念沈梦芜，也是吃了早餐闲来无事，来到这个院落缅怀当初与宁疾云救沈梦芜的场景，可却在院子里见到了沈梦芜。

两个人四目相对，沈梦芜落泪如雨，喊了一声邨谟，再也说不出话，邨谟轻轻走过去，沈梦芜再也控制不住，扑进邨谟的怀里，号啕大哭。邨谟摸着她的鬓发，眼圈也红了，他温柔地说："别怕，别怕啊，就算你什么都没有了，我也不会不管你的。你到何时都有我，你要好好活着。"

沈梦芜把头又往邨谟的怀里靠了靠，梦境中想了多时的场景，在这个时候实现了。

邨谟知道沈梦芜在宰相府，来得更加勤了，元载对沈梦芜不闻不问，仆人们也是知道好歹的，对沈梦芜十分地冷落，好在邨谟趁着元载上朝之际，偷偷来这里看望她、开解她，她却什么都听不进去。整日食不下咽，眼看着人瘦削了下去。

这日一大早，元载一上朝，邨谟就拎着食盒来看沈梦芜，走到门口没忘了拿出一袋钱，扔给了两个看守。旬谟现在在宰相府那也是被人高看一眼，守卫无非是为了养家糊口，只要看守之人不丢，又能得到打赏，他们自然绝口不提。

旬谟进得房来，沈梦芜面容憔悴。旬谟打开食盒，端出了一个大大的白瓷碗，放在了沈梦芜面前，一碗馎饦冒着热气，让沈梦芜不由得多看了两眼。

旬谟端来的这碗馎饦，面片扯成拇指大小，水煮后加了各种胡椒、豆蔻，白白的汤汁上面还洒着少许葱花，味道极香。沈梦芜几天没有进食了，转眼间就将这一碗汤汤水水一饮而尽。看着沈梦芜的吃相，旬谟笑了起来。沈梦芜害羞地放下碗，嘴角沾了一丝葱花。旬谟抬起袖口，为她轻轻擦拭，沈梦芜微微扬起下巴，乖巧地配合他，这不由自主地反应让两个人都愣住了。

沈梦芜绯红了双颊，旬谟也有些不好意思，两个人半晌无语，可彼此间的气氛却暧昧了起来。旬谟咳嗽了一声，打破了僵局，问道："你是否还在介怀你非陛下亲生？"沈梦芜点点头。旬谟："你仔细想想，你若真是不相干的庶民，元载何苦将你找回，扣留府上？"

沈梦芜冰雪聪明，一下子恍然大悟："我真是陛下的女儿，那元载他？"旬谟点点头："他动了手脚。"于是旬谟为她分析，如果她真的不是陛下的女儿，元载为什么还不放人？只有一种可能性，她便是真公主。沈梦芜心情平静了许多，但父亲不认她，甚至怀疑母亲的忠贞，这让她不能原谅。

旬谟说："梦芜啊，别去责怪你的父亲，你想我一个小小的门客，都有许多纠结之事，真是做也难，不做也难；你父亲是当今陛下，在他那里，无论是杀伐果断，还是留有余地，都必须三思而后行，稍稍有点差错，必是覆水难收，你体谅体谅他吧。"

沈梦芜点点头，沈梦芜对旬谟不说是言听计从，可也是百依百顺，她真心相信这个男子，无论宁疾云如何诋毁旬谟，在沈梦芜心目中，她觉得自己不会看错人。

心到情动，沈梦芜不自主地伸出手，轻轻盖在了旬谟手上。旬谟也下意识地抓住了沈的手，两个人彼此像是触电了一样，都哆嗦了一下，可是相牵的手，却再也没有松开。

五

李栖筠凭吏部卖官一案，虽然没能一举扳倒元载，但也很大程度上削弱了他的势力。薛邕是元载当作接班人一手提拔起来的，而徐浩也是身居高位，这两个人几乎掌控着整个吏部。此后，郇谟又暗中为李栖筠提供证据，扳倒了几个元载一派的侍御史。于是御史台除了御史中丞崔宽之外，便基本掌握在了李栖筠手中。

元载担心李豫用其他朝臣，一点点削弱自己，于是也不断扩大自己的势力，打压异己，不让反对势力坐大。双方你来我往，李栖筠一方势力虽不及元载，但有郇谟这个内应，再加上陛下有意扶持，勉强能与元载的势力一较高下。

转眼之间，大历七年到了，江水泛溢造成饥荒，百姓民不聊生，朝廷之上，李豫以及文武百官无不为了此事而焦虑痛心，无论是上朝还是下朝之后，大家谈论的始终是这个话题。

这日上朝，李豫发话了："刘晏，国库现在还有银两多少？可够赈灾之用？"刘晏深施一礼，答道："赈灾的款项是足够用了。"李豫点点头："马上拨款，迅速安排专人前去赈灾，此事不宜拖延，越快越好。"刘晏答应落实。

下朝归来，元载与户部官员前往元府书房，商议安排赈灾事宜。郇谟听到陛下拨了款派专人赈灾很是开心，自己也来了元府，想去听听元载等人有何高见。郇谟兴冲冲地来到书房，可书房门窗紧闭，门口的护卫认识郇谟，未加驱赶，郇谟站在门前，没有进去，还是听到了让他心神一震的只言片语。

元载说："这次赈灾陛下是下了血本，几乎把国库全部用光，这可不是一笔小数目啊。"户部官员点头称是。元载："既然如此，我们也就不用客气，少少地取用一部分下来。"户部还在随声复议。郇谟气愤至极。心想：这说的什么话，这是宰相说的话吗？现在是灾年啊，百姓的救命钱都想贪占。

旬谟越想越气，也意识到，元载这个人已经无药可救，劝其改邪归正，根本是痴心妄想。

长安城内此时正是热闹的时候，人头攒动，大家为了生计奔波着，偶尔有负责收税收费的官吏，在认真行使着职责；而那些经商的人，更是一丝不苟，把该交的钱数，一五一十地交给官吏。

旬谟看到此处心中一紧，这些善良的人们啊，做了一天的生意，将税费收交于国库，陛下用它去赈灾；可作为一国之宰相，却在商议如何把这钱据为己有，这与上街抢劫有什么不同？旬谟想回家冷静冷静，可是看到这一幕，旬谟在心中做出了一个决定，他朝着李栖筠府上走去。

李栖筠在家中读书，听闻旬谟到访，命人将旬谟迎进了书房。旬谟一进门落座，就将元载企图侵吞灾款的事情讲给李栖筠，请求转告主管度支的副宰相刘晏，建议刘晏请缨担任钦差处理赈灾事宜。

李栖筠心中一阵欣喜，嘴上说着："好你个元载，你真是人心不足蛇吞象啊，好好的宰相你不当，背地里做这些贪腐的事情。这回我定不放过你。"李栖筠谢过了旬谟，送走旬谟以后，立刻换上了衣服，匆匆忙忙朝着刘晏的府上行进。

李栖筠将旬谟的话转述给刘晏，刘晏表示已知道此事，并将记录历年来元载一党处理灾情不当造成恶果的卷宗拿给他看。一桩桩惨案展现在李栖筠眼前，李栖筠虽是个硬汉，也忍不住红了眼眶。大为震撼之余，李栖筠拜在地上，行大礼恳求刘晏出手相助。刘晏没有表态，李栖筠又重重地在地上拜了三拜。

刘晏实在没办法，只能吐露心声："快快起身，不是我不想帮，而是面对元载庞大的势力，的确是有心无力。"李栖筠再三请求，刘晏仰天长叹："为了百姓，罢罢罢，我也学你拼上一回身家性命吧。"

李豫在地方连续调整了元载的几个重要党羽，让他们领了虚职。同时，提任了若干不与元载为伍的正直官员。这样，元载在中央的权力依旧在不断扩大，但其在地方的根基却逐渐被削弱。

意识到李豫已开始打压自己，元载开始主动出击，要变被动为主动了。

这日宣政殿上，元载跪倒在地，说出了一个令李豫与群臣惊骇的建议，元载说道："臣随着年岁渐长，甚觉体力不支，陛下委任臣的地方盐务稽查一职，臣请求卸任，请陛下任用其他人等。还有，赈灾御史一职，臣也有心无力，与其占着这重要位置，不如请陛下另任新人，一旦臣身体不测，也不影响工作连续性。"

听了元载的上奏，李豫与群臣真是感到元载简直是变了一个人，以往他把实权牢牢地握在手中，须臾不愿离手，可今天竟然放权，难道元载真的是老了？

李豫听完自然开心，于是客套了几句，同意了元载的请求。不过，为了表示对元载这番忠心为国的理解，李豫还是留下元载，待散朝后一叙。

可就是这一叙，却给元媛带来了灭顶之灾。

第二章：突款疑云

一

　　从李豫疑心元载开始，元载是一次都未曾踏进李豫的书房，如今再次走入这里，元载外表上波澜不惊，内心却暗暗庆幸自己走了一步妙棋。不过，要让陛下越发信任自己，得往这热火盆中添进一块足够分量的炭，而这块炭，就是他的唯一的女儿，元媛。

　　李豫与元载在书房交谈着，独孤贵妃派人送了和合莲子汤来，李豫邀请元载与自己同食。元载喝着汤，说道："独孤贵妃的身子还是不太好吧？臣的老家人送了些冬虫夏草，据说吃了有助于养身体，臣回去差人给贵妃送来。"陛下笑了："你还是留着用吧，你年纪也不轻了，也需要保养保养的。"元载："喝着这和合莲子汤，我倒是想起来，陛下为国事操劳，这几年可没有选秀了。"

　　李豫："嗨，哪里顾得上选秀，无非是几位老臣要把家中不错的女儿送入宫中，说是照顾我，可我也没什么心思，婉拒了。"元载跪倒下来："老臣有一事相求，老臣的女儿元媛，素慕陛下风采，更是谁人都不理会。如若陛下不嫌弃小女愚钝，将她接入宫中，与陛下做个伴，那真是老臣家的荣光。"

　　李豫笑了："素闻宰相之女绝非胭脂俗物，这一入宫门深似海，宰相可舍得？"元载："臣已老，小女有个安身立命的好去处，臣是求之不得。"李豫道："那也好，贵妃前几日还说，身子不爽快，也希望有几个新人做做伴，陪她说说话，我让董秀安排一下，其他几家的女子一同接进来吧。"元载见陛下答应，大喜跪倒谢恩。

元载回到家中，立刻宣布了这个消息。可对于王韫秀和元媛来说，无异于惊雷贯耳。王韫秀搂着元载声泪俱下："你不能这么做啊，郧谟与女儿情投意合，你怎么能把女儿送入宫中？你这不是毁了她的一生吗？"

元载气急败坏，狠狠地甩开了王韫秀的手："你简直是一派胡言，这个家从来都是我一手支撑，现在我老了、累了，女儿为父亲分担一些忧愁，难道不应该吗？现在什么时候了还在谈论儿女私情，元家快要不保了，难道非得等到满门抄斩吗？"

元载走出房门，元媛呆呆地站在原地，王韫秀去拉元媛："乖女儿，快呀，快去求你父亲，让他改变主意，你不能进宫啊，你进了宫，一辈子的幸福可就毁了啊。"大颗大颗的泪珠从王韫秀的脸上滑落，元媛冷冷地道："父亲做过的决定，可曾有过一次悔改？他早已经想好了，对他来说，有什么比他这个宰相之位更重要？别说女儿，就是用您的命去换，他都会毫不犹豫。"

王韫秀急道："可怎么办啊？不，我不能让你进宫！女儿，你快，快去找郧谟，让他去想办法！实在不行的话，我还攒有一些私房钱，你们俩拿着走吧，离开这里，远走高飞！"元媛看着母亲，眼眶红了："我要真走了，您能舍得吗？我走了您怎么办？"王韫秀："我只要你幸福，你不用管我，快去找郧谟，越快越好啊！"

元媛偷偷跑出门，王韫秀再也支撑不住，坐在了地上，喃喃地哭诉："我与你一世夫妻，最最疼爱这个女儿，你怎么忍心把她往火坑里推，你难道真的变得让韫秀再也不认得了吗？你真的如此绝情，夫妻情分，父女情分都不要了吗？"窗外有北风刮过，呜呜咽咽，像是在回答王韫秀。

郧谟在府中端坐，拧着眉头，思索着下一步该如何做。这时，府门被用力拍响，门房见天色已晚，心中一百个不情愿，一边开门一边嘟嘟哝哝："这一个个的不知道都怎么了，白天不来，非得此时来扰人清梦。"府门一开，门房见是元媛，舌头都不利索了："娘子，你、你怎么来了，快请进，我这就去通禀。"

元媛推开了门房，直接冲进了客厅，郧谟感到有人夹裹着寒气冲了进来，先是一愣，再细看是元媛，心中大惊，急忙站起："你深夜来此，可是家中有事？你父亲出了什么事？"元媛："我父亲、我父亲！你眼里难道只有他？我这么晚了来找你，你就不问问我一个女孩走这么长的夜路，怕不怕？"

旬谟倒了一杯热茶递给了元媛，并顺手解下了她的斗篷，说："你快别生气，最近朝廷有事，涉及江淮万千百姓的生死，确实没顾得上去看你。"元媛直截了当地说："我父亲不日将送我入宫中陪伴陛下，你只知道考虑百姓安危，等你想好了，我也入宫了。"

旬谟手中的茶杯砰然落地，他万万没想到，元载这种法子都想得出来，难道这是狗急跳墙了吗？旬谟说："怎么会这样？你母亲可以求你父亲啊，他不会不顾及夫妻情分的。"元媛有些失望："你跟随我父亲多年，还会说出这么幼稚的话，你难道不知道他的为人吗？如果母亲说得动他，我怎么会不顾宵禁跑来找你？"

旬谟："可我并非朝中之人，我如何为你做主呢？"元媛伤心地跌坐在椅子上："旬谟，你难道此时想的不是你即将失去我？你心里就没有舍不得？就没有痛心？你以为我是来求你帮忙的？"旬谟还是没反应过来："元媛，但凡我能帮上的，我绝不会推辞，可我真是无能为力啊。"

元媛看着这个木呆呆的人，第一次对他生出了恨意："难道你是个木头人吗？你到底在想些什么？我父亲的地位摇摇欲坠，否则他不会送我入宫去伴驾，你在长安非官、非商，你流连在这干什么用？我们远走高飞，母亲说给我们钱，足够我们安度一生，你给我一个痛快话，你是走，还是不走？"

旬谟愣住了，他是想过有一天会离开长安，与元媛远走他乡，可他没想到这一天近在眼前，他真的没有准备好，不知该如何是好。元媛的声音太大了，把旬谟的父母都喊了来。旬谟的父亲走过来，低声说："孩儿啊，为父知道，宰相对你恩重如山，可他风雨飘摇，根基松动，一旦有个闪失，你必然难以活命，不如听了元媛的话，与她走吧。我与你母亲也找一处僻静之处，安度晚年，别看我们现在锦衣玉食，可我与你母亲夜夜难以安枕，生怕你有个不好。"

旬谟母亲也走过来说："要我说，我这就去收拾东西，我们一起出城，此事不宜耽搁，以防夜长梦多，你跟着元娘子去吧，你俩有个照应，我跟你父亲也放心。"

元媛听了邹谟父母的话，眉间见了喜色，她拉住邹谟的手："你快收拾东西，我这就回家找我母亲去拿钱和细软，我们连夜出发，走得远远的，找一处山清水秀的地方买一栋宅子。"元媛又走过来拉住了邹谟母亲的手："你们不必另寻他处，我们几个人住在一起，我跟邹谟会让你们安度晚年。"

邹谟的父母满意地微笑，好像看到了即将出现的美景，儿贤媳孝，儿孙绕膝，多么美的一幅画面。

"不，我不能走。"邹谟铿锵有力的一句话，将几个人的美梦全部击打得粉碎。

二

邹谟："当前正是紧要关头，我要是走了就会前功尽弃，眼看着到了最关键的时刻，我怎么能只顾自己安危，而置全天下的百姓苍生于不顾？我不会如此苟且，哪怕我为了此事送了性命，我也心甘情愿。"

元媛眼里全是难以置信的失望，她大喊道："那我呢？你心系天下，你就不管我了吗？你的天下没有我吗？你曾经说过，你会对我好，你永远不会离开我，现在你的承诺呢？你的誓言呢？"邹谟的母亲也劝他："是啊，孩儿啊，百姓的事有陛下在，你没有一官半职，你何必掺和在这里，自讨苦吃呢？"

邹谟："母亲你此言差矣，国家兴亡是每个人的事，谁也逃脱不了，也回避不了。我既然有机会能为国家出一份力，无论将来是否能载入史册，我问心无愧，如果我为了儿女情长远走他乡，致使我们的计划失败，我一辈子都无法原谅自己。元媛，我真的喜欢你，你是我的唯一，我对你的承诺一生不变，可此时我真的不能离开，原谅我吧。"

元媛打断了他，冷冷地说："我明白了，你不要说了，我不怪你，我只恨我当初眼瞎，那么多年的感情，终究是付之东流了。你去为国为民吧，我不会再来打扰你了。"

元媛说完，斗篷都没穿，就跑进了夜幕中，旬谟的母亲还想再争取一下，被旬谟的父亲拦住。老两口叹着气，互相搀扶着回了内室。只剩下旬谟一人，看着元媛脱下的斗篷，摸着上面还有的余温。旬谟也知道，元媛这一走，两个人再也不可能了。他内心悲凉，可又不得不如此，眼泪顺着眼角滑落，滴落在斗篷上。旬谟一声声地呢喃："元媛，原谅我，元媛，你一定要原谅我。"

次日一大早，旬谟便来到了宰相府，他想看看元媛是否回府，也想就地方军队改革的问题与元载进行商议。元载手里拿着旬谟起草的方案，一下下地拍打着，看着旬谟："这里所列的条款都是你一人所为？没有假手于人？"旬谟摇了摇头。

元载阴冷地看着旬谟："你这里说的要把当地武装解散，因为国家调配大量军饷用于征兵，所以人员调配够用，无须再多加军饷给当地招募上来的人用？"旬谟点头："我认为在当地临时雇佣的人员数量容易虚报，后方并不知晓，导致军饷流失不明，国库损失太大。"

元载"啪"的一声，把方案摔在了桌子上。不高兴地说："旬谟啊旬谟，你是我的门客，为我所用，你操心国家大事有什么用呢？你回去只管想，如果我安排这些兵出战，给陛下带来什么样的丰厚回报就可以，其余的与你一点关系都没有。"旬谟："话说军饷是从百姓税收中得来，总不能罔顾天下百姓的利益，而让某些人中饱私囊吧？"元载："我劝你别忘了自己的身份，以后这些话休要在我面前提起。这跟你是风马牛不相及的事，你退下吧，你不必再来见我，出去。"

这些年元载第一次与旬谟这么说话，可见动了真气。旬谟在宰相府的花园中，慢慢地踱步，想遇见些个仆人，问问元媛的行踪，王韫秀看见他急三火四地过来握住了他的手腕问："旬谟啊，你怎么会在这？你昨夜不是跟元媛走了吗？"旬谟慌了神问道："元媛昨夜一夜未归？"王韫秀使劲摇头："我以为你们走了，可你还在这，到底是怎么一回事啊？我的元媛在哪啊？"旬谟也乱了阵脚。

长安城外数十里，有一座荒山，山腰背阴处有一座清冷的尼姑庵，人迹罕至的荒山中自然也没有什么香火，一个老尼姑穿着打着补丁的素衣，没什么精神地扫着院子，尼姑庵中传来隐隐的说话声。

"小娘子，你可要想好，如今我这剃刀一落，你就再也与这红尘无缘，从此青灯古佛相伴。"一个年长的尼姑手拿剃刀，问询着一个跪在蒲团上的长发女子。女子坚定地点了点头："师父请开始吧，我对尘世已经了无挂念，从此心无旁骛，安心礼佛。"在一片诵经的声音里，女子双手合十，闭上了双目，一缕缕的秀发掉落在了她的面前。

"从此，你有了佛前的名字，你是严寒冬天所来，那么，就叫妙寒吧。"木鱼声响起，世上没有了元媛，多了一个叫作妙寒的女尼。

三

独孤贵妃在宫中养病，一晃几年不见起色，李豫眼见着贵妃的病情越发沉重，于是叫其家人进宫来与她相见，一来亲人交流有利于病情的恢复，再一个也是想万一有个差池，也好让贵妃把一些体己的话与家人嘱咐嘱咐。

独孤贵妃见父亲前来，心中自是欢喜，硬撑着坐起身，她低低的声音说："父亲，我在宫中地位已稳，您也年纪渐长，不要在幕后做那些不光彩的事情。长此以往，女儿内心不安，感到很对不起陛下。"

贵妃的父亲腾地站起身，气得在屋子里转圈，屏退了宫女，贵妃的父亲发起了脾气："你是不是病糊涂了？要没有老夫的运筹帷幄，你能牢牢地坐在这个位置上？你可要知晓，你安然地度过的每一天，都是为父为你筹谋而来，你还感到对不起陛下？你就是糊涂啊！身在皇宫中的女人，哪个不懂色衰而爱弛，你还缠绵病榻，陛下已在大肆征集秀女，有一天他看厌了你，随便一句话，你就得入冷宫！为父为你愁白了头，你还说出这么没心肝的话，简直是大逆不道。"

贵妃叹息一声，委婉地说："儿岂能不知父亲所做一切都是为了家族，可现在外朝稳定，内朝肃穆，父亲还是不要再生出事端，就此罢手吧。"贵妃的父亲越发生气："朝堂之上，我为你筹谋数十载，你上下牙一碰，说得轻巧，岂能是说罢手就罢手？唉，我怎么生出个你这么不争气的东西，算了算了，你自求多福吧，独孤家的事情用不着你插手，当我这么多年的付出都喂了狗。"

独孤贵妃心思细腻，忧郁成疾，身体每况愈下，让父亲来了这么一闹腾，身体大不如前。李豫误以为她是担心女儿的病情，每日都到榻前悉心开导："女儿的病，御医诊治了好久，都说是小病，精心将养就行，你不必过多介怀。倒是你闷闷不乐，看你如此，我的心犹如火上煎烤，难得安稳啊。"

李豫拍了拍独孤贵妃的手，贵妃几次欲言又止，心里极其不是滋味。刚要说出肺腑之言，可李豫却站起身："你好生休息，我召了杨绾进宫下棋，此时他也该到了。"李豫起身离开了，独孤贵妃想说的话，还是没说出来，满脸的遗憾。

李豫确实在书房约了杨绾下棋，李豫落了一子，抬头看看四下，董秀是何等聪明，及时退后到门外。李豫悄声问杨绾："我记得沈梦芫在朝堂之上，说她屡次被人追杀，你说她若不是我的女儿，追杀她一个民女做什么？"

杨绾："陛下有所不知，沈娘子当初确是跟沈氏要来长安城寻您，可在途中遭到一伙歹人暗算。沈氏遇害后，沈娘子也危在旦夕，又出来一伙黑衣人从中争夺，这才让她趁乱逃走，晕倒在河边，您猜猜她又遇见了谁？"

李豫焦急地问："遇见了谁？"杨绾哈哈一笑："说来好笑，郭子仪便装出行，说是去农户好友家吃鸡，路遇沈娘子，救了她不说，还将她带回了长安城，安置在酒楼里唱曲为生。"李豫皱眉："这郭子仪，我真是不知道该感激他还是该骂他一顿，好好的女孩，无端端地送入到酒楼那种腌臜地方。"

杨绾："老臣认为郭子仪另有深意，将身份不明的沈娘子带到自己府上难免惹祸上身。酒楼是个人来人往的地方，如若沈娘子不去酒楼，老臣也就没法认出沈娘子就是公主了。"

李豫手执棋子，点着杨绾的鼻子："没想到杨公年纪已大，还如此风雅，没事还逛酒楼，这真是不打自招，我还以为你是极为正派之人。"杨绾吓得急忙告罪："老臣知错了，老臣去那里只是宴请亲朋，全然没有非分之想。"

李豫笑了："你快起来，好好地下着棋，你告什么罪？难道我就不能开开玩笑？我记得你跟我说过，说元载手下一队护院家丁，素来武功高强，爱穿黑色，假使那群黑衣人是元载的手下，那么那些杀了沈氏，试图杀公主的又是何人？"杨绾惶恐："这个老臣可不敢妄自猜测，不过陛下应该想：杀了她们对谁最有利？"

李豫沉吟："难道，这种黑手会出自后宫？"说到此处，李豫不由得打了个冷战。回头看了眼出入后宫的那道门，目光阴冷，李豫长叹："想不到啊，想不到，出手最歹毒的，最想杀死我女儿的，竟是我的枕边人。"

杨绾低头不敢再言语，李豫生气之下，拍乱了棋盘，这棋果真是下不得了。李豫站起身，高喊："来人啊。"

四

董秀小跑着来到御前："大家有何吩咐？"李豫："传我口谕，民间女子沈……"杨绾马上叫了一声："陛下，三思啊！"陛下回头看着杨绾，董秀又退了出去。李豫："我想马上认回女儿，并册封她为公主，有何不可？"

杨绾焦急地擦了擦额头的汗："陛下啊，您听老臣一句劝，现在还不是时候，如若您真心想与她相认，您把她喊来，私下叙一下父女之情，这是理所应当的，却再不能让其他任何人知道！"李豫略一沉吟，点了点头。

杨绾："您想啊，您已经在大庭广众之下认定沈梦芜不是自己的女儿了。君无戏言，怎么能今天不认明天认呢？那么百姓会怎么看您，文武百官又会怎样谈论这件事？所以，微臣劝陛下三思啊。"

李豫心烦意乱地走来走去，猛地回头盯着杨绾："如你所说，我岂不是再难与女儿相认了？"杨绾："微臣说的是权衡之计，不是不能认，而是不宜操之过急。"杨绾走到陛下身边，小声提醒陛下："如果您要安全地认回女儿，就要削弱元载的势力，他气焰嚣张，将来恐怕敢做出更可怕的事。"

李豫点了点头。杨绾："有一句话老臣不得不说，您接公主回来，还要处理好后宫的人，尤其是独孤贵妃。"李豫震怒："我怕她作甚？她这贵妃是我封的，我想做什么就做什么，她凭什么干涉我？"

杨绾："陛下，贵妃确实是您册封而立，可是，还有她的娘家人呢？"李豫冷静下来，也意识到这个女儿并不好认。

于是李豫想起刚才独孤贵妃的神态，他忽然明白了一些事情。

江淮百姓水灾一事，让旬谟夜不能寐，心急如焚。这天他再度来到李府，要找李栖筠聊聊，赈灾的事情朝廷准备如何打算。李栖筠此时心情大好，在美滋滋地喝茶，听闻旬谟到来，急忙高呼："快快请进！"

旬谟刚走到庭院，李栖筠就迎了出来，牵着旬谟的衣袖，一边走一边朗声说道："旬谟啊旬谟，我刚得到个好消息想与人分享，你就来了，真是'无福之人跑断肠，有福之人不用忙'啊。"

旬谟不解道："可是朝廷上有赈灾的消息？"李栖筠越发笑得欢畅："正是此事，你有所不知，刘宴愿意援手争取赈灾款项，他一个主抓财政的重臣，只要肯发声，对江淮百姓来说可是天大的喜事。"

旬谟得知刘宴愿意帮忙争取赈灾款，也是异常高兴。于是两人来到书房，要好好谋划一番，如何能为当地百姓争取到更大的利益，力求获得更多成功的机会。

旬谟想到一事，计上心来，问李栖筠："赈灾一事向来都是元载一手操办，要争取过来并不容易，虽然有刘宴相帮，是不是我们两人还要想些万全之策？"李栖筠用力点头。不禁拍案道："旬谟啊旬谟，你年纪轻轻，想起事情来沉稳、果决，你怎么就不愿为官？不然，真能为国家做一番大事。"旬谟："某虽无官职，可是心系百姓，有的时候没有个一官半职也是好事。否则，各司其职，不能像如今这般随意。"

李栖筠点头："你说的倒是也对，你再说说，如今我们需要做些什么？"旬谟："今日天色已晚，明日开始，我们分别拜访御史台的几个官员，让他们上书反对元载在朝堂上提出的决议，又有意输给元载。等到提及赈灾一事，陛下决议时考虑到双方的均衡问题，无疑会偏向刘宴一方。"李栖筠对旬谟是心服口服，一再地说："旬谟啊，你不愧为状元之才，行事缜密，有勇有谋啊。"

一切按照旬谟的考虑有条不紊地进行着，元载在宣政殿上宏论滔滔，将御史台的几个官员驳斥得哑口无言，李豫颇为赞许，元载得意万分，以为赈灾御史无疑非自己莫属。可此时刘宴站了出来，深施一礼，说道："臣以为，赈灾素来辛苦，奔波在前线，而后方不可无人坐镇。元宰相居功甚伟，有他辅佐陛下，何愁不国泰民安？如若离开，对朝廷安稳不利；再一个，宰相年事已高，陛下应顾全大局，让个年轻人去比较妥当。"

元载："哎，此言差矣，为陛下与国家效力，不提年纪，只要臣一息尚存，也想为陛下出一份力，让陛下高枕无忧。"李豫："刘爱卿所言不无道理，宰相为国分忧的心情，我深感欣慰，可就如同刘爱卿所说，宰相居功甚伟，你离开长安城，我也心神不宁。要不，你还是留在我的身边，我派人手去行赈灾一职。"

元载在心中暗骂："刘宴啊刘宴，你说你是不是有意与我作对。"李栖筠等人一看陛下要另选他人，刚要自荐，元载又说话了："陛下，臣有一人推荐，此人就是谏议大夫——弟洄，老臣与他打交道多年，他为人低调，不喜张扬，却是最办实事之人。让他去赈灾，真是再好不过。"李豫一听大喜："弟洄上前，让我看看，平日里确实低调，不过经你手处理的案宗倒是件件完美。"

弟洄磕头行礼："臣弟洄叩见陛下。臣所做皆为分内之事，感激陛下挂怀，臣要把赈灾一事完成得尽善尽美，以报圣恩。"弟洄也确实是个不要脸的，李豫还没说任命于他，他接竿往上爬，这下众人也没什么说的了。李栖筠心里已乐开了花，心中暗道："好你个旬谟，你可真是太了解元载了，你怎么就知道元载要推荐弟洄。"

想到此处，事不宜迟，李栖筠倒头便跪："陛下，弟洄要出任赈灾御史，那臣不得不说两句，在查处卖官一事中，臣收集了弟洄贪赃枉法的证据，虽说证据收集得还不全面，才没有呈上给陛下看，可以臣所查到的蛛丝马迹，弟洄实在难当赈灾重任。"

李栖筠这一说，元载、弟洄，包括陛下集体傻眼。

五

李栖筠面对弟洄朗声说道："弟洄作为谏议大夫屡次与被查之人接

触，有两次深夜直接去府上问询，回来之际仆人手提包裹。在下找了御前侍卫首领去查看脚印，他勘察出仆人手拿包裹的重量大约在四十斤以上，我问问弟洄，这包裹里除了金银珠宝、古玩玉器，你还有何种解释？"

弟洄："这个真是冤枉死了，那日确实查案不假，上峰说老乡带来了家中酿的酒，要我带回去尝尝，大家也都知道，我素日喜爱贪杯，于是就拿了回家，几十斤酒不算是贪赃枉法吧？"弟洄此言一出，在场的人都笑了，堂堂的谏议大夫，半夜三更的从被查之人家中拿回几十斤自酿酒，这是天大的笑话。笑归笑，他一口咬定，谁也是没有办法。李豫已对弟洄生出了不信任。

李栖筠乘胜追击："好，你说是酒，就当它是酒。可你的管家去张国彖府上取的钱，你总归有印象吧？这钱的主人，可是上次被你说了好话，被陛下放了他一马的道台张国彖，你连这事都忘了，我认为你不配去做赈灾御史，你这记性也太不好了。"

李豫这回可坐不住了，拍案大怒："你，你胆大妄为，天子脚下，长安城里，你公然收受贿赂。大唐律例，不许谏议大夫与被查之人接触，你不但亲自登门，还索要贿赂，你胆大包天，来人，把他拉下去，审，让他把所有事情都讲清楚了！我倒要看看，他到底都干了些什么。"

在铁证面前，弟洄无从辩驳只得认罪，惨叫着被拉了下去，临去之前回过头对着元载哀号："宰相救我，宰相救我。"元载气得是，老脸一阵红、一阵白、一阵青，谁都知道弟洄往日与他最为亲厚，依仗着背后有元载撑腰，无所顾忌。元载现在自身难保，一直想在陛下面前干点实事，可这下属个个给他挖坑。李豫强压怒气，又问起赈灾御史一事，元载哪敢说话，于是陛下拍板，由刘宴率队前去赈灾。

元载回到家里，踢狗骂人，婢女仆人连个大气都不敢喘，元载气得咆哮："娘子走了这么久，让你们找，都找去了吗？我养你们这些白吃饭的，一个个的没一个好东西，落井下石有你们，用你们的时候，一个个全是废物！"

管家战战兢兢地过来禀报："主人，沈娘子被抓了回来，茶饭不思，已经半月有余，您看这如何是好？再这样下去，要出人命的啊！"沈梦芜天天有郇谟送好吃的，哪里还能吃下元府做的饭，于是，装样子绝食，还真是奏效。

元载听闻想了想："放她走，不但放她，那个宁疾云一并放走，对了，再给他二人装上万贯钱，省得他们身无分文，好像我苟待了他们一样。"管家一听都愣了，半晌没反应过来，心里合计：您这又是玩的哪一出?好不容易我们把人抓回来了，您又要放走? 但是当着元载的面，管家可没敢声张，急忙弯腰答礼，口中称是，回身去安排放人事宜。

沈梦芜和宁疾云走出宰相府，也是一头雾水，就这么把我俩放了? 宁疾云带着沈梦芜火速从小路出城，一路上走冷僻之路，生怕有人在后面追赶。

沈梦芜被关押这么些天，刚走到城外，就已坚持不住，捂着胸口说："我实在是走不动了，我们歇歇吧。"别看宁疾云天不怕地不怕，可唯独这沈梦芜说话，他是言听计从，立刻从包袱里拽出了一张单子，铺在地上，安顿沈梦芜坐好，又把出城之前买的软乎乎的炊饼从怀中拿出，递给了沈梦芜。

沈梦芜吃着炊饼，一回头却见宁疾云从包袱里拽出一张硬饼，吃得也是费劲，伸着脖子使劲下咽。宁疾云歉疚地笑了："沈娘子有所不知，虽说我俩身上带着钱，可不省着点的花，恐怕以后有用钱的地方，委屈你了，吃这个粗陋的炊饼，等到前面遇见酒楼，为你要几个热乎的菜。"

沈梦芜说："我不是那个意思，我是看你一路比我辛苦，应该与我的饮食相当才对。"宁疾云："嗨，我一个人在外头习惯了，有这饼吃就不错了，有的时候连饼都吃不上。这真还是托沈娘子你的福气。"

沈梦芜伸出手去，将宁疾云的硬饼抢过来扔出好远，将自己的炊饼放在了宁疾云手上，说："你也吃这个，要不然我会生气的。"宁疾云着急了："别呀，这是给你吃的，我放在怀中，怕它凉了。"沈梦芜："从今往后，你就是我的阿兄，我就是你的小妹，我吃什么你也吃什么。"

宁疾云眼圈都红了，从父母去世以后，独自苟活于世，受尽了白眼和委屈，沈梦芜贵为公主，却把他当成了家人一样体贴，宁疾云真怕再想下去，泪水会落在炊饼上，于是快速抓起炊饼，狠狠地咬了一口，结果还噎住了，好不容易咽了下去。

想到自己的狼狈相，宁疾云嘿嘿地笑了。看着宁疾云害羞的样子，沈梦芜也忍不住笑了。夕阳的余晖落在两个人的身上、脸上，一切都看起来是那么的美好与和谐。

沈梦芜问道："宁大哥，以后我们两个去哪呀？"宁疾云说："不知道啊，你去哪我就跟着去哪，我不会离开你的，除非我死。"

世上有一句成语，叫作一语成谶，而这个词语的出现，往往关系到命运与灾难，也是百姓口中经常说的：有些话，好的不灵，坏的灵。

第三章：隔墙有耳

一

宁疾云话音刚落，就听见远处草丛里传来纷乱的脚步声，似乎是一些练家子，而且武功不凡、人数不少。这方圆五百里也就他与沈梦芜，显然是冲他们来的。这时就是跑也来不及了，宁疾云把沈梦芜护在身后，拔剑出鞘，挺身而出："来者何人？"

十几个黑衣人现身，团团围住宁疾云和沈梦芜，个个拔剑在手，沈梦芜吓得尖叫一声，两腿就发软，宁疾云看着她说："别怕，有我在你身边，你什么都不要怕。"沈梦芜点点头，抓住了宁疾云的胳膊，瑟瑟发抖。

黑衣人也不言语，挥剑就刺。宁疾云武功不弱，可他要顾念着身边的沈梦芜，腾挪之间累得有些气喘吁吁。刚躲开眼前的三个人的剑锋，另外四个人已向着沈梦芜刺去。

说时迟，那时快，宁疾云挺身一挡，一柄长剑刺进了宁疾云的胸口，对方随着惯性冲到宁疾云眼前，宁疾云挥剑便刺。"啊"的一声，那人倒在了血泊之中。宁疾云被刺得剑深入骨，忍痛拔出长剑，鲜血如泉涌般喷射出来。

那些黑衣人见到宁疾云受伤，蜂拥而上。刹那间，剑光飞逝，十几柄剑交织成一张白花花的网，将宁疾云网在中央。宁疾云一边打一边呼喊："沈娘子，快跑啊！"他想吸引对方的注意力，为沈梦芜争取时间，让她赶紧逃跑。此时的沈梦芜哪里跑得了，两腿都战栗不止，转眼之间，宁疾云又连杀了三个黑衣人，可自己也浑身是血，摇摇晃晃已体力不支。

尽管黑衣人所剩不多，凭借着宁疾云一己之力，恐怕也是难以退敌。宁疾云发力起来，向远处高高跳起，黑衣人也来了个"鹞子翻身"，紧紧追赶。突然，宁疾云一挥手，将怀里一把救命金针回身一掷，几个黑衣人全部跳在高空，根本没有躲闪的余地，随着"嗤嗤"的几声闷响，黑衣人都躺在地上哀号不已。那金针已淬了苗毒，没过一刻钟，几个黑衣人露在脸罩外的皮肤皆变成了青紫色，腿部抽搐，然后就一动不动了。

沈梦芜跑到宁疾云身边，问道："你没事吧？太好了！那些人被你打死了，我们安全了。"宁疾云苦笑着，沈梦芜还是单纯了，宁疾云多次与这些黑衣人交手，元载的目的是将他二人灭口，不会如此轻易就放过了他们。宁疾云用剑挑起地上的包裹，递给了沈梦芜，无力地说："这是元载派来的人，他们的增援随后就会赶到。你快快走吧，走得越远越好，我在这里为你抵挡追兵，为你争取多些时间，千万别回头，使劲跑，快。"

沈梦芜的眼泪一下子流了下来："我不走，你说过你死也不离开我，我也是，我要与你死在一起。"宁疾云笑了："有你这句话我就知足了，沈娘子，你知道我有多喜欢你吗？可惜我们生不逢时，我现在是一个平民百姓，还是罪臣之子，我能为了你，死上一回，无怨无悔。"

沈梦芜不知道说什么好，只好劝他："快别说话了，我们走吧，趁着追兵还没赶来。"宁疾云耳朵一动，拼了全力压低声音："你快走，快走啊！你再不走，我俩就都死在这，我的血就白流了，你走吧。"

宁疾云的眼里闪动着泪花，脸上流着鲜血，沈梦芜不忍他继续坚持，背着包袱，朝着前方走去。宁疾云："梦芜，找个好人好好过日子，我祝福你，忘了我吧。"

沈梦芜听到这句"忘了我"，心如刀割，她回头说："宁疾云，你给我活着回来，我等着你。"宁疾云听了一愣，随即脸上慢慢浮现出了笑容，他孩子般的喜悦在夕阳的映衬下，脸庞闪闪发光。

这时，后面的追兵业已赶到，宁疾云转过身看着追兵，扔了长剑，猛地赤手空拳地扑了上去，可见已是豁出去了。沈梦芜正跑着，身后传来裂帛之声以及剑锋刺进肉里的钝钝的声响，以及宁疾云的闷哼。沈梦芜知道，宁疾云是回不来了，他为了救自己，已经以命相搏了。

沈梦芜抹了一把脸，疯了似的朝着远处跑去，她要跑，她不能让宁疾云白白死去，她会记住今天，记住宁疾云。只有她活着，才能为宁疾云报仇，也只有她活着，才能看到元载这个奸臣最后的下场。

郇谟这日来到元载府上，管家过来告诉了他一个好消息。"郎君，宰相把宁疾云和沈娘子都放啦，还给了他们钱，让他们不至于流落街头。"郇谟听后甚喜，以为元载真的放走了沈梦芜，心头的一块大石头落了地，开始专心致志地处理赈灾事宜。

<h2 style="text-align:center">二</h2>

通过一桩桩一件件的事情，李栖筠把郇谟正式引为知己。在李栖筠的安排下，郇谟在李栖筠家与刘晏也经常相见，两个人相见甚欢，刘晏也没拿郇谟当外人，在郇谟面前把自己的想法侃侃而谈。关于赈灾计划，刘晏主张以恢复生产为主要目的，而不是直接的施舍性赈灾，因为授人以鱼不如授人以渔。郇谟听后对刘晏更加敬佩，见识到了其在国家财政方面的能力与真知灼见。

郇谟在李栖筠家与刘晏开怀畅饮，宾主尽欢。宰相府里却惨淡悲歌，元载感到自己这些年诸事不顺。先是薛瑶英没了孩子，再是女儿元媛失去了踪影，王韫秀天天以泪洗面，都快变得疯疯癫癫，见了元载就跟他要女儿。

在朝堂之上，又失去了侵吞灾款的机会，元载精神简直要崩溃了。脾气更加暴虐，天天就像是坐在火药桶上，不点火都要自燃。元载的书房自此成了禁地，仆人婢女没有传唤谁也不敢靠近，生怕哪句话说错，被元载骂得狗血淋头。而这时却偏偏有个人主动地接近元载，这个人就是卓英倩。

元载坐在书房里，看见卓英倩进门更是气不打一处来，冷冷地说："你来干什么？我现在是门庭冷落车马稀，你不去巴结有用之人，来看我作甚？"卓英倩觍着脸笑着说："鄙人忘不了最难的时候是元公帮了鄙人。元公暂时看是不顺，可毕竟树大根深，陛下还颇为器重；再者说了，即使元公以后累了，辞官告老还乡，小的也会像孝顺父母一样的孝顺您。"

这千穿万穿马屁不穿，卓英倩的一番话，让元载的心里舒服了一些，他语气缓和了一点，问道："你来还是有事吧？有事就说，别看我不大出去应酬，但是你的一些小事，我还是可以处理的。"卓英倩贴近元载，小声说："鄙人前些日子看到刘宴如此欺负宰相，心里颇为气愤，这不，鄙人在府里想了这些天，终于为宰相想到了一个既能出气又能盈利的好计策。"

元载一听，感兴趣地往前凑了凑："快说，让我听听是什么计策？"卓英倩在元载耳边窃窃私语，元载听罢没言语，却猛地一拍书桌，呼唤到："人呢？都死到哪去了！快快准备酒宴，你我二人今天不醉不归。"

刘宴为了这次赈灾确实是煞费苦心。他不顾年迈，准备亲自押运灾款，陛下所拨款项全部都搬运到刘宴府上，为防止他人觊觎，刘宴还请陛下派了御林军彻夜看守，家门外全天御林军守候。别说是陌生人想近前，就是来个苍蝇，恐怕都难在刘宴府上飞过一圈。

然而，这一天深夜，在刘宴府门外不远的巷子里，刘宴的管家匆匆而行，走到暗影处，脚步一个趔趄，一串钥匙掉落在地，管家却恍若没看见一样，头也未回大步走远。此时，暗影里走出一人，虽然戴着皮帽，穿着皮氅，可他捡钥匙的一瞬间，皎洁的月光照到了他的脸上，此人就是卓英倩。

他拿着钥匙快步走到刘府侧门，一队御林军巡逻到此，却好像没见到他一般，交错之际，御林军的领队与卓英倩眼神交流，领队微微地点了一下头。眼看着御林军走过去，卓英倩朝着身后摆了摆手，几个黑衣人贴墙而来，卓英倩把角门打开，黑衣人鱼贯而入，不到一刻钟两两出现在门口，手里抬着包裹好的重物，消失在了茫茫夜色中，卓英倩锁好了门，学了声猫叫，把钥匙高高地抛过头顶，落入了院中。

御林军巡视的队伍再次走来，整齐划一的脚步声，掩盖住了刚刚发生的苟且罪恶之事。刘宴府中的一干众人却不知道，等到天亮时分，一场弥天大祸将出现在眼前。

这天是刘宴出发赈灾的日子，刘府上下人等打点齐备，就等上路。刘宴少不得安慰夫人，告知不日而回；提醒儿女，让他们好好读书，照顾母亲；又嘱咐管家，看好仆人们，别出什么乱子。等这些事情交代妥当，已经是日上三竿，车马到了府门口，就等着装货出发。

刘宴给了管家一个眼色，管家带着得力家丁到库房去取赈灾钱帛，刘宴伸了个懒腰，还没等把伸出去的胳膊收回来，管家连滚带爬地跟家丁跪倒在脚下："主人，不好了，赈灾所用钱帛不知怎的，一下子少了近七成，不知去向了啊。"要不是管家眼疾手快，刘宴就得一头栽倒在地，刘宴喃喃自语："怎么会这样？御林军日夜守卫，府里灯火通明，怎么钱就会少了？怎么能少？难道长翅膀飞了？这要是让陛下知道了，这可是杀头之罪。"

夫人吓得眼泪直流："那可怎么办啊？要补上这些缺失的赈灾款，一时半会也是不能够啊！"刘宴吩咐家人："都给我听好喽，今天这事一个字不许往外透露，谁要敢说出去，我要他的命。"话音刚落，门房高喊："宰相到。"这回即使管家搀扶着刘宴，刘宴还是坐到了地上。他知道，这事说什么都瞒不住了，自己着了道了。

元载适时出现，威胁刘宴放弃灾款。刘宴不得不妥协，第二日称病回家，上书请求陛下改换人选。灾款再度落入元载一党的手中。李栖筠去找刘宴问其为何放弃赈灾，刘宴据实以告：如果自己不放弃，很可能元载会反过来诬陷他私吞灾款，他是万不得已才称病退出的。

邨谟得知了整件事情的始末，一言不发，在书房呆呆地坐了一天一夜。他有些动摇，后悔为何没有跟元媛远走高飞，他彻底明白了，拼尽全力也斗不过元载，因为自己到什么时候都有一颗人心，还有人味。而元载，早已经是个披着人皮的狼，除了利益，他什么心都没有了，更没有了人性。很多时候，君子是斗不过小人的。

等稍稍冷静下来，邨谟似乎又有些信心。老子认为，福可为祸，正可为奇。事物发展到了极限，必然会走向反面。元载猖狂至极，话已说尽，事已做绝。人和已失去，地利在丧失。那么，就等待天时到来那一天吧。

三

元载得意扬扬地赈灾归来，旬谟去宰相府的次数屈指可数。这天，元载的管家主动来请，说是元载请人吃饭，要旬谟过去作陪。旬谟心里纳闷，急匆匆换了衣服，到宰相府的宴客厅一看，心下了然——卓英倩正坐在桌前。

元载如今对卓英倩另眼相看，别的不说，请客的菜式已让人倒吸一口凉气。酒席宴上整套的雕花盘碗，上面摆的菜可以称得上是琳琅满目：有羊油烹制的通花软牛肠，活虾烤制的光明虾炙，有反复捶打的里脊肉制成白龙曜。羊皮花丝更是难得一见——精选新鲜奶羊的肋条肉，切成一尺长的细丝，丝丝不断，如牵如绊，入口绵软，回味香甜。旬谟也算是吃过见过，可有一道绿莹莹的菜还是难住了他，这菜青葱碧绿，豆苗倒是见过，可豆苗间趴卧的这个绿色的东西又是什么？

旬谟在盘子上观赏，元载笑道："怎么样，旬谟，这道菜没见过吧？这是我这小厨房从淮南厨师学的一道菜，叫作'雪婴儿'，通俗点说就是豆苗贴田鸡，快，尝尝，保准鲜得你恨不能把舌头都吞下去。"

卓英倩指着面前一碗白白的汤汁疑惑着："宰相您府上这道菜我也从未见过。"元载笑着说："这道叫作'仙人脔'，用上好的羊奶，取当年的野鸡炖制而成，为了让你们吃着可口，我那厨子光这道菜，足足炖了一天一夜。"

旬谟和卓英倩看着其他几道菜欲言又止，元载索性都介绍了一遍："这道叫'小天酥'，是用鹿肉和鸡肉同炒，味道嘛，也就那样，我吃着倒还可以。这道叫作'箸头春'哈哈哈，名字好听吧，其实就是烤鹌鹑。哎，来来来，看看这道'过门香'，这些菜数这个不好做，关键是原材料不好配，有牛羊鸡鹌鹑甚至还有青蛙，将它们的肉统统加在一起上屉蒸熟，哎呀，称得上是香飘万里。"

卓英倩看着这些菜，啧啧称奇："宰相的这些菜，鄙人是闻所未闻，皇宫里的御膳也不过如此。"元载："哎，此话差矣，御膳那可是给陛下吃的，我怎么比得了？不过，我这里的这几道菜，恐怕御厨也是做不出来，来，倒酒，我们先喝上一杯。"

元载让邹谟和卓英倩把酒倒上，举着杯说道："韦应物在《酒肆行》中说过'豪家沽酒长安陌，一旦起楼高百尺。碧疏玲珑含春风，银题彩帜邀上客'，今天我们大快朵颐，不醉不归。"

邹谟和卓英倩急忙响应，干了手中的酒，吃着菜，元载看二人吃着喝着，心中痛快，再喝了酒，难免说话格外放肆一些，元载说道："邹谟啊，当初老夫器重于你，喜欢你耿直、正义，是个难得的好青年。可现在我要夸夸卓英倩，他是你的朋友，可他比你圆滑，会变通，我这灾款能夺过来全是他的功劳呀。"

邹谟冷眼看着卓英倩："哦，那就是说，刘晏府上的失窃一事，是他变通的结果喽？"卓英倩有些尴尬："元公福气大，我只不过做了点小事，不足挂齿。"元载："哎，这哪里是小事，买通刘府的管家和御前侍卫，这可不是小事，这靠的全是手段呀。"

邹谟："元公说的是，卓英倩一直是个有手段的人，在下跟他相比，不敌他的十分之一，看来在下以后要拜他为师，好好地学学他的手段。"卓英倩越发尴尬，一再摆手："元公过奖了。"

元载这里一掷千金，胡吃海喝，而遭受灾害的黎民百姓却民不聊生，饿死冻死之人大有人在。此时正是初春天气，乍暖还寒，百姓们肚中无粮，身上无衣，瘦得成了一副骨架，朝廷承诺的赈灾救济迟迟没能发放到百姓手里。百姓们天天日盼夜盼，听说赈灾款早就下拨数月，可怎么也见不到钱，谁都知道这钱又是让上头给贪污了。这下子灾民再也忍无可忍，一拥而上，冲进了县衙，衙役被踢，粮仓哄抢一空。地方无力镇压，眼看势头越闹越大，没别的办法，只好将奏折上报，恳请陛下派兵镇压。

宣政殿上，李豫看了奏折心中纳闷，询问元载："元爱卿，你当时亲自去见了灾民，可否将他们妥善安置？"

元载义愤填膺，满腹委屈地说道："陛下有所不知，穷山恶水出刁民，我们带去的赈灾款，本可以保障他们平稳度过春荒，可这些人拿了钱帛，吃喝玩乐，这一定是他们钱花完了还想要，就算把国库全部打开了，也是欲壑难填啊。依我看来，陛下派兵过去，如若不强力镇压，这些刁民尝到了甜头，说不定还作出什么乱子。"

李豫发怒道："我第一时间派你去安抚他们，竟然还如此大胆，打了朝庭命官，抢了粮仓，这不是要反了吗？来人啊。"李栖筠听了元载的话，不以为然，跪倒道："陛下息怒，陛下，臣农民出身，最知百姓疾苦，但凡能忍受下去，没人有胆量去谋反。他们腹中饥饿，民不聊生，如若不去抢了粮仓，他们怎么活啊！你去赈灾做了什么，要我当场讲出来吗？"

元载："咦，你这话是什么意思？我去赈灾你又没随同，我去做了什么，你如何会知道？不知道你又有何话讲？"

李栖筠："陛下明鉴，元载拿了赈灾款没有救济灾民，他去赈灾就是走马观花，所到之处大吃大喝，大批款项终结在他的手上，百姓并没拿到钱，据我所知，饿死冻死的百姓已达百人以上，陛下明察啊。"

元载："请陛下明察，我前去赈灾，李栖筠处处刁难，我顶住压力走访民众，嘘寒问暖，为此差点得了时疫。随行人员皆可作证，他却说我逍遥度日。他在长安饮酒作乐，却以小人之心度君子之腹。"

李豫劝解："李爱卿，你体察民意，同情民众的心情，我理解。元宰相这次确实出心出力，眼见着瘦了一圈，你不能听风就是雨，把一些捕风捉影之事强加到元宰相身上，这样对他不公平啊。"

李栖筠明知事实如此，却一时拿不出有力的证据，眼看着元载洋洋得意地站在朝堂之上。偏偏这时，元载又提议陛下镇压暴乱，李豫沉吟："我确实要派人到前方看看，可目前无合适人选。"诸位大臣一听是这活，纷纷做缩头乌龟。这种吃力不讨好的活，没一个人愿意去，干好了顶多得到几句表扬，可是干不好，可真是要命的差事。

元载却朗声说道："陛下，派去之人最好是农家出身，洞悉民情、体察民心。而臣想来，此人非李栖筠不可，让他了解一下臣做过的事，好让他不至于误会臣，也是一举两得。"

李豫犹豫再三，元载却一再追问："陛下，您不让李栖筠前去，未免对老臣不公，他口口声声说老臣吃喝玩乐，那么让他重走一趟老臣的行程试试。"

李豫不得已答应了，任命李栖筠赈灾监督，如若灾民闹得严重了，李栖筠可随时发令当即处置。李栖筠想到灾民已被贪官祸害到如此地步，却要参与去镇压他们。李栖筠悲愤交加，当场口吐鲜血，晕倒在地。

四

元载看着躺倒的李栖筠嘴角露出了冷笑，心想："跟我斗，让你的同党们看看是什么下场，你们逼我出丑，我就要了你们的命。"元载缓缓地环视朝堂上的每个人，此时无人敢与他对视，纷纷低下头来。元载无声地大笑，无形中在众人面前示威，要让你们瞧瞧我元载不是好欺负的。

回到家中，李栖筠一病不起，一是生气，二是痛心，内外交困，他为了惩治元载而奔波劳累的身体再也经不住折腾，就这么倒下了。邬谟来到李府探视，坐在李栖筠床前，看着他瘦弱无力的双手紧紧拉着自己，含着眼泪说："邬谟，你答应我，一旦我出现什么不测，你千万不要放弃。如果放过了元载这个老贼，国将不国，百姓遭殃啊，答应我啊，邬谟。"邬谟别过头去，擦去流下的眼泪，转头看着李栖筠，郑重地点了点头。

初春的天气还是冷，长安街上刮过阴冷的北风，邬谟的额头却冒着汗水。他生气，他愤怒，他难过。平乱之后，好好的一个国家本可以国泰民安，大家过上丰衣足食的好日子。可偏偏元载当道，为了中饱私囊置百姓安危于不顾，这是什么宰相，这又是什么父母官？这样的人为什么不能有人出面制止他？

邬谟越想越生气，直接奔向宰相府，没用通报，"砰"的一声推开了书房门。元载坐在桌前，悠然地品着茶，知道邬谟进来，他眼皮没抬："邬谟啊，你忘了一件事，俗话说，吃谁家的向着谁家说话，你住的府邸是我给你盖的，你每月花销是从我府支的，你的父母是我供养的，包括你穿的就连一双袜子，都是我给的。我不知道你这怒气从何而来？你仅仅是我的一个门客，可你进门，门也不敲，难道这是你对我的回报吗？你当初吃不上饭的光景早已忘记了？"

　　旬谟跪地行礼："元公对旬谟的好，旬谟没齿难忘，旬谟本想尽心尽力地辅佐元公，成就大业，庇护百姓，辅佐陛下，现在看来，在元公的关怀下，百姓过得顺风顺水，旬谟也就放心了。"

　　元载"啪"地将手中的茶杯摔落在地，指着旬谟："旬谟，你与我有话说话，不要含沙射影！我跟你交个实底，你屡次对我发难，我都一忍再忍，为你留下情面，我知道你是一番诚心；可你现在越来越离谱了，已经帮助别人整我来了，记得我带你见沈梦芜，杨老儿很快去陛下那里奏我一本，说沈梦芜在我府上，消息是谁透露出去的你当我不知道吗？看到李栖筠弹劾我不动，你居然又来我这发难。旬谟，我给你最后一次机会，以后你若再与我如此这般，那么我们恩断义绝。"

　　旬谟与元载互相看着，旬谟的眼睛里有失望、有痛苦、有不舍，还有问询。元载也看着旬谟，看着这个曾经要成为女婿的青年，当初自己是那么器重他，甚至把他当成儿子一般溺爱，他吃里扒外的事元载不是不知，就是下不了狠心惩罚他。元载对旬谟的感情是复杂的，有时候人的情感就是这么奇怪，对别人他心狠手辣、不择手段，对旬谟他的情感中似乎注入了亲情的东西，他看出旬谟对他也是如此。

　　元载此时想赌一把，赌旬谟念在自己对他的好，不会真的背叛自己，不知为什么，元载在旬谟的眼中看到的还是善意。

　　俩人久久对视，目光交织，旬谟控制不住自己内心所作出的决定，泪水顺着眼眶流了下来，他深深对着元载施礼，转身慢慢地走了出去，走到门口被门槛所绊，脚底一个趔趄，元载喊了一声："旬谟。"旬谟回头，目光里带了太多的难过和不舍，他看着这个当初如父亲般疼爱自己的老人，眼泪再也控制不住，汩汩而下。

　　元载也心酸起来，朝着旬谟走了过去，一只手搭在了旬谟肩头，旬谟毕竟是真性情的人，这一只温热的手搭上来，旬谟对元载此刻的心情感同身受，旬谟像一个孩子般，抬起衣袖捂住了脸哭了出来。哭声中有失望，也有眷恋，有的更多的是无力转变元载的无奈。

　　元载松开手，旬谟一把拉住了元载的衣袖，一声"元公"喊得荡气回肠。元载一行老泪落下，哽咽着说："你走吧。"旬谟远去的脚步声越来越小，元载长叹着把头靠在椅背上。此时的他，就是一个耄耋的老人，头发斑白，无依无靠。

元载小声地喊："来人。"黑衣人走了进来，悄无声息地站在元载身侧，元载有气无力："开始吧，他恐怕是留不住了，盯住他，但凡他要是与我作对，你明白怎么做。"黑衣人点了点头走了，元载抬起衣袖，擦了下眼角："邬谟啊，你别逼我好不好？邬谟，你叫我如何舍得这么对你？你为什么要步步紧逼啊，邬谟？"

元载伏在桌上，肩膀无声地耸动，这个多少年未曾哭过的宰相，此时大放悲声。人非草木，谁能无情，可偏偏用情至深的人却跟你背道而驰，处处较劲，这种痛不是亲身体会，想必不能知道那种切肤之痛。

出了宰相府，邬谟也在暗暗纠结，他回府取了些东西去看李栖筠，可见到缠绵病榻的李栖筠，邬谟又想起了元载那张日渐苍老的脸，他不知该何去何从，摸了摸怀中的那些东西，几次想掏出来，可又放下。

李栖筠躺在榻上，与邬谟还能聊上几句，可他的一个学生却不会看眉高眼低，来到跟前探视，却提起了江淮百姓民不聊生。说是天气渐渐回暖，死去之人无钱安葬，瘟疫横行，百姓死伤无数。邬谟要阻止他，可李栖筠已经听了去，一口鲜血喷薄而出，染红了他的胸前衣裳。

李栖筠断断续续地说着："恳求老天让我活上一年半载，我誓要将元贼拉下马，让他血债血偿。"邬谟心如刀绞，毅然伸手探入怀中，将一物递给了李栖筠。

五

那是一张状纸，写着元载满满的罪状，李栖筠一眼望去，精神起来，硬撑着坐起身，大喊："快快，把粥拿来，把洗脸水一并送来，我要起身去见杨绾。"

邬谟纸上所写的皆是元载所犯下的罪行以及各种细节，邬谟认为暂时还不是最好的时机，可他看见李栖筠为了此事奄奄一息，实在是痛心疾首，只得提前出手，将元载贪污的所有罪证交给了他，奋力一搏，争取一举消灭元载及其党羽。

目前万事俱备，只求一个合适的契机，邬谟的心暂时安定。他想起了一个人，那就是元媛。元媛在长安城外的静慈庵修行。因其距离长安城并不太远，旬谟又一心想要打听她的消息，终于得到了元媛的消息。当听到元媛已经削发为尼，旬谟是生不如死，他不能想象那个热爱生活，天天"咯咯"笑着，喜欢美食，喜欢美酒，喜欢热闹的元媛是怎样的决绝才能走上这么一条路。

他知道，元媛削发都是因他而起，所以，他必须要去看看她，如果有可能，他真想带她回家。可回来该怎么说？难道要说我已经出卖了你的父亲，从此你我就可以开心快活去了？旬谟踌躇、彷徨，眼看着就到了初夏，山花烂漫，像极了元媛那娇俏的脸庞。旬谟忍不住内心对她的思念，他上山了。

初夏的进山路上鸟语花香，不知名的野花烂漫地开满了山坡，旬谟心情却异样地沉重，尤其当他看到山脚一隅，一个戴着布帽的尼姑在井台边挑水，瘦弱的肩膀承担不起两桶水的重量，小尼姑踉踉跄跄地往山上行走，步履蹒跚间，水桶里的水洒出了大半。

旬谟一想到元媛也要做这样的粗事，心如刀割，有太长时间他都不敢去想元媛，每次只要想起这个名字，胸口就像被重锤所砸，疼得那一瞬间都喘不过气。他真的恨自己，如果不把国事当成己任，哪怕自私一点，在宰相的羽翼下乖巧听话，后半生娶了元媛，夫妻恩爱，岂不是享不尽的荣华富贵。

可是他做不到。不知为什么，始终充满了使命感，一想到黎民百姓生活在水深火热之，旬谟就没办法苟且偷生。他的良心让他现在左右为难，也让他坐立不安。

旬谟年轻力壮，正当盛年，可爬到静慈庵还是出了一身的汗，看到这围墙坍塌，灰蒙蒙的静慈庵，旬谟心里又是一酸，这寒酸的光景应该是没什么香火，院外还开荒了大片的菜地，有尼姑在菜地里浇水。旬谟不敢贸然地去敲庵门，怕惊扰了众人。于是，径直朝着浇菜的尼姑走去，远远地深施一礼："请问有位曾经叫元媛的娘子可是如今在此修行？"

话音刚落，那女尼手中的水瓢应声而落，她看向了旬谟。隔着半垄的菜地，旬谟还是看见了这尼姑正是元媛。粗陋的素服让她脸上尽失了光华，素简的一张白脸，瘦了好多，显得一双大眼占据了脸上的三分之二的地方。更让邬谟痛心的是元媛的眼神，呆滞、失神，没有了光彩，也没有了以往的喜悦与欢欣。

元媛看见邬谟，痴痴地望了很久，好像要把这个人生生地印在心底。邬谟绕过菜地，直奔元媛而去，元媛却退了又退，一转身，跑进了庵里。邬谟急忙追入庵中，哪里还有元媛的身影。一个扫地的老尼姑用洞悉世事的神情，为邬谟指了指一间房。

邬谟奔过去，用力拍打着门板："元媛，是我，我是邬谟，你听我说，我想接你回去，你别再跟我生气了好不好，千错万错都是我的错，我辜负了你，你何必要这么为难自己。你可知你这么做，对我来说简直就是凌迟处死，我一想到你在这苦寒之地受苦，我时时刻刻都在忍受煎熬！元媛，跟我走吧，我答应你，我们不回长安城了，你想去哪我就陪你去哪，好不好？"然而，房门依然紧闭，了无声息。

邬谟站在窗下，久久不动，他也没想到，看到元媛的一瞬间，他的所有志向与理想瞬间崩塌，他真的只想跟她在一起，再也不要分开。只要元媛能够出来，邬谟会毫不犹豫地牵着她的手，再也不叫她离开自己。

日头渐渐地西斜。虽是初夏，可山上的风有了刺骨的凉意。邬谟的雪白长衫被风吹得在身后飘动不绝，可他仍旧长身挺立。他不敢走，怕走了此生都没有元媛的消息，他才知道以前的自己真的错了，错在高估了自己的定力。他以为大丈夫应以国事为重，可他如今有了一丝悔意。

一弯月牙在他的背后缓缓升起，扫地老尼走了过来，口诵佛号，小声说："住持请您离开，我们这里不留宿男客。"这半日的工夫，邬谟的嗓子已经嘶哑，他问："我这就走，敢问贵庵可有纸笔，借我一用？"老尼看了看邬谟，又看了看元媛紧闭的房门，叹息着回身取了纸笔，递与邬谟。

邬谟屈身在院子中的石条之上，将宣纸铺好，提笔写下了几行绝句："长安城北渭水西，严冬无日始凄凄。淮南问灾连三季，水散人安想吾妻。彩蝶成单何事舞，寒蝉孤影向谁啼。相府红梅终成泣，悔心已改盼旖旎。"

旬谟写着这几句诗，想起他与元媛嬉闹于相府的欢乐日子，眼泪不由落在了宣纸上，笔墨未干，又被泪洇湿了一块，旬谟努力把头抬起来，怕太过失态，让人瞧不起。老尼见状低下头去，心下也是黯然。

元媛上山来要求剃度之时，大家看出这是富贵人家的小娘子，定是遇到了不顺心的事，才狠心出家。而对年轻女子而言，让她伤心至此的无外乎是男人。今天旬谟登门，大家不由得在心里为元媛暗暗惋惜，多好的一对璧人，怎么会出了这么大的嫌隙。

元媛坐在屋中，门缝中塞进了一张素白的纸，拿过打开来看，细细读了旬谟的诗，泪流满面，心里对旬谟的怨恨少了几分。她也心知肚明旬谟的纠结，如果不是父亲的所作所为，也许旬谟会娶了自己。就算是现在，自己要嫁，旬谟还是会娶自己。可元载毕竟是父亲，自己又怎么能嫁给扳倒他的人呢？

元媛心里思绪翻滚，不仅跪在佛祖面前为父亲祈祷赎罪，也为自己这百转千回的感情流下伤心的泪。

元媛这边痛苦万分，可沈梦芜那里也是险象环生。

第四章：功败垂成

一

沈梦芜好不容易脱离险境，躲在城外一个农户家里，好在老夫妻无儿无女，对沈梦芜倒是十分亲热。由于怕被元载抓住，沈梦芜不敢露面，就是去河边洗衣也穿上农妇的衣服，头发用头巾包裹。可是，越怕什么就越来什么。

这一日沈梦芜在河边洗衣，流水潺潺，清可见底，活泼泼的小鱼一点都不怕人，在沈梦芜的手心里啄来啄去。换作以往，沈梦芜会"咯咯"地笑出声，可现在亲生父亲不肯与自己相认，对自己一往情深的宁疾云横死荒郊，连为他收尸也是不敢。

想到此，沈梦芜看着河水，眼泪流了下来，掉在河水中，荡起一圈圈的涟漪。沈梦芜见头发已乱，用手拢了拢，这么一个动作，身旁一张脸的倒影在河水中清晰出现，沈梦芜吓得"妈呀"一声，捂着一颗怦怦跳的心，颤声问道："你是谁？"来人深施一礼："你可是沈娘子？我奉杨公之命找寻你，这附近人家都找过，路过这小河喝口水，没想到却与娘子偶遇，真是三生有幸。"

沈梦芜经过那么多事，对任何人都有了戒备之心。沈梦芜没有回答，低着头依旧洗衣，男子急了："沈娘子，元宰相到处派人找你，你若不速速跟我离去，恐有不测啊！"沈梦芜："凭你这一面之词，我怎么能相信你，你请回吧。"这人扯下腰间的一块镌刻着杨府的令牌，递到了沈梦芜的面前，沈梦芜一看，心下了然，这令牌只有杨绾府中最为亲信之人才有权佩戴。

沈梦芜站起身，男子在前面带路。沈梦芜犹豫："这些日子叨扰了那对老夫妻，就这么不打招呼走了，不免过于失礼。"那人道："放心吧，我到这里是他们指的路，我见家境困顿，已给了他们一些钱。"沈梦芜这才放下心来。

男子带着沈梦芜又是骑马，又是坐肩舆，可行进的方向不是去往长安城，沈梦芜一头雾水，索性问询道："我们不是回杨府吗？你要将我带往哪里？"男子无奈地笑笑："朝廷元载当道，把你再带回杨府中，要是被元载知晓，他会当面来要人。杨公将你送入一个可靠的人的府中，你放心，杨公已经跟对方说好了。"

到了一家府门外，男子扶着沈梦芜站立于门前，沈梦芜抬头一看，府门上的匾额端端正正两个大字，颜府。她不禁一愣："颜府？可是被贬的颜公的府邸？"男子点了点头。

再说李栖筠得到了句谟送来的证据，身体日渐好转。所谓心病还得心药医，当初弹劾元载不动，导致李栖筠一病不起，现在手握重要证据，李栖筠还没等吃几服药，面上已有了血色。这天刚感到脚步比平日稳健，立刻抱病前去面圣。他将证据郑重其事地交给李豫，猛地跪倒磕头说："陛下，现在是时候铲除元载这个恶贼了。"李豫看着书写得工工整整的一条条、一件件的罪状，越看面色越发凝重。李豫开口："这些东西不是平常人能够得到，这是谁给你的？"李栖筠犹豫一下，说："这个是元载家的第一门客句谟所给。"李豫："句谟？他怎么会给你这个？他不是元载最信任的人吗？"

李栖筠："当年他因为考场作弊一案与微臣有了交集，也知道微臣的脾气秉性，对微臣颇为信任。句谟也是个志向高远之人，元载数次拉拢他做官，他都不肯，元载是做得太过分，句谟实在是看不下去了，竟然放弃了做元载乘龙快婿的机会，保留了这些证据。"

李豫点点头："你就去安排，让他来见我。"李栖筠领命一刻也不敢耽搁，飞奔而去。此时在书房的一角，一个端端正正站立之人，脸色凝重，眼珠乱转，好像想到了什么。他是谁？他就是陛下身边最得意的首领大太监，董秀。

李豫将句谟召进宫却并未急着问话，而是与他在花园里欣赏着盛夏绽放的各种花朵，郇谟正在观赏，李豫板了脸，低声问道："郇谟你可知罪？"郇谟跪倒："鄙人不知犯了何种罪，请陛下明示。"李豫："你作为元载门客，深得他的器重，他将所有不予对外人讲的事，都说与你听，可你却倒戈？"

郇谟："小民知罪，可小民以为，虽为门客，但是要有一颗正义之心，如果只顾及身份，一味地去讨好家主，不分是非，不分曲直，那么这种门客绝非在下所为。而且小民当初想方设法去劝说、去阻止，可他一意孤行。眼见他的所作所为，已经影响了江山社稷、黎民百姓，小民实在无力阻挠，才将此事揭发出来。陛下一定要治罪，小民甘愿领罪受罚。"

李豫点了点头，面色稍缓："你既然能想到这些，我认为你是个明事理的人，也可说是正人君子。那么，这些罪证你可否保证绝无虚言？"郇谟再次叩头："小的愿意以命相搏，绝无戏言。"李豫笑了："请起，我有一事与你商议。"郇谟站起身来，李豫："你到我近前，我有事跟你讲。"

郇谟贴近陛下，陛下在他耳边低语，郇谟脸色全变："知道了，懂了，好，就按陛下您说的这么办。"李豫摆摆手："你下去吧。"

李豫看着郇谟的背影，意味深长地笑了，至于两个人之间到底有了什么安排，也就无人知晓了。

二

李豫悠闲地回身，喊了一声："董秀，把波斯进贡的葡萄酒用夜光杯盛了拿来与我。"一个小太监急忙跪下："董公公他今日见家人，刚去不久。"陛下："怎么这个时候见家人？算了算了，晚上再说吧。"

这董秀哪里是见什么家人，他偷听到了李栖筠与陛下的对话，急急忙忙偷偷出宫告知了卓英倩，卓英倩一听吓得魂飞魄散，火速赶往宰相府。元载此时正在府乐班与歌姬寻欢作乐，卓英倩匆忙进来，在他耳边将郇谟偷偷把证据交给了李栖筠一事禀报。

元载此时的大腿上坐着一名歌姬，青筋毕现的老手在歌姬丰满的胸前游走，听到卓英倩所言，元载狠狠地双手用力，捏住了歌姬的丰乳。歌姬不敢言语，疼得落下泪来，眼泪滴在了元载的手上，元载缓缓地抬头，看着歌姬，冷冷地吐出了三个字："晦气，杀！"

朝堂之上，李豫拿到了元载作恶的证据后，一改往日的谨慎，竟然以反贪治腐为名，命李栖筠带领御史台下到地方巡视，趁机将元载党羽一个个拉下马。此次李豫展示出的雷霆之力绝对不容小觑，整个国家上至百官，下至百姓，都感觉到了廉政力度。大家嘴上没说，但是暗地里都在拼命叫好，朝堂上出现了前所未有的清新风气。

元载不但没有低调行事，还一反常态地负隅顽抗，坚持巩固着自己的阵营。明知道所有矛头都指向了自己，可元载就是控制不住自己的脚步，一步步朝着深渊迈进。

全国风气有所好转，李豫喜上眉梢，含元殿早朝之时，看着座下群臣也不免态度温和了许多，杨绾见时机逐渐成熟，叩首禀报："陛下明鉴，颜真卿被贬到地方，将地方治理得风调雨顺，百姓交口称赞。臣以为，以颜真卿的能力总停留在地方未免大材小用，不如让他回到长安，发挥他的能力和作用。"

李豫笑了："我也想说，没了颜爱卿在身边，我的字都写得不如从前了，好吧，让他回来吧，我有几分想他了。"陛下说好的人，群臣谁敢有争议，于是把颜真卿夸得天上有地下无，浑然忘了他被贬之际纷纷踩踏他的样子。

颜真卿再回长安，望着往昔熟悉的大街小巷，感慨良多。此次不但载誉归来，而且还身负使命，颜真卿回头望望暖肩舆之上坐着的沈梦芜颇觉得重任在肩。而坐在肩舆中的沈梦芜也是思绪万千，她意识到自己可能再次成为朝臣政治斗争的工具。沈梦芜感到身心俱疲，她只是一个想寻找亲生父亲的可怜孤女，就因为父亲是当今的陛下，她承载了太多所不能接受的。

她也不知道往后还会有什么波折在等待着自己，想到此，沈梦芜深深叹息，拉开了肩舆的帷幔，看着行人，那些平民百姓穿着虽寒素，可他们不见得不快乐。作为一个帝王之女，沈梦芜此刻深深地羡慕着这些社会上最底层的人。

颜真卿携带家眷刚刚安顿下来，以杨绾为首的老臣们就来登门拜访，并开始策划帮助沈梦芫状告元载犯了欺君之罪。

长安城里，论谁的耳目众多，那非元载莫属，陛下都比他不过。此时，元载书房，一个黑衣人跪在地上，抬着头看着元载："主人，下一步我们该怎么办？"元载也慌了手脚，急切地问："如你所说，沈梦芫真的在颜真卿府上？"黑衣人点头："千真万确。"元载焦躁地走来走去，黑衣人说："这些天杨绾等人出入颜府频繁，很有可能是在谋划些什么，有几次次日天亮才离开。"

元载再笨也意识到，李豫要对他下手了。元载喃喃地说："如果不是陛下授意，他们不敢暗自如此接触，现在难办了，你速速去把卓英倩给我找来，要快。"

三

卓英倩听闻元载喊他，也是明白了个七七八八，在路上想好了应对之策。果然，刚一进屋，气还没喘匀，元载把事情说与了卓英倩听。卓英倩深锁眉头，在地上踱着步子，面向元载："元公敢不敢使出一招破釜沉舟？用来自救？"元载着急："都什么时候了，你还在卖关子，速速说来。"

卓英倩贴在元载耳边，絮絮地说了大概有一刻钟，元载眉目逐渐舒展，研得了墨，舔饱了笔，亲笔写下几封信，让一个门客北上送出。

黎明前破晓的一段时光总是最黑暗的，就如同暴风雨将来临的海面无比的平静，人们都在等待着，等待着一个契机，一个让元载认罪伏法，从此再也无法翻身的机会。

元载也在等待着，他每天每日绞尽脑汁地盘算着，手下的那些个党羽到底谁会被撕开倒戈之口，他把所有的亲信，翻过来掉过去地排查，终归没有一个准确的答案。直至数日后，他最意想不到的事情出现了。

长安城里的未央街，是当时最热闹的一条街道，也是人们进出长安城的必经之地。随着宵禁制度的日渐松弛，这里哪怕到后半夜，都会有那些卖馄饨的小贩，挑着担子——一头生着火，小小炉具上热汤翻滚，冒出氤氲的热气，另一头一盏小小的烛灯，把路人的脸都映罩在昏黄的烛影中，显得异常地温暖。就是这样一条街，正午时分，却出现了拥堵，众人聚集在一起，前面的人想更加往前，后面的人因为前人遮挡了视线，都拼命地往前挤，纷杂吵闹了半晌，就连李豫都被惊动了，人们到底都在看什么？

旬谟在当街恸哭。一个男人，身着缟素，落泪如雨，泣不成声，可他每说出的一句话，却犹如利剑，将听到的人都穿了个透心凉。他在痛骂元载，说他祸国殃民。旬谟所说的一桩桩、一件件的往事，更是将人震住了。人人口碑相传的事情，那些被官府强行按压下来的事件，居然全部是元载所为。仅仅几个时辰，旬谟哭街之事就传遍整个长安城。

卓英倩此时就在陛下身边，他有些焦虑，一声声喊着"陛下"，陛下却在宫中按兵不动，不动声色地等着元载出手。元载，这个时候已是大惊失色、五脏俱焚，他是万万没有想到，哭街的人居然是旬谟。

元载知道了什么叫作哀莫大于心死，女儿失踪，小妾流产，屡次遭到弹劾，对他来讲，无足轻重，他以为在这万丈红尘中早已经修成了金刚不坏之体，再大的压力对他来讲都不过云淡风轻。

可这次旬谟的做法，却让他在痛心后彻底愤怒起来，他恨自己真的瞎了眼，一心一意地对这个白眼狼，为什么没有早一些把他干掉，为什么早已经知道此人有反骨，还抱有希望去对待他。元载气得摔坏了最心爱的砚台。一声脆响，在门口等候的手下立即走到近前，听候差遣。

元载从齿缝间冷冷地挤出了几个字："去，要他的命，不必留活口。"黑衣人领命而去，十几个人换下黑衣，打扮成看热闹的贩夫走卒的样子，挑着担子，穿着布履，一个劲地往旬谟身边挤，此举却正中了旬谟的计。

十几个人悉数被李栖筠带领的皇宫侍卫拿下，来了个人赃并获。为什么黑衣人打扮成这样还会被抓？皇宫侍卫冷笑着说："在外人眼中，他们自然是和寻常人一样，可在我们眼中，谁看见过挑担的农夫太阳穴鼓鼓，眼中精光闪烁？何况这些人担着担子肩宽背挺，走路如风。"

元载听闻派的人悉数被抓，情知不好，可他也明白，此时再也没有能力做垂死挣扎，不如韬光养晦，万一对方露出什么破绽，才能全身而退。

这样一来，两方势力共同出招对付元载，哪一边都有足够的力量置其于死地，元载的形势很不乐观。元载作为朝廷重臣，这些年受他迫害的人员是数不胜数，俗话说没有不透风的墙，长安城的人们奔走相告，可以说人尽皆知，包括身在尼姑庵的元媛。

怎么说元载是元媛的亲生父亲，元媛听说邹谟连同朝廷几员大臣要扳倒父亲，并且看形势，父亲就此性命不保，哪怕再恨父亲，此时可也不能眼睁睁地置他性命于不顾，元媛于是选了一个日子，下山去了。

邹谟在安排仆人收拾东西，打算不日搬家。房子是元载所赠，现在自己当街哭骂了他，怎么还能住在他这里。正收拾得纷乱，仆人来报，有一女尼登门求见，邹谟一听女尼，胸口恍若被谁用铜锤砸了一下，顿时语无伦次："快、快，让她进来……不、不用，我亲自去迎接。"

邹谟脚步都有些踉跄，冲到门口，面前站着的正是元媛，有一段时间没见，元媛越发得消瘦，惨白的小脸上带着焦虑，还有一丝看到邹谟后掩饰不住的喜悦。邹谟把元媛引至书房，元媛开门见山："听说你跟他们这回要彻底扳倒我父亲？"邹谟低头不语。

元媛："我深知父亲作恶多端，恶贯满盈，他有今天我绝不觉得惊讶。可是，我不想看到他被抓是因为你，我觉得于情于理，都不应该是你，你觉得呢？"元媛看着邹谟，邹谟越发羞愧。邹谟深知，于大节上，自己的所作所为无可厚非，但是于感情上，别说元媛，邹谟自己何尝没有挣扎、没有犹豫？

元媛看出邹谟内心出现波动，于是走上前几步，看着邹谟："你记不记得，当年你说你可以为我做三件事？"邹谟点了点头。元媛："那么我来求你第二件，放过我父亲，哪怕让他告老还乡，从此不再干涉朝政，留他一条性命。给他最后一点尊严，可以吗？"

邹谟抬头看着元媛的眼睛，眼睛里有祈求、有期盼，还有泫然欲滴的泪水。邹谟知道，如果此时他说可以，这个女人会重新回到自己的怀抱，而自己如果尽力去周旋，留元载一条性命也不是不可能。可是，邹谟闭了一下双眼，想到那些因为元载失去的生命，那么多双死不瞑目的眼睛，邹谟无法答应。

旬谟转过身去，纠结地问："元媛，如果我说做不到，你可会原谅我吗？"

四

旬谟继续说着："这件事都惊动了陛下，怎么可能我说放过他，就真的会有人放过他？我无一官半职，我只是一根导火引线，现在已经完成了自己的作用，我、我……对不起。"

旬谟回头，哪里还有元媛的身影，留在书房书案上有一幅字，纸墨未干，上面淋淋的三个大字："我恨你。"旬谟抱着纸，看着窗外，内心犹如万箭穿心，老天为什么要让自己在揭发元载之际又给自己一段情，两两纠葛，心似油煎。

第二日含元殿早朝，李豫要求就元载之事展开深入地调查核实，却接到魏博来的急报，说魏博节度使田承嗣为安史父子立庙，尊为"四圣"，李豫站起大怒。可还未等开口讲话，又有人启奏，说田承嗣上表朝廷，求任宰相。

李豫跌坐在了龙椅上，他意识到，这个田承嗣是有恃无恐，成心向朝廷发难。田承嗣无疑耳闻元载一事，彼此有联系，此时提出求任宰相，无异于热火烹油，宁可元宰退位，也不能让田承嗣坐上宰相之位。李豫踌躇了。

李栖筠素来是个刚烈的汉子，也没有那么多弯弯绕，更看不出个眉高眼低。见大家都默不出声，他忍不住跪倒就拜，朗声说："今天陛下召见，那么臣是不是可以详细说说元载贪污一案？"

李豫几乎没哭出来，心想，李栖筠呀李栖筠，你可真是哪壶不开提哪壶，我都愁成了这个样子，你能不能消停消停，你这个时候扳倒元载，那不正遂了田承嗣的意嘛？田承嗣做宰相还不如元载呢，俗话说，两害相较取其轻，这时候你提什么元载贪污，谁不知道他贪污？可贪污也比亡国强啊。李豫不出声，李栖筠脖子挺得笔直，等待陛下发话，场面是要多尴尬有多尴尬。

此事涉及旬谟，李豫破例把旬谟喊了来。旬谟不愧是状元之才，他看出田承嗣的威胁再度令陛下陷入犹豫，元媛留在案头的三个大字也在他的脑中翻滚，他把手伸进怀中，取出了一卷字幅，跪倒要献给李豫。李豫以为又是元载的罪状书，头都大了，瞪了郇谟一眼，心里想到，这些读书人一个个的，都读书读傻了吗？

郇谟却说："小民昨夜练字，写了这十六字，献与陛下。"李豫不耐烦地摆摆手，示意董秀拿上来，李豫打开一看，有点愣怔，只见上面写着："平叛姑息集权割据，周边诸族被动挨打。"李豫诧异地看着郇谟："你这是、这是？"

李豫看着郇谟的表情从诧异变成欣赏，由欣赏变成喜悦，又由喜悦变成赞同，真是瞬息万变。

李栖筠是个实在人，他不快地道："郇谟你有事就说，不是说好说元载吗？你啰里啰唆说了这些有什么用？"李豫没理李栖筠，对着郇谟说："你觉得当前我应该做些什么？"郇谟："小民以为，为了钳制藩镇割据，朝廷内部暂时不宜出现震荡，与其自己撕开裂口，让敌人长驱直入，不如陛下暂缓停手。等到时机成熟，陛下就不必痛下杀手，只需轻轻推波助澜，他就会在劫难逃。"

李栖筠再耿直也听懂了这说的是元载老贼，见郇谟如此说法，心中大怒，蓦地站起身："陛下，可不能听郇谟一派胡言，他就是个一介书生，写得好文章的人不见得会治理国家。元载这种毒瘤不除，留着是个最大的隐患，决不能优柔寡断，错失良机，现在不除要等到什么时候？"李豫抚额叹息："你呀你呀李栖筠，你让我说你点什么好呢？"李栖筠："陛下现在不用理我，只要陛下说动手，我这就去把元载那老贼拿下。"

董秀在旁边小声说："您小点声吧，宰相和卓主书已经来了。"今天李豫特意安排了李栖筠和郇谟等忠臣早些上朝，等弹劾元载之事落实了，再让元载和其党羽入朝对质。没想到被田承嗣的奏折一搅和，乱了阵脚，事情还没等商量落地，元载和卓英倩已经来了。

元载听到了李栖筠所言，勃然大怒，老泪横流："陛下，老夫为宰相多年，没有功劳也有苦劳，可现在的结局却是做多错多，得罪了这许多人。就连这李栖筠，在陛下面前口口声声唤老夫为'老贼'，公然污蔑当朝宰相，请陛下为老臣做主哇。"卓英倩也站出来帮腔："是啊陛下，这李栖筠都不把宰相放在眼里，也不知道他眼里到底还有谁？你说是不是啊杨公？"

杨绾就是个谨慎之人，此时也就不好再作声了，他担心陛下见情形息事宁人，要是明显站在李栖筠一方，后果难以预料。于是，杨绾说道："李栖筠所言之事也是为了国家振兴，并无恶意，元公不必介怀。"

杨绾其实话里话外是为李栖筠开脱，如果有点心眼的此时借坡下驴，这件事就算翻篇，可这李栖筠是个硬骨头，他方才见旬谟服软已经很气愤了，这时候又见杨绾出面缓颊，浑然忘却了弹劾之事，而最信任的卓英倩竟然倒向元载，顿时被气得说不出话来。他想了又想，想忍下这口气，气是下去了，可胸中翻江倒海，一阵反胃。忍了又忍，一口老血喷薄而出，自己一歪，好在旬谟眼疾手快扶住了他，可此时的他也只有出的气没有进的气了。

五

顿时，含元殿上乱成一团，李栖筠这番模样，李豫看着心中也是大恸，急得脸都变了颜色："快快，传御医，务必把他医治好，若有个三长两短，拿你们是问。"众位小太监把李栖筠抬了下去。

大家刚稳定下来，卓英倩给元载递了个眼色。元载把脸转向了杨绾。

元载："刚刚老臣进宫之际，看到角门处停了一架肩舆，那侍从是杨府之人，难道是杨府上的女眷？如此不舍得分开，上朝还要带着？既然如此，陛下不如召上来，让我们大家都见见。"

杨绾慌了："陛下，不是，是……那个，我……"李豫："来人啊。"杨绾忙说道："陛下，万万不可，肩舆上坐的是、是……"众人齐刷刷地望着杨绾，等待他说出来人到底是谁。杨绾支支吾吾，元载咄咄逼人，一定要肩舆中之人上殿面圣。

元载是何等精明之人，他看出田承嗣一事彻底制约了陛下，陛下出于权衡之策也不敢难为自己。于是，元载借机发力，李豫也无可奈何，只好吩咐道："杨爱卿，你不妨把人喊上来吧。"李豫这话一出口，哪里还管杨绾接不接受，早有元载的党羽赶到中角门，寻找那架肩舆，不一会儿就把人带来了。

李豫也是无奈，他看到杨绾的样子，以及李栖筠刚一上朝时的阵势，基本预料到肩舆中的应该是沈梦芜，可箭在弦上不得不发，他也是实在没办法。女子走上殿来，缓缓跪倒，口呼陛下。李豫众目睽睽之下，只能说："把头抬起来。"女子缓缓抬头，好一张清秀的脸，春山微蹙，双目点星，点漆红唇似嗔非嗔，李豫都有些移不开眼睛。

元载看到女子的脸，他也怔住了，看向了杨绾："你个老不羞的，真纳了这貌美如花的妾室？"杨绾微微一笑："宰相对老夫也太过抬爱，老夫年已老迈，身体大不如前，不如宰相身体强健，老当益壮。"元载欣欣然，心情明显好转。杨绾立即又补上一句："老夫见宰相最近府上不宁，这女子聪明伶俐善解人意，特意带了来，等下了朝送与宰相府中，陪宰相解闷而已。"

李豫一见并不是沈梦芜，心就算落了地，又想安慰一下元载，于是借花献佛，赠予女子一斛珍珠，上好绸缎十匹，让她随宰相而去。群臣立即高帽横飞，将女子夸成了仙女，恭维元载艳福不浅，元载笑得合不拢嘴，摇头晃脑地一转身，看到邹谟还立在当场，当即目眦欲裂，气得久久不能言声。

李豫看在眼里，喊了声邹谟："邹谟啊，今天你为我写出的十六个字很有见地，不愧是元府的第一门客。"元载不由自主地哼了一声，大声说道："他邹谟已非臣的门客，臣那小庙养不了这尊大神，从此他跟臣桥归桥路归路。不过，今天有件事，臣得跟他理论理论，这在大庭广众之下，当众哭街，妖言惑众之罪……"

李豫拦住元载的话题："宰相啊，你与邹谟之间的私事，不妨你二人下朝之后商议。"元载急了："他当街诽谤大唐宰相，这如何称为是私事？"李豫："邹谟听旨，你虽无官职，但能为国家分忧，这十六个字的荐书，我很是欣赏。这样吧，我赏你宅院一座，仆妇各十名，与你的家人好生过日子吧。"邹谟跪倒谢恩。

元载："陛下，这等乱臣贼子怎可如此赏赐？"李豫面露不悦，元载还想慷慨激昂地说上一通，却发现衣襟被人牵扯，回头一看，卓英倩一个劲地给他递眼色，元载只能闭了嘴，恨恨地看着句谟。

李豫说了句："今天就到这吧，众位爱卿也都累了，那就散了吧。"

群臣急忙跪拜谢恩，元载看着句谟的眼神，仿佛恨不能生吞活剥了他。

第五章：打击报复

一

散朝时分，卓英倩与元载并肩而行；旬谟孤单地快步往前走，身边经过的重臣们，看见他都避之则吉，纵然旬谟内心并不觉得自己有错，而且心怀大义，反倒有几分凛然。可是被孤立的感觉的确不好受，旬谟此时需要的只是一个会心的眼神，哪怕有一只温暖的手掌拍在他的肩头也是一种宽慰。可群臣纷纷作鸟兽散，旬谟深深地感到了这些朝堂之上道貌岸然官员们的无情与冷漠。

元载和卓英倩赶了上来，元载有意疾走几步，让卓英倩和旬谟并肩而行。旬谟看向卓英倩这个昔日最好的兄弟，四目相对，默默无语。元载咳嗽了一声，卓英倩如条件反射一般，头都未回，撒腿朝着元载奔去。看着卓英倩一路小跑的背影，旬谟知道，自己和这个兄弟以后再也不会情同手足了。

深夜的长安城，一片寂静，唯有未央街寥落的行人与馄饨摊上的袅袅烛火，装点着都市的夜晚。

在高门紧闭的宰相府里，灯火通明，歌声嘹亮。府乐班里，元载和卓英倩被几个妖媚的歌姬舞姬围坐着，有的递酒，有的喂菜，两个人喝到酩酊，脸上红扑扑的，可兴致却丝毫未减。看来这场酒宴不到天亮是不会散的了。

舞姬们体态妖娆，百媚横生，卓英倩也跟跟跄跄地站起身，贴着舞姬晃来晃去，不时地掀起舞姬的长裙，狂笑着。元载见此状态，拍手叫好，卓英倩更加地放肆起来，伸手搂过舞姬，一张嘴紧紧地朝着舞姬的脸亲了下去。

元载放声大笑，道："做大事之人，敢作敢为，不拘小节，好哇，好！我喜欢！一会送这个舞姬到你府上。"卓英倩兴奋不已，举杯一饮而尽，举着空杯朝着元载比画："谢元公，那鄙人笑纳喽。"

元载嗔怪："哎，你跟我还客气什么？你建议我为河朔三镇的节度使送去书信，称只要他们密切配合，就能为他们争取更多的利益，因此，才有今天这么好的效果。否则，老夫今夜还哪有喝酒饮宴之乐。"元载像是想起了什么，挥挥手喊卓英倩："你过来一下，我写了那么多封信，为什么只有魏博节度使田承嗣响应了我？难道那些人都坐视不顾？"

卓英倩说："自古以来都是墙倒众人推，锦上添花的多，雪中送炭的少。别看他们离京城遥远，可京城发生的事哪件不清楚？不过，既然我们躲过了这一劫，以后该怎么办，宰相心中必定有数。"元载点了点头，狠狠地说："顺我者昌逆我者亡的道理，老夫知道下一步如何去做。以后恐怕我们要忙起来喽。"

卓英倩谄媚地表示："忙点好，我就怕不忙，以后跟着宰相鞍前马后，您不厌烦我，我跟随您永不二心。"此话说得元载心花怒放，两个人少不得继续推杯换盏，闹到天明。

杨绾回到府上，有些心惊胆战，多亏今天做了两手准备，安排了两架肩舆，一架给了沈梦芜，一架给了家中最漂亮的歌姬。歌姬等在中角门，沈梦芜等在颜府门，如果事成，沈梦芜马上出发；事败，歌姬去为沈梦芜挡灾。杨绾就预感元载老奸巨猾，要扳倒他绝非易事，果不出所料，再次折戟。这要不是有所准备，今日恐怕后果不堪设想。

正庆幸间，听闻董秀上门，要杨绾即刻进宫。

二

杨绾听闻陛下又召见自己，不知道是凶是吉，实际上陛下还真是给他出了一个难题。

杨绾进门跪拜，李豫直接走上前去扶起杨绾，看着杨绾说："今日你是不是要带沈梦芜入宫?"杨绾怎能说暗话,只好点点头。李豫在屋子里走了几圈,回头说:"我非常想与她相认,可看看如今局势,这件事还得缓缓。"杨绾一听是这事,频频点头:"陛下所言极是,当前的形势确实不宜安排与公主相认。"话音还未落,李豫却又提出一个要求:"杨爱卿,你去安排好,我想再见一见这个女儿。"

杨绾脑袋"嗡"的一声,有点供血不足了,陛下上嘴唇一碰下嘴唇,想见就见,可怎么安排,在哪里相见,这都是很难的一件事。元载仍旧当道,弄不好杨绾因为安排这一次父女相见,就会被树为元载的劲敌。可陛下的安排谁敢拒绝,杨绾硬着头皮跪倒:"老臣这就回去妥善安排,让陛下父女不日即可相见。"李豫满意地点了点头:"你快回去安排吧,越快越好。"杨绾领旨回府。

一家欢乐一家愁,李栖筠的府上传来隐隐约约的哭声,病榻之上,李栖筠病入膏肓,刘晏和邬谟站在他床边,心有戚戚然,一个刚正不阿、一心为大唐的忠臣,竟然在朝堂之上被气到吐血倒地,今日的李栖筠何尝不是他们明天的写照。

李栖筠至死想不通邬谟为何临阵变卦,为元载开脱,尽管邬谟一再解释,可李栖筠气息奄奄,已听不进去了,他临终之际拉着刘晏的手,看着刘晏道:"我大限将至,已经为自己写好了墓志铭。答应我一定要扳倒元载,如果真的到那一天,千万别忘去我坟上烧纸告知,我九泉之下得以欣慰。"看着刘晏点了点头,李栖筠咽下了最后一口气。

李府上下早有准备,还是经受不住失去顶梁柱的悲哀。夫人婢女仆人哭成了一片,闻者流泪,见者伤心。邬谟含泪从李府走出,站在府门外望着满天星斗,内心一片悲凉。他深深地感受到,做人为官为什么这么难。好比陛下,明明是一国之君、贵为天子,可他有时也有做不了的决断。陛下都会身不由己,普通百姓该如何生活?此时已经是冬季,今年也是怪了事,往年这个时候已是瑞雪纷纷,可今年却一直拖着还没见到雪。

不久,李豫追赠李栖筠吏部尚书,谥号文献,以表示对他的褒奖和肯定。

邬谟叹息着往前走着,突感脖颈一凉,伸手一摸似有水珠,抬头一看，偌大的雪片像是为李栖筠飞落的纸钱，飘飘洒洒，铺天盖地。旬谟感动了，喃喃自语："人善人欺天不欺，你看老天爷都在送你，安息吧，有我在，哪怕用生命去换，也要与元载拼你死我活。"想到此处，旬谟紧了紧黑紫色的貂绒斗篷，大步走进了黑黑的夜色里。

宫城里，李豫这边正为要见亲生女儿而高兴不已，噩耗却传来，华阳公主病危，李豫只好丢下朝政，前去照看女儿。然而，终究还是人不能胜天，可爱的华阳公主病逝了。李豫悲痛欲绝，多日不进食，更不理朝政。元载趁机不断巩固自己的势力，打压异己。刘宴无力与之对抗，只好委曲求全，等待时机。

杨绾一见此状况，感到后果很严重，陛下终日沉浸在丧女之痛之中，用不了几个月，朝廷内外又都是元载的天下。到那时他树大根深，再想铲除已是不能。可现在，什么事让陛下振作精神？杨绾猛然醍醐灌顶："亲情，唯有一份父女真情，才能挽救陛下心中那缺失的华阳公主。"杨绾抓紧时间开始筹谋，终不能相认的父女就要见面了。

深夜的长安城是冷寂的，可有一处比它更凄清的地方，就是大明宫。大明宫担得起全国最大的庭院之美名，这里高大华贵，一间间奢靡的房屋里有着历朝历代流传下来的故事，让人欲说还休。

进了这朱漆的宫门，对一些人来讲，无异于进了深牢大狱，从此身不由己，从此再没了自由。可就是在这个深夜，李豫一身富家郎君打扮，带着少许几个随从，走出了皇宫大门。上了肩舆的他积极催促："快快快，再快点。"肩舆穿大街走小巷，载着一个迫切要见到女儿的父亲，停在了颜府门外。

沈梦芜听说父亲要来看自己，夜不能寐，对着烛火无限遐思。她想到了好多人，想到宁疾云，想到旬谟，想到元媛……还没等她再继续想下去，门帘一掀，那个令自己朝思暮想、几乎为之送命的父亲终于出现在眼前。在朝堂之上，他是一国之君；在这个深夜，他是自己血浓于水的父亲。

沈梦芜犹豫着咬了咬嘴唇，李豫已经张开了双臂："女儿。"一声"女儿"让沈梦芜的眼泪如断了线的珠子簌簌落下，她一头扎进了父亲的怀抱，泣不成声。

李豫抚摸着她的头发，泪如雨下，亲情有的时候真是奇怪的一个情感，哪怕几十年未曾相见，哪怕曾经素不相见，就算是彼此有着天大的矛盾，可最后都会一见泯恩仇，化成深深的理解和浓得化不开的思念。

三

沈梦芜伏在李豫怀中，哽咽着说道："父亲终于肯与儿见面了，阿娘和儿为了见您，吃了太多的苦。"李豫的手摸着沈梦芜的头："知道，父亲知道你们母女受苦了，这回有父亲在，有父亲保护你，再没人敢欺负你们。"

沈梦芜蓦地把头抬起，直视着陛下："您知道？我敢保证您并不知道儿和阿娘所遭受的苦难。您不知道，几十个人拿着剑追杀着儿和阿娘，要不是阿娘拼死保护，儿今日不可能再见到您。可是，阿娘她……她、她却死在了坏人的剑下……现在您也能知道，那些坏人与元载有关，为什么还一次次地姑息他？"

李豫长叹："女儿啊，朝廷的事你不要管，父亲自有安排，有些事、有些仇，父亲会替你记在心里，终归会有此仇得报那一天。"沈梦芜有些赌气："您记得最好。"李豫："好了女儿，先不说以后的事，说说眼前的吧。我会找机会把你接回宫中，让你享尽荣华富贵，以后我会好好待你，再不叫你受一点委屈。"

李豫没想到，沈梦芜直截了当地说了一个"不"字。李豫虽然经历多了大风大浪，可还是一愣，有些不理解沈梦芜既然是千里寻父，为什么又拒绝了自己。沈梦芜站起身说："我过惯了平民百姓的生活，无法容忍宫廷里的各种争斗，如果有可能，儿甚至希望您忘了这个女儿。"

李豫笑了："你这孩子，跟你母亲性子一样执拗，无非你是喜欢了宫外无拘无束的日子，父亲答应你，不强求你回到宫中。可你答应我，让我安排好你的生活。"沈梦芜点了点头。

李豫见时辰不早了，起身将沈梦芜重新搂入怀中，呢喃道："答应父亲，以后千万别委屈了自己，要记住，你不可以为所欲为，但是谁要欺负你我是不会答应的，如果有一天你想回宫了，为父随时等着你。"

沈梦芜靠在李豫的怀中，这个温暖的怀抱，让她不舍得离开。她真想说我跟您回去，可是一想到宫中的倾轧和尔虞我诈，实在是令人却步。眼睁睁地看着父亲离去，沈梦芜追出去几步，目送着父亲那顶镶嵌着美玉的软帽越来越远，直至连影子都看不见。

不知从哪天开始，元载从对句谟近于亲情的情感中挣脱出来，对句谟的背叛记恨在心。以他那睚眦必报的性格，没惹过他的人挡住了他的财路和官路，他都除之而后快，更别提让他真心记恨的句谟了。

这天一大早，元载让卓英倩来府上，说有要事相商。卓英倩一到，元载立即命卓英倩让刘希暹从禁军中调几个人伪装成普通百姓去报复句谟。卓英倩小心翼翼地问："元公的意思鄙人明白，可是要做到什么程度呢？"

元载用力挥手："杀。"卓英倩："句谟现在是陛下眼中的红人，我们这么做是不是为时过早？元公要不再等些日子？"卓英倩念及与句谟的友情，想拖延一下。元载冷冷地看着他，卓英倩也害怕了，连忙说："好，属下这就去办，绝不留后患。"

元载笑了："你是我最信任的人，我才找你去办这事，我知道，你与句谟交好，可你想想，我供养了他那么久，甚至还准备把女儿许配给他，他都会如此对我。换了你要是落在他的手上，他何尝不会狠心对你？决不能优柔寡断了。你可别学他，辜负了我的信任。"卓英倩立刻跪下磕头："元公对我恩重如山，鄙人知道该怎么做了。"

元载看着桌上的棋盘，想起往日与句谟下棋，他小心翼翼输给自己的样子，内心百感交集，五味杂陈，一挥手把棋盘打落在地，棋子"咕噜噜"滚了一地。

四

有了陛下赐的宅子，句谟天真地以为没人敢在他的家中生事。他拦住了要回家乡的父母，让他们在京城安度晚年。而他自己，则行踪万分小心，以防不测。可毕竟是年轻人，总有一些心事不想要父母知晓，于是这一日，趁着大雪初霁，索性去了酒楼喝起了闷酒。

醉眼蒙眬间，一歌姬从帘后抱着琵琶坐在了高台上，低吟浅唱，邬谟心中一喜，可定睛一看，哪里是沈梦芜，不禁感叹不已。是啊，沈梦芜已经是公主，怎么可能还来酒楼唱曲。想起以前总有沈梦芜坐在身边，低吟浅唱，似乎就在昨天；如今却换了别的歌姬，那个熟悉的面孔以后再也不可能出现在自己面前了。

木质楼梯传来"乒乓"乱响，家里一个仆人跑上来到了邬谟的面前："阿郎，不好了，快回家看看吧，家中遭遇了盗贼，几个人都拦不住，家中已经乱成一团。"

邬谟一听，酒醒了大半。赶快回到家里，却见财物被洗劫一空，父母不知去向。邬谟都不用多想，就知道这是元载派手下干的，邬谟担心父母心切，直接去往宰相府。他心急如焚，一路上都在想，元载啊元载，你有什么事冲我来，不能为难我年迈的父母啊。

关心则乱，邬谟本是个细心之人，可他被父母失踪急得是晕头转向，跑到元府就冲进了院子，等他发现偌大的宰相府空无一人，婢女都不知道去了哪里，他才猛然发觉，自己好像中计了。等他退出去的时候，宰相府大门缓缓关闭，数十个黑衣人从门口、屋里、走廊上、屋脊上蹿了出来。邬谟傻眼了，元载披着一件狐嗉的大衣站在长廊下，冷冷地看着邬谟。

元载这件大衣很少穿着，每次穿起必然是有要事发生。所谓狐嗉就是狐狸下颌处的那一块皮子，据说这块皮子雪落无痕，雨落不湿，极其保暖。可一只狐狸只能取这一小块的皮，要做成元载身上穿的这件大衣，据说至少需要五年的时间，可谓是极其珍贵，价值连城。元载做了多年的宰相，站着不说话就极其威仪，据说曾经有人想见他，见了面还没等走到近前，已经被他的锋芒所折服，双膝爬行到他的面前。

邬谟也看着元载，他知道此时说什么都无用了，两个人彼此看着，然后，元载挥了下手，黑衣人用绳子将邬谟捆了个结结实实，拉着邬谟就往外走。元载不知道邬谟这个时候若回头向他求饶，他会如何处理，他会不会原谅他。元载看着邬谟被拉出了大门，闭了一下双眼，这个叱咤风云数十载的老人，此时内心的感受相信没有人会理解。

邬谟被押进大牢，罪名是入室行窃、窃取国家机密。第一条在当时是问题不大的，大不了挨上几十下板子；可这后一条，有了这个罪名，是要掉脑袋的。大牢里昏暗无光，旬谟坐在稻草上，仰望着小小的天窗。几年前，因为考生舞弊案，他身陷囹圄，差点丧命，现在绕了一圈，又回到了这个地方，而看这情形，这次恐怕是出不去了，为了父母，为了自己未完成的事业，旬谟心有不甘，要拼一下。

两次过堂，旬谟皆喊冤枉，各种刑罚用了七七八八，旬谟死不认罪。元载有些心急，李豫对旬谟非常关注，也知道他长街一哭。尽管元载不会放过他，可一旦李豫问起，元载势必要把旬谟交出来，于是，尽快让旬谟认罪成了当务之急。

这一日旬谟过堂回来，两个衙役将他推到了地上，满身的血污让他动弹不得。他看着一只老鼠从面前爬过，贼溜溜的眼睛一点都不怕人，旬谟转过头去。此时，牢门响起，一双京城知名鞋坊步云轩的鞋子出现在他眼前，旬谟知道这是谁，可他实在是抬不起头来，只能看着地面说道："何不来个痛快的？我认不认罪都是死，何苦这番折辱我？"

元载低头看着旬谟："一个人想死很容易，如今你苟且偷生，是不是想寻一线生机？我来是告诉你，你要拖到陛下问起你，我当然会放你出去。可你父母你恐怕再也见不到了。"旬谟一听这话，着急地说："我可以去死，就在今夜，你答应放过我父母可好？他们一生辛劳，好不容易有了安度晚年的机会，我一人做事一人当。"

元载蹲下了身，看着旬谟说："你想到他们了，可你做那些事的时候，你充好汉的时候，怎么没想过扳不倒我，你的家人会怎样？你明天过堂的时候，要说什么，怎么说，你自然明白。你父母的命都攥在你的手里。"

元载走了出去，牢门"咣啷啷"地再次关上，旬谟一动不动地躺在地上，无声无息。

五

在书房里，元载看着手下递来的旬谟认罪结案文书，靠在椅背上，沉默良久。书房门开了，一个熟悉的人影闪现在门口，元载蓦地站起身，惊呼："女儿？"元媛一身女尼装扮，向元载轻施一礼，元载冲过去拉住了元媛，眼睛里有泪光闪动："女儿啊，你到底是去了哪里？为父到处找你，可却遍寻不见，你怎么能这么对你的父母？"元媛："儿已出家为尼，今日有事见您。"

元载冷漠地道："邬谟背叛了元府，难道你一点都没听到传言？你要是为他来求情，我看你还是不要说了。"元媛："儿并非为他求情，只不过在他上次要扳倒您之前，曾经求他放过您。据儿所知，他确实在朝堂之上没有步步紧逼。"元载哼了一声："他是看大势已去，成了强弩之末这才试图挽回。"

元媛："他十六个字的谏言，如若不提前准备，怎么可能拿到朝堂之上，可见，他是听了儿的请求，要放您一马。这个情您不能不领。"元载："我领也是领你的情，你是我的女儿，何来领情一说。"

元媛："今日儿以女儿的名义求您，留邬谟一命吧。"元载："你回家吧，我留他一命。"元媛看着元载："当您想把儿送入宫中的时候，儿已经没有家了。"元媛说完，低头行礼，快步离去，饶是元载追到了长廊之上，终究未能挽留住她的脚步。

元载对邬谟无计可施了，投鼠忌器，他明白，留住女儿，只有邬谟可以办到。最终到底是亲情占了上风，元载顾念着女儿，决定饶邬谟一命。

元载话头一松，卓英倩何等滑头，立即明白了邬谟之事有缓和，急忙去监牢探望邬谟。邬谟见卓英倩来了，看都不肯看他一眼。卓英倩围着邬谟找话题："邬谟啊邬谟，你怎么就这么拧，人活着，识时务者为俊杰，你这个小胳膊能拧过元载那条大粗腿？这不是拿着鸡蛋碰石头吗？多亏元媛为你求情，元载饶你不死，要不然，你真要命丧黄泉了。"

邬谟避开卓英倩的眼睛，面无表情地问道："我的父母是你带人去抓的？"卓英倩："是我不假，我奉命行事，人在矮檐下，不得不低头。邬谟兄，你得理解我。"邬谟再不言语，静静地靠在墙壁上，闭上双眼，恍若眼前根本就没有卓英倩这个人，卓英倩也明白，他跟邬谟这么多年的感情到此就断了。

元载没收了邬谟的全部财产，打了他二十大板，便将他和家人放了。至于陛下御赐的宅子，元载倒是没有敢没收，可旬谟的双亲遭受到了如此惊吓，就是让他们回去住，也是万万不愿意去了。旬谟搬家那天，景象凄凉，他身无一官半职，又与宰相为敌，两次进过大牢的人，谁人看见他都躲得远远的。旬谟低着头，没有什么比此时更能体会到人情淡薄。

然而，在房檐一隅，却有着一双流泪的眼睛，目不转睛地看着他。元媛几次想冲出去，安慰旬谟，甚至想放弃一切，与他远走高飞。可又一想，旬谟到了今天这般田地全因父亲所致，他见了自己又会说些什么呢？百般纠结中，旬谟已经和父母收拾了东西，渐渐远去。

元媛从房檐下走了出来，看着旬谟那高大的背影，泪湿衣襟，两个相爱的男女，却因为这绕不开的权力之争，彼此渐行渐远，难以并肩前行。元媛所能为旬谟做的，无非是每日跪在佛像前忏悔，为他祈福。

第六部分：宰相"夜醮"案

第一章：家破人亡

一

公元 775—779 年，对普通人来讲，不过弹指一挥。而对大唐来讲，这四年发生了许多大事。公元 777 年，众人合力将元载拉下马，旬谟功不可没。779 年，李豫离世，旬谟却从此失去了踪迹。历史的舞台上，再没有了他的消息。可他的初心却始终未变，返回民间，为百姓谋福利，仍旧为了国家做点实事——他将自己所学悉数传授给了一位后人，这位后人在旬谟的教导下，名留青史，终成为一代名相。

那还是 774 年的冬天，长安城大街上行人稀少，凄厉的寒风好像带着哨音呼呼地刮过，路人的耳朵不知是因为低温所冻，还是被嗷嗷叫着的风声所侵袭，哪怕是进了温暖的房中，整个耳郭还会嗡嗡地作响。

在这凛冽的寒风中，有一个淡蓝色的三角形的旗帜猎猎作响，旗下是一张寒酸的三条腿的桌子。那条不见了的腿不知是断了还是遗失在哪里，缺少的部分用几块石头垫住，稍微一用力，桌子就朝着一方倾斜。一个书生，正坐在桌子前卖力地吆喝："代写书信、文书、状纸、春联、条幅。"书生的外袍并不厚实，有风刮过他整个人就往外袍里瑟缩，双脚不停地在地上跳动。想来也是冻得狠了，书生干脆绕着桌子跑了起来，风吹发动，那英俊的剑眉，灿若星辰的双眸，不是旬谟还能是谁。

偶尔有行人多看几眼，旬谟总要追着问上两句："可要字画？现写现画。"遇到脾气好的，大不了摆摆手："不要不要。"遇见那地痞无赖，拎着旬谟的衣领大骂："老子这要去打牌，你他娘的问我要不要字画，这不是咒我输吗？"旬谟这么一天天地过着日子，一想到家中年迈的双亲还在等米下锅，他不得不提高嗓门大喊："谁要代写书信，谁要写文书状纸！"状元之才，落魄于此，让人不胜唏嘘。

距离碑楼不远有一处贫民窟，这地方就是京城里穷人的聚集地，一个大院里往往有十七八家的住户，有摆摊卖艺的，有卖水卖菜的，有儿子在宫里当太监的，还有女儿在酒楼当歌女的，几乎都是社会上最底层的人。

邹谟一家住在这里，不大的两间房，老两口拾掇得干干净净，烧火的灶台都抹得亮亮堂堂的。邹谟的母亲见天色已晚，儿子还没回来，不禁担心地问邹谟的父亲："老头子啊，儿子咋还没回来？要不你去迎一下？"

父亲笑了："你当他还十七八岁？大牢都住了两回了，他什么不明白。"母亲嗔怪地拍打父亲："死老头子，哪有你这么说儿子的，让外人听了去，该背后议论咱儿子了。"父亲笑得更欢了："你呀你呀，这有什么，儿子哪次进大牢都不是做了什么坏事，何必把这当作羞耻之事。我们不把它当回事，儿子自然就释怀啦。"

说着话，门帘一掀开，一张瓜子般雪白的小脸出现在帘子后头，老两口愣在了当场。

二

邹谟的母亲反应得快，一迭声地说："哎呀呀，沈娘子，这大冷的天儿你怎么来啦？"邹谟的母亲热情地拉过沈梦芜，沈梦芜身后跟着两个仆人，仆人手上提的、肩上扛的都是吃的。邹谟的父亲把东西接过来，嘴上忙不迭地说着："你看看，每次来都带这么多东西，上次拿的饼还没吃完呢。"沈梦芜笑着："快过年了，少不了预备年货，邹谟生意也不好做，顺手就带了些东西来，不值什么钱。"

邹谟的母亲摸着沈梦芜的手感叹："我们搬来了以后，吃的用的，都是你送的。唉，邹谟到了这般地步，可他运气还是不错的，有你这么个生死相助的朋友。"邹谟的母亲看着屋外灰蒙蒙的天，担忧地说："我这傻儿子，天都这么晚了，没生意就别耗着了，倒是早点回来啊。"

沈梦芜："也许他生意正好呢。"

沈梦芜说得没错，此时旬谟生意好得不得了，两个男子围着他，要十副对联，还要五个扇面，一袋钱扔给旬谟，看都不看，自顾在旁边聊天。旬谟殷勤地问："对联可有什么要求？"两个人头都未回，摆手说："随意，您看着写，写什么都行。您最好快着点，太冷了。"写字对旬谟来说小菜一碟，刷刷点点，对联和扇面就写完等晾干了。

两个人夹了对联和扇面，说了声谢谢，大步走了，旬谟看着钱，追了出去："二位郎君，要不得这么多钱。"两个人毫无反应，并没停步。旬谟看着钱，总感到有什么不对劲的地方。

按理来说，用钱买字的人，多少应读过些书。可这二位，走路晃着肩膀，脚下也不利索，横蹚着雪走，一看就是粗人。虽说也有家丁来买字，可大宅门里出来的家丁，有样学样，端着架子，比一般读书人更讲究排场。旬谟更觉得这里有什么不对，于是跟着二人前行，左拐右绕来到了一处府门外。二人把字画递给一个管家模样的人，笑嘻嘻地道："得咧，这趟活我们完成了，下次有事您再安排，我们得回去了。"管家从口袋里掏出几个钱，递给二人，二人拿了更是不停地行礼："谢谢，谢谢您咧。"管家缩着脖子夹着东西进了门。

旬谟走近了府门，门上大大的匾额，卓府二字刺痛了他的眼睛——卓英倩的府邸？不用说，这买字画的人就是卓府安排的，怪不得自从天冷了，写字的生意好得不得了，原来是卓英倩在暗中照顾，旬谟看着手里的钱，想了又想，揣进了怀里。俗话说，英雄有时为五斗米折腰，肚子饿的时候是难以讲尊严的。

旬谟越走心里越不是滋味，暗暗地责怪自己："旬谟啊旬谟，你当初为了扳倒元载，生死都能置之度外，现在为了一袋钱，善恶都不分了，你的骨气呢？你的初心呢？"旬谟掏出钱，看了又看，顺手扔给了跪在地上乞讨的乞丐，一文不留，心里安然了许多。

二

旬谟家里，旬谟的母亲在劈柴点炉子，谈起劈柴，话就多了起来：

"这长安城里，什么都能卖钱，就这些破木头，我们老家山上要多少有多少，要出点力气，漫山遍野地随便往家抱。可你瞅瞅现在，买这么一小捆，就收我那么多钱。"

郇谟掀起门帘进屋，母亲急忙问："今天怎么样？赚了点钱没有？房东可来要房租了，沈娘子说给咱交，我没同意，我们有手有脚的，哪能要了人家东西还要人家钱。"郇谟把手搭在母亲肩头，颇感欣慰："母亲，您做得对。"母亲又急切地说："你尽快把钱给我，我去交房租。"郇谟苦笑道："今天生意不好，房租等明天我想办法解决。"母亲无奈点点头。

第二天，郇谟想早点出摊，兴许多赚几个钱，用来交房租。可是这一出门看到，昨夜下了一夜的雪，今晨又不知道是谁洒了水，整条路镜子面一样光滑，就这路面，别说摆摊，行人都没有几个。可既然已经出来了，要是再回去母亲难免又得唠叨几句，索性慢慢往郊外走去。

郇谟每每到静慈庵门口徘徊，却不忍进去探望，默默地把想念元媛的心意写成诗文："满目凄凉事，故人别我游。预想忘情怯，柴门紧闭愁。山上涉险夜，还道这个秋。西去问菩萨，心折怎堪留。北坡静慈庵，胜迹永流传。大雪山门古，丹青心内空。日照垂雪露，心逐往日风。冷溪无情极，愁时独向东。"郇谟将诗文悬挂在门口一棵许愿树上。

元媛在静慈庵里面长伴青灯古佛，心里却也思念着郇谟。她时而便把郇谟送她的钗，小心翼翼地从手帕中拿出来，反复欣赏。要论善良，元媛和沈梦芜相差无几，沈梦芜历尽沧桑，为人随和大度；元媛比较任性，说话办事不太替人着想。就如她们都深爱着郇谟，元媛终归迈不出主动的那一步，沈梦芜却宁愿为了郇谟，放弃了公主身份，以平民的身份伴随在郇谟身边。

郇谟心情暗淡地从静慈庵返回到家中，已经是掌灯时分，想到房租还没有着落，心情又暗淡了几分，还没等撩帘进屋，屋子里传来的笑声，让他一惊，不禁停住了脚步。父亲和母亲显然是心情大好，父亲的大嗓门一听就是喝了酒，郇谟心下甚慰。从自己出了事以后，父母每日强颜欢笑，他不是看不出来，可无能为力。今天听到他们这么开心，郇谟的嘴角边也跟着绽放出笑容。他推门进屋，看到父亲举着一张纸，在让沈梦芜看他写的字；母亲手里拿着一块上好的丝绸，在往身上摆弄。

看见旬谟进来，母亲急忙放下丝绸，笑意吟吟："儿子，你吃过饭没有？沈娘子带来了廖碧斋的酱蹄髈，哎呀，街坊四邻的我都分了一块，你还别说，这味道真香。"旬谟看着沈梦芜，沈梦芜低头笑着："我还给你带了些纸笔，省得你一个人出去买，又不识得货，像上次似的被人骗了。"旬谟笑了笑。

沈梦芜又拿过一件狐皮斗篷，为旬谟披上肩头："外面天寒地冻，你这身衣服太单薄，这狐皮斗篷虽不及你往日的貂裘好，可也保暖挡风，你以后外出就穿上，别忘了。"

沈梦芜絮絮叨叨地又把暖手的暖炉也一并放好，旬谟站在梦芜旁静静地听着，旬谟父亲朝旬谟母亲递了一个眼色，两个人都会心地笑了。

三

寒风吹打着旬谟家素简的小屋，四个人围坐桌前，吃着饭，沈梦芜夹了菜放到了旬谟母亲的碗里。旬谟母亲满足地笑了，在桌下面抬起脚，朝着旬谟踩去。旬谟一愣，看了过去，父亲急忙朝着沈梦芜努努嘴，旬谟笑了下，夹起一块蹄髈放在沈梦芜碗中。沈梦芜先是怔了一下，随即也抿嘴笑了。桌上的烛火虽不甚明亮，可这一家人的笑容足以让这破旧的小屋温暖如春。

颜真卿的府邸，少了些烟火气息，多了几分冷清。杨绾和几个老臣们闷坐一处，唉声叹气。杨绾轻咳一声说道："我最担心沈梦芜因儿女私情放弃公主身份。我们可真没有胜算了，如今沈梦芜是我们击败元载最后的筹码，无论如何不能失去呀。"颜真卿回应道："所言极是，老夫劝说了沈娘子几次，她执意不听，老夫确实没了办法。"

杨绾说："颜公，你恐怕劝错了人啊。"颜真卿诧异地看着杨绾，几个老臣明白过味来，频频点头，议论纷纷："是啊是啊，这时候了，旬谟是个明事理的人，他不会不知道这其中的利害关系。""可不是，他为了扳倒元载不惜放弃到手的荣华富贵，现如今穷得上街卖字，可见其心之坚决。"

颜真卿问道："那老朽去找邹谟说说？"杨绾态度坚决道："大敌当前，一切要以这个使命为重，当前只能委屈邹谟啦，千万不能失去沈梦芜这个机会，不然后果不堪设想啊。"颜真卿点点头说："我明天就去办。"

长安街上的风，这几日小了不少，沈梦芜的心情也如同这冬日的暖阳，让邹谟的心有了回温的迹象，坐在字摊前的神情也舒展了许多。看到有人过来，站起身时脸上多了笑容："您可是要写字？是想写文书还是条幅？"只见来人拉下了大衣上戴着的风帽，露出了熟悉的脸，摆了摆手。邹谟看到颜真卿，情知有事，托付依偎在字摊前的乞丐帮忙照看一下，起身跟在颜真卿后面。

酒楼里，邹谟捧着温热的花雕唏嘘不已，往日情形历历在目。颜真卿似乎是有意要给他时间，让他沉浸在难忘的回忆里，夕阳渐渐地滑落到看不见的黑暗之中，邹谟开口了："颜公找我何事？让我想想，一个是为了元媛，再一个是为了沈娘子，我说得对吧？"颜真卿感到这么长时间没照应过邹谟，心中有些过意不去，毕竟邹谟是为拉元载下马落到了这步日地。

颜真卿嘿嘿一笑："邹谟啊，确实找你有事。你是知道的，元载再次得势，更加猖狂，肆无忌惮，朝堂上怨声一片。我也是难以为继，无法抽身来看你，请体谅老夫的难处。"邹谟点点头。颜真卿从怀中掏出一袋钱，塞到邹谟手中，邹谟错愕，颜真卿诚恳地说："邹谟啊，这钱拿上，不是送你的，是给你年迈的双亲。你年轻，吃些苦倒无妨，可你的父母要照顾呀。等到以后，我为你们买上一座小宅子，有我们帮衬着，你的日子难过不了，放心吧。"

邹谟心里的感激满满地从眼中溢了出来，刚把钱收好，颜真卿又说话了："邹谟，我跟你父亲年纪差不多，喊你一声贤侄也不为过。你为了国家、为了朝廷，无私无畏，毫不考虑个人得失，我对你真是十分敬佩。小小年纪，你实属不易啊。"邹谟目光中露出刚毅："可惜没把元载拉下马，要是再有一次机会，我宁可被杀头，还是无怨无悔。"颜真卿急切地跟上这个话题："有、有，现在还真有机会，只是，只是……"

邹谟焦急地："您快说，只要我能帮上忙，万死不辞。"颜真卿：

"你是知道沈娘子住在我府上的，陛下与她父女相认，这本是件极好的事，可沈娘子的心根本不在这上，大明宫都不想去，整日在你那陋室流连。你知道，这沈娘子对扳倒元载有多重要啊，这可如何是好？"旬谟表情凝固起来，他看着颜真卿："颜公今日来想必不是为了家父家母，而是为了沈娘子。"

颜真卿急得擦汗："你可真误会了，老朽的的确确是想帮衬你。俗话说把小家稳固了，才能去牵挂国事不是？"旬谟转头过去，注视着沈梦芜平常唱曲的位置，内心一阵隐痛，说不出什么滋味，他躬身告辞，临下楼之际，飘过来一句话："好，我答应你。"

颜真卿欣喜，可目光却看到刚给旬谟的那袋钱，好端端地躺在桌子上，颜真卿如此年纪，他知道，这次真的伤了旬谟的心。

四

沈梦芜又如往常一样来旬谟家，进门就笑嘻嘻地说："旬谟，你快看，我带了什么来？上好的黄牛肉呢，让阿娘细细切了为我们做丸子汤。"旬谟捧着一本书，头也未回。沈梦芜纳闷："对了，今天你怎么没出门去摆字摊？算了，过年之前就别出去了，也不差你赚那几文钱。"

旬谟把书"砰"地扣下，回头冷冷地看着沈梦芜。沈梦芜不明白为什么，局促不安地摸摸头发："怎么了？你是心情不好吗？"旬谟："你的牛肉拿走吧，我旬谟不想让人说我是吃软饭的。"沈梦芜："你怎么会如此说话？你知道我没那个意思，我是关心你啊！"旬谟："我不敢要你来关心，你回宫里安安心心做你的公主去吧，我这陋室可没分量迎接你这贵女。"

沈梦芜稳定了一下，走到旬谟面前坐下，温婉地说："旬谟，可是有人在背后说了些什么？人言可畏，如果他们说了些不中听的话，别去理他们就是了，我哪里是什么公主，我只是一个酒楼卖唱的歌姬。"旬谟："你知道就好，想我旬谟，辉煌之际来往的都是些什么人？曾与我议婚的元媛是什么人，那是宰相的女儿！"

提到元媛，沈梦芜面色变得惨白起来："你这么说是什么意思？难道我曾在酒楼卖唱让你丢脸了吗？"郇谟："这还用说嘛，哪个清清白白的人家整日有歌姬上门。"

沈梦芜蓦地站起身，指着郇谟："郇谟，你这么说可别后悔，我要是真成了公主，也不再是你高攀得起的，你想清楚。"郇谟："那就试试，你看看我能不能攀得上。"沈梦芜气得浑身颤抖："郇谟，难道我这些年都看错了你？"郇谟："人在得意时自然是看不出什么，可落魄的时候就得两说。总之，我不想在我家里看见你。"

沈梦芜与元媛不同，再生气也不说狠话，咬着嘴唇，眼泪簌簌落下，哭了一会儿，甩手便离开了。郇谟追到门口，猛地掀起了门帘，他好想喊她回来。郇谟心里明白，对沈梦芜的感情就算是不能与对元媛的一样，可这个女子在自己心里已留下了一个不可替代的位置。尤其她这些日子为自己所做的一切，就是铁石心肠之人也会被感动。

郇谟回到房中，对自己的所作所为非常懊悔，可他实在想不出更好的处理办法，心情郁结，披上衣服，要出去转转。

门帘一掀开，沈梦芜不知什么时间转了回来，站在门口望着他。沈梦芜："郇谟，我认为我不会看错你，你这样的态度事出有因，我想了想，是颜公找了你？我经常见你影响了他们的计划？"沈梦芜竟然聪慧至此，郇谟低头不语，不知说什么。

沈梦芜："郇谟，我明白了，我以后不再来了，不是为了他们的计划，我是心疼你。你为了扳倒元载落魄到这等地步，如果功亏一篑，你一辈子都不安心。为了你，我配合他们，可你不觉得他们有些残酷了吗？在某种意义上讲，他们夺走了你的一切啊，郇谟，你说你傻不傻？"

这些肺腑之言，那么善解人意，从沈梦芜嘴中说出，句句动听，感人肺腑。郇谟此时有一丝恍惚，如果沈梦芜和元媛都是寻常人家的女子，他到底会娶了谁，现在都有些迷茫了。

沈梦芜没等郇谟回答，转身离去，走几步回头又看了看，郇谟好想冲过去抱住她，告诉她不要再去做什么公主，他们可以彼此相依为命，相濡以沫，了此残生。

然而，一想到有些事情没有做完，或因为这个决定而失去扳倒元载的机会，一切从此万劫不复。郇谟控制住了自己的冲动，目送沈梦芜渐渐走远。

从旬谟家出来，沈梦芜悲从中来，住颜府已诸多不便，她已感到颜真卿是不愿意她见旬谟的。因此，几次出来连个仆人都没带，急急忙忙地买了东西送给旬谟，又替他交了房租，没想到换来旬谟如此对待自己。沈梦芜越想越悲凉，不禁掩面而泣。

天色已近黄昏，深冬的路上，行人寥寥，沈梦芜从旬谟家出来走得匆忙，狐裘大衣也没穿，一身单薄的装束又哭哭啼啼，十分地引人注目。此时刘希暹从酒楼里灌了很多酒，哼着小曲摇摇晃晃地走在街上，与沈梦芜碰了个正着。

刘希暹是当年鱼朝恩的旧部，只因头脑非常灵活，当初没有受到牵连，很快成了元载的党羽。刘希暹仗着有元载撑腰，俨然成了京城新贵，举手投足一副把谁都不放在眼里的架势。

沈梦芜今天偏偏与他相撞，刘希暹怎么会放过这个身段如风拂杨柳的美貌小娘子。沈梦芜低头哭着走着，眼前一人拦住了她的去路。

五

沈梦芜一抬手，瓜子脸上流着眼泪，犹如海棠滴水。刘希暹嘻嘻笑着伸手摸了一下沈梦芜的脸蛋，嘴里嘟哝着："啧啧啧，美人落泪让人如何舍得。快与我说说，谁欺负了你，我为你报仇。"

沈梦芜绕过刘希暹想走，刘希暹如何肯放行，嘴里依旧不干不净："小娘子姓甚名谁？家住哪里？我正缺一个姜室，不如就与我回府，今晚就入洞房。"

沈梦芜情急之下脱不开身，朝着刘希暹奋力一推，刘希暹更是开心地大笑："呦嗬，是个烈火性子！哎呀呀，我最喜欢的就是这样，来来来，再推下我试试？"话音刚落，一把搂住沈梦芜。沈梦芜哪里受到过这种羞辱，抓住刘希暹的手狠狠地咬去，刘希暹"啊呀"一声，兽性大发，一把撕烂了沈梦芜胸前的衣服，沈梦芜胸前光洁的肌肤露了出来。接着刘希暹直接按住了沈梦芜，沉甸甸的大脑袋凑了上去，在沈梦芜胸前强吻；沈梦芜拼命挣扎，惊吓过度，眼前一黑，晕了过去。

刘希暹得意极了，像扛麻袋一样，扛起沈梦芜摇摇晃晃地往前走。正在这时，忽然，他身后传来一声怒喝声："你把沈娘子给我放下！"

原来，邻谟的父母回到家中，见到了沈梦芜买来的东西和她身上的狐裘大衣，却没见到人。问了邻谟，邻谟闷不作声，转身拿着一应工具，推门出摊走了。老夫妇心想，一准是这俩孩子闹了别扭，可天这么冷，沈梦芜身材又单薄，冻坏了可怎么办，俩人拿了沈梦芜的衣服追了来，刚追到街上，就看到了刘希暹调戏沈梦芜这一幕。

刘希暹听见喊声，回头一看是邻谟的父母，冷笑了几声："我当是谁，原来是你们两个老不死的。怎么，你们儿子没被杀头你们是气不顺？再敢多说一句话，老子今天就成全了你们俩。"

刘希暹和邻谟虽不熟，可明里暗里没少跟邻谟生气——元载当初重视邻谟，他的党羽哪个心理平衡？后来邻谟倒戈，大家松了口气，可邻谟与党羽们的梁子深深结下了。刘希暹色胆冲天，偏偏邻谟的父母又来干涉，他怎么能不怒火中烧。

"你把沈娘子放下！你怎么能光天化日之下抢劫良家妇女？"邻谟的父亲指着刘希暹高声喊着。刘希暹把沈梦芜摔在地上，一记窝心脚踢向老人家。邻谟的母亲照看着摔在地上的沈梦芜，又看着自家男人被踢得险些倒下，无能为力，索性大哭起来："快来人看看吧！恶人当街行凶啊！"

邻谟的母亲是乡下妇女，力气大，嗓门高，这一嗓子下去，立刻来了不少路人围观。刘希暹看围观的人越来越多，指着邻谟的父母恶狠狠地道："你们给我等着，敢坏了我的好事，咱们没完，走着瞧。"

卓英倩的管家连滚带爬地冲进了书房，语无伦次地喊："阿郎，宰相来了。"卓英倩听了吓了一跳，匆忙出门迎接。元载被迎进书房，卓府的上上下下簇拥着他，元载背着手在书房四处看着，卓英倩："元公有何事，召唤一声，鄙人立刻会赶赴府上。这冰天雪地的，劳您大驾光临。"

元载依旧不出声，随手翻着卓英倩书房的字画，抽出了几张对联，认认真真地看着。卓英倩急出了一身的冷汗。情知隐瞒不住，小声地坦白："我与邻谟毕竟当初一起进京赶考，看他如今三餐不继，买了他的字画帮衬一下他。"

　　元载"啪"地一拍桌子，卓英倩"噗通"跪倒，元载怒气冲冲："卓英倩，你好大的胆子！"

第二章：颓废度日

一

元载恨铁不成钢地指着卓英倩："今日我就不叫你起身，你知道你犯了多大的错？你居然要走旬谟同样的路？"卓英倩哆哆嗦嗦："鄙人愚钝，请明示。"

元载："我当初是如何对旬谟，你不会不记得？我对亲生儿子都没这么好过，可他呢？他几乎要了我的命啊，你怜惜他是在害你自己。一旦他再兴风作浪，你想想，我们还有无翻身的余地？"

卓英倩擦了额头的冷汗辩解："旬谟不是那样的人。""啪"，一个嘴巴狠狠地掴在了卓英倩的脸上，元载气得浑身战栗："你再说一遍？他不是那样的人？时至今日你还说他不是那样的人？刀没割在你身上，你永远不知道什么是疼。"

元载扶起了卓英倩，又接着说："你呀你呀，你真不了解旬谟，他打着匡扶天下的旗号，力图为自己扬名，他的野心可不是当个小官，他一次次拒绝为官，难道是他根性清白？"卓英倩倒吸了一口凉气。元载："对这种人绝不能怜悯，应趁着他落魄之际，给他狠命一击，要让他付出更惨重的代价，没有任何还手的余地。"

卓英倩问道："您的意思？"元载说："以你对旬谟的了解，他最在乎的是什么人？"卓英倩小声："莫非是您的女儿？"元载："混账。"卓英倩立即改口："难道是沈娘子？"元载恨其不争地叹了口气："身体发肤，受之父母，俗话说血浓于水，你说他在乎谁？谁能让他感受到锥心刺骨的痛？"

卓英倩："您的意思？"元载："选择一个合适的人，去旬谟家，把他的父母抓来，我要让旬谟像狗一样乞求我！他还卖字画，装清高！我要能放过他，就不是元载！"卓英倩："这个差事鄙人不大合适吧？"元载："你是我最器重的人，我怎么能让你为难。"

元载伸手拿过了书案上的纸笔，端正地写下了三个大字：刘希暹。卓英倩有些疑惑。元载笑了："这个狗东西本是鱼朝恩的人，其旧主倒了，投奔到我这。对于这种不是人的人，要安排他去干一些不是人的事。"卓英倩对元载佩服得五体投地，元载什么事都记得清清楚楚，并且知晓用什么人做什么事。

旬谟拿了出摊的东西想卖几个字赚点钱，可是不知怎的思绪纷乱根本沉不下来做事，索性把东西扔给了小乞丐看着，一个人朝着城外小山走去。山上积雪杂沓，尤其冻着晶莹欲滴的松针，让旬谟不由自主地想起当年在山上找寻元媛，两个人相依相偎的情景。

现在物是人非，空留满腔余恨。

旬谟费尽力气爬上山顶，看着长安城里的远景，心里几多感慨，当初可以说是宝马轻裘，应有尽有，可如今却落到如此结局。漫漫长路不知到底该怎么走，他内心茫然，不知所措。

二

刘希暹本来就恨旬谟，又与旬谟父母结了梁子，如今被安排了这个任务，他得意地嘟哝："人要走了运，刚想瞌睡就有人送枕头。"

刘希暹带了人到旬谟家，刚进院子就开始呼呼喝喝："两个老不死的住哪个窝里了？赶紧滚出来，有人请你们去喝茶。"旬谟父母年纪大了，听到来人很多，待在屋子里不出声。刘希暹气焰越发嚣张，指挥着众人大声说："两个老家伙要不出来，我数五个数，你们尽管把这院子里的东西都给我扔了，不是我心狠，丑话说在前头，是两个老不死的惹得祸，这可别怪我。"

刘希暹五个数数完，那些手下立刻往院子外头扔居家的东西。这里住的都是穷困的人家，眼看着柴火被扔了，水缸都被砸了，东西满地都是，一时间院子里哭嚎遍地，让人不忍听闻。

"别难为大伙，有事冲我们来。"邬谟家的门开了，邬谟父母走了出来。刘希暹一挥手，手下停止了动作。刘希暹恶狠狠地说："你们可真是有福气，当今宰相可是你们平民百姓说见就见的？这得多亏你们有个好儿子。"

邬谟父亲停顿了一下，坦然说道："我们俩这就跟你们走，可让我俩进屋穿件衣服吧？天寒地冻的，穿得少了，没等到宰相府，我们兴许就冻死了。"刘希暹得到的指令是带活的来，他也怕冻死了不好交差，只好不耐烦地摆摆手："快去快去，啰唆什么。"

邬谟父亲拽着泣不成声的邬谟母亲回到了屋子里。

邬谟母亲颤声问："老头子，我们去了能活着回来吗？"邬谟父亲温柔地看着邬谟母亲，替她拢了拢鬓边的白发："老婆子啊，你跟了我一辈子，什么福都没享到，你后悔不？"邬谟母亲摇了摇头："不后悔。"

邬谟父亲微笑："那好，要是人真有下辈子，我还娶你，一定像此生这样，好好对你。宰相府那里我们不能去啊，元载想用我们威胁和伤害儿子。"邬谟母亲一听儿子，立即脑袋摇得跟拨浪鼓似的："我俩可不能让儿子为难啊，宁可咱受苦，绝不能牵连儿子。"

邬谟父亲叹气："你去把沈娘子送的绸缎拿出来，我俩围上，你这辈子还没穿过那么好的衣裳。"邬谟母亲愣了一下，突然明白了什么，起身从箱中抱出了整匹的绸缎，老两口围在身上，紧紧相拥。邬谟父亲拿起小火炉中熊熊燃烧的木材，点着了绸缎。绸缎易燃，转眼间火光冲天，邬谟父亲忍痛大喊："乡亲们啊，别忘了告诉我儿子，他是我们老两口的好儿子，他做得对，一定要扳倒元载那个老贼，为大唐除一个祸害！"

刘希暹看屋内浓烟四起，唤人去救火，茅草房遇见火哪里还能救，一转眼就烧成了一片。街坊邻居拼尽全力，只是阻挡了火势的蔓延，邬谟家不到一个时辰就已夷为废墟了。邬谟站在山坡上，远远地看城中一处火光四起，知道那地方肯定是民房聚集，不禁为对方难过，这马上就要过年了，着此大火让全家老少如何安歇。

三

旬谟拎着一壶酒回去的时候，天色已经黑透，他朝着家走得越近，焦烟的味道越是刺鼻，旬谟不由得心上一紧，疾走了数步到了家门口。附近帮着扑灭了大火的邻居，围着地上的草席指指点点，看到旬谟过来，众人都自动退后了两步。看着片瓦无存的家还冒着袅袅的青烟，地上不知道哪位好心的邻居拿来的草席，草席鼓鼓的，明显下面盖着东西。旬谟缓缓地蹲下，刚要掀开草席，一个邻居猛地按住他的手，哽咽着说："别看了，太惨了。"

旬谟轻轻推开了他的手，慢慢地掀开了草席。如果时光能够倒流，他想要回到今天的午后。白天离家时，母亲还叮嘱他早点回来吃饭，父亲还追出好远为自己送来了大衣。临行时回眸，父亲还朝着自己挥手，午后的日光照在父亲的脸上，好像镶嵌着一道金边。短短几个时辰再与父母相见，他们变得面目全非，焦黑的身体像是一截木炭，脸上更是没有了一丝能看的皮肤，都皲裂着，翘瓣儿着，轻轻一碰就有粉尘样的物质落下，随即变成黑灰轻坠地上，再也找寻不见。这是生了自己养了自己的亲生父母啊！

旬谟狠狠地把手中的酒壶朝着远方掷去，狼嚎般地吼出了一声"啊——"。喊罢他蹲在了地上，哭着说："我从此没有家了，我再也没有父母了！"深冬的残月躲进了云层里，想是也不愿见这人间惨剧。

家破人亡的旬谟，从此精神萎靡，一蹶不振，整日烂醉如泥。这日又喝瘫在酒楼里，店主见他这样，束手无策，店要打烊了，总不能让他睡这吧。多亏一个伙计提醒："他好像跟沈娘子关系不错，要不我通知沈娘子一声吧。"店主点头道："好，赶紧去找吧。"

旬谟醒来时，已身在客栈，他呻吟着，捧着欲裂的头，不停地哼哼。沈梦芜赶快过来，扶他喝了口茶，旬谟看见沈梦芜在此，随即躺下转过身去，不再看她。

沈梦芜拿了大衣悄然走到门外，回身小声道："为你煮了碗汤饼，放在桌上温着，一会起来了赶紧吃，仔细胃痛。我为你交了一个月的房钱，你尽管住。在你枕下，我给你搁了一些钱还有一些金叶子，别大大咧咧地弄丢了。"随后房门关上了。

沈梦芜天天来送饭，为邹谟洗衣，沈梦芜希望邹谟振作起来，可无论她说什么，邹谟都无动于衷，沈梦芜无计可施。邹谟整个人瘦得脱了相，如果长此以往，这个人也是活不得了。焦虑间，沈梦芜突然想到了一个办法。

静慈庵一早就来了富贵香客，这在以往是从未有过的事情，住持带着所有尼姑出门迎接，沈梦芜与仆人们还礼，低着头就往里走。也许是机缘巧合，也许是第六感，沈梦芜一抬头，跟元媛四目相接，彼此都愣住了。

沈梦芜没想到元媛在此出家为尼。在元媛的房间里，两个人久久无话，到底还是元媛素来胆大，说话也不拘束，直接问道："我不在京城，你和邹谟越发方便了吧？"

沈梦芜知道邹谟心中最爱的始终是元媛，元媛这么说话，显然是吃醋了，想了又想，为了邹谟，她还是决定实话实说："对，我们两个非常方便，他的吃住都是我来安排。"元媛猛地起身，背对沈梦芜，看她的背影沈梦芜知道这女子又动怒了。

沈梦芜暗笑一下，接着说道："他现在父母双亡，整个人已了无生趣，我就是为了他才来山上求菩萨，没想到遇见你。"元媛一听邹谟父母没了，不由一惊，走到沈梦芜近前，急促地问："可是我父亲所为？"沈梦芜点点头。元媛跌坐在床上，内心一片冰凉。

元媛顿时万念俱灰，与邹谟一样，她也再打不起一丝精神了。

四

沈梦芜依旧语气和缓："事情已经这样了，我希望邹谟能好起来，我是没那个本事了，要不元媛你辛苦一趟，去见见、劝劝他吧。"元媛咬着牙万分踌躇，狠狠心却双手合十："女施主，我已是出家之人，早已斩断了世俗一切因果，你的要求恕我难以从命。"

沈梦芜有些生气道："难得邹谟一心为你，在他最需要你的时候，你却说如此托词。算了，就当旬谟有眼无珠，让他自生自灭去好了，以后悦来客栈我也不去了，我见不得他要死要活的样子，告辞。"元媛在屋里手里拿着旬谟送的首饰，反复看着，眼泪滴落在了首饰上。

元媛的性格是一贯的嘴硬心软，听说旬谟有难，她哪里能管得了自己的脚步，这一天下午，眼看着春雨纷纷，她禀报住持说是要外出化缘，打着雨伞下了山。

旬谟现在是口袋里有钱，心中有事，无处排解，于是天天在酒楼醉生梦死。每天喝到酩酊都是被酒楼伙计劝着，才能回客栈睡觉。这天刚从酒楼出来，就逢下雨，已经接近癫狂的旬谟高举着双手哈哈大笑，嚷嚷着："苍天无眼啊！我父母被大火烧死那天，你这般下雨，不就可以救了他们一命吗？我旬谟这辈子只做好事，从不做恶事，可你为什么不报复我，却要惩罚我的父母，为什么？为什么？"

也许是喊的声音太大，肺中气息不够，旬谟应声倒地，趴在烂泥里还在呢喃："谁能告诉我，我做错了什么？这个世道真的是好人寸步难行，恶人横行千里吗？"

渐渐地，说话的声音渐渐小去，旬谟就这样趴在泥水里昏昏欲睡，这时一把油纸伞挡在了旬谟的头上。旬谟迷蒙地睁开眼，又把眼睛睁大，揉了揉，硬撑着站起身来，用手抹了抹衣服上的泥浆。

元媛一眼不眨地看着他："旬谟，你给我听好了，当初你可答应了为我做三件事，两件你已经做完了，现在还有第三件。我要你从今天起，必须振作起来。你要像个人一样的活着，我不想看见现在的你。"

旬谟见到元媛，心潮起伏，又想到她是仇人的女儿，不知如何面对，便没有回应元媛仓皇逃离。元媛追了几步，却又停了下来，看着旬谟在雨中越跑越远。

话说薛邕因祸得福，外放之后政绩好，被陛下召见回京述职。进得长安城里，看着春柳依依，行人华丽，心下不禁感慨，到底是长安城，真的与那荒芜的小地方不同。做个地方官还沾沾自喜，回到长安城才发现自己微小到可以忽略不计。正在感慨，忽闻前方有人打架，肩舆硬是走不过去，正好下来直直腰，松快一下筋骨。薛邕是个喜欢热闹的人，索性挤上前去，看看是谁打得这番热闹。

可没想到，被几个无赖压在身下打得披头散发的居然是邱谟。

五

邱谟也是倒霉，他天天烂醉，引起了几个无赖的注意，他们认为这个白面书生看着落魄，可每天这般豪饮，说不定是哪家小郎君，俗话说瘦死的骆驼比马大，抢他一笔没准会有收获。

这天邱谟喝得微醺，晃晃悠悠来到了大街上。春天了，长安城真是绿意盎然，看着就让人心情一振，可邱谟却沉浸在自己的世界里，带着满身的酒气，人人都躲得他远远的。偏偏几个无赖走上前，晃着肩膀撞了邱谟一下，就开始不依不饶，骂骂咧咧："你小子是不是瞎？往哪看呢？今儿一早穿的新衣服，你看让你撞的，这还怎么见人？赔钱！"

几个同伙吵吵嚷嚷。邱谟别看喝多了酒，可心里明白着呢，今日虎落平阳被犬欺，邱谟懒得跟他们辩解。可几个泼皮怎么肯轻易放手，扯着邱谟就开始推搡，让他掏钱赔衣服。邱谟也不作声，径自往前走，很快几个无赖把他按倒在地上，拳打脚踢。邱谟不还手，像一根木桩，被他们踢来踢去。

薛邕挤到头里看这景象，喝退了几个无赖，将邱谟扶起，转头见这四周也不是说话的地儿，急忙轻手轻脚地把邱谟安置在肩舆里，呼喝仆人："赶紧找个大夫，先把人给我医治喽。"于是邱谟坐肩舆，薛邕骑马，一行人呼啦啦地去找大夫。

医馆里，大夫为邱谟诊治，无非是被打成个皮破血流，大夫开了几包外敷的药。在诊治过程中，无论薛邕说什么，邱谟都跟个木头人一样，薛邕感叹："好好的一个才华横溢的谋士，这不成了一个废人吗？"薛邕将邱谟送回了客栈，又给他留了些钱。

薛邕回京城，几个交好的朋友来府上探视，其中就有刘宴。刘宴也算得上一个奇才，看似耿直倔强，其实背地里朋友不少，谁也不知道薛邕和刘宴也是无话不谈的朋友。两个人在薛邕府上促膝谈心，提到了邱谟，薛邕又是感慨万千。刘宴默不作声，可脸上也能看出有几分动容，两个人为邱谟叹息不已。

李豫与沈梦芜见了一面后，对这个女儿是日思夜想，无时无刻不想要她待在身边，等不及想要认沈梦芜这个女儿了。虽然沈梦芜拒不答应，可李豫他有着自己的办法，那就是逼杨绾。既然人是你杨绾给我找来的，那好，现在她不愿回宫，你杨绾去想办法。

估计杨绾心里也是哭笑不得，您的女儿，您让我去负责？可这是陛下啊，他一言九鼎，九五之尊，别说他让你去做工作，就是让你去死，杨绾也不敢说个不字啊。

杨绾来到颜真卿的府上，开始做起沈梦芜的工作来，要是搁以前，沈梦芜她决不会答应正了公主的名号，搬进皇宫去住，可现在旬谟这番态度，也确实没有了任何留恋，沈梦芜犹豫了。

毕竟打沈梦芜来到京城起，旬谟是给了她最多温暖的一个男人，沈梦芜想给他一个机会，也再给自己一个机会。于是，沈梦芜去客栈找了旬谟。

非常巧合的是，旬谟今天还真就没去喝酒，手枕着头躺在客栈的榻上想着心事，沈梦芜心中一喜，觉得这可能是个好兆头。沈梦芜拿了椅子坐在了旬谟的榻前，低声说："父亲想让我进宫。"旬谟依旧无动于衷，沈梦芜问道："你说我是去还是不去？"旬谟翻了个身，含糊地说："去呀，干吗不去，放着好日子不过，在外晃悠什么？"沈梦芜伤心道："这是你的真心话吗？"

旬谟声音越发地冷漠："何止是真心，简直是真的不得了，我要是有你这机会，根本问都不问，早就跑着进宫了。人活着，什么是理想，什么是大义？自己的小日子过好，怎么舒服怎么来才是最重要的。"

沈梦芜站起身来，呆呆地看着背对着自己的旬谟："旬谟，你彻底变了，我承认你失去得太多了，可谁活在世上容易？我还亲眼看着我阿娘死在怀中，我要跟你似的，根本坚持不到见父亲的这一天。我一个女子尚且如此，你一个男子何苦整天垂头丧气？"

旬谟说："你快走吧，少给我讲这些大道理，我旬谟怕啦，怕得胆子比老鼠都小。我以后可不敢与你们这些人接触，太坑人了。"沈梦芜："好，旬谟，那我走了，我答应父亲与他相认，从此去宫里生活，以后前路茫茫，你多保重，你我可能再也不会相见了。"

　　邬谟听身后没了动静，慢慢转过身去，沈梦芜苍白着一张脸，眼睛直直地看着他。两个人目光对视，邬谟垂下眼皮。

　　随着房门被轻轻关上，邬谟坐起身，内心烦躁，顺手一摸，居然在榻边摸出了一袋钱。邬谟盯着这些钱，想起以后与沈梦芜相见是再也不能，悲从中来，放声大哭。他的心空了，除了父母以外，对他最好的那个人从此也离开他了。

第三章：科场血字

一

旬谟自从听了沈梦芜的一席话，确实有了一些改变，酒也喝得少了，胡子刮得干干净净，衣服也不像以往邋遢了。

刘宴的到来，旬谟没惊讶，倒是刘宴没有料到——他听太多人给他讲了旬谟的落魄以及寒酸，可面前的，依旧是那个白面书生，仪表堂堂地坐在自己的面前。虽然比以前清瘦了一些，但是反而更见潇洒，丝毫没有一点落魄的气息。

刘宴哪里知道，旬谟为了今天的蜕变，辛苦了多久，难过了多久。

刘宴开门见山："听说公主同意进宫是听了你的劝说？陛下很是欣赏你。"旬谟心里一酸，这个傻傻的沈梦芜，到这个节骨眼上都没忘了在陛下面前替自己美言。旬谟突然有些懊恼对沈梦芜是不是有点太过分了。

刘宴接着说道："你既然能看清楚别人的家事，那为什么对自己的将来就没有一个决断呢？"旬谟听到此处，已经知道刘宴此行的目的，于是深施一礼，说道："陛下的家事我自然是没有权力干预，不过与沈娘子相识多年，无非是提醒她要认清现实，不要把青春浪费在不相干的人的身上而已。"

刘宴笑了："你小子啊，得便宜卖乖哟。不过，由此能看出你的正义之心，一点都没因为屡屡受挫而减弱。怎么样，跟我做些事吧？"沈梦芜即将成为公主，旬谟心内再无牵挂，横竖都是一个人，反正也没什么事做，也不可能再去街上摆摊卖字。于是，听了刘宴的话，再度振奋起来。

对郇谟的安置问题是十分麻烦的事情，搁在谁的府邸都不现实。元载要知道郇谟被朝廷起用，那非得气炸肺不可。于是，刘宴开始联络郭子仪在郊外的好友，想通过这些力量，安顿郇谟离开京城去外地置办些家业，以便有属于自己的根基。

郇谟拒绝了刘宴的好意。刘宴很是不解，但他不像有些人，有什么不明白会闷着，他直截了当地问郇谟："你为什么不同意我的安排？难道给你去稍微远点的地方买宅子置地，不比你在大街上冷风飕飕地卖字强吗？"

郇谟笑了："我既然答应您再次出山，必定有自己的安排。可这安排不是为我自己，而是为了我们大家的仇人，我们大唐的将来。"刘宴一听无比地感兴趣，急忙催促道："快、快，快说来听听。"

郇谟道："我这些年的蛰伏，看清楚了当初败给元载的原因，终于明白能不能扳倒元载不在于对方犯了多大的罪，以及我们这边占了多少的理和证据，关键是陛下到底想不想、敢不敢、能不能扳倒元载，这一切都取决于陛下的意愿和决心。"刘宴使劲点头，并补充道："而陛下的意愿和决心则取决于朝廷的局势。"

郇谟猛地一拍桌子："正是这个理，此时正值藩镇作乱被平定，陛下暂时没有后顾之忧，正是一个千载难逢的机会。如果我们不牢牢把握，以后就再也没有这么好的机会了。"刘宴此时已经往外走了，一边走还一边说："郇谟，你给我等着，我这就去喊他们赶紧来议事，此事不宜再等下去了。"话音未落，人已经冲了出去，郇谟摇摇头笑了：这个刘宴啊，还是这般急性子，可人到底是极好的。

刘宴家里烛火燃了一夜，几位大臣一个个熬红了眼睛，可精神振奋。而偌大的皇宫之中，漫漫长夜，哀哀哭泣着一个人，她就是独孤皇妃。

华阳公主病逝，独孤贵妃痛苦万分，加之独孤一族对沈氏所做下的恶事终归要被揭穿。独孤贵妃心里清楚，以陛下对自己的真情，事情真的败露自己地位也可保全。可是独孤一族与母家，下场难以预料。这宫中的事情素来是一荣俱荣、一损俱损，往后自己还哪里有好日子过。

　　思来想去，贵妃抑郁成疾，挨到了 775 年的暮春，整个人像是耗尽了的油灯，再也发不出生命的火焰。

　　含元殿早朝之际，李豫像是有预感，总觉得心神不宁，还没等下朝，宫女神色慌张地来禀报："陛下，贵妃娘娘有些不大好了。"李豫听后，脚也有点发软，虽说贵为天子，什么大事也都经历过，可这毕竟是陪伴在侧多年的枕边人，欢笑有她，愁苦也有她，一听这人要离自己远去，那种内心的凄惶令九五之尊也慌了手脚。

　　李豫匆匆赶去了贵妃榻前。见到李豫来，独孤贵妃的脸上硬生生挤出了一丝笑容，李豫一见更是心痛不已，拉过了贵妃的手。独孤贵妃断断续续地说："陛下，没想到你能来送妾最后一程。"

　　李豫嗔怪："贵妃说的哪里话来，我怎么能不来呢？"独孤贵妃抬起手，摸了摸自己的脸："陛下，妾是不是难看极了？"李豫微笑："在我的心里，谁也美不过你。"两滴眼泪顺着独孤贵妃的鬓边滑落："陛下告诉妾，妾跟沈氏比，谁美？"

　　李豫有些不解和无奈："都什么时候了，你还有心比这个？就像这世上没有一模一样的雪花，这人也是千差万别，各有各的风姿，是不好用来做类比的。这么浅显的道理你会不懂？"独孤贵妃凄凉地笑："妾懂，妾一直懂。这些年妾都不去比，只要陛下能够开心，谁侍奉陛下妾都高兴。"

　　李豫十分感动，紧紧握住了独孤贵妃的手，贵妃又继续说道："可是妾的父亲和阿兄不明白这个道理，做下了许多错事，这些事确实都是他事后告知妾的，陛下相信吗？陛下？"独孤贵妃恳求地看着李豫。李豫用力点头："别说了，其实我早就知道了，可我了解你，并未怪罪于你，你不要自责愧疚，安心养病为好。"

　　独孤贵妃气喘起来，断断续续地说："可妾不能够原谅自己，妾的阿兄伤害了陛下最喜欢的沈氏啊！如若不是妾得宠于陛下，怎么会殃及了无辜的沈氏，都是妾的错，妾，妾……"

　　眼看着独孤贵妃气息奄奄，李豫捂住了她的嘴："你不要再说了，我不想听，我是爱你的。"独孤贵妃的眼中布满泪水，紧紧地捧着李豫的手，将脸贴在上面，渐渐地闭上了眼睛。

李豫终于控制不住，痛哭着把独孤贵妃搂在怀里。

不知过了多久，宫门外，一声送一声的"独孤贵妃殁了"，传出去好远好远。曾经风华绝代、艳冠六宫的独孤贵妃就这样化作香魂一缕。

二

李豫说得没错，他此生最爱的就是这个女人，差一点册封她为皇后。他让独孤氏殡于殿内，数年不忍让她出宫归葬。他还隔着棺椁喃喃地与独孤贵妃的画像说话，一说就是几个时辰，各种奏折堆成了山。

由此，李豫又开始不理朝政，整日坐在棺椁边上自言自语，偶尔出去，也是去见见未来得及相认的女儿沈梦芜。

要说陛下认女这事也是一波三折，他以为沈梦芜受了太多委屈，不想让她随随便便地进宫，想举办隆重一点的仪式，让普天之下都知道公主回来了。可是独孤贵妃这一离世，所有的仪式就都耽搁了。尤其这皇家的礼仪，不但烦琐，跟天时地利都有着莫大的关系。钦天监日夜观察着星象，想取一个吉时把这事操办起来。

这天下又成了元载自家的后花园，他又开始了一呼百应的日子。看着这些朝廷大臣对着自己唯唯诺诺，有事必应，元载不禁又得意起来。几次群臣弹劾都奈他不得，元载不但没有谨小慎微，反而极度膨胀，认为一切都是天意，遇到何事都会逢凶化吉。他越发地不把这些人看在眼里，行事作风又开始乖张起来。

这种黎明前的黑暗并非漫长，旬谟和颜真卿等人等着元载露出更多的马脚，好一击而中，大家再也不想失去绝佳的机会。元载他没想到，现在已经有人慢慢张开了一张正义的大网，而网口已经在他的周围徐徐收紧。

旬谟他们最需要的就是里应外合，最好有人跟陛下能够通上气，配合这次行动。董秀肯定是不行，他已与元载关系密切。这个人选既要得陛下青睐，还能避开董秀。想来想去，只有沈梦芜莫属，好在沈梦芜在颜真卿府上未曾离去，于是，旬谟打算登门颜府，与沈梦芜好好聊聊。

这天傍晚，旬谟走到沈梦芜窗外的时候，沈梦芜正在弹琵琶，唱着歌，那柔美哀伤的声音，让旬谟静静地站在窗下聆听。"江碧鸟逾白，山青花欲然。今春看又过，何日是归年？"杜甫这首绝句，刚一推出就广为传唱，可见人们对它的喜爱程度。

沈梦芜，一个即将被封作公主的人，会唱这首词，旬谟理解她不想进宫的纠结心情，知道沈梦芜做出这种决定和自己有关。旬谟犹豫了，可是想到此时前来重任在肩，没办法，旬谟硬着头皮去拍了房门，房门开启的瞬间，沈梦芜看见是旬谟，那一脸的惊喜，任是铁石心肠的人也会动容。

两个青年男女围着烛火相对而坐，偶尔烛火会结个灯花，"噼啪"地响了一下，把凝神的旬谟吓了一跳。沈梦芜用手帕掩住了嘴，会心地笑了。看见旬谟局促的样子，沈梦芜说话了："你大晚上的来找我，是有什么事情吧？"

旬谟："原本是有事，可我是真心想来看你，感谢你前些日子对我的照拂，可要把想说的事说出来，又好像我不是诚心诚意来看你一样。"旬谟越说越乱，急忙倒了杯茶，一饮而尽来掩饰尴尬。

沈梦芜见旬谟如此窘态，明显是在意自己，又一看旬谟已经走出双亲惨死的阴影，恢复了往日的样子，沈梦芜打心底里欢喜，旬谟对自己说过的那些话，瞬间抛到了脑后。

沈梦芜的声音放得异常柔软："你来到底有什么事，但说无妨，只要我能帮得上忙的，我横竖不会推辞。"旬谟这才放心地对沈梦芜说出了来意，把联手"围猎"元载需要得到李豫的支持，希望沈梦芜出手相助的意图说得是一清二楚。

沈梦芜点了点头："我还当是什么难办的事呢，这个就交给我好了，不过，有些事我也不是太懂，我们可一步一步来，我该如何做、做什么，你具体指点一下可好？"旬谟刚好抬头与沈梦芜澄澈的眼神相交会，内心怦然一动，急忙低下了头。

沈梦芜今日让旬谟陪着自己坐了这么久，开心至极，见旬谟不再搭腔，也不便于逼他。于是俩人约好，彼此里外呼应，一环扣一环，让李豫看不出设局，也让元载无暇分身——最终逮住他的软肋，一击而中。

三

元载的罪证罄竹难书,其实人人心里都有一本账,都在等待一个合适的时机,可到了这个时机该如何发起,由谁来挑这个头,是决定成败的重中之重。

刘晏等人每日聚集在颜真卿的府上,为此讨论不休,始终争辩不出个什么头绪来。

邬谟又一次站了出来:"还是我来打头阵吧,几次功败垂成,我都经受过了,我一介白丁,只要人不死,有你们支持着,成功的希望最大。可你们不行,你们官爵加身,有妻有子,如若有个闪失,实在是牵联太大。"众人点头。

邬谟继续说道:"我父母双亡,已无牵挂,哪怕这次万一遭遇不测,我心甘情愿绝不后悔。"刘晏站起身,拍拍邬谟的肩膀:"贤侄,相信我们,这次好好谋划,绝不会出现任何闪失。"

数月之后,又到了春闱的大日子,全国上下读书人指望着能在这个独木桥上挤过去,谋求一个光宗耀祖的机会,为自己挣上一份远大前程。几年前出现考场舞弊的事件之后,不得不说科考制度严苛了许多。对每个考生审核得异常严格,直到考试钟声响起,监考的几位重臣,才坐下稍微喘上一口气,目视着所有考生,脸上浮现出少有的庄严与肃穆,显示出这场科举大考是多么的正规和重要。

监考的官员用强大的气场,让每个考生都噤若寒蝉,低着头奋笔疾书,不敢有所造次。在靠窗的一个角落里,坐着一个白净的书生,他低着头,好像在思考着什么。突然,他把食指放在了嘴里,狠狠地咬去,也许是咬的力道太大,瞬间鲜血顺着手腕滑下,监考的官员急忙朝着书生走过去,可饶是如此,也没能阻挡他在雪白的纸上写上了一个鲜红的"冤"字。

考官们急得是七窍生烟,越怕出事越是出事。陛下如今这么重视科举,在此之前曾经放言,如果在科举之上再次出现问题,所有官员问斩,一个不留。这可是掉脑袋的死罪啊,可把监考的官员吓坏了。大家把这个考生死死按住，狠狠地揪着他头发，让他露出了脸，其中一个考官见到这张脸，顿时崩溃地跌坐在地上，口呼："是他，全完了，怎么又是他？"

这个考生不是别人，正是在刘宴的安排下，改名换姓再次参加科举考试的旬谟。科举考场有人喊冤，这事可非同小可，尤其兼任吏部三铨的刘宴借机将事情炒大炒热，科场"冤"字案震惊长安城。

元载在家中知道发生"冤"字案，浑然当作小事一件，以为是哪个考生出现了什么难心事，在此喊冤，期望引起上面重视，却不知当事人就是旬谟。因此，既然陛下不管事，元载只是吩咐有关方面，想办法打压下去，把这件事平息就罢了，却没意识到即将面临的重大危机。

要说世上最聪明的是谁？当属是一国之君，他算盘其实打得比谁都清楚，文武百官全由他任命，谁是什么性格特点都在他心里牢牢地装着。之所以有的时候他不便发声，那是为了顾全大局，不过是审时度势，至于官员贪腐点倒没什么，可一旦谁要有一点点越权行为，而且愈演愈烈，不把李豫放在眼里，那无异是对皇位形成威胁，肯定要对其痛下死手，绝不手软。

独孤贵妃的离世给了李豫绝佳的机会，看似他是个性情中人，整日郁郁寡欢，其实不过是为了掩人耳目，他一直关注着朝中的局势。当沈梦芜主动提出要见他，李豫心中笑了，他知道手下的这些忠臣良将要开始行动了。所以说，不仅旬谟他们在找时机，其实李豫也在等待合适的节点。

李豫早早听说了有考生在考场书写"冤"字，闹得不可开交。李豫一听是这个事由，心想："旬谟啊旬谟，你这是挨打没够啊，每次都是你出头，每次都采取这么硬碰硬的方式。"李豫都有些佩服旬谟是条汉子。董秀着急，想探探陛下的口风，可李豫只字不提，只说观望观望。

还没等事情过去两天，刘宴要求单独面圣。李豫坐在御书房里，看着刘宴，心想："你们搞出这么大的事还瞒着我，我看你往后的戏要怎么演。"刘宴进门随即跪下，直言不讳地说道："启禀陛下，考场考生写'冤'一事乃是旬谟所为，我们这么做也是没有更好的办法，只想要制造舆论与引线，把元载彻底揪出来。事先没向您请示，是担心万一失败，让元载再有喘息的机会。"

李豫微微一笑："你们真当我对你们做下的事情一无所知？我要是不支持你们，不至于眼睁睁地看着你们策划这么大的事件还保持沉默。"刘宴心中大喜："陛下明鉴，我们已经掌握了元载所有的罪证，只等您一句话，我们就要下手了。"李豫："不急，你把邬谟喊来，我要当面问问他。"

刘宴急忙说："陛下万万不可啊，您这宫中有元载安排的眼线，邬谟要是真的上来，那我们的计划就前功尽弃啦，您可三思啊。"李豫一愣："怎么？你们接下来有什么行动？不就是等我发号施令吗？"

刘宴接着说道："陛下，能否让老臣将计划向您汇报？"陛下："还不快点说，这么多废话干什么。"于是，刘宴站起身来，用手指在陛下的龙书案上虚虚地写了几个字。看完，李豫猛地靠在了椅背上，半晌无语。

四

李豫看到刘宴写的几个字一言不发，刘宴："陛下，请相信老臣们，我们已商量了数月有余，保证万无一失。"李豫看了看刘宴："我让你立刻找一个人，你把计划再说给他听，你有什么要求尽管跟他去讲，他一定会配合你们。"

李豫拿起毛笔，在纸上写了一个人名，刘宴拿着纸，看着上面清楚的"吴凑中"三个字，喜极而泣。吴凑中是谁呀？他便是陛下的舅父。俗话说娘亲舅大，这吴凑中对陛下那可是忠心耿耿，誓死不改。

刘宴领命下去，李豫站起身来，慢慢地踱着步子，到了独孤贵妃的灵柩前，用手摸着独孤贵妃的画像，深深叹息："你知道我现在最怕什么吗？我怕天黑啊，偌大的皇宫里冷冷清清，居然与我说说心里话的人都没有，那些个嫔妃只会奉承我，对我百依百顺，我想有个如你一般，对我敞开心扉的人，你临终时的那些话我都记得了，我原谅了你。从今往后，我要开始振作了，我要为大唐做点事情，同时也要为死去的沈氏做点事情。我要认回自己的女儿，还要整顿朝纲。"

　　连续好多天，书生科举考场写"冤"一事，似乎并没有激起什么浪花，元载不仅佩服起自己做事的力度，以及手下之人着实会办事，有些洋洋得意起来。上朝之际迈着方步，越发地显示出除了陛下谁人也不放在眼里的模样。

　　这日含元殿早朝过后，李豫要在政事堂单独召见元载。元载斜睨着那些官员，心里想："看看你们这些人，有谁有我这个面子？陛下又要找我说些私密的事情，你们这些闲杂人等自然是配不上的。"元载毫无顾忌地推开了政事堂的大门。

　　刚一进门，政事堂大门便被吴凑中带的兵封死了。元载猛地回头，感觉不好，浑身抖了一下，回身望着李豫，一脸的错愕。

　　李豫一拍书案："大胆元载，见我还不行礼，你这是有意为之吗？"元载口中连呼："臣不敢。"李豫："你口称不敢，可你擅进政事堂，已是什么时辰？"元载大叫："陛下冤枉啊，臣知道过午以后，不得擅进政事堂，可是您召我来的啊！"

　　李豫微微一笑："你还记得当年你怎么拿下鱼朝恩的吗？"元载的冷汗顺脸淌着，"滴滴答答"地落到了地上，清晰的声音像是用了多年的更漏，一滴，一滴，永无止歇。李豫用当年元载对付鱼朝恩的办法，将元载拿下了，并为他安了一个"夜醮图谋不轨"的罪名。

　　与此同时，为了防止元载反击，李豫在一定范围发布消息说，已与公主相认。公主指认，当年扣押她与母亲的罪魁祸首就是元载。两个都是欺君之罪，一虚一实，打得元载措手不及，无还手之力。

　　元载刚一被抓，董秀很快设法将消息传给了卓英倩。卓英倩想方设法为尽可能多的人脱罪，并尽快遣散了元载家中的门客。

　　刘晏被任命主审元载"夜醮"一案。各种罪状准备充分，没出七天的时间，元载一案就到了公审阶段。

　　公审当天，元载头发凌乱地被带到了众人面前，曾经气势昂扬、不可一世的他此刻也没低下头颅，反而高仰着头，一声声一句句地喊冤："冤枉啊！老臣为官多年，为了陛下，为了大唐，为了天下苍生尽忠职守，何罪之有？陛下听这些乱臣贼子的一派胡言，就将老臣关押至此，让老臣心寒啊。"

刘宴冷笑道："元载啊，元载，你让我说你点什么好，都什么时候了，你还不赶紧认罪！一口一个冤枉。你看看你所做下的那些事，私欲膨胀，简直是罄竹难书，你何冤之有！"

元载狠狠地啐了刘宴一口："刘宴你个老匹夫，这些年一直觊觎老夫的位置，你以为我浑然不知？你落井下石，将来你也不会得到善终。"刘宴："元载，你少诬陷于我，现在我就让你身边的人说说你，这些年到底都干了什么。来，带证人。"

五

大门缓缓而开，一袭白衣的邹谟慢慢走了进来。元载看着邹谟，捂住了胸口，怒目圆睁："邹谟啊邹谟，你可知今日你的到来有负于老夫吗？当年老夫对你有知遇之恩、提携之恩，你公然在朝堂之上指责老夫，你一辈子都会背负忘恩负义的骂名。你这白眼狼就算置老夫于死地，你也没有好下场，你不明白吗？"

元载对邹谟说的话不乏恫吓的成分，可也有几分真心。邹谟何尝听不出来，他看着曾经宛若父亲的老人，眼睛慢慢湿润了。的确是这个老人，将自己救出冤狱，给自己勇气让自己有所作为。邹谟到什么时候都承认，于情于理，自己的确辜负了他。

可是，如若不是他的倒行逆施，父母又怎么会焚火自尽？感情与仇恨，两两能相抵吗？邹谟愣在那里，想了想，对着元载深深拜了下去，小声说道："您对我的好，邹谟不但此生不忘，来世亦不敢忘怀。如果经此一役，您可以留一条性命，邹谟愿意把您接回家中，让您安度晚年。"

邹谟说到此处，泪如雨下。元载也红了眼眶，仰头看着屋顶，嘴里喃喃地说："罢了罢了，老夫什么阿谀奉承的话没听过。可今天，邹谟啊，你让老夫觉得以前没白对你，纵然死也值得。唉，你说吧，老夫认了。"

邹谟稳定了情绪，擦干了眼泪，站起身来，面向前方朗声说道："幼时读书的时候，先生就告诉我，天下大事不如国事，血浓于水关系再亲，如果与国家律法相悖，都要以法律为重。所以，面对元载所做下的错事坏事。我三番五次地去劝说他，也希望他迷途知返，可惜都无济于事。用他自己的话说，一切都来不及了。所以，我今天出来揭发举证他，我心如刀割，可我不得不这么做。"

旬谟看向了元载："先来说说元载所做下的恶事。一，元载之子元伯和在外恣意妄为，被华原县令顾繇弹劾。在元载的谗言蛊惑下，顾繇被治了诽谤重臣之罪。元载假意为其求情，陛下却更为动怒，将顾繇流放锦州。元载，你承不承认明知元伯和胆大包天胡作非为，你却故意包庇，陷害顾繇？"

旬谟接着说道："第二件，当年处罚鱼朝恩一事，你有意助长鱼朝恩之势，又暗地里勾结独孤一族，借此哄骗圣心，为自己的权利加码，这件事你没忘吧？"元载大吼："这算什么？老夫何错之有？"旬谟："你错了，大错而特错！那鱼朝恩做下的惑乱之事你比谁都清楚，作为宰相，不在此时去保护国家，反而顾左右而言他。"

旬谟接着说："第三件，你当初告诉宁秋书之子宁疾云，说你陷害他父亲并非其本意，而是遭人逼迫，无奈之下才不得已而为之。还哄骗宁疾云为你做了许多上不得台面的事。"元载打着哈哈："旬谟啊旬谟，官场之人说那么几句话，你都拿来与老夫对质，你不觉得太缺乏底气了吗？"

旬谟正色道："你既然这么说，那就来说说你的贪污一事，当年科考后我被下狱，你与郭子仪和刘晏联手相救，我感激不尽。可你知道吗，当初明明不愿意做你门客的我为什么又留了下来？公主当年意外从薛灿口中得知其收受贿赂操纵科场黑幕的消息，所以我借此机会留在了你的府上，以此揭开收受贿赂操纵考场的内幕。"元载摇头叹息，小声嘟哝："老夫养虎为患啊。"

旬谟一指元载："我做了门客才发现，哪里仅仅是操纵科场舞弊这么简单，为了钱，你置天下苍生于不顾，为了一己之利益，草菅人命，无所不用其极。当初元媛与我找到薛邕的同宗侄子薛从义，说我想要当官。薛从义直截了当地表示，只要拿上钱帛送给元载即可。你说你没干过这事？"元载一听元媛带着旬谟找过薛从义，气得一口老血吐在当场。

邬谟："能举证你的事实在是太多，我就不一一赘述。可只要一件事，就可将你从宰相的位置上赶下来，你敢说淮南百姓遭受水灾，你没有从中贪污赈灾款？灾民民不聊生，瘟疫盛行，死亡人数众多，宰相啊，这些都是你的所谓'功劳'啊！"

公审门外有百姓前来旁听，听到此处，哭泣声顿起，"杀了他，杀了元载狗贼"的声音，甚嚣尘上，元载下意识地将头低了低。

第四章：千古巨贪

一

　　旬谟慷慨陈词，用了四个时辰的时间，不断陈述元载贪腐的罪证，并将其恶行告知天下。就在全民激愤、齐声讨伐元载之际，有一个人在利用元载养的一批死士去暗杀证人、抹杀罪证，这个人就是卓英倩。

　　卓英倩已经到了疯狂的边缘，他不甘心，当初进京时的美好愿望已经成功了一大半，怎么就能瞬间灰飞烟灭？他想做最后的挣扎，哪怕为此丧尽天良。其实，他做出什么举动都为时已晚。诸位大臣谋划了很久的倒元事件，怎么可能凭借他杀了几个证人就把事情搅黄呢。

　　在举证之后，进行了宣判，元载被判了死罪，旬谟以一介平民身份告倒了一个宰相，在当时传为美谈。

　　然而，如同元载所预料的那样，旬谟将来的日子不会好过，卓英倩伙同元载的另一个门客不甘失败，指挥死士，将暗杀的号角吹向了旬谟。

　　公审结束后旬谟好像被抽掉了脊椎，瘫软在大堂外的汉白玉栏杆上。长安城里的白鸽似乎也知道了即将有大事发生，在鸽哨声中欢腾齐飞，让旬谟想起了元载曾经养过的一只鹦鹉。元载曾亲自教会这只鹦鹉呼唤旬谟，往事如烟，历历在目，可以后却再也见不到这个曾经对自己好的老人了。

　　旬谟痛心疾首，拍着栏杆，喃喃吟诵道："桀纣之失天下也，失其民也；失其民者，失其心也。得天下有道：得其民，斯得天下矣；得其民有道：得其心，斯得民矣；得其心有道：所欲与之聚之，所恶勿施，尔也。"

　　邨谟越想越心痛，慢慢地往家走去，一边走一边想："这人啊，无论过的是什么日子，富贵也好，贫穷也罢，千万不要做下错事。否则，不但自己身陷囹圄，让爱过他的人心似油煎，生不如死。"

　　这个世上要说最懂邨谟的除了元载以外，其实还有一个人，那就是沈梦芫。善良的女子始终惦记着邨谟，一想到邨谟上堂弹劾元载，无疑是伤心欲绝。她轻装简服，悄悄地来到了邨谟回家的必经之路，想要上前安慰一下他，哪怕在远处再看他一眼也是好的。

　　沈梦芫没想到的是，历史偶然里隐藏着必然，就好像人的命数，冥冥中自有天定。从邨谟进京时救了沈梦芫的那刻起，这两个人注定纠缠在了一起，生生死死，皆由天定。

　　元载当初对邨谟可是真好，元载阅人无数，可邨谟的单纯、直率、正义，还是让元载深深地心折。对于百姓来说，元载是个贪官；对于李豫而言，元载是个奸臣；可对邨谟而言，元载无疑曾是他的贵人。

　　邨谟此次弹劾元载，虽说是正义之举，可对于善良的邨谟而言，他每说元载一句，都如同钝刀子杀人，一刀刀捅向的全是自己的心。邨谟跟着元载获利无数，生活也过得顺遂，可凡事都有两面性，元载无形中也为邨谟树敌无数，触动了许多人的利益，巴不得他立马消失。

　　邨谟成了众矢之的，大家把仇恨的矛头指向了他，尤其那些靠着元载混饭吃的人，他们眼中，邨谟无疑堵上了他们的财路。于是，让邨谟死成了这些人的终极目标。

　　按理说，那些依附着元载过日子的人应该明白一个道理，他们跟元载厮混在一起，鞍前马后，元载所做的一切他们心知肚明，无非抱着侥幸心理，靠着元载树大根深，根本不会出事。可事到如今，他们不但不去反省自己的所作所为，反倒迁怒别人，自己的下场越可悲，他们对揭发元载的邨谟就越是愤恨。

　　这些人聚集在卓英倩的身边，有人提议："卓兄当初最为宰相器重，你发句话，我们定取了邨谟性命！"

　　卓英倩半晌不语，想起他与邨谟在一起的点点滴滴，卓英倩陷入到了回忆中。

二

幼时的卓英倩和旬谟在学堂苦读，冬天的学堂内冷得握不住笔，卓英倩摔了笔："我不写了，我要去抱着暖炉，吃些点心，旬谟兄跟我一起去吧。"旬谟温和地看着他，抓过他的两只手，抱在怀里给他取暖，说道："你忘了孟子说的，'虽有天下易生之物也，一日暴之，十日寒之，未有能生者也。'"

卓英倩："我知道你的意思，即使有一种最容易生长的植物，晒它一天，又冻它十天，没有能够再生长的。可我就是休息一天，有什么要紧。"旬谟："这点苦楚要是都经受不住，将来我们要是进了京城，会有更多想不到的烦恼，所以呀，现在也是磨砺意志的好时候。"

卓英倩："好吧好吧，怕了你了，我继续学习吧。"旬谟笑了："你记不记得你在我生日的时候说过的话？"卓英倩："我们以后会是一辈子的好兄弟，前程所寄，生死相托。"旬谟点了点头："一辈子。"

卓英倩从回忆中缓过神来，眼眶里有些湿润，众人还在追问他："怎么办啊？我们都准备好了，你就说句话，这旬谟到底是杀还是不杀？留下他这个后患，我们就全完啦。"

卓英倩纠结再三，最后，咬紧牙关，从齿缝中挤出了一个字："杀！"

俗话说，吉人自有天相，可这天相的背后，却往往会有着一个令人心碎的真相。就好比今日，旬谟一边想着人这一生千万不要去做恶事，那边死士却已经埋伏完毕，就等旬谟走到这个街口，命丧当场；沈梦芜从远处慢慢地走来，也等在街口，翘首期盼。这都有两个时辰了，旬谟为何还没过来啊？

沈梦芜焦急地走来走去。路旁的垂杨柳被风吹起，一下子打到了梦芜脸上，她吓得"哎呀"一声，伸手抓住，一看是枝柳枝，不由得笑了出来，思绪顿时飘飞到那年旬谟在京城外救自己的那个光景。

那个傻傻的白面书生，有着那么帅的一张脸，看见黑衣人吓得腿肚子都哆嗦，还硬撑着照顾着自己，沈梦芜犹自记得旬谟挡在身前的背影，虽不伟岸，可是一颗赤诚的心却让沈梦芜铭记于心。

后来两个人经历的那些事，就像一帧帧的画面，在沈梦芜脑海中闪回，邹谟所经历的不幸，沈梦芜感同身受，可这个男人却从来没叫自己失望过，虽然经历过沉沦、迷失，可他终归站了起来。

沈梦芜想到自己就要恢复公主的身份了，到了那个时候，一切的不可能都会变成可能，沈梦芜笑了，她知道，邹谟的好日子就要到了，可他那个倔脾气，怎么说服他接受这一切也是个难事。沈梦芜皱着眉，站在树下，为两个人将来的生活感到一丝幸福的烦恼。正在想着，她身边的人群却在悄然起着变化，可沈梦芜沉浸在自己的遐想之中，一点感觉都没有。

看似风平浪静、国泰民安的长安大街上，一幕血案即将上演。

邹谟缓缓地走到了路口，沈梦芜看到了邹谟的身影，娇笑着朝着邹谟跑了过去："邹谟。"沈梦芜娇滴滴的呼喊让邹谟的精神为之一振。在他最困顿的时候，沈梦芜的笑脸对他来讲是最大的慰藉，笑容在邹谟的脸上慢慢绽放出来，不由自主地加快脚步，朝着沈梦芜走去。

突然，一声高喊："邹贼拿命来！"邹谟朝着声音的来处看去，十几柄闪着寒光的宝剑挽着剑花朝着邹谟的胸口刺了过来，邹谟无力躲闪，愣在了当下。只听得"刺刺刺"三声响，宝剑刺进肉体里那闷钝的响声如此地刺耳，邹谟却未觉得身体疼痛，恍惚间定睛一看，面前不知何时跑出了一个人，紧紧地抱着自己。邹谟仔细看去，那瓜子般的小脸，不是沈梦芜还能是谁？

沈梦芜在千钧一发之际为其挡下几剑，身受重伤，苍白的小脸看着邹谟，人却软软地向下滑去，邹谟猛地抱紧了沈梦芜，哀号："梦芜，你怎么这么傻，你让我去死好不好？邹谟无牵无挂，无父无母，我早就抱了必死的决心，你何苦为我伤了性命，梦芜啊！"

沈梦芜看着邹谟突然笑了，小声地呢喃："邹谟，我好冷，你的怀里好温暖，我曾经无数次地在梦里，梦见你抱着我，今日终于实现了，梦芜此生也无憾了。"

邹谟大叫："梦芜，你会没事的！我要娶你，天天相拥在一起，你听见我说话了吗？梦芜，梦芜！"沈梦芜此时瞳孔涣散，脸色青白，奄奄一息，她喃喃地说："听见了，梦芫好开心。"

紧接着身体就再无一丝支撑，整个重心都跌落在了旬谟的怀里，旬谟知道，最爱他的梦芫姑娘永远离开了自己。旬谟闭上了双眼，瞬间感到整个天塌下来一样，大脑一片空白，他不相信发生的一切是真的，这一定是一场噩梦。

他不断念叨着，梦芫，梦芫。

死士们蒙在当场，长安城里谁人不知沈梦芫是落难公主，将要进宫行公主之礼，可他们却把未来的公主刺死，这不仅仅是掉脑袋的事，甚至会处以车裂、凌迟的处罚，并要株连九族。一想到如此可怕的后果，这几个人再也不敢动了。

其中有一个胆大之人，心想反正都是一个死，不如杀了旬谟再说，于是弯腰亮脊，手腕一抖，第二剑就要刺出。

就在刺客将刺之际，卓英倩出现将其拦住。

杀红了眼的刺客看着卓英倩，更是觉得诧异，卓英倩明明是同伙，与元载有关的事宜他都打理，应与自己一样视旬谟为死敌，可关键时刻却阻止对旬谟的刺杀。

卓英倩良心发现，旬谟这些年没有任何事情对自己不起，于是决定放他一马。

长安城是个多风的城市，今日亦然。旬谟和卓英倩兄弟两个互相对视，风吹乱了两个人的头发，也把曾经的壮志凌云吹得荡然无存。只不过旬谟的内心始终未变，而卓英倩却深陷物欲的洪流，跟元载一样，说什么也是晚了。

三

沈梦芫命丧当街，早有太监听闻了消息，哭咧咧地跪倒在董秀面前，说出了实情，董秀吓得惊慌失措。对李豫最了解的人莫过于董秀了，最近皇宫里事情实在太多，独孤贵妃死后，陛下情绪一直不好，好不容易有沈梦芫这个女儿缓解缓解，陛下也算是有了点念想。可这喜悦的小火苗刚刚燃起，就突发一盆水浇灭。

董秀不知道该怎么对陛下启齿，这话无论怎么说，陛下也不会开心啊。

董秀一咬牙，跪倒在了李豫身前："陛下，有一事向您禀报。"李豫处置了元载，去掉了若干年的心病，再加上公主不日进京，心情还是不错的，居然还笑吟吟地看着董秀："你能有什么要事禀报？可是想要娶亲？可你，你这身体，娶了又能做什么？哈哈哈哈哈。"董秀擦了把冷汗，小声说："陛下，刚才听人来报，说是公主，公主她……"

李豫蓦地站起了身："公主她怎么了？可是病了？快快带我去颜府，我要看望公主，也别提什么仪式不仪式的，我这就去把公主接到身边，她在宫外，我实在是放心不下。"董秀："公主她不是病了。"

李豫依旧追问："那是她发脾气了？唉，一个小娘子，早先又吃了那么多苦，现在就要恢复公主的身份，娇气点是可以原谅的，你说对不对董秀？"

董秀早就知道李豫心里已经明白了沈梦芜遭遇不测，只不过他不想点透、不想说破，好像不说个明白，他的女儿、他的公主似乎还在他的身边一样。

每个人往往都是如此，一旦听见什么噩耗，往往会自欺欺人。此时他就是陷在自己侥幸的梦境里，可这个时候谁胆大戳穿了他的梦境，那么往往说破的这个人就会被深恶痛绝。

做了多年首领大太监的董秀何尝不明白这个道理，他配合着李豫说："谁说不是呢，公主以前吃了那么多苦，现在就是脾气大些，也不算什么。"

李豫一听来了兴趣，趴在龙书案上问董秀："哎，你说说，公主长得是像沈氏还是像我。"董秀看了看陛下的大长脸，揶揄地说："公主风姿更胜陛下，而眉眼跟沈氏如出一辙。"李豫大笑，指着董秀道："你呀你呀，真真是个伶牙俐齿。"

李豫背过身去，肩膀耸动，掉下了眼泪。董秀跪倒："陛下节哀啊，注意龙体，可千万别上火啊。"陛下："董秀啊，她、她还有命在吗？"董秀不敢言语，不停地磕头。

李豫仰天长啸："老天啊，你把我身边的至爱一个个地带走，你这是要我孤独终老吗？我身边就连一个亲人你都容不下吗？"

李豫的面色沉静了下来，紧接着阴郁得可怕，冷冷地道："知道是谁干的吗？尽快找出，株连九族，先人也从坟墓中掘出，曝尸三日，以后不许入土为安。"董秀什么都没敢回答，只跪倒后说了个"是"字，匆匆而去。

这个时候谁还敢含糊，绝对是自讨苦吃。董秀领了命下去吩咐就是了。董秀刚刚迈出大殿，听见身后一声巨响，头都不用回都能知道，陛下这是一脚踢翻了龙书案，这可是陛下登基以来第一次。可见真是伤心动气了。

宫城内哭声不已，元载的府上也是哭声震天，元载之妻王韫秀被判连带死罪，仆人纷纷获罪；元载儿子元伯和任扬州兵曹参军，曾利用元载关系做过许多坏事，一并赐死；元媛出家为尼得以幸免。

旬谟这一日上殿求见，李豫起初不想见他，睹物思人，沈梦芜是因为旬谟而死，见他难免想起自己的女儿。可是人类的情感就是很复杂，女儿深爱这个人，甚至不惜为他牺牲生命，李豫的心里不知为何，就对旬谟亲了一些，总感觉他是维系自己和女儿的纽带，他过得好，也许女儿在九泉之下也会欣慰。

思来想去，李豫无奈叹息："去吧，喊他上来。"旬谟上紫辰殿，跪倒就拜，李豫："旬谟你抬起头来，让我看看你。"旬谟缓缓地抬起头，陛下看着他目不转睛，只见他须发散乱，眼皮微微有些红肿。

李豫心想，怪不得梦芜如此地喜欢他，这等清秀英气又睿智的男子真不多见。李豫开口问道："旬谟啊，你上殿见我为何事？"

旬谟再次深深叩头："实不相瞒，我是为元载之妻王韫秀求情，元载所做之事很少与妻子商议，我在元府中为元载做事许久，这个自然知道，王氏为人温婉、随和，所以，我恳求陛下留她性命。"

陛下想了想，开口道："旬谟啊，怪不得梦芜那么喜欢你，你也是个性情中人，罢了，那就饶她不死。"旬谟跪地叩首，感谢陛下的大度，陛下直愣愣地看着旬谟，旬谟内心酸楚，知道陛下这是想起了梦芜，张嘴道："陛下，那日梦芜与我……"

李豫抬手打断他，招手唤了董秀过来，颁下诏书，改判元载之妻王韫秀入宫中做粗活。

大殿之上仅有李豫和郇谟，李豫起身走到郇谟面前："郇谟，若是梦芜不死，你可否愿意为驸马？或者破了自己的誓言，在朝为官？"郇谟眼圈都红了，颤声道："为了梦芜，我什么都愿意，只要她快乐幸福。"

李豫低头不语，问道："现在，我可以满足你一个愿望，你说出来，我什么都答应你，你最想要什么？"郇谟呆住半晌，缓缓地说："如果可以的话我愿有梦芜在身边。"

李豫佝偻着身躯，缓慢转过身。郇谟的眼泪扑簌簌地落在紫辰殿上，这几乎成为翁婿的两个人，此时没有了君臣之礼，一个是白发人送黑发人的可怜老者，一个是失去了爱人的青年男子，呜呜咽咽地哭了良久。

四

元载的宰相府几乎成了一座空宅，家人婢女也都被罚往各地服役去了，王韫秀与贴身的婢女跪在院中接旨。

董秀之所以乐颠颠地赶来，因为这种留命之事，主家大多喜不自胜，而且这种大富之家，就算满门被抄，往往也有金银细软在女子之手，所以，董秀原以为王韫秀领旨后会打赏自己。董秀站在庭院之中，高喊："王韫秀听旨意，陛下念你不知元载贪赃枉法之详情，改判入宫做事，请速速领旨。"

可他没想到，听到的却是斩钉截铁的"不"字。董秀不敢相信自己的耳朵，只好再问："王韫秀，陛下饶你不死，不过让你进宫去做些浆洗的活计，你速速领旨谢恩。"王韫秀挺直腰杆，大声说："不，恕老身不接旨，我夫君做下了大逆不道之事，可他没有功劳也有苦劳，这些年为了国家也算是拼尽全力，陛下怎可不念他过往的辛苦，饶他性命，老身对判决不服，拒不领旨。"

董秀气得火冒三丈，这董秀这些年跟元载也是有交情的，算不上是穿一条裤子，可这些年没少拿元载的好处。现在元载失了势，也不想为难他的家人，可现在身边除了自己，还有奉命送旨的御林军，王韫秀公然地抗旨不遵，这可是死罪啊。董秀不知道该说些什么才好，他指着王韫秀，手指颤抖："元王氏，你想清楚，再给你最后一次机会，这次你要是不想好该说什么、不该说什么，你可就真的没有机会了。"

王韫秀仍旧冷冷地从牙齿的缝隙中挤出了一个"不"字，这时候御林军不干了，于是，御林军首领大声说："你还跟她废什么话？交给我们。"

御林军一挥手，随队而来的官府衙役拎着杀威棒上前，大棒横飞，王韫秀何曾受过这种罪，高呼着："公辅啊，等等秀儿啊，我来找你啦！"挥舞棒子的声音，淹没了王韫秀的呼唤，一代宰相元载的正室王韫秀，就这样被活活打死。

元载全家被抄没，这一抄家，更让李豫气愤不已。抄出的金银珠宝、庄园田产无数不用多说，就是那八百石胡椒和两百石钟乳，皇家的仓库里都没有那么多，可见其贪腐到了什么程度。李豫看着这些珍稀的东西，不禁庆幸今天拿下了元载，如果让他继续下去，他不知道还会贪污多少。

李豫命刘晏继续处理元载一案，对于元载的众多党羽，全部依律定罪。刘晏考虑到朝局的稳固，权衡再三，并没有将元载的党羽一网打尽。尤其是同为宰相的王缙，并没有定和元载一样的死罪，只是免了官。

审来审去，牵出了董秀是元载的党羽眼线之一，董秀用元载给的钱在长安城里盖下了一栋豪宅，还养了大小老婆若干，这可把李豫气得要死，这董秀伴驾多年，体贴周到，没想到的是，他竟然是元载的线人。幸而他只是通风报信，如果元载让董秀在自己喝的汤汤水水里添加点什么，真是性命堪忧。

想到此李豫打了个冷战，太可怕了。李豫大手一挥，董秀被杖杀，卓英倩等人也都下了狱。

五

深牢大狱里总是那般光景，潮湿腐烂的气息浓烈得让人喘不过气。

　　邹谟走在这暗无天日的监狱走廊里，想起当初两次入狱，都能脱险，可这次，卓英倩恐怕是死路一条。想到此，邹谟看了看手里拎着的食盒，盒里装了卓英倩刚来京城最想吃的胡麻饼。此时衙役开了门，殷勤地行礼："这就是那卓英倩，他已经两日不吃不喝。"

　　卓英倩听到声音，猛地转过头，邹谟打开了食盒："卓弟，我给你买了胡麻饼。"此时，两人不约而同想起了当年初入京城时的景象。

　　那时的邹谟和卓英倩意气风发，犹记得卓英倩当时说过："我以前幻想过无数次进入长安城时的情景，可怎么也没想到是今天这副模样。我曾经想过，我来的时候，一定是前方有护卫骑着高头大马，我坐在肩舆里，身边跟着书童，左右带着保镖。身披绫罗绸缎，腰挂宝玉香囊。我往左边张嘴，有人给我递水果；我往右边张嘴，有人给我倒茶喝。"

　　邹谟伤心地道："现在你是享受过前方有护卫骑着高头大马，你坐在肩舆里，身边跟着书童，左右带着保镖。身披绫罗绸缎，腰挂宝玉香囊。你往左边张嘴，有人给你递水果；你往右边张嘴，有人给你倒茶喝。"卓英倩苦笑："那些戏言亏你始终记得。"

　　邹谟："我不觉着是戏言，现在一语成谶，你想要的你都得到了，而现在你所承受的，就是你的因果报应。"卓英倩："邹兄，这些大道理我不是不明白，可是像咱们两个素人一个，没根没底，没有背景，我要是循规蹈矩，怎么能实现当初荣华富贵的梦想？"邹谟："那你现在呢？"

　　卓英倩与邹谟少有地推心置腹："邹兄，在你眼中我也许是自食其果，可是我却觉得该享受的我都享受了，现在就去死我也不亏。可你呢？较真认死理，结果怎么样？你爱的女子遁入空门，喜欢你的女子命丧你怀中，双亲又因为你惨死家中。邹兄啊，这些苦处想起来，你就算是扳倒了元载又有何快乐而言？"

　　邹谟："我承认，我俩追求的东西始终不太一样，我确实为了自己的追求失去了很多，可是我不会后悔，最起码我堂堂正正做人做事，将来有脸面对我的子孙后辈，可你呢？"

　　卓英倩低头不语。邹谟接着说道："你跟我说句实话，如果有可能，我们重新回到刚进长安城的那一天，你最想说的一句话是什么？"卓英倩不吭声。此时监狱的杂役悄悄走过来，隔着门喊道："该回啦，时间不早了。"旬谟站起身，往门外走去。

卓英倩几步跑过来，双手拽住了门，说了一句："旬兄，如果时光真的可以倒流，我会在马上就要踏入长安城的一瞬间跟你说：'阿兄，咱不考了，我们还没准备好，咱俩回家吧。'"旬谟头都没敢回，继续大步地走，直至走到了监牢外面，仰头看天，卓英倩的话还在耳边回荡："阿兄，咱不考了，我们还没准备好，咱俩回家吧。"

旬谟的眼泪流了下来，他点点头，喃喃道："好，跟阿兄回家，阿兄带你回家。"旬谟一边说，眼泪一边像是断了线的珠子，噼里啪啦往下掉。看门的牢头还在纳闷："这旬谟是看到了谁？怎么还哭成这样？"

突然，身后传来跑步声以及粗重的喘息声，旬谟还在往前走，一个声音在身后响起："请留步。"旬谟站住，回头，刚才那个衙役跑上来，贴在旬谟耳边悄声说："刚刚卓犯让我给您带句话，说请看在以往的情分上，让您去帮他看看元载，说是现在也只有您能见到他了。"

"元载"二字再次被人提起，旬谟捂住了胸口，恍若谁用重锤敲击了他的心脏，旬谟捂着跳得乱了章法的心，点点头。

第五章：赐予郎姓

一

刘宴背着手在府中转着圈子，旬谟跟着他亦步亦趋，刘宴回身指着旬谟："事情都已经了结，你为什么非要去看他？你知不知道他是朝廷重犯？"旬谟点头："所以我来求你。"

刘宴跺着脚："你这哪里是求我，你这是逼我呀。"旬谟："当初你让我出面指证元载，我可是二话未说，你当初也承诺我，说我将来无论找你做什么事，你决不推辞。"刘宴："废话，掉脑袋的事你也要我去办？"

旬谟："元载被御林军层层看守，我也不能把他放出来，只是想给他送点吃食，跟他说说话，这有什么可难办的呢？"刘宴："哎呦呦，你上嘴唇一碰下嘴唇说得倒是轻巧，这要是让陛下知道了，我刚把元载扳倒又去牢里看他，我这人头也别想要了。"旬谟："哦，你扳倒元载，是为了保住自己而已啊，亏我还觉得你是义薄云天，为了国家社稷，什么都肯抛在脑后呢。"

刘宴无奈地挥手："得得得，你可别说了，好吧，你要去就去吧，不过，就给你半个时辰，有什么话快说，别耽搁时间长了夜长梦多。"旬谟："此时你要是个女子，我都想抱你一下。"刘宴佯装生气，举起巴掌，旬谟笑着跑开，刘宴也笑了。

在刘宴的心里，其实对旬谟还是非常珍惜的。这傻小子为了国家，为了民众，宁愿舍弃一切，这种精神让刘宴感动过，所以对旬谟格外地敬重，也想为他做点什么。可刘宴心中疑问，那个十恶不赦的元载到底有什么可看的呢。

元载别看是一代重臣，可是入了大牢，待遇并不比普通人强多少，甚至更为恶劣。这也不稀奇，元载在朝廷中曾经一人之下、万人之上，这些牢狱的衙役看到元载恨不得距离老远就跪下磕头，元载是理也不理。今日元载因为贪污入了监狱，死罪难逃，现在衙役们有了机会，都来羞辱他。

句谟在刘宴的帮助下到大牢里探望元载，看见一间间死牢里的人有哭的有笑的，有装疯卖傻的，唯独元载，静静地盘膝坐在榻上，传达出了生人勿近的气势。

句谟拎着食盒走了进去，元载眼皮都未抬，句谟也不说话，把几个小菜放在元载面前。或许是闻到了香味，元载抬起眼皮，看到了句谟，笑了："我一闻到这胡椒炖羊蹄，就知道你来了。"句谟坐下，拿起羊蹄闻了闻，恶心欲吐，捂着嘴说："我一直都不懂您为何独爱这一味，这羊蹄腥膻恶臭，旁人闻到都避之不及，可您却偏偏要求每顿饭必须有它，您真心爱吃这个？"

元载笑："你都这么嫌弃它，我又怎么会爱吃它。不过当时跟王氏刚刚结婚，穷得身无分文，又想吃肉，王氏给人去做粗活，洗了一整天的衣服换了几个小钱，只好给我买了羊蹄，拿回来还冒着热气，不忍心拂了她的美意，强忍着吞下，可那天我却哭了，心想元载啊元载，老天把这么好的女子交给你，你可不要辜负她，要让她过上好日子。从那以后，怕自己忘了当初的誓言，我就要求每月都要有这一味。"

句谟沉默半晌，问道："我好不容易来一趟，您不想问问王氏现状吗？"元载垂下眼皮："她还用问吗？以我对她的了解，我如若不能留一条命，她万万不会独活在人世的。"句谟再次无语。

元载："你进来的时间不多，我们聊些什么吧。句谟啊，你相不相信造化弄人，我承认确实做了许多错事，可很多事情实在是不得已啊。我死不足惜，我只是觉得你我情分还是来得晚了点，要是早一些，有你这个忘年之交在身边，我不至于有今天的结局。"

元载再也说不下去，脸转向墙壁，句谟看都不用看，就知道元载落泪了。

二

邬谟苦笑："宰相此言差矣，脚上的泡都是自己走路磨出来的。如果我早点来到您身边，恐怕早就被您拉下水了，谈不上帮得了您。"元载破涕为笑："我有那么大的能耐，把你拉下水？"

邬谟认真地点了点头："会的，曾经一度我动摇了。曾经我真心想要原谅您，与您归隐乡间，粗茶淡饭也可了此一生。"元载一脸的向往："最好养一些鸡鸭，对对，再养一条狗看家护院。邬谟你是知道的，王氏的家常菜烧得有一手，夕阳西下，回家喝上一壶好酒，吃上一碗王氏做的汤饼，这神仙般的日子，夫复何求。"

邬谟说："现在说这些已经没有可能了，我有一句话想问您，您想不想见见元媛？我去想想办法。"元载立刻像是被开水烫到了一样，急忙摆手："不要不要，千万不要，你千万不要告诉元媛，免得她伤心难过。"邬谟问："您还有什么心愿？我帮您去完成。"

元载想了想，有点害羞地说："邬谟啊，如果你要方便的话，让我在临死之前见见薛瑶英？我这几日梦中总是想起她，这个女人命不好，没享几天福我就进了牢房，也没留下一男半女，我心里总觉得亏欠她。"

邬谟很是不以为然，王氏毫不犹豫为其殉死，可元载心里想的却是这个贪得无厌的小妾，邬谟很不想帮忙，但想到这是元载最后的心愿，便勉强答应了。

邬谟到处打听薛瑶英，这让大家都百思不解。原本桃色新闻就流传得快，尤其邬谟还曾是元载家的第一谋士，许多人开始私下传播谣言：宰相贪腐匆忙，无暇顾及美艳小妾，谋士高大英俊，跟小妾暗通款曲。

邬谟哪里想到别人背后的猜忌。颜真卿忍不住来找邬谟，一见面就直接说："邬谟啊邬谟，你跟元府的妾室就算真的有点什么，你也注意一下方式方法好不好？你找她干什么？不怕别人耻笑你？"邬谟反倒一头雾水："找她就是与她有私情？朝廷里专管寻人的那些个部门，岂不是人人私情满天飞。"

邬谟呆愣愣的一番话把颜真卿说乐了，他知道这邬谟不是那种人。

颜真卿告诉旬谟："你呀你，我帮你打听到了，薛瑶英你当她是个善茬？她跟你同乡朋友卓英倩有私情你不知道吧？"旬谟一听，惊得差点坐到地上，他无论如何也想不到，卓英倩以元载马首是瞻，怎么敢跟薛瑶英有私情？

颜真卿说："你别不信，你是为了国事把儿女情长全部抛在脑后的人，但不是所有人都像你一样。总有人经不住金钱美色的诱惑，为了利益不择手段，你这个同乡朋友卓英倩就是这种人。在元载入狱后，他还通过各种手段让薛瑶英脱离元家，免去了罪责；不过这薛瑶英也不是省油的灯，卓英倩把她安置在乡间，想把事情摆平后与她远走他乡，你猜怎么着？薛瑶英很快找了当地的大户，做了妾室，享受起富贵荣华来了，哎！"

旬谟急忙问道："颜公您知道薛瑶英的下落喽？"颜真卿微笑着说："你要找她，我当然会给你找到地址，不过你去到那里可要当心，听说那富户心眼小得很啊。"旬谟谢过了颜真卿，前往富户的府上去寻找薛瑶英。

三

离长安城不算远，一座很大院落，房屋数十间，仆人来来往往忙乎着，大户家境殷实富裕。旬谟听说大户是个势利眼，特意带了仆人骑着高头大马前来拜访。朱漆的门上装有金色门钉，仆人上前叩响了门环，门童将门开了一条缝隙，探出半个头来，见旬谟气宇不凡、衣着光鲜，走了出来，深施一礼："郎君可是拜访我家主人？"

旬谟见仆人的做派，已验证主人势利眼的传言。旬谟的仆人也非常灵活，迅速从袖子里掏出一些钱塞到门童手中道："我家公子姓薛，是你们府上的……"这门童拿了钱，脸美得跟花绽放了一样，急忙说："晓得了晓得了，姓薛，那是五夫人家的亲戚，来来来，请到前厅候着，我去去就来。"

旬谟随着仆人走进前厅，刚一坐下，婢女送上了新沏好的香茶。茶还未等入口，早已是香气袭人，沁人心脾。旬谟不禁暗暗称奇：就这做派,当年的宰相府也不过如此,薛瑶英本事真大,嫁得这等良婿。

茶刚喝了一口,薛瑶英已经在婢女的搀扶下走了出来,看到邹谟惊得一抖,头上的金钗摇摇欲坠,好像要挣脱开发髻,飞将出去。邹谟见到薛瑶英急忙行礼:"阿姊近来安好?我途经此地,受叔叔之托,前来看看阿姊。"

薛瑶英苦笑:"多谢记挂着我,这些日子可不大好,身心欠安,没及时给家中写信,叫父亲挂念了,快告诉阿姊,听说父亲身体抱恙,现在可好?"薛瑶英坐下,给婢女递了个眼色:"我娘家小弟来此,你去小厨房端些点心。"婢女答应得颇为应付,缓慢地往外走,一步三回头,邹谟心中已经了然,薛瑶英嫁到此处,过得也并非安逸。

见婢女走远,薛瑶英急忙喝问道:"你寻到这里作甚?让老东西知道了,又得要我好看,你是祸害完了元载不够,还要来坑我吗?"邹谟知道她在家说话不方便,只好抓紧说:"元载已经没几天了,他非常想与你见上最后一面。"薛瑶英直截了当地说:"去不了。"邹谟有些急了:"难为他念你心切,对你有情有义,你为何如此绝情?"

薛瑶英猛地把衣衫拉开了一些,邹谟见雪白的手臂上一块乌青的印记。薛瑶英解释说:"他已没有几天活头了,就是去看也没什么用处。我夫君生性多疑,我前些日子出去院外站了一歇,与人聊了几句,婢女告知于他,他都把我打成这样,他要知道了我是元载的下堂妾,非得宰了我不可。"

邹谟急了:"你离开元府身上带了大把钱,怎么会落到如此地步?"薛瑶英苦笑:"谁还怕钱多,我一个女子,这辈子无非是要寻一个有本事的靠山,谁知道我看走了眼,钱悉数被骗去不说,还被软禁于此。你去对元载说,一别两宽,缘分已尽,谁也不要惦记谁了。"邹谟见薛瑶英也是颇为可怜,无话再说下去。

邹谟刚返回长安城里,听闻陛下赐元载自尽,邹谟急忙向狱中赶去,想见元载与卓英倩最后一面。此时狱中的元载,一直等待邹谟带薛瑶英来与他相见,迟迟不肯服刑。负责监督行刑的官吏亲属曾遭到过元载的迫害,见其不肯自尽,上前劝说:"我说元载啊,现在已不是你给我安排工作,而是我来送你上西天。陛下圣旨都下了,拖拖拉拉可不是你一贯的风格啊。"

元载怒喝："你是什么人？对我如此指手画脚，我在等人，等她一到我立即赴死，用不着你多言。"官吏冷笑："呵，到现在你还死鸭子嘴硬，你等人？可阎王爷不等你呀！来人啊。"官吏使了个眼色，手下手脚麻利地把鞋脱了，拽下了半个月没洗的臭袜子，元载后退："你们，你们要干什么？"

手下不多言语，两个人上来把元载的嘴巴扒开，臭袜子往嘴里一塞，元载被噎得直翻白眼。趁着元载不动了，官吏又一个眼色，手下从口袋中掏出纤细的麻绳，绕在元载的脖颈上两头用力抻直，两个人一前一后，拽住麻绳两端，使劲一用力，元载白眼一翻，舌头一伸，很快就咽了气。官吏朝着元载的尸体踢了两脚："让你死这么痛快，是给你留着情面。要不然，哼，让你生不如死。"

牢狱之中就那么大点的地方，元载行刑，其他的囚犯看得是瑟瑟发抖，尤其卓英倩，他真怕官吏一会儿走到自己面前，喊上一声："到你了。"

这种担心化成恐惧，卓英倩双股打战，站立不稳，再一看，脚下面流了一摊水——一转脑袋便有无数个心眼的卓英倩此时吓尿了裤子。

四

官吏渐渐走远，卓英倩知道今天又逃过一劫，可是逃过了今日，那明天呢？后天呢？这种等待死亡的日子实在恐惧，卓英倩万念俱灰，绝望至极，他靠在墙边，坐在干草堆上，回想起进入官场以来的所作所为，历历在目，非常悔恨。然而，回头却为时已晚，也没后悔药可吃。

天色渐渐地黑了，唯一的窗上露出了一颗星星，映射着一点光亮，此时衙役送来吃食，将一个破盆子扔进了屋子，盆子里两个干硬的饼散发着阵阵凉气。就这等粗劣的吃食，还有两只老鼠窜出来拼命争抢。卓英倩看着看着，心中一横，他马上脱下了裤子，挽成了死结，房梁是没力气上去了，索性系在了牢门的木头上。伸脖子试了试，大喊了一声："旬谟啊，来世再见吧。"

话音刚落,人已双眼翻白,双脚乱蹬,一个聪明伶俐、前途无量的年轻人,就这样很不情愿地离开了繁华的尘世。

元载行刑时,元媛在寺中礼佛,元媛想好了,此后一生常伴青灯古佛,也算是为父亲赎罪了。邬谟急急地赶到狱中时,元载和卓英倩都已殒命,好在有邬谟求情,陛下允许邬谟为二人下葬。

邬谟在静慈庵所在的偏远山坡上,寻了一处平缓地势,把元载与卓英倩埋葬。元载一生做了许多恶事,每天听着经声常伴古佛,算是他生命中最好的归宿吧。

安葬了元载与卓英倩,邬谟来到静慈庵的门口远远地注视着元媛。元媛面色沉如水,在院子里劈柴生火,手法娴熟,已无高门贵女的娇气,邬谟心道:"彼此再无缘分,既然尘缘已尽,现在能做的,就是隐瞒元载被行刑一事,算是最后保护她一回。"

邬谟静默在门外,始终看着元媛的背影,常言道,有情人之间是心意相通的,元媛毫无疑问感知到了邬谟的存在,可她一直没有回头,专心在做手中的事情。邬谟看着她心无旁骛,就没走上前去,就这样两个曾经真心相爱的男女,只因国事家事天下事,就如此地相忘于江湖,再无交集。

元载落马。李豫表彰邬谟所做的贡献,看着邬谟朗声大笑:"邬谟啊,你为扳倒元载立了大功,显示出你能力和才华,可你也付出了很多,我要赐你发挥你作用的官职。哪个官位适合你,你尽管说,我都会答应你。"

刘晏和颜真卿都为邬谟高兴,他们知道,这一次能除掉元载,邬谟功不可没,可这傻小子为了这一天,失去了爱情,失去了父母,要不补偿他些什么,真有些说不过去。现在陛下开口了,刘晏等几位老臣自然也就释怀了,纷纷向邬谟表示祝贺,然而,他们并不真正了解邬谟的内心。

几年来,邬谟看清了官场复杂性,深深感到,自己根本不适合在官场发展,说到底,就不是当官这块料。谁不想入仕,为百姓做点实事呢,可对于邬谟来说,不是想不想做官的问题,而是自己就真的做不好官。

于是旬谟开口了："作为子民，能为大唐尽微薄之力已是鄙人的荣光，鄙人现在什么官职都不要，赏赐也不想领，就想恳求陛下一件事，允许鄙人返回家乡，耕田务农，教书育人。"

在场的人都很震惊，想不到旬谟是如此超然的状态，纷纷为旬谟扼腕叹息，唯有李豫大笑着说道："旬谟啊旬谟，你可真是本心不改，你跟着元载多年也没有一官半职，以往我还以为是否另有隐情，现在看来，这是一种信念在支撑你啊。挡住各种诱惑，初心不改。不过，我现在另有赏赐赐予你。"

李豫要在旬谟的姓氏旁加个耳刀，赐姓"郇"，让他当帝王的耳朵，扎根民众之中，去民间倾听百姓的声音，了解百姓的诉求。同时他也要做帝王的一把刀，为其斩尽天下的贪官污吏，稳固大唐江山。

李豫赐新的姓氏读音，取"还"音，暗寓旬谟协助大唐陛下还令于天下。

五

送别郇谟返乡的晚宴上，刘晏、颜真卿等诸位大臣悉数到齐，大家互相打趣，畅所欲言，谈笑声不绝于耳。以往元载在位当道的时候，许多话谁敢说？现在没了元载，平日里不敢说的话也都敢说了。

郇谟知道，等过几天太平日子以后，新的政治格局又会形成，新一轮暗战和厮杀还会在这些人之间展开。在这种政治生态下，郇谟当需急流勇退，远离官场，修身养性，真正达到物我两忘之境。知时而守拙，明势而守身，既可谋国定社稷，亦可守身以善终。

几杯酒下肚，刘晏为郇谟放弃官职深感惋惜，朝廷正值用人之际，缺少郇谟这样的人才，尤其陛下如此器重郇谟，前途不可限量。

郇谟举起酒杯，说出了些心里话："我了解卓英倩是怎样一步步走上歧途的，更了解一旦深入权力的中心，很多事情便由不得自己。权力越大，权力和利益交换的筹码就越高，人心就更难测。说是保持本心，说到底，就是保护好我自己。我决定从此返乡为民，不问政事。"

郇谟说的这番话，博得了众人的掌声不说，也让有些人心中的石头落了地，未来他们少了一个竞争对手。于是大家纷纷慷慨解囊，有赠送郗谟钱的，有写推荐信的，有拍胸脯保证郗谟返乡后会有当地官员为其保驾护航的。

郗谟收了大家的礼物，启程还乡。郗谟想婉拒李豫的赏赐，可李豫还是在他回乡之日，命人送他黄金万两，以奖励他的贡献，保证他衣食无忧。为郗谟送行的刘晏感叹道："郗谟啊，你小小年纪倒是真会享福，不缺钱，不缺人，有了事还有这些大臣为你撑腰，换了是我，也想跟你换换了。"

郗谟大笑："此话说说而已，真要让你归隐民间，你会不甘寂寞的。官场是个名利场，权力有独特的魅力，让人欲罢不能。金榜题名，是多少进京赶考人的梦想啊。你是舍不得离开呦。"刘晏心情很好，一路畅谈，送他到十里长亭，就此作别，郗谟祝愿刘晏为官顺利再展宏图后，悠哉地骑着马踏上了返乡之旅。

回到故乡的郗谟，甘心生活在民间，纳了一房贤惠的妾室，儿女双全，安逸地过着日子。人们有些好奇，为何郗谟并未娶亲却先纳一妾。问的人多了，郗谟回答的就是一句话："正妻未等进门就已离世，不愿再娶。"有些爱刨根问底的人，欲打听郗谟正妻名讳，郗谟却给出了两种回答，时而说姓沈，时而却说姓元。

郗谟家中供奉着父母的灵位，又将沈梦芜送给他的玉佩供奉起来，以表怀念。朝廷中没人能想到，郗谟把当初众人的馈赠都用在了百姓身上，并把陛下赐的黄金用于捐资办学。谁有难事郗谟第一个出手相助，无论谁被冤枉，郗谟都会帮忙写状纸，甚至直接上堂与官员理论。郗谟的传奇经历当地百姓了解不多，但官府中许多人知晓他的故事，统统对他敬畏三分。

郗谟心里想，帮不了全天下的百姓，但是尽自己的能力，有一分热，发一分光，为当地百姓做点实事，也算不负当年的抱负和初心。

在郗谟思考还要为国家尽到所有能力的时候，上苍为他埋下伏笔：将来他用自己的才华和经历为大唐又做了新的贡献。

时光荏苒，岁月如梭，几年后，李豫的长子继位，很快长安城内传来消息，刘晏被元载的死党杨炎诬陷冤死。郗谟太了解刘晏了，以他的为人根本不会做贪赃枉法之事，唉，朝廷上的事，风云变幻，有谁说得清，不说也罢。

隆冬时分，院子里种的簇簇红梅次第开放，偶尔风雪袭来，缤纷落英随风飘荡。郇谟走出门外，看着远处京城方向灰蒙蒙的天空，发出一声叹息。

红梅的花瓣落在了郇谟肩头，他拿起一片，耳边似乎响起了元媛那娇俏的声响："旬谟，你在干吗？为什么这几日不太欢乐？"

坐在红梅树下，红梅花瓣温柔地落在肩头，像极了沈梦芜的目光，好像在说："旬谟，你好好地活着，你看我经历了那么多，可我仍旧没失去活着的希望。"郇谟笑着摇摇头。

书童来报，门外有个年轻人要来求学，郇谟纳闷，不知何人。走到大门旁，一白面书生，气宇轩昂，眉宇间有隐隐的正气，像极了当年的自己。郇谟觉得此年轻人好像在哪里见过，问其名讳，年轻人深深施礼答曰：李吉甫。

郇谟心中一动，李吉甫不就是李栖筠的儿子吗？郇谟看着李吉甫感慨万千，情不自禁，遂将他收为关门弟子，将平生所学所为悉数传授。

斗转星移，大唐皇帝换了一个又一个，李吉甫终成为大唐宰相，协助当时在位的李纯开创"元和中兴"。

此时已不再年轻的郇谟，迈着缓缓的步子，走到门口呼唤仆人："来人，闭门谢客。"

随着朱漆大门的缓缓关闭，一段有关元载，有关郇谟的陈年往事就此落幕。只有郇姓传人，在全国各地开枝散叶，继续把老祖宗正直、善良的品性发扬着、传承着。

【完】